JN150914

熊谷次紘　訳・解題

シェイクスピア五大悲劇原話集成

英宝社

リア王と三人の娘。左よりリア王、ゴネリル、リーガン、コーディリア。ラテン語書『大年代記』（Chronica Majora）第一巻ページ欄外の挿絵。1250年頃。ケンブリッジ大学コーパスクリスティカレッジ図書館蔵。

三人の魔女と出会うマクベスとバンクォー。『ホリンシェッド年代記』初版（1577）の挿絵。

1.

2.

3.

4.

5.

1. **フランソワ・ド・ベルフォレ**（1530-1583）
レオナルド・ゴーティエ作、銅板刷り、制作時期1580-1600。大英博物館歴史肖像画古文書コレクション。
2. **ジラルディ・チンティオ**（1504-1573）
チンティオ作悲劇『エピティア』（Epitia、ヴェニス、1583）の口絵の肖像画。板目木版画。大英博物館蔵。
3. **レオ・アフリカヌス**（c.1485-c.1554）
レオ・アフリカヌスとされるデル・ピオンボ作「ある人文主義者の肖像」（部分）。1520年頃。米国国立美術館（ワシントンD.C.）蔵。
4. **フィリップ・シドニー**（1554-1586）
制作者未詳の油彩画、1576年頃。英国国立肖像画美術館蔵（部分）。
5. **エドマンド・スペンサー**（c.1552-1599）
トマス・ド・クリッツ作、エドマンド・スペンサーとされる『ある紳士の肖像』。油彩画。

まえがき

本書は、シェイクスピアの四大悲劇（『ハムレット』、『オセロー』、『リア王』、『マクベス』）に、『ロミオとジュリエット』を加えた五つの大悲劇の主要な原話を、ほぼすべて一冊にまとめて収めた翻訳集成である。シェイクスピアがまず確実に目を通したと考えられている作品に限っている。シェイクスピアの主要五大悲劇のよりよい理解のために、その原話を邦語で手軽に読めるようにすることを目的としている。

本書のもう一つの大きな目的は、これまでとかく軽視されがちだった原作者達の大半が、実はイギリス、イタリア、フランスのルネッサンス期の、第一級の知識人、文化人、著述家達ばかりであったことに、脚光を当てることである。

エリザベス時代には、印刷術がすでに大きな発達を遂げてはいたが、書物の出版が可能な人々はエリート層が多く、出版書は一通り形の整ったものが多かった。シェイクスピアが読んで利用した原話も、そうしたレベルの高い作品から取った物語が大半である。

シェイクスピアの劇作品はどれも、そのどの材源、原話よりも、はるかに優れている、とよく言われる。実際にその通りである。ただこうした比較の仕方は、ある意味では著しく不当であるとも言える。なぜならシェイクスピアが利用した原話は、その多くが優れた詩人や作家の高い質の作品から、そのごく一部だけを取ったものだからである。またその原話の物語自体は、長い歴史を誇っているものも少なくない。十二世紀のジェフリー・オブ・モンマス著『ブリテン島国王列伝』を例に取ると、ここには『リア王』の原話が語られているが、しかしそれはこの史話全体から見れば、ごく一部でしかない。実はこの『列伝』は、レア王史話よりも、アーサー王伝説が最初に描かれたことで、その長い物語史の源流として、現代でも名高い著書なのである。また『ハムレット』の最も古い原話の出ている十三世紀初頭のサクソ・グラマティクス著『デンマークの事蹟』は、紀元前の時代から十三世紀のサクソ自身の時代までの、国王や英雄たちの偉業を、すぐれたラテン語で、多くの創作を交えて描いた歴史物語である。アムレット伝説はその中で、紀元前デンマークの未開時代での出来事とされていて、『事蹟』のごく一部に過ぎない。その全巻は貴重な創作物語史話であり、完全な英語訳も二〇一五年に出版されている。このアムレット伝説の筋と登場人物を、シェイクスピア劇のそれらと比較検討するのはよいとして、その優劣で原話を貶めてしまうことは、あまり意味がない。むしろこれがドラマティゼイションを意図する大劇作家シェイクスピアの目に留まり、彼がこれをしっかり利用した事実の方に、注目すべきであろう。

シェイクスピアは多岐に亙る膨大な量の書物を読んでいた。詩人劇作家となった彼の読書の重要な目的は、詩と劇作に役立つ題材を探すことであったであろう。劇作にあたっては、彼の目にとまった興味深い原話を、どう舞台に乗るように書き変えるかが、彼にとってはいつも重要であった。原話をどう書き変えて脚色し、人物達を舞台で躍動させるか、すなわち原話のドラマティゼイションこそが、彼にとって最大の課題であった。そうした彼が採用したその原話を、安易に「劣っている」、とみなしてよいわけではないはずである。

シェイクスピアは原話を何語で読んだであろうか。ラテン語に通じた博識なベン・ジョンソンは、最初のシェイクスピア全集第一フォリオ（一六二三年）での追悼序詩で、シェイクスピアを「一時代の人ではなく万世の人であった」と称賛する一方で、small Latine, and lesse Greeke（ラテン語はよく知らず、ギリシャ語はなおさらである）と評したが、しかしシェイクスピアはラテン語の知識を全く持たず、これを殆ど読めなかったわけではない。彼は故郷ストラットフォードのグラマー・スクールに、まず間違いなく通った。そのカリキュラムで、彼はローマの古典作品と修辞学の授業を、ラテン語で集中的に受けていたと推定されている。テキストにはオウィディウス、キケロ、ウェルギリウス、セネカ、イソップなどが使われていた。ここで得たラテン語の知識は、一生を通してシェイクスピアに役立ったはずである。また彼は間違いなくフランス語を自由に読み書きできたし、イタリア語の知識も相当に豊富であった。彼にはイタリアを舞台にした作品が多い。他方でルネッサンスのイタリアやフランスの著作物の、英語への翻訳も、当時盛んに行われていた。シェイクスピアが英語で読み、今日では失われてしまった書籍もかなりあるのではないか。

シェイクスピアが材源を得るのにとりわけ重宝したのは、オウィディウスとラファエル・ホリンシェッドであった。オウィディウスの『変身物語』は、アーサー・ゴールディングの英語訳（一五六七年）で、英国ルネッサンス時代の作家達によく知られていた。シェイクスピアの『夏の夜の夢』、『冬物語』、『テンペスト』には、その顕著な痕跡が見られる。またホリンシェッドの大冊、『イングランド、スコットランド、及びアイルランド年代記』（通称『ホリンシェッド年代記』）第二版（一五八七年）は、シェイクスピアが材源を得るのに最もよく利用した史書である。この『年代記』は、ホリンシェッドが単独で著したものではなく、共著であり、また先行の様々な史書からの寄せ集め（たとえばリチャード三世についての記述の大半は、トマス・モアの著書、『リチャード三世史』からの引き写し）であったが、シェイクスピアは『リチャード三世』を含む歴史劇の大半と、悲劇『マクベス』で、この『年代記』を材源にしている。『リア王』についても、『年代記』を参考にしたことは確かである。

シェイクスピアは当然ながら、同時代一流の作家、詩人、劇作家達の散文、詩、劇にもよく目を通して自作に取り入れていた。エドマンド・スペンサー『妖精の女王』、ジョン・ヒギンズ他著『為政者の鏡』、フィリップ・シドニー『アーケイディア』などである。どれも今日でもよく知られた作品である。

本訳書ではまた、直接の原話以外に、劇中で歌われて、重要な意味を持つ唄（ハムレットの「エフタの娘」、デズデモーナの「柳の歌」など）の元唄、及び作品と深く関係するモンテーニュや、レオ・アフリカヌスの文書も訳出している。

目次

三　オセロー

四　リア王

五　マクベス

シェイクスピア五大悲劇原話集成

一　ロミオとジュリエット

1　アーサー・ブルック『ロミウスとジュリエットの悲話』（一五六二年）

最初イタリア語でバンデルによって書かれて
今アーサー・ブルックにより英訳された
ロミウスとジュリエットの悲話

リチャード・トッテル店出版
独占版権

（原文では冒頭に、二つの「読者へ」という前書きが置かれているが、これらは物語の筋の流れとは無関係なので、訳出は「解題」に回してある。――訳者）

要　旨

一目見るや二人の愛の炎は赫々《かくかく》と燃え上がり
二人ともに望みしことに彼らともに同意し
ある修道士の聴聞と助言にて罪の告解により結婚せり。
若きロミウスは夜間、美しきジュリエットの閨房に昇り
三月の間、二人は大いなる喜びに浸り楽しみぬ。
ティボルトの激怒にロミウスは憤激にかられ
彼を死に至らしめて借りを返しぬ。
追放の身となりし彼がひそかに逃亡しおりし間に
彼の妻に新たに婚姻の申し込みがなされるも、
彼女、息の止まりしかと見える飲み薬を飲みて
眠りしまま生きて墓所に埋葬されぬ。
夫ロミウスは彼女の死の知らせを受けて
毒薬を仰ぎたれば、彼女目覚めて、ああ悲しいかな！
夫ロミウスの短剣を抜きて、みずから命を断ちたり。

アルプスのかなたに古くから輝かしい名声が燦然と
輝いている町があり、名をベローナと呼ばれている。
幸福な時代に、肥沃な土地に建設されて、天上の
運命の女神達と、町びとの労苦によって維持されてきて、
上方には実り豊かな丘陵、下方には心地よい谷間があり、
深い河床には銀色の川が町を貫いて流れており、
実用と安息両方に役立つ数多《あまた》の湧き水と、
さらにその他の有用でかつ楽しみを与えてくれる便益、
加えて多くの昔起こった出来事を示す確かな標識が、
好奇心をもって眺める人々の貪欲な眼を満たすので、
この町はロンバルディアの残余の町々にまさって
好まれており、少なくとも最高の町と比肩している。
この町はエスカラス公がただ一人君臨しており、善良な人々には
報酬を与え、邪悪な人々には鉄槌を下していたが、残念なことに、
思うだに悲しい、思いがけぬ大事件が降りかかった。ボッカチオなら、
ぞんざいな私と違って、これをかろうじて語り尽せたであろう。

私のペンは、震える手で恐怖におののいていて、
冷たい驚愕した頭では、髪の毛が逆立っている。
だが詩の女神が命ずるので、それに従わなければならず、
私はこの悲痛な出来事を、哀悼の詩で語ろう。われを助けたまえ、
学識あるパラス[1]よ、その技で助けたまえ、ミューズ[2]よ、
助けたまえ、忌わしい悪鬼どもよ、喜びが痛苦に変わるのを語ることを。
助けたまえ、三人姉妹の宿命の女神[3]よ、わが拙いペンが詩を綴るのを。
私に書く力のないことを為さしめたのは汝らなのだ。
運命の女神[4]が爾余を凌ぐ高い地位につけた二つの古い名家が
あった。両家ともに冨を授けられ、家系ではより高貴で、
庶民にも公爵にも等しく敬愛されていたが、運命の女神に
打ち据えられて、両家ともに等しく災難に見舞われた。
一方はキャピュレット家、他方はモンタギュー家と呼ばれた。
同じような家柄の人々が、互いの挙動に（どんな激しい怒りに
駆られるか知らぬが）妬みを抱くのは、よくあることだ。
これら似た立場同士が互いに青白い恨みを懐き、その悪意に
駆られた根っこから、黒々とした憎悪と怨念が育ってきた。
しばしば小さな発火から大きな炎が燃え上がるが、同様に、

僅かな恨みの火花に憤怒の火がつくと、紅蓮《ぐれん》の猛火となる。
そうして彼らが食した命とりの糧は、最初はささいな争いごと
だったが、ずきずき痛む傷の血に浸されて、息と命を引き裂いた。
私が語るのは伝説の虚言ではなく、その陰惨な光景を見た
彼らの眼ははらはらと涙を流し、まだいささかも乾いていない。
だが思慮深い公爵は、権杖を握っていた自分の国で、
新たなひどく大きな無秩序を目の当りにすると、
彼らの癇癪を穏やかな手段で静め、説得によって、
とがめるべき彼らの激しい怒りをなだめようと努めた。
しかし公爵は長い時をかけ言葉を尽したが、全て徒労に終わった。
憎悪はそれほど心中深く根差していたので、せわしい苦労も
無駄だった。親身で賢い助言も穏やかな言葉も無駄骨と知ると、
公爵は雷鳴の威嚇とその権力で、彼らの度胸を挫こうとした。
むなしい火炎を抑え込めば、彼らの胸中で燃えさかる
火の雨を程なく消し止められると期待したのである。
両家の一族がみなこうした状態にあって、それぞれが
表向きは親しそうにみせかけて、心中憎悪を隠していたが、
モンタギュー一族の中にロミウスという若者があった。

彼の柔らかい顎には、まだ男らしい髭は生えておらず、
その美しい顔立ちと姿は群を抜いて、他の者達を圧倒しており、
ベローナの若者達の大多数から彼は最高の声望を得ていた。
その彼が美しい乙女を見そめて（後にまことの不運と知った）、
その美しい容姿とみめよい気品にすっかり心を奪われて、
つのる思いで彼は仕事に手がつかなくなった。
そこでただ一途に彼女を尊び、愛し、また彼女に仕えようとした。
しきりに手紙を書いては、頻繁に使者を送った。恋する彼は、
ことを成功裡に運ぶために、ついに自ら出かけていった。
もし会えたら、心を汲んでほしいと懇願して、受けた恋の生傷を
その目で見てもらいたかったのだが、不在であった。
だが彼女は幼い頃からいつも美徳を糧に育てられていて、
学校では賢明で理にかなった知識を教え込まれていたので、
彼女の返事はロミウスの恋心を断ちきるものであった。
彼はもはや空しく嘆願する機会までも失ってしまった。
彼女の表情は幾ら彼が気を使っても、とても厳しく、
苦労の報いに彼女は優しい眼差しの一つも見せなかった。
だが、彼女が変わることなく、つれなく引きこもるほど、

それだけ一層、彼の熱烈な気持ちは欲望で疼き痛んだ。
それでも幾月も好転の見込みもないまま、彼女に尽したが、
彼が如何ほど苦痛に耐えても、彼女は歯牙にもかけないので、
彼はついにベローナを去って他の土地に移り住むことで、
報われぬ愛を変えられないか試したい、と思うに至った。
彼は次のように独りで嘆き悲しみつぶやいた。
「残酷でちっとも感謝しない人に、愛を捧げて仕えても何の益も
ない。僕は慎しく求愛したのに、その努力は無駄にまいた種と
同じで、軽蔑と高慢な侮り以外、何一つ果実を結ばぬではないか？
どんな道をあの人が行こうとも、僕も同じ道を行こうとするが、
僕がその小道を辿って行くと、あの人は飛ぶように逃げていく。
でも僕はあの人のそばにいないと、生きてはいけない。
でもあの人は僕から最も離れている時が、一番幸せなのだ。
ならば僕は、今からあの人のいない遠くへ飛び立とう。
多分この眼があの人の姿から追放されてしまうと、
僕の愛の炎は、あの人の心地よい眼差しを糧としているから、
少しずつ弱まって、最後にはすっかり消え失せるだろう」。
だが彼がこの目的をずっと維持せよと己に命じている間も、

これとは真逆の、少しも相容れぬ思いが、胸中に沈潜していき、
二つの内どちらが最善なのか、疑わしくなってしまう。
溜息と、涙と、悲嘆と、気苦労と、悲しみと、不安とで
昼はうめき続け、夜は長い間眠れずにうんざりして過ごす。
恋は彼の胸の奥深くまで手を差し込んで、彼女の輝くばかりの
美しさを刻み込み、彼の心をしっかりと摑んでしまったので、
彼は否応なく奴隷となって服従するしか選択の余地はない。
彼は踏みとどまることができず、走り続けるほかはない。
彼は衰弱し、日にあたった雪のように溶けてしまう。
彼の親族や親友達は、何を彼は悩んでいるのか不審に思う。
彼らは皆それぞれ、彼の重い病を親身になって嘆いた。
だがとりわけその内の一人、彼が最も信頼している友が、
彼より年長で、遥かに知恵と分別に優れて円熟していたが、
彼に強い友情を抱く人物で、厳しく彼を叱りはじめた。
彼はロミウスの悩みをよく知る親しい間柄だった。
「ロミウス、君は一体どんなつもりかい、青春の
一番いい時を、こんなに風にのぼせて消耗するなんて。
君を馬鹿にして姿を隠す女だぜ。そんな女を追いかけて

大きな犠牲を払って、輝かしい名誉を無駄にするなよ。
君の涙、君の惨めな人生、君の穢れのない誠実さ、思うに
これらはどんな頑固者にも、きっと哀れみを誘うはずだろう？
僕らの友情のためにも、君の健康のためにも、お願いだ、
これからは本来の君に戻りたまえ。感謝を知らない女に
貴重な君の自由の身を、もう明け渡さないでほしい。
あんな女を恋しているとは、まるで自分を憎んでいるみたいだよ。
だってあの女の愛はよそを向いている。時間の無駄さ。
君が頼んで何の役に立つ？　あの女は求愛を拒んだのだ。
君は年も若いし、運命の女神もすっかり君がお気に入りだ。
君ほど整った姿を誰がしている？　立派な顔立ちをしている？
君は懸命に勉学して、りっぱな学識を得たではないか。
君は一人息子で、両親には他に跡継ぎはいないではないか。
弱った父上が、あのお年で、君が悪徳に深く飛び込むのを
見ることほど、心の大きな悲嘆、死ぬほどの痛みで、
お苦しみになることがあると思うかい？　君の美徳の
名声が大きく上がるのを、一番楽しみにしておられるのに？
君の親族は、君が一族の嘆きを全部作っているのを、どう考えて

いるだろう？　君の青春の扱い方は滅法まずい。宿敵どもは、
馬鹿にして笑っているよ。嵌り込んでしまった過ちに
早く気付いて、そこを抜け出したまえ。これが僕の意見さ。
君の目を蔽っている恋のベールを取り除くんだ。でないと
ご先祖がせっかく敷いてくれた道を、見つけることもできない。
だが君が自分の我が儘のひどい奴隷になっているのなら、
その愚かしくうろつく心を、どこか他に向けたまえ。
君が頼めば耳を傾け、君が弱ると憐れんでくれる、そんな
価値ある女性を選びたまえ。そしてその人の名誉に仕えたまえ。
だがもうこんな不毛な土地に、苦労の種を撒くのはよしたまえ。
これでは辛いだけで、刈入れの時が来ても、何も収穫できないさ。
まもなく町の立派な淑女達が、こぞって一堂に集まることになる。
そこである容姿淡麗で、とても美しく、挙措も素晴しい人に、
君の眼は、ひょっとして、釘付けになってしまうかもしれない。
すると君は今の恋人も、過去の情熱も、すっかり忘れるだろう」。
若者は耳をそばだてて、この健全な忠告を受け入れて、
植え込まれた理性の真理が、彼の頭の中に根付いたので、
熱い興奮は、今や健全な冷気に触れて和らいで、

彼の心を苛立たせていた悲しみは、徐々に消えていった。
彼はこのまことに立派な親友に、厳かに誓いを立てた。
昼に催される宴会、夜に開かれる晩餐会のすべてに、
また教会での赦免の集まりへ、街路での競技会へと、
淑女達がよく集う至る所に出かけていくことにする。
また彼の未開の心が、誰に対しても区別なく好意を寄せれば、
誰にも魅惑されることなく眺めて、判断できるだろう。
これが偽証になっていなかったら、彼はいかに幸せだっただろう。
また彼が生まれていなかったら、二倍も幸せだっただろう。
なぜなら月が欠けた角を三度新たにする前に、運命の女神は、
哀れにも彼に、またも新たな偽りの悪事を企み投げつけたのだ。
退屈な冬の夜は、クリスマスの娯楽を復活させる。
今のこの季節には、町の淑女達はよく晩餐会に招待される。
まずキャピュレット家だが、毎年全一族の当主は、
かかる費用に糸目を付けず、晩餐会を催すのが習わしである。
ベローナの町の高貴な淑女達は、美醜を問わずみな、
また騎士も紳士も、声望の高いか低いかを問わずみな、
キャピュレットの当主自らが彼の催す祝宴に招待するか、

彼の名で客人として指定した招待状が彼らに送られる。
身分ある若い乙女達が群れをなして集まると、そこへ独身の男達も
こぞって押しかけた。晩餐会にかこつけて、美しい女を探すのだ。
だがモンタギュー家の者は、誰一人門をくぐりはしない。
（なにしろキャピュレット、モンタギュー両家はいがみ合っている。）
だがロミウスは、夕食を済ませると、仮面で顔を隠して、
五人の仲間とともに、その会場に押し入ったのである。
彼らは宮廷風の優雅な淑女達と同様、仮面を被っていたが、
ほどなく皆仮面を外してしまい、貴婦人達の眼の前に
その姿を見せた。だがはにかみ屋のロミウスは恥ずかしげに
人混みを離れると、人目につかぬ部屋の片隅に退いた。
だが蠟の松明は太陽よりももっと明るく輝いている。
彼は懸命に努めてみたが、結局みなに見つかった。
だが女達は、驚きの眼で彼にじっ見入ってみると、
その際立った容姿と、非の打ち所のない彼の美肌に驚愕した。
天と自然の造化が、かくも美しく彼を飾っていると、
貴婦人達は、いかに美しい淑女でも、彼と比べれば醜かった。
加えて彼女達の心には、もう一つ、驚きが沸き起こった。

一体彼はどうしてかくも大勢の敵の中に紛れ込んだのか。
彼が大胆にやってきたその度胸に、彼女らは思いをはせた。
物語で読んだが、女は逞しい胆力を愛するものである。
キャピュレット家の者達は、密かに紛れ込んだ敵を蔑んだ。
だが何故か彼らは、煽られた憤怒をじっと抑え込んだ。
礼節正しい騎士道精神が、客人達を不快にするのを嫌ったのか、
或いは公爵の怒りを恐れて、復讐の機会を待つことにしたのか、
或いはこの館で怒りを爆発させては、一族の恥と考えたのか。
それも僅か一人の、いまだ若い小僧に過ぎぬ奴なので、
彼らは嘲り罵ることも、殴りかかって傷つけることも控えた。
彼らは「やい、何のつもりで来やがった？」とも、彼が思いのまま
淑女達を眺めるのに、「成功を祈るぞ」とも言わなかった。
淑女達もまた彼を眺めて、気まぐれに移り変わる空想を楽しんだ。
自然の造化が、そうした優美な動作を彼の身に与えたのだ。
そこにいる彼を楽しまなかった者は、一人もいなかった。
一方彼は、真直ぐな秤の竿で、それぞれの女性の美しさを計っていた。
そして誰を一番に、誰を二番に自然の造化が創ったか、判じていた。
ついに彼の目は、とりわけ美しく容姿端麗な一人の乙女に止まった。

シーシアスやパリスも[5]、きっと彼女を略奪しようと決めただろう。
最初は気づかなかったが、彼女こそは最高の女性であった。
彼は心の中で彼女に、「君こそはまさに誉れある完全な容姿、
響き渡る美の賛辞を一身に受けるべき淑女だ。君のような人は、
今の世に見ることはできないし、生きてもいない」と口にした。
彼が半ば射抜かれた目で彼女を凝視していると、
以前恋した女は、つい最近までクギ付けになり、彼女のせいで死ぬ思いだったのに、
今やすっかり忘れ去り、そんな恋など無かったかのようだった。
諺に、去る者は日々に疎し、会わざれば心より離れるが常、と言う。
クギを板に新たに打ちこめば、前のクギは打ち出されてしまう。
新たな恋は、古い恋を彼の心からむしり取った。この突然
火のついた炎は、早晩大きく燃え上がって、ただ死によって、
二人の血をもってしか、その激しい火焔を消すことはできない。
ロミウスはこの新たな嵐の中、自分が翻弄されていることに気が付いた。
ここには気持ちよく港に辿り着く望みも、海の藻屑と消える危険もあり、
彼は迷ってしまい、どう振舞ったらよいのか少しも分らなかった。
忘却の川レーテ[6]で、彼の以前の情炎は、水に深く浸かって消えた。
彼はおのれ自身を忘れてしまい、哀れにも思い切って彼女の名を

尋ねることもできず、力なく奴隷の境遇に捉われてしまった。
この束縛をどう解けばよいのか、哀れな愚者には手立てが分からず、
ただ彼の飢えた眼を彼女の姿で満足させるだけであったのである。
こうして彼は、甘美な愛の毒餌を飲み込んでしまったのである。
不注意者は、なんと確実に、待ち伏せに捕まってしまうことか！
毒が彼の骨と血管の至る所に広がっていくと、
悲しいかな、たちまち恐るべき痛みが彼に襲ってきた。
他方気品ある優しい乙女は、名をジュリエットといったが、
視線を端から端まで出席者みんなに向けているうちに、
ついにその漂う両眼は、彼の上にしっかりと錨を降ろした。
彼は彼女のために、手足の健全さも自由も奪われていた。
フィーバス(7)の輝きは、星の明りを凌駕して見えなくするが、
同じほど彼女の姿で、ロミウスにはほかの女性が見えなくなった。
争い好きな愛の神キューピッドは、金の弓と矢柄を携え待ち伏せて、
弓の弦を眼の高さまで持ち上げて、しっかりと引き絞った。
これまで彼女は、恋に火を点けるキューピッドの矢を逃れてきた。
これまで愛の小僧は、彼女の若く優しい心を射抜くのは控えてきた。
しかし今や彼の研ぎすました矢は放たれて、彼女の急所に届き、

目を抜けて心臓を射抜くと、そこに矢じりは突き刺さった。
懸命にもがいても、もう無駄である。彼女には力もなかったのだ。
弱きものは、いつも最後には、力強きものに屈する定めなのだ。
彼女の心は今や、晩餐会の華やかさを嫌いはじめていた。
彼女の眼が恋する人の眼と出会う時だけ喜びを感じていた。
魅せれた彼らの二つの心が愛の輝きを糧にして、目配せを
交わしている内に、二人の眼の輝きはついに一つに溶けあった。
二人の恋人は互いに相手の様子が分かり始めて、二人の胸には
親しい愛が根を下ろし、彼らはこれを一緒に育てたいと切望した。
キューピッドはこうして彼らの心に金の矢じりの跡を残した。
それぞれは言葉で戦争を終わりにする手段を探し始めていた。
運命の女神も、彼らが目的に向かって突き進むのを容認していた。
みめよい騎士が、片手に松明を持って、彼女をダンスに誘った。
しかし彼女はまことにうまく淑やかに断った。
その夜ベローナの人々みんなから、最高の称賛を受けた。
一方わがロミウスは、ダンスが始まると、注意深く
彼女が座るはずの席の、すぐ近くの場所に腰かけた。
美しいジュリエットは楽しそうに自分の席に向かうと

ロミウスがすぐそばに座っていたので嬉しくなった。
彼女の席の一方の側には、恋人ロミウスが座っていた。
他方の席にはマーキュシオーという若者が座っていた。
彼は宮廷風の物腰で、行く先々でとても評判が高く、
彼の話しぶりは礼儀正しく、なすことはすべて楽しかった。
子羊の間ではライオンは大胆にふるまうが、恥かしげに
彼を眺める娘達の間のマーキュシオーも、同じであった。
彼は親しげに、美しいジュリエットの雪のような手を握った。
包み込んだ彼の両手は、自然の造化が彼に与えた贈物で、
これほど熱い暖炉のそばで握ったことはなかったのに、
凍りついた山の氷も、この半分ほども冷たくはなかった。
この騎士がその処女の右手を摑むと、時を移さず
愛するロミウスが、震える手で彼女の左手を取ったのである。
彼には彼女にも待つのはひどい苦痛であるとよく分かっていた。
見せかけを好むのでなければ、彼女の最愛の人は自分なのだ。
彼女はそれから優しく彼の柔らかい掌に彼女の手を押し付けた。
なんという喜びが、ロミウスの胸の間に入りこんだことか。
お分かりだろう、この突然の甘美な喜びに、彼は言葉を失った。

彼は己の正しさを主張することも不正を正すよう請うこともできず、
彼女はただちに彼の顔色が、青ざめては赤くなり、赤くなっては
また青ざめるのに気づいた。熱烈な愛がそのわけであって、
そのために彼は言葉が出なくなったのである。それゆえ一層
彼女は彼が長い間黙っていたとき、愛が彼にどんな言葉を
教えたのか、聞きたかった。長い間切に望み、彼が長い間
口をつぐんでいると、どうしても聞きたいという彼女の望みは
さらにつのり、とうとう震える声と、はにかんだ表情で
乙女はついにみずからロミウスに顔を向けて話しかけた。
「ここにあなたがおいでになったことに祝福がありますように」。
だが残りの言葉を話す前に、キューピッドが近づいて来たので、
彼女は舌がしっかり糊付けになってしまい、その口からは、
すでに漏れ出た言葉以上は、一ことも出てこなかった。
すっかり気持ちが安らかになって満足した若者は、たちまち恍惚となり、
「どんな幸運が知らぬ間に僕に訪れたのだろう、ああ、いとしい人、
僕がここに来たことを、きみがこんなにも祝福してくれるなんて？」
と語った。これを聞くや美しきジュリエットは、はっと我に返って、
最初こそ悲しそうに見えたが、それからにっこりほほ笑んで、

「驚かないでね、あなたこそは私の心の喜び、私のただ一人の騎士、
本当の友よ。マーキュシオーの冷たい手が、私の手を凍りつかせたけど、
あなたの優しい手のおかげで、この手はまた温かくなったの」と語った。
この言葉にロミウスは、真顔になってこう答えた。
「もしそうなら、天の神々がそんな好意を僕に賜ったのだ。
ここにいるだけで、ささやかだけど、きみに役立って
喜んでもらえたとは。嬉しくて、王国を手に入れたみたいだ。
ああ、なんていい時を授かったのだ。時よ、汝は幸せな報酬を
持っている。僕は切に望む、どうかそれを与えたまえ。
僕は神にかけて、過ぎ去った苦痛の代価に、命の続く限り、
きみに仕え、従い、尊敬する、と切に望んでいるのです。
試してほしい、証拠がきっとこの真実を証明するはずです。
何があっても、僕は決して愛する人に嘘はつきません。
でもきみに触れたこの手が、少しきみの手を温くしたとしても、
信じてほしい、きみが感じたその熱は、僕の愛の火花や、
真赤に熱く燃える炎に比べたら、まだ冷たいのです。
きみの美しく心地よい眼差しから、愛が生まれて、
僕のどの感覚にも残らず火をつけた。だから見てほしい、

僕の気持ちは溶け去って、外見はどこもすっかり憔悴して
しまった。君の助けがないと、僕は灰になってしまう。
だから憐れんで下さい、でないと僕は焼き焦がれてしまう」。
ちょうど彼が話し終えた時、松明のダンスは終わった。
ジュリエットは自分で選んだ新しい友と別れなければならない。
彼女は彼の手を固く握りしめると、全身に震えが走った。
間をおかず、ささやき声で、彼女は次のように返事した。
「あなたはもうご自分一人の身ではないわ、私はあなたのものなの。
命の続く限り、私の操はあなたに従うために、守っていきます」。
見よ！　ここには真実の恋人達もめったに見ない幸運があった。
お互いが相手の心を奪って、自分の心を相手に残したのである。
愛は神が天から授けて下さるならば、幸せな命であり、
心と心は、互いに等しい重さで、愛を交換しあう。
しかしロミウスは彼女が去ると、心に不安が募り冷たくなった。
彼は自分の心を捉えた人の名を尋ねるのを忘れていたのだ。
彼は何気ない顔を装って、その人のことを知ろうとした。
彼をこれほど魅惑した人はどんな名なのか？　どこの家の人なのか？
こうして彼は、その人の名を知って、彼女は客ではない、と知った。

彼女の父はキャピュレットで、晩餐会を主催した当主であった。
こうして彼は、生きるも死ぬも、宿敵しだいになった、と知った。
胸いっぱいの悲しみで、普通に息をすることさえ、苦しくなった。
彼は悲嘆にくれて、意地の悪い運命の女神をなじった。
女神は遊び半分で彼を悲しみと窮地に追い込み、笑うつもりか。
彼はまたこんな不遇を引き起こした愛の神を非難した。
彼の若々しい心から、安らぎと自由を追放したからだ。
二度彼はキューピッドに仕えたが、二度ともその報酬は絶望だ。
二つの災厄の内、小さい方を選ぶと成就は叶わなかっただろう。
愛の神はまずロミウスに、無情な女に慈悲を請わせたが、
今度は拍車で彼を、終りのないレースに駆り立てている。
こうした嵐の海のただ中で、一つの錨が彼を引きとめた。
彼は最初と違って、残酷な女に仕えているのではない。
今度はすっかり満足して、永遠に仕えることを選んだのに、
運はこの悲惨な男に、報酬はない、飢え死にせよ、と毒づく。
ロミウスよ、タンタロス(8)の運命が、汝の運命とそっくりだ。
食べ物はあっても食べ物はなく、不幸な彼は憔悴するしかない。
娘の方も、彼の名を知るにはどうするのが一番か、同じほど

注意深かった。彼はあれほど優しくもてなしてくれた。だが彼女は、彼から心にとても深く広い傷を負ったのだ。彼女は年老いた夫人をそばに呼ぶと、耳元で囁いた。この老婆はジュリエットが幼い頃の乳母で、乳房で彼女を育てて、どうやって細い針で裁縫するのか、また絹糸を紡ぐのか、教えてくれた。「あのドアに寄りかかっている二人はどなたなの？」と彼女は聞いた。「ほら、二人の前で、小姓達が二本の松明を持っているけど？」そしてそれぞれの家の名を教えてもらうと、さらにもう一度、今度が本命だが、彼の名をきいた。この娘は若いが策にたけていた。「ねえ、あの仮面を手にしている方はどなたかしら、仮面服姿で窓際に立っている方よ」。「あれはロミウスさんで、モンタギューの人ですよ。あの方のお父上が傲慢で、最初に反目をかき立てて、今両家が苦しんでいるのですよ」、と乳母は話した。モンタギューという言葉は、彼女の喜びを打ちのめした。そしてたちまち幸せな希望に代わって、絶望が膨らんだ。「まあ、なんて運命なの？よりによって、お父様の宿敵を愛してしまうとは？　私って幸せが嫌になったの？　悲哀を願っているのかしら？」と彼女は嘆いた。だが痛ましい苦痛が、彼女の優しい心を押さえつけはしたが、表向きは楽しそうに装って、心の中に疼く痛みを包み隠した。
そして奥ゆかしい淑女達に、奥ゆかしく別れを告げたので、
彼女の突然の心の変化に、誰一人気付いた者はいなかった。
彼女はそれから母親に命じられて、急ぎ自分の部屋に戻った。
彼女はとてもうまく装った。母親も乳母もその隠れた傷に
気付かなかった。だが普通ならベッドで眠っているはずなのに、
安らかな眠りは一睡たりとも、彼女の瞼に憩うことはなかった。
何故なら見よ、様々な思いの巨大な塊が湧き上がってきて、
それが彼女の心から他事を、また眼からまどろみを追放して、
ある時は、彼女はベッドの端から端へと寝返りを打ち続け、
ある時は、恐怖に慄き、ある時は、愛に身を焦がしたからである。
ある時は、良い選択をしたと思い、ある時は、それを咎め、
ある時は、ひと時ごとに無数の空想がとりとめなく広がり、
ある時は、心の中で、進み始めた道の半ばで立ち止まり、
ある時は、身に起こったことを、走り抜こうと誓った。
危険を目前にした恐怖と、乙女心の愛が戦った。
戦いは熾烈をきわめ、相反する思いで、長く続いた。
曲がりくねった恋の迷路に、右往左往した。それから

とりとめなく疑って立ち止まり、迷い、悲しみに押し潰された。
とりとめない空想が終わっても、涙は止まらなかった。
重苦しい表情で手を握りしめ、ジュリエットは嘆き始めた。
「ああ、愚かしい」、と彼女は言う、「巧妙な罠にかかるなんて！
ああ、惨めな娘、悲しみに打ちひしがれて！　心配ばかりの哀れな女！
この乱れに乱れる思いは、どこから移り気なこの胸に来たの？
理性からこれほど迷い出て、普段の安らぎを奪われてしまうとは。
どうしよう、あの人の巧妙さが舌先に偽りを教えていたとしたら？
草陰に潜む毒蛇が、私の柔らかな心に噛みついたのだとしたら？
親しげに見える話に、裏切りが待ち伏せていて、よくあるように、
おいしい餌に包まれて、鋭い毒針が潜んでいるとしたら？
男の虚偽が、真実を装って、女の情欲に仕えることはよくあるわ。
いとも軽く信じ込んだ女達の、貞節の名誉を恥辱に変えてしまうわ。
そう言えば、女王ダイドー[9]も名誉を汚されたのではなかったかしら？
シーシアスはあんなに卑劣な罪を犯したのに、誰も咎めは
しなかったの？　用心するようにと教える物語は無数にあるわ。
ボッカチオやオウィディウス[10]の書物にも、とてもはっきりと
書いてある。多分、力づくでは大きな復讐はできないので、

巧妙な悪知恵で、最後に私の名誉を汚してしまいたいのね。
だから私は自分から父の仇敵の獲物になろうとしているのね。
私は汚されて、噂のラッパはその黒い悪評を鳴り響かせるのね。
そして頬を膨らませて、私を非難するけたたましい音を、
轟かせるのだわ。その騒々しい音はベローナ中を満たすでしょう。
すると私は、町中で嘲笑の的となって、身を隠すことになるが、
私の恥辱は虚ろな埋葬所の中でも隠せない」。ジュリエットは
足で床の塵を踏みつけた。彼女の千々に乱れる思いは
全く無駄だったが、優しい不信感から生まれていたのだ。
「いえいえ、天上の神様にかけて、私にはよく分かっている。
さっきはせっかちに話したけど、あれほど完全なお姿が、
心地よい美しさと一緒に休んでいるのに、捻じ曲がった悪巧みと
どす黒い裏切りが、客に紛れこむなんて、決してありえない。
賢明な作家達は、人の思いは眼に宿る、と言っている。
だからキューピッドが支配するロミウスは、間違いなく私の人よ。
言葉は心の伝達者、とも言われている。だから彼が私を愛して
いることはよく分かるわ。それでも私はつれなくするの？
あの方のバラ色の顔がしきりに曇って、たちまちまた

さっと輝き、どちらの頬にも広がるのを、何度も見たわ。
あの方がじっと見つめる神々しい眼差しは、その思いを
突き刺すように私の心に伝えて、私の思いを復唱したわ。
あの方が私に話す時口ごもったのは、どんな意味だったの？
あの方が関節をぶるぶる震わせて、顔色がさっと青ざめたのは？
それに私と話している間、あの方はすっかり心を奪われていたし、
私だって確かに欺かれてなんかいなかったわ。
あのように愛を語る時、悪巧みなんて表情に書かれてはいなかった。
ただ自然の造化の筆遣いがあるだけで、偽りなどどこにもなかった。
あの方の善意の確かなしるしに、これ以上他に何を探せっていうの？
もうこれで十分だわ。だから私はしっかり愛して、アトロポスが
私の命の長さの糸を切るまで[11]、ずっとあの人に仕えましょう。
彼はきっと私を正しく結婚した本当の妻としてくれるでしょう。
だってそうなれば、この新しい縁組は、私達二つの家に
平和をもたらして、両家はこれからずっと仲良く暮らしていくはずよ」。
ああ、なんと我々は好むことなら、奮起することか！
ああ、なんと我々は好まぬことなら、止めようとすることか！
根拠の薄弱な話でも、楽しいことなら、気まぐれに空想を広げて

確かな根拠を作り上げるが、同じ話でも嫌になると避けてしまう。
乙女は心の中の倦みはてた戦いを少しもやめようとせず、
懸命に葛藤し続けていたが、夜空に輝く星はどれもみなしだいに
借りものの光を失って、大空には太陽神フィーバスが黄金の光を
広げはじめた。それはいまや起床の時、と告げているようだった。
そしてロミウスはうんざりしながらベッドから起き出したが、
彼もまた夜通し休まず、無数の思いをあれこれ巡らせていたのだ。
そしてぶらぶらと散歩に出ると、ジュリエットの館近くを通ったが、
上方高く彼女の住む窓に、貪欲な眼差しを投げかけてみると、
彼はすぐさまそこに、彼を探している恋人の姿を認めたのである。
楽しげな表情で、二人は互いに挨拶をかわす。彼女はその目で
彼が去っていく足取りを追い、彼は時々後をふり返った。
だが彼は注意深く慎んだので、本心ほど頻繁ではなかった。
危険にさらされる恐怖で、恋の甘味が苦味に変わることがなく、
猜疑心からも自由であったなら、愛の生活はどんなに楽しいだろう！
だが彼女は屋内にいて心配がなく、誰にも見られることもなく、
彼が来るといつも、彼が視界から消えるまで、ずっと見送った。
この抜け目のない恋人は、よくこうして通り過ぎながら、せわしく

視線を投げかけたので、どの窓ガラスも覗き穴も彼をよく承知していた。
ある時運よく彼は庭地を見つけたが、彼が用心して歩かなかったら、
そこから人々は、容易に彼の恋心に気づくことができたであろう。
何故なら見よ、そこは彼女が寄りかかる窓辺の真正面にあったのである。
そこで彼女は明るく親しげな表情で、心を開いて見せるのが常となった。
そして緑陰が二人の秘密の愛を暴露してしまうことがないように、
彼は昼の間は、そこを通って足を踏み入れるのは控えていた。
だが地上に夜闇がその黒いマントを広げてしまうと、彼はしっかりと
武装して、恐ろしい仇敵も少しも恐れぬ風情で、一人で歩いていった。
愛の神は誰を大胆にしないでおこうか、いや、誰を盲目にしないで
おこうか？　この神は危険に対する恐怖を、恋人の心から取り去ってしまう。
夜になると彼はここに、一、二週間足を運んだが、無駄だった。
目ざす人に会えず、彼は悲しみで死ぬほど気が滅入ってしまった。
そしてジュリエットも、心の安らぎとなっていたロミウスの
楽しい眼に出会えず、悲しみで殆ど死ぬかと思うほどだった。
毎日彼女は、時間を変えてみた（恋人達は互いの住みかを
通る時、必ず相手に会えるのであれば、時間を守るものだ）。
彼女は悲しさを我慢できなくなって、ある夜窓辺から身を

乗り出していると、ほどなく月がこうこうと輝き始めた。
するとすぐに恋人の姿を見つけて、心が生き返って弾んだ。
そしてこれまで悲しくて握りしめていた両手を、大喜びで叩いた。
ロミウスもまた、長い間待ちこがれていた人の姿を見つけると、
喪服のような嘆きのマントを脱ぎ捨てて、喜びに包まれた。
だがあえて言うが、二人の内で彼女の方がもっと歓喜したのである。
彼はひどく憂えていたが、彼女はいつもその二倍も憂えていた。
なぜ彼が姿を見せないのか少しも分らない。いつも元気なのか、
生きているのか心配で、死んだのでは、と嘆く時もあった。
愛はよく恐れる理由がなくても恐れるし、また恐れていることが、
まるで実際に起こったかのように嘆くものである。大きな理由が
あれば、することも大きくなる。彼女が元気か、彼は些かも
心配しない。彼女は彼が死んだのではないか、と怖れるのだ。
会えないことだけがロミウスの疼きの原因で、また会えるという
希望を味わうだけでも幸せで、挫けた気持ちはまたよみがえる。
ならば彼の悩みがより少ないことに、何の不思議があろうか？
彼女が二つともまさるにしても、愛する強さは彼とて同じである。
彼女が突然彼の姿を見て、一層喜ぶとしても、驚くことはない。

彼の悲しみや喜びがより少ないとしても、愛の強さに変りはない。
だが二人とも同じほど、愛の炎に等しく身を焦がしたのであり、
まことに愛する騎士と、まことに愛される淑女だったのである。
辛い涙が彼女の眼から泉の如く流れ出すと、泣きじゃくりながら、
彼女は声を詰まらせて、囁くような声で、語り始めた。
「ねえロミウス、あなたってほんとに命を粗末にしすぎるわ、
こんな時間に、こんな場所に来る危険をおかすなんて。
私の一族の者に見つかったらどうするの、あなたの仇敵なのに？
獅子みたいに猛然と襲ってきて、その柔らかな体を引き裂くわ。
私は悲哀と軽蔑で、生きるのが嫌になって、嘆きながら、
短剣で心臓を無慈悲に突き刺して、血を流して死んでいくわ。
あなたは私のものよ。あなたが死ぬと、私にどんな喜びが
この世にあるの？　命以上に大切な私の名誉も汚されるのに」。
ロミウスは言う、「僕の美しい貴婦人、僕の命、淑女ジュリエット、
僕は生まれてこのかた、三人の運命の女神にこの命を預けてきた。
彼女らは僕に敵がいても、僕の命の糸を引き延ばすかもしれないし
誰が駄目だと言おうと、ぷっつり切り落とすかもしれない。
でも誰であれ、僕の命を奪おうと怒りに任せて挑んでくるなら、

多分痛い目にあって、僕がどれだけ命を守れるか思い知るはずだ。
だが僕は命に執着しているわけではない。きみのためなら
いつでも犠牲になり、傷ついた亡き骸となって死にゆくだろう。
もし不幸にもここで、僕が君の姿を前にして、命という借り物の
輝きを、再びもとの死神に戻すことになったとしたら、
ただ一つだけ、僕の霊魂が抜け出ていく時、後悔することがある。
それはきみがしっかり試して分かってくれる前に、きみのお蔭で
僕が得た愛、恋焦がれて虜になったこの暮しを失うことだ。
どれほど僕が、かち得たいと願うものを失うのを怖れているか、
どれほど生きたいか、それは自分一人の安らぎのためではない、
死が僕の亡き骸から霊魂を送り出すまで、生きてきみを愛し、
尊敬し、きみに仕えて、喜んでもらうためなのだ」。
彼はこのことに固い誓いを立てて話を終えた。
今やジュリエットの悲しい胸には、愛と哀れみが湧きあがる。
そして彼女が窓辺で、疲れた頭を片腕に休めていると、
心の中で痛みがつのってきて、彼女は胸元を涙で濡らし、
悲しげな表情で、ロミウスに再び次のように言葉を返した。
「まあ、ロミウス、あなたって私には一番大切なひとなのよ。

そんなことはおっしゃらないで。だってほら、そんな災いは
考えただけでも恐ろしくて、悲しくなって、すぐにも息が止まりそう。
私の命と死は天秤の両側で釣り合っていて、どちらにでも傾くわ。
だって私の心はあなたの心にしっかり一つに編み込まれているわ。
あなたは間違いなく大きな悲しみを耐え忍んでいるけど、
私だって、あなたが苦しい思いをしているように、その痛みの半分を
耐えているわ。といってあなたの悲しみが小さくなるわけはないけど。
でもこんなことはもう過ぎたこと。もしあなたがご自身と私の体を
大切に思い、涙にくれている私の眼に同情して下さるなら、
偽りのない言葉で短く心に秘めている思いを打ち明けて下さいな、
そうすればあなたの楽しいお顔ばかりか、その心も見ることができる。
だってあなたが私の操を凌辱するつもりなら、それは過ちを犯すこと。
これまで同様、これからもずっとさまよい続けることでしょう。
でももしあなたの思いが清らかで、正しい生き方に根差していて、
あなたの願いが見つけた目的と意図が結婚なのだったら、
私は両親への義務も従順も、ずっと以前両家の間で起った
争いごとも顧みないで、私はこの身と自分のものを全部、
まるごと持って、あなたのところにいくわ。そしてあなたが

どこに行こうと、私は父の家を捨てても、あなたについていくわ。
でもあなたがふしだらな欲望と人の道に反した言い寄りで、
すっかり熟した処女の美味しい果実を摘み取るつもりなら、
それは錯誤というものよ。だったらジュリエットはあなたに求愛を
やめるよう強く求めて、同じような仲間達の間で生きてゆきます」。
するとロミウスは、穢れた願望はつゆほどもなかったし、
けなげに高い美徳の嶺を目指していたので、私のペンでは
表現できないほど大きな喜びに満たされた。それはまた人々は、
同じ喜びを味わうまでは、聞くだけでは想像できないほどだった。
彼はそれから両手を組み合わせると、空に向けてかかげて、
神々に感謝した。そして、「もし僕が、あの人が語ったこととは
違うことを考えたら、天罰が下りますように」、と叫んだ。
それからロミウスは顔を彼女に向けて、次のように答えた。
「ねえジュリエット、きみは僕をとても大切に思い、結婚相手に
選んでくれた。なんて僕は幸せなのだろう。僕はこの身をきみに
捧げて立派な夫になると誓います。この言葉の正しさを行動で
示すため、僕はここをしばらく離れて、僕の心をきみに残します。
明日の朝、日が昇る前のほどよい頃に、ローレンス修道士様の

ところに伺って、思慮深い助言を頂きます。あの方は僕の
聴罪師様で、しばしば大事な問題で相談に乗って頂き、
どうしたらいいか、教えて頂きました。そして今まさに
この時この場で、僕はきみに誠実に約束を守ることを誓います。
僕はまたここに来て、よければ修道士様がお話しなさったことを、
きみに知らせよう」。彼女は十分に満足した。でないと彼はその夜、
この淑女から、楽しい言葉を除けば、何も恩恵を受けなかっただろう。
裸足の修道士は、灰色の僧服をまとい、それに帯を巻いていた。
それは私が書物で読んだところでは、彼は大方の無知無学の
愚か者とは違い、フランシス修道会[12]の人だったためである。
彼は神学校で神学博士の課程をおさめていた。彼はまた、
自然の造化の働きに潜む秘密にも通暁していた。人々は
彼が魔術を使い奇跡を行うことができると信じていた。
神学者がそうした技を心得ていても、特に悪いわけではなく、
彼らがこうした技を使っても、なにも害がないのであれば、
どんな技であっても、これを非難することは難しいからである。
だが正義と道理の学問は、その下劣な乱用には反対の声を上げている。
この修道士の寛大さと賢明さは、町の人々の心を摑んできたので

老いも若きも、大人物も庶民も、ほとんど全ての者達が、
懺悔して罪を償うのに、ローレンス修道士のところに駆け込んでいる。
彼は誰からも愛されて、誰からも深く尊敬されているのである。
また彼は賢明さで他の人々に遥かに勝っていたために、
公爵さえも、必要な折には彼に助言を求めて助けて貰っている。
ローレンス修道士はキャピュレット家と、とても深い親交があり、
モンタギュー家でも、友人として秘かに信頼を得ている。
この修道士は他のどの信徒よりも、ロミウスが好きであり、
またベローナの若者の中で、いつも彼を一番気に入っていた。
彼がひどく苦しんでいる時、修道士はいつも彼のために、
先述の通り、巧みに知識を使って、彼の受けた被害を救う方法を
見つけ出していた。ロミウスは朝まで待つことなく、
ローレンス師のもとに行き、先ほどのいきさつを、
喜びも悲しみも含め、全部生きいきと語った。彼は淑女達と
踊っている最中、ジュリエットをどのように見つけたか、
またどのように自ら進み出て、彼女と初めて言葉を交わしたか、
また二人はどう語らい、目配せを交わし、これほど早く、
信頼と約束で恋人同士になったのか、如何なる生の望みも

残忍な死の恐怖も、彼が彼女に誓った約束を、命が彼に
ある限り、彼に破らせることはできなくなったのか、
語ったのである。それから涙を流しながら、この聴罪師に、
二人の誠実な心からの望みを先に進めてほしい、遂げさせてほしい、
と懇願した。この老師の心には、あれやこれや無数の疑念が
湧いてきた。彼は起りそうな無数の危険について語って聞かせて、
結婚式を挙行するのは、控えたほうがよい、多分一、二週間も
すれば、もっとよく分かるはずだ、と諭した。助言というものは、
恋に夢中になっている若者らには、はやる気持ちを思い通りに
前に進めてくれる助言以外は、どんな助言も耳に入らないものだ。
老修道士は彼に思いとどまるよう諭すこともできたであろうが、
彼は山のてっぺんから投げ落とされて、もう半ばまで落ちていて、
やめるよう警告するにも、恋の競争はもう始まって、キューピッドは
鞭でびしびし打ちすえて、走り続けるのを強いているのだ。
修道士はついに許したが、一つには熱心な頼みに負けたからで、
またもう一つには、最近吹き荒れた二つの家系の激怒の嵐を、
この結婚が静めてくれることを期待したからである。
両家の嵐は再び荒れ狂うことはなくなり、永遠に止むだろう。

彼はこの大きな企てを、どう解決したものかまだ分からない。
そこで最善の策を考案するのに、一日だけ待ってほしいと頼んだ。
深い傷を負った若者は、死ぬほどの苦しみに耐えていた。
患者は医者が治療のための膏薬を作るのを、とても待てない。
ロミウスはわずか一日の昼と夜さえ、到底認める気にはなれない。
だがやむを得ない。そうしないと、たった一つの心の喜びを失うのだ。
見ての通り、ロミウスには時間をさく余裕も、苦しむ余裕もない。
だがその間美しきジュリエットも、心配でたまらない。
若きロミウスは、彼の幸運と不運を、修道士に溢れる言葉で
吐き出した。だがジュリエットは、自分の心の秘密をどこに
漏らしたらよいのだろう？　一体誰に秘かに燃える愛の炎と、
凍りつく不安と思いの限りを、打ち明けたらいいのだろう？
先に私が話した乳母は、彼女の部屋付きで、この乙女に
いつもはべっていた。彼女はこの乳母に、受けたばかりの
傷について洩らし，切に助けを求めた。彼女は「私が
破滅するのも、命を救われるのも、あなた次第なの」、と語った。
このつむじ曲りの乳母を口説き落すのは容易ではなかったが、
報酬を約束されると、彼女はついに、「大命を仰せつかった

侍女として、お指図の通りに致します」、と厳かに誓いを立てた。
彼女はジュリエットの秘密を、自分の胸の内に隠すことにした。
乳母はロミウスのところに行くと、彼から結婚の進め方に
ついて、修道士がどんな助言をしたのか知りたかった。
ロミウスは「土曜日にジュリエットが懺悔に来たら、彼女は
懺悔をした後にすぐ結婚する。この筋書きをどう思う？」と聞く。
「正直に申しますが」、と彼女は言う。「神様があなたを
祝福されますように。長い人生でこんな役目を聞いたのは
初めてだわ。全く若い男達って、どうしてこんなずる賢いことを
思いつくのかねえ。娘が好きになると、まずその母親の眼を
眩ませるわけね。神聖に見えるマントで擬装して、無邪気に
何も疑わない母親を欺いて、馬鹿にするのはたやすいことだわ。
あなたが話してくれる気になっていなかったら、
何年経っても、私はまず気づかなかったでしょう。
そこで残りのことは、私とお嬢様二人に任せて下さいまし。
お嬢様が許可を貰うのに、何か口実をすぐ考え出しますわ。
例えば金髪の巻毛の手入れを、つい怠ってしまったとか、
例えば若いお嬢様のこと、知らずに淫らな夢を見たとか、

例えば恋の思いに耽って、怠けて時を過ごしたとか、
それとも心の内で、責められて当然な何かをしたとか。
お母様はどの場合だって駄目だなんておっしゃらないわ。
受け合いますわよ、お嬢様は土曜日に必ず来られますとも」。
それから、お母様はお嬢様をとても愛されています、と誓った。
そしてどうやって幼い頃乳を吸わせたかも、省かず話した。
「可愛い赤ちゃんでしたわ」、と彼女は言った。「まだ幼い頃、
まあ、ほんとに可愛らしく、ぺちゃぺちゃお喋りになったわ！
私あの子を、数えきれないほど何度も膝の上に乗せたのよ。
お尻をそっと叩いて、その叩いたところにキスしてやったの。
そんな時のキスは、ほんとに、色好みの助平爺の口から
もらうキスよりか、ずっと嬉しかったですわ」。
お喋り乳母は、こうしてジュリエットの幼い頃の話を始め、
今の様子に至るまで、長々と退屈な話をして聞かせた。
彼は恋人についての話を聞くのは楽しかったが、
自分の伝言に返事をもらうことが、もっとためになる。
だがこんな婆様達が、ゆったりと尻を据えてしまうと、
話が終わる前に日が暮れるばかりか、蠟燭も燃え尽きる。

それに婆様達の話は、半分は事実でも半分は作り話である。
誰かがその嘘を止めないと、ずぶとく両方混ぜて喋りまくる。
そこでロミウスはクラウン金貨[13]六枚をポケットから出して、
彼女に「僅かばかりのお礼です」、と渡した。「ではこれで」。
乳母が言うには、曲がった膝をこんなにも低くして
お辞儀したのは、この十四年間で初めてだった。
そしてうまく知恵と時間を使い、懸命に労苦を惜しまず、
彼が望む無上の喜びが叶うようお手伝いします、と誓い、
また腰をかがめていとま乞いすると、すぐさま足早に
大急ぎで帰っていった。乳母は部屋のドアを閉めると、
微笑みながら「いいニュースです、お嬢様、いい知らせですよ。
心配で悲しくさえずるのはもうよして、楽しく歌って下さいね。
だってお天道様の下で、一番幸せになれるんですからね。
こんなに素晴しく立派な方が手に入るなんて。この町中で
一番の容姿と一番の顔立ちをしていらっしゃるし、この方の
半分の気品だって持っている男は、一人もいませんよ。
言葉づかいはお優しいいし、賢いお話しをなさいます」、と話した。
そして乳母は更に褒めちぎって、彼を大空高く持ち上げた。

「他のことを話してよ。そんなこと、いつも考えていたわ。
でも結婚の日取りの返事はどうだったの？　すぐに教えて」。
「いえいえ、まあ落ち着いて。急に喜びすぎると傷を負いますよ」。
「私を玩具にしたいの？　遊び半分の話なんか聞きたくないわ」。
考えてもいただきたい、乳母が、その日は土曜日より先には
ならない、と告げると、ジュリエットはどれほど嬉しかったか！
またもや老乳母はロミウスの話しをした。「それから」と、
乳母は言う。「あの方が私に話して、それから私が話しましたの」。
彼女は起ったこと、話し合ったことを、何もかも語り尽した。
ただ一つ、金貨をもらったことだけは、忘れていた。
「時間の損失に比べると、損するものは何もありませんわ、お嬢様、
そのお年頃だと、どんな罪だって後悔しないものですよ。
過ぎてしまった昔の若い頃を思い出してみますとね、
一つだけ、何よりもとことん悲しくなることがありますの。
十六歳の時、初めて好きでたまらない男の子ができましてね、
私って、もうすっかり熟れていたんですよ、そう、一年ほども
前にね。もうとっくに過ぎたけど、あの時失った楽しみ、もう
何度涙にくれたことでしょう、これから先も死ぬまでそうですよ。

まったく恥だわね、いえ、もう罪ですよ、ほんとに、至福の
楽しみに明かりを灯して、幸せな喜びに浸れるというのに」。
今朝女主人を説得して引き止めることもできたはずの乳母は、
今やうまく説いて勧める女弁士になっていたのである。
もし恋に落ち心配でたまらぬ男がいたら、その男に私は言おう、
もし成功を望むなら、決して財布を惜しんではならぬ、と。
世間には、歓迎されず門前払いされる二種類の男がいるものだ。
一人は金持ちでけちなしみったれ、もう一人は貧乏な求婚者だ。
輝く黄金は、その性質からして、人の心を動かすのが常だ。
だからしばしば僅かの謝礼が、より大きな報酬を
もたらすのだ。どの本だったか忘れたが、魚を釣るには
黄金の釣り針で釣るにしくはない、と書いてあった。
ロミウスのことで、二人は座ってしばらく談笑する。
彼女達はどう母親を欺くかで、二人だけで笑う。
二人は巧妙な口実を見つけたが、私はさだかには知らない。
とにかく彼女は、土曜日に懺悔に行く許可を得た。
このずるい娘っ子ジュリエットは、母親の機嫌が悪い時間も、
ひざを曲げる正しいお辞儀の仕方も、しっかり心得ていた。

すぐに土曜日はやって来た。彼女は地味な服を着て、
母親から許可をもらうと、真剣でまじめな顔つきで出かけた。
彼女の情欲を抑える馬勒《ばろく》として乳母が付き添い、
母親は同じくらい信頼している手伝いの娘を付けた。
ジュリエットに、小馬のように、歯と歯の間にはみを噛ませたのだ。
この処女は実に用心深く歩いたので、娘は何も気づかない。
ジュリエットは教会内で町の若い男らを見つめることも、
あちこち歩き回ることもなく、真っすぐ祭壇に進むと
踏み段に跪いた。そこで敬虔な祈りを捧げ、その柔らかい膝を
ついたままでいると、この淑女は待ちくたびれてきた。
彼女はローレンス修道士のもとに、自分の懺悔を聞いてもらう
余裕があるかどうか知るために、手伝いの娘を送った。
修道士は懺悔聴聞室から楽しそうな顔つきで出てきた。
慎ましやかな乙女は恥じ入った顔つきで彼の方に進み出た。
「最近きみは何か大きな罪を犯したな」、と彼は言った。
「たぶん友に連れ合いを与えて、彼を不快にしたな」。
それから彼は乳母と手伝いの娘に、「さあ、行ってミサを
一つか二つ、聞いてきなさい」、と言った。「もう始まる

ところだ。この人の告白を聞いたら、あなた達二人から
受け取ったこの預かりものをまたお返ししよう」。
そう、ジュリエットはこれで胸のつかえが取れたのだ。
この頼りになる修道士が、疑り深い手伝い娘に変わったのだ。
あえて言うと、ベローナ中の何処にも、ロミウスを除いて、
彼女が二人だけでいたい人は、他に誰もいないのだ。
こうして修道士の庵に二人は一緒に入っていった。
彼とジュリエットが中に入るや、直ちに彼はドアを閉めた。
だが彼女の親しいロミウスは、すでに中に入っていて、
そこで恋しい人を、もうたっぷり二時間余りも待ち侘びて
いた。来るのか来ないのか、希望と絶望の狭間で、
一分は一時間にも、一時間は一日にも思えていた。
今や揺れ動く希望と恐怖はすっかり失せて、彼が望んでいた人、
彼の楽しみと喜びの源の他ならぬその人が、すぐそばにいる。
嬉しくてたまらぬジュリエットは、疼く痛みが全て癒えた。
彼女は身体全部で、さ迷い出ていた心をまた探しあてたのだ。
そこで修道士は、まず二人の罪の告白を聴聞した。
ローレンス師は声を大きくしてジュリエットに話しかけた。

「淑女ジュリエット、私が罪を聴いた娘よ、私の知る限り、
あなたは傍に立つロミウスについて、彼の妻であり、
彼はあなたの夫であり、二人はこのことは、死によって命が
尽きるまで続く固い真実である、と意志を一つにしているが、
あなた方はともにこの崇高なる誓約を守ると固く決心しているか？
二人の恋人は、これが彼らのただ一つの二人の願いですと答えた。
修道士は二人の気持ちが強い愛で固く結ばれているのを見ると、
こと細かに婚姻の威儀を称えて、巧みに彼らに語り聞かせた。
彼は妻に、果たすべき義務を語り、また若い夫には、知って
おくべき務めを、聴罪師にふさわしい口調で語った。妻は愛をもって
夫を尊敬し、彼に従わねばならず、夫は愛し尊敬する義務を
妻に負っており、またどんな債務を支払わねばならぬか、
語り聞かせた。彼が述べたこれらの言葉は、神聖な教会が
古来結婚について定めていたものだった。ジュリエットが
金の指輪をロミウスから嵌めてもらうと、二人は立ち上がった。
すると修道士は語った。「あなた達は別の折に二人だけで、
心の内を語りあいたいだろうが、今すぐここで話しなさい。
もうあなた達はここを出ていかねばならぬ時間だ」。

二人ともかくも早く別れるのは嫌だったが、ロミウスは語った。
「ねえジュリエット、今日の午後乳母をまた僕のところに
寄こしてほしい。そうすればその時までに縄梯子を用意しておくよ。
それを使って今夜、皆が寝静まったら、きみの窓に登っていく。
それから二人の愛と以前に味わった絶望について語り合おう。
それからゆっくり時間をかけて、二人で素晴らしいことを行おう」。
こう言うと、二人は口づけを交わし、喜びに溢れた花嫁と花婿は
帰宅の途につき、それぞれ父親の館へと帰っていった。
二人とも満足してはいた。だが夜と、ヴィーナスの子
キューピッドが、結婚の成就を許してくれるまでは、
二人ともまだ十分には満ち足りてはいなかった。
戦争で疲れ果て、ひどく打ちのめされた痛々しい兵士や、
遠方から必需品を持ち帰るのをひどく恐れる商人や、
敵の残虐な侵略を怖れ、耕作地に種を撒くよりは、
座して安逸に暮す方を選んだ農夫は、和平が布告されたと
聞いて歓喜にわく。響き渡る喧噪はもう御免である。
戦乱が収まると、残酷な戦争の危害も収まる。
商人は価値ある貴重な品々を大胆に持ち帰る。

農夫は恐れる必要がなくなり、肥沃な畑地を耕す。
富のため、夫のため、妻のため、平和は誠に貴重だ。
恋人達は、懸念し、怖れて、不安の中で過ごした。
二人は激しく思い乱れて、胸中必死に戦い続けた。
だが婚礼こそは平和である。自由がもたらされると、
他ではなしえぬ無数の楽しみごとを、なすことができる。
二人は今騒ぎが終わったと知り喜んだ。だが二人は
今度は喜び楽しむべく、平和の果実を痛切に望む。
激しい嵐の波風の中で、転覆の危険に晒されて、
ああロミウスよ、汝の船は舵を失い、長い間揉まれ続けた。
だが荒れ狂った海は、今は静まり、汝は幸運の星のもと、
安息の港を目前にしている。だが波立つ潮には破滅を齎《もたら》す
危険な砂州が潜む。大胆にも汝は長い間待ち望んでいた
その港、汝が結婚した貴婦人のベッドに近づかんとする。
神よ、願わくは、愚かしい霞が、汝の内なる視野を薄暗くして、
汝が、喜悦に続く水路を、見誤ることがありませんように。
神よ、願わくは、汝が嬉しい港に無事着く前に、闇に潜む危険な岩が、
荒れ狂う海に打たれてきた帆掛け船を、難破させませんように。

ロミウスに仕える召使いは、言葉も行いも実に立派で、
必要となれば、主人は彼を信用して命を託すであろう。
彼はロミウスへの信義の厚さを以前から度々実証してきていた。
そこで彼はこの召使いに、ことのいきさつを残らず話した。
彼は頼まれた通り、ただちに見つけてきた縄梯子に、
二つの固くて曲がった鉄の鉤《かぎ》を、しっかりと結わえ付けた。
ジュリエットは抜かりなく、乳母を夕暮れに寄越してきたので、
花婿は彼女に、彼が手に入れた梯子を渡した。それから
花嫁に彼が会いに行く時間を指定した。何故なら運命の女神が
ロミウスにほほ笑みかけようが、顔をしかめようが、
花婿は指定した場所に必ず行くつもりだったから。そこは
ジュリエットの顔を以前秘かに度々見ていた場所であった。
この恋人達に、その日がどれほど長く続くと思えたかは、
同様の情熱で試みたことのある人々に、判断を任せよう。
私としては、一時間は二〇年に思えたと推測している。
思うに二人がアルクメネについて聞く長き夜[14]を過ごすとして、
彼らが天を自在に操れるなら、太陽は彼らの意思に縛られて、
夜は真っ暗に、闇は二倍になり、たちまち全てを隠すはずだ。

その取り決めた時が来た。彼はたっぷりと服を着こんで、
望む我が家へと向かう。幸運が彼の道案内とならんことを。
彼の心が命をもらったその場所に近づいていくと、
彼は身も軽く壁を飛び越えて、そこで妻の様子を窺がった。
妻は窓辺で愛する夫が現れるのをじっと見つめていた。
そこに彼女は縄紐の梯子をしっかりと取り付けていた。
彼女の夫は危なげなく部屋の窓へと登ってきた。
そこは彼が今まで数えきれぬほど幾度も望んだ場所だった。
他に誰も来ぬように、窓はどれもしっかりと閉められた。
彼女は老いた乳母をせかして、小さい蠟燭に火を灯させていた。
それはジュリエットが、灯火の下で、夫の輝く美しさを
楽しもうと，あらかじめ準備していたものだった。
ジュリエットは頭にいつもの如く雪のように白いカーチフを
着けて、身にはベッドに入るための衣装をまとっていた。
彼女は彼を見るやいなや、その長く細い両腕で、首の周りに
しっかりと抱きついて、長い間離れようとしなかった。
彼女は千回も彼に口づけした。それでも前の口づけは無効だった。
彼女は一言も話すことができなかったが、些かも話したくは

なかった。淑女は彼の両腕の中で、気を失いそうだった。
彼女はため息を漏らし、閉じた口をぴったり彼の口に合わせた。
それから悲しさで、今にも気を失いそうになったので、
見よ、そのため彼は、同時に生きて死ぬ思いにかられたのだ。
かくして哀れにも痛ましい煩悶は、期せずして過ぎ去った。
彼女はやっとまた、もとの自分に戻ったのである。
彼女はそれから乱れた胸を通して、その最も深い所から、
空なる溜息を使者として、ふうっと送り出した。
彼女は「ああロミウス、あなたの中ではどの美徳も
みな輝いている。ようこそ、ここに。とうとう来て
下さったのね。この眼からは、あふれる涙はすっかり
流れ出たので、もう辛い涙の源は、涸れてしまったの。
あなたがいないと私の心は疲れ果て、あなたがいると満足するの。
あなたの身の安全と体の具合が、恐いほど心配だったわ。
でも今は破滅の宿命が何を定めても、私どうでもいいわ。
運命の女神と死神には、どんなに酷いことでもさせておくわ。
私が受けた苦しみは、神々がこの腕であなたを抱擁するのを
許してくださったから、もうすっかり償われたわ」。

妻の言葉で、ロミウスの眼には、水晶の涙が浮かんできた。
彼は心から愛する妻ジュリエットに、かく返事した。
「残忍な運命の女神は僕の不倶戴天の敵ではあっても、
きみを僕がどれほど愛して、心を奪われてきたか、
きみの値打ちが、どれほど僕に大きな力を与えてきたか、
きみのため、どれほど僕が大きな苦しみに耐えてきたか、
どれもはっきり証拠を挙げて、知ってもらうのは難しい。
だが嘘偽りなく、ここではっきりきみに伝えたい。
きみがいないと無数の苦しみが始まり、どの苦しみも、
僕の柔らかい心を捻《ねじ》り上げて、死ぬかとさえ感じた。
たった一つの死が、千もの命を奪うかとさえ感じた。
だが待ちに待ったこの喜びの日を迎えた。生き延びて、
今までの悲しい呻きの代価は、全部帳消しになった。
今はすっかり満足し、まるで僕一人で、この大海から
遠くインド洋まで支配しているみたいな気分だ。
だからもうこれまでの悩みは全部、心から拭い去ろう。
今やこれまでの惨めさは、ついに全部取り除かれた。
憎むべき苦しみは、もう僕らの背後にうち捨てよう。

僕らに運命の女神は、恵みの場所と時を与えてくれた。
僕らは喜んで、不満な気持ちを歓喜に変えることができた。
悲しみと戸惑いは全部、忘却の川に深く沈めてしまい、
無上の喜びに浸って、飢えた心を歓喜で満たそう。
そしてこれからは、誰にも気づかれないように、
油断なく注意しながら、賢く二人の愛をはぐくもう。
妬み深い敵に、この新たな喜びを力ずくで奪われて、
今の幸せから、また苦痛と不幸のどん底に落とされてはならない」。美しいジュリエットは返事したかったが、
老乳母が急いで入ってきたので、その返事は遮られた。
「いい機会があれば、誰だって利用しますわ」、と乳母は言う。(15)
「次の機会を探そうたって、もうそんな時は来ませんからね。
チャンスが来たのに、逃す者は、誰だって鞭でぶたれて
当たり前って、言ってやりたいわ。あなた方はそれぞれ
お互いに傷つけあって、お互いが嘆き悲しむ原因と
なってきたのですから、ほら、ここは戦場よ」。
乳母は飾りつけた野戦ベッド(16)を指さした。「さあ、
そこで、両腕を武器に使って戦って、仇をうつのよ」。

二人の恋人とも、いとも簡単に同意して、「穏やかに
復讐しあおうね」、とそのベッドに心を弾ませて向かった。
乳母は就寝のために立ち去って、彼らは二人きりになった。
さてどうしようか？　彼らはそわそわと横になった。不安はない。
私は告白するが、彼らが過ごした無上の喜びが羨ましい。
ああ、私も同じ経験をしたかった。罪にならないよう願うが、
私はここまで彼らが密かに隠していた悲嘆を示してきたから、
私はここでは彼らの歓びをペンで写してよいであろう。
私はこれまで幾度も震える不安と恐怖の発作を感じたが、
運命の女神は、一度も彼らと同じ喜びを私には与えなかった。
残念だが証拠を挙げて、確かな真実を書くことはできないが、
ありえたことを推測してみて、あえて綴ってみよう。
目隠しした運命の女神は顔をしかめて、強大な国王達を
怯えさせ、その王座から真っ逆さまに投げ落とすが、
今二人には微笑えんでいる。二人は運命の女神の好意で、
今こそ何としても、大いなる歓楽を味わう必要があろう。
もし愛の神キューピッドが、楽しい戯れの神でもあるなら、
ああロミウスよ、思うに軍神マルスも、汝の幸運を羨ましがろう。

ああジュリエットよ、思うにヴィーナスも、汝の代りに
この楽しい時を過ごしても、まったく後悔はしないだろう。
このように彼らはその夜を楽しく、歓び戯れて過ごしたのだ。
太陽神フィーバスの駿馬のせっかちを、彼らはひどく恨んだ。
今や処女の砦を勇猛なロミウスは手に入れた。そこはまだ
一度も砲撃で二つに開かれたことはなかった。今や彼は、
安々と望みの場所に突き進んだ。どれほど彼が歓んだかは、
恋人の躰を抱擁する皆さんに語ってもらうことにしよう。
こうして二人は結婚を成就して、ともに喜悦した。夜明けが
すぐそこまで近づくと、この愚か者の二人は不安になった。
もはや一刻も喜びに浸って時を過ごすことはできない。
性急な朝の罪を厳しく咎める余裕さえもなかった。
ロミウスは彼女の腕の中で親しみの情こもる口づけを交わすと、
一晩おきにきっと来る、と厳かに誓いを立てて別れを告げた。
彼はただ一つの方法で、ちょうど同じ時刻に、また訪れる。
運命の女神が甘い生活に酸味をつけるまで、そうし続ける。
だが一体誰が、自分の今を、いつまでも保つことができようか？
「今の喜びは、あと一日は続く」、と誰が自分に言えようか？

運命の女神の廻す車輪は実に心もとなく、その気まぐれは
実に奇妙で、誰もが彼女の奴隷になる宿命にある。
この女神は万人を支配し、誰もが歓喜と苦痛の二つを持つ。
だが常にとか、偶然にとか、同様にとか、というのではない。
喜び多き後にも、殆ど苦しみを感じない人々もいる。
彼らは僅かの苦しみののち、また幸せと喜びに戻っていく。
だが長い悲哀の中で過ごした後、ついに安らぎを得ても、
それが少しも続かない人々もいる。彼らの悲しみは、
それに先立った大きな悦楽ゆえに、遥かに深くなる。
突如事態が変化すると、悲しみはそれだけ大きくなる。
この不幸な一群の中の一人が、ロミウスであった。
彼の幸運は全て不運に、歓喜は全て嘆きに変わるのだ。
喜びに溢れたジュリエットも、ページをめくらねばならぬ。
彼女は再び喜びを奪われて、どん底の悲嘆にくれるのだ。
限りなく幸せだった二人の夏は、一月、二月と続いたが、
急ぎ足の冬の突風が吹き、二人は再び転落することになるのだ。
輝かしい運命の女神は、最初は二人を大空高く持ち上げた。
妬み深い運命の女神は、これを覆し、二人は地上で這いまわる。

ジュリエットは前の悲しみの借りを、利得二倍の喜びで返した。
だが今や、喜びの高利を、十倍の苦しみで支払うことになる。
公爵は両家の和解を実現することは、全くできずにいた。
両家の怒りの火花は、依然として残っていたのであった。
この間もそれは、燃え尽きた青白い灰の中で、くすぶっていた。
その時が来ると、再び炎となって燃え上がり、全てを焼き尽くす。
最も神聖な時に、最も凶悪な犯行が行われる、と人は言う。
復活祭の翌日、その災いは新たに始まることとなったのだ。
キャピュレット家の一団が、(何と残念なことだろう!)
城壁内の主計官の門近くで、モンタギュー家の一団と遭遇した。
キャピュレットの者達は、その長に、ある若者を選んでいた。
わがジュリエットの叔父の息子で、名をティボルトといった。
彼は武器の技に最も修練を積んでおり、暴徒の中で最も高貴で、
彼の体軀は背が高く頑強で、その勇気は傲慢そのもので、
攻撃の指令を出すのに、トランペットの音は必要なく、
口を大きく広げると、引き締まった口調で声を張り上げた。
「さあさあ」、と彼は言った。「友人諸君、仇を討とうではないか、
そして今日の復讐と我々について、子々孫々に語り継がせよう。

さあ奴らの自惚れた思い上がりを、きっぱりと抑えてやろう。
誰一人生きて逃がすな！」こうして彼は、怒りに燃えて、
仲間達と一緒になって、目の前の敵に攻撃を仕掛けたので、
たちまちこの騒ぎで大きな衝突が起ったのである。というのも、
見よ、モンタギュー家の者にとっても、逃げるのは屈辱である。
恥をかいて生きるより、死して誉れを受ける方を選んだのである。
ティボルトが味方に怒りを焚き付けるのに使った言葉は、
モンタギュー家の者達を激怒させ、彼らの心に火をつけた。
彼らはいきり立った獅子となって戦い、油断なく身を防衛した。
誰もが敵を負傷させようと、必死に持てる力と知恵を傾けた。
それぞれの側は、この激烈な抗争を長く頑強に闘ったので、
いずれが勝ちか、いずれが負けか、どう見ても分らなかった。
この乱闘騒ぎは、ほどなく町中に響き渡って、四方から
味方が加わり、双方の親族が大急ぎで駆けつけてきた。
一人が息を切らして喘いでいると、その友人が跨いでいった。
ある者は片手を失い、またある者は足が不具になった。
ある者は相手に強烈な一撃を加えたが、脚を切られた。
ある者は相手を刺し貫くところだったが、その男の頭骨を割って砕いた。

彼らの豪胆な度胸は、退却するのをよしとしなかった。
彼らは恐れを知らず平然と、深手の危険な大傷を負った。
かくして長い間、足には足、盾には盾、互いに一歩も引かず、
ある者が敵をぐったりさせても、相手は少しも怯えなかった。
この喧噪は町の住民すべての耳に聞こえたが、悲しいかな、
友人らと歩いていたロミウスにも、それは届いてきた。
彼は大急ぎで、その乱闘の現場に向かって走っていった。
彼は一緒にいた仲間数人も連れて、その現場へと向かった。
彼らはその凄まじい殺し合いを見てひどく残念に思い、
道路の両側で、血に足を浸して立ち尽してしまった。
「やめろ、君達」、とロミウスは叫ぶ。「頼む、喧嘩はやめろ」。
また、「もう沢山だ、そこまでだ」、と声を張り上げる。
「こんな手痛い傷を負って、なお懲りずに神様の怒りを買い、
新たな騒動で町の秩序を混乱させるつもりなのか」。
だが彼らは喧嘩にすっかり夢中でいきり立っていたので、
彼のこの真っ当な忠告は、彼らの耳に届くはずもなかった。
そこで彼は群れの中に飛び込んでいき、その殴り合いを
止めさせようと、彼の友人ばかりでなく、永年の宿敵らも、

遮った。ティボルトはすぐにロミウスに気付き、やにわに彼を
一突きした。危うく脇腹を真横に突き通すところだった。
だがロミウスは敵の攻撃に備えて、常時怠りなく武装していた。
剣は鎖帷子に阻まれて、彼は些かも傷つかない。「ひどい
じゃないか」、と彼は叫ぶ、「喧嘩をとめているだけなのに。
恐いのではない、僕には大事な訳があり、性急な行動は
控えているのだ。君はリーダーで、家柄も一番立派だ。
悪いことはよして、この連中の争いをやめさせたまえ。
怪我人が大勢出て、切られた者も、死にかかった者もいる」。
「ほざくな、小僧、卑怯な逆賊め」、と彼は答える。「さあ、
貴様の甘ったるい、口先滑らかな舌先が、この俺の剣の盾に
なって、貴様の役に立つかどうか、今すぐ試してやらあ」。
こう言うやティボルトは、ロミウスの頭上に激しい一撃を加えた。
もし彼が巧みに防いでいなかったら、それは彼の脳髄を叩き割って
いただろう。だがそれは、ロミウスに貸しを作っただけだった。
彼は借りを返すのに、我慢して得た利益代わりに、ティボルトを
殺害してしまったのだ。森の茂みに潜むイノシシが、
犬の群れに挟みうちにされたか、槍で痛い所を突かれたか、

その固い剛毛を真っすぐ背中に逆立てて、鋭い曲がった牙を、
泡を吹きつつ、口の中で研いでいたのだった。あるいは獰猛な
ライオンが、子を奪われて、猛り狂って立ち上がったのだ。
弱く小さい動物が、その激怒を静めることは不可能なのだ。
ロミウスは、みなの眼には、斯くの如く写った。
彼は受けた不当な悪事に、闘って復讐せんと意を決した。
あたかも天空から投げ落とされた二つの雷電が、大気と、
巨大な大地と、大海を、激しく突き抜けたかのようだった。
二人は対峙して一度、二度、激しく打ち合ったが、ロミウスは
ティボルトの喉をぐいと突き刺した。かくて彼は殺された。
すると見よ、争っていた者達の死闘はここに終わった。
相手の殺害を渇望していたティボルトは、彼自身が落命した。
キャピュレット家の者達は、彼が倒されると怖じ気づいて、
ロミウスの姿を見たモンタギュー家の者達は勇気づいて、
町の住民達は、公爵が警備隊を送り込むと、強気になった。
乱闘騒ぎは終わった。キャピュレット家の者達は、公爵の前に、
息絶えた遺骸を運んできて、彼らの血族を殺害した者を、
その罪の報いとして、死刑に処するよう、懇請する。

モンタギュー家の者達は、ロミウスには罪はない、と訴える。
見物人らは、この争いを始めたのはティボルトである、と語る。
公爵はしばらく間をおき思案すると、「ロミウスはティボルトを
殺害した廉《かど》により、ベローナから追放する」、と判決を下した。
敵方は、彼を絞首刑にせよ、投獄して餓死させよ、と望んでいる。
味方は、ロミウスの扱いは不当だと思うが、あえて口に出さない。
また両家には、争いを終わらせるため、「即刻残忍な武器を
放棄すべし、違反する者は死罪に処する」、と命令が下された。
この町を蔽った疫病のごとき災いは、たちまち裏通りの隅々まで
広がっていき、町はどこでもつぶやきと呻きに蔽われた。
ある人々は、ティボルトの早すぎる死を深く嘆いた。彼は武術では
みごとな技に秀でていたし、またこの出来事がなかったら、
いずれ富豪となり、大きな力を振るい、親族を助け、またベローナの
繁栄に尽力したはずだ。こうした期待は、ひと時も経ぬ間に、
すっかり無に帰したばかりか、かくの如く息絶えてしまうと、
存命していれば町に貢献したはずが、死によって迷惑をかけた。
だが他にも嘆く人々があった。中でも淑女達がそうだった。
罪深い運命の女神の仕業により、つい今しがた、不幸な宿命が

哀れなロミウスに降りかかったのだ。彼に落度はなかった。
だが彼は追放されて、故郷を離れて暮らすことになった。
彼の光輝く神々しい美、容姿端麗な五体は、（それを見て、
麗しい淑女達よ、あなた方は若い心をときめかせていたが、）
もはや彼が帰って来るまで、決して見ることはできぬ。
楽しみの希望が、嘆きを止める希望が、何処にあろうか？
ロミウスは天の恵みを身一杯に受けて生まれ出て、
運命の女神と自然の造物主とに深く寵愛された。彼の顔には
誠に明るい輝きを放ち続ける神々しい美と、見る者の視覚を
いつも喜悦させる気品と優美があった。かてて加えて
ある確かな魅力が、造物主の秘かな技で彫り込まれていた。
ゆえに彼には、無数の人々を心から魅惑する力があった。
ゆえに誰もが、彼が追放を解かれてすぐに帰り来るように、
痛みの一部を喜んで分かちあいたがる。だが嘆き悲しむ
人々の間にあって、ジュリエットはどれほど深く嘆くことか！
如何ほど涙に濡れることか！　如何ほど深い溜息をつくことか！
如何ほど髪を掻きむしることか！　如何ほど服を引き裂くことか！
ジュリエットは恋人の追放の知らせに、どう暮していけばいいのか！

どれほど彼女は、大好きだったティボルトの死を嘆くことか！
彼女の深い悲しみと哀れな嘆きを、私はうまく伝えるすべを知らぬ。
彼女は深い絶望の奥底に、深く、更にまた深く、沈んでいき、
みじめな悲しみの無惨な響きで、虚ろな大気を満たす。
彼女の重苦しい叫びは、地獄の深い奥底まで降っていき、
彼女の悲痛な嘆きは、高く天空の果てにまで昇っていく。
湖水と深い森には嘆息とすすり泣きが響き渡り、
その嘆きの声は固い岩に届くや、木霊《こだま》となり反響してくる。
彼女の濡れた眼からは、果てしなく涙の滴が降ってくる。
彼女が散歩する庭では、薬草や花に涙水がかかってくる。
だがついに彼女はひどく怒っているおのれに気が付くと、
真っすぐ自分の部屋に急ぎ戻って、悲嘆を抑えきれず、
目に彩なベッドに痛々しく身も手足も投げ出すと、
またも驚くべき激越さでどっと嘆きを新たにした。
まことに誰とても、心が硬い鉄石で出来ていない限り、
衰弱した彼女の悲嘆を、深く哀れと感じたことであろう。
それから茫然として我を忘れて、落ち着きなく四方を
見やっていたが、ついに窓辺に眼を向けた。この窓から

彼女は溢れる喜びで、ロミウスを幾度となく見つけたのだ。
勇敢な騎士は、幾度も彼女のためここに登ってきた。
彼女は叫ぶ、「ああ、忌々しい、どの窓ガラスも呪われよ、
私ってあまりに早く生きて身を滅ぼすわけを摑んだのね。
窓よ、お前のおかげでわずかの喜びを貰ったわ。でもそれは
運命の女神にすぐに奪われ色褪せてしまう楽しみだったのね。
代わりにお前は、苛酷な貢物を私に支払わせたのね。
それは山のような悲しみ、長く続く気苦労、痛ましい嘆きなのね。
こんなにも力のない華奢な躰なのに、こんなにも大きく
扱いにくい荷を、か弱い背中に背負わされて、こんなにもひどい
悲しみでいっぱいにされては、憂いの重みに押し潰されて、
ついには呪わしいこの命の扉を、死神に開くほかなくなるわ。
私の倦みはてた魂は、むしろ命取りの荷を下ろして、奴隷の身から
解き放たれて、どこかほかの場所を探したくなるわ。楽しく静かで、
安らかに、ゆっくり休める住まいよ。でももっとひどい不安に
苛まれないと、まだそれを探し出すことは決してできないの？
ああロミウス、私ら二人が最初に出会ったあの時、あなたの
絵空事の約束を鵜呑みにして聞いたあの時、あなたは

溢れる厳かな誓いで、私の耳をいっぱいにしたわね。
私はその誓いには企みはなく、真実そのものと思った。
あなたは私と一緒に善意を持ち続けて、お父様達の
日ごと増していた争いを、静めるつもりだと思っていた。
まさかあんなにも忌わしいやり口で、穏やかな生活を掻き乱し、
誓いを破る機会を窺っていたなんて、考えてもいなかったわ。
これであなたの輝かしい名声はすっかり地に落ちてしまったわ。
不幸な私は夫をなくし、安らぎと至福を奪われてしまったわ。
でもあなたがそんなにもキャピュレットの血に飢えていたのなら、
なぜいつも私を残しておいたのかしら。私の血こそ真っ先に
飢えを癒したはずなのに。あなたはあんなに何度も秘密の場所で、
憎しみの顔を、愛のベールで覆い隠していたのね。
危うかった私の命が、たまたま死ぬはずの運命を免れたのは、
あなたの残忍な心と血に飢えた手のお情けのおかげだったのね。
えっ？　私を征服してあなたが得たものって、そんなにも小さかったの？
えっ？　この哀れな私を、奴隷にしただけでは十分じゃなかったの？
あなたは私のあの親戚の血で、憎しみを増やしたかったのね。
私は彼の値打ちと私への好意ゆえ、彼がとても気に入っていたわ。

あなたはどこかよそに行って、もう一度誰か私と同じくらい
不幸な女を探し出して、またお世辞で騙せばいいわ。
そして私が来たら、ご自分の顔を見せるのを避けることね。
あなたの言い訳なんか、私の心の中で安らげる場所はないわ。
今となっては、もう私、自分の過ちを悔やむには遅すぎる。
涙をうんと流して、うんざりしながら残りの人生を嘆き暮らすわ。
地上のどこで安らぎなく生きたとしても、私の干からびた躰は、
日ならず最期の息を引き取って、死んで地下に安らぎを見つけるわ」。
こう言うと、彼女のやさしい心は、苦痛にひどく打ちのめされた。
涙をこらえて、やむなく語るのをやめると、口をつぐんでしまった。
それからまるで気を失ったかのごとく、じっと身を横たえた。
それから自分が腹立たしくなり、弱々しい声でこう言った。
「ああ、この口め、なんて残忍な人殺しなの、人の名誉を殺すとは？
お前はどうして栄えあるあの方の名誉を傷つけようとしたの？
あの方の不倶戴天の敵でも、彼が正当に得た称賛を認めたのに？
あの方は自由を奪われたけど、名誉は朽ち果ててはいないわ。
ああ、この口め、なぜティボルトを殺したと責めたてるの？
あの方はまったく無実で、悪いのはティボルトなのに？

ああ、なんて悲しいの、あなたは追放されて、一体どこに
逃れたらいいの？　星空のもと、一体どこに救いの場所を探すの？
あなたが苦しんでいる時、私はその砦となり強固な城壁と
なるべきなのに、あなたを追及しては不当に誹謗しているわ。
ああ、ロミウス、あなたの妻の償いを受けとって下さいな、
私には思いやりがなかったのだ。あなたの真実に対して
私が犯した罪に復讐するために、憤りの炎と、ため息と、
悲しみと哀れみの中で、私はこの命を捧げます」。こう言うと、
彼女はもはや何もできなくなり、感覚がすべて消えていき、
激しい煩悶が、すぐさま彼女の柔らかい心を攻撃しはじめた。
彼女は手足をいっぱいに伸ばし、もはや息をしなくなったので、
そこにもし人がいたら、誰しももうすぐ死ぬ兆しだと見ただろう。
乳母はジュリエットが、なぜ自分を遠ざけたのか分からなかったが、
突然襲った悲しみが、極度に彼女を苦しめたのでは、と疑った。
この老婆は心配になって、彼女がいる所以外、どの場所も探し回り、
最後に、ふと彼女が横たわっているその部屋に、思い到った。
そこで乳母は、自分が乳を飲ませた子の、痛ましい姿を見つけた。
彼女の手足は伸びきって、その表面はどこも大理石のように冷たい。

乳母は、ジュリエットは命が尽きて、息絶えたのかと思った。
そこで彼女は気が動転して、ジュリエットに向かって叫んだ。
「まあ、お嬢様」、と彼女は言う。「なんて悲しいこと、
お亡くなりになったの！　なぜこんなに早く命を落とされたの？」
だが彼女を手で触って，あちこちこすって暖めているうち、
彼女の心臓のかすかな鼓動で、まだ生気があるのが分かった。
そこで乳母はくり返し、何度も彼女の名を呼び続けた。
昏睡に役立つ方法としては、こうするほかなかったのである。
乳母は彼女の口を大きく開き、鼻をしっかり止めて、
上半身を曲げさせて、手指と足指をぐいと捻ってみたり、
彼女の冷たくなった胸に温かい寝具を被せてみたりした。
彼女はまた、体に良い温かいジュースを喉に流し込んでみた。
するとついにジュリエットは、かすかに瞼をあけた。
それから片腕を伸ばすと、乳母が傍にいることに気づいた。
だが彼女は無情な昏睡から醒めると、「まあ、どうしてお前は
私を苦しめるの」、と聞いた。「どうしてお前は折悪しく、
私の霊魂が息絶えた身体を見捨てるのを、わざわざ見に来たの？
私の苦しみを哀れと思うなら、出ていって私を死なせてよ。

親しい人が死の苦しみの中にあるのを、誰が見たいかしら？
なんて悲しいことでしょう、この苦しみは一生続くのだわ。
喜びがすっかりなくなったら、一体誰が生きたいかしら？
楽しみはもう終わり、この先悲惨な嘆きだけがずっと続くのに。
だから直す薬なんて他に何一つないのだから、さあおいで、
やさしい死よ、この心臓をすぐに引き裂いて、私を死なせて」。
乳母は、こぼれる涙で、娘の心中の痛みを目の当たりにして、
ぞっとした。そして心の深みから出る虚ろな溜息をつくと、
甚だしい憂いに包まれているジュリエットに、こう話しかけた。
「お嬢様、私にはどうしてこうなってしまわれたのか、
また測り知れないお嬢様の辛さのわけも、分かりかねますけど、
このことだけははっきり申します。おお神よ、この一時間あまり、
私は心配と悲しみで、お嬢様が時ならず命を落とされたら、
私の亡骸も一緒に墓場にお供しよう、と考えていましたわ」。
「まあ悲しい、優しい婆や、信頼しているわ」、と彼女は言った。
「でも私が嘆き悲しむのは当たり前なのに、お前はそのわけが、
すぐに分からないの？　目が見えないのかしら？　だって私、
一番大切だった二人を、一緒に失ってしまったのよ」。

乳母はそこで次のように答えた。「お嬢様にはちっともふさわしく
ありませんわ、罪もないのに悲惨極まりない破滅に落ちて
行かれるなんて。悲しみと苦しみの嵐がまき起こる時って、
愚か者か賢い人か、すぐに分かる時ですわ。お嬢様は賢い方で
私は愚か者ですけど、でも私がお嬢様と同じ立場だったら、
こんなまずい振舞いはしませんわ。いくら親しい方だったとはいえ、
ティボルト様はもう亡くなられたわ。涙を流せばあの方が
帰って来られます？　お嬢様の泣き声があの方に聞こえるかしら？
よくお確かめになると、あの方が命を落としたのは、ご自身の
向こう見ずと傲慢のせいと、お気付きになるはずですわ。
お嬢様は、ロミウス様が、どうみても譲歩する必要のない敵に、
わけもなく激怒して、自分の身を傷つけてしまわれたとでも
お考えになりたいのです？　ねえお嬢様、ロミウス様は
生きておいでなのよ。それで十分じゃないかしら。
それにしばらくしたら、つらい追放は解かれて、一層大きな
栄光に包まれて、ご帰還になる希望が十分にございますわよ。
ご存じのようにあの方は、すばらしいお生まれで、とても立派な
姻戚を結ばれた、有力なご親族がお揃いです。みんなに愛されて

おいでだわ。だから我慢なさいませ。罪深い運命の女神は
落度のないお二人を引き離し、しばし悲しい思いをさせるけど、
お二人の今の苦しみの償いに、きっと一月か二月すれば、
ロミウス様をお嬢様にお返しするに決まっています。
今まで以上に、心安らかに満足なさるはずよ。ですから
暫くは明るく希望をお持ちになり、悲しまないで下さいな。
そこでだけど、私はお嬢様の辛いお気持ちを和らげるのに、
とてもいい方法を見つけました。私はあの方の今のご様子と、
これから何をなさるつもりか、労を惜しまず確かめます。
それが分かったら、お嬢様に逐一お知らせします。でも怖いのは
そうしている間に、お嬢様が悲しみでお亡くなりになることよ。
だから大急ぎで、あの方が隠れている修道士様の庵に参ります。
でもお嬢様がまたすぐこれまでのように悲しんでばかりで、
帰ってみたら亡くなられていると、私はどうしたらいいのです?
そうなったら、私の時間と大きな苦労は無駄になりますわ。
そうなったら、いい知らせも水の泡になってしまいますわ。
そうなったら、私もこの鋭い短剣で命を断つしかありません。
そうなったら、ご両親も生きていくのもいやになられます。

そうなったら、ロミウス様も世をはかなんで、寿命を待たず足早に時ならぬ死へと急がれることでしょう。そこでもし、お嬢様が理性の力で怒りをしばし抑えて下さいますと、苦しみを癒す膏薬を持ち帰ることもできるかと存じます。ですからここで、私を苦しみの仲間になさるのか、それとも私が帰るまで、希望を糧に待つと約束なさるのか、お選びください」。女主人は乳母を送り出すと、厳かに心の中で、怒り狂う思いを理性の力で抑えよう、と自分に言い聞かせた。被害の山が眼の前に大きく積み上がっていたのだが、そこを脱出できる希望が湧いてくると、それは消え去った。こうして彼女は確かな信頼と、疑わしく愚かな絶望のはざまで身を横たえた。彼女の思いは、ある時は真っ黒で醜悪だが、ある時は真っ白で美しくなる。よく夏に黒雲が日をさえぎって空を暗くするが、すぐにまた晴れ渡ると、太陽神フィーバスのたゆみない駿馬が駆けだすように、彼女のさまよう心は、悲しみの雲に蔽われていても、やがて彼女の思いが悲しみを追い越して、先を急ぐのだ。だが今や、彼女がこうして翻弄されている間、恋人ロミウスは、一体どんな風に吹かれて、どんな安息の港に避難したのか

語る時である。致命的な騒ぎを起こしたティボルトを
ロミウスが殺害して、彼の命が終わると、この騒動も終わった。
彼は生きている者達からの厳しい復讐を避けて、逃亡したのである。
彼は困惑した公爵が、どんな破滅的な刑罰を下すのか心配だった。
そこで彼は当分の間身を隠す人目につかぬ場所を探したが、
最も安全なのは、彼が頼るローレンス修道士の秘密の庵であった。
危ない偶発事件に遭遇したら、信頼する親しい人に頼るのが一番である。
この苦しみの中で、修道士は彼の友に隠れる場所を提供した。
彼はしっかりと囲われた秘密の場所を持っており、その入り口は
ぴったり閉じられているので、誰も見つけることはできない。
だのに歩くスペースや、座って休む場所もある。加えて就寝用の
ベッドもあり、それはとても柔らかく、小奇麗にしつらえてあった。
床は板張りで、マットが敷いてあり、とても暖かかったし、
風も、けむる湿気もなく、彼は少しも不快に感じなかった。
修道士は若い時分には、女友達をこの場所に宿泊させていたが、
今そこにロミウスをかくまったのである。彼は出かけていって、
どんな噂が流れ、何が起こっているか、またどんな刑罰が下され
ラッパの大音響で公表されたか知ると、すぐにまた帰ってきた。

この頃までには乳母が、一番近い道を通って、どこかにふらりと
立ち寄ることもなく、大急ぎで彼の庵にやって来ていた。
修道士は彼女に、ロミウスはまずは元気でいると伝えた。
ロミウスは、何が起ころうと、その夜、以前よく通っていた
くだんの場所に、こっそり赴く、と約束した。そして恋人達は
近づいた秘め事に必要な手筈を、しっかり工夫することになった。
乳母はこの嬉しい知らせを、うきうきと大喜びで持ち帰った。
いまやジュリエットは、恋人をまた楽しめると考えて歓喜した。
修道士はドアをしっかり閉じると、生死を分ける知らせを
待ちわびている階下のロミウスに、「君は運がいい」、と語りかけた。
「もう死ぬ危険はなくなった。敵は悪意に満ちてはいるが、
それでも君はりっぱに生きていける。だがただ一つ、君には
手痛いことだが、君は追放者として公布されてしまったので、
このベローナに隠れ住むことは、もはやできなくなった」。
この辛い知らせを聞くと、彼は自身の金髪を掻きむしって、
狂乱した男のように、着ていた衣服を引き裂いた。
そして藪の中で矢に射抜かれた鹿のようにごろごろと
のたうちまわると、その床に自分の胸を何度も打ちつけた。

彼はまた立ち上がると、今度は壁に頭を何度もぶちあてた。
彼はまた倒れて、大きな声で、早く死にたい、と叫んだ。
「来たれ死よ、すぐに」、と彼は叫ぶ。「恋の病を直ちに治す
医者よ。この広い天下で悲しみの元を断ち、いまだ生き残り
ふらついている憎いこの命を粉砕できるのは、汝しかいない。
僅かに朽ちたにすぎぬ我が命は、すぐさま破壊し尽すがいい。
だがきみ、美しき人よ、巧緻な造化の女神はきみの中に、
人々の眼に誠に素晴らしく映る姿を作りだした。僕は
そんなきみの喜びが、益々大きくなるよう、神々に祈ろう(17)。
そしてすべての不運が、僕の死で永遠に止むことも。
強大なジュピターよ、罪のない僕らの至福を、傲慢な
思い上がりで吹き飛ばす者達に、正義の鉄槌を下したまえ。
キューピッドよ、無残な僕の死を嘆き、彼女の苦痛を哀れむ
方達が、不当にも受ける悪意を、直ちに除去したまえ」。
こう言うと彼は、何度も白い溜息を空に向かってついた。
そして彼の腫れた眼から二筋の大きな涙がこぼれ落ちた。
老修道士は悲しみながらこうしたロミウスの一部始終を見て、
そして聞いていた。この賢者は実はひどく心を痛めていた。

だが見よ、彼は高齢のためひどく弱っていたので、ロミウスの
怒りの苛烈さを、力で抑えることはできなかったのである。
彼の語る賢い親身の言葉は宙に浮いてしまった。というのは、
ロミウスは不安と失望でひどく苛立っていたので、どんな助言も
彼の固く閉じた耳には届かなかったのである。そこで修道士は、
今はただ一緒に悲しみの涙を流すだけであった。
彼はこの友が、色の失せた青白い顔で、両腕を固く組んだまま
泣き叫ぶのを、ただ悲しそうに眺めて立ち尽くしていた。
それからロミウスは、柔らかい手を握りしめると、悲しみで
しゃがれ声になって、しゃくりあげ、とぎれとぎれに
またもうめき、心の底から嘆きを新たにした。はからずも
外面のわびしい顔つきは、積もりつもった彼の内面の痛みを
表していた。まず彼は自分の命を造った自然の女神を非難した。
人生で喜びはごく僅かしかなかったのに、いつも悲しみで
溢れていた。おのれが生まれた時と場所も、彼は厳しく
なじった。口を大きく開けて、天上の星々を大声でののしり、
三人の宿命の女神は彼にひどい仕打ちをしたと叫んだ。命の糸は
紡ぎ出されてはならなかったのに、あまりに長く引き出された。

彼は今よりも昔の時代に生まれていたか、さもなければ、
この世の光を見た途端に、命を失っていたらよかったのに、
と願った。彼は乳母と、彼に乳首を吸わせたその手をののしった。
また優しく彼を取り上げて膝に乗せてくれた産婆ものののしった。
それから彼はヴィーナスの残忍な息子キューピッドに、愚痴を
こぼした。この子はロミウスをまず、注意深く避けるべき岩山に
連れて行った。そこで彼は命と自由の二つとも奪われたのだ。
一日に百回も死ぬが、それでも決して死ぬことができない[18]。
愛の苦しみは長く続くが、キューピッドが与えてくれる喜びは短い。
彼は恋人に苦痛を強いるわけではないが、彼らの本気さを面白がる。
他にも悲しみに満ちたロミウスが、愛の神を罵った恨み言が無数に
あったのだが、ここにいちいち記すのは控えておこう。
彼はまた、運命の車輪を回す女神も、耳が聞こえず眼が見えぬ、浮気で、
愚かで、嘘つき、軽薄で、情け知らずで、不人情、とののしった。
彼はまた自分自身にもきわめて大きな責任を負わせた。何故なら
彼はティボルトとの争いで、彼を殺したが、自分は殺されなかった
からである。彼は世界を全部非難して、自分が挑戦したすべてを
非難したが、ジュリエットだけは別だった。彼女のためにこそ

彼は生きて死ぬのだからである。彼の荒れ狂った怒りの発作が
静まってきて、彼の噴き出した激情が幾分和らいできた時、
彼の話について修道士は、「君は死にたがっていたが、
率直に言って君の命が心配だ」、とまことに賢明にこたえた。
「君は男かい?」と彼は訊ねた。「体つきは確かに男だが、
君が泣き叫んで涙を流すのを見ていると、心は女みたいだよ。
男にふさわしい理性は、君の心からすっかり追放されて、
代わりに愚劣な感情と気紛れがしっかり居座っている。
だから少なくとも今のところは、君が男なのか、女なのか、
それとも野蛮な獣なのか、私はよく分らないでいる。
賢明な男なら、困難と苦しみの只中にあっても、受けた被害を
ただ嘆き悲しむのではなく、何とかそれを正そうと努めるものだ。
冬の激しい突風が恐ろしい音を立てて吹き荒れて、泡立って
膨らむ大波を、星の輝く天空にまで持ち上げると、残酷な海上で
傷んだ帆船は、その波に激しく翻弄されて、転覆の危険に
晒されるが、操舵室の勇敢な舵取りは、安全な港への避難が
絶望的になっても、「みんな、帆を下ろすのだ」、と叫んで、
船に襲いかかる波の中に向かって、船首を向けるものだ。

座礁しそうなむき出しの海岸に激しく吹き寄せられると、
前にもまして難波の危険が迫り、彼は船が岩に真正面から
乗り上げそうになるのを目の当たりにする。それでも彼は、
危険極まりない岩を避けようと、持てる力をふりしぼる。
時には波に打たれた船は、巧みな操舵でも錨は無くなり、
錨索も壊れて、動索の滑車はすべて使い果たして、
舵は打ち砕かれ、マストは船外に投げ出されるが、
それでも嵐の危険は去って、待ち望んだ港に辿りつく。
だがもし船長が恐怖に怯えて悲嘆に打ちひしがれると、
手がこわばって、導いてくれる舵を手放してしまい
船は岩に乗り上げ砕け散るか、深海に沈んでしまい、
この臆病者はずぶぬれになる。君がずっと悲嘆にくれて
起こっている変化にどう対処するか、しっかり努力しないと、
悲しみの原因だけが大きくなり、君自身が不幸の原因となる。
世間は君を賢いと見ている。愚か者になってはいけない。
今こそ英知の学び舎で昔学んだ教訓を、実行に移すのです。
ある賢者は、「苦痛を二倍にするなかれ、苦痛が一つだけなら
我慢できても、二つだとまず耐えられぬ」、と言っておる。

有害なことは減らすように十分努めるべきで、同じ様に、
役立つことはよく調べて、増やすように努めるのです。
英知に束縛されてこそ、まことの自由と讃えられるのです。
たとえ賢い言葉を語っても、行いが愚鈍なら非難を受ける。
病気は身体の牢獄、悲嘆は心の牢獄です。君が辛い
悲嘆から抜け出すならば、君はまことの自由を得るでしょう。
心底からの悲しみほど運命の女神が一杯に満たすものは
ないが、同じように、平静な心があれば、慰めと安堵が
訪れます。英知が逆境の中に静かな喜びのわけを
見出さなければ、美徳はいつも困難と苦難の奴隷に
なる。惨めさを知らぬ者ほど惨めな者はいないのです。
大きな窮地を乗り越えるなら、そののち不幸はいつも
弱まっていく。如何に幸福を謳歌していても、いつかは
衰えていくが、同様に、どんな嘆きや悲しみも、時とともに
薄れていきます。君を破壊する困難を克服したいと願うなら、
まずは理性の助けを借りて、愚鈍な意思の克服に努めなさい。
様々な薬はそれぞれ様々な弱い病気に効くが、
忍耐こそは万能の薬で、どんな傷でも和らげます。世は常に

好機と反転に満ちています。それゆえ賢者は、好機が
反転しても、異様とは思わない。気紛れな運命の女神は、
変わることでその本性を発揮するが、彼女が起こす
どんな変化も、確固たる不動の精神を変えることは
できません。運命の女神が、気紛れに君から笑顔を
そむけて、喜びが追放された場所に、悲しみが居座っても
傷ついた君の地位はしばらくすると修復されて、
今は渋面の彼女も、やがて楽しげな表情になりほほ笑むのです。
というのも、彼女がもたらす幸せが長くは続かないのと同様に、
彼女が連れてくる辛い苦しみも、長くは続かないからです。
賢い君に、どうしてかくも沢山の言葉が必要だろうか？
君は私の助言以上に、もっとよい助言を自分にできるはずだ。
こうした必要な時に、賢者の知恵が実践されず、
何の役にも立たぬなら、賢明というものは無益です。
君に悲しみ不安になる理由があることは、よく承知している。
だが君にはかくも狼狽すべき理由はないことも、分かっている。
君の視界は、愛情という霧のせいで弱って見えなくなっている。
だがもし理性の光が君の心に再び差し込むならば、

もし君が自分の状態を曇りなき眼で眺めるならば、
愚痴をこぼし、嘆息し、泣き叫ぶ自分を厳しく咎めるはずだ。
勇敢にも君はその手で、敵の息の根を止めて命を奪った。
敵の剣をかいくぐり、法律では死刑だったはずの危険から逃れた。
君が逃げのびたことで、友人らは喜びに溢れている。
彼が死んだことで、仇敵達は困惑しきっている。
君には信頼する友と、喜びを分かち合う気持ちはないのか？
君は憎むべき敵と痛みを共にして、敵を喜ばせたいのか？
君はなぜ愛のことで泣き叫ぶのか？　なぜ運命を非難するのか？
君はなぜ死にたいと泣くのか？　なぜ自分の命を憎むのか？
君はつい先ごろ自分で決めた選択を、もう後悔するのか？
愛こそが君の王だ。君は公爵に従いなさい。咎めてはならぬ。
君は公爵の眼識のお蔭で、大きな恩恵を得たのです。
君の懇請で、君のただ一つの心の喜びを与えられたのです。
だから神々は君が生きてきた無上の幸福を妬んだのです。
感謝を知らぬ者に贈物をするなんぞ、愚かしい罪です。
残忍な追放が、君が不安になった唯一つの理由だ、
と君は言っていたと思うが、君が嘆いているのは、

ただ故郷と友人達と別れて、君の心をしっかり摑んでいる
人から、逃げなければならないということだけです。
君は胸の痛みに重く打ちひしがれて、キューピッドが
かざす愛の松明と、運命の女神が回す車輪を嘆いている。
だが勇敢な心には、追放など物の数ではないのです。
蒼天の下では、あらゆる国々が勇気ある人の母国なのです。
ちょうど魚にとっての海、鳥にとっての空と同じで、
赴くそれぞれの土地が、賢者には心地よいのです。
つむじ曲りの運命の女神は、君を今の場所から追放しても、
暫くすると名誉を二倍にして、君をまた故郷に呼び戻すだろう。
仮に一年か二年外国で暮したとして、たったそれだけで、
君がそんなにも長く、悲しげに嘆く必要があるだろうか？
君がたとえここベローナでは友人達に会えぬにせよ、彼らは
君が安全に暮すマンチュアから追放されているわけではない。
だからそちらに彼らが行けば、君はこちらに来なくても、
安全に色々と一緒に話し合うことができるではないか。
そう、この間だけは残念だがジュリエットがいなくて寂しかろう。
彼女は君の健康と至福の唯一の支え、頼みの綱だからね。

ならばこの地を去る時、君の心を彼女の心に残していき、
彼女の優しく親しみのこもる心を、君の胸に収めておきなさい。
だがもしその他のものを後に残すのがひどく悔やまれるなら、
過ぎ去った喜びの数々を思い、不満な気持ちを満足させなさい。
そうすれば嘆きは徐々におさまり、君がよく感じていた
神々しい喜びを思い出して、君の気持ちは和らぐことでしょう。
にわか雨くらいで縮み上がるようでは、つまらない弱虫だよ。
酸っぱいものを味わえないようでは、甘いお菓子を楽しむ資格はない。
君が最初の恋人に身を焦がしていた時の愛の炎を思い出してごらん。
君はあの時、どれほどつれない女に空しく恋していたかね？
君は泣きはらして、涙の溢れる眼を殆んど流し出してしまいそうだった。
君の身体は痛さであちこち消耗し、衰弱し憔悴しきっていたね？
あんな悲嘆や苦しみは、幸いなことにもう終わってしまい、
ついに君は運命の女神の車輪の頂点に到ったではないか！
今そこから落ちてしまっているが、また昇ろうとしているのだよ。
より大きな喜びと、より大きな楽しみを君は支配するだろう。
今この時をすでに過ぎ去った時と比べてみて、運命の女神は
君のために、また大きな喜びをたっぷり蓄えていると考えなさい。

それまでは、忍耐強くこの小さな不幸を受け止めて、
否応なく起こってくることに、自ら進んで立ち向かいなさい。
避けがたいことを恐れるのは、愚かしいことだ。
楽しむのは不可能なことを、求めすぎるのは狂気の沙汰だ。
運命の女神を受け入れても、必ずしも非難されることではない。
その時々にうまく身を合わせるのは、賢い技なのだ」。
この巧みな教えに彼がじっと聞き入っているうちに、
彼の嘆息は止み、また流れ落ちる涙も止まったのである。
真っ黒な雲が、冬の吹きすさぶ風に追われて消え去るように、
彼の不安に満ちた気持ちも、理性に追われて消え去った。
朝は悪天候だったが、夕方には晴れ渡る青空が続くように、
追放されていた希望が戻ってきて、絶望を追放した。
恋慕の情のベールが彼の眼から取り除かれて、
歩くべき道筋が見えきて、理性が彼を賢くした。
彼は恥かしさで一杯になり、ふたつの頬はさっと赤くなり、
彼は修道士の教えに感謝して、一層の支援を頼んだ。
彼が言うには、未熟な若者は人に助言するのに向いていない。
怒りに性急さが加わって、賢明さを失ってしまうからである。

だが白髪の老人の頭には、健全な助言がぎっしり詰まっている。
英知は、経験を積んで得られ、年を重ねて完成するからである。
だが彼の意志は折れやすいので、これから先はずっと、
畏れ多いが、ローレンス修道士にお導き頂きたいのである。
そこで導きを託された修道士は、ロミウスをたいそう気遣って、
彼がこれから為すべき事がらを、賢くこまごまと説諭した。
修道士はどうすれば、友人ロミウスと自身の安全両方に
気を配りつつ、人に知られず彼がこの町を出ていけるか語った。
そしてどう自ら道を探し出し、どのように立派な人々との
交友を深めて、またどのように用心深くマンチュアの公爵の
好意にうまく入りこんだらよいか、またどのようにして
エスカラス公爵の怒りを静めて、過失を拭い去ったらよいのか、
そして敵達の怒りをどう穏当な手段で静めたらよいのか、
そして力と術策で、どう彼らの怒りに轡《くつわ》を嵌めたらよいのか、
などである。最後に修道士は彼に、指定した時刻に、男らしく、
快活な表情で、彼の妻の閨房に行き、そこではやさしく
有益な言葉で、彼女の悲しみと痛みを和らげて、必要ならば、
弱って息も絶えそうな彼女の心を励ますように、と指示した。

この老人の言葉はロミウスの胸を喜びでいっぱいにしたが、
他方老乳母の話もまた、ジュリエットの心を安らかにした。
おお、恋人達よ、私はこの君達の日を、何にたとえようか？
それは船乗りらがよく経験する苦しい日々のようである。
なぜなら大嵐に襲われた時、ついに太陽神フィーバスの
かすかな光が空から射してきて、黒雲に覆われていた海上を、
その晴れやかな顔で明るく照らすと、彼らはそれを見つけて、
残りの航路が、もう危険には遭遇せず、このまま続くよう望む。
のみならず、彼らはこれを確信して、疑念をすべて彼らの背後に
打ち捨てて、遭難を免れたことを神々に感謝する。
だがたちまち荒れ狂う風が、一層激しさを増して吹きつけてきて、
その猛烈な大嵐は、マストをへし折って船外に投げ捨てる。
広大な天空は黒雲にすっぽり蔽われて地獄のように暗く、
波は競い合って以前の二倍の高さに膨らんで咆哮しはじめ、
より大きな恐るべき危機が迫り、水夫達は一層痛めつけられて、
前よりももっと大きな命の危険に晒されることになる。
黄金の太陽は西の空に没して隠れてしまい、
南のかなたの満月もまた、大方の人々を眠りにつかせ、

落ち着けないロミウスと落ち着けないジュリエットは、
いつものように、いつもの方法で、ジュリエットの閨房で再会した。
彼は窓の高みからほとんど転落しそうになったが、彼女が両腕を
いっぱいに広げて、彼をしっかりと抱きとめた。彼の魂は、
死を強いられたわけではなかったが、あたかも時が亡骸を
見捨てる前に、死へと飛び去ってしまったかのようだった。
こうして二人は押し黙ったまま、七、八分ばかり立ち尽したが、
二人とも言葉を出したいのに、どちらも話す力がなかった。
だがジュリエットは喜びのないまま、頭を彼の胸に埋めて、
ロミウスは顎を彼女のほっそりした首にあてて悲しみにくれた。
身を焦がす二人の溜息が立ちのぼり、澄んだ水晶のしたたる涙は、
頬を伝って流れ落ちたが、それは胆汁よりも遥かに苦かった。
それから彼は二人が過ごした悲しみを終わらせようと、
愛する人に口づけすると、次の如く賢く語りはじめた。
「ねえジュリエット、きみは僕のただ一つの希望、そして
憂いの源だ。ここできみに運命の女神の話を長々と語る
つもりはないけど、この脆《もろ》く気紛れな女神は、実に不思議な
出来事を色々と引き起こす。何でもすぐに変えて喜んでいる。

寵愛すると、人々をたちまち頂点にまで持ち上げるが、
その早く廻る車輪は滑りやすく、すぐさま彼女はその態度を
一変させてしまう。ああ、なんて驚くべき心変わりだ、
せっかちな女神は最初、瞬く間に甘美の極みに持ち上げるが、
憎悪をいだくや、真っ逆さまに投げ落とし、高貴の
絶頂から引きずり降ろすと、踏みにじり、蹴飛ばして、
一時間足らずで、百年の楽しみ以上の沢山の悲しみを
作り出してしまう。それほどこの女神は慈悲に乏しい。
その証拠は悲しいかな、はっきりとこの僕に現われている。
心配してくれる近親者は、僕の仲間も一緒に、優しく僕を
繁栄の極みに育ててくれた。その幸せは、運の巡り合わせで、
ずっと続いた。きみも見た通り、敵も僕の立派な地位を羨んだ。
ところで僕には何よりも期待していたことがあった。僕はその
喜ばしいことを、心の底から実現したいと切に願っていた。
僕ら二人が結婚して、最高の幸せを手に入れたら、時を経ずして
双方の両親が和解してくれるだろう。僕はそうなることを、
切望していた。頑迷な抗争に邪魔されずに、神様のお許しの中、
僕らが楽しく平穏に生活を送ることができればよかったのだ。

だが悲しいことに、僕が望んだ至福は、あっけなく吹き飛んで、
思い描いていた目的と計画は、すっかり覆されてしまった。
友達とは引き裂かれて、赤の他人に助けを請わねばならぬ。
ああ神様、どうか僕を恐ろしい危険からお守り下さい。
だって今後は、自分の国を追放されて、（公爵の審判はなんと
厳しいことか）、見知らぬ土地を放浪しなければならないのだ。
僕はこの事実をきみの眼にさらし、きみには賢明な女性に
なってもらい、僕が故国を離れて長く異郷に逗留するのを
じっと耐え忍ぶよう、強く勧めるのがいいと思った。
というのは運命の審判によって天上で定められたことは神が……」
彼はさらに話を続けたかったようだったが、ジュリエットは
死ぬほどの悲しみの中、塩からい涙をぽろぽろと流して、
彼が語るのを遮ったので、彼の話しは中断した。すると彼女は
次のように（或いはこれに近いことを）、侘しげに語った。
「まあ、ロミウス、そんなにむごい心を持っているなんて。
哀れに思ってくれるどころか、私の痛みをちっとも考えず、
この苦しみの源のあなたが、こうして私を一人にするなんて。
私は死ぬような惨めな思いで、敵の軍勢に囲まれたみたいに、

一時間ごとに、一日の一瞬ごとに、いえ日に千回と言わず、
死神が私の命を奪う、と脅しているというのに？
でもこれが私の不幸なのね、ああ、なんて残酷な宿命なの、
私は生きていて、死にたいと願っても、決して死ねない。
だから私にはこう考えるりっぱなわけがあるようね、
そう、つむじ曲りの運命の女神は、きっと死神と結託したのね。
私の苦しみを楽しもうと、忌わしいこの命を引き延ばし、
痛めつけて、勝ち誇り、またとない喜びを得るつもりだわ。
あなたって、運命の女神の残酷な意思の手先で、あなたが
助けなかったら、この情け容赦ない女神は、その欲情を
満たすことはできないはずよ。あなたは私の大事な操を
摘み取るや、すぐに私を捨てて、少しも恥じないみたいだわ。
だから悲しいけど、惨めな私は愚かにも、古くからの
神聖な友情と愛の法則なんて、もうとっくにないのだと、
早々と証明するわけね。だって私はこの上ない希望を持ち、
変らぬ信頼を託してきたのに、あなたは私を軽蔑し、
私の愛をこんなにも蔑んでいる。私は自分さえ敵にして、
あなたのために変らぬ伴侶となったはずなのに。

いえ、だめよ、ロミウス、あなたは二つの内どちらか
一つ選びなさい。一つはあなたが姿を消すとすぐに、
捨てられた私が、高い窓から真っ逆さまに身投げすることよ。
私の細い首は身体の重みで折れてしまうでしょう。
もう一つは、運命の女神があなたをどこに導いても、
あなたの苦しみを私が共にするのを、耐えることよ。
あなたが帰国するまで、私はあなたの伴侶として一緒だわ。
私の心はそれくらい、あなたと一つになっている。あなたと
離ればなれになるって思うと、その度に命が縮んで
死ぬ思いよ。私が何とか命を引きとめているのはただ、
あなたにどんな敵がいても、今のあなたをすべて楽しみ、
苦しみながら、あなたの悩みを一緒に耐えたいからなの。
だからどうかお願い、ロミウス、あなたの優しい胸に
哀れみを感じる思いやりがまだ宿っていたら、ああ、
そこにあなたの心が安らぐ場所を与えて下さいな。
私をあなたの従者、心の痛みの仲間として、私を受け入れて
下さいな。あなたの不在は私の死、あなたの姿は私の命なの。
でももし私を妻として連れて行くのが恐いのだったら、

何かいい考えは浮かばないの？　いい工夫は何もできないの？
私が服をかえて、変装したからといって、何が悪いかしら？
えっ、こんなことするのは私が初めてかしら？　親族の軛《くびき》から
逃げるために、誰もしたことはないの？　いえ、できるはずだわ。
それとも疑っているのかしら、妻の私が、あなたの雇い人ほども
役に立たず、あなたを喜ばせるなんてできっこないって？
それともその両方で、私の誠実さはあてにならないの？　多分私が、
苦しむあなたを、利得で見捨てはしないかと恐れているのね。
えっ、私の美しさはもうあなたには何の力もなくなって、
私の明るさも、能力も、褒め言葉も、いつの間にか空に吹き飛んで
しまったの？　私の涙、私の愛、私の喜びは、もう古くさくて、
あなたは本当にすっかり忘れてしまうのかしら？」ロミウスは
彼女の取り乱した様子、蒼白になった顔色を見ると、
彼女に降りかかる最悪のことすべてを恐れ始めた。そして
彼女をもう一度両腕にしっかりと抱きしめて、愛情を込めて
彼女に口づけすると、次のように語りかけたのである。
「ああ、ジュリエット、きみは僕の最愛の人だ。きみにこの身を
捧げているからこそ、今僕は激しく苦しんでいる。

まさしくきみが望んでいる幸せな日々のためにも、
またきみが僕に抱いている熱烈な愛のためにも、
いますぐそんなつまらぬ空想など、根こそぎ引き抜くのだ。
愚かにもきみが僕に死ぬのを急がせたり、きみが死に走ったり
すれば、きっと自分の身に非難を招くことになるだろう。
自然の法則と英知の戒めは、それは避けよ、と教えている。
きみが気持ちを変えないと、もう行きつく先は見えている。
きみときみが愛する僕に待っているのは、二人の永遠の破滅だ。
なぜって、きみがいなくなったと分かると、お父上は激怒され、
僕達二人をどこまでも手を緩めずに、追跡されるだろう。
だから僕達がどんなに逃げ延びようとも、お父上に
見つからない隠れ家を探そうとも、無駄に決まっている。
そして僕達は発見されて捕まると、いくら防ごうにも、
君がここから逃げた廉で、僕らは残酷に罰せられる。
僕は凌辱者、きみは軽率な子供にされるだろう。
僕は汚した男、きみは汚された娘にされるだろう。
長く満ち足りた人生を穏やかに過ごしたいという思いは、
恥ずべき死で短い命が絶たれて終わる。だがね、

もしきみが、決まって健全な助言を邪魔する二つの敵、
軽率なせっかちと怒りとを、心の中から追い払うならば、
またもしきみに理性の教えに従う気持ちがあって、
その高貴な力によって、賢明に謀反心を抑えるならば、
またもしきみが自分の喜びより二人の安全を図るならば、
別れて暮らす方が安全なのだ。きみの喜びは僕を見ることだ。
喜びのわけを我慢して、しばらくの間辛抱してほしい。
そうすれば僕は安全に異国の地で暮し、安全に追放から
帰ってこれて、きみは潔白な生活を誹謗中傷で辱しめられず、
きみの親族は騒がないし、ぼくも苦しみを免れる。
こんな辛い情況が果てしなく続くなどと考えないでほしい。
嵐のような騒ぎも、冬の一陣の風のようにいずれ吹き止む。
運命の女神は、気まぐれな空想よりももっと変わりやすい。
運命の女神は、変りやすいことだけが変わらない。
運命の女神がせっかちに回す車輪は止まることがなく、
昇ってくる者達を幸運から不幸へ真っ逆さまに突き落し、
底にいる者をまた持ち上げる。だから僕達は
苦しみのどん底から喜びの頂へとまた登っていくだろう。

僕は四カ月もせぬうちに、ある措置を取るつもりだ。
僕は手紙と友人を使い、大きな栄誉をかち得て、
放浪し続ける旅の労苦をうまく終わらせる。そうして
僕は再び生まれ故郷の地に呼び戻される。だが万一、
隷属の身のまま放浪せよとの宣告が下されても、
万難を排して、何が起ろうと、僕はきみのもとに帰り、
友人達の助けも借りて、きみは男装などすることもなく、
誰だか分らない者としてではなく、君自身の服装を
したままで、僕の妻、ただ一人の伴侶として、力強い手で、
きみをベローナから異国の地に連れて行く。だから
きみの心の中の強い悲しみはすぐに抑えたまえ。悲しむ
理由がなくなったら、心の痛みを癒す希望を持ってほしい。
君が絶対に確信していいことが一つある。それは僕ときみを
引き離せるのは、ただ死を除いては他にないということだ」。
彼が挙げたこうした理由は、その持つ意味が頗る重く思われて、
彼女にはとても心強かった。彼女はただちにこう答えた。
「分かったわ、私はもうあなたに従うことしか考えません。
でも間違いない、あなたがどこに行こうと、あなたの心は

その身に私が及ぼす力の確かなしるし、あなたの
誓約なのね。ここでまた逢う日まで、ずっと私と一緒よ。
だからご自身の心の代りに、私の善意の証しに私の心を
受け取って下さいな。でもその手できっと果たすと約束して
ほしい願いごとが一つあるの。必ずや、ローレンス修道士様を
通して、あなたの体のご様子や分りにくい身の上の様子を、
いつも私に知らせて下さいな。外国でうんざりして暮らす間は
ずっと、折に触れて、お住まいの場所を私に知らせて下さいね」。
彼の眼からは涙が迸り出て、その胸からは大きな溜息が
こみあげた。彼はこの頼みごとを必ず守る、と誓いを立てた。
こうして愛する二人は、以前のような楽しみや喜びは
少しもない、苦しみと嘆きばかりの、うんざりする夜を過ごした。
だがすでに、早くも遥かかなたの東の空に、ヴィーナスが
選んだ黄金の星、美しい明けの明星ルシファー[19]が
昇ってきた。この星の道筋はいつも変わることがなく、
速さを競う夜明けと昇る太陽の先触れとなっている。
それから新鮮なオーロラが、青白く光る銀色の輝きで、
大空を明るく照らして、地上から醜い闇を追い出した。

朝眼を見開くことも、閉じることもない時刻、
我らの半球では逆に太陽が西の波間へ沈みゆく夕刻、
天空がそんな折に見せる色あいと同じか、それに似た色を、
ロミウスははるか東の空に見た。まだ明るい光ではなく、
これを夜とも呼べず、しだいに薄れていく暗さが、
しだいに増してくる明るさと、同じ力で争った。それから
ロミウスは愛する人を両腕に抱きしめて、いとおしく
口づけすると、彼女は愛する騎士を寂しそうに見つめた。
二人は厳かな誓いをたてると、互いに悲しく別れを告げた。
どんな嵐に襲われようと、二人の愛は決して揺るがない、
と誓いあった。こうしてロミウスは憂いに満ちて庵へと帰りゆき、
ジュリエットは寝室で一人ひそかに、喜びもなく悲嘆にくれた。
今や憂いと悲しみと恐怖の巨大な雲が、二人の楽しく
晴れやかな気持ちを、すっかり覆い尽くしてしまった。
黄金の冠をかむった太陽神フィーバスが、大空に誇らしく輝き、
不倶戴天の敵たる闇が、復讐を恐れて地界へと逃げ去ると、
この二人の恋人達の昼は終わり、彼らの夜が始まった。
何故なら彼らにとって互いがこの世の日輪なのだから。

これからは夜明けを見ても、彼らはもはや夏を見ることはない。
ああ、荒々しい冬に冷たく痛めつけられる闇夜だけとなる。
くたびれ果てた夜警は、任務を解かれて眠りへと家路を急ぎ、
門衛と斥候は命じられた任務を果たすべく持場に就くと、
門番達はベローナの城門を大きく開け広げた。
ロミウスは抱える難題でローレンス師と用談を終えると、
頭から爪先まで交易商人の服装で身を固めて、友人にも、
敵にも知られることなく、用心深く歩み出ていった。
彼は馬に拍車をかけて、どこにも立ち寄らず、敏速に
マンチュアの城門に辿り着いて、そこで下馬した。そして
彼の従者に老いて苦しむ父親への慰めの言葉を託して、彼を送り帰した。
次にこの地に逗留するために、ただちに宿泊所を借りると、
高貴な人々に近づいて、付き合い始めた。マンチュアの公爵は、
ロミウスが公然と受けた不当な扱いについて、彼の苦情を
聴いてくれた。彼は友人達を使い、追放の赦免を画策する。
彼はあらゆる手段で深い悲しみを紛らわそうと努めるが、
どうして己の胸中に燃えさかる情炎を忘れることができようか？
悲しいかな、彼の深い憂慮は彼が望む甘い安息を拒むのだ。

彼には楽しい時は些かもなく、喜べる場所もどこにもない。
万事が悲しみとむごい困惑をひき起こす端緒となる。
回転し続ける大空で、天界に星の明りがともり、残りの
半球から晴れやかな太陽神フィーバスが夜を駆逐する時、
人も獣もみなつらい労苦から解放され休息すると、
その時ロミウスの胸中では激情が煮え立つ。
その時彼は横たわる寝椅子を涙で濡らし、
溜息が部屋中を満たすと、天空を休みなくめぐる
星々に向かって、また宿命の三女神と、気まぐれに
心変わりする運命の女神に向かって、彼は声をあげて泣く。
来る夜も来る夜も、彼は幾度となく朝に早く来いと呼びかけ、
太陽神タイタン[20]の休まず天翔る駿馬が、怠けて休んだか、
ついに餌場を見つけたか、それともまずい御し方のせいで
道を見失い遠くへさまよい出たか、と訝しがる。こうした
とりとめない空想いの中で、彼はうんざりしながら時を過ごすが、
夜が終わっても、それで夜の嘆きが終わるわけではなかった。
彼には友垣があるのか？　それとも一人ぼっちなのか？
彼は話し相手には受けた被害をこぼし、一人になると呻き悲しむ。

朋友達が喜びに沸いても、彼には喜ぶ理由がどこにあろうか？
彼らはそれぞれ恋人を楽しんでいるが、彼には最高の喜びの人が
傍にいない。だが彼らが重苦しい表情で心中の悲しみを見せると、
彼は悲惨極まりない自身の境遇を嘆く。彼自身が最も悲惨なのだ。
外に出て、彼らが女達を大声で褒め称えているのを聞くと、
心の中で彼らを軽蔑する。彼にはジュリエットの方がずっと良い。
楽しい歌声が聞こえてきて、皆が喜びに沸き立っていても、
その快い調べは、彼の嘆きの声をいっそうかき立てる。
だがどこか人目につかない場所を一人で歩くと、
その秘かな場所が彼のすべての悲しみを倍化する。
彼は獣達に、空飛ぶ鳥の群れに、木々に、大地に、
雲に、加えて彼が見るものすべてに、あたかもこれらに
理性と判断する力があるかの如く、彼のうずく痛みを語る。
どれもが彼を重苦しい気分にするだけで、何一つ楽しくない。
そして昼にうんざりすると、彼は夜に呼びかけ、
太陽と、彼の眼が最初に日の光を見た時をののしる。
そして夜と昼とがその進路を交替するのと同じように、
ロミウスの夜中の憂いは、昼間の憂いと入れ変わる。

他方ジュリエットも、彼女の騎士が姿を消すと、
自ら望んだわけではないが、もはや悲哀と自身との休戦を、
少しも保つことができなかった。彼女は悲しみの疼きを、
更に大きな苦しみで蔽い隠していたが、彼女の青ざめた顔に、
心の中の気持ちが露呈していた。絶え間なく溜息をつき、至る所で
涙を流し、食事にも、眠りにも、着る服にも少しも頓着しない。
この様子に目をとめた母親は心を痛め、娘の体が気になった。
その悲しみようは次第に増していくので、彼女は娘にこう話した。
「ねえジュリエット、これほど長くお前が元気なく衰弱してくると、
お前の悲しみは、優しいお父様と私の命をすぐにも短くしかねないわ。
私らはね、私達の命や生活よりも、ずっとお前のことを
大切に思っているの。だからこれからは考えを楽しいことに
ふり向けて、お前の悲しみや苦しみには、轡を嵌めてほしいの。
だってティボルトが死んだことは、もう忘れてもいい頃よ。
あの人は神様が、ただ貸しておられただけの命を、天に召されて、
今はもう至福の中にいる。もうお前がこんなに嘆くことはないのよ。
幾ら涙を流し、声を上げて泣いても、あの人は帰ってはこないのよ。
神様がお決めになったことを、こんなにも恨むなんて間違いよ」。

この哀れな娘はもはやとりつくろう余裕もなく、また受けた被害の大きさを隠すこともできず、重苦しいきれぎれの溜息と、死人のように青ざめた顔つきで、こう返事した。

「お母様、私がティボルトのことで最後に涙を流したのは、もうずっと前だったわ。その涙の泉はすっかり汲み尽くして、今はもう空っぽで、渇いて湿り気はなくなっているはずよ。だからもうこれからは、前のように、心苦しさで、涙腺から塩水が迸り出て流れ落ちるなんて、ありません」。

悲しむ母親は娘が何を言いたいのか理解できなかったが、娘を苛立たせるのは嫌だったので、用心深く口をつぐんだ。

しかし朝から晩まで、来る日も来る日も途切れることなく、娘のいつもの悲しみがしだいにつのっていくのを見て、娘と家の者達に、八方手を尽し彼女の悲しみと無益な嘆きが育っていく、その確かな根っこを突きとめようと試みた。

だが、ああ、それは時間と労力を無駄に費やしただけだった。

万策尽きて、母親はひどく心を痛めたのである。どうしても娘の憂いの原因を見つけ出せないので、彼女は夫に、娘がどれほどひどく病んでいるか、知らせることにした。

そこでいい頃合いを見計らって、話しを切り出した。
「ねえあなた、ジュリエットの表情と振舞いを、よく気をつけて
ご覧になって下さいな。あのティボルトが敵の手にかかって、
時ならず命を落として以来このかた、あの子の顔つきは
すっかり変わり、挙動もひどく奇妙になりましたわ。
突然こんなにも変ってしまって、たいそう驚かれますわよ。
あの子は食事も、飲み物もとらず、眠ることもせずに、
することといったら、ただ悲嘆にくれて泣いてばかりなの。
あの子には何一つ喜びはなく、気に入っていることと
言えば、ただ自分の部屋に閉じこもっていることだけよ。
可哀そうに、苦しい胸をひどく痛めつけているので、
何か手助けしてやらないと、あの子の命が危ないわ。
でも、どうしたら見つけ出せるか全く分からないの。
あの子の悲しみは、一体どこから出てきているのかしら。
一生懸命あれやこれや知恵を絞ってみたし、本当のわけを
知ろうと、いろいろ手を尽してみたけれど、厳しく
問い詰めても、やさしく話しかけても、全く無駄で、
あの子は心の中に、悲しみの秘密のわけを、しっかり隠した

ままなの。私は最初、あの子の悲しみはすべて最近従兄の
ティボルトが、敵に殺されたのが原因だと想像していたの。
でも今心に浮かぶのは、別の新しく、ひどく不快な想像です。
ティボルトの死ではなく、何かもっと大きなことが、あの子に
変化を起したのよ。あの子自身が、ティボルトのことで最後に
涙を流したのは、もうずっと前だというので、私びっくりしたの。
その時は他に何が理由であの子が嘆くのか、さっぱり
分らなかったけど、やっと思い当たることが出てきたわ。
娘の苦しみのたった一つのわけ、その根っこは、恨みと妬みで
失神しかねない病気ですよ。多分娘は仲間達のほとんどが、
もう結婚の軛をかけられているのに、自分だけが結婚できず、
何年も無駄に過ごしているので、忌々しく思っているのだわ。
その上多分娘は、あなたがそれを放置しているって考えているのね。
だからすっかり失望して、悲しみで身をすり減らしているのよ。
ですからお願い、あなた、娘の悲しみに時間をさいてくださいな。
だってほら、ガラスは割れる、もろさ知らずの若さはもろい、
と言うわ。あの子をすぐさま誰かに嫁がせてやってくださいな、
私らの身分にふさわしく、あの子と同じ年頃の人よ。

そうすれば、あなたの娘の心の悩みを追い出せるし、
そうすれば私ら親も、安心してこれから暮して行けますわ」。
これに彼女の夫はいとも簡単に納得して、母親の巧みな話に、
すぐさま次のように答えたのである。「あのな、わしは
ずっと前からこの件では、何もかもよく考えていたがね、
いつも決まって、もっとゆっくり手間ひまかけて、夫を見つけて
やっても悪くはなかろう、と思っておったのだ。あの子はまだ
十六歳にもなっておらん。花嫁になるには若すぎる！　とな。
だがあの子がそこまで危ない事態に瀕しているとなると、
世間でよく言う通り、処女の娘は危険な宝物だから、
娘に大急ぎで夫を見つけ出してやる努力をしてみよう。
そうすれば病気も治って、失神することもなくなるだろう。
お前が満足して安心できるように、また娘が失いかけた時間を
十分取り戻せるように、よく注意して選ぶことにしよう。
お前はその間、あの子がわしらの知らぬ間に、幾分かでも、
もう誰かに心を決めていないか、よく調べてみてくれ。
わしらがあの子の平穏な人生と幸せな健康よりも、
名誉と財貨の方をもっと重んじてしまってはよくないからな。

あの子はこの目に入れても痛くないほどかわいい。
わしの財貨と娘を、性悪な奴に支配されて残すくらいなら、
資産もなく娘もないまま死んだ方がましだよ。わしの死後、
そいつの卑しい振舞いで、娘が嘆くことになってはならんのだ」。
この楽しい返事を聞いたところで、夫人は夫と別れたが、
この厳父キャピュレットは、この件で一日か二日の内に、
友人達と相談した。すると彼女と何としても結婚したいと願う
沢山の紳士が現れた。というのもこの乙女は、姿がとてもよく、
若く、見目麗しいばかりか、育ちがとてもよく、また賢明だから
である。彼女は父親のただ一人の遺産相続人でもあった。
彼女との結婚を熱望してとりわけ燃え上がったのは、
パリス伯という青年であった。彼の父は伯爵であった。
全ての求婚者の中で、娘の父親は彼が最も気に入った。
そこで彼自身の善意と心を込めた支援で、いとも簡単に
パリスに言質を与えたのである。かくして彼は、
妻を自分の意思に従わせ、娘を説得することにした。
彼はこの日、誠に運よくぴったりの良縁が見つかった、
と喜びに溢れて妻に話したのである。これを聞くと妻も

大いに喜んだ。彼女はこの喜びを隠そうともせず、まっすぐ
ジュリエットのところに急ぐ。母親は娘に、お前のことで、
求婚してきたパリス様と、注意深く優しいお父様との間で、
なんて幸せな話が交わされたことか、と語る。続けて
その男性の人柄、目鼻立ち、年齢の若さ、彼の美貌、
彼の立ち居振舞い、たしなみある優雅さを、微にいり
細をうがち、娘の眼前に描き出し、それから美徳をたっぷり
褒めあげて、母親はパリスを空高く持ち上げる。彼女は、
彼の血統と運命の女神が、彼に与えた天賦の才能を、鼻高々に
自慢する。お前もお前の家族も、大きな喜びの中で暮せるだろう。
ジュリエットは両親の意図をすべて理解したが、これには
愛と正しい道理が、彼女に同意することを許さなかった。
この柔らかな四肢が、ばらばらに引き裂かれる(21)方がまだましだ、
と考えた。今や彼女は日頃の遠慮がちな顔つきを捨てて、
普段とは違って大胆に、次のように率直に話し始めた。
「まあお母様、びっくりだわ、娘のことでこんなにも
興奮するなんて。私ってお母様の宝石で、ただ一つの喜び、
関心ごとだったのに、私がその方を好きか嫌いか確かめもせず、

こんな風に他人様の楽しみに、私を譲り渡すつもりかしら。
好きなようになさっても、承知しておいてほしいけど、
私がおっしゃる通りに従うことは、決してありません。
もし私が二つの内、どちらか選べるとしたら、ほんの僅かでも
その人が私を思いのままにするくらいなら、むしろ相続するはずの
資産全部ばかりか、この命も失った方がずっとましよ。
第一私、辛い生活にうんざりして、気苦労で死んでしまうわ。
でなかったら、血生臭く鋭い短刀で、この胸を一突きにするわ。
そうなったら、お母様は私の命を奪った殺人者になってしまうわ。
だって愛することができず、そのつもりも義務もない人を
私に押しつけたのですからね。こうして跪いてお願いします、
私はこれまで生きてきたように、これからも生きていきたいの。
どうか私のことで気をもむのはよして。私には構わないでほしいの。
どうか荒々しい運命の女神が、私を思いのままにするのを、
我慢して下さいな。私が幸せになるか、不幸になるかは、
運命の女神しだいよ。お母様は私を幸せにしたい一心でも、
私の悲しみはかえって二倍になってしまって、
ためらっている私を、死に追いやってしまうわ」。

この返事に母親は、心の奥深くまで悲しくなり、娘の言葉を
どう考えたらよいのやら分からず、ぞっとして立ち尽した。
そして驚愕のあまり、頭と両手を天に向かって振り上げた。
それからほとんど我を忘れて夫を探しに行って、洗いざらい
彼に話した。忘れたり隠したりしたことは一つもなかった。
短気なこの老人は激怒して、度を外れて憤慨すると、
ただちに召使いをやって娘を呼ぶことにして、彼らに
ぐずぐずするな、娘が自分の意志で来ないなら、娘の涙にも
愁訴にも哀れみをかけず、力ずくで連れてこい、と言いつけた。
指示を受けると使用人らは、彼女を探しに出ていった。彼女は
自ら進んで、すなおに彼らと一緒にやって来る。その場所で
父に会うと、娘は子としての義務に、可能な限り従順に、
かしこまって佇んだ。母親の考えで、召使いらは部屋の外に
出された。そうした方が良いと判断したからであった。
悲しみにくれる娘は、泣きながら父親の足元にひれ伏して、
両手を突いたまま、父の足下を涙で濡らした。彼女の目から
涙がはらはらとこぼれ落ち、たっぷりと溢れ出た。
彼女は父に慈悲を乞うため何とか口を開こうとするが、

押し黙ったまま、怖さと溜息とすすり泣きで、言葉が出ない。
その涙は厳父の湧きあがる怒りを鎮めることはできない。
穏やかに控える母のそばで、ジュリエットが悲しんでいると、
父は怒り狂い、火の眼光と真赤な頬で、こう語った。
「よいか、よく聞くがいい。お前は感謝も従順も知らぬ。
わしは食卓で何度もくり返して話して聞かせただろう、
もう頭の中から消してしまったのか？　ローマの若者達は
どれほど親を畏敬しておったことか。法律で父親は、
どれほど自分の子種に力を持っていたと思っておるのだ？
父親は必要となれば、子供らを誓約で束縛し、廃嫡し、
売り払うこともできたぞ。それだけではない、子供が逆らえば、
親は子供を生かすことも、即刻殺すこともできたのだぞ。
こうした善良なローマ人が、今の世に生き返ったと思ってみよ。
彼らは一体どれほどきつい綱で、お前のその強情な体を
縛り上げたと思うか？　どんな責具を使い、どんな拷問に
かけたと思うか？　お前のその卑しさ、わしに対するお前の
言語道断の親不孝と、恥ずべき強情を懲らしめるためだぞ？
お母さんはとても心配して、わしはたいそうお前を可愛いく

思っておったから、お前のために長い時間をかけて、熱心に
婿探しをして、この町に住む一番立派な貴族の方々のお一人で、
その数々の美徳ゆえ大きな名声を得ているお人を選んだのだ。
その方はお前にもわしにも、まことに過ぎた方なのだ。
しかもまもなく大きな遺産をたっぷり相続される。それほど
お父上は裕福で、その高貴な血統と声望は、まことに立派だ。
お父上はそうした家柄の方なのだ。それなのにお前ときたら、
ひどく驕った大馬鹿者、強情な小娘になり下がって、非常識にも
差し出された幸福を拒み、わしの気持ちに逆らってくる。
わしは神様にかけて誓う。最初にわしに命を下さって、
若い頃わしとお母さんとで、お前を作る力を下さった方だ。
お前は次の水曜日までに、わしの思いと同じになって、
われらの城、フリータウンで、無条件にパリス伯の求婚に
承諾し、その際あの方とお母さんとわしの話合いで決まる
どんなことにも同意する、と約束せよ。さもないと
わしの財産は一切お前にはやらず、わしを大事にし、
尊敬し、わしに従順な者達に、残らずやってしまうぞ。
のみならず、おまえを逃げることのできぬ固く冷たい牢獄に

閉じ込めて、一生そこで過ごさせてやる。そうなれば、
お前は必ずや、一日に千回も早く死にたいと願って、
生まれて初めてこの世で息をした日と時刻を呪うだろう。
今ここで申し渡し警告したことを、よくよく考えるのだ。
仮にもわしが冗談を言っているとか、誓いを破るなどと
考えてはならん。わしはパリス伯に、固い約束をした。
わが名誉にかけて、破ることはできぬ。さもないと、お前が
ここから出る前に、わし自身がお前をこっぴどく懲らしめて、
お前にきっぱりと、自分の義務を分からせてやる。その昔、
腹を立てた父親達が、親に背き親不孝を働いた子らを、
どのように懲らしめたか、しっかり教えてやる」。
父親はこう言い放つと、大急ぎでさっさと立ち去った。
娘が返事するのさえ、この怒りっぽい老人は待たなかった。
母親も彼の後を追って、ドアから出ていってしまった。
こうして後には叱られた娘が、床に膝をついたまま残された。
彼女はしばしば厳父が激怒するのを見たことがあったので、
彼が怒りだすとどうなるかひどく恐れて、これ以上父を
刺激したくはなかった。彼女は自分の部屋に戻っていった。

いつもならここで心の悲しみの重荷を下ろすのだが、
この夜はいくら瞼を閉じて眠りにつこうとしても、不安な思いに
打ちひしがれるばかりで、彼女はさめざめと涙を流し続けた。
涙を幾ら流してもその涙は止まることがなく、いくら悲嘆の声が
口をついて出てきても、その悲嘆のもとはなくならぬ。
呻きと悲しみを減らして終らせるのに最善の方法は、
その原因を取り除く手段を見つけ出すことである。
ほどなく悲しみに満ちた娘は、うんざりするベッドを諦めて、
信心深く聖フランシス教会のミサに出かけていく。
修道士を訪ねると、彼女は懺悔を聴いてほしいと彼に嘆願する。
これほどの若さでの敬虔な信仰はまれで、それは貴重な天資である。
この可憐な乙女は、心の内に抱えている嘆きをすべて
話し尽す心づもりで、その柔らかい膝でひざまずく。
溜息と塩気を含む涙で彼女の告解は始まったが、彼女が
話さねばならないのは、罪ではなく、数々の悲しい出来事
である。彼女の声はすでに哀れな愁嘆でかすれていて、
語ろうとすると、せわしい嗚咽でやむなく言葉をつまらせた。
だがなんとかとぎれとぎれに、彼女は修道士の膝に、縁談話を

すっかり吐きだした。これは運悪く用意された新しい苦痛の種で、
最初に両親がパリス伯に約束したこと、父親の激しい威嚇など、
彼女は修道士に語り、最後に次のように締めくくった。
「私はすでに一度立派に結婚しましたので、二度と結婚は
できません。なぜなら二人の夫の妻となることはできませんし、
一人の神様、一つの信仰、一人の伴侶に私は責務を負っております。
私は出来るだけ早く、この世から旅立つことを望んでおります。
この二つの手を組み合わせて、私は天に向かって差し延ばし、
すぐに死がこの身に訪れることを、切に願っております。
今日この日、ああロミウス、今日あなたの悲しみに沈む妻は、
悩み多い命に終わりを告げて、全ての憂いを終わらせるのです。
私の旅立った霊魂は天への証人となり、また私の血は
記録を大地に残すことでしょう、どのように私が
愛する夫への誓いを決して破らず、揺るぎなく守りぬいたか」。
彼女はこの重苦しい話を語り終えると、最後に誓いを立てて、
あちらこちらを、厳しい眼差しで、じっと凝視した。
その様子は、彼女が何か不穏な試みを図っていることを
窺わせた。これを見た修道士は愕然として、彼女が本当に

言葉を実行しないかひどく恐れて、こう彼女に語りかけた。
「ああ、ジュリエット、なぜそんな話をする必要があるのかな？
お願いだ、聖母マリア様のために、一つ頼みを聞いて下さい。
しばらくここで休んで、少しその悲しみを考え直してごらん。
その間私もきみの嘆きと悲しみが止むよう、思案してみよう。
きみがここを出る前に、気持ちの落ちつく何かいい案を上げよう。
そうして怒った運命の女神の攻撃を、しっかり防ぐ備えをしよう。
きみの深い苦しみに役立つ、体にとても良い薬を見つけよう。
きみは十分に満足して、ここを出ることになりますよ」。
彼の言葉は直ちにジュリエットの心から絶望を追い払った。
彼女の暗く醜い恐怖に満ちた思いは、希望で晴れやかになった。
そこでローレンス修道士は彼女を一人残して教会を出ると、
急いで自分の部屋に入ったが、心には不安にみちた雑多な思いが
沸き起こってきた。この老人には将来起こる疑いのある
様々な出来事が、眼の前に見えてきたのである。ある時は
彼の良心は、彼女がパリスと結婚するのは罪である、と糾弾した。
なぜなら彼女がまだ五カ月も経たぬ前に、まさにこの場所で
父母にも知られず、もう一人の男と結婚できたのは、彼自身が、

もっとも重要な人物として、深く関与したためだったからである。
また別の時には、彼の落ち着かない思いは、混乱する彼の
頭の中に、恐るべき様々な危険を山のように積み上げた。
それを試そうとすること自体がきわめて危ない。ましてや
それを実行に移すとなると、遥かに危険極まりないことで、
彼はみずから、一人の若く、単純で、不注意な、しかも大きな
問題には全く不向きな娘の資質に、頼るしかなくなるのだ。
彼女がもしどこかで失敗し、問題が公になってしまうと、
彼女とロミウスはともに破滅し、彼自身もまた処罰される。
あれこれと彼はさまざまに想いを巡らせたのだが、ついに
優しい哀れみと同情の気持ちが、彼の心の中で勝ったのである。
彼はそうした不義姦通を認めるくらいなら、むしろ彼の名声を
危険にさらした方がよいと考えたのである。こう決断すると、
彼はすぐさま収納室の中から小さなガラス瓶を取り出した。
そして二倍の速さで悲しみに沈むジュリエットのもとに戻った。
彼女は茫然自失の態で、ほとんど息もしていないほどで、
生きるか、それとも死ぬか、知らせが届くのを待ち侘びていた。
修道士は彼女に、その日はいつに決まったのか、尋ねた。

「次の水曜日までに、私は承諾しなければならないと、
父は申しております」、と彼女は言う。「でも覚えていますが、
厳かな結婚式の日取りは、九月十日です」。そこで修道士は言う。
「元気を出すのです、ジュリエット。ほら、ごらん。
フランシス聖人が、私に慈悲の道をお示し下さったのです。
これで私はきみとロミウスを一緒に、きみが恐れる束縛から、
間違いなく救い出すことができるだろう。私はきみの夫を
聖なる洗礼の時から知っている。彼が成長してくると、
彼からの相談ごとを、ずっと我がことのようにしてきたのです。
というのも彼は若いころから私に心を開き、しばしば私は、
彼の苦悩と心の痛みを治してやってきたからなのです。
彼の友情を私が得たのは、いわば私にそれだけの実績が
あったからで、彼はまるで私の実の息子のようにかわいい。
だから私には、深く親しい気持ちがあるので、彼が何ごとかで
不当に被害を受けるのは、とても我慢できない。とりわけ
私が助言でそれを正したり、その恨みを晴らせたりとか、
また折よく何か別の方法で、防ぐことができる場合はね。
そしてきみは彼の妻なので、ロミウスとの友情から、

私には当然、きみをとても大切にし、きみの心を取り巻く
苦悩、恐ろしい苦悶を取り除くよう努める責務がある。
だからわが娘よ、私の助言を信頼して、よくお聞きなさい。
私の話を忘れてはいけないし、また誰にも話してもいけません。
きみが信頼する乳母も駄目です。ロミウスこそがきみの
騎士だからね。この細い糸にこそ、きみの生死も、私の名声も、
恥辱も、またきみを妻に選んだ彼の幸福も、不幸もかかって
います。きみは私のことで、至る所に、とりわけこの町に
広がっている有名な噂を知らないはずはないのだが、
若い頃私は外国を旅してまわりました。人間が見つけた
全ての土地、人間が住んでいるあらゆる場所ですよ。
だから故国を離れて二〇年というもの、様々な見知らぬ
土地で客人となり、長い間、くたびれ果てた手足を
静かに休めることはなかった。住む人のいない森に、
獰猛なけだものに、ずぶぬれに波をかぶる海原に、
風の吹くまま、放浪者の手の憐みにも、海上、陸上での
無数の危険にも、私はこの身をゆだねたのです。だがわが娘よ、
私のこうした放浪の旅は、すべて無駄ではなかった。

過ぎ去った出来事を楽しく思い起こすことで、私の魂には
大きな満足感が生まれてくるのだが、それに加えて、
もう一つ、簡潔に話すが、私は秘密の果実を摘み取った。
幾つかの石、植物、金属、その他大地の奥深くに潜む
様々なものが、どんな力を持って作用するのか、私は注意深く
探究して、苦労の末それらを実証した。そして危急の折に
やむを得ず、これらを使って自分の役に立てることもある。
そうした科学の知識は、人の作った法律に反することも
あるのだがね。だが最もよく使うのは、それをやっても、
神様は少しも不愉快になられず、復讐心の強いジュピターが
禁じたどんな罪も、犯す手助けにはならない時なのです。
というのも私はもうこの世で長く過ごす望みはなく、今やもう
場所も決まっている墓場の淵にまで来ており、死ぬ時が
迫っているからです。その一撃を避けることはできません。
私は自分がやってきたこと全てについて、申し開きするのを
求められ、これからはもっと深く神の最後の審判を心に
刻み込んでおかねばならぬ。若い頃は愚かしくも眼が見えず、
恋と愚劣な欲望が胸の中で煮えたぎっていて、希望と恐怖が

互いに争って、心地よい安らぎを追い払ってしまっていた。
だから娘よ、分ってほしいが、私は天の恵みとご好意により、
色々と特別な能力を授かったのだが、なかでも私は、
もうずいぶん昔、幾つかの草の根と香りのよい薬草の葉で
一種の練り粉を作る方法を発見し、今もそれを心得ています。
これを固く焼いて、打ち砕いて細かい粉末にして、
泉の水か、それとも種類を問わず、ワインで飲むと、
その飲んだ者は、三〇分もすると、これに圧倒されてしまい、
感覚をすべて失い、幸せも悲しみも感じなくなり、
魂は埋もれて、呼吸もすっかり動きが止まってしまう。
熟練した医者でも、この人は亡くなった、と言うだろう。
これと同じほど、これが持つ驚くべきもう一つの薬効は、
これを飲んだ者は，これを体内に取り込んでも、些かも
嘆き悲しむことがなく、何も考えない人のように、痛みを
感じず、すぐに甘美で穏やかな眠りにつくことです。
そこから目覚めるまでの時間は、その人が飲んだ量で、
長くもなるし、短くもなります。そうしてその効能が
ひと度現れてくると、薬を飲んだ者は、飲む前の状態に

再び回復してしまう。それゆえ、私が語ったこの話の
最後のところを、しっかりと頭に入れておきなさい。
そしてきみが今後どうすべきか、よく理解しておきなさい。
めめしい恐怖の衣はただちに脱ぎ捨ててしまいなさい。
男の勇気で頭から踵まで、自分の身を武装しなさい。
胸の中にあるのが恐怖か、それとも勇気かに、きみが
幸運を摑むか、運悪く災難に落ちるかが、かかっている。
この小瓶を受け取って、自分の眼のように大切にして、
結婚式の当日、太陽が空を明るくする前に、これに水を
縁までいっぱいに注ぎ、それから飲み干しなさい。すると
どの血管にも手足にも、快いまどろみが滑りこむのを感じ、
それはついには体の隅々にまで、広がっていくことだろう。
体のどの部分からも、その本来の自然な力を奪い去ることだろう。
こうして動きが止まると、身体の各部はただ休むだけとなり
脈拍ばかりか、虚ろな胸の鼓動までもなくなることでしょう。
きみは意識を失って、死んだように横たわることでしょう。
きみの親族も友人も、この突然の出来事に、嘆き悲しむでしょう。
それからきみの亡きがらを彼らはこの教会の境内の墓地に

運んでくるが、そこはきみの先祖が、遠い昔、費用をかけて、
自分らと後に続く子々孫々のために墓を作った場所です。
それは深く、長く、大きいが、そこに、わが娘よ、きみは休む。
私はマンチュアに人を送って、きみの騎士ロミウスを呼びます。
その墓から彼と私はその夜、きみが再び眠りから覚めたら、
きみを連れ出すのです。その後きみはロミウスと一緒に、
この地を去る。そして苦痛が癒えると、彼とともに、
マンチュアで、人に知られず楽しい生活を送ります。
だが多分、やがて争いがすべて終わる時がやって来ます。
ロミウスと彼の敵達が和解することになったなら、
私自身がよい頃合いを見計らって、これらの秘密の経緯を
つまびらかにして、私は称賛され、きみの優しいご両親は
喜ばれて、危険は去り、きみは非難されることなく、愛する人と
楽しく過ごすのです」。ジュリエットはじっと気持ちと耳を
傾けていたので、修道士がこの巧妙な話を語り終えた時、
これを全部しっかりと頭に入れてしまっていて、何一つ
忘れていなかった。弱々しかった心は、希望と楽しい思いに
慰められて、彼女は修道士に語った。「私はきっと、強い心で、

ひるまずに、この嬉しいご指示を実行致します。仮にこれが、
そう、命を奪う毒の飲み物だと分かっていても、むしろ私、
その猛毒が喉を下っていった方がましだわ、これを飲まずに
パリスの手に落ちるくらいなら。あの人はまだ私に全く
手を触れていないし、これからも少しだって私を彼のものに
することはできません。私は思い切って、大変な危険と
死ぬほどの痛みに、進んで身をゆだねて、なんとしても、
この命がすべてかかっているロミウスと、一緒になります。
それだけがただ一つの心の喜びだし、永遠にそうなのです」。
「では行きなさい」、と老師は言った。「わが子よ、天上の神が
きみに歩みを示され、手を取って道案内して下さるように。
神が今のきみの意志を強くして下さって、どんな浮ついた
気まぐれも、きみが約束を実行する妨げとなりませんように」。
こうしてジュリエットは、老師にくり返し感謝の言葉を
述べると、喜びに溢れて父親の館へと帰っていった。
彼女は落ち着いた足取りで街路を通り過ぎていくと、
母親が彼女に会うために、戸口の前に立っていた。
母親はジュリエットに、まだ気持ちは変わらないのか尋ね、

また二人だけで、娘の本分について諭すつもりでいた。
娘は楽しそうな顔つきで、いつになく陽気にしていたが、
母のすぐそばまで近づくと、母が話しかけてくる前に、
すぐさまジュリエットの方が先に、次のように話し始めた。
「ねえお母様、今朝は聖フランシス教会に行ってきたのよ。
たぶんいつものお務めの時よりも、だいぶ長い間いたわ。
でもきちんとした立派なわけもなく、こんなに長く外出して
いたわけじゃないわ。あそこでとても有難いお話を頂いたの。
最初は私、死にたくって仕方がなかったわ。でも今はもう
生き返った気分よ。ひどく胸苦しかったのに、もうすっかり
よくなって、穏やかな気持ちに戻ったわ！　私とても不安で、
ひどく取り乱していたけど、ローレンス様からとても有難い
ご説教と助言をいただいて、すっかり楽になりました。
私はね、修道士様にこれまでの生活を詳しくお話ししたの。
懺悔の中で、この前の争いごとも全部お話ししたのよ。
パリス様の求婚のことでは、私って恩知らずにも強情に
反抗してしまい、大切なお父様に厳しいお叱りを受けたわ。
でもね、ご覧になって。修道士様が戒めて下さったおかげで、

もう私はこれまでとはまったく違う娘になれたのよ。
色々と説得して下さって、私の心をたいそうお咎めに
なったの。何とか弁解しようと、色々わけを探してみたけど、
何も見つからず、とうとう愚かしい自分のわがままは
もうやめることにして、修道士様が上手にご指示下さった
通りにします、とお約束したの。これまでもう何年も
軽率に婚礼の床とか儀式とかを固く拒んできましたけど、
でもお母様、ご覧になって。私はもうお母様の思いの
ままよ。何かお命じでしたら、何でも仰せの通りに
しますわ。ですからお母様、慎んでお願いします。
どうか今すぐ、お父上のところにいらして下さい。
まずこれまでの過ちをお父様がお許し下さるよう、
お願いしてほしいの。できたら娘はもう今は、すっかり
お父様の道理にかなったご命令に、素直に従うことを
お示しするわ。命は神様から貸して頂いているものだし、
次の水曜日には、お父様とお母様と一緒に、約束の場所に行くわ。
お母様の立ち合いのもと、お父様の目の前で、パリス様に
誓約し、ご求婚をお受けして、あの方を私の夫、伴侶と

する旨お伝えするわ。私、もうすっかりこんな気分なの。
だから疑う気持ちは、ぜんぶ洗い流してくださいね。
私これから衣装室に行って、一番華やかな着物と一番高価な
宝石を選び出して、あの方に喜んで頂くために、次の水曜日に
身に着けるつもりよ。仮に私が、あの略奪された有名な
トロイのヘレンよりも、もっと優っていたとしても、衣装が
私の美しさと容姿をさらに引き立たせてくれるかもしれない」。
単純な母親はうっとりとなって、大きな喜びに包まれた。
彼女は一言の半分も声に出せず、嬉しさで有頂天になり、
いつもよりもずっと軽やかな足取りで、いそいそと
物思いに沈む夫のもとに駈けつけると、楽しそうに
聞いたことを話し終えて、修道士を大いに褒め称えた。
この灰白髭の父親の頬には、喜びの涙が流れ落ちた。
両手と二つの眼を上に向けると、心の中で神に感謝して、
「修道士様のお世話になったのは、これが初めではないよ。
これまで何度も大変親切にして頂いた。どうしても
必要になると、賢く貴重な教えで助けて下さった。
このベローナの国中で、折よい時に、この聖なるお方に

お世話にならなかった者はほとんどいないほどだ。
だからわしの財産の三分の一で、あの方の過ぎた二〇年を
買い戻してあげたいほどだ！　わしは本気でそう思っておる。
それほど、友情のお礼を差し上げたいし、実際それほどわしは
あの方が大変ご高齢になられたのを、心底嘆いている」。
こう言うと、喜んだ老人はすぐさま外出して、パリスの住む
堂々とした大邸宅へ急いで向かった。そして彼はパリスに、
「次の水曜日に、フリータウンで少しばかり費用をかけて
祝宴を催したいので、客人としておいで頂けないか」、と招待した。
だがパリス伯は、そうした宴会を開くのは無駄遣いではないか、
その大きな費用は結婚式の時まで、取り置いてはいかがか、
その折は大変な経費がかかると承知しているので、と助言した。
一方でこの間、パリスは、食事よりも、ずっとお嬢様の姿を
拝見したかったので、美しいジュリエットさんにすぐにお会い
できないか、とキャピュレットに懇請した。これに彼は喜んで
同意した。母親はあらかじめジュリエットに、よく準備するように、
と注意した。そして、パリス様が来られたら、必ずや、礼儀正しく
お話しし、楽しそうな様子で、端正で上品にお相手するのよ、

それも惜しみなくそのように振舞いなさいね、と強く促した。
これを彼女は、ちょうど巧みな工芸家が、作品を巧妙に陳列して
売却するのと同じほど巧妙に、まことにあでやかに演じてみせた。
そのため公爵はいとまごいして、彼女が視界から消えた時、
気付かぬ間に、彼の心は彼女にすっかり盗み取られていた。
このずるい娘っ子は、彼の生死を左右するほど力を持っていた。
そこで彼は、予定の日を長い間首を長くして待ち侘びてきたので、
彼女の両親にしつこく熱心に頼み込み、結婚の日取りを早めて、
婚姻の絆を速やかに結ぶようにしたい、と懇請したのである。
求愛者のパリスは、最初の日をこのようにして楽しみ、他にも
色々な気晴らしごと、娯楽と遊びごとで、日がな一日過ごした。
ついに長い間期待し、待ち焦がれた喜びの日（とパリスは思って
いた）が近づいた。だが実は、重大な事態が迫っていたのである。
婚礼の日に備えて両親は、まことに豪華な衣装や、手の込んだ
家具、それに贅を尽くした数々の料理を準備したので、これらを
前夜に眺めた人々は、口を揃えて、もうこれ以上のものを望む
ことはまずできまい、と語った。何一つ高価すぎるとは思われず、
最も高価なものが買い求められた。書き残されている話に

よると、実際彼の血統の階級と名誉に属するもので、不足するものは何一つなかった。だがその間ジュリエットは、自分の考えをじっと胸の内に閉じ込めていた。乳母は秘密を守ることでは折り紙つきだったが、ジュリエットを育てたその信頼できる乳母にさえも、彼女は心の奥の秘密を隠し続けたのである。彼女は尊い母にさえ、欺くために躊躇せず嘘をついたほどで、乳母の目を見せかけで眩ますのも、罪であるとは考えてはいなかった。自分の部屋で彼女は乳母に、こっそり嘘の話をしたが、それは彼女が母親に、戸口でまるで事実であるかのように語った話と同じだった。お追従者の乳母は、修道士の優れたわざを褒め称えて、お嬢様が賢く我が儘を抑えたのはまことに正しかった、と述べた。乳母は父が激怒して荒れ狂う様子をこと細かに語り、ジュリエットの二度目の結婚を大いに賞賛した。乳母は正当にも、以前はロミウスを自ら褒め称えていたが、今や不当にも、その十倍もパリスを褒め称えたのである。

パリス様はずっとこの地にお住まいですが、ロミウス様は帰ってこられません。悶々と衰弱してしまっては、お嬢様に何の役に立ちましょう？　以前の過ぎ去った喜びは、得をした、と思えばいいんです。でもあの方が戻ってきたらどうかしら？
一人じゃなく二人になるわ。一人はお嬢様を、正しく結婚した
妻として扱ってくれて、もう一人は浮気だけど、同じ楽しみで
人生を過ごせます。獲物を旦那様と愛人で取り変え引き変え
して、町のどの奥様よりも、一番うまくやっていけますわ。
乳母は喜ばすつもりで、こんな話やこれに似た話をしたが、
こんな不埒な言葉は、ジュリエットにはひどく不愉快だった。
だがみだらな乳母が、日ごと新しい論議をこしらえても、
彼女は怒りをひたすら隠し、十分満足したかのように装った。
だが花嫁は、その時が近づくのをひしひしと感じはじめても、
可能なかぎり本心を偽ろうと努め、和やかな表情を
していたので、外見からは誰一人彼女の心の内の悲しみを
想像できなかった。だが彼女の苦痛は日々募るばかりだった。
すっかり物思いに沈み込んで、彼女が自分の部屋に戻ると、
乳母が燭台を片手に持って、階段を上がってきた。
彼女はジュリエットの部屋で寝るのを常としていたのである。
そのため女主人は、自分の意図が乳母に気付かれはしまいかと
恐れて、乳母がその夜も、いつもの通り、簡易ベッドを

広げ始めると、彼女はすぐに、どこか他の場所を探して休んでもらえないか、と穏やかに頼んだ。そして乳母が何か察知して疑うことのないように、用意していたわけを語った。ジュリエットは、「ねえ婆や、明日は約束通り、新しく結婚式を挙げる日だから、今夜は私、天国にお住まいのご先祖様方にお祈りをささげて、その皆様が一番良くご考案下さった通りに、式が万端つつがなくとり行なわれて、明日の出来事に微笑んで下さって、私のこれからの人生が、どんな悲しみからも免れるように、とお願いしたいの。だからお願い、今夜はここで、私一人で過ごしたいの。ただ明日はお日様が昇る前に、一番にここに来てね。そして私の髪型を整えて、衣装を着せて下さいね」、と頼んだ。するとこのやさしい乳母は、易々と彼女の頼みに従った。彼女はいささかも疑念を心に抱いてはいなかったのである。乳母は自分が乳を飲ませた子が、秘かに企てている試みを、知るよしもなかった。乳母が出て行くや、彼女はすぐにドアをしっかりと閉めた。そして誰も彼女の意図をあばく者はいない、と確信すると、そばのテーブルの上にあった銀の水差しで、修道士が渡しておいたガラスの小瓶に、水を注ぎこんだ。
眠り薬がこうしてできると、美しいジュリエットは、
それを柔らかい長枕の下に隠し、急いでベッドに入った。
そこで新たに数々の思いが頭の中に湧きおこってきた。
彼女はすっかり死の恐怖に取り囲まれてしまったので、
これまでひとつも疑問を抱かずに決心していたことを、
疑いはじめたのである。こうして迷いに迷いって
横たわっていると、誠実な愛と死の痛みの恐怖とが争って、
彼女は苦痛で両手を揉みあわせつつ、涙ながらに愚痴を
こぼし始めた。「まあ、この高い天の下、私ほど不幸な
女が他にいるかしら？　私ほど絶望している女が？
まあ、私は私ではないのかしら？　この世に生れた者の中で、
一番深く絶望の淵に沈み、運命の女神に一番酷く蔑まれて？
だって、この世に私が見つけ出せるものといったら、
不運と、惨めさと、心の苦しさのほかに何もないのだから。
残酷にも私の不幸は、こんなにも突然、土砂降りの中に、
私を追いつめておいて、こんなにも苦しい目にあわせた。
そのうえ私が自分の名誉と良心を救い出すためには、

ここにある混ぜ薬を飲み干さなければならないのに、
私はまだ、その働きと効き目は、何も知らないのだわ」。
この傷心の嘆きから、もう一つの疑念が湧いてきた。
彼女は言う。「もし薬の効き目が予定よりも早かったり
遅かったりしたら、またちっとも効き目がなかったら、
どうしたらいいの？　それにこの企てが白日のもとに晒されると、
私は永久に人々の話の種、物笑いの種になってしまうわ」。
彼女は言う。「それにどうしたらいいの、ぞっとする蛇や、
けだものや、もともと毒を持っている虫どもが、
聞くところでは、暗い地下の洞窟にいつも潜んでいて、
死人の墓に棲みついているというけれど、私が死んで
横たわっているところに、否応なく襲ってきたら？
私いつも、とても爽やかな空気の中で育ってきたのに、
まだ土に戻っていない沢山の死骸の群れと、ずっと前に
埋葬された幾つもの骨の忌まわしい悪臭を、どうやって
我慢したらいいのかしら、私が眠る場所には先祖の方達が
みな眠っていて、そこは一族みんなの埋葬所になっているけど？
修道士様とロミウスが来て私を見つけた時には、私はその前に

目が覚めていて、墓の中で窒息死していないかしら？」
ジュリエットが長い間このように思いを巡らせていると、
彼女の想像の力は、間もなく著しく強さを増してきて、
虚ろな地下納骨堂から、見るも不気味な物、ティボルトの
死骸が見えてきたような気がしたのである。
それは彼女が何日か前に見た、ひどい傷を負って、
自分の血にまみれて死んでいった彼の姿であった。
それから彼女は再び心の中で、自分が生きたままそこに
埋葬されて、彼の脇に横たえられるさまを思い浮かべた。
荒涼として慰めはなく、生きている連れは誰一人いない。
ただ多くの腐敗した死骸と、もっと多くの裸の骨だけである。
彼女の柔らかく可憐な身体は、至る所、恐怖でぶるぶると震え、
金色の髪は、冷えきった頭の上で逆立っていた。そして
その中で過ごす恐怖に押し潰されて、山の氷のように冷たい汗が、
彼女のほっそりとした皮膚を突き抜けて、その湿り気は
彼女の体の至るところを濡らしたのである。さらにその上、
こうしてむなしく恐れ、むなしく思いを巡らしていると、
数知れぬ死体が彼女を取り囲んできたので、彼らが手足を

ばらばらに引き裂くのではないか、と恐怖におののいた。
だが彼女は少しずつ体の力が萎えはじめてきたのに、
心の中では恐怖がたえず増していくのを感じると、
弱さか、それとも愚かな臆病さかが、決心していた計画の
実行を妨げるのではないかと恐れて、気も狂わんばかりに、
やにわにガラス瓶を手に摑むと、もはや何も考えずに、
その混ぜ薬を一気に飲み干した。それから彼女は
胸の上で細く長い手を十字に組んだ。すると感覚が
抜けて行き、彼女は恍惚とした夢心地に落ちたのである。
そしてまぶしい太陽神フィーバスがその心地よい頭を
もたげて、広々とした東の空から照り輝く光線を広げた頃、
部屋の鍵を持っていた乳母はドアを開いたが、ジュリエットが
なかなか起きてこないので、起してみようと思って、最初
そっと呼んでみた。それからもっと大きな声をかけてみた。
「お嬢様、もうお時間ですよ、伯爵様がじきにお見えですよ」。
だが何としたことか、彼女の呼びかけに何も返事はなかった。
彼女はジュリエットに話しかけたつもりが、その実壁に話して
いただけだった。たとえ地上の大音響や、逆巻く海の

轟きや、恐るべき雷鳴が彼女の耳に鳴り響いたとしても、思うにこの眠っている人を時間前に起こすことは、絶対にできなかったであろう。それほど命の霊気は閉ざされてしまって、感覚はすべて消え去っていたのだ。この様子に心配した愚かな乳母は、すっかり気が動転した。彼女は昔よくしたように、娘を揺すり起こそうとした。だが何と彼女の身体は、どこもかしこも硬直していて、冷たい大理石のようだった。しかも口も鼻も、呼吸は止まっている。この二つは、彼女の時ならぬ死を物語る確かな証拠であった。彼女はすっかり取り乱して、顔をくしゃくしゃにすると、髪を振り乱して、急いで母親のもとに走った。だが言葉が出ない。やっとのことで、「亡くなられました、お嬢様が！」と言うや、母は、「まあ、なんてこと！」と叫んだ。それはまるで野生の母虎が、獲物を取りに洞窟を出ている間に、貪欲な猟師がその虎の子らを殺してしまったか、さらっていったかのようだった。それほど母は怒って、ジュリエットのベッドに駆け込んだ。そこで彼女は、唯一の慰め、可愛い娘が死んでいるのを見た。彼女は出せる限りの甲高い声をあげると、聞くも悲しい

ことだったが、死神にこう叫んだ。「ああ、残忍な死神よ、
こうしてわが権利をぜんぶ奪って、私の至福を終わらせ、
心の喜びを奪い去るとは。どんな悪事でも私に為すがいい、
これを限りとお前の怒りをぶちまけるがいい。激しい憎しみを
込めてお前に叫ぼう、いくらでも復讐するがいい。ジュリエットが
逝ってしまった今、何ゆえ私はここに生きているのか？　あの子が
死んでしまっては、嘆き悲しむほか、何の生き甲斐があろうか？
ああ、なんて悲しいことか、かわいい娘よ、この涙が止むことは
決してない。この命が延びれば延びるほど、嘆きは増すばかりだ。
これほどひどい悲しみが、私の優しい心を苦しめるのだから、たとえ
死の苦しみが襲ってきても、私の痛みがこれよりも増すことはない」。
それから母親はしゃくり上げて、その心臓は張り裂けんばかり
であった。こうして彼女が泣いていると、とうとう父親と
パリス伯が現れて、それからベローナの町と周辺の地域から
大勢の紳士達、身分の高い淑女達、親族や一族盟友の人々が、
引きも切らずに急いで押しかけてきた。皆ここに参列して、
この立派な祝宴を大いに讃えるつもりであった。
だがこの苛酷な知らせが招待客に届くと、彼らはひどく

悼み悲しむことになったので、彼らの挙動と表情を見た者は、
その時見たのは、怒りと憐憫の一日であった、とたやすく
断じたことであろう。だが中でも父親は、誰にもまして
この苛酷な知らせに、気持ちを打ちのめされてしまい、
突然の悲しみに閉ざされてしまったので、彼は娘の死に
涙を流すことさえできないばかりか、言葉を口にする
力までも失い、ただ長い間、茫然と押し黙っていた。
彼は大急ぎで、腕のよい医者達を呼びに使いを走らせた。
ジュリエットが亡くなったと聞くと、彼らは一致して、
原因は心の中に鬱積した憂いと失意である、と断定した。
すると悲しみは二倍の力で、更に二倍になったのである。
これまでに嘆きにみちた日、悲しみにあふれ、不幸で
破滅的な日があったとすれば、私はこの日こそがまさに
そうであったと言おう。ベローナの町至るところ、ベッドで
ジュリエットが他界した、との悲報が広がっていった。
そして老いも若きも彼女の死を、かくの如く深く悼んだので、
人々のこの悲しみようを目撃した人には、ベローナの国全土が
危機に立たされているとさえ、感じられたことであろう。

それほど悲しみは至る所に広がり、その泣き声は痛ましかった。
見よ、彼女はその容姿と生まれつきの美しい顔色に加えて、
年とともに成長していくのに合わせて、彼女の美徳への賛美も
増していった。彼女はまたとても賢く、慎ましく、穏やかだった。
そのため白髪の老人から知恵の浅い子供に到るまで、
すべての人々の心を摑んでいた。だから身分の高き低きを問わず、
その日彼女の悲惨な姿に涙しない者は、一人もいなかったのである。
ジュリエットが眠りにつき、人々がこのように涙している間、
わがローレンス修道士はこの時までに、ロミウスに同じ教団の
修道士を一人送っていた。この人物ほどの適任者はなく、
彼はこの同輩をまるで分身の如く信頼していた。老師は彼に、
一通の書簡を託した。その中で彼はジュリエットと彼との間に
起ったこと、また粉薬のことなど漏らさず、詳細に書き記した。
そして彼はロミウスに、翌日の夜こちらに来て、ジュリエットを
墓場から救い出すのを手伝うように、と求めた。というのも
その時までには、飲み薬は効き目が無くなっているからである。
それから一晩、彼女とロミウスは、彼の庵に潜んで過ごせばよい。
それから彼は、男の服で変装した彼女をマンチュアに連れて行き、

そこで気まぐれな運命の女神が好意を寄せるまで、過ごすのである。
この書簡に封をすると、これを彼は同僚に託してロミウスに送った。
ローレンス師は彼に、如何なる場合にも絶対にこれを他の者に
渡してはならぬと指示した。かくしてジョン修道士はマンチュアへと
急いだ。ところでイタリアでは、修道士は一人では町なかを
めったに歩いてはならず、いつも所属する修道会の同職の者が
誰か一人、同行することが慣例となっていた。そこで、
彼は町を歩きまわるのに、誰か修道士を一人、一緒に
連れて行こうと思い、ただちにある修道院を探し出した。
しかしひと度中に入ってみると、彼はそこを再び出ることが
できなくなった。というのもその修道院の一人の修道士が
疫病で死亡したからである。人々がひどく恐れて忌み嫌っていた
病気である。そのため教団の修道士達は、修道会の建物の門の内側に
閉じ込められて、町なか在住の教団の人々から隔離されてしまった。
町民達もまた、保健監督官が再び人々に自由な行動を許可するまで、
修道士らが住む建物を避けるように命令された。これによって
すぐにお話しするが、大変な不幸が起こることになったのだ。
ジョン修道士はこの拘束措置によって、書簡に何が書かれて

いるか知らないので、恐怖と悲しみに落ちて、そのまま翌日まで足止めされた。それから彼は、何とか間に合うよう、ロミウスに書簡を届けようとした。だが彼がマンチュアに滞在している間に、事態は大きく変わってしまった。ジュリエットが生まれた町は、最愛の人が埋葬されるのを見るために、立派な葬儀の挙行の準備に追われていた。今や両親の歓喜はすっかり悲しみと呻きに変わり、今や一同の喜びは悲嘆に後退してしまい、人々の結婚用の式服は喪に服するための式服に変わり、祝婚歌は葬送歌に変わった。なんと悲しく不思議なことか！結婚式用の手袋の代りに、今や参列者は葬儀用の手袋をはめている。結婚式を見るはずだった参列者は、その人を墓所に野辺送りしている。楽しみと喜びのはずだった祝宴は、どの料理もコップも、悲しみと困惑で一杯に満たされている。ところでイタリアでは、全土で行われている慣習がある。最高の家系の人々は、一つの墓所に埋葬されるのである。名高い家柄であれば、どの家もその一族の名を冠した霊廟を地上に構築するか、それとも地下に納骨堂を建造するのである。そして親族の誰かが亡くなると、その中に彼らは安置される。

ここに血縁者以外の亡き骸が入ることはありえない。
キャピュレット家は彼女の亡き骸を、そうした場所に安置したが、
そこにはロミウスに殺されたティボルトも、先日安置されていた。
これにはもう一つの慣習があって、死者は誰でも
布でくるまれることなく、顔を出したまま、しきたりの喪服で
盛装されて、棺架に乗せられ教会まで運ばれたのである。
このため、たまたまロミウスの召使いが外を歩いていると、
主人の妻の葬儀の列に出会ってしまった。その光景に、誠実な
彼の心は、たちまち悲しみに打ちひしがれた。彼は涙にくれて、
彼女が地下に安置されるのを見た。彼はベローナに密偵として、
キャピュレット家の動静を探るために送られていたのだ。
彼は彼女の死が、主人の心をいたく動かすと知っていたので、
悲しいかな、即座に早馬に飛び乗り、この苛酷なニュースを
持ち帰った。そして家にいたロミウスを見つけると、涙を
ぽろぽろこぼしながら、かくの如く話し始めたのである。
「ご主人様、しばらく前、とんでもない出来事がありました。
お取り乱しになりませんよう、しっかり気を引き締めてお聞き
頂かないと、もうこれで息が止まってしまいかねないと存じます。

そうなるとこの浅はかな私が、ご主人の最期を看取ることに
なりかねません。昨日のことですが、ジュリエット奥様が、
なんぞの急なお悲しみか存じませんが、お亡くなりになって、
この世にもはや、お安らぎになれる場所をなくされて、
天国に静かな安息の場を求めて、旅立たれてございます。
そして私自身こうして泣きながら、奥様がキャピュレット家の
墓所に安置されるのを見たのです」。こう彼が話し終えると、
この嘆息と涙で伝えられた突然の悲報を、ロミウスは
電光石火、大きく開いた耳でしっかり受け止めるや、
たちまち大きな悲しみですっかりうち沈んでしまい、
見よ、彼の魂は、拷問の苦しみと疼きで酷い痛手を負い、
まるで力ずくで獄舎を破って脱出し、大きな肉の塊を
置き去りに、彼女の後を追って飛び立つかのようだった。
しかし死ぬまで決して変わることのない誠実な愛で、
突然彼の頭に次のような甘い空想が浮かんできた。
もし彼女のすぐそばで息を引き取ることができたなら、
自分の死は幾万倍も栄光に満ちたものとなる。
また彼の苦しくて、いたたまれぬ気持ちも、遥かに

和らぐに違いない。更に彼は愛するジュリエットも
ずっと喜ぶはずだ、と空しく考えた。それゆえ彼は、
乾いた涙の跡が頬の上に残らないように、また彼の
悲しみが誰にも察知されないように、（それだけは細心の
注意を払って隠したかった）きれいな水で顔を洗うと、
家にいるのが嫌になって、すぐさま戸外に出た。
彼の召使いは、主人の厳命で、部屋にとどまった。
それから彼は、通りから通りへと、あちこちさまよい歩き、
この町のどこかに、彼の傷を癒すのに都合のよい膏薬、
ちょうど適した油はないか探し回った。こうして訊ね歩いて
いる内に、悲しいかな、すぐに！　探しているものが見つかった。
薬種商の男が、店の戸口のところで暇をもて余して座っていた。
その重苦しい顔つきで、彼はこの男が金に困っていると直感した。
店に入ってみると、箱はほんの数えるほどしかなかった。
陳列窓にも、商品はごくわずかしか、並んでいなかった。
そのためロミウスは、友情では到底入手できないものでも、
金を積みさえすれば、きっと買える、と確信したのである。
貧困に喘いでいるこの貧しい男なら、町の法律が

売るのを禁じているものでも、売ってくれそうであった。
そこで彼はこの貧乏な男の手を取って、脇の方に引いていった。
そこで彼はキラキラ輝く金貨を見せて、彼の心を焚きつけた。
「金貨が五〇クラウンだ」、と彼は言った。「これを君にやろう。
そこでだが、僕がここを出る前に、強い毒薬を少しばかり渡して
もらえないか。運の悪い男がそれを一服飲むと、三〇分も
しないうちに、死んでしまうような劇薬だよ」。哀れな男は
金欲しさには勝てず、そうした毒物を売ることに同意した。
男はこの売り渡しを後になって後悔するのだが、その時はもう
手遅れだった。急いで毒薬を探し出すと、それをしっかりと包んだ。
それからこっそり彼の耳元でこう囁いた。「旦那さん、こいつは
とてもよく効く代物でしてね。それに旦那に必要なよりも、
もっと沢山入れときましたよ。この半分でも効き目は十分でさあ。
保証しますがね、どんな頑丈な男でも、ものの三〇分もしないうちに
死にますぜ。この毒物の力はそれほど強いんでさあ」。
これでロミウスは心配ごとが少し減り、気持ちが幾分か
和らいで、この高価で無駄な品物を、ふところに仕舞い込んだ。
帰宅すると彼は、召使いをベローナの町に送り出した。

彼はその際、墓所をおし開くための道具と、ジュリエットを照らし出すためのランプを急いで準備しておき、彼の愛する妻が安置されている場所近くに彼が行くまで待っておくように、と指示した。ロミウスは彼の胸中の悲しみを、うっかり漏らさないようにとも命じた。この勤勉な召使いは、名をピーターと称したが、こうした指示を受けると、主人に別れを告げて、大変な急ぎようで、ほどなく町に着いた。そして命じられた仕事を実行するためせっせと励んだが、悲しみに満ちた主人の気持ちを、誰にも明かすことはなかった。

ああ神よ、彼がこの時、主人の命令を破ってくれていたら！

ああ神よ、彼がロミウスの胸の内を全部、修道士に明かしていたら！

だがこの間、ロミウスは多くの死にかかわる思いにかられていた。

インクと紙を持って来させると、彼は自分の愛について、幾行にもわたって、起こった出来事をすべて書き綴った。

どのように二人が、修道士の助けで、また乳母も承知の上で、結婚式をあげ、どのような方法でその夜二人が結ばれて、その後どのように楽しく幸せな喜びの夜を幾晩も過ごしたか、またどこで毒薬を買い求め、どのように彼の命が終わるのか、

悲運のロミウスは、悲しみに満ちた彼の悲劇を、こまごまと
書き綴った。彼はこの書簡を閉じて、父に宛てて封印すると、
財嚢《ざいのう》にしまいこみ、錠をかけ、それから早馬に飛び乗った。
ベローナに近づくと、彼は用心深く馬から降りて、
夜闇にまぎれて、町の中に入りこんだ。そこで彼は
召使いを見つけ出した。彼は主人が来るのを、ランタンと
ジュリエットの墓所を開く道具を用意して待っていた。
「手伝ってくれ、ピーター、頼む、石をどかすのだ。
僕はジュリエットを悼むために中に入る。お前は直ちに
この場から離れてくれ。そして僕が地下にとどまっている間、
決して近づいてはならぬ。入ってきたら命はないものと思え。
またお前の主人が行う仕事を、妨害しようとしてはならぬ。
この大仕事はどのみち、しっかりと成しとげるつもりだ。
そこに書簡があるので、明日の朝、大切な父上が起きて
来られたら、一番にそれを差し出して目を通してもらうのだ。
その方が多分父上にとって、僕が話したり、お前が
粗雑な頭で考えたりするよりも、ずっといいはずだ」。
ピーターは主人がどうするつもりか知らなかったが、

こう聞くと、素直に少しばかり身を引いて離れた。
それからロミウスは、地下納骨堂の石を真っすぐに立てると、
手に蠟燭の明かりを持って、階段を下りていった。
それから悲しげな眼で、妻の身体を見つめはじめた。
彼女は間違いなく、彼の命のみなもとであったのだ。
彼は彼女のせいで、今は不幸せだが、初めは祝福されていた。
彼女を彼は涙で濡らして、幾度もくり返し彼女に口づけした。
そして両腕を廻して、彼女をしっかりと抱きしめたのである。
だが彼の貪欲な眼差しは、どうにも彼女の姿で満足できなかった。
彼は怖れつつ、両手をそっと彼女の冷たい腹部に置いてみると、
悲しみにくれて、さらに彼女の身体をあちこち触ってみた。
だが幾ら探しても、彼女が生きているしるしはないと知ると、
遂に彼はあの呪われた箱から、買っておいた毒薬を取り出すや、
その大半を貪婪《どんらん》にむさぼり飲んだ。それから彼は妻を悼む
瀕死の溜息を、心の底から搾り出して叫んだ。「おお、
ジュリエット、きみにとってこの世なんて価値など
なかったのだ。価値のないこの世を、君の価値ある魂は
旅立っていった。僕は今こうして、愛する君の傍らで死ぬ。

僕の心はこんなにも嬉しく死を耐えるのを、ほかのどこに
望みえようか？　また僕はこの地下納骨堂で、まさにきみと
一緒に葬られるが、この若さでこれほど光栄な墓を、
ほかのどこに望みえただろうか？　愛の火を灯した僕ら二人は、
共に痛ましく命を犠牲にするが、僕の記憶を神聖にするのに、
これほどふさわしく、この半分も立派な墓碑銘を、
誰が作ることができようか？」しかし彼はこうして語りながら、
まだしばらく、更に強く嘆き続けるつもりでいたのだが、
彼の弱った心臓は、毒薬の力の効目でしだいに萎えはじめて、
その力が心臓を少しずつ圧倒しはじめたのである。
そして彼が視線を、せわしくあちこち投げかけているうちに、
眠っているジュリエットの身体のすぐそばに、まだ十分には
腐敗しきっていない、ずぶといティボルトの亡き骸を見つけた。
ロミウスは彼に、まだ生きているかのように話しかけた。
「ああ、従兄ティボルトよ、君の落ちつかぬ霊魂が今どこに
彷徨していようと、僕は両手を広げて君に慈悲を乞うて叫ぼう、
君の寿命が自然に尽きる前に、僕は君を死に追いやってしまった。
だがもし君の怒りが、命は消えてもなお収まらず、今も君が

抑えがたい復讐の欲望に燃えさかっているのであれば、
君の目に晒されている今の僕を見ることほど、それを静めて
くれるものがあろうか。君はまだ残忍な復讐を望むだろうか？
僕は武器を使って君の息の根を止めたが、その僕は自らの手で、
毒薬で自らの命を断つ。見ての通りだ。僕は君をあまりに早く
墓場に追いやった。だがその僕もまた、あまりに早く、
君よりも若いのに、自らの身を君のそばに横たえたのだ」。
こう言うと、彼は毒薬の力が圧倒してくるのを感じはじめ、
だんだんと意識が薄れて、ついに命が風前の灯火となると、
彼は両膝をついて、とても低い小声でこう言った。
イエス・キリストよ、あなたは遠い昔、私の罪を贖うために、
父なる神のみ胸より降りて来られて、聖母マリア様の胎で人の姿に
なられましたが、おお、どうか私の願いを叶えて、嘆く私の魂が
この虚ろな墓から抜け出て、天に召されるのをお許し下さいませ。
私の貧しく罪深い、悩み苦しむ心に、憐れみを賜りますよう！
私はこの身体が土くれに過ぎず、罪の塊で、あまりに脆く、
腐敗を免れぬことを、よく承知しております」。
それから大きな悲しみに打ちひしがれると、最後の力を

ふりしぼって、彼はぐったりした身体を、最愛の人の悲しい亡き骸の上に投げ出した。弱りきった心臓は、これまでの苦痛で一層弱くなり、鋭い最後の喘ぎに耐えることができず、感覚と本来の力をすっかり奪われたので、長く閉じ込められていた魂は、ついに解放されたのである。ああ、残酷な死よ、若きロミウスの天国にふさわしい魂と、彼の美しい地上の肉体は、あまりに早く引き離されてしまった！

一方ローレンス修道士は、ジュリエットがいつ薬を飲んだか、またいつ眠りから覚めるか、まさにその時刻が分かっていた。しかし同僚の修道士に託したロミウス宛ての書簡の返事が、いくら待っても返ってこないので、修道士は不審に思って、聖フランシス教会を出ると、一人で墓地に向かった。

彼は埋葬所をこじ開けるのにちょうどよい道具を携えていたが、すぐ近くまで行ってみると、そこに明かりが見えたので、その奇妙な突然の光景に、大きな恐怖を心に憶えたのである。だがロミウスの召使いピーターに出会うと、怯えていた彼は大胆になった。ピーターは主人が確かにそこにいる、と彼に伝えた。「ご主人はそこにおられました」、と彼は言う。「少なくとも三〇分前には。

あえて申しますと、ご主人の嘆きは、今はずっと増しているはずです」。
そこで二人が中に入ってみると、なんとしたことか、そこに
息絶えて魂の抜け去った、ロミウスの死体を発見したのである。
二人は大いに動揺して深く悲しんだが、それが精一杯であった。
彼らは心の底から親しく彼を愛していたのに、その友を残忍な死が
奪ったのだ。だがロミウスの宿命を、彼らが嘆き悲しんでいると、
美しいジュリエットが、あまりに遅く、眠りからさめたのである。
そして大きな明かりを墓場で見て、ひどく驚き、これは夢なのか、
それとも夜毎徘徊するという亡霊なのか、よく分からなかった。
だが意識を取り戻して、彼らが誰だか分かると、彼女は言った。
「まあ、ローレンス神父様ではありませんか？　ロミウスはどこなの？」
するとこの高齢の修道士は、恐怖でそこに立ち尽したが、
ここにぐずぐず長居しては逮捕されてしまいかねず、
ごく手短に、分かりやすく、起こった出来事をすべて語ると、
そばでこわばって冷たくなり、身を横たえている彼の死体を
指さした。それから、この突然の大きな不幸を我慢して
耐え忍ぶように、と彼女を説得した。彼は言う。「すぐにどこかの
女子修道院に、静かな場所を用意してあげよう。そこであなたは

残りの人生を過ごすことができましょう。多分やがてそこで、
賢明に今の悲しい胸の内を推し測って、その苦しい気持ちに、
今は失われている安らぎを、取り戻すことができましょう」。
だが見よ、彼女が悲しみで一杯の目で辺りを見まわすと、
彼女の傍らに、青白く血の気の失せたロミウスが横たわっている。
たちまち彼女の涙腺は弛んで、涙がどっとほとばしり出て、
彼女は手で自分の美しい金髪を、無慈悲に掻きむしった。
しかし彼女はこみ上げる悲しみを、静めることもできなければ、
そのやさしい心も、千々に乱れる怒りを耐えることもできず、
死骸の上に倒れて横たわると、彼の顔の上で長い間喘ぎ続けた。
それからありったけの力で、遺骸をしっかりと抱きしめた。
溜息をつき、すすり泣き、力いっぱい痛ましいほどせわしく、
まるで命を再び蘇らせるかのように、彼を起こそうとした。
ジュリエットは石のように冷たい彼の唇に、幾度となく口づけを
くり返したが、彼の方はいささかもそれに応えてはくれない。
彼女は深く呻きながら、「ああ、私の楽しい思いを全部支えていた人、
ああ、私が人生で見つけた甘い喜びすべてのただ一つの拠り所、
あなたの心にはこんなにも確かな信頼が休んでいたのね。

だからあなたは自分の墓を、この場所、この時間に選んだのね？
それは私があなたの深い愛の最良の伴侶なので、その私の手の中で、
私のために、そして私のせいで、命を落すためだったのかしら？
青春の花の盛りの只中で、そのあなたのいとおしい人生は、
他の誰とも同じように、楽しさに満ち溢れていたはずなのに。
どうしてこの優しい身体が、怒り狂う残忍な死神と闘うことが
できたのかしら。どんなに屈強な者だって、死神に一瞥されると
震え上がってしまうのに？　どうしてその優美な若さで、みずから
進んで、こんなにも汚く不潔な場所に住むことに決めたの？
邪な運命の女神は、あなたを貪婪な蛆虫の甘い餌にしようと、
こんなにも気の毒な場所を選んだのね。まあ、なんてひどい。
ああ、ああ、ああ、一体何の必要があり、日頃の悲しい思いを、
こうして二倍にして、また新しくしなければいけないの？
ほんとに長い間、時間をかけて、がまんを積み重ねて、やっと今、
悲しみの炎をすっかり静めて、踏み消してしまうはずだったのに？
ああ、私ってなんて惨め、なんて哀れなの、やっと辛い恋の激情を
治す薬を見つけたつもりだった。それなのに、まさにその時、
探し続けてきた幸せを失った。もう命を絶つ破滅のナイフは研いだわ。

私は深く、広く、残酷な傷を負って、必ず死んでいくのだわ！
おお、墓場よ、お前は最も幸運で、最も不運だわね！
お前はこれから未来への証人となって、時代から時代へと、
一組の恋人の、完全な約束の証を、永く伝え続けるのね。
その二人は、最も不運で、最も幸運だったのです。さあ、
怒りと死に捻り殺された恋の虜達の中で、最も悲惨だった
二人の恋人の、最期の溜息と、最期の煩悶を聴くがいい」。
こうしてジュリエットが更に嘆き続けようとしている間に、
修道士と召使いは逃げてしまい、彼女は一人そこに残された。
というのもすぐ近くで突然物音がしたからで、彼らは
そこで捕まりはしないかと、ひどく怖れたのである。
ジュリエットはこの地下納骨堂に一人残されて、邪魔も阻止も
されずに、思い通り自分の意志を貫けることになった。
そこでもうこれまでと、彼女は全ての苦しみのもとだった
ロミウスの、死んだ身体を引き寄せると、また固く抱きしめた。
そして真心を込めた口づけで、彼女は死を少しも恐れずに、
愛に殉ずる人であったことを、十分に証明したのである。
そして死の恐怖を超えると、彼女は命に執着することは

もはやなくなり、ロミウスが身に着けていた短剣を急いで引き抜くと、こう言った。「おお、来たれ死よ、不幸は終わり、確かな幸せがここに始まるのだ。さあ恐れずに、今こそ私を突き刺すのだ、汝の一撃をためらうことはない。もはや私の命を引き延ばすことはない、こんなにも遅れたのが憎い。去りゆく私の魂は、すぐにこの躰を脱け出し飛び立って、沢山の死者の中から、やすやすとロミウスさんの魂を探し出すわ。私の最愛の夫、ロミウスさん、私が心から信頼する旦那様、あなたの中にまだ感覚が残っていて、私の語る言葉が聞こえたら、あなたが愛してやまなかったこの私を、受け止めてくださいね。ああ、私こそがあなたの不憫な死を招いたのね。そんなつもりはなかったのよ。だから進んでこの魂をあなたに捧げます。私との愛を誇らしく本当に楽しむことができたのは、ただあなた一人。私はあなたとだけ結ばれているの。この愛は他の誰にも渡さない。あなたとだけの愛なの。あなたこそ私の命よ。今ここで見える光から立ち去っていく私達の魂は、無限の光と至福の場所で、二人連れ添って永遠に生きるのよ」。こう言うや、無慈悲にも彼女の手は、気丈な心臓をぐさりと突いた。

ああ、淑女の皆様、どうかこの淑女の死の痛みに涙して下さい。
彼女は呻き、手足を伸ばし、目を閉じると、その魂は
身体を離れて飛び立った。なんというべきか。彼女は死んだのだ。
ちょうどその頃、町の夜警達が通りかかり、門の向こうの
地下納骨堂の中から、蠟燭の光が漏れているのに気がついた。
そこで彼らは呪術師らがやってきて、用意してきた道具で、
納骨堂を大きくこじ開けたのだと考えた。彼らの目的は、
死者の身体を悪用することである。彼らはよく自分達の知識を
使って死体を傷つけ、それらを呪術に役立てるのである。[22]
夜警達は好奇心から、事実を確かめねば、と強く思って、
階段を降りていった。するとその先に彼らが見たのは、
しっかりと抱き合っている夫と妻であった。彼らには、
まだ生きている兆候が、わずかにあるようにも思われた。
だがもっと時間をかけて、じっくりと調べてみると、
二人とも間違いなく死亡していることが分かったのである。
それから注意深く目を凝らして、長い間あちこち探してみて、
彼らはついに二人の殺人犯（と思われた）を発見した。
彼らは二人をその夜は地下深くにある土牢に留め置いた。

彼らは翌日になって、明らかとなったこの由々しき出来事、
二人の死体の発見と、修道士の捕縛を、公爵に報告した。
このニュースは二つとも、たちまち町中に広がっていった。
そこでどの家からも、人々が現場へと走っていくのが見られた。
この不可解で驚くべき出来事が起こった地下納骨堂に、
地位の高きも低きも、金持ち、貧乏人、若者、年寄りを問わず、
みな大急ぎで駆けつけた。そこで彼らが見たのは、まことに
悲しい光景であった。この殺人事件騒ぎが町中に広まると、
どうやら殺人犯は、町の誰もがよく知る人物であるらしかった。
そこで公爵は直ちに、発見された亡き骸は、昨夜虚ろな
地下納骨堂で横たわっていたままの姿で、大きな台に乗せて、
地上から高く持ち上げて、誰もが四方から見ることが
できるようにせよと指示し、また併せて、ロミウスの召使いと
修道士ローレンスは、公開の場で訊問するように、と命令した。
さもないと、大衆が小声で、なぜ公然と取り調べて、
法によって裁かないのか、とぶつぶつと不満を漏らし、
その重大なわけを、捏造しかねなかったからである。
敬虔な修道士はその高齢のゆえ、これまで尊敬を集めてきたが、

今や公開尋問の舞台に晒されて、大きな非難を浴びることとなり、
これは銀色の髪の彼には、いかにも不似合いな事態であった。
彼はミルク色の白い顎ひげを、ぽろぽろと涙で濡らしている。
彼に向かって厳めしい裁判長は、容赦なく、この殺人はどのように
実行されたのか、また犯人は誰なのか、詳らかにするように命じた。
なぜなら彼は尋常ではない時刻に、埋葬の場所近くで発見され、
しかもその目的にぴったりの、鉄の道具を所持していたからだ。
修道士は、はつらつとして、口調も滑らかな人であった。
彼は裁判長の言葉に少しも動じずに、また知力を欠くこともなく、
最初こそしばらくは、じっと注意深く口を閉ざしていたが、
それから大胆でしっかりとした大きな声で、こう語り始めた。
お集まりの皆々様、情はさておき、賢明にも皆様には、
私の過ぎ越しこれまでの人生、このおいぼれた老軀を
ご配慮頂いておりますが、その私に突然降りかかった、
この由々しき光景、狂気じみた運命の女神の怒りの報復に、
仰天されて、かくも大きなこの予期せぬ不思議な変化に
ひどく驚かれていない方は一人もおられません。
というのも、私は最初、あまりに早々と、空蝉の人々、

むなしい世事万端と付き合う人生を始めて以来このかた、
六〇年と一〇年という長きにわたって、自分の身に問うてみても、
これまでただの一度も、公開の場で、如何なる時、如何なる罪でも、
たったイ草一本の重さでも、有罪となったためしはなく、また私を
罪で赤面させた方も、ここには誰一人おられないからです。
とは申しても、神のみ顔の御前では、告白致しますれば、
この大群衆の皆様のどなたよりも、私は最も罪深い者であります。
私はすぐにも大いなる申し開きをなす身であり、その準備は
すっかりできております。誰も私にとって代わることはできません。
蛆虫、土くれ、死神が、すぐにも私を呼び出し、私は永遠の力なる
神の御前に出頭して、最期の審判を受けるのであります。
そして機が熟しますと、自分の墓の縁に歩みより、まさにその時、
皆様お考えの通り、まことに浅ましき者でありますので、
憎むべき私の行為のために、最大の命の危険と名誉の失墜に
さらされて、真っ逆さまに投げ落とされるのであります。
さて皆様の頭の中に新たな空想がわき起こり、皆様の
お心に空虚で間違った憶測がずっと増え続けておりますが、
その源は多分、私のこの夥しい涙でしょう。それは私の

両目から、はらはらと頬をつたって流れ落ちております。
ですが思い出して頂きたい、聖書にはわれらが救い主
イエス・キリストご自身が、悲しみと哀れみで涙を流された[23]、
と記されております。さらに読みますと、涙は人の
無実な心のまことの使者である、とも書かれております。
加えてまた、私が罪を犯したという、それらしき証拠は、
この鉄の道具と、疑わしい時刻である、とお考えでしょう。
しかし時はすべて天が等しく与え給うのでありませんでしたか！
キリストは、昼間は十二時間ある、と申されて[24]、
時間に敬意を払うのは正しくないことを証されました。
人々はいつ如何なる時も、善をなすか、悪をなすか、選ぶのです。
神のみ心は、ちょうど良き心の人々を善に導かれますように、
悪しき心の人々を、美徳の道から外れ、さ迷うままになさるのです。
私が手に持っていた鉄の道具につきましてですが、
鉄がそもそもの初めに、どんな用途で作られたものか、
今皆様にご説明するまでもないものと存じます。
鉄はそれ自体では役に立たず、人を助けることもありません。
傷つけるものは、人間の悪い意志であります。それこそが、

そうした良くも悪くもないものを使って、悪をなすのです。
私が申しあげ、ご承知頂きたかったことは、以上であります。
私はこれほども涙したことは今までありませんが、しかしながら、
この哀れな涙も、鉄の道具も、また疑わしい時刻も、
とれ一つとして、このたびの殺人を正しく証明することも、
私に罪を着せることもできないし、三つを全部合わせても
できません。私がどう見えようとも、私は私なのであります。
しかしもし私がその罪に値するならば、間違いなく
私の良心が、告発者、証人、絞首刑執行人となることでしょう。
というのはもうこの年齢ですし、髪の毛が白くなって久しく、
これまで私は皆様から大きな称賛を頂いて参りましたが、
もはやこれからこの世で過ごす私の仮住まいの時間は短く、
日々刻一刻とこの世から旅立つ時は迫っておりまして、
仮に皆様が見かけ上、如何に恐るべき拷問を考案されたとしても、
内なる私の良心は、その死の苦痛の三倍も私を苦しめましょう。
ですが神よ、有難いことに、私を食い荒らす蛆虫の痛みは、
私は少しも感じません。また嬉しいことに、悔恨の突き刺す
針の痛みもありません。そこで皆様を煩わしているこの件では、

もし私がお話ししなかったならば、これからもずっとご心配を
おかけすることとなりましょう。ですから皆様のお気持ちを静め、
お心にある疑惑の根をすべて引き抜いてしまうために、
このままでは多分皆様の疑惑はつのるばかりでしょうし、
皆様の良心にもまた、癒すことのできない苦痛を増やしますし、
私は自身が昇っていくつもりのあの天にかけて誓い、この心は
父なる神を私の言葉の証人と致しますので、神の強大なみ手は、
私の言葉がいかに激しく揺れても、しっかり統制して下さり、
轟く嵐の海原にあっても、重き大地はじっと動きませんので、
私はこのまことに痛ましい悲劇の真相を、手短に詳らかにし、
この二人の恋人の、不幸な死の結末と原因をお示し致します。
これを聞かれますと、皆さまは多分大変驚かれることでしょう。
この何とも哀れに苦しみ抜いた恋人達は、心の中でひどく
悩んだあげく、生きることに執着することなく、強い忍耐と、
固い決意で、残酷な死に彼らの身を明け渡したのであります。
これこそが、二人がともに身を焦がした相思相愛だったのであり、
二人が交わした結婚の誓約は、誠にその愛の信義において、
不動のものでした」。それからロミウスと

ジュリエットの愛の物語を、そもそもの端緒から話し始めた。
二人はどのように最初お互いにひと目で相手をみそめて、
ただ死によってしか解くことのできない、固いえにしを
結んだか。如何にして幾ばくもなく、一層熱い恋に押されて、
罪の許しの告白で包み隠して、二人が彼のもとに相談にきたか、
また如何にしてこの二人がともに厳かな誓いで、心からの
約束と宣誓により、結婚する決意を明言したか。仮に彼が
教会での儀式を執り行うことを許さなかったら、二人は罪深い
身のまま、真摯な愛のみで、生きていくことを強いられたで
あろう。この件で彼がその重みを考慮して、二人の間の合意は
法にかなっており、誠実で、立派であると考え、こうしたことを
全て総合的に考量して、そうするのが適切であると思えたのだ。
二人は高貴さ、年齢、冨、階級ともに同じであった。結婚が
実現すれば、ついには憎しみあって暮してきたモンタギュー家と
キャピュレット家の争いも、終結する希望も出てくるし、
神様ご照覧のもとで、喜ばしいことを行ないたいと考えて、
秘かな懺悔の中、彼は二人を結婚させた。そして彼らはその夜、
キャピュレット家の館で結婚を完成させた。このことは、

ジュリエットの乳母もよく承知しているので、聞いて頂きたい。
またティボルトの命を奪ったロミウスがどのように逃げたのか、
またどうその間に彼の妻が、パリス伯の妻に提案されたか語った。
またどう貞女ジュリエットが、この大きな悪事を軽蔑して、
またどう懺悔するために、彼の教会に再び来たか、そして
またどう彼の足もとにひれ伏して、修道士に何も手立てを
見つけて貰えなかったならば、自分の手が、残酷な短刀で、
罪のない心臓を一突きにして、伯爵の試みを挫き、汚点を
残すことなく彼女の魂を救い出す、と誓ったか語った。
こうした事情で、彼は一つの結論を出すに至ったのである。
高齢になり死期も近いとの思いもあるが、実は彼には若い頃
楽しんだが、もう長い間封印していた秘かな技があった。
だが彼女に熱心にせがまれた上、彼も内心悲しかったし、
それに彼女が残酷な誓いを実行に移しはしないかと恐れて、
彼は心の奥に閉ざしていた考えを開き、そして解き放ってみた。
自分の魂が、小さな軽い罪で少し汚れるかもしれないが、
むしろ一度だけ、我慢してみることの方を選んではどうか。
さもないとこの淑女は、生きることに疲れ果て、倦み果てて

そのあわれな魂を死の危険にさらす自殺をはかりはしないか。
このゆえに彼は古い昔の技を、再び役立てることとし、
ある粉薬を彼女に与えると、それで彼女は深い眠りに落ちて、
誰もが彼女は死んだと思い込んだ。またジョン修道士が
ロミウス宛ての彼の書簡を持って、マンチュアへ向かったが、
彼はまだ帰って来ず、どうなったのか分らない。そうして彼は、
彼女の親族の墓場で、親友ロミウスが死んでいるのを発見した。
強い毒をあおったと思われるが、ジュリエットが死んだと思い込み、
その心労で彼は命を絶ったのである。また一方ジュリエットは
ロミウスの短剣を引き抜いて、心臓に突き刺して、息絶えた。
彼女の愛する人と、死んで一緒になることを、熱望したのである。
自分達は彼女を救うことができなかったが、それは夜警達の
物音が聞こえてきたので、恐くなって身を隠したためである。
この話を証明するために、裁判長にお願いしたいが、
ただちにジョン修道士を呼びにマンチュアに人を送って、
彼が帰ってこないわけを調べ、彼に託した書簡を読んで頂きたい。
更にまた、私の説明をもっとよく判断して頂くために、
証人として、ジュリエットの乳母と、偶然墓所の近くで

出会ったロミウスの召使いを呼び、証言させて頂きたい。
それからピーターは、最初の時ほどは狼狽せずに、
「皆さま、ローレンス修道士様がお話しなさったことは、
全部真実でございます。ご主人様が奥様の墓所に入られた時、
今差し上げるこの書簡を私に託されました。これはご主人が
自分でお書きになったと承知しておりますが、これを父上に
差し上げるように、とお命じになりました」、と語った。
小さな包みを開けると、中には修道士が最初巧みに話した
書簡が入っていた[25]。その書簡には、ロミウスの依頼で
その毒薬を売った浅ましい男の名前と、その値段、
及び彼が購入した理由が、はっきりと説明されていた。
この事件はこのように詳らかにされ、いまや明らかとなったので、
人々は自分達の目で見ることを除いては、他にこれ以上の証拠を
望む必要もなくなったのである。まことに全てのことが、整然と
語られ精査されたので、群衆の誰一人疑問を抱く者はいなかった。
エスカラス公爵は賢人達による会議を招集して、彼らに
意見を出させて、以下のように賢明に裁定したのである。
ジュリエットの乳母は、この結婚を両親から隠した廉で、

生涯追放とする。なぜなら仮に適当な時期にこれが判明して
いたならば、遥かによい結果となったはずであるが、
彼女が隠匿したために、大きな被害が出たからである。
ピーターは、自分の主人の命令に従っただけなので、
これまで通り、残りの人生を自由に送る許可を与える。
薬種商は、絞首刑に処する。そして死刑執行人には、
その労を取ることの報酬に、薬種商の上着を与える。
だがこの灰色の髭の立派な老人は、どうなったであろうか？
この善良な裸足の修道士は、次のような裁定となった。
彼はベローナ共和国に幾度となく誠に立派に貢献してきて、
その人生において、決して正道を踏み外したことがなかったので、
完全無罪とする。そして如何なる不名誉も、彼の全ての名声を
些かも汚したり傷つけたりすることは、なかったようである。
しかし彼は自ら進んで、ベローナの町から二マイル離れた所で
隠遁生活に入り、そこで祈り三昧の生活で余生を送った。そして
その天国にふさわしい魂が、この世から天国へと昇っていくまで、
五年間隠遁者として生きて、隠遁者として亡くなった。
この不思議な出来事の真実が、かく明らかになってみると、

モンタギュー家とキャピュレット家の人々は悲嘆にくれて、彼らの涙が枯れ果てると、彼らの癇癪も怒りもすっかり枯れはてた。そしてこれまで英知も、公爵の威嚇も、行われた殺人の意図も、彼らの憤激を静めることができなかったのに、偉大なるゼウスなら望んだ処であるが、ついに憐憫の情が彼らを包み込んだ。そして長い時の流れが人々の心から、このまことに完全で、かつ健全な、誰もが認める愛の記憶が忘れ去られることがないように、亡骸は彼らが亡くなった地下納骨堂から移されて、地上高く大理石の大きな柱で支えられた、堂々たる霊廟の中に収められた。そして四方のどの壁の上部にも、また下部にも、彼らの死を讃えて、あまたの精巧な墓碑銘が刻まれた。そして今日でもこの霊廟は見ることができ、ベローナにある数ある記念碑の中でも、このジュリエットとその騎士ロミウスの霊廟ほど、見る価値のある記念碑は、他にはないのである。

二　ハムレット

1　サクソ・グラマティクス　『デンマーク人の事蹟』第三巻および第四巻

「アムレット史話」（十三世紀初頭）

（英語版　オリバー・エルトン訳　一八九四年）

Danorum Regũ heroũqz
Historię stilo elegãti a Sax
one Grammatico natione
Sialandico necnõ Roskil
densis ecclesię preposito.
abhinc supra trecentos an
nos cõscriptę et nũc primũ
literaria serie illustratę ter
sissimeqz impressę.

サクソ・グラマティクス　『デンマーク人の事蹟』1514年版

サクソは『事蹟』16巻を13世紀初頭に書き終えたが、その後このラテン語原書は散逸した。およそ三百年を経た1514年に、クリスチェン・ピーダーセンによって再収集されて、パリで印刷出版された。

シェイクスピア劇と「アムレット史話」の登場人物の対応関係

『ハムレット』	『デンマーク人の事蹟』、「アムレット史話」
ハムレット	アムレット
クローディアス	フェング
ハムレットの父の亡霊	ホーウェンディル
ガートルード	ゲルータ（ロリック王の王女）
オフィーリア	おとりの娘、アムレットの幼馴染み
ポローニアス	立ち聞きで殺されるフェングの廷臣
ホレイショー	アムレットに危険をアブで知らせる幼馴染み
ローゼンクランツ（廷臣）	イングランドへの同伴者
ギルデンスターン（廷臣）	イングランドへの同伴者
	イングランド王
	イングランド王女（アムレットの第一の妻）
	ヘルムトルード（スコットランド女王、アムレットの第二の妻）
	ウィグレク（ゲルースの甥、アムレットの殺害者）

第　三　巻

この頃ホーウェンディルとフェング兄弟の父ガーウェンディルは、ジュート族の統治にあたっていたが、この時ロリックによって、ユトランド半島を防衛するのに、ガーウェンディルに代わって、この兄弟がその地位に任命された。しかしホーウェンディルは三年間その君主政体の統治にあたったのち、栄光の頂点を極めるために放浪の旅に出た。するとノルウェー王コルは、彼の卓越した行為と名声に対抗して、もし武装した自分の一層大きな力によって、この放浪者の遥かに有名な栄光を曇らせることができれば、それは立派な功績になるだろうと考えた。そこで彼は海上を巡航してホーウェンディルの船隊を探し出し、これに追いついた。海の中央には孤島が横たわっていて、放浪者の二人はそれぞれ自分の船団を、互いとは反対の側に停泊させた。隊長達は砂浜の心地よい眺めに心を奪われた。そして二人はその景色のよい岸辺に誘われて、春の時期の森に分け入って、林間の空地を抜けて辺鄙な森をぶらぶらと歩いていった。コルとホーウェンディルは、こうして進んでいくうちに、ぱったりと出会ったのである。他には誰もいなかった。そこでまずホーウェンディルがコル王に話しかけ、どのような方法で闘うことを望むか尋ねて、可能な限り少ない人数の勇気のみを必要とする方法が最善であると言明した。彼が言うには、決闘は勇敢さの報酬を勝ちえるのに、全ての闘い方の中で最も確実なものである。なぜならそれが頼りにできるのは、生まれつき持って生まれた勇気だけであり、他の者からの援助を一切排除しているからである。コル王は若者のこれほど勇敢な判断に驚いて言った。「そなたはわしに闘い方を選んでくれたが、わしも二人の努力だけを必要とする方法が一番だと思う。それだと他に騒動を起す必要は一切ない。確かにそのやり方はより大胆であるし、迅速に勝敗を決めてくれる。われらはこの考えを共有しており、この見解には二人とも一致して同意している。だが結果がどうなるかは不確かである。だから互いに立派に振舞うよう、しっかり努めようではないか。われらは好き勝手に自分の気持ちにまかせて、最後の任務を怠るようなことがあってはならぬ。われらは確かに互いを憎みあっている。だが敬虔な気持ちも、心の中に持とうではないか。いずれ時が来れば、敬虔さが苛烈に取って代わるであろう。なぜならわれらは、目的の違いで分け隔てられてはいても、人に自然に備わっている権利が、われらを和解させるからである。どれほど深い恨みがわれらを疎遠にしていようとも、それがわれらを一つに結び付けてくれるのだ。だから戦いに勝った者が敗れた者の葬儀をとり行う、という敬虔な約束を取り決めておこうではないか。というのも、誰もがこれが人間としての最後の責務である、と認めるからである。道義に正しい者ならば、決してこれにたじろぎはしない。それぞれの軍にはその苛烈を脇に置かせて、一致和合してこの儀礼をとり行わせよう。死に際しては、猜疑心は捨てさせて、反目は墓に埋めさせよう。たとえ憎しみが、われら二人の存命中に、間に入りこんでいたとしても、われらが灰となった相手の亡骸までも虐げて、残忍さの好例を示すことになってはならぬ。勝者にとって、自分が打ち負かした敵を、立派な葬儀で弔うなら、それは大きな誇りとなろう。死んだ敵に対し当然の支払いをする者は、生き残った者の好意を手に入れる。そして誰であっても、もはやこの世にいない者に対してやさしい振舞いをささげる者は、その親切な行いによって生きている人々を獲得する。なぜなら他者の災難を深く憐れむことが正しいとすれば、自らの災難を哀れに思うことは、どれほど遥かに正しいことであろうか。また生きる者達に時々降りかかるもう一つの、これに劣らず嘆かわしい災難がある。それはすなわち彼らの肉体の一部の喪失である。だから降りかかる最悪の不幸な出来事と同様、このことにも救いが必要であると私は思う。というのはしばしば戦う者達は命こそ無事であっても、大けがを負って不具になることがあるからであって、この宿命は一般にいかなる死にも増して陰惨であると考えられている。なぜなら死はあらゆることの記憶を断ち切ってしまうが、生きる者達はおのれ自身の肉体の破壊を忘れるわけにはいかないからである。それゆえこの不幸もまた救われなければならぬ。だからわれらのいずれかが他方を負傷させた場合、黄金の一〇枚の銘板でこれを償うことで合意しようではないか。なぜなら他者の災難を深く憐れむことが正しいとすれば、自らの災難を哀れに思うことは、どれほど遙かに正しいことであろう？　自然が促すことに従わない者はいない。これを軽んじるのは、自らを殺害するに等しい」。

これらの諸条件に互いに固い誓約を交わした後、二人は決闘を開始した。互いと遭遇した不可思議も、春の緑地の甘美も、二人の心を魅することはなく、彼らの闘いを阻止することはできなかった。ホーウェンディルは強烈な熱情に燃えたぎって、自らの肉体を防衛しようともせず、一心不乱に敵を攻撃することに集中したので、自分の盾にさえ無頓着になって、剣を両手で引っ摑んでいた。彼のこの大胆さに誤りはなかった。彼は雨嵐のごとくコル王の盾に殴打を浴びせ、これを破壊し彼から剝ぎ取り、ついに彼の片足を叩き切ると、敵はどうとばかりに地面に倒れて息絶えた。それから彼は、契約に違うことなく、コルのために壮麗な墓地をつくり、立派な葬儀を執り行い、王としてふさわしく埋葬した。それから彼はコルの妹セラを追跡して殺害した。彼女は熟練した戦士で徘徊していたのである。

それから彼は戦争での勇猛な行動に明け暮れて、三年の月日を過ごした。そしてロリック王に一層高く評価してもらい、もっと好意をえようと、最高の戦利品と選りすぐった略奪品の数々を彼に渡した。彼はロリック王とのこうした友情を通して、彼の娘ゲルータと首尾よく結婚することができた。そうして二人の間にアムレットという男児が生まれたのである。

ホーウェンディルのこうした大きな幸運に、弟のフェングは激しい嫉妬をつのらせた。そこで彼は卑怯にも兄を裏切って、待ち伏せして殺害しようと決心した。こうして彼は、善は自分の家族の者達からさえも安全ではないことを、証明してみせたのだ。そして見よ、彼は兄を殺害する機会をえると、その血なまぐさい手は、心中にある強烈な殺意を十分に満足させたのである。それから彼は惨殺した兄の妻を手に入れ、人道にもとる殺人を、近親相姦によって完遂したのである。というのも一つの不正行為に手を染めてしまった者は誰でも、それが引き金となって、すぐさまもっとたやすく次の不正行為の虜になるものだからである。またこの男は、彼の行為の奇怪さを、まことにずる賢いずぶとさで蔽い隠し、犯罪の言い訳として、見せかけの善意を装って、兄殺しを正義の虚飾で塗りつぶしたのである。彼が言うには、ゲルータはとても優しく、いささかも人を傷つけることなどなかったのに、夫の激烈この上ない憎悪にみまわれていた。彼が兄を殺害したのは、ひとえに彼女を救い出すためであった。それというのも彼は、かくもしとやかで悪意とは無縁の令夫人が、自分の夫から激しい軽蔑を受けるのは、恥ずべきことであると考えたからである。また彼の耳触りのよい言葉も、その思惑がはずれることもなかった。というのは宮廷という場所では、時として愚者が好まれるし、陰口を叩く者達も重宝されて、嘘も信用を欠くことがないからである。またフェングは、兄を殺害したまさにその手による恥ずべき抱擁を控えようともせず、邪悪で神を侮る二つの犯罪行為を遂行したのである。

アムレットはこの一部始終を見ていたのだが、賢そうな言動をしては叔父に怪しまれるのではないかと恐れた。そこで彼は愚鈍を装うことに決め、ひどく知恵が欠如しているかのようなふりをしたのである。彼はこの巧妙なやり方で、自分の聡明さを巧みに隠したばかりでなく、身の安全を確保することもできたのである。毎日彼は母の館でまったく気が抜けたように、不潔な身なりで過ごした。地面に身を投げ出しては、身体中に汚く不潔な泥をはねかけた。変色した顔と容貌は、汚泥でよごれていて、ばかばかしく奇怪な狂気を示していた。彼が話すことは、すべてこうした愚行と一致していた。彼がなすことは、すべて無気力そのものに見えた。簡単に言えば、誰が見ても彼はまともな人間ではなく、宿命的な狂気の発作による、何か不条理な堕胎の産物、としか見えなかったのである。彼はよく暖炉の火のところに座って、両手で燃えさしを搔き集めて、木の鉤をこしらえて、その先端を逆とげのような形にした。そしてそれらを火で固めて、留め具にしっかりと固定して、持ちこたえるようにした。彼は一体何をやっているのかと尋ねられると、父の仇を打つために尖った投げ槍を作っているのだと答えた。この答えは少なからず馬鹿にされて、誰もが彼の怠惰で笑止千万な仕事をあざけった。だがこれは後に、彼の目的の役に立つこととなったのである。さてより深い観察眼を持つ人々に、彼は実は狡猾なのではないか、との疑念を最初に抱かせたのは、この件での彼の技巧であった。というのは取るに足りぬ芸での彼の技能は、熟練した職人の隠れた才能を証拠づけていたからであり、彼らはその腕前が、これほど巧妙な職人技を獲得している人物の精神が愚鈍であるとは、到底信じることができなかったのである。最後に彼は、炉火の中に彼が指し示した杭の積み重ねを、いつも時間にきわめて正確に注意深く見つめていた。それゆえある人々は、彼の心の働きはきわめて鋭敏だと言明し、彼は単に、自分の知力を隠し、狡猾な見せかけの下に、何か深い目的を秘匿するために、うすのろを演技しているだけではないか、と想像したのである。これらの人々が言うには、彼のずる賢さは、人里離れた場所で、彼の通り道に美しい女を放っておき、その娘が色仕掛けで彼の心を挑発して誘惑すれば、いとも簡単に突き止めることができるはずである。どんな男でもその本能は著しく好色で目が見えないから、人為的にこれを偽ることはできないのである。しかもこの熱情はまたあまりに性急であるから、狡猾さで抑制するのは無理である。それゆえ、もし彼の無気力が装ったものであったら、彼はこの好機を逃すまいとして、すぐさま激しい本能の喜びに浸ろうとするはずである。そこでこの若者が馬で遠出した折に、彼をどこか奥深い森の中に引き入れて、こうした誘惑を仕掛ける役目が、数人の男達に託された。彼らの中に偶然アムレットの乳兄弟がいた。彼は一緒に育ったことを大切に思う気持ちをいまだ失ってはいなかったので、今命じられていることよりも、過去に仲良く育った記憶の方を大事にしていた。彼は指定された従者の一群に混ざってアムレットに随行したが、彼を罠にはめたい気持ちよりも、彼に注意を喚起したい思いでいっぱいだった。そうして彼は、もしアムレットがごく僅かでも正気の理性を垣間見せでもしたら、なかんずく公然と愛の行為に及びでもしたら、彼は最悪の結果を招くだろう、と確信していた。このことはアムレット自身にとってもまたきわめて明瞭であった。というのは、彼は馬に乗るように命じられた時、わざと背中を馬の首のほうに向けて、顔が尻尾と向き合うような乗り方をして馬に跨ったのである。彼は続けて手綱で尻尾をくるんだので、あたかも彼はまさにその側で、猛烈な速さの馬を制御しようとするかのようだった。この巧妙な思いつきで、彼は叔父の計略を回避して、彼の裏切りに勝《まさ》ったのである。馬の乗り手が尻尾に指図を出して、手綱を付けない馬が疾走するのは、見ている者にとって、まことに馬鹿げた光景だった。

アムレットが先に進んでいくと、やぶで一匹の狼が彼の行く手を横切った。付き添いの者達が彼に、子馬があなたと出会った、と話すと、彼は「フェングの飼う馬の群れではそうした争いはほとんどないよ」、と言い返した。これは穏やかだが機知に富んだ言い方で、叔父の財宝を呪ったものであった。彼らが、あなたは巧妙に答えた、と述べると、彼は慎重に話したまでだ、というのも私は、どんなことについても、嘘を言う傾向があると思われてしまうのはとても嫌で、虚言とは無縁の者だと見られることを願っている、と答えた。したがって、彼は狡猾さと率直さを混ぜ合わせたのだが、その方法では、彼の言葉は真実を欠いているが、しかし真実を示唆し、彼の鋭敏さをうっかり露呈するものは、何もなかったのである。

さらにまた、彼が海辺を通り過ぎていると、連れの者達は難破した船の方向舵を見つけて、でかいナイフを見つけた、と言った。アムレットは、「これはでかいハムを切り裂くのにちょうどいい」、と答えたが、ハムとは実は無窮の海のことで、彼はこの桁外れに大きい方向舵は、それにうまく釣り合っている、と考えたのである。また、彼らが砂山を通り過ぎるとき、砂を指して、「あのあら粉をごらんなさい」と言うと、彼は「大海原の老いた白髪の嵐が挽いて粉にしたのです」、と返事した。彼の連れの者達がこの答えを称賛すると、彼は「わざと言ったんだ」、と述べた。それから彼らは故意に彼のそばから離れたが、それは彼がふしだらを実行に移す気になるよう仕向けるためだった。叔父が放った女は、あたかも偶然出会ったかのように、暗い場所で彼に近づいてきた。そしてもし彼の乳兄弟が、ひそかな工夫で、罠が仕掛けられていることを暗示してくれていなかったら、彼は彼女を捉えて凌辱に及んでいたことであろう。というのもこの乳兄弟は、こっそり後見役を果たし、当の若者の、危険極まりない淫乱の機先を制するのにぴったりの方法を思案して、地面に落ちている藁を拾い、それを飛んできたアブの尻尾の下にとりつけたのである。彼はそれを、アムレットがいると分かっている特定の場所の方角に向けて飛ばせた。この目印は、送り手が意図したとおりに、抜け目なく解釈された。アムレットはアブを見ると、目ざとく好奇心を持ってその尻尾に取り付けられた藁に気付き、それが裏切りに気をつけよ、という秘かな警鐘であることを察知したのである。ぎょっとして、罠を嗅ぎ取り、もっとはるかに安全な場所で欲望を遂げたいと思い、彼は自分の腕で女を捕えて、遠く離れた誰も寄りつけない沼沢地へ引っ張っていった。加えて二人が一緒に寝ると、彼は誰にもこのことを漏らさないでほしい、と心を込めて懇請した。すると女の方もこの秘密を守る約束に、彼の頼みと同じほど心から同意したのである。というのも二人は幼少期に一緒に養育されていたからで、このように幼い頃にともに育ったことで、アムレットとこの娘は、お互いをとても親密に感じていたのである。

こうして彼が家に帰りついてみると、人々は、どうだい、恋路はうまくいったかい、とみんなでひやかしながら尋ねてきた。すると彼は、うん、うまく娘を手込めにしちまったよ、と公然と認めた。そこで、じゃあ何処でやったんだい、何を枕に使ったのかい、と聞かれると、彼は、荷役の動物のひづめの上と、トサカの上と、それに天井の上で横になったよ、と答えた。実は彼は嘘をつくのを避けるために、誘惑しはじめる前に、これら全部の物の断片を集めていたのである。そして彼のこうした戯れの言葉の中には、何一つ虚言はなかったにもかかわらず、居合わせた者達は、その返事を面白がって陽気な歓声で迎えたのである。その娘もまた、この件について問い尋ねられると、あの方はそんなことは何もしませんでしたわ、と明言した。そして護衛の者が二人の行為を目撃しなかったことが判明すると、彼女の否認はそれだけ一層容易に信用されたのである。そしてアブに目印を付けて罠をほのめかした男は、アムレットが助かったのは彼のトリックのお蔭だと彼に伝えようとして、「近ごろおれはアムレットのために随分尽してやったよ」、と述べた。アムレットはこれにしっかりと応じた。彼からの情報を忘れてはいないとばかりに、「何かが藁をくっつけて急に飛び過ぎていったのを見たよ。尻のあたりに細い茎くずが付いていた」、と言った。この話の巧妙さに、他の者達はこらえきれなくなりどっと笑ったので、アムレットの友人は心から喜んだ。

こうしてみんなアムレットに打ち負かされてしまい、誰もこの若者が密かに隠し持つ英知の扉を開くことはできなかった。しかし、判断力はないが確信することだけにはたけているフェングの友人の一人が、「いくら低俗な策を弄してみても、これほど計り知れぬ才知にたけた男の狡猾さを、見破ることはできないだろう」、と明言した。なぜならアムレットは並はずれて頑強で、いくら穏やかな方法で攻めたてても無駄であり、彼のずるしこさはとても複雑なので、単純なやり方で罠にはまるわけがない。そこで彼が言うには、「わしが自分で知恵を絞って、うまい手立てはないものか考えてみたところ、ぴったりの妙案が出てきた。実行するのにちょうどよく、わしらが知りたいことがうまく見つかるはずだ」というのである。フェングはとても重要な仕事で出かけるふりをして、故意に城を留守にする。そしてアムレットが母と二人だけで過ごすように、彼女の私室に彼を閉じこもらせる。しかしあらかじめ家来が一人、室内の見えない所にこっそりと隠れておき、二人の会話を注意深く盗み聞きする。もしこの息子に少しでも知恵があれば、母一人だと躊躇なく話し出すか、自分を産んだ母親でも信用できず、身を預けるのを危ぶむか、するだろう。この話をした男は、自分が策略をすぐにあみだしても、その実行はできない男だと思われるのが嫌だったので、進んでその盗み聞き役を買って出た。フェングはこの計略をことさら喜んで、長旅を装って城を出た。こうしてこの案を助言した男は、アムレットが母親と一緒に引きこもる部屋にこっそり入り込み、こそこそと敷藁の下に身を横たえた。しかしアムレットはこうした裏切りにはしっかり防御策を持っていた。誰かが秘かに盗み聞きしていないかと怪しんで、彼は最初にいつものように低能者を装って、両腕をばたつかせて、騒々しく翼で羽ばたく雄鶏を真似て鳴き声を上げた。それから藁の上に乗って、何者かがそこに潜んでいないか確かめるため、身体をゆすりながら何度もくり返し飛び跳ねた。そして足の下に何か塊があるのを感じ取るや、その場所を剣で突いて、隠れている男を刺し貫いたのである。それから彼は男を隠れていた敷藁から引きずり出し、とどめを刺した。そして彼はその胴体を細かく切り分けると、これを熱湯で煮立たてて、豚に食わせるために、開いた下水溝口に投げ捨てて、この不運な男の手足をくさい臭いのするぬかるみに撒き散らしたのである。こうして罠から巧みに逃れると、彼は部屋に戻った。すると母親は大きな声で泣き叫んで、息子の愚行を面と向かって嘆きはじめた。しかし彼は言った。「なんたる恥ずべき女だ！　こうした嘘の嘆きで、あなたは自分の極悪犯罪を隠すつもりか？　あなたは自分の夫を殺した男と娼婦のようにいちゃついて、よこしまな忌わしい情交を重ねて、近親相姦の抱擁を交わし、自分の息子の父親を殺害した奴を、甘い言葉で誘惑し、汚いお世辞でたぶらかしているのだ。これはまさしく雌馬が勝ち誇る牡馬と交尾するのと同じではないか。粗暴なけだものは、生来さかりがつくと、見境なくつるみたがるからな。あなたも同じように最初の夫など、きれいさっぱり忘れてしまったようだ。私はと言えば、無為に愚劣の仮面を被っているわけではない。兄弟殺しをやった男は、必ずや同じように容赦なく近親者の血を流すに決まっている。だからまともな服より愚鈍な身なりで、すっかり気が狂っていると見せかけておけば、少しは身を守れるというものだ。しかし私は父上の復讐を果たそうと、今も熱く燃えている。だが今はチャンスをうかがっている。好機が来るのを待っているのだ。何でも場所というものもある。これほど無慈悲で腹黒い手合いには、よく考えた策略が必要だ。あなたはご自身の不名誉を嘆いていた方がよかった。私に知恵が足りないなどと嘆くなんて、余計なお世話だ。あなたはご自分の心の汚さにたっぷり涙を流すがいい。他人の汚さじゃなくてさ。いいですか、口をつぐみ、秘密は固く守ってくださいよ」。アムレットはこう叱責して母親の心をずたずたに引き裂き、彼女を救い出して美徳の道を歩むよう引き戻し、今の誘惑に負けず、過去の情熱の火を灯しなおすよう教えたのである。

フェングが帰ってみると、裏切りのスパイ行為を提案した男はどこにも見当たらなくなっていた。長い間注意深く探してみたが、誰一人どこかで彼を見かけた者はいなかった。なかでもアムレットは、どこかで男がいた形跡を見かけなかったか、とからかい半分に問われると、その男なら下水溝に行ったが、底をくぐって落ちていき、汚物の洪水で窒息しちまって、そこいら中から集まってきた豚の群れに食われっちまったよ、と答えた。この話はあまりにとっぴに思えたので、聞いた者達はみな馬鹿にして相手にしなかったが、実際は真実を明白に語っていたのである。

フェングは今や、継息子は確かにずる賢さにたけている、との疑惑を強め、彼を抹殺したいと望み始めたが、なかなかそれを実行に移すことができなかった。それはアムレットの祖父ロリックばかりでなく、彼自身の妻ゲルータの機嫌を損なうのを恐れたからであった。そこで彼はアムレットを殺害するのにブリテン王を使うことを思いついた。第三者がこれを実行すれば、彼は無実を装うことができるからである。こうして自身の残忍さを隠したかったので、彼は自分に汚名が降りかからないように、彼の友人に責任をなすりつける方法を選んだのである。アムレットは出発に際して、ちょうど一年後に、結び目の付いたタペストリーを大広間に掛けて、見せかけの彼の葬儀を執り行うよう、密かに母親に指示した。そして彼はその時帰国すると約束した。そこでフェングの二人の家来が、木に刻まれた書簡――昔は頻繁に使われた書状の一種、木簡――を携えて、彼に同行した。この書簡では、ブリテン国王のもとに使者として送った若者を、死刑に処するよう依頼してあった。アムレットは二人が就寝している間に、彼らの貴重品函を探しあて、書状を見つけると、そこに書かれている指示を読んだ。そしてすぐさまその表面をすべて消し去ると、代わりに新たな文字を書きこみ、その指示の趣旨を変えて、彼自身の破滅の運命を二人の同行者に押しつけた。のみならず彼は、このように処刑依頼を自身から外して二人に移しただけでは気がすまず、フェングが使者として送りこむ「判断力のまことに秀でた若者を、あなたの王女と結婚させていただきたい」、とのブリテン王への懇請を、書き足したのである。そして末尾に偽造したフェングの玉璽を記した。

こうして彼らがブリテンに到着すると、(1)使節達は国王に謁見し、書簡を差し出した。二人の使者はこれを、アムレットの破滅の書簡と考えていたが、その実彼ら自身の死の前触れとなるものであった。王はそしらぬふりで真実を隠して、彼らを手厚くもてなし、大いに歓待した。ところがその際アムレットは、国王主催の豪華な晩餐会の料理を、どれも俗悪珍奇な食べ物のごとくあしらって、奇妙にも食べようともせず、たっぷりとあるご馳走を拒絶し、それればかりか、酒さえも同様に飲もうとしなかった。若者にすぎない外国人が、注意深く料理された王の食卓の美食と贅を尽くした宴席を、あたかも小作人の味のごとく侮蔑するので、誰もが驚嘆した。そこで酒宴が終わると、国王は家来達を解散させ寝につかせたのち、家来を一人、来客達の深夜の会話を盗み聞きさせるため、ひそかに彼らの寝所に送り込んだ。さてアムレットの同行者達が、何故晩餐のご馳走を、まるで毒物であるかのように食べようとしなかったのか、彼に尋ねたところ、彼が答えて言うには、パンは血がまだらに沁みて汚れていて、酒は強い鉄の味がした。一方でご馳走の肉は人間の死骸の悪臭を放っており、死体安置所の臭気そっくりの味で汚染されていた。彼は更に続けて、「国王は奴隷の目をしており、王妃は三つの点で女奴隷の振舞いを見せていた」、とも述べた。こうして彼は侮蔑的な毒舌で、ご馳走以上にそれを出した者達を罵った。すると彼の同行者達はすぐさま、彼のいつもながらの知恵の欠点をあざけり、多くの生意気な冷やかしで、彼を馬鹿にしはじめた。なぜなら彼は、礼儀にかなった価値あることを非難しけちをつけ、また輝かしい評判の国王と、洗練された振舞いの王妃を、このように下品に攻撃し、最高の称賛に値する人々に、ふとどき極まりない悪口雑言を浴びせたからである。

王はこの報告の全てを家来から受けた。そしてこうしたことを言える者は、人知を超えて賢明であるか、甚だしく愚劣であるかのいずれかであると断じた。それから王は家令を呼び出し、パンをどこから入手したかを尋ねた。家令は「陛下御自身のパン職人が焼いたものでございます」、と明言した。王はそれを作った小麦はどこで育てたのか、またその場所で人の大量殺戮があった痕跡はなかったか、と尋ねた。家令は、「その場所からあまり離れていないところに畑があり、そこは昔虐殺された者達の古い骨で蔽われていましたが、今でもその大量殺戮の痕跡が全部はっきりと残っております。私自身も実は春に、この畑で穀物を植え付けたことがございましたが、他の畑よりももっと肥沃そうにみえたので、大豊作を期待したのです。私の知る限りでは、パンはこの流血のせいで悪い味が付いたのでしょう」、と答えた。王はこれを聞くや、アムレットが語ったことは正しかったと推測し、念のためラードの入手先についても問い質してみた。すると家令は、「飼っていた豚どもが、油断しているすきに、はぐれ出てしまい、腐った強盗の死肉を食って太りました。多分そのせいで肉に幾分か腐った味がついたのでしょう」、と説明した。王はアムレットの判断がこの点でも正しかったことを知ると、家令に「お前はどんな酒を飲み物に混ぜたのか？」と尋ねた。それが水と粗挽き粉で醸造されたと聞くと、王はその泉の場所を特定させて、そこを深く掘らせてみた。すると数本の錆びついた剣が見つかり、そのピリピリと舌を刺す強い味が、水源を汚染していたと考えられた。他の家来達はまた、アムレットが飲み物を非難したのは、彼がそれをぐい飲みしたところ、死んだ男の布袋腹で育った何匹かの蜂を見つけたからであり、この汚染は以前蜂の巣までも及んでいたが、再び味に現れたのだ、とも語った。王はアムレットが気づいた味の悪さのさまざまな原因を、正しく指摘していたことを知った。また王は、アムレットが非難した彼の卑しい眼つきは、彼自身の出生時の何かの汚点と関係しているのではないかと思いつき、母親と会ってひそかに面談し、自分の父親は、本当は誰だったのか、と尋ねた。彼女は「あなたの父上以外の男に、私がなびいたなんてことはありませんよ」、と答えた。

しかし彼が、「裁判を使ってでも母上から真実を聞き出しますぞ」、と脅すと、あなたは奴隷の子だと告げた。彼はこうして母に告白を強要して証拠を得たことで、自分の出自についての非難の謎を全て理解した。王は自分の身分の低さをひどく恥ずかしく思ったが、またこの若者の賢さにすっかり惚れ込んでしまったので、彼に「なぜそなたは、わが王妃が奴隷のように振る舞った、と中傷したのか?」と尋ねた。そして王はこの客が、宮廷にふさわしい妻の奥ゆかしさを、真夜中の陰口で非難したのをひどく不快に感じたが、彼の妻の母が、実は女奴隷であったことも知ることになった。というのもアムレットは、彼女には奴隷の身のこなしを示す三つの汚点があることに気付いていた。まず、彼女は頭を女の奴隷がするようにマントで被っていた。次に自分のガウンを、歩くために寄せ集めていた。第三に、彼女は歯と歯の隙間に詰まった食べ物のくずを、まず木のとげでつつき出し、それを噛んで食べてしまった。さらにアムレットは、王の母は捕虜になって奴隷の身に落とされていたので、身なりが卑しいばかりでなく、生まれもそうなのだ、と述べた。

そこで王は、アムレットの英知をあたかも霊感によるかのごとく礼賛して、自分の王女をアムレットに妻として与えた。彼のあからさまな言葉をあたかも天啓のように受け入れたのである。その上王は、彼の友人であるデンマーク王からの依頼を実行するために、翌日アムレットの二人の同行者を絞首刑に処した。アムレットは気を悪くしたふりをして、この親切な行為に苦情を申し立てて、その償いとして、王から幾らかの黄金をもらった。その後彼はこれを火で溶かし、中をくりぬいた棒にひそかに流し込んだのである。

そして全身汚い姿のまま、彼の追悼の宴が行われている大広間に入った。(2) すると誰もがすっかり驚き茫然としてしまった。何しろ彼は死んだという間違った噂が広まっていたのである。しかしすぐに驚愕は和らいで、笑いさざめく喜びに変わった。客達は互いに冷やかしたり罵ったりしあった。彼らは死んだと思いこんで葬儀の宴を開いていたのに、その当人が生身の姿で現れたのだ。彼はまる一年、王とともにイングランドで過ごすと、旅に出る許可をもらって、祖国に戻った。持ち帰った物は、（王子にふさわしい富と身分すべての中で）ただ黄金の詰まった二本の棒だけである。ユトランド半島に着くと、彼はその時の服装を、また昔の風貌に変えた。それは彼が以前、正当なわけがあって使っていた身なりと同じである。彼は馬鹿げた容貌をまたわざと装ったのである。そして全身汚い姿のまま、彼の追悼の宴が行われている大広間に入った。すると誰もがすっかり驚き茫然としてしまった。何しろ彼は死んだという間違った噂が広まっていたのである。しかしすぐに驚愕は和らいで、笑いさざめく喜びに変わった。客たちは互いに冷やかしたり罵ったりしあった。彼らは死んだと思いこんで葬儀の宴を開いていたのに、その当人が生身の姿で現れたのだ。アムレットは二人の同伴者たちについて聞かれると、持っている棒を指さして、「二人はそれぞれこの中にいるよ」、と答えた。彼はこれを真実とおどけの両方で述べたのである。なぜなら彼の話は、殆どの者がこれをくだらないと思ったが、実は少しも真実から外れてはいなかったからである。これは殺された二人の贖罪金《しょくざい》を指していた。二本の棒はいわば彼ら自身だったのである。この場で彼は、一同をもっと楽しい気分にさせるため、酒の給仕係に加わって、せっせと酒を注いでまわった。それから彼は、ゆるい服が歩く邪魔にならないように、剣を脇腹につけた。そしてそれをわざと数回抜いて、その剣先で自分の指をチクチク刺した。そこで見ていた者達は、彼の剣と鞘両方を鉄クギで動かないように固定してしまった。それから策略をもっと首尾よく実行するために、彼はフェングの家来達のところに行き、盃をたっぷりと何杯も注いでまわり、皆をワイン浸しにして深酔いさせたので、彼らは足腰が立たなくなり、宮殿内で寝込んでしまい、酒宴の場は彼らのベッドになってしまった。そこで彼は策略を実行に移すのにまたとない状況になったと見て、今こそ目的を果たす絶好のチャンスだと判断した。そこで彼はずっと以前に準備していた数本の杭を懐から取り出し、建物の中に入った。その床には、眠りと放蕩でゼイゼイと苦しげに息をしている貴族達の胴体が、一面にごろごろ転がっていた。そこで彼は、母が編んだ掛布の支えを切り去ると、それを引きずりおろした。それは大広間の内と外の壁を被っていたのである。これを彼は泥酔者達の上にいきおいよく放り投げて、曲がった杭を打ち込んだので、下にいる男達の誰一人として、いくらもがいても、立ち上がることは到底できなかった。この後彼は宮殿に火を放った。炎は広がり、大火を広く遠くまで撒き散らした。それは建物全体を包み込み、宮殿を破壊して、廷臣達が深く眠り込んでいるか、立ち上がろうと必死にもがいているうちに、彼らを皆焼き尽くしてしまった。それから彼はフェングの私室に向かった。フェングはこれより前に従者の一団の案内で自分の館に入っていたが、アムレットはうまい具合にベッドに吊り下げてあった剣を引っ摑んで、代わりに自分の剣をそこに差し替えて(3)その場に突っ立った。それから叔父を起すと、彼に「貴様の家来どもは今頃みな火事にのまれて焼け死ぬところだ。見ろ、ここにいるのはアムレットだ。この武器は昔作っておいた木の鉤だ。ずいぶん遅れたが、覚悟しろ、父を殺された仇を今こそ討ってやる」、と伝えた。フェングはこれを聞くや、寝台から飛び出した。しかし自分の剣を奪われて、見なれぬ剣を引き抜こうと無駄にあがいているうちに、切り殺されてしまった。なんと勇猛なアムレットであろうか。彼はまことに不滅の名声に値する。抜け目なく愚かしげに見せかけて、人知の及ばぬ賢さを、驚くべき無能の擬装で隠し通したのだ。そしてその巧妙さで、自らの身を守る方法を見つけたばかりでなく、こうして父の復讐を果たす好機もついに見つけ出した。この巧みな自己防衛と、骨の折れる父の復讐によって、その知恵と勇敢さの内、いずれが優っていたと考えるべきか、彼は我々に疑問を残した。

第四巻

アムレットは義父の殺害を成し遂げると、彼の行為をこの国の人々が気まぐれに判断するのを恐れて、粗野な烏合の衆が、どう動くか見極めるまでは、身を潜めていた方がよいと考えた。近隣の人々はみな、夜通し炎を見つめていた。そして夜が明けると、彼らのだれもが、昨夜見た大火の原因を知りたがった。彼らは王宮が崩れ落ちて灰と化したのを知った。そしてまだ温かい瓦礫をあちこち捜索してみると、焼け焦げて元の姿をとどめていない死体の残骸が、幾つか見つかっただけだった。貪欲な炎は、何もかもすっかり焼き尽くしていたので、この惨事の原因を知る手掛かりは、何一つ残されていなかったのである。人々はまた、フェングの死体が血染めの服のまま、剣に突き刺されて横たわっているのを見た。ある者達はあからさまな怒りを見せたが、また悲しみにくれる者や、ひそかに喜ぶ者もいた。主領の死を嘆く人々もいれば、兄弟殺しの専制君主の政治が今や終焉したことを有難く思う人々もいた。このように王の殺戮事件は見物人達に様々な気持ちで迎えられたのである。

アムレットは国民がとても静かにしているのを見て取ると、大胆にも身を隠すのをやめた。そして父の記憶がしっかりと残っていると分かっている者達を呼び集めて、人々が集まっている場所に出ていき、次のように演説した。

「高潔なる皆さん！　ホーウェンディル王の痛ましい最期に驚いた方達は、この惨事を目の当たりにしても、誰も驚かないでいただきたい。くり返すが皆さん、驚かないでいただきたいのです。皆さんは国王に対し、ずっと忠誠を尽くしてこられたし、また父親に対しても、本分を守ってこられた。御覧ください、この死体は君主のものではない、兄殺しの犯人のものです。実際皆さんは、われらの君主がまことに忌わしい兄弟殺しで虐殺され、嘆かわしい姿で横たわっていたのをご覧になったが、あの時はもっとずっと悲しい光景でした。こいつを父の弟などと、私に呼ばせないでいただきたい。皆さんは、ご自身の哀れみに満ちた眼で、滅多切りにされたホーウェンディル王の手足をご覧になった。皆さんの眼は、彼の身体が多くの傷口で死に至ったのを見たのです。紛れもなくこのまことに忌わしい虐殺者だけが、王の命を奪い、王国から自由を剥奪したのです！　彼を殺した手が皆さんを奴隷にしたのでした。ならば誰が廉直なホーウェンディル王を差しおいて、愚かにも残虐なフェングを選ぶでしょうか？　思い出していただきたい、どれほど慈悲深くホーウェンディル王は皆さんを育てたか、どれほど正当に皆さんを扱ったか、どれほど心優しく皆さんを愛したか。思い出していただきたい、どのようにして皆さんは、どこまでも穏やかな君主を、またどこまでも公正な父を、失ったのか。彼の地位には暴君の暗殺者が取って代わった。そして皆さんの権利は奪われ、何もかもがまるで疫病にかかったかの如く、この国は不名誉で汚れてしまい、皆さんの首には軛《くびき》がはめられてしまった。また皆さんの自由意思も剝奪されてしまいました！　そして今、このすべてが終わったのです。ご覧の通り、犯罪者は自分の罪で息の根を止められ、兄を殺した者は、その悪行で罰せられたのである。ごく普通の分別があれば、これを見て、この親切な行為を悪事とは思いません。正気の人間ならば、犯罪が罰せられたことを誰が残念がるだろうか？　凶暴な殺人者が殺されたのを誰が嘆くだろうか？　残忍この上ない暴君の当然の死なのです。誰が悲嘆にくれるだろうか？　皆さんご覧ください、これを実行した人物を。それは皆さんの前にいるこの私なのです。私はこの国と父のために、仇を討ったのです。皆さん方の手も同じようにこの仕事をなす義務があったが、それを私の手が成し遂げたのです。皆さんが私と一緒にこれを完遂するのがふさわしかったが、それを私が一人で達成しました。これほど輝かしい偉業であるが、私には仲間も援助してくれる人もいなかったのです。もし私が皆さんに頼んでいたら、皆さんはこの仕事を助けてくれていたに違いありません。そのことを私が忘れていたわけではない。皆さんは間違いなく真の王を愛し、真の君主にずっと忠節であった。だが私は皆さんを危険にさらさずに、この悪人を罰する方法を選んだのです。私は考えた。他の人達はこの重荷を背負う必要はない。それは私一人の肩だけで十分だ。だから彼の家来達をことごとく焼き尽くして、灰にしました。そしてフェングの胴体だけ残して、皆さんの手が焼くようにした。こうすれば皆さんも、少なくとも正しく復讐したいという当然の熱い思いを、果たすことができます。さあ急いでください。まきを積み上げ、極悪人の死体に火をつけ、罪深い手足を焼き尽くそうではないか。罰当たりな灰をばらまき、無慈悲なゴミは塵、ほこりにして下さい。骨壷や手押し車に忌わしい残り骨を入れてはいけません。兄殺しの跡形を残すわけにはいきません。この穢れた手足の居場所はこの国にはどこにもない。こいつに汚染された空気は誰も吸ってはいけません。大地も海もこの呪われた死骸をかくまって穢れてはならないのです。他の者達は私がみな始末しました。こいつの始末をつけ、忠節の義務を果たすのは、皆さんであります。これは暴君の葬儀であり、兄を殺したやつの葬列行進なのです。自分の国から自由をはぎ取った男の、その焼かれた灰に、この国の土を被せるわけにはいかない。

それに、なぜ私の悲しみをまた語ったり、私の苦労を数え上げたりする必要があるだろうか？　なぜ私に起こった悲惨な出来事の糸を織る必要があるだろうか？　そんなことは、皆さんは私以上によくご存じです。私は継父に追われて殺されかけた。母に蔑まれ、友人に唾を吐きかけられ、惨めに年月を過ごした。日々逆境の中にありました。確信を持てない私の人生は、恐怖と危険に満ちていた。要するに私は、めぐる季節をいつも惨めに、またひどい災難の中で過ごしたのです。よくあなた方はこっそり囁きあいながら、私に知恵が足りないと溜息をついた。皆さんは、父の復讐をする者が一人もいない、兄弟殺しを罰する者が誰もいない、と語っていた。その中に私はあなた方の愛の秘かな証言を聞きました。国王殺害の記憶は皆さんの心から消えてはいない、と知ったのです。

皆さんは胸中どんなに頑迷であっても、私が感じてきた悲哀には共感して、心を和らげて下さるのではないでしょうか？　石のように冷たくても、私の悲しみには同情して下さるはずでしょう？　ホーウェンディル王殺害で流れた血は、皆さんの手とは無縁です。私は皆さんに育てられました。どうかその子を憐れんで、私の災難に心を動かされて下さい。また悲嘆にくれている私の母も、哀れんでほしいのです。母は以前皆さんの王妃だったが、やっと汚名が晴れました。私と一緒にこれを喜んで下さい。この弱い女は、夫の弟で、その夫を殺害した男を抱擁して、二重の重い汚名に耐えていたのです。それゆえ私は、自分の復讐の意図を隠し、知恵が足りないふりをして、気の抜けたように偽って振舞い、策略を練ったのである。そして今皆さんは自分の眼でそれが成功したかどうか、目的を完全に達成しえたかどうか、見ることができます。この大仕事を判断してもらえることに、私は満足しているのです。さあ、次は皆さんの番だ。灰となった殺人者を足で踏みつけてほしい。兄を殺し、神を冒瀆して兄嫁の王妃を凌辱して、今や塵芥となったこいつを軽蔑するのです。王権を蹂躙し、国王陛下に対し大逆罪を犯し、苛烈な圧政を皆さんに敷いて、自由を奪い去り、兄殺しと近親相姦で王冠を手に入れた男です。私は皆さんに代わってこの正当な復讐を実行したのです。また正義の懲罰を下すために焼き殺したのである。私のこの高い気概を支持して頂きたい。どうか私に敬意を表してください。私にはそれだけの価値があるはずです。皆さんの好意の眼差しで、私の気持ちを和らげて下さい。この国の恥辱を私は拭い去ったのです。母の汚名を私は晴らした。圧政を私は撃退した。殺人者を私は死刑に処したのである。叔父の狡猾な手口に私は巧みな技で反撃し、これを挫いたのです。この男がもし生きていたら、日ごとに彼の犯罪は増していったことでしょう。私は父と父の土地に彼が行った悪事に憤っていた。私は皆さんを不当に弾圧し、許しがたい厳しさで支配していた男を殺害したのです。私の貢献をどうか承認し、私の知恵を褒めたたえ、私に王権を与えてください。私こそ王座にふさわしいはずであります。なぜなら私は皆さんに大いなる貢献をしたからです。私は退廃した跡取りではないし、兄弟殺しでもなく、殺人犯に対し、立派に復讐の義務を果たした正当な父の王権の後継者に他ならないからです。皆さん、どうか私に感謝してほしい。私は自由という天の祝福を取戻し、皆さんを悩ませた男の圧政から皆さんを解放し、弾圧者の軛から救いだし、殺人者の支配を振り払い、暴君の王笏を踏み潰した。皆さんから奴隷の境遇を取り去って、代わりに自由の衣を着せたのは、この私である。皆さんを幸運の絶頂に回復させ、皆さんに栄光を与え直したのは、この私なのです。私は暴君を王座から引きずり降ろし、虐殺者に勝利をおさめた。その報酬は皆さんの手中にある。私が皆さんのために何をなしたか、皆さんはよく承知しておられます。私は皆さんの正義に訴えて報奨を頂きたいのです」。

この若者がこうして語っていると、誰もが心を動かされていた。感動と同情で涙を流す者さえいた。悲嘆の声が静まると、彼は即座に大喝采で国王に指名された。誰もが一様に最大級の希望を彼の賢明さに託したのである。なぜなら深謀遠慮でこのような偉業の全てを企図して、まことに驚くべき工夫でこれを達成したからである。彼がこれほど巧妙な計画を、かくも長い間隠し通したことに、多くの人々が感嘆した。

デンマークでこうして大仕事に決着をつけると、彼は三隻の船舶に惜しみなく装備をほどこして、妻と義父に会うためにブリテン島に戻ったのである。彼はまた臣下として彼に仕える選りすぐりの戦士達を名簿に登録して、勢揃いさせた。何もかも壮麗に装備させたかったのである。以前彼はいつも卑しい衣服を身にまとっていたので、これまでひたすら貧困に耐えていたが、これを贅沢な出費に取り換えたのである。彼はまた自分用に盾を作らせた。その上には彼の幼い頃から始まる一連の偉業が、見事な図案と色彩で描かれていた。これを彼は武勇の記録として持ち運ばせて、こうして名声を一層大きくしていった。ここにはホーウェンディル殺害、フェングの兄殺しと近親相姦、悪名高い叔父と気紛れな甥、鉤状のくい、疑念を抱く継父と本心を偽る継息子、様々な誘惑の仕掛けと彼を陥れるための女、口を開けた狼、舵の発見、砂浜の通過、森での出来事、アブへの藁の取り付け、目印による彼への警鐘、護衛をすり抜けた娘とのひそかな交わり、また宮殿の絵、そこで息子と一緒にいる王妃、盗み聞きした男の殺害、そしてその男が殺された後どのように湯炊きにされ、下水溝に落とされ、豚の間に放り出されて、男の手足は泥に撒かれて最後にエサになったか、などが描かれているのを見ることができた。またどのようにしてアムレットが眠っている従者達の秘密を突きとめて、親書の文字を消し、代わりに新たな文字を上書きしたか、またどれほど彼が宴会を軽蔑し、飲酒をさげすんだか、彼がいかに王の顔を非難し、王妃の罪深い行状を咎めたかも見ることができた。また使節達の絞首刑、アムレットの結婚式、デンマークへの帰還、葬儀の酒宴も描かれていた。またアムレットが疑問に答えて、従者達の代りの棒を指さしたこと、酒の給仕係になって、わざと剣を抜き、指をチクチク刺したこと、動かないよう固定した剣、盛り上がる饗宴、しだいに早く熱狂的になるダンス、掛け布が泥酔者達に被せられ、組み合わせた鉤で止められ、彼らが眠りこけている間にきつく巻かれたことや、燃え木で館に火がつけられて、客達は焼き殺され、王宮が焼け落ちた様子などが描かれていた。またアムレットはフェングの寝室に行き、彼の剣を盗み、代わりに偽の剣を置いておいたこと、かくして国王は自分自身の剣先で継息子の手で殺されたこと、こうしたこと全てがここにはあった。それはアムレットの戦闘盾の上に、注意深い熟練職人によって、選りすぐりの手細工で彩色されていた。彼は真実を自分の姿で擬して、体の輪郭で実際の行為を体現してみせた。その上アムレットの従者達も、自分らの存在の壮麗さを増そうとして、一面金色に塗られた盾を身に着けた。

ブリテン王は彼らを慇懃に迎え入れ、王にふさわしく、贅を尽して豪華にもてなした。宴席で彼はアムレットに、「フェング王はお元気で達者に暮しておられるか」、と熱心にたずねた。彼の娘婿は、その人物が元気かどうかをお尋ねになっても無駄で、剣で刺されて亡くなった、と伝えた。王はフェングを殺した犯人は一体誰なのか、と質問を次々に浴びせて聞き出そうとしたところ、その死の知らせをこうして伝えた者こそが、また彼の殺害者でもある、と知った。王はこれを聞くと、内心ぎょっとした。なぜなら今やわが身がフェングの仇を討つ、という古い約束を背負ったことに気付いたからである。というのもフェングと彼は昔、相互の盟約で、二人の内の一方は他方の復讐を果たすと決めていたからである。こうして王は一方で娘への愛情と娘婿への好意に惹かれ、他方で彼の盟友への配慮と、さらには彼の厳粛な誓いと相互宣言の神聖さに惹かれたのである。いやしくもこの誓いに背くことは不敬を意味した。そしてついに彼は親族の結びつきを軽んじて、誓った信義の方を重んじた。彼の気持ちは復讐へと向かい、彼は家族の絆よりも誓約の神聖さの方を上に置いたのである。しかし歓待という神聖な務めを汚すのは罪と考えられていたので、彼は秘かな犯罪を無実の擬装で隠すために、他人の手を借りて復讐を遂行する方法を選んだ。そこで彼は自分の裏切りを敬意というベールで包み、熱心な善意に見せかけて危害を加える意図を被い隠した。彼は最近王妃を病気で亡くしたので、アムレットに、「君のみごとな洞察力にはまことに気に入った。ついてはわしのために新たな縁組を整える任務を引き受けてもらえないか」、と依頼したのである。彼は「スコットランドに、ある女王が君臨しており、私はこの人と熱烈に結婚したいと望んでいる」、と語った。ところで彼は知っていたのだが、この女王は、貞操を固く護るために結婚しないばかりか、傲慢な残忍さで、いつも求婚者を忌み嫌って、言い寄る男達に手痛い懲罰を加えたので、数知れぬ男達の誰一人として、自分の無礼を命で償わなかった者はいなかった。

アムレットに委託されたこの任務は危険なものではあったが、彼は自分に託された任務に少しもひるまず、自分の従者達と国王の家臣達をともに信頼して出発した。彼はスコットランドに入り、女王の住む館の近くまで来ると、騎兵達を休ませるため路傍の牧草地に入っていった。その場所の様子に喜びを感じて、彼はひと休みしたいと考えて(さらさらと流れる小川のさざめきは眠気をさそった)、少し離れたところに警備にあたる見張りを立てた。女王はこの知らせを聞くと、近づいてくる異国人らとその装備を探るために、一〇人の兵士を送り出した。彼らの一人は機転の利く男で、歩哨達を巧みにくぐりぬけて、粘り強くアムレットのすぐそばまで近づいていくと、アムレットが寝入る前にたまたま頭の下に敷いていた盾をそっと取りはずした。アムレットはその上に頭を置いていたのだが、この男はとても丁寧にこれをやってのけたので、彼のまどろみは掻き乱されることがなかったばかりか、彼の騎兵の誰一人として眼を覚まさなかった。このスパイは女王に報告するだけではなく、何か証拠を持ち帰って彼女に確信してもらいたかったのである。同様の手早さで彼はアムレットに託されていた書簡を、それが収めてある手箱からくすね取った。これらを女王に持参すると、彼女は盾をつぶさに調べて、それに添えてあった文書と併せて、事の次第をすべて理解した。こうして彼女は、ここにやってきたのは、殺された父の仇に、自分が立てた緻密で抜け目のない策略で、叔父を討って復讐を果たした人物であると知ったのである。彼女はまた自分への求婚が綴られた書簡も読んだが、その文面はすべてこすって消しさってしまった。というのも彼女は、老人との婚姻は甚だしく忌み嫌っており、若い男に抱かれるのを強く願っていたからである。そこで彼女はその代わりに、これを持参した使者と結婚するよう王から要請されたかのように書き入れて、それがブリテン国王から彼女に宛てられた正式書簡であるかのように、元通り王の名と肩書で、偽の署名をしたのである。その上女王はアムレットの盾から彼女が知った幾つかの行動についての説明を書き加えたが、それは手紙が盾を裏付けていると誰もが考えるように見せかけるためだった。それから彼女はさっきの同じスパイ達に、盾を返して、書簡も元の場所に置いてくるように指示した。彼女が知った、アムレット自身が以前二人の同行者を出し抜くのに使ったのと全く同じトリックを、今度は彼女が使ったのである。

一方アムレットはこの間に、頭に敷いていた盾がくすね取られたことに気付き、故意に眼を閉じて、抜け目なく眠っているふりをして、本当に眠り込んで奪われたものを取り返すことはできないかと考えた。というのは、スパイは一つの試みに成功して味をしめたので、もう一度彼を欺きたくなるに違いない、と考えたのである。彼は間違っていなかった。スパイはこっそり忍び寄ってきて、盾と書き物をもとの場所に返そうとしたので、アムレットは飛び起きて彼を捕まえると、この男を縛り上げてしまった。それから彼は従者の一行を起して、女王の住む館に向かった。彼は義父になり代わって女王に挨拶し、王の玉璽で封印されている書簡を差し出した。女王はヘルムトルードという名であったが、これを受け取って読むと、アムレットに、やさしく温かい口調で彼の勤勉と鋭敏さを褒め称えて、フェングの処罰は当然で、アムレットの深遠な知恵こそが、人知を超えた偉業を彼に成し遂げさせたのだと述べた。さらに彼女は、アムレットはまた、その計り知れない奥深さによって、父を殺し、母を汚した叔父に復讐する、巧妙な方法を考案したばかりでなく、その卓越した目覚ましい武勇によって、彼に絶え間なく策略を仕掛けてきたフェングから、王国を奪い返した、と讃えた。それゆえ女王は、これほど聡明な人物が、ただ一つだけ、間違った結婚という過ちを犯したことに驚嘆した。彼の明敏さはほとんど神技であるとの名声まで得ているというのに、彼はどうやら結婚ではつまずいて、身分の低い卑しい女を相手に選んでしまったようなのである。というのは彼の妻の両親は、幸運のおかげで王族という栄誉に浴したものの、もとは奴隷の身だったからである。だから（彼女が言うには）、賢明な男性ならば、妻を探す時は、美人かどうかではなく、輝かしい生まれであるかどうかで判断しなければならない。だからもし彼が正しい心で結婚したいなら、相手の家系を重んじるべきで、容貌に魅惑されてはならないのである。容貌は魅力的な誘惑ではあるが、女の空虚なけばけばしい飾りは、多くの男達の純真無垢を汚してきたのだ。さてそこでだが、彼がめとることのできる、彼女と同じほど高貴な生まれの、一人の女性がいる。彼女自身資産は十分あるし、家系も立派で、彼が抱擁するだけの価値が十分にある。なぜなら彼は、王家の富において彼女にまさってはいないし、彼女の祖先の名誉を見ても、その輝かしさで彼女を凌いではいない。実際彼女は女王であるし、もし彼女が女であることが妨げとならなかったら、彼女は国王とみなされるところである。いやそれどころか、（こちらの方がより真実味があるが）誰であろうと、彼女がベッドをともにする価値があると考えると、その人はただちに国王になれるし、彼女は王国を自分と一緒に、彼に明け渡すだろう。こうして彼女の王笏と彼女の愛の手は一緒になる。これほどの女性にとって男性に愛をささげるのは、安直な好意によるものではない。なぜなら彼女は他の男は、これまでずっと剣によって拒絶し続けてきたからである。そこで彼女は彼に、あなたの求愛を私に移して、結婚の誓いを立てて、美貌よりも高貴な生まれを選びなさい、と強く促した。こう言いながら彼女は彼にもたれかかって、彼をきつく抱擁した。

アムレットはこの未婚の乙女の優雅な言葉に感きわまって口づけを返すと、同じ様に彼女を固く抱擁して、私もあなたと同じ思いです、とはっきり述べた。それから祝宴が開かれ、友人達が招待されて、主だった貴族達が集められると、婚礼の儀がとり行われた。それらがすべて終わると、彼は花嫁を伴ってブリテンに帰国した。道中の様々な裏切りに備えて、護衛としてスコットランド兵の一隊がすぐ後に続くよう命令されていた。帰国すると、彼がまだ結婚状態にあったブリテン王の娘が、急いで会いにきた。彼女は自分を差しおいて情婦を作った夫のひどい仕打ちに、侮辱を受けたと苦情を述べたてたが、しかし彼女はまた、「でも私はあなたを夫としてとても愛しているの。姦夫として憎むわけにはいかないわ。また私は父があなたを陥れようとしたたくらみ知っているけど、それをわが旦那様に、ひるんで黙って隠し通すつもりもありません。だって私には二人の結婚の証として息子がいるのだもの。他のことはともかく、この子のためを思うと、母として、夫に対しても、妻としての愛に傾かないわけにはいかないの」、と述べた。彼女は、「この子は母親に取って代わろうとする女を憎むかもしれない。けれど私は、彼女も大切にしますわ。どんな災難も、いや、どんな悪意だって、私のあなたへの愛の炎を消すことは決してできないし、あなたを陥れようとする悪巧みをお伝えし、私が見つけた罠をお知らせする妨げにもなりませんのよ。だから良くお考えになって。あなたの義父にお気をつけなさい。だってあなたはご自身に託された使命で、父が収穫するはずだった女王を、ご自分で刈り取ってしまい、あなたを送り出した私の父の願いを挫いてしまったのだから。身勝手に不正を働いて、果実を全部横取りしたのよ」、と話した。こう語ることで彼女は、自分が父よりも夫を愛するつもりでいることを示したのである。

彼女がこう話していると、ブリテン王がやってきて、娘婿を固く抱きしめたが、その実愛情の一かけらもなかった。そして祝宴を開いて彼を歓迎したが、それは表向き寛容に見せかけて、その裏で意図した奸計を隠すためであった。だがアムレットはその欺瞞を知っていたので、恐怖心をおし隠して、二〇〇人の騎兵団を用意して、鎧を下に付けて招待に応じ、しり込みする屈辱よりも、王の策略に落ちる危険の方を選んだ。彼は万事において名誉を守ることを大変重んじていたのである。彼が馬で近づいていくと、王は折り畳み戸玄関の真下から攻撃してきたので、もし彼の鎧がその刃を撥ね返していなかったら、王の投げ槍は彼を突き抜いていたことであろう。アムレットは軽い傷を負って、スコットランドの兵士達に任務に就いて待機させておいた場所に行った。それから彼は、以前彼が捕えた新妻のスパイをブリテン王のもとに送った。この男は、彼自身が、王が女王に宛てた手紙をその入っていた小箱からひそかに盗み出したと証言することで、アムレットが王から受けている非難を全部ヘルムトルードに転嫁し、裏切ったとの咎めを、これをうまい口実にして、アムレットから外すはずであった。しかし王はアムレットが逃げると即座に追撃して、彼の軍隊の大多数を壊滅させた。そのためアムレットは翌朝、死にもの狂いで戦うほかなかったが、抗戦すべき兵力の決定的な不足に茫然として、何とか表向きの兵士の数を増やせないか試みることにした。そこで戦死した味方の兵士達の死体の下に杭を入れて、ある者達はそれを支えに立ち上げて、他の死体もまるで生きている騎兵のように馬の背に立てた。さらに他の死体は甲冑を着せたまま近くの石に括りつけて、すぐにでも戦えるかのように、隊列を順序よく楔形隊形に整えた。死者からなる隊列と翼部隊は、生きた兵士軍団と同様の大軍勢に見えた。死んだ兵士達を戦場に引きずり出し、死体を戦闘に召集したこの光景は、まことに壮観であった。この計略はうまくいった。というのは死んだ兵士達の姿は、太陽の光を浴びると、まさしくずらりと並んだ膨大な数の軍団に見えたからである。これらの意識のない死んだ兵士らの姿は、もとの軍団の数をみごとに回復していたので、前日の大殺戮でも大部隊は少しも数を減らしていないかのようだった。ブリテン軍はこの光景に肝をつぶして、戦う前に逃げ出して、彼らが生前に打ち破った死者達に制圧されたのである。この勝利は巧妙な戦術によったのか、それとも運が良かっただけなのか、よく分からない。デンマークの兵士達は、王が慌てふためいて逃げ遅れるところに襲いかかって殺害した。勝利をおさめたアムレットは、大々的な略奪でブリテン軍から戦利品を手中にして、二人の妻とともに故郷に帰還した。

この間にロリックはこの世を去ってしまい、次に王座についたウィグレクは、アムレットの母親を、ありとあらゆる傲慢無礼で、しつこく苦しめて、王家の冨を巻き上げてしまい、お前の息子は、高位の官職授与剥奪の独占権を持つレイア王に、詐欺を働いて、ユトランド王国を簒奪した、と不満をぶちまけていた。アムレットはこの仕打ちをじっと我慢して、表向きは中傷に親切で返して、ウィグレクに戦利品の中の最高の品を献上した。しかしその後アムレットは復讐する機会を捉えてウィグレクを攻撃し、服従させ、隠れた敵から公然の敵となった。彼はスカーンの総督ファイアラーを追放した。言い伝えによると、彼は今日では不明のウンデンサクレという土地に隠棲した。その後ウィグレクはスカーンとジーランドで兵力を集めて復活し、アムレットに戦いを挑むべく、使者を送りつけた。アムレットは驚くべき洞察力で、自分が二つの困難の間に投げ込まれたことを悟った。一つは恥辱を含み、もう一つは危険を伴った。というのは、もし彼が挑戦を受けて立つと、彼は生命を危険に晒さなければならず、他方これに尻込みすると、武人としての彼の評判に泥を塗ることになる。がしかし、アムレットの魂の中心にあるのはいつも勇敢な行為であったので、名誉を守るという願望の方が勝ったのである。惨事に対する恐怖は、もっと激しい栄光への渇望で鈍ってしまった。彼は曇りのない栄光の輝きを、宿命からの臆病な逃避で汚すわけにはいかなかった。彼にとってはまた、卑しく生き延びることと高潔に死ぬこととの間には、名誉と恥辱との間にあるのと同じほどの深い溝が横たわっていた。がしかし他方彼は、まことに深い愛でヘルムトルードと結ばれていたので、自分の死よりも夫を失った後の彼女の身の上の方が案じられ、それが彼をより一層苦しめた。そこで戦争が始まる前に、彼は何とか彼女の二人目の夫を決めておこうと、懸命に奔走してまわった。ヘルムトルードはそこで、私には男と同じ勇気があります、と明言し、戦場でも私はあなたを見捨てるようなことは致しません、と約束し、死に際しても、夫と結ばれていることを恐れる女なんて、とんでもないわ、と語った。しかし彼女はこの類まれな約束をいとも簡単に反古にした。というのはアムレットがユトランドでの戦闘でウィグレクに殺害されると、彼女は頼まれもしないのに自ら進んで征服者の戦利品、花嫁になったのである。このように女の誓いは全て運命の変転で緩んでしまい、時が移ると溶けてしまう。彼女達の魂の誓約は、滑りやすい足場に休んでおり、何気ない出来事で弱くなる。約束は口先だけで、実行するにはものぐさすぎて、ありとあらゆる淫らな刺激がこれを奴隷にしてしまい、喘ぎとその場の欲望で飛び去ってしまう。いつも何か新鮮なものを熱く追い求めて、古いことは忘れてしまう。

これでアムレット史話は終わる。もし運命の女神が自然の造化と同じほど彼に親切であったなら、彼は栄光においては神々に匹敵し、武勇においてはヘラクレスの働きをも凌駕していたであろう。ユトランドには彼の名と埋葬地で有名な平原がある。ウィグレクは長く平和に統治したのち病死した。

2 フランソワ・ド・ベルフォレ『悲劇史話』、「アムレット史話」（一五七二年）英訳者不詳『ハムレット史話』（一六〇八年）

シェイクスピア劇と「ハムレット史話」の登場人物の対応関係

『ハムレット』	**『悲劇史話』、「ハムレット史話」**
ハムレット	ハムレット(1)
クローディアス	フェンゴン
ハムレットの父の亡霊	ホーヴェンディル
ガートルード	ゲルース（ロデリック王の王女）
オフィーリア	おとりの娘、ハムレットの幼馴染み
ポローニアス	立ち聞きして殺されるフェンゴンの廷臣
ホレイショー	アムレットに危険を知らせる幼馴染み
ローゼンクランツ（廷臣）	イングランドへの同伴者

ギルデンスターン（廷臣）
　　イングランドへの同伴者
　　イングランド王
　　イングランド王女（ハムレットの第一の妻）
　　ヘルメトルード（スコットランド女王、ハムレットの第二の妻）
　　ウィグレア（ゲルースの甥、ハムレットの殺害者）

序　論

世の君臨にかかわる妬みというものは、人々の判断をひどく狂わせてきたが、これは当代に限ったことではないし、といって少し前の時代に始まったというわけでもない。血族関係、友人関係、あるいは何ごとにつけ、好意というものを尊重する気をなくすと、人々は自制心を失って、自らの手を汚すのを厭わず、自分があらゆる法と権利によって一番守り大切にしなければならない人達を、容赦なく血祭りに上げてきたのである。ロムルスが、何やらしれぬ掟を口実に、自分の双子の兄弟の血で自らの手を汚した時(2)、彼の心の中に入りこんでいたのは、君臨したい欲望という忌わしい悪徳を除いて、他にいったいどんな心象があったであろうか？　多分他には何もなかったのである。もしこうした兄弟殺しにかかわる全ての出来事、成功、状況について、その重みが十分に測られ考慮されるならば、全民衆に恐れられ、また敬われて、自分の肩にあらゆる責任と重荷を肩に背負って生きることよりも、むしろ誰でも心安らかに、またひそかに、何ひとつ責任を負わずに暮らすことの方を選ぶのであって、私はそうしなかった人を知らない。民衆の気まぐれな夢想に奉仕して彼らを喜ばせ、運命の女神を、自分の夢想と意志に隷属させようと真剣に考えているのに、たえず怯えながら暮らし、無数の危険な出来事にさらされて、ごく日常的に攻撃されて、痛めつけられる。だが結果はこの世の虚ろで脆い楽しみと引き換えに、おのれ自身の魂を失って、まことに大きな悲惨を買い込むはめになる。ロムルスの良心を測る尺度は大きすぎた。だから良心はほとんど意味を持たなかった。そのため彼が犯した如何なる殺人、反逆、欺瞞、悪事においても、彼が良心の呵責に苛まれることは一度たりともなかった。彼が大群衆を自由に操り、統治するあの惨めな至福に到る道は、きわめて明白に開かれていた。彼について私が先に語った通り、彼はまことに忌わしい行動によって、自分に天国への道を準備したのである。だがそれは美徳によってではなかった。

ローマのこの野心的で扇動的な雄弁家は、彼が犯す数々の大逆、強奪、殺戮にこそ天国への階段と道程、美徳への道は存すると考えた。その彼がこの都市の礎を最初に築いたのである。そしてローマの歴史から離れずに話を続けると、アンクルス・マルティヌスが、年長のタークィン(3)を虐殺した時、彼を駆り立てた動機も、まさしく彼自身が国王として君臨したいという欲望に他ならなかった。そのマルティヌスは、以前上述のタークィンに、正当な嗣子達、相続人達から王座を奪うように熱心に勧め、そそのかした、ただ一人の人物だったのだ。またタークィン傲慢王(4)は、自分の手を彼の義父セルビウス・ツリウスの血で汚すという裏切りを働いたが、その動機は、ローマの指揮官になりたいという煙のような抑制のきかない欲望以外に何が考えられるだろうか？　この都市が人々によって選出された最も偉大で賢明な人物達によって治められたかぎり、こうした裏切りの慣行は、この帝国第一の都市では決して止むことがなかったし、途絶えることもなかった。というのもここには、無数の扇動、もめごと、人質、身代金要求、没収、大虐殺が見られ、それらはこの見地と原理からのみ進行していて、それが人々の心の中に入ると、彼らはむやみに共和国全体の首領や支配者になりたいと切望するのである。そして人民が自由選挙権を奪われて、帝国がただ一人の為政者の楽しみと夢想に従属し、残り全ての人々を指揮するようになった後どうなったか、皆さんには是非彼らに関する著書や史書を熟読し吟味して頂き、国王達、帝王達の多数がそうした権力と権威を手に入れるのに使った手段をよく調べて頂きたい。そうすればどれほど毒殺、皆殺し、密かな謀殺が、彼らが前進するのに使った手段であったかが分かるであろう。彼らは公然とはこれを試みようとはしなかった。さもなければ公然と戦争を企てることはできなかった。そして私が力もないのに読者に示そうとする物語は、主として弟が兄に対して犯した反逆に基づいているので、私はこのことからあまり逸脱しないようにするつもりである。これはそうすることで、偉大な人物となり、権威を持つという栄誉に到達するためには、最も近い血族や親族の血を流すことが、とっくの昔から実行され使われてきた手段であり、そして正しい継承の時期まで我慢して待つことができず、自分自身の親の殺害をも急いだ者達がいることを示したいからである。たとえば、アブサロムは父親、聖なるダビデを殺そうとした。(5) そしてドミティアン(6)は兄のタイタスを毒殺した。そしてこの我々の時代も、息子が父親に陰謀を企てるなど、同様の事例にこと欠かないことは間違いない。例えばトルコ皇帝スルタン・ゼリンは、たいそう正直な人ではあったが、彼の父バジャゼスは自然死するだろう、そのため彼は帝国が自分のものになるまでにはあまりに長く待たねばならないだろう、と恐れたため、父を殺害してしまった。また彼の跡を継いだスルタン・ソリマンは、父親に対しては何もしなかったが、息子の若い王子、ムスタファによって皇帝の座を退位させられるのではないかと恐れたため、彼に憎しみを抱いて、王子に（彼は父に逆らうようなことは何一つしていなかったのに）無実を主張する機会を一度も与えずに、弓の弦で彼を絞め殺させてしまった。（これは若い王子の敵であったユダヤ人達が贈答品で買収したルスタイン・バッサに、ソリマン帝が唆されたためだった。）だがトルコ人達の話はここでやめておこう。というのも彼らは、王座が通例、王権に最も近い親族、血族の者達の間で、流血によって確立される野蛮人どもと、何ら変わるところがないからだ。そこで我々の祖先の記憶の中では、どのような悲劇が同じように演じられたか、そして血族同胞がどのような慈愛と愛で受け入れられたかについて考えてみよう。これらのいずれかに、もし読者が史書を手元にお持ちでなく、またもし記憶が不鮮明で、殆ど誰にも知られていないものがあったら、私はそれについて詳細に論じるところである。しかしことは明白で歴然としており、多くの真実が明らかにされていて、国民はいわばそうした大逆罪にほとんど飽食している。そこで私はこうした我が国の出来事については省略し、直ちに本題のハムレットの史話にとりかかりたい。そうして弟の悪行で兄は命を失うことになるが、しかし復讐はあまり長引くことはなく、最後に裏切り者達は、彼らが犯した罪過に対する懲罰がしばらくは猶予されても、疑う余地なく、神の下す強力な復讐の手を逃れることは決してできないと思い知り、確信するに至ることをお示ししたい。神はゆっくりとお怒りになられるのだが、しかし最後には、己の責務を忘れ、無実な人々の血を流す者ども、また、彼らが一番深く尊敬し仕え敬うべき、己の主君に、裏切りを働く者どもに、その恐ろしい審判のしるしや明白な表れを、必ずや何かはっきりとお示しになるはずなのである。

まえがき

私は当初、この史話を始めるにあたって、我々の時代の話以外で、読者を煩わせることはするまいと決めていた。それは人々を満足させるのに十分な悲劇の材料が、ここにはたっぷりあるからであった。しかし私は多くの人士に言及しないまま、これをうまく語ることができない。しかも私には、進んでこの方達を不快にする気など、さらさらないのである。またひとつには、私が序論で語っているような事柄は、そこに記した勇猛で大きな出来事からして、フランスの貴族の方々にこれを提供することには、価値があるのではないか、とも思われた。そこで私はこの我々の時代の悲劇に触れつつも、幾分脇道に逸れることにした。そして思い切ってフランスを出て、オランダやフランダースなどネーデルランド人の国々をも飛びこえて、デンマークの史話を訪ねてみた。この国はわが国の一般国民にとって、美徳と心の充足の例として、役に立つのではないだろうか。私はとりわけ、わが国の一般国民に喜んでほしいと思っている。そこで、満足してもらえるように、どんな花であっても、ひとつ残らず賞味してみて、最も完全で繊細微妙な蜜を吸い出したのである。こうすることで、私はこの史話を、本書の中で、私の勤勉と結び付けたのである。私は現代の忘恩の風潮を気にかけることはしなかった。それは公共の福利に資するとか、労苦と勤勉によってわれわれの国を賛美するとか、フランス王国を輝かせるとかする人々に対し、その恩恵に報いることをせず、こうした人達を無視する（いわば拒絶する）風潮である。こうした欠点は、しばしばむしろ一般大衆から出ているのであって、偉人達からではない。偉人は他に為すべき仕事があるので、たいして重要とは思えない些事からは、身を引くものである。また私は今享受している充足感と自由に、満足しているばかりでなく、それ以上にそうした自分を、高く評価してもいる。何故なら私は高貴な方々のために、惜しみなく骨折ってきたかいあって、こうした方々に気に入って頂き、学識と知識を持った方々に好意を持って頂いて、私もそうした方々を、そのふさわしい価値で、賛美し崇敬していて、かつ一般大衆からも尊敬されているからである。もっとも私は、一般大衆の判断を切に望んでいるわけではない。一般大衆に、価値ある人々の名を不滅にする能力があるとは、私には思えない。とはいえ私はこうした至福に到った自分を、十分に幸せだと考えている。私の作品を読むのを拒んだり軽蔑したりする人はめったにいないし、大多数の人達は、私を称賛し、感嘆してくださっている。妬みに刺激されて、私の作品を咎め非難する人も、幾らかいるが、打ち明けると私は、実はこうした人達にも、大変恩義を受け、お蔭をこうむっているのである。というのは、私はそれだけ一層用心深くなって、労苦を重ねてきた結果、これまで以上に、大事にされ、尊敬されるようになったからである。このことは私にとって最高の喜びであり、それは金櫃の中の有り余る宝物なのであって、私にはこれと比べるものを知らない。したがって、いわばアジア中の最高の宝物を手に入れ楽しむよりも、もっと満足しているところなのである。さてそれでは本題に戻って、その史話に取りかかることにしよう。

第　一　章

ホーヴェンディルとフェンゴンが如何にしてディトマーズ州の総督となったか。また如何にしてホーヴェンディルがデンマーク第一の王ロデリックの王女ゲルースと結婚して、彼女との間にハムレットをもうけたか。そして彼の結婚後、如何にして彼の弟フェンゴンが裏切って彼を殺害し、兄嫁と結婚したか。及びその後のいきさつ。(7)

まず理解しておいていただきたいことがある。それは遠い昔デンマーク王国がイエス・キリスト信仰を受け入れ、キリスト教徒の教理を信奉するようになる以前は、この国の一般民衆は野蛮で文明を知らなかったし、(8)王侯達は残虐で信仰も忠誠心も持たず、名誉、財産、生活をめぐって、互いに殺しあい、地位から引きずりおろしあい、あるいは少なくとも傷つけあっていたことである。敵を捕虜にしても身代金を取ることに頓着せず、むしろ生来心中深く刻印されている残忍な復讐心で、彼らを生贄にした。この野蛮さはまことにひどかったので、時に彼らの中に完璧な天賦の才能に恵まれた立派な国王が出て、美徳に耽り礼儀正しくふるまうと、国民は彼を称賛しても（美徳は極悪人でも称賛する）、近隣国の者達の妬みはきわめて大きかったので、この徳高い人物をこの世から葬り去るまでは、彼らが静まることは決してなかった。そのころデンマークに君臨していたロデリック王は、この国の紛争を静めて、スウェーデン人とスラブ族の民を国外に追放し、王国をさまざまな州に分割し、そこに総督を置いた。彼らはのちに、公爵、侯爵、及び伯爵となったが、これはフランスで起ったことと同じである。そして王はユトランド（この時代はディトマーズと呼ばれた）の統治権を、二人の勇敢な貴族、ホーヴェンディルとフェンゴンに与えた。彼らの父はガーヴェンディルで、同様にこの地域の総督であった。ここはキンブリ族(9)の故郷で、北はノルウェーと国境を接する海上に突き出た岬になっている狭い土地である。

さて高貴な生まれの人々が当時手に入れることができた最高の名誉は、海洋で海賊行為の手腕を発揮することにあった。国境を接する近隣の人々と国々を、海上で攻撃するのである。彼らが遠く隣りあった他の州や島々の強奪、略奪をくり返せばくり返すほど、それだけ彼らの名誉と評判は上がり、大きくなっていったのである。このことでホーヴェンディルは当時最高の地位を獲得しており、北部地域の海洋と港湾を荒しまわる最も有名な海賊であった。彼の偉大な名声は、ノルウェー王コリアの心をたいそう強く揺すぶった。彼はホーヴェンディルが、軍功の偉業で彼を凌駕し、海域で彼が得ていた栄光がかすんでしまったと聞き、深く憂えたのである。当時の野蛮きわまりない君主達にとっては、財宝を欲しがる気持ち以上に、名誉を得ることが、彼らを駆りたてて、互いを倒しあい征服しあう動機になっていた。そのためには強い敵の手にかかって殺されるのも厭わなかった。この勇猛果敢な王は、ホーヴェンディルに一対一で決闘したい旨の申し入れを行い、この挑戦は受け入れられた。その条件は、この戦いの敗者は、自分の船に積んである全ての財宝を失い、勝者は敗者の遺体をその名誉が失われないように丁重に埋葬する、というものであった。というのも死は敗者の払う代価であり、報酬であるからである。そして結論を述べると、ノルウェー王コリアは、雄々しく勇猛果敢な君主ではあったものの、結局打ち負かされて、殺害されたのである。勝利したホーヴェンディルはただちに墓を建立し、彼らの古来の様式と当時の迷信、及び決闘前に交わした条件にしたがって、君主にふさわしい立派な葬儀でコリア王の遺体を埋葬した。そして王の船から全ての財宝を奪い、勇気ある果敢な戦士であった王の妹を殺害し、ノルウェー沿岸と北の島々を荒しまわり、多くの宝を積んで故郷に帰還した。そしてその大部分を彼の主君、ロデリック王に献上し、こうして王に深く気に入られ、国王が最も信頼する重臣の一人と見なされるに至った。

王はこの贈物にうまく誘われて、これほど勇猛な家臣を持っていることを幸せに思い、彼に大きな好意をいだき、彼を特別に優遇して、自分との絆が末永く続くように、王女のゲルースを妻として彼に与えることにした。

王はホーヴェンディルがすでに娘に心を奪われていることを知っていたのである。そしてさらに彼の名誉となるように、王自らがユトランドまで娘に付き添っていくことに決め、こうしてその地で結婚式が古式にのっとって挙行された。そして手短に言えば、この結婚によって、私がこれからお話しするハムレットが生まれた。そして彼のために、私はこの史話を新たに語ることにしたのである。このホーヴェンディルの弟フェンゴンは、兄が軍事で勝ち得たこの大きな名誉と評判に、心中苛立ち苦々しく思っていたばかりでなく、彼が王家と縁組したのを見て、愚かしい嫉妬に駆られて、これで統治権の分担から自分は排除されるのではないか、と恐れた。そしてむしろ彼だけがただ一人の総督となり、兄ホーヴェンディルが成し遂げた数々の勝利と征服の記憶を曇らしてやりたい、という強烈な欲望にかられた。そこで彼は、何としてでも、必ずや兄を亡き者にしてやろう、と固く決心した。これを彼は、誰一人として決して彼を疑わず、誰もが、かくも強固に連携する血族の絆からは、美徳と親切な行い以外出てくるわけがない、と考えるような方法で、実行に移した。だが先にも述べた通り、君主の支配権と権威を握りたいという欲望は、法や神授の王権に敬意を払うことなどまるでなく、血の繋がりも親近感も尊重しないばかりか、美徳など歯牙にもかけない。何故なら大義も理由もなく、他国を侵略し他人の財宝を奪い去る者が、神を知り恐れる、などということは、ありえるわけがないからである。これこそ狡猾で巧妙な忠告ではなかったか？　だがフェンゴンは、ハムレットの母ゲルースが、夫に起こった事態を知ると、息子を死と隣り合わせの危険に晒そうとはしない、と考えることもできただろう。だがフェンゴンは、ひそかに数人を集めると、自分にはその大仕事をやってのける力が十分にあると感じ、兄のホーヴェンディルが親しい家来達と宴会を開いているところに、突然襲いかかって殺害し、大逆罪を犯したのである。そしてこれと同じほどずる賢く、兄の臣下達がこれを決して憎むべき殺人とは考えないように、巧妙に手を打っていた。というのは実は、彼は手を血で染める凶行で兄殺しの犯罪をおかす前に、兄嫁を手込めにして近親相姦の罪を犯していたのである。つまり彼は、兄を裏切って、彼の破滅を仕組んでそれを達成したのと同様に、兄嫁の貞節をも破廉恥に汚して、彼女を手に入れていたのである。そして悪名高い邪行に手を染めた者は、間違いなくその結果、自然と極悪人になるので、さらに忌わしく嫌悪すべき犯罪に手を染めることも厭わなくなる。しかもその厚かましく腹黒い行為を、きわめて巧妙な手口で蔽い隠し、まるでごく単純な話であるかのように見せかけたのである。フェンゴンは、「自分は義理の姉に誠実な愛を感じていたが、そのため彼女からも好意を持ってもらっていた。彼女のために兄を殺害することになってしまったが、その自分の罪は、一般民衆にもきちんと言い訳がたつし、貴族の皆さんも正当だったと考えてくれている」、と主張したのである。ゲルースは北部地域に当時いたどの王妃にも劣らず、宮廷にふさわしい女性であったので、平民であれ宮廷人であれ、臣民の誰にも、一度たりとも不快な思いをさせたことはなかったが、この姦夫にして忌わしい殺人者は、「死んだ兄は自分の妻を殺していただろう。私は兄がまさに彼女を殺そうとしている現場に、偶然遭遇してしまった。私は彼女を護ろうとして、つい兄を殺してしまった。この清浄な王妃は、兄が何度も殴りつけるのを必死に耐えていた。私には他に如何なる悪意もなかった」、と兄を中傷した。この件で彼が自分の行動を支持する偽りの証言をする者どもを、こと欠くことはなかった。彼らは、この悪辣な中傷者が主張したのとまったく同じように、供述した。だが実は、彼らはフェンゴンに付き添って、大逆罪に加わっていた者どもだったのだ。このため宮廷人達は誰一人、彼を主君弑逆の大罪と、近親相姦の罪を犯した者として、追撃することはなかった。それどころか、彼の幸運を称えた上、お世辞まで述べたてた。彼らは、嘘の証言で固めた嫌悪すべき報告を行った者達の方をより重視して、こうした中傷者達をおおいに称えた。そのため、中に僅かにこの問題に疑問を差し挟み、殺害された主君の美徳を称賛して、虐殺者どもを罰すべきである、という意見を述べる者があっても、彼らがこれを重視することは、ついぞなかったのである。そうしたわけでフェンゴンは、刑罰を免れたことで勇気を得て、一層大胆になり、兄ホーヴェンディル存命中に、すでに秘かに情人にしていた兄嫁と、公然と一緒になるために、結婚に踏み切ることにした。かくして彼は自分の名を二重の悪徳で汚し、忌わしい犯罪行為と二倍の神への不敬、即ち近親相姦と主君弑逆《しいぎゃく》で、良心を真っ黒に塗りつぶしたのである。そしてかの薄運の悪女は、以前は北部地域で。最も雄々しく最も賢明な君主の妻として、高い名誉を得ていたのに、夫への誓約を反故にして、なお悪いことに、由緒正しき夫を残虐に殺害した男と再婚する、という忌わしい淫らさで、自らを卑しめたのである。そのため少なからぬ人々が、実は自制をなくし、ふしだらな不義姦通に生きようとした彼女こそが、殺人事件を引き起こした張本人ではなかったか、とまで考えた。だがひとたび淑徳と貞節の帯をほどいてしまった身分の高い夫人以上に、邪で不遜な女がどこにいようか？　この王妃は、最初はその稀有な美徳と宮中にふさわしい振舞いとで、誰からも名誉を称賛されていた。また夫に深く愛されていた。がしかし、ひとたび悪辣なフェンゴンに耳を貸すや、たちまち最高の女性の一人としての自分の地位も、貞淑な妻の責務も、自分の利益のために、忘れ去ってしまった。だが女性に目を見張って驚くのはこれくらいにしておこう。というのも彼女らについて、怒りに燃えて意見を述べたがる人々は、掃いて捨てるほどいるからである。彼らは書き物の中で、誰か一人か、せいぜい二、三人の女達の欠点だけをとらえて、女性全体を非難してやまない。だが私は言いたいのだが、女を男に付き添わせるためには、造化の神は男からそうした意見を奪っておくべきだったのだ。さもなければ神は、男達をこれほど頻繁にまた異様に、愚痴をこぼすように造るのではなく、逆に、十字架を背負って耐え忍ぶ気概を、男達に授けておくべきだったのである。結局のところ、彼女らが平静を失うのは、彼女ら自身の獣じみた性質のせいなのだ。というのも彼らが主張したがるように、女とはまことに不完全な生き物であり、この獣は馴らすのがきわめて難しい、と分かりきっているからである。だとすれば、なぜ男達は愚かしく女達を守り続け、また彼女達の欺瞞にみちたふしだらな抱擁を信用するほど、鈍感で獣じみているのだろうか？　だがここらでゲルースは、この淫乱の極みの中に残しておいて、次に若き王子ハムレットが、叔父の暴虐から逃れるために、いかなる方法で振舞ったかを語ることにしよう。

第　二　章

ハムレットがいかにして叔父の暴虐を逃れるために、狂人を装ったか。そして叔父は、彼の真意を暴くために、どのように女を仕向けて、王子を誘惑させようとしたか。叔父はこの手口によって、王子が狂気を装っているだけかどうか探り出そうとしたが、いかにしてハムレットは彼女と決して同衾しなかったか。そしてその後の出来事。

ゲルースは（前述のように）すっかり自分を見失ってしまい、ハムレット王子は母に見捨てられ、誰からも見放されて、わが身に命の危険が迫っているのを察知して、必ずやフェンゴンは時を移さず、父ホーヴェンディルの命を奪ったのと同じ手口で、彼を殺しにかかるに違いない、と確信して、この暴君を巧妙に欺くことにした。一方フェンゴンは、ハムレットが一人前の大人になれば、きっとすぐさま父を殺された復讐を果たそうとするに違いない、ハムレットはそんなやつだ、と見ていた。そこでハムレットは、巧妙、狡猾なやり方で狂人を装い、あたかもすっかり正気を失ったかのようにみせかけた。そしてその擬装で彼の本当の姿を覆い隠して、暴君の叔父の裏切りと術策から身を守ったのである。彼は自らを愚かに見せかけていたので、いわばローマのプリンス、ブルータスと同じだった。そして彼はブルータスの流儀と賢さを見習った。彼は毎日王妃の宮殿で過ごしていたが、彼女は無慈悲に惨殺された夫の復讐や、息子の相続遺産を取り戻すことよりも、彼女の姦夫を喜ばせることに気を遣っていた。ハムレットは自分の着物をズタズタに切り裂いて、ぬかるみや泥沼の中で転げ回って、顔を真っ黒に汚すと、すっかり気が狂ったように、通りを駆け抜けていき、狂気とひどい乱心から生じたとしか思えない言葉しか発しなかった。彼の行動と身ぶりはすべて、理性と理解力を完全に失った者の挙動そのものだった。そのため彼は、義父である叔父の宮廷に仕える近習らや、威張り散らす廷臣達にふざけるくらいしか、することはないように見えた。しかしこの若い王子は、彼らをしっかりと注視していたのである。そしていつかはきっと復讐を果たしてみせる、それも末代の世まで人々に深く記憶されるように、と心に誓っていたのである。

さあ、どうかこの賢く勇敢な若き王子が心にひそかに宿す大いなる気概を、じっくりと見ていただきたい。とうてい栄達など望むべくもないひどい欠点を公然と人前にさらし、自らを卑しめ、蔑むかのように見せかけて、実は彼は、同時代で最も幸運な王達の一人となるための手立てを工夫し、進むべき道を切り開いていくのである。彼がこうして取ったどの行動においても、彼ほどブルータスよりももっと賢く、またもっと思慮深く、ひどい愚か者に変わったと見せかけて、ついには大きな名声を得た人は、他に誰もいない。彼はこうした愚人を装ったのだが、この彼の工夫は、ただ熟慮してよく練りあげた計画のみによっていた。かくして彼は、自分の財産を保持し、傲慢な暴君の激怒を避けることができた。それればかりではない。ちょうどブルータスが悪辣なタークィン傲慢王を追放し(10)、完全に一族を破滅させる大道を切り開いたように、ハムレットもまた首尾よくフェンゴンを破滅させ、それまで虐げられていた民衆を、悲惨な隷属のくびきから解放したのである。ブルータスと同様、この雄々しく立派な王子も、苦境にあって狂人を装ったのであるが、我々は同様の例として、この二人に加えて、ダビデを挙げることができよう(11)。彼もまた、パレスチナのこざかしい王達の狡猾な策謀から身を守るために、狂人を装ったのであった。誰か大きな権力者に傷つけられたので、なんとかして打ち勝ちたい、自分が受けた被害の復讐を果たしたい、だがそのための十分な手段を持たない、という人々に、私はこのハムレットを手本として示したい。だが受けた被害に対する、大人物や自分より上位の者への復讐を私が語る時、それは決して我々の主君に対してであってはならないことを理解しておいていただきたい。我々は主君に対しては、抵抗したり、命を奪おうと反逆罪や陰謀を企てたりしてはならない。そしてこのやり方に倣いたい人は、自分の本心や意図とは真反対に、何であれ、自分が欺き行動を仕掛けようと思うその相手が気に入ること、彼の意にかなうことを、すべて話し、また行う必要がある。そして誰よりも彼を重んじておかなければならない。なぜならそれこそがまさしく、人がやむなく本心を偽るのを強いられて、愚人を演じて、そのふりをすることだからである。彼はその男の手にキスまでするが、本心では二度とその顔を見たくないために、地下一〇〇フィートも深く埋めてやりたいと思う。このことは、苦々しい憎しみや復讐に取りつかれた欲望を決して抱くべきではないキリスト教徒からも、必ずしも嫌われることではないであろう。ハムレットはこのように狂人を装って、何度も卓越した深い熟慮を重ねて様々なことを行って、また時々まことにぴったりと返事をしたので、賢い者ならすぐさま、どんな心からこれほど素晴らしい思いつきが出てくるのか判断したことであろう。ある時彼が暖炉のそばに立って棒切れを短剣か金串のように削っているので、ある男が笑いながら、なぜお前は細い棒の先をそんなに鋭く削るのか、と尋ねた。すると彼は、「死んだ親父の復讐を果たすため、突き刺す投げ矢と尖った矢を作っているのだ」、と答えた。前にも述べた通り、愚か者達はこうした彼の言葉をたわごとに過ぎない、とみなしたのだが、しかし鋭敏な才知で深く考える者達は、何か怪しいと疑いはじめ、この種の愚かさの背後に、何か大きく稀有な巧妙さが潜んでいて、それがいつか彼らの君主に危害を及ぼすのではないか、と考えた。彼はこの不作法な外見の陰で、巧みな知略をめぐらしていて、工夫した愚鈍さの裏に、怜悧で奥深い魂を忍ばせているというのである。こうしたわけで、彼らは王に、できればこの若い王子の本心と意図を探り出す方法を考えて、試してみてはどうか、と進言した。そして彼らは、ハムレットをうまく罠に嵌めるためのぴったりの方法を思いついた。それはだれか美しく見目麗しい若い娘を、人気のない場所に放つ、というものであった。そして娘は、彼の気を引く甘い言葉と、思いつく限りの手練手管で、彼をその気にさせて、彼女と情を交わすように誘うというのであった。というのも若い男達の本性は、とりわけ彼らがふしだらに育っていると、肉の欲望に恍惚呆然となって、その歓びに貪婪に入り込んでしまうので、汚れた欲情を抑えたり、作為や努力でこれを偽ったり隠したりすることはまず不可能で、ましてやそれを免れることは到底かなわない。いかに巧みにその偽装を包み隠そうとしても無駄で、こっそりやれる機会が目の前にあり、しかもそれがとりわけ人を支配する最も誘惑的な罪となると、彼らは好色の享楽に溺れて、自然と行為に及び、その当然の結果におち込んでしまうのを避けることができない。こうした目的で、ハムレットを森の中の寂しい場所に連れ込むために、幾人かの廷臣達が任命された。そして彼らはそこに若い娘を連れていった。この女が彼を誘って快楽をともにして、二人は抱擁しあうわけである。この狡猾な手口は今の我々の時代にも使われているが、それは重要な大人物から理性を奪うためというよりも、むしろ彼らから権力、美徳、賢明さを剝奪するために、悪魔のような療法師や悪霊、家の召使いや退廃した司祭達によって試みられている。そしてきっとこの気の毒な王子は、こうした攻撃にあって、大きな危機に落ちていたことであろう。だが幸いなことに、ここに王子の父ホーヴェンディルの時代に、彼と一緒に養育された一人の紳士があった。彼にとっては暴君を喜ばせたいという気持ちよりも、ハムレットとともに育ってはぐくまれた友情のほうが、はるかに強かったのである。この暴君は、ハムレットの父が最期を遂げたのと同じ罠の網に、何としても息子も絡めとろうとしたのである。この紳士は、先に述べた謀略に任命された廷臣達に同行していたが、ハムレットを罠にはめるのではなく、彼に何をなすべきか、はっきり分かるように知らせたかった。王子がごく僅かでも正しい判断能力と知恵を見せると、命を失うのに十分なのである。そこで彼はいくつかのサインをハムレットに出した。それは、叔父が送りこんだ優しい乙女のみだらな戯れと悪意の挑発に、いささかでも彼が従ったり、これを気に入ったりしたと見なされると、いかに危険であるか、という情報であった。王子はこれにひどく恥じ入った。というのも彼はその時、この乙女にすっかり好意を抱いてしまっていたからである。しかし彼はこの女性からも同じ様に、陰謀の存在をこっそり知らされた。というのも彼女は幼少時から彼が好きで愛情を抱いていたので、彼が不幸になると、ひどく悲しい思いをしたことであろう。そのため彼女は、自分の身よりも愛してやまない彼の肉体から歓びを得ることはせず、彼のそばから離れたがったのである。ハムレットはこうして廷臣達をうまく欺き、また女性の望みを叶えてやることはしなかった。(12) 彼女は「ハムレットは一度も彼女と情を交わそうとはしなかった」、と誓って断言した。ところが彼は巧妙に、正反対のことを断言した。これには誰もが、彼は間違いなく乱心して正気をなくし、彼の頭はその時空っぽになって能力を失い、理にかなった判断は出来なくなっていたのだと確信した。こうしてフェンゴンの術策は失敗に終ったのである。しかしながらなお彼は諦めず、さらに何がなんでもハムレットの狡猾な本性をあばこうと努め続けたのである。このことについては、次の章で説明することにしよう。

第 三 章

ハムレットの叔父フェンゴンが、狂気を抜け目なく装っている彼を、またも罠にはめるために、顧問官の一人を、王妃私室のつづれ織り壁布(13)の裏に潜ませて、ハムレットと王妃の会話を盗み聞きさせようとしたいきさつ。そして如何にしてハムレットが彼を殺害し、危機を脱したか。及びそれに続く出来事。

フェンゴンの側近の中に、誰にもまして狂人を装うハムレットの不審な行動に疑いの目を向けている者があった。彼はそのため、「ハムレット王子は愚か者のふりをした悪賢い曲者です。すぐにばれるような、まずいありふれたやり方では、あの男が本性を見せるわけがありません。あの仮面を被った若造の尻尾をひっつかむには、もっとよく練った、これぞという巧妙な術策を使う必要があります。そうすればこの若造も、いつもの偽装を使う暇がないはずです。実行に移すのにぴったりの、とてもいい方法がありますよ」、と話した。王の望むところを実行に移し、狡猾なハムレットを罠にはめ、仕掛けた網に彼が自分から掛かるように工夫すれば、彼は密かに隠しもつ本心を、はっきり見せるはずなのである。彼の工夫というのは次の通りである。フェンゴン王は、あたかも何か非常に重大な用件で、長い旅に出るふりをして、その間に誰かがあらかじめ、ハムレットと王妃に気づかれないように、王妃の私室にある壁掛け布(14)の後ろにこっそり隠れておき、ハムレットが母親と二人だけでその部屋に閉じこもるように手配する。そしてそこに隠れて、仮面を被ったハムレットが、道化の装いの仕上げとして母子二人でかわす共同謀議の会話を、盗み聞きするのである。彼はフェンゴン王に、「もしこの若造にいささかでも賢さや正気があったら、王子は必ずやそれを母親に簡単に露わにするはずです。お妃様は息子を胎内にやどし、とても大事に育てたのですから、彼の密かな意図を他言したり、知らせたりする恐れは全くないからです。このことに絶対間違いはありません」、と断言した。そして彼はさらに、「こうした肝心かなめの時に、主君のお役に立つようしっかり務めを果たさないようでは、王様のご相談役の名がすたります。どうか私に、ハムレット王子とお妃様の会話を隠れて立ち聞きして、その証人となる役目をお任せください」、と申し出た。この案にフェンゴンはいたく喜んだ。これこそは王子の狂気を治す、唯一の願ってもない方法である。そこでこの目的のため、彼は長旅に出るふりをして、宮殿をしばらく離れておこう、と馬に乗って森に狩りに出た。一方この相談役は、こっそりと王妃の私室に忍び込むと、つづれ織りの掛け布の背後に隠れた。ほどなくして王妃とハムレットがやってきた。だが王子は巧妙で抜け目なかったので、部屋に入るや否や、何か謀略があるに違いない、と感づいた。ここでうかつに自分の秘かな企てを喋って、母を厳しくまた賢く咎めると、本心を悟られて捕まってしまいかねない。そこでいつも通りに偽装したままで、ときを作る雄鶏の鳴き声をまねながら、両腕をあたかも羽ばたくようにばたつかせて、部屋の掛け布を打ちつけ始めたのである。そしてその背後に何か動くものを探り当てると、彼は「鼠だ、鼠だ」、と叫びながら、[15] すぐさま剣を抜き放ち、その掛け布を突き刺した。それを終えると、半死の相談役の両足首を摑んで引きずり出し、彼にとどめを刺した。息の根を止めると、その死体をバラバラに切断して、これを煮立てると、豚のえさにするため、覆いのない地下の豚小屋に投げ込んだ。

このようにして待ち伏せをあばき出し、その計略を編みだした者に相応の報いを与えると、ハムレットは再び母のもとに戻った。この間ゲルース王妃は泣き続け、希望がすべて挫かれてしまったのを目のあたりにして、自責の念にかられていた。というのも自分がどんな過失を犯してしまっていたにせよ、それでも彼女はなお、自分の一人息子が嘲りの的になるのを見てきて、痛ましいほど悲しんでいたからである。誰もが彼の愚行のことで彼女を非難した。実際その時、目の前でその一つを見てしまったのである。それは彼女には小さからぬ良心の疼きであった。きっとこれは、彼女が自分の夫を殺害した残虐な義弟と結婚してしまい、近親相姦の罪を犯してしまったことで、神々が彼女にこうした罰をお与えになったのだ、と思われたのである。フェンゴンは、夫の場合と同じように、甥ハムレットを仕留めるために、思いつく限りの手段を編みだすのを止めないのである。彼女自身の生来の無分別は、肉欲の歓びを強く願望する女達のありふれた案内役である。彼女らは理性への道をすべて閉ざしてしまい、自分の軽率さと、とんでもない不貞の結果、何が起ころうが一向に構わない。ところが彼女らのほんの一瞬の肉欲の喜びは、生涯に渡って、その日その時を彼女らに呪わせて、後悔させる原因となるのに十分なのだ。彼女はこう考えて自分を責めた。そうした不貞を働く女達は、たとえこうした危惧が心によぎったとしても、王妃のように高い身分の貴婦人達には必須であるはずの貞潔な操をないがしろにして、これに目をつむっていた。そして彼女の前の時代に生きた、こうした気品と美徳にみちた令夫人達の神聖な慣習を、軽蔑していた。ゲルース王妃は、デンマークの人々が惜しみなく賞賛し称揚したリンデ王女を思い起こした。この女性はロゼール王の娘で、同時代で最も貞潔な高位の女性として有名だった。彼女はまことに慎ましやかだったので、いかなる王子や騎士との結婚にも、決して同意しようとはしなかった。そして美徳において、彼女の時代のすべての貴婦人に優っていたばかりでなく、その美貌と立ち居振る舞いでも、他の女性達をはるかに凌駕していた。ハムレットが部屋に入ってきたのは、このように彼女が自責の念にかられていた時だったのである。彼は他の者達同様、彼女も信用せず、もう一度くまなく室内を探し回って、彼一人しかいないことを確かめると、まじめな分別ある口調で、次のように母親に語りかけた。

なんという裏切りだ、まったく恥ずべき女だな、あなたと言う人は！　忌まわしい娼婦買いの男の思惑に、誰よりも真っ先にひれ伏したのだからな。わかっているだろう、あいつが本心を偽っているのを。誰にもあれほどあくどい、憎むべき犯罪は思いつかぬぞ。それをあいつはやってのけて、ひた隠しにしているのだ。私があなたをしっかり信頼できるとでも思っているのか？　あなたは不義を犯した汚い姦婦よろしく、厚かましく、すっかり快楽に身を任せて、私の父を殺害した逆賊、極悪非道の暴君を抱擁したのだ。嬉しげに両手を広げて走り寄って、忌まわしい近親相姦と知りながら、分別をなくして、あなたの誠実な伴侶の由緒正しきベッドに奴を引き入れて、情を交わした。あなたのみじめな息子の大切な父親の代わりに、分別をなくしてあいつをもてなした。これが不快なのは当然だ。わが本来の地位、祖先の家系、高貴な血統とはあまりにかけ離れたこの囚《とら》われの身だ。神々に慈悲をたまわり、すぐに息子を逃がしてください、と祈るがいい。これでもあなたは王妃で、また王の娘なのか？　まるで雌馬が、畜生の生きざまの悲しさ、自分の連れ合いを追い払った牡馬に、唯々諾々と自分の体を任せるのと同じだ。あなたは自分の夫を虐殺した唾棄すべき王と、快楽に耽っているのだ。あなたの夫ホーヴェンディルは遥かに誠実で立派な方だった。デンマークの人々には栄光に満ちた名誉だった。だが今や、彼らの華麗な騎士道の光輝も、この上なくあくどい、残忍極まりない悪漢のせいで消え失せてしまい、彼らにはもはや力も勇気もすっかり無くなったみたいではないか？　私の方では、決して奴を親族とはみなさない。ましてや叔父と認めるわけがない。だのに母上、あなたは我々をしっかり結び付けていたはずだった血の繋がりを少しも顧みず、名誉をかなぐり捨てた。自分の夫の殺害を承諾していたのだとの疑惑さえあるのに、まさかお父上を殺した残忍な仇との結婚になびくことができたとは。ああ、ゲルース王妃、沢山の相手とつるんで、いろんな猛犬と仲良くなりたがるのは、淫らな雌犬のさがだ。あなたの良き夫、良き王、そしてわが父上の勇気と美徳の思い出を、あなたの記憶から抹消させたのは、みだらな好色以外の何ものでもない。ロデリック王の娘のあなたは、タガがはずれて抑制のきかない欲望で、夫のホーヴェンディルを忘れて、暴君フェンゴンを抱擁したのだ。（なんとも浅ましい、異様なもてなしではないか。）奴は兄を裏切って殺し、あなたは私の父の妻なのに、父上を裏切ったが、父上はあなたをまことに大切にされ、慈しんでおられた。父上はあなたのためにこそ、ノルウェー王から財宝と勇猛な兵士達を奪い、ロデリック王の財宝を増やされたのだ。そしてゲルースを、ヨーロッパでもっとも勇猛な君主の妻として迎えられた。だのにあなたは大切なはずのわが子を、悪党で裏切り者の血生臭い人殺しの手中に放置して、運に任せてしまった。こんな行為は、女のやることではない。ましてや王の娘ともなれば、慎ましさ、礼儀正しさ、憐憫の情、そして愛のすべてに溢れているはずではないか。野蛮なけだものでもそんなことはしない。ライオン、トラ、ヤマネコ、ヒョウどもも、わが子を守り防ぐために戦うし、くちばしと鉤爪と翼を持った鳥どもでも、幼い雛を奪われそうになると、敵に敢然と刃向うものだ。ところがあなたときたら、私を守るべきはずなのに、これとは真反対に、私を仇に引き渡して死に晒そうとする。まるで私を裏切るに等しいではないか。奴自身の兄の、血を引くその生き写しを秘かに殺そうと、手ぐすね引いて待ち構えているあの暴君の、頑迷邪悪な目論見を知っていながら、あなたは自分の一人息子を、スイスかノルウェーかイングランドに送り出して救う、といった手立てを探そうともせず、いや、そんなことなど望みもせずに、私を置き去りにして、忌まわしい姦夫の餌食にしようとしたのだ。母上、お腹立ちにならないようお願いしましょう。悲しみと嘆きでいっぱいでしょうが、率直に言わせてもらおう。普通ならもっと母上を尊敬するのが子の務めだろう。だがあなたときたら、私のことを忘れ去り、亡くなられた王、わが父上の思い出を、すっかり拒んでしまわれた。だからたとえ私が子として当然の思いやりの範囲も限度も超えたからといって、あなたは顔を赤らめてはならない。御覧なさい、私が今どんな危難に陥っているか。また私の運命とあなたの並はずれてひどい軽率さ、見識の欠如が、私にどんな苦痛を引き起こしたか。やむをえず私は、自分の命を守るために、狂人を演じなければならないのだ。武器を取って行動を起こすわけにもいかず、危険を重ねて、自分こそが勇猛で徳高いホーヴェンディル王のまぎれもない真の継承者である、と世に知らしめるために、あらゆる手段を探さなければならないのだ。誰もが今の私の身振り、容貌、言葉は、全部気が狂ったせいだ、私は正気をなくして普通の判断ができなくなった、と思い込んでいます。私がそう思い込ませたのには、立派なわけ、理由がある。なぜなら分かりきったことだが、自分の兄を殺すのに、いささかの良心の呵責も感じなかった男が（殺人には慣れっこで、欲望にかられて大逆罪を犯し、制御をなくした統治権を手中に収めたから、同じ残忍なやり口で復讐されるわけにはいかない）、虐殺した兄から生まれた血肉である私を、生かしておくはずがないでしょう。だから私は、狂気を装っていた方がいいのです。自然の造化に授かった正しい五感を今使うのは危ない。本来の明るく輝く澄みきった感覚は、今は偽装の陰に隠しておくほかありません。太陽も夏の天気が崩れると、光を厚い雲で覆い隠してしまう。狂人の顔付きは私の勇敢な容貌を隠すのに役立つし、また道化の身振りは私にはうってつけだ。目的は裏で自分を賢く保って、デンマークの国民と亡くなった父上のために、なんとしても生き延びることだからな。殺された父上の仇を必ず討ってみせる。この強い望みは、私の心の中にしっかり刻み込まれている。すぐに死ななかったなら、近隣の国々で永く後世に語り継がれるような、偉大な復讐を果たすことが望めるからな。とは言っても、私は時と手段と機会を慎重に待たねばならない。拙速に急いでは、突然破滅し、みずから死に急ぐ結果になりかねない。そうなっては、どんなに強い願望も、実現前に万事休すだ。あくどく不忠で、残忍でふとどきな奴が相手となると、才人でも想像を巡らしてやっと思いつくような、巧妙で抜け目がなく、大仕事がバレない術策を使わなければなりません。力づくでは願望を実現できないとなれば、代わりに知恵を働かして、偽装と狡猾さと密かな陰謀で前に進むしかないからな。ここらで止めるが、母上、私の愚行を見てメソメソするのはおよしなさい。それよりむしろ、ご自身の罪に溜息をついて嘆きなさい。自分の汚名をよく見つめて、良心の呵責に苦しみなさい。過ぎ去った昔、ゲルース王妃はとても賛美されていました。その名声と栄光を、あなたは汚したのだ。我々は己の非行とひどい愚行は棚に上げて、他人の悪徳を悲しみ嘆くべきではない。母上にぜひお願いしたい。とりわけこれからの私の行動についてだが、母上にはご自身の生活や幸せが大事でしょうから、王ばかりではない、他の誰にも、決して私の意図を知らせてはなりません。残りのことは私一人に任せてほしい。というのも私は最後には必ずや目標を達成したいからです。

王妃はほとんど気が動転し、ハムレットが彼女の利害に深く関係する急所までも突いてきた、と感じた。息子は厳しい叱責と非難の言葉を母に浴びせてきた。しかしそれでもなお彼女は、今まで自分が多分に持っていた彼への軽蔑と怒りを、すべて忘れてしまっていた。そして大きな喜びを覚えたのである。なぜなら彼女は、その時息子の気迫を目の当たりにして、何を望めるか考え、彼のまことに素晴らしい機略と賢明さに、心安く期待をかけることができたからである。だが一方で王妃は自分の罪を思い出して、眼を上げて彼をまともに見ることができなかった。また他方では、彼から受けた賢い訓戒を考えて、喜んで息子を抱きしめたかった。というのはこの訓戒は、彼女が以前フェンゴンに好意を持って、タガがはずれたように燃え上がった情欲の炎を鎮めてくれたからである。それは王妃の堕落した心に、彼女の正当な伴侶の徳高い行動を接ぎ木してくれた。実は彼女も元の夫のことでは、内心ひどく嘆いていたのだった。王妃はわが子ハムレットの中に、彼の父親の生前の美徳と傑出した英知の生き写し、その高貴で勇猛な心を表す肖像を見たのである。だから彼の正直な熱情にすっかり圧倒され打ち負かされて、また激しく泣いて、彼女は目をハムレットに長い間くぎ付けにしたまま、うっとりと大きく深い黙想に耽り、あたかもすっかり驚嘆したかのように、ついに我が息子を両腕にしっかりと抱きしめ（ちょうど高徳の母親がわが子にキスして愛撫するようだった）、愛情をこめて、次のように彼に話しかけたのである。「私はよく分かっているのよ、ハムレット。そう、フェンゴンと結婚して、お前にはとてもすまないことをしたわ。あの男は、あなたの父で私の誠実な伴侶を殺した残忍で暴虐な男です。でももしお前が少しでも自信を持てるわけがあって、わずかな抵抗の手段だけで、宮殿で叛乱を起こそうと思うのなら、そうした望みはよくよく考えておくべきです。もし私があの男を拒絶していたら、家来達はみな彼の意のままに動いたし、彼はいつでも権力を使えました。お前は私を、みだらだとか不貞を働いたとか言って責めるよりも、むしろ私を許したほうがいいのです。ましてやお前の母親のこのゲルースが、自分の夫の殺害に一度でも同意したと疑っていたら、それは大きな間違いです。神々の尊厳にかけてお前に誓うけれど、あの暴虐な男に抵抗できる力がもし私にあったなら、血を流してでも、いや自分の命を失ってでも、私はきっと大切な主人、私の夫の命を救っていたことでしょう。あの時以来というもの、私はずっと同じ気持ちで望みを持って、あの男がお前の命を奪おうとするのを妨害し、非難してきたのです。だってお前が殺されてしまうと、私はもうこの世に生きてはいられないから。お前の心がすっかり正常で健全だと分かって、やっとお前が殺された父親の復讐を果たす良い方法をきっと工夫してくれる、という希望が持てるようになったわ。とはいっても、ねえ大事なハムレット、あなたが自分を哀れと思い、お父上の思い出を大切にしたいなら、お願いだから、仕事は賢く上手に運んでね。私のことはお前がどう思っていてもいいの。だって私は母親の名に値しないもの。でも大変な仕事だから、急ぎ過ぎてはいけません。怒りにまかせるのもよくないわ。目的を実現するには、理性がお前を動かすまでは、決して前に進まないようにしなさいな。知っての通りお前が信頼できる男など、ここにはまず誰もいやしないし、私が秘密をほんの少しでも話せる女もいません。そんなことをしたら、すぐにあなたの敵に知らせるでしょう。あの男は表向き私を愛しているふりをしているし、私の躰を楽しみたいので、よけいにそんなふうにしているけど、お前のことがあるから、私を信用してなんかいないし、恐れてもいるの。お前が馬鹿になって気が狂ったと簡単に信じ込むほど、単純な男ではありません。だからお前が知恵と計略でうまい機会をとらえたと思い、何か企てて、どんなにこっそりやっても、あの男はすぐにそれを知ってしまうでしょう。私は今だって二人の間に起ったことを、悪魔どもが彼に教えているんじゃないかって、とても心配だわ。運命が追いかけてきて、私達の安らかな幸せを遮ってしまわないかしら。さっきのお前の殺人で、私達二人が破滅することにならないといいけど。私は何も知らないふりをし通して、お前の聡明さも大胆な企ても秘密にしておくつもりよ。神々にはお前の気概とひそかな意図をお守り導きくださって、企てがうまくいき、あの傲慢で危険な男が奪った権利をお前が取り戻しますよう、お祈りしましょう。そしてお前がデンマークの王冠を戴く日が来ますよう、お祈りするわ。お前がよい運に恵まれて成功してくれると、私はとても嬉しいし、心から満足することでしょう。すばらしい勇気で大胆に、父上の殺人者と、その血生臭い企てを支えて助けた者達みんなに、復讐を果たすのだから」。「母上」、とハムレットは言った。「あなたを信用して言うが、もうこれ以上母上の私事に干渉するつもりはありません。ただお願いですが、ご自分の血であり肉であるこの私を大切に思うなら、もうこれからは、あの敵、あの姦夫を大事にするのはよしてください。私は地獄の悪魔どもがみな飛びかかってきても、奴をきっと殺すか死に至らしめる覚悟です。奴が囲っている娼婦どもがわんさと束になって奴を守ろうとしても、きっと奴の命を奪い、女どもも一緒にあの世までお供してもらう。奴が父上を殺す行動に出た時、娼婦どももよこしまな相談に乗り、大逆罪、虐殺、残忍な企ての仲間だったからな。奴らはあの時大逆罪で主君弑逆をやってのけたのだから、それとちょうど同じの、いやそれ以上の裁きで、凶悪犯罪のつけを払ってもらうのが筋というものだ。母上、知っての通り、母上のホザー爺様(16)は、立派なロデリック王のお父上だが、グイモンを打ち破ると、この男を火刑に処しました。というのもこの残忍な悪党は、主君のゲヴァレ公に同じようなことをしでかしていたからだ。夜中に裏切ったのだ。逆賊や誓いを破った者に対しては、信義も忠義も守るに値しないことは、誰でも知っています。だから殺人者らとの契約など、蜘蛛の巣同然で、約束も合意もしていないとみなしてよいのです。私がフェンゴンに手をかけたとしても、それは重罪でも大逆罪でもない。きやつは私の王でもなければ主君でもない。私はこいつが主君の国王陛下に対して裏切って不忠を働いたので、私の臣下の逆賊を、正当に処罰したことになるのです。そして栄光とは、徳の高い人々が受ける報酬であり、また自分の当然の主君に仕える人々の名誉と彼らに対する称賛である。こう考えると、逆徒には非難と不名誉が伴い、神々の味方で仲間である神聖な国王に、厚かましく乱暴な手を下す不遜な輩には、みな恥ずべき死が待っているのは当然でしょう？　国王は神々の威厳と国民を代表しているのです。つまるところ、栄光とは美徳の王冠であり、志操堅固の価値そのものです。それは絶対に不幸に伴うことはないし、怯懦《きょうだ》と、卑しい裏切りの感情と状況を、避けるものです。だから私には、必然的に、栄光にみちた死をとげるか、それとも剣を取り、自分の人生を不幸にした者達の命を奪って、輝かしい勝利をおさめるか、そのどちらかしかない。彼らは私が祖先の血統と名声から受け継いだ美徳の輝きを、黒く汚したのだからな。だって、末永く続く栄光と称賛を得たいと心から望んでいるのに、恥辱と不名誉が、まるで死刑執行人のように良心をひどく苦しめ、思い描く勇敢な企てを、極悪が引き留め、その気をそらす原因となっている時に、なぜ人はそれでもなお生きたいと願うのだろうか？　果物を熟す前に採ってしまい、間違いなく自分のものになるとは分からないのに、恩恵を受けようとするのは愚かしい。私は機が熟すのを待ってこれを立派にやってのけたい。自分の幸運には絶対の自信がある。それがこれまで人生で私の行動を導いてくれた。だからあの仇に復讐を果たさずに死ぬわけにはいかない。それも奴自身が自分の破滅の道具となるように仕組んでやる。私が自分にはよく企てなかったことを、奴にはやらせるのだ。

こののちフェンゴンは、長い旅に出ていたふりをしていたが、また宮廷に戻ってくると、気のふれた様子のハムレットを罠にはめるためにスパイ役を引き受けた家臣を呼びにやった。ところが彼の姿は消えて連絡もない、という。すっかり当惑して、ハムレットにこの男の名を挙げて、どうなったか知らないか訊ねた。王子は一度たりとも嘘をついたことがなく、また狂気じみた振る舞いのさなかにあっても、どの返事でも、決して真実から逸脱したことがなかった。(17)(高貴な広い心は虚偽の宿敵なのである。)こうして彼は、「お探しのご意見番は、落っこちた便所をくぐっていったが、そこの汚物で息の根が止まると、出てきた豚らがたらふく腹に収めました。」と答えた。

第四章

いかにしてフェンゴンが、三度目には、ハムレットをイングランド王のもとに送り出すよう企てたか。彼はイングランド王にハムレットを処刑するよう依頼した秘密の書簡を、同行の二人の使者に持たせた。そしていかにしてハムレットは二人が寝ている隙にその書簡を読み、代わりにイングランド王がこの二人を処刑し、王女をハムレットと結婚させるよう頼んだ偽の書簡を捏造し、それが実現したか。またいかにしてハムレットはイングランドから脱出したか。

誰一人として、まさかハムレットが殺人を犯したとは、つゆほども思っていなかった。それでもフェンゴンは到底納得できず、あの阿呆はきっと何かたくらみ、わしに策略を仕掛けてくるに違いない、と疑い、彼を何としても殺したかった。だが彼はハムレットの祖父ロデリック王を恐れていたし、また王妃の気持ちを今以上損ねたくなかった。ゲルータはこの馬鹿息子の母親で、彼を溺愛してとても大事にしていたので、彼がすっかり正気を失ってしまったのを見て、ひどく悲しみ落胆していた。そこでフェンゴンは、ハムレットを何とか亡き者にしよう、と思いを巡らす中で、第三者の手助けを借りて、これを実行に移そうと決め、イングランド王を殺戮の代行者に仕立てることを思いついた。彼の友人イングランド王は、この極悪非道で名声を汚すことになるが、フェンゴンは自らこの残虐行為に手を染めて未来永劫不名誉を被るよりも、むしろイングランド王のもとに、ハムレットを死刑に処するむね依頼する書簡を彼に持たせて、送り出すことにしたのである。

ハムレットは自分がイングランドに送り出されると知ると、そのわけを怪しんだ。そのため王妃に語りかけ、彼の旅立ちを嘆いたり悲しんだりする素振りは一切見せないで、むしろ息子がいなくなるので嬉しい、といったふりをしてほしい、と頼んだ。彼女は息子が可愛くはあっても、彼が正常な感覚と理性を奪われてひどく哀れそうに見えるのは、毎日とてもつらかったからである、というわけである。ハムレットはさらに母に、大広間にタペストリーを掛けて、釘でしっかり壁に止めておいてほしい、また以前彼が殺された父の復讐のために矢を作ったと話したが、あの時、先端を削って尖らせておいた燃えさしを保存しておいてほしい、そして最後に、彼が出発して一年が過ぎ去ったとき、彼の葬儀の宴を催してほしい、と頼んだ。そしてまさにその時きっと帰国して、この船旅にすっかり満足し、喜んでもらえるようにする、と約束した。さて彼の随行者に、二人のフェンゴンの忠実な使節があてられた。彼らは木に彫られた書簡を携えたが、そこには彼がイングランド王に知らせるはずの、ハムレットの処刑が含まれていた。しかし明敏なデンマークの王子は海上で、随行の二人が眠っているすきにその書簡を読んでしまい、叔父のとんでもない裏切りと、二人の廷臣は彼を虐殺に連れていくのだという、邪悪で卑劣な意図を知ると、彼の殺害についての文字を削り落として、代わりに二人の随行者を絞首刑に処するよう、イングランド王に委託するむねの文言を、彫り込んだのである。またハムレットは、彼に仕組まれた殺害を彼ら自身の首に振り向けただけでは気がすまず、さらに「フェンゴン王は、イングランド王が自身の王女とハムレットを結婚させるよう強く希望している」、と書き込んだ。イングランドに到着すると、使節団は国王に謁見し、彼にフェンゴンからの書簡を差し出した。王はその内容を読むと、その時は何も言わず、フェンゴンの要望を実行に移すのに都合の良い時期を待つことにして、さし当たってその間、デンマーク人達が王の食卓に列席するのを許し、親しくもてなした。当時の国王達は、今日ほど好みがうるさくなかったし、物々しくそば仕えさせたりすることもなかったのである。今日では並みの王や収入の少ない貴族達でも、昔のペルシャの君主達に劣らず会ってもらうのが難しい。エチオピアの大王に至っては、普段から顔をベールで蔽っていて、誰にもそれを見るのを許さない、と報告されている。そして使節達が王と同じ食卓に座ると、鋭敏なハムレットは、彼らと一緒になって愉快にふるまうどころか、テーブルに出されていた料理の一口も、パンも、いやビール一杯でさえも、その味を楽しもうとはせず、異国から来た若者のくせに、宴席で出された美味しいご馳走とうまい飲み物を、少しも尊重せずに、まるで不潔でひどい味で、調理の仕方もまずい食べ物であるかのように拒絶したので、同席者はみな不審に思い、すっかり戸惑ってしまった。王はその時はそ知らぬふりで何を考えたか顔には出さず、客人達を寝室へ案内させたが、そこに彼のスパイが一人、こっそり隠れておくよう手配し、デンマーク人達が寝る前にどんな話をするか、確かめることにした。

さて彼らが寝室に入り、世話役達が立ち去ると、二人の随行者はすぐにハムレットに、「いったいなぜテーブルに出されたご馳走の飲食を拒否なさったのですか?」と尋ねた。立派な王が我々を親しくもてなすために開いてくださった宴会なのに、それに全く敬意を表さず、礼を失して侮辱してしまった、というのである。さらに二人は、「これはよくないことでした。あなたをここに遣わされたフェンゴン王の名誉も汚してしまわれた。まるで王は、立派なイングランド王に毒を盛られやしないか、と怖がる者達を、ここに遣わされたみたいです」、と話した。王子は理由もなく、また慎重に熟慮することもせずに、何か行動を起こすような人ではなかったので、答えて言った。「何だって？　君らは僕が、人間の血に浸したパンを食って、喉を鉄の錆で汚して、人肉の臭いと味がする肉を、それもとっくに腐ってぷんぷんいやな腐肉の臭いを放っている肉を、食べろとでも言うのかい？　長い間死体安置所に放置してあったみたいだったぜ。それにどうして俺にあの国王を尊敬しろというのかい。あの人は、奴隷の顔つきをしているんだぜ。それに王妃の方だって、王族の威厳はなくって、代わりに、卑しい親から生まれた女がすることを三つもやったんだぜ。王妃にふさわしい立派な資質と高い身分の貴婦人というよりか、そば仕えの雑用腰元のほうが彼女にはお似合いだね」。そう言い放つと彼は、王と王妃ばかりでなく、デンマーク使節団をもてなす宴会を手伝った他の者達についても、たっぷりと手厳しく鋭い非難の言葉を放った。そうしてこの中でハムレットは、こののち判明することになるのだが、真実を語っていたのである。と言うのは当時ヨーロッパの北部地域の人々は、悪魔の法の支配下で暮らしていたので、たくさんの呪術師で溢れていて、こうした占いと予知については、必要となれば、自分に役立てるのに十分な、なにがしかの知識を持たない若い紳士は一人としていなかったからである。ゴットランドやバーミー(18)では、当時はまだキリスト教が何を認めているか知らない人々が沢山いた。これはノルウェーとゴットランドの史話を読めば、すぐに気づくことである。だからハムレットは父の存命中に、そうした悪魔術についての知識を得ていたのであろう。この術によって悪霊は人間を欺き、過去の出来事を知らせるのだ。

　人間における本能的予知の資質を明らかにすることはここでの問題ではないし、またハムレット王子は彼のあまりに大きな憂鬱症が原因で、まるで哲学者のように、彼を除いてはそれまで誰一人明言したことのなかったことを察知して、上述のような様々な心象を得たのかどうかも、ここでの問題ではない。様々な奥深い哲理について論じる哲学者達は、こうした予知の能力を、冷気、熱気、湿気、乾燥の組み合わせから起こる憂鬱気質の人々の属性に帰している。彼らはよく色々なことを予知して語るのだが、彼らの神がかり的霊感が収まると、いったい誰がそうした言葉を発したのか、もはやほとんど理解することができなくなっている。そしてこれを理由にプラトンは、「多くの占い師と多くの詩人は、その燃えるような激しい興奮が弱まり始めた後は、自分が何を語り、書きつけたのか殆ど分からなくなっている」、と述べている。その技を使っている間、彼らには予知の霊が憑依し続けるのだが、彼らは「この技を自ら作り出し考案したと主張している人々は、我々が語る巧みな言葉を称賛してくださっている」、と語る。また同様に私は今ここで、多くの人々が信じていること、すなわち、理性的な魂が、卑しい悪魔達の住み家となって、人々はそうした悪魔達から、自然の事象の秘密を学ぶのだ、などという俗信を、語るつもりもない。ましてや、世の支配者と信じられているが実は本性を偽っている魔術師に過ぎぬ者達について、説明することもしない。彼らはその使う手段で、驚くべきことを色々と実現してみせる、などと豪語する。ハムレットがあのように過去の出来事を予知して、それが後になって紛れもなく真実であると証明されたのは、（先述したように）もし悪魔は過去のことに全然知識を持たないとなれば、奇跡のように思われるところであろう。だが悪魔には将来のことが分かると認めるという、とんでもない誤りを私が犯すことは決してありえない。読者はこうした悪魔の知恵の限界と、神なる聖霊によってなされ、聖なる予言者によって語られた、かの素晴らしい知の味わいのある予示と比較して、等しく由来を尋ねて推測してみるとよい。全能の神の神秘と驚くべき働きの数々は、ただこうした予言者達にのみ、明言されていたのである。だが中には詐欺師の輩もいくらかいて、彼らは非常に多くの神性を、虚言の父たる悪魔に帰して、人々に起こる様々なことについての知識の真実性を、悪魔のお蔭である、とする。そしてサウルと魔女の会合を引用したりするのだが、しかしそれは、特別に悪人を非難するために記された聖書からの一つの例に過ぎないので、必ずしも必然的に世の中全体に、一つの十分な法則を提供しているわけではない。なぜなら彼ら自身が告白しているのだが、彼らは占って予知することができるとはいっても、明確な普遍的根拠に従っているわけではなく、いつも似たり寄ったりの様々な「根拠」なるものから借りてきた兆しやしるしに頼っているにすぎず、これらの憶測によって、将来のことを判断してみせているだけなのである。しかしこれらはすべて、（単純な憶測にすぎない）愚かしい何か最近の経験といったような、薄弱な拠り所に頼っており、その作り話はあてにならない恣意的なものにすぎない。立派な判断力を持った人、とりわけ福音の教えを深く愛してやまず、その真理のみを探求している人が、仮にもこれらの欺瞞に満ちた、まことしやかな作り話や書き物に信頼を置いてしまっては、それはひどく愚劣な行いをしたことになるであろう。

魔術の諸作用については、その中の幾分かは、私も認めないでもない。これについて記している様々な史書もある。しかし聖書は魔術に言及して、これを使うことを禁じている。実のところ、異教徒達の法と皇帝達の法令も、魔術には反対している。偉大な異端者で悪魔の味方であるムハンマドは、その巧妙さで東洋の国々の大部分の地域を欺いたが、しかしこうした非合法の魔術と憎むべき策術を使用し実践する者達は、厳罰に処するように命じてきた。さてこの話題はこれくらいにして、本題のハムレットに戻ることにしよう。彼は自国のキリスト教以前の風習にしたがって、そうした悪弊の中で育てられたのである。彼の二人の随行者は彼の返事を聞くと、彼の愚行を非難して次のようにハムレットに述べた。「あなたは道理にかなったことを侮蔑して、誰もが必要と思い受け入れていることを拒んだが、これほど分別を欠いた言動は見たことがない。あなたはあんなにもひどく自分を見失ってしまうべきではなかった。まことに立派なイングランド王を誹謗したうえ、今近辺の島々に君臨している誰にもまして名高くまた賢い王妃も、中傷してしまった。だから当然の報いとして、罰せられても仕方がないでしょう」。しかしハムレットはそらとぼけたまま、イングランド王を嘲って、自分は何も悪いことはしていないし、みな事実そのものを話したまでだ、と答えた。一方王の方は、会話を盗み聞きしたスパイからその報告を受けるとすぐに、ハムレットはこのように謎のごとく話しているが、随行者達からの彼の振舞いについての詰問に、かくも素早く、また実に的確に答えるとは、この男、全くの馬鹿者か、それとも当代きっての賢い王子かのいずれかであろう、と判断した。そこで真実を見つけ出すに越したことはないので、当夜のパンを焼いた職人を呼びにやって、彼が王の食卓用に焼いたパンの小麦は、どこの土地で育てたのか、と尋ね、またその場所で戦闘があって人の血が流された形跡や情報はないか、と問い質した。するとパン職人は、そこからあまり遠くない場所に、むかし戦争があり、殺された沢山の死者の骨が転がっていた畑があって、そこで負傷した戦士の頭蓋骨が山のように出てきてもおかしくない、だからその場所の土は、死体の脂身と体液が混ざっていて、ほかの土地よりも肥沃なので、毎年百姓達はそこで、陛下の館に納めるのに、可能な限り最高の小麦を収穫していた、と答えた。王は、これは若い王子の証言に合致しているので、きっと正しいに違いないと感じ取ると、次に先の食卓に出すのに殺した豚は、どこで餌を食っていたのか尋ねた。その答えは、これらの豚は先述の畑で飼育されていたが、そこから抜け出して、悪行で吊るし首にされた盗人の死体を見つけ、それを食ってしまった、とのことだった。これを聞くとイングランド王はひどく動揺して、彼がいつも飲んでいたビールは、どこの水で醸造されたのか、是非とも知りたくなった。そこが分かると、彼はその川底を、深く掘らせてみた。するとそこに大量の剣と錆びた武具が出てきた。これがビールに嫌な味をつけていたのだった。私はここでマーリン(20)がまだ一歳になる前に語ったという予言についていくらか詳しく述べてみるのも良いのかもしれない。しかしサタンの使いはこの若い王子に突然即座に返事したことで、自分の役目を果たしていた。そこで何がすでに語られていたのかよく考えてみると、ハムレットは過去のことを判じたのだから、何も難しいことはなかった。なぜならここにあるのは当然の、正しいことがよく知られていたことばかりであって、それ以外には何もなかったからである。それゆえ来るべきことを彼は夢想する必要はなかったのである。これを知ると王は、デンマークの王子は、なぜ彼が奴隷の顔つきをしていると言ったのか知りたい、という好奇心に強く心を動かされた。王子はこのことで、王の血筋の卑しさを非難し、いかなる君主も彼の父祖ではない、と主張したかったのではないか、と疑った。そしてこの件でどうしても納得したいと思った。そこで彼は母のもとに行き、彼女を誰もいない部屋に連れて行くと、中に入るや否やドアを閉め、一体自分の父親は誰だったのか、彼女の名誉にかけて、自分に明かすよう問い詰めた。この先王の妃は、「間違いなく私の夫以外の男は、誰一人私の愛を知ったことはない」、と断言し、「私の躰を楽しんだのは、先王の私の夫ただ一人です」、と誓った。だが彼女の息子の現王は、すでにデンマークの王子の答えから真実を知っていたので、母親に、もし本当のことを告白しないなら、力ずくでも話してもらう、と脅した。すると彼女は、殺されはしないかと恐れて、「実は、私は奴隷の男に身を任せてしまい、その結果その男を、イングランド王であるあなたの父親にしてしまったの」、と認めた。これを聞いて王はひどく動揺して、すっかり恥じ入ってしまった。私は、これをどう判断するかは、彼らにまかせることにしよう。彼らは自分達が、彼らの近隣者達よりも正直であると考えていたし、彼らの家には何も不都合はないと見ていたのだが、王は知らないでいた方がよかったことを知ろうとして、必要以上にあれこれ調べまわったのである。真実を知った王はしかしながら、自分の思いを偽ることにした。彼はまるで馬勒を噛むかのようにイライラしたのだが、結局のところ、母の淫乱を公表したあげく、国民に軽蔑されて、自らの破滅を招くよりは、ここは大きな罪を見逃しておいた方がよい、と判断した。国民はイングランドのように偉大な王国を、かりにも非嫡出子、いわゆる私生児が支配するのは、たぶん望まないにきまっていたからである。

しかし彼は母の告白を聞いて残念だったが、他方で若い王子の精妙さと俊敏さには大いに感服して興味を覚えた。そこで彼のところに行って、「そなたは、何ゆえわが王妃には奴隷にこそ似つかわしいところが三つあり、王族にはない卑しさがあり、偉大な君主の威厳には到底ふさわしくない、と言って強く非難したのか?」、と尋ねてみた。王は自分が非嫡出子であると知り、非常な不快感を抱き、また彼がこの世で最も愛している妃を咎める侮辱の言葉を聞いただけでは満足しなかった。そして彼一人だけに関わる汚名と同じくらい、彼を不愉快にしたのはなぜか、はっきり理解したかった。それは次の通りであることが判明した。ハムレットによると、王妃は部屋係侍女の娘であった。また彼女の行う挙動と容貌には幾つかの愚かしさが見て取れた。それは彼女がどんな両親から生まれたかを示していた。そればかりではない。彼女の気性にはその両親の卑しさと身分の低さが表れていた。そして彼は王に、王妃の母はいまだに奴隷の身に留め置かれています、と断言したのである。王はこの若い王子を大いに称賛し、彼の中に並みの男達よりも遥かに大きな敬意を表すべきところがあるのを見てとって、ハムレットが捏造した書簡にしたがって、自分の娘を彼と結婚させることにした。そして翌日、フェンゴンの二人の家来を、デンマーク王の求めに応じたと信じ込んだまま、処刑してしまった。ハムレットは、本音ではこの出来事をとても喜んだが、イングランド王はそれ以上の好意を何も示してくれなかったので、あたかもひどく腹を立てたふりをして、仕返しをしてやるかのように脅した。すると王は、彼をなだめるために、黄金をたっぷりと彼に与えた。これをハムレットは溶かして、中をくりぬいた二本の杖に流し込んで、必要になった時、役立てることにした。この二本の杖を除いて、王の他のすべての宝物については、彼は何一つデンマークには持っていかないことにして、その年が終わりに近づくとすぐに、彼は幾分早めに義父のイングランド王から出発の許可をもらって、王女と結婚するためにできる限り早くまたイングランドに戻ってくることを約束して、デンマークを目指して帆を上げたのである。

第五章

イングランドを出たハムレットは、いかにして、人々が彼はイングランドで亡くなったと思い込んで葬儀の宴を開いていたまさにその日に、デンマークに帰り着いたか。またいかにして彼は、叔父とその家来達に、父の死の復讐を果したか。およびそれに続く出来事。

ハムレットはこのようにして航海を続け、デンマークに到着すると、叔父の宮殿に入った。人々が彼の葬儀の宴を開いているちょうどその日であった。大広間に入ると、誰もが少なからず驚嘆した。みな彼はすでに死んだものと思い込んでいたからである。彼らの内多くの者は、ハムレットの葬儀の宴を少なからず喜んでいた。なぜなら、この宴会をフェンゴンが大いに喜んでいることを、彼らは知っていたからである。彼にとって、甥の死ほど嬉しいことはなかった。他方で悲しんでいる者もかなりいた。彼らは高潔なホーヴェンディル王を思い出していた。そしてこの先王が数々の勝利をおさめたことを、決して忘れることはできなかった。ましてや彼に関する色々なことを、記憶から消し去ることもできなかったのである。彼らはハムレットの死のうわさは、実は間違って広まっていたのだ、そして暴君フェンゴンは、まだユトランドの相続人ハムレットの遺書を手に入れてはいなかったのだ、と知って歓喜した。そしてむしろ、このユトランドの国の繁栄と幸福のために、神が彼の意識を再び正常に戻してくださることを望んでいたのである。彼らの驚嘆は最後に大きな笑い声に変わった。その時彼らはみな、ハムレットは死んだと信じて、彼の葬儀の宴会を手伝っていたが、かくもみごとに間違っていたと知ると、お互いをからかいあった。そして王子を見て、これほど長く航海の旅に出ていたのに、彼の意識は一つとして正常に戻っていなかったことに驚いた。そして大ブリテン島まで彼のお供をしていった二人は、いったいどうなったのか、と尋ねた。これに答えてハムレットは、二本の棒を見せながら、「ここに二人ともいるよ」、と答えた。以前イングランド王が二人の随行者を処刑した折に、ハムレットが怒ったふりをしたので、王は彼をなだめるために金塊を渡し、それをハムレットは溶かして、二本の空ろな棒に流し込んだが、これがその棒だったのは言うまでもない。これについて多くの者は、彼のユーモアがどんなものか、すでによく知っていたので、すぐさま彼はきっと何かだましのトリックを使ったのだ、そして多分彼は、自分を殺すために用意されていた穴に、危険から脱出するために、同行者の二人を投げこんだのだ、と推測した。そこで彼らは、殺された二人の後を追ったり、何か良からぬ出来事を照らす灯火を追ったりすることになりはしないかと恐れて、すぐに宮廷の外に出ていった。この夜ハムレットが仕掛けた悲劇の罠を考えると、彼らがそうした行動を取ったのは正しい判断だった。残った廷臣達は、その日はハムレットの葬儀のつもりだったのに、彼ら自身の最後の日となった。皮肉にも彼らは自分達の破滅を喜びあっていたのである。誰もがにぎやかに、陽気に騒いでいた。そこへハムレットが帰ってきたので、弾みがついて、なお一層みな飲み食いして浮かれ騒ぐことになった。王子自身も酒倉係を買って出て、テーブルをいくつも給仕してまわり、どの酒瓶、酒杯もカラになるのも構わず、なみなみと酒を注いで廻った。こうして廷臣達はたっぷりワインを飲まされ、たらふく食い物を詰め込まれると、みな飲み食いしたその場所に倒れこんで、身を横たえるはめになった。あまりに飲みすぎて、彼らの感覚はすっかり鈍って、体は火のようにほてってしまったのである。ドイツやその他ヨーロッパ北部の国々でよくあるおなじみの悪弊である。これをハムレットは、目的を実行し仇どもに復讐を果す絶好の機会と見てとった。そしてすぐさま、狂人の振舞い、身振り、服装をすべてかなぐり捨てて、まさしくチャンス到来とばかり、まるで自然にそうなったかのように、この機をしっかり捕えた。ワインでグテングテンになって転がっている沢山の酔っ払いどもは、際限なく飲んだくれたあげく、あるものは豚のように床に寝そべり、あるものは眠りこけ、またある者は大量のワインを床に吐き散らしていた。ハムレットはそこへ、大広間中に張り巡らされていた掛け布を、次々に引き落として彼らをすっぽり包み込んだ。そして釘を打ち込んで、布を板張りの床にしっかりと止めてしまうと、その端っこに、前に話した通り、彼が以前作っておいた先の尖った燃えさしを突き刺した。それが止め杭となって、それに掛け布を巻いて縛ったので、酔っ払いどもはいくらあがいても、その下から逃れることはできなくなった。そこで彼はすぐさま大広間の四隅に火を放つと、その中にいた者達は誰一人逃げ出すことができず、彼らの罪を火で清めて、体内に入れた大量のアルコールを火の気で乾かすほかなかった。こうして彼らはみな、熱く燃えさかる避けようのない無慈悲な炎で、命を落としてしまった。これを見て王子は知恵を働かせて、叔父が宴会の終わる少し前に、火が燃え始めた場所より離れたところにある彼の私室に引き下がっていったのを知っていたので、そちらへ向かい、その部屋に入るや、父を殺した男の剣に手をかけた。自分の剣は代わりにその場に置いておいた。その自分の剣の方は、宴会の席にいた折に、廷臣達のだれかが釘で鞘にしっかりと止めてしまっていたのである。フェンゴンに近づくと、ハムレットは叫んだ。やい、この国の王をかたる不忠義者め、よくも貴様はぬくぬくとそこに寝ころがっておれるな。貴様の宮殿はもう火の海だ。貴様の家来や手先どもは、大方焼け死んだぞ。憎むべき貴様の数々の残虐な所業、その片棒を担いだ報いだ。貴様が自分の命と財産だけは安全だ、と呑気に信じ込んでいるとは、呆れ果てるわ。見ろ、貴様の前にいるのはハムレットだ。この矢柄は俺が自分で、仇討ち用にと作ったものだ。とっくの昔にな。貴様はわが父上を裏切って殺した。その敵を討ちに、ただいま参上したのだ。さあ今こそ命をいただくぞ。覚悟しろ。

フェンゴンはこの時、ハムレットが決然とした口調で語るのを聞いて、甥の巧妙な策略の真相を知った。そしてハムレットが手にした抜身の剣を、すでに彼の命を奪おうと振り上げているのを見ると、とっさにベッドから飛び出して、ハムレットの剣をしっかりと摑んだ。彼はそれを抜こうとしたが、釘で鞘に止めてあるので抜けない。そこへハムレットは、彼の首の顎のあたりに強烈な一撃を加えたので、首は見事に肩から切り落とされた。

彼が地面にどうと倒れると、ハムレットは語った。「この醜悪な死にざまは、貴様にふさわしい当然の報いだ。さあ、あの世へ行け。地獄に行ったら、忘れずに、貴様が大逆罪を犯して殺した貴様の兄上に、言ってやるのだ、おれを地獄に送り込んだのはあなたの息子さんです、とな。そしてこれでやっとあなたの魂は鎮められて、祝福を受けた聖霊達と一緒に安らかに休めます。息子さんも、自分の血で復讐を遂げる義務に縛られていたが、これでやっと解放されました、と伝えるのだ。貴様は俺が血縁、血族で繋がっていた、何よりも大切なものを奪ったのだからな」。事実を語ると、彼は大胆で勇気があって、末永く称揚するに値する人物であった。彼は気がふれたふりをして、自らを巧妙で、人を欺く奇妙な見せかけで身を護った。その偽りの装いのもとに、賢く、策にたけて、狡猾な人々を欺いてしまった。こうして彼は暴君の裏切りと邪な策略から、自身の命を守った。それればかりではない。彼はその犯罪が行われてから長い年月が過ぎたのちに、新たに予想もできない懲罰のやり方で、殺された父親の復讐を見事に果した。実に慎重に自分の進路を見定めて、大いなる大胆さと不変の志操で、目的を実行に移した。そして判断を下すのは、賢者達に任せたのである。それは一層称賛に値した。なぜなら彼は、不変の志操と大きな度量、そして英知で、あらかじめ考え抜いた予測可能な確認情報にしたがって、自分の行動を順序づけていたからである。

もし復讐が何かしっかりとした正義の体をなしているとみなせるとすれば、それは敬神の念と愛情が、父祖を不当に殺害されたことを我々に思い出させ、必要不可欠のこととして、反逆者、殺人者を必ず罰する方法を探すことを強いる時である。廉直な聖なるダビデ王は、率直で礼儀正しく晴れやかな性格の人ではあったが、彼が死ぬ時、王座を継いだ息子のソロモンに、彼に危害を加えた者達を、必ずや処罰するよう命じたのである。この聖なる王は（死に際して、神の前で自分の行為すべてについて申し開きをする準備ができていたが）、復讐が気にかかり、それをやりたがっていたというわけではなく、我々に次のような手本を残したかったのである。すなわちそれは、主君や国家の利害が関係する場合は、復讐の願望は（いかに小さくとも）、決して非難されるべきではなく、むしろ推奨され、称賛するに値する、ということである。というのもそうでなければ、ユダ王国の善王達も他の王達も、もし神ご自身が彼らの心の中にその願望を鼓舞し刻み込んでいなかったならば、彼らの先祖を傷つけた者達を追跡して殺害することはなかったであろう。これについてアテネの法は如実にその証拠を示している。つまりその慣習は、共和国が受けた危害に復讐し、市民の平安と福利を乱した暴君らと、その同罪の者達を、大胆に虐殺し、それを実行した人々を記念して、彼らの肖像を立てることだったのである。

ハムレットはこうして復讐を果すと、あえてすぐには彼の行動を民衆に公表しなかった。逆に彼は、政略的に動くことに決めた。そこでまず民衆に、彼が行ったことと、なぜそうせざるをえなかったか、その理由について、情報を与えることにした。彼はその時起き出してきた父の味方の者達と一緒に、この突然の恐ろしい行動について話を聞くはずの民衆が、どう動くかを見極めるまで、待つことにした。翌朝その近辺に隣接する幾つかの町の人々が、前夜見た火の手がどこから上がったのか知りたくて集まって来始めた。そして国王の宮殿が焼け落ちて灰と化し、多くの死体が（大方焼き尽くされて）廃墟となった館の瓦礫の間に、ごろごろ横たわっているのを見ると、彼らは皆ひどく動揺した。宮殿は基礎部を除いては、跡形もなくなっている。しかし彼らは国王の死体が血まみれになって、首を刎ねられているのを見ると、いっそう仰天した。その首は、胴体のすぐそばに転がっているではないか。これを見て、中には復讐を口にし始める者もいた。しかし一体誰を相手にしたらよいのか、誰にも分からなかった。この嘆かわしい光景を眺めて、武器を手に身を守ろうとする者達もあった。残りの者達は心の中で歓喜していた。だがそれを表情に出す者は一人もいなかった。残虐を嫌悪する者、君主の死を嘆く者もいたが、実は大多数を占めたのは、天が正しい裁きを下し、暴君の驕慢を打ち倒した、と認める人々だった。彼らはホーヴェンディル前王の殺害を思い出していたのである。このように大群衆の意見は、多様でまちまちだった。だが誰にもこの出来事の結果、これからどうなっていくのか、皆目見当がつかなかった。そして誰一人その場を離れようとはしなかった。またこの機に乗じて、何か騒乱を起こそうと試みる者もいなかったし、誰もが自分の身を心配していた。そして互いに隣の者は、この殺戮に賛同しているのではないか、と不信感をつのらせた。

第　六　章

ハムレットが叔父を殺害し、彼の宮殿を焼き尽くすと、いかにデンマークの国民に演説し、自分が行ったことを説明したか。そして彼らがどのように彼をデンマーク王に選んだか。そしてその後の出来事。

それからハムレットは国民がとても静かにしていて、大多数の者は何も語らずに、誰もがただ単にこの廃墟と破壊のわけを知りたがっているのだと見て取ると、いつどうなるかも構わず、これは好都合とばかり、大群衆の中に分け入って、その真ん中に立つと、彼らに次のように話しかけた。

デンマークの国民の皆さん、もしあなた方の中に、かの勇猛なホーヴェンディル王に加えられた生々しい数々の悪事の記憶を、今でも持ち続けている方がおられたら、どうか動揺しないでください。そしてこの今の惨事の混乱した、忌まわしい、恐るべき光景をみても、不思議には思わないでいただきたいのです。もし皆さんの中に、忠誠を愛し、人には親に示すべき愛情と義務というものがあることを認めて、我々の父祖に加えられた危害と悪事を記憶に呼び起こすことが復讐の正当な根拠となる、と考える方がいたら、この殺戮を見て恥ずかしいと思ったり、ましてや、男達の沢山の死体と、廃墟となったこの国最高の館のいずれを見ても、腹立たしいと感じたりはしないでいただきたいのであります。何故ならこの正義の裁きを下した私の手は、ほかのどんな手段でも、これを実現させることは出来なかったからです。また私のこの復讐は、感覚を持つ人間と、持たない建物両方を、破壊し滅ぼしつくすことで、初めて正しく法にかなったのであります。こうしてこの正当な復讐は、永く記憶されることとなりました。よく分かります、友人の皆さん。

私はあなた方がとても献身的に、しっかり傾聴されているのを知って、大変嬉しいのです。また目の前にフェンゴンがこのように殺害され、首を刎ねられているのを見ると、残念にも思われるかもしれない。皆さんはこの男をこれまで司令官として認めていたのですから。しかしお願いだが、ぜひ思い出していただきたい。この死体は国王の体ではなく、忌わしい暴君であり、主君を弑逆したまことに憎むべき男のものなのです。デンマークの皆さん！　本当の国王、ホーヴェンディル陛下が、弟によって殺害された時の光景は、もっとはるかに恐ろしいものだった。いや、この男を弟と呼ぶべきか？　違う、あの光景を観じた最も嫌悪すべき殺人鬼によって、殺害されたのだ。まさにあなた方が御覧になった通り、ホーヴェンディル王の手足は破壊し尽くされていた。皆さんは涙を流し、嘆きながら墓場まで付き添って行かれました。王の体は見苦しく毀損され、全身傷だらけで、そのまた一〇倍もいろいろ破壊されていた。そして皆さんは経験によって学ばれたのだが、この暴君は、由緒正しい国王を虐殺したあげく、やったことはといえば、ただ単に一般民衆が古くから享受してきた様々な自由を侵害しただけでした。誰がこれを疑うことができましょう？　つまりこの男は自らの手だけで、ホーヴェンディル王を殺害し、その命を強奪して、その同じ手口で不当にも皆さんから、古くからの自由と特典を奪ってしまった。この男は、繁栄する自由の楽しい様子をみて、これを危険にさらさず、温かく受け入れるのではなく、弾圧することの方を喜んだ。気がふれでもしていない限り、いったい誰がフェンゴンの暴虐を喜ぶでしょうか？　ホーヴェンディル王はいつも慈悲深く、日々新たに立派に振舞っておられたではありませんか。もし情け深い慈悲と優しさで接すれば、頑迷な偏屈者も、心を和らげて素直になり、逆に悪意をもってひどい扱いをすれば、国民は怒り狂い、手に負えなくなります。だとすれば、フェンゴンの残忍さ、傲慢さと比べると、ホーヴェンディル王のまことに優雅な立ち居振舞いが、はっきりと見えてきます。弟はどの点からみても残忍で野蛮なのに対し、兄の王は優しく、穏やかで、思いやり深い方でありました。思い出していただきたい、デンマークの皆さん。ホーヴェンディル王がどれほど愛と親しみを皆さんに示し、どれほど公平と正義をもって王国の重大問題をつかさどり、またどれほど慈愛と立派な振舞いで、皆さんを守り大事にしたか。私は確信していますが、皆さんの中で最も単純な人でも覚えていて、認めていると思うが、ホーヴェンディル王はまことに穏やかで、公正で、また廉直な国王でした。しかし自分の弟に殺害され、王座を奪われた。王にとって代わったこの殺人鬼の暴君は、権利をすべて歪曲し、古くからの父祖の法律を廃棄して祖先の記憶を汚し、その邪悪な行動によって、この王国本来の姿を冒瀆し、その首に重く煩わしい隷属の軛をはめてしまった。そしてホーヴェンディル王が皆さんを守り、皆さんが安心して暮らせるようにしていた大切な自由を、破棄したのです。皆さんは受けてきた被害が今終わったのを見て、悲しむのでしょうか？　この浅ましい男は、自分の犯した罪の重荷に押しつぶされて、今ここで兄の体に加えた主君弑逆の利息を払ったのです。実は彼自身が私に非道な行いをしたことに対し、自分自身に復讐したのではないでしょうか。この男は私から相続遺産を奪うため、デンマークから正当な後継者である私を排除し、資格のない悪賢い自分にすげ替えた。私の父が悲惨な奴隷の境遇から救い出し解放した人々を、また囚われた身に引き戻そうと企んだのです。ごくわずかでも賢明な判断が働いたら、一体誰が、立派な行為を被害とみなして、大きな喜びを不当な仕打ちや明白な暴行と同じ、と考えるだろうか？　だから君主や勇猛な指揮官達が庶民の幸福のために、戦争で自分達の命を危険にさらしても、もしその報酬が大勢の群衆の憎しみと怒りを買うだけだとすれば、それは大きな愚行、向こう見ずな行為になってしまいかねません。名君ホザー王[22]は、国王弑逆を企てたボルダーを罰しましたが、仮にデンマークとスイスの人々が、ホザー王の功績に恩返しするかわりに、彼を追放してしまい、他の後継者を受け入れたとしたら、彼は逆徒を打ち倒し破滅させることしか望んでいなかったのに、一体何の目的で、よこしまなボルダーを倒したことになったでしょうか？　反逆罪がそれにふさわしい報いを受けるのを見て、誰が悲しむだろうか？　罪のもとがまさしくその人物にこそある時、悪行が罰せられるのを見て、誰が悲しむでしょうか？　それほど道理と公正の感覚の弱い者が、一体いるだろうか？　無実の人々を殺した者が処刑されたのを見て、悲しんだ人がこれまでにいたでしょうか？　また、暴君、王位簒奪者、悪党、血生臭い殺人者に加えられた正義の鉄槌を見て、一体誰が涙を流すでしょうか？

皆さんは注意深くなっていて、あなた方を解放したのが一体誰なのか分からず、ひどく動揺しておられるようです。この大きな恩恵に対し、誰に感謝したらよいのか、皆さんはいまだお分かりになっていません。まことに申し訳ありません。誰がこの暴君を打ち倒し、わが王国内で、数々の悪行の温床となり、盗人らと裏切り者達の巣窟になっていたこの場所を、破壊しさったのでしょうか。だがごらんなさい。皆さんの目の前にいるこの私こそが、この偉業を成し遂げたのであります。親愛なる皆さん、実は私は、わが君主である父上に加えられた暴虐に対して、そしてまたこの国の民が強いられてきた服従と隷属に対して、復讐を果したのです。この私こそが、この国の正当で合法的な後継者だからであります。私だけが一人でこの仕事をなし終えたのです。皆さんはこの仕事で私を手伝い、援助し、力を貸して下さってもよかったはずです。私はただ一人で、皆さん全てが正当に実行なさっていたはずのことを、成し遂げました。立派な理由があったので、いかなる反逆罪や凶悪犯罪とも無縁だった。逝去したわが父ホーヴェンディル王に対して、皆さんからの沢山のご厚意を期待しているのは事実であります。また父の美徳の思い出は、皆さんの記憶の中では、今もとても新鮮です。だからもし私がこの事業で支援をお願いしていたならば、皆さんはきっと拒まれることはなかったでしょう。とりわけ私は正当な王子なのです。しかし私には、自分一人で決行するのが最善である、と思われた。この悪人を罰するのに、友人達や忠実な国民の生命を危険にさらすわけにはいかなかったからだ。この重荷を他の人々の肩に背負わせようとは思わなかったのです。というのは、私は誰も危険にさらさずに、これを立派に成し遂げることを重視したからです。そしてもしこれを秘密裏に進めていなかったら、工夫した企てもきれいさっぱり壊れてしまっていたことでしょう。しかしこの事業を私は今まさにここで、まことにうまく成しとげた。私は家来達の死体を焼き尽くして灰にした。彼らは悪事と大逆罪で、暴君の一味だったからです。しかしフェンゴンの死体は、焼かずにそのまま、まるごと残しました。皆さんはこの男の死骸を罰することで、彼に似合った懲罰と復讐を完成して下さい。また皆さんの怒りを彼の遺骨の上にぶつけてください。この男は皆さんの財産を自分の貪欲な手で自分の金櫃に納め、皆さんの兄弟や友人達の血を流したのだ。だから皆さん、喜んでください。この王位簒奪者のために、薪の山を積み上げてください。この忌まわしい死体を焼き、その淫乱な部分はゆであげて、世の中に害毒をまき散らしていたこの男の灰は、大気中に投げ捨ててください。僅かばかりの憐憫の情は追い払い、銀や水晶のカップも神聖な墓も、これほどおぞましい男の遺骸、遺骨の安住の場所にしてはならない。主君弑逆者の痕跡が一つも残ってはならない。皆さんの国が、この暴君のわずかに残った痕跡で汚されてはならないのである。情けは無用だ。皆さんの隣人達がこの伝染病の臭いを嗅いではならないし、彼の悪行のせいで、その死体からの感染病で、我々の国土が汚染されていると非難されてはならない。私はこうやって皆さんにこの男を差し出すことで、役目を終えました。さあ今度は皆さんの番です。最後の仕上げをしてください。皆さんそれぞれが、ご自身の手で最後の必要な役目を果たしてください。唾棄すべき君主達の名誉を称えるには、こうしてやるのが一番だ。暴君で主君弑逆者、それに王位と王のベッドと家督の簒奪者は、こうして葬ってやるのです。彼の物など、もともと何一つなかったのだ。この男はこの国から自由を剝奪した。だからこの国は、こいつの遺骨に永久の安らぎの場所を与えてはなりません。

善良なる皆さん、あなた方は私が受けてきた悪事をご存じですし、父であった王が亡くなってからというもの、私がどれほど悲しみ、どれほどみじめに過ごしてきたか、当初から知っておられ、理解しておいでてでした。一方私はどれほど激しい憤りを覚えたかを、言葉で言い表すことは出来ません。だがどうしてこれをこと細かにお話しする必要がありましょう？　これを皆さんの前でお話ししたところで、どんな利益があるでしょう？　皆さんは私の過酷な巡りあわせをお聞きになったら、感情がほとばしり出て（いわば憎しみをこめて）、正当な王子の私をここまで卑しめたうえ、私から威厳を奪った運命の女神を、激しく呪うことでしょう。もっとも皆さんの中のどなたも、深い悲しみを表には少しもお見せにはなりませんが。ご存じのように、義父は私を殺そうと陰謀を企て、様々な手段で私の命を奪おうとしました。私は母の王妃に見捨てられ、友人達に馬鹿にされ、臣下達に軽蔑された。これまで私は悲しみを背負い、すっかり困惑し、涙して生きてきた。私の人生にはいつも恐怖と疑念が付き纏って、鋭利な剣に突き刺されて、苦悶の中で命を落としはしないか、と怯えてきました。狂人を装っていると、皆さんが私の苦痛に同情して下さり、相続権を奪われると、こっそり嘆いて下さるのを、私は何度聞いたことでしょう？　それなのに、誰一人、殺された父の復讐をしようとはしなかったし、殺人、虐殺にまみれ、近親相姦を犯した叔父の大逆罪を罰しようともされなかった。ですが皆さんの思いやりは私に慰めを与えてくれ、皆さんの愛情のこもった苦情に、私ははっきりと皆さんの善意の証拠を見たのです。皆さんは父の災難をよく記憶されていて、永く生きるに値した父が殺害されたことに対し、皆さんの心の中には復讐したいという願望が深く刻みこまれていました。私の窮地を思い起こしても少しも気持ちが和らがないほど頑なで、素直さの欠けた人がいるでしょうか。世間に見捨てられた孤児を見ても、少しも可哀そうには思わない、それほど厳しく、残忍で、血も涙もない人がいるでしょうか？　あわれな王子が、自分の家来に攻撃され、母に裏切られ、叔父に追われて、すっかり落ち込んでしまい、友人達も、思いやりも友愛も示そうとしないのを見たら、よほど乾いた眼にも、はらはらと涙がこぼれ出てくるのではないでしょうか？　さあ、皆さん、あなた方がはぐくんだ王子です。どうかこの私に、哀れみの気持ちを見せてください。そして私の不運に思いを馳せて、幾らかでも憐憫の情を感じてください！　私はいかなる大逆罪とも無縁な皆さんに、そしてその手も心も望みも、偉大な徳高いホーヴェンディル王の血で汚したことが全くない皆さんに、お話ししています。どうか前の君主の妃であった王妃、私の尊い母上にも同情してください。母は暴虐な男に強制されたのだ。母の不名誉の的だった男が最期を遂げ消え去ったのを、喜んでください。もっともこの男に強要されたとはいえ、母にはその血統からすると、気の毒とばかりは言えないところがあるのは事実だ。というのも母は、自分の大切な夫を殺した男を抱擁してしまったからです。こうして自ら汚名と近親相姦という二重の重荷を背負ってしまった。その行為は母の家系を傷つけ無効にして、一族の崩壊を招いたのです。これを契機に私は愚人を装い、自分の本心をすっかり狂気のベールで覆い隠した。それはこの復讐の果実をしっかり確保する賢明な方策となり、これがその効き目を最高に発揮して、目的を完全に遂行し達成できた。結果のほどは皆さんご自身で、判断していただきましょう。この件と、私の利得並びに国の大事業の運営に関わるその他様々なことについては、皆さんにご助言をお願いするつもりです。ご助言には全面的に従おうと心に決めています。皆さんは父の殺人者どもを足で踏みつけてください。また、自分の兄を虐殺してその妻を凌辱し蹂躙した暴虐な男も、その灰を蔑んでいただきます。この男は主君に対し、凶悪な重罪を犯し、国王を裏切って、その威厳に攻撃をしかけた。この国を卑劣にも苦役と束縛の国にしてしまい、隷属化した。忠節な国民の皆さん、この男はあなた方から自由を剝奪すると、恥知らずにも、主君弑逆の上に近親相姦を重ねたのです。世にもおぞましいことでした。そこで皆さんにはまた、皆さんの代理として正当な復讐を成し遂げたこのハムレットを、どうか義務と道理として、全員一致で弁護し、守っていただきたい。実は私は皆さんのデンマーク国民という名誉と名声が嫉《ねた》ましくて、大きな身の危険をおかしました。そこで皆さんにはぜひ、私の父祖、弁護人、そして指導して下さる先生となり、私に役立っていただきたい。どうか今の私を哀れと思い、私に元の財産と世襲遺産を回復してください。私こそが我が国の汚名をそそぎ、皆さんの財産を火の海にしていた炎を消したのです。私は王妃の評判を穢していた汚点を拭い去り、暴君と暴政をともに打倒した。世にまたとない狡猾な詐欺師の巧妙な手口を欺き、こうした方法で、この男の悪事とペテンを終焉させた。私は自分の父親と母国が受けた被害を深く悲しみました。そこで私は彼を殺害したわけです。彼は皆さんに対し、苛酷すぎる命令をよく出していた。それはこの世で最も勇敢な国々を指揮している人々に出すには、正しくもなければ、適切でもない、あまりにひどい命令でした。この男は皆さんにとってこんな人物だった。だからこの私が皆さんにもたらした恩恵を承認し、皆さんの子孫のために成し遂げた善行を高く評価して、私の気概と賢さを称賛して下さい。これは理にかなっています。そしてもし私がふさわしければ、ぜひ私を国王に選出して頂きたい。私には皆さんを守りぬく責任がある。私は父の王国の後継者です。徳高い父が示した行動規範から一歩も外れてはいない。私は殺人者でも主君弑逆者でもない。悪人を別にして、皆さんの誰かを傷つけたこともありません。私はこの王国の合法的な継承者です。とりわけ嘆かわしい厳罰に処すべき犯罪について、私は正当な復讐を果した。皆さんが自由の恩恵を享受できるのは、私のおかげです。私は皆さんをあれほどひどく苦しめた暴政を打倒した。この点でも皆さんは私から恩恵を受けました。そして皆さんは、暴君が掛けた軛《おうしゃく》を、足で踏みつけてしまうことができた。暴君の王政を転覆させて、聖なる正しい権威を悪用した男の手から王笏を取り上げたのである。しかし十分にふさわしい功績を残している人に恩返しをするのは、皆さんです。何がかくも大きな功績の褒美かは、皆さんはご存じです。そしてこの配分の方法はあなた方の手中にあるので、私の美徳の代金と、私が勝利に導いたことへの報酬を、私が誰に要求するかと言えば、それはあなた方なのです」。

若い王子のこの演説に、デンマークの国民は深く心を動かされた。王子は貴族達の好意を勝ち得たのである。

ハムレットの英知と勇ましい気概を見て、ある者は同情して、またある者は喜びのあまり、涙を流した。悲しみが去ると、彼らはみな一致して、ハムレットがジュート族とユトランド半島の王であると宣言した。これは今日のデンマーク国そのものである。それから戴冠式を終えて、国民から忠順の礼と忠誠の誓いを受けると、彼は妻を連れ帰るためにイングランドに行き、彼の幸運について義父とともに喜び合った。だが、フェンゴンがあまたの狡猾な策略でもなしえなかったハムレット殺害を、イングランド王もまだなし終えていなかった点では、何も事情は変わってはいなかったのである。

第七章

いかにしてハムレットは、戴冠式のあとイングランドへ戻ったか。またイングランド王はいかにしてひそかに彼の命を奪おうとしたか。そして彼はいかにしてイングランド王を殺し、二人の妻を連れてデンマークに帰還したか。及びその後の出来事。

イングランドに戻ったハムレットは、国王にデンマーク王国を回復するのに彼がどんな方法を駆使したか、語って聞かせた。しかし王はフェンゴンが殺されたと知るや、内心ギョッとして、狼狽してしまった。その瞬間彼はまるで二つの激情で攻撃されたかのように感じたのである。というのも彼は以前フェンゴンとともに武器をとって戦った仲であった。そしてもしも二人のいずれかが、誰かによって殺害されたならば、それが誰であろうと、生き残った方は、その争いをわがものとして受け止めて、執念を持って必ずや復讐を果たすか、少なくともその努力を続ける、と互いに誓いを立てて、信義と約束をかわしていたからである。こうした約束があったため、野蛮なこの王はハムレットを虐殺したいという欲望に駆られたのだが、しかしこの盟約が眼の前に出てきて、一人が殺されたのを見ても、盟友とはいえ、生きているもう一人は娘の夫なので、復讐したい願望も消え失せそうになった。しかし最後には、誓いと約束を守りたい欲望の方が勝ってしまい、彼はひそかに娘婿を殺そう、と決めてしまった。この企てはその後、王の心中の残忍さと侮蔑によって、彼自身を死にいたらしめ、イングランド全土の荒廃を招く原因となった。だが私はこの戦闘について詳述するのは、控えることにした。このことは当面の我々の問題にはあまり関係しないし、くどくど話しても、読者にはただ煩わしいだけだからである。そこで私は、この賢く勇猛で、多くの敵に復讐を果した王者ハムレットの最期を見届けるだけで、満足することとしたい。彼は自分の命を狙って仕掛けられた数々の裏切りをすべて暴き出したが、結局最後には、運命に翻弄されてしまい、世の偉大な人々に、さして大きくもなく、まして長続きするわけでもない世間の幸せに、過度に信頼をおくことがいかに危ういか、ということの、一つの見本を示すことになったのである。

イングランド王は娘婿の王者ハムレットに、自分の願望を実行に移すのは容易ではないと感じていた。またもてなす者が守るべき規範と相手の権利を破りたくはなかったので、第三者の他人を復讐の実行者に仕立てあげて、フェンゴンへの誓いを果そうと決心した。自分の手を娘の夫の血で汚して、自分の身内を裏切って殺害し、家名を汚したくはなかったのである。この史話を読んでいると、私にはハムレットが、もう一人のヘラクレスのように思われてくる。彼はエウリュステウス（ジュピターの妻ジュノーに唆されたのだが）によって、世界中の様々な場所に送り出されて、危険きわまりない数々の冒険を行い、結局倒されて破滅した。またベレロフォンにも似ていて、プロイトスは彼を殺害するために、リュキア王アリオバトゥスに送ったのである。また異教の史書を離れると、もう一人のユリアであるとも言える。ダビデ王は彼を戦闘の最前線に任命配置したが、彼は野蛮人に殺される最初の人物となった。イングランド王は、最近妃を亡くしたので（再婚にこだわっていたわけではなかったが）、娘婿が自分の名代としてスコットランドへ赴くことを、強く望んだのである。そこで王は、「君の卓越した聡明さはまことに他に類をみないので、ぜひともこの大使の任務を引き受けてもらいたい。この世に君ほど巧妙で賢い者は他にいないし、その君がこれを実行せずして、この世で何事かを引き受けることなどありえない、と私は確信している」、と彼をおだてた。

さてスコットランド女王は、いまだ独身の乙女であったが、ひどく傲慢な気性だった。彼女はいかなる男との結婚も忌み嫌っていて、誰も自分の伴侶になる価値はない、とみなしていた。このすこぶる横柄な考えがもとで、彼女への愛を切望してやって来る男どもは、彼女の策略で、一人残らず命を落としてしまったほどである。だがデンマーク人の王者ハムレットは、まことに運がよかった。女王はヘルメトルードという名であったが、ハムレットが彼女に、イングランド王との結婚を申し込むために当地にやって来た、との知らせを受けると、自尊心をすっかり忘れて、自分の苛烈な性格の牙を抜いてしまった。実はその時彼女は、当時最高の君主として名を馳せていたハムレットを、必ずや夫にして、イングランドの妃から彼を奪ってしまおう、と決心していたのである。彼女は、あのイングランドの女はどんな男にも向かない、だが私は違う、と考えていた。このアマゾン族のような女は、愛を持たず、キューピッドを軽蔑していたが、みずから進んで、傲慢な気持ちを自分の情欲に服従させたのである。このデンマーク人が宮廷に到着すると、彼女はイングランド老王の書簡を読んだが、その愚かしい欲情をあざ笑った。すでにそのころ彼の血潮は半ば凍りついていたからである。そして彼女は目を若く心地よい北のアドーニスに投げかけて、こんな獲物が手の中に飛び込んできたのを幸せに思い、これを手に入れ、わが物にするために、この好機をしっかり利用した。結論を言うと、女王はこれまで如何なる君主や公爵の、気品、立派な振舞い、武勇、財宝にも、決して打ち負かされることはなかったのに、この時ばかりはデンマーク王の名状しがたい明察、明敏な頭脳についての、群を抜いた風説にすっかり圧倒されていた。こうして彼女は、ハムレットがすでにイングランド王の王女と結ばれているのを知りながら、彼に次のように語った。私はこれまで神々にも幸運にも、これほど大きな喜びを期待したことは一度もありませんでした。ところがこのたび我が領土内で、北方地で最高の完璧な君主にお目にかかる栄誉に浴しました。あなたは近隣諸国、遠い他国を問わず、世界のすべての国々で、まことに大きな名声を博しておられます。それはひとえにあなたが、美徳、賢さ、幸運によって、御身にお引き受けになった様々な難事業に果敢に挑み、これを成し遂げられたことに対する、深い敬意によるものでしょう。私はイングランド王には大変感謝しております。王の悪意は私の向上にも、あなたのお為にも資するわけがありませんが、私に使者として、かくも素晴らしい、私が結婚を申し込みたい男性の方を送り届けて下さっている。まことに光栄です。イングランド王はご高齢な上、私とわが国の宿敵ですし、私は誰もが見る通りの者ですが、こんな卑しい人と結婚する気は毛頭ありません。この方は奴隷の息子だとあなたは仰いましたわね。私はこれまで、身のほど知らずに私の愛を得ようとやって来た多くの男達を、いつも剣で追い払っていたのです。私が口づけして抱きしめて、王笏と王冠を差し上げたいのは、ただ一人あなただけですわ。このほんとに貴重な宝物、ヘルメトルードを、スコットランド王国と一緒に差し出すというのに、拒む男がどこにおりましょう、もし石でできているのでなかったら？　受け取りなさいな、いとしい王様、この王妃をぜひ受け取ってくださいな、私の深い愛と熱い思いと一緒に。あなたには大変な利得になりますわ。私がたった一日であなたに差し上げる満足感と喜びは、あのイングランドの王女には一生かかっても無理ですよ。あの人は美貌で私にまさっていても、血筋が卑しいので、あなたのような王様にはヘルメトルードを選ぶ方がふさわしい。美しさでは劣っても、高貴な生まれと名声で、私の方がはるかに勝るのだから。あのイングランドの婦人は、いくら美人といっても、一つも栄誉の肩書を持たず、どこの馬の骨だか身元も知れません。

さて考えて頂きたいが、このデンマーク人は、こうした説得力のある理由を聞いて、しかも彼女の口から、彼が半ば疑っていたことを聞き知って、義父の裏切りに対する激しい怒りに突き動かされなかったであろうか。なにしろ義父は、彼の命を奪うために、意図的に彼をスコットランドに送り出したというのだ。その上彼は、この若く、ほどよく美しい女王に歓迎され、口づけされ、加えて求愛され、遊んでもらった。彼はすぐに心変わりするほど節操がないわけではなかったが、最初の妻の愛情をつい忘れそうにならなかったであろうか。それにスコットランドの国土を手に入れることができるし、大ブリテン全土の王となる道さえ開けてくるのである。こうして結論を言えば、ハムレットはスコットランド女王と結婚してしまった。そしてイングランド王の宮廷に彼女を連れていったのである。この出来事にイングランド王は激怒し、これ以降、以前にもまして、王の気持ちはハムレットの命を奪うための手段探しへと向かっていった。そしてもし王の娘、ハムレットのもう一人の妻が、父の幸せ以上に夫の方を気づかっていなかったら、王は間違いなく彼を殺していたであろう。彼女は夫に拒まれはしたが、父の企てを彼に隠したままにはしておかなかった。彼女は夫に次のように語った。

「よく承知していますわ、私。図々しくって全く恥知らずな女の誘惑と口説きって、貞淑な正妻の慎み深い抱擁よりもずっと淫乱だから、若い男の心と気持ちを一層そそって、うっとりさせるのだわ。でも私としては、この侮辱を黙って見過ごすわけにはまいりません。理由もいわれもなく、一度だって私が先に過ちをおかしたわけでもないのに、あなたの誠実な伴侶をこんな目にあわせるなんて。あんな女とつるんでもっと遊びたいのね。この女はいつかきっとあなたを破滅させますわよ。このたび私が嫉妬するのには、立派な理由があるし、怒るのも筋の通ったわけがあります。私を無視したあなたですけど、私の方こそあなたを無視しても、許されますわ。こんなに馬鹿にされ、拒絶されるいわれなんかありません。とはいっても、心の中では、私はあなたを軽蔑するよりか、夫婦として思いやる気持ちのほうが、ずっと強いのです。でもほんとに私、妾が私の妻の座を乗っ取って、夫を奪った見知らぬ女が、目の前で私のもののはずの喜びを楽しんでいるのを見て、あなたを軽蔑しましたわ。当然ですわね。この深手の大怪我はずきずき痛みます。これまで沢山の名高い奥方達が、こうして受けた侮辱に復讐しようと、夫の死を謀り、うまく成功してきたわ。でも私は善意の気持ちを抑えることができませんの。そのため、あなたに対してどんな裏切りが進められているか、お知らせしないわけにはいかないのです。お願いです、しっかり身辺の警備を固めて下さいな。というのも父の企てはただ一つ、あなたの命を奪うことなのです。もしそれが起こってあなたが亡くなってしまったら、私も長くは生きられないことでしょう。沢山のわけがあって、私はあなたを愛し、また身分の高い人達を大事にしているけれど、とりわけ誰よりも、ほかでもないあなたを大切にしなければならないし、本当に気づかっているのです。だってあなたの子供が、私のお腹の中で動いているのですもの。どうかこの子のことをよく考えて、もういい加減に目を醒まして、お妾さんよりか、この私をもっと大事にしてくださいな。そのお妾さんだって私、大事にしてさしあげますわよ。だってあなたが好きだと言うのだもの。あなたの息子がきっとその女を憎む、と自分に言い聞かせています。自分の母親にひどいことをしているのですからね。どんな感情も、心の惑いも、私のこの激しい愛を消すことはできません。その愛こそが私をあなたのものにしたのです。私はあなたが求婚なさった時のご好意を、決して忘れませんわ。あの時あなたはほんとに誠実に、イングランド王の王女に、愛をお求めになったわ。またあなたの心を盗んだ泥棒の力も、私の父の癇癪も、あなたの味方のふりをした敵の残忍さも、あなたを守ろうとする私を妨げることはできませんわ。(以前あなたは狂人を装って、叔父フェンゴンの陰謀と裏切りを防いだけど) 今度はお気を付けなさいまし、あなたとあなたの家来達に、謀略が決定され、実行されようとしていますわ」。この情報がなかったら、デンマーク人ハムレットと、スコットランドから彼と一緒に来た兵士達は、間違いなく殺害されていたことであろう。なぜならイングランド王は、義理の息子を、友がわが身と同じほど好きな友をもてなす最高の礼儀で、(23)晩餐会に招待して、彼と彼の新しい奥方との結婚を祝賀すると称して、彼に二人で踊る哀れなガリアルダ・ダンスをさせて、罠にはめようとしたからである。しかしハムレットは衣服の下に鎧を付けて、家来達にも同じようにさせて宴会場に向かい、こうして彼と家来達はほとんど無傷で逃げのびた。その後前述の戦闘が起こり、そのさなかに、イングランド王は命を失い、この国はデンマーク国とその島々の野蛮人どもによって、三度目の略奪を受けたのである。

第八章

いかにして、ハムレットはデンマークで、叔父ウィグレルス(24)に激しく攻撃され、その後二人目の妻ヘルメトルードに裏切られて殺害されたか。また彼の死後、彼女が彼の敵ウィグレルスと結婚したいきさつ。

ハムレットはイングランド王に勝利をおさめて、彼を殺害すると、沢山の財宝を積みこみ、二人の妻を伴って、デンマークに向かって帆を上げた。しかし航海の途中で、彼の叔父で、ロデリック王の息子であるウィグレルが、彼の姉ゲルースから王家の財宝をまき上げてしまい、また王国も手中に収めてしまったとの情報が入った。ウィグレルが言うには、ホーヴェンディルも、彼の一族も、ただ許可のみでは、王国を手に入れていたわけではなかったのであり、財産は彼ウィグレルに属しているのである。それを誰に任せるかは彼の権限であり、彼こそが自分の好きなように決めることができる、というのである。しかしハムレットは、自分の前任者達がその高い地位をもらい出世させてもらった祖父ロデリック王の子であるウィグレルとは、いかなる争いも起すことは望まなかったので、ウィグレルにイングランドで得た多くの立派な財宝を贈り物として差し出したので、ウィグレルはこれに満足し、姉ゲルースの息子であるハムレットの国土と領地、ユトランドからは撤退した。しかししばらくすると、ウィグレルはこの国全体を支配下におこうという野心を抱くようになり、スコーネとシェラン島(25)を征服したことで傲慢になり、かつハムレットの妻ヘルメトルード（彼は自分の身以上に彼女を愛していた）

が密かに彼に内通して結婚を約束してくれたので、彼女をハムレットの手から奪い取る気になり、彼に戦いをしかけるために使者を送って、公然と開戦を宣告した。ハムレットは善良で賢い君主にふさわしく、とりわけ国民の幸福を願っていたので、何としてもこの戦争を回避しようとつとめた。しかし彼は、これをまた断ると、大きな汚点となり、名誉に傷がつくと感知し、逆にこれを受けると、それは彼の人生の終焉を意味すると知った。一方で生き延びたいという願望と、他方で彼を駆り立てる名誉との間で彼は苦しんだが、ついには如何なる危険に遭遇しても、これまで一度たりとも自身の美徳と堅固な志をゆるがせにしなかったことを思い起こし、勇敢で高潔な人々に倣い、戦争で得た不滅の名誉を失うよりも、むしろわが身の必滅を選んだのである。実際、名誉の死と、名誉のない生との間には、栄光と名声が、不名誉と悪評よりも優れているのと同じほどの違いがある。

しかしこの徳高い君主を害したのは、妻ヘルメトルードへの、過大な信用と信頼、そして彼女に抱いた熱烈な愛であり、その際彼は、自分が正妻に対して行った悪徳を一度も後悔せず、そのため彼女の言葉を全く思い出さなかったのである（もし思い出していたら、おそらくあの不運は決して起こらなかったし、彼が溺愛した後妻が、これほどあくどく彼を裏切ることもなかっただろう）。この正妻は、彼が後妻から得ている喜びは、いずれ彼の破滅を招くだろう、というのもそれは彼の思慮の最良の部分を奪い、彼が海洋の全ての国々とドイツ全土で称賛された偉大な賢慮を消し去ってしまったからである、と予言していたのである。この王者ハムレット（ヘルメトルードにすっかりのぼせていた）の最大の悲しみは、溺愛するヘルメトルードとの死別であった。そこで彼は身の破滅を確信すると、切に願ったのは、彼女が自分と死を共にしてくれるか、それとも彼の死後、自分と同じほど彼女を愛してくれる夫を探しておいてやるかであった。しかしこの不忠な妃は、すでに自分の再婚について、夫が悩んだり心配したりしないですむように、しっかり手を打っていた。彼女は自分が姿を消すと、彼が悲しがることをよく承知していた。そこで彼が更に判断を誤り、破滅に向かって突き進むよう仕向けるために、あなたがどこに行かれましょうとも、私はご一緒しますし、よい結果が出ようが出まいが、あなたの身に何が降りかかろうと、運命を共に致す覚悟です、と約束したのである。こうして彼女は、彼に対する愛情で、どれほど自分がイングランドの妻にまさっているか、そのわけを示したのである。そして彼女は、死ぬまで夫に同伴するのを恐れるような女は、なんて呪わしいことでしょう、と述べた。だから人々は彼女が話すのを聞くと、彼女はまるでミトリダテスの妻か、パルミアの女王ゼノビアのようだ、と口を揃えて言ったことだろう。彼女は愛と志操堅固について、大芝居を打ってみせたのである。だが結果はその後、この無節操で気まぐれな王妃の約束が如何に空虚であったか、またこのスコットランド女王は結婚前こそ処女だったのに、その人生においては、如何ほど彼女の貞節の強さが比べるものがなかったか、いとも簡単に明らかになったのである。というのはハムレットが戦場に出るやいなや、彼女はウィグレルと会う手段を見つけた。戦いが始まると、惨めなデンマークの君主は殺害されたが、ヘルメトルードはすぐさま死んだ夫の全財宝もろとも、暴君の手に自分の身を明け渡した。彼は願ってもない彼女の変節に、いたく満足し、ホーヴェンディルの息子ハムレットの血と、その妻ヘルメトルードの裏切りで贖《あがな》われたこの結婚を、すぐさま祝賀するよう命令したのである。かくのごとく、女には約束も決意もない。女の運命のごく小さい不便が、これを緩めて改竄してしまう。時間がこれを歪めるわけではない。だから志操堅固な男に付きまとう不運は、女の生まれつき移り気な忠誠心を、揺さぶってひっくり返してしまう。それはすべりやすい足取りに等しい。愛のいかなる忠実な保証も、偽りなき志操堅固も、全くありはしない。なぜなら女はすぐに約束するが、同じほど、その約束を実行に移し実現することには、少しも気が進まない。取りかかるのはにぶい。女の欲望には際限がない。色々とふしだらな喜びに得意になって、あれやこれやと流行《はやり》ごとを追いかけて楽しむが、同じほどすぐに飽きて忘れてしまう。結論を言えば、女は行動すべてでこうであって、向こう見ずで幾らでも欲しがり、どんなにいいことや世話をしてもらっても、感謝することを知らない。だがどうやら私は、随分と横道に逸れてしまい、ここで語るにはふさわしくないことまで、ついペンを滑らせて吐露してしまった。だがヘルメトルードの悪徳が、私に語るつもりのなかったことまで言わせたのである。私がこの史話を採用した著者もまた、半ば以上私がこうした道を辿るよう決めてしまっていた。実は私自身こんな議論を始めると、つい心地よく快活になってしまう。王者ハムレットの哀れで惨めな最期を考えるにつれ、この議論は一層、間違いないと思われてくるのである。

これがホーヴェンディルの息子、ユトランドのプリンス、ハムレットの最期であった。もし彼の運命が、内なる天賦の才能と一致していたならば、古代ギリシャ・ローマの英雄達の中で、一体誰がその美徳と卓越性において、彼と比べることができたであろうか。だが厳しい運命が彼の行動すべてにいつもつきまとった。とはいえ彼は、偉大なプリンスにふさわしく、彼の時代の悪意に堅固な志の力で打ち勝って、高貴な勇気の顕著な例を我々に残した。そして彼は、明るい兆しがまったく見えない中にあっても、決して希望を捨てなかった。その高潔な行動すべてが、彼を永遠に記憶するに値する人物に高めたのである。しかしながら、たった一つの汚点が、彼に対する称賛のかなりの部分に大きな傷をつけ、暗い影を落としたことは、まことに悔やまれるところであった。というのも人が達成できる最大の勝利は、自分自身の情愛を克服し、完全に支配できるようになり、色欲という放逸きわまりない欲望を制御することだからである。もしある人が、少しも王侯らしくなく、勇敢でもなく、賢くもないうえ、肉欲の願望と誘惑に支配され、これに負けてしまうと、彼は自分の信用を著しく落としてしまうし、また不可思議な魅力の美女達を凝視し続けると、頭がおかしくなり、いわば燃え上って、目の前の女達にすっかりのぼせてしまう。この欠点は巨人ヘラクレス、サムソンにも見られたし、地上に生きた最も賢い人でもこの一団に加わり、自分の知恵を台無しにした。当代の最も高貴で、賢く、勇敢で、分別のある人士達も同じ道を辿り、我々に彼らの価値ある顕著な美徳がどうなったか、多くの顕著な例を残している。

だがこの史話の読者達にぜひお願いするが、庭で見つける腐った花や果物を餌にする蜘蛛のようにはならないでいただきたい。蜜蜂は見つけることができる最高の、最も美しい花から蜜を集める。育ちのよい人は、売春婦と遊ぶ猟色家、大酒飲み、近親相姦者、暴力的で残忍な男らの人生を扱った書を読み、彼らの轍を踏まず、そうした不浄で身を汚すことのないようにして、邪淫を避け、宴会でも暴飲飽食は控えて、慎み深さ、立派な振舞い、節制に努めて頂きたい。本論ではハムレットを推奨したが、彼は他の者達が陽気に飲み騒ぐ中、じっと酒を飲むのを控え続けたのである。そして誰もが可能な限り富と財宝を集めようと腐心していたのに、彼はそうしたものは名誉とは到底比べものにならない、ときっぱりみなして、自分は多数の美徳を積み重ねて、同様な善行で神々の如く尊敬された人々と同等になろうと努めた。人々は、その当時のことなので、福音書の光にはまだ浴してはいなかった。しかし野蛮ではあったとしても、また唯一無二の創造主についての知識からは程遠かったとしても、中には本性が善なるものを追い求めるよう駆り立てられて、その光を見た人々、美徳を進んで愛した人々がいたのである。なぜなら、如何に粗野で野蛮であろうとも、善と思われることを行い、それによって賞賛と称揚をかち得ることに、いささかも喜びを感じないような国民は、過去決してなかったからである。我々はそうした称賛を得ることを、美徳と正しい人生の褒美と呼んできている。私はこうした異国の史話と、洗礼を受けていない人々について語ることに、喜びを覚えている。粗野な人々の美徳は、わが国民にいっそう輝きを与えてくれるかもしれない。我々は、彼らがその行動において、まことに完全で、賢く、慎重で、かつ熟慮するのを見て、彼らに倣おうとするばかりでなく、（模倣は小さな問題であるし）彼らを乗り越えようと努めることだろう。何故なら我々の宗教は遥かに彼らの邪教に優っているし、我々の時代は、彼らが生きて、彼らの美徳を知らしめた頃よりも、浄化され緻密になり素晴らしくなっているからである。

3　「エフタの娘、その死の唄」（一五六七年頃）

一

どこで読んだかそのむかし、
　イスラエルの士師エフタには、
かわいい娘が一人いた、
　こよなくその娘《こ》を愛でていた。
神のみぞしる、その定め、
よくあることだがこうなった(1)、
大きないくさがはじまって、
隊長殿に選ばれた、選ばれた。

二

さてもエフタが命ぜられ、
　師団の頭になったとき、
誓いを立てた、主の霊に、
　もしも勝利をおさめたら、

再び生きて帰れたら、
最初に戸口に現われて、
私が出会った生き物を、
焼き尽くして献げます、献げます。

三

戦いすんで勝ちいくさ、
　いさんで故郷に帰ったら、
娘がドアから走り出て、
　急いで父に会いにきた、
　鼓を鳴らし、笛を吹き、
　高い音色に縞模様、
　一緒になれた嬉しさに、
踊りおどって喜んだ、喜んだ。

四

エフタは気付いた真っ先に、
　最初に見たのはわが娘、
髪かきむしり衣さき、

悲鳴をあげた、痛ましく
　涙にくれて父は言う、
お前がわしを打ちのめす！
お前にゃ胸がはり裂ける、
どうしてよいか分からない、分からない。

五

娘よわしは取り決めた、
　高きにいます神様と、
犠牲を捧げる約束を、
　破約はならぬ、背かれぬ
　仰せの通り、なさいませ、
悩みなさるなご準備を、
むごき誓いを果たすべく、
神のご意志は逆らえぬ、逆らえぬ。

六

父さま敵に勝てたのは、
　高きにいます主のおかげ、

どうぞ私を生贄に、
　約束正しく守るため、
　　娘は言った、このように、
　そうなさいませ、恐れずに、
たとえ私であろうとも、
神との約束果されよ、果されよ。

七

ただお願いがございます、
　荒れ野に私は出かけたい、
三月の間さまよって、
　わたしと同じ娘らと、
処女《おとめ》であるのを悲しみに。
行くがよい、とエフタは言う、
そして娘は出ていった、
最後の日まで嘆くため、嘆くため。

八

やがて最期の時が来た、

娘が犠牲になるその日、
かくて処女は殺された、
約束すべてを守るため。
　年に三たびは処女らは、
かの地で娘の死を悼む、
永遠に、とも人は言う、
その子のために、いつまでも、いつまでも。

三　オセロー

1 ジラルディ・チンティオ『百物語』(一五六五年)

かつてヴェニスにとても勇敢で顔立ちのよいムーア人[1]が住んでいた。彼は戦争でまことに巧みな戦術の才と思慮深さを示したため、勇敢な行為に報いて国家の利益をはかっていた共和国議会は、彼を高く評価した。

ある時ディズデモーナという身分の高い、素晴らしく美しく、また徳の高い貴婦人が、このムーア人と恋に落ちた。彼の勇敢さに魅せられたのである。彼の方もまたディズデモーナの美しさと気品あふれる性質に心を奪われたので、彼女の愛に応えた。彼女の両親は、娘が他の夫を選ぶように懸命に努めたが、二人は相思相愛の仲だったので、彼女はムーアと結婚することに同意した。こうして二人はヴェニスでまことに仲睦まじく平穏に暮したので、彼らの交わす言葉にはいつも愛情と親切な気持ちがこもっていた。

さてちょうどそのころヴェニスの議会は、キプロス島で維持していた軍隊に変更を加えることを決定した。そして軍の指揮官にこのムーア人を任命し、直ちにその地に派遣することにした。ムーアは彼に与えられたこの名誉を大いに喜んだ。こうした顕職は、高貴な身分で、十分に信頼されていて、かつ軍務で武勲を立てた人物のみに与えられていたからである。しかし彼のこの喜びは、船旅の長さと危険に思いを巡らしてみると、いささか削がれてしまった。ディズデモーナが彼の留守に悲しい思いをするのを恐れたのである。しかしディズデモーナにはムーアを除いてこの世に幸せはなく、また夫がかくも力強く高貴な共和国から武勇の証明を受けたのを目の当たりにして、とても喜んだので、彼が軍団と一緒に船出するのに居ても立ってもいられず、この名誉ある職務につく彼に付き添いたい気持ちでいっぱいだった。そしてムーアがこうも悩むのを見ると、それだけよけいに苛立った。そしてある日、何が理由かわからないまま彼に尋ねた。「どうしたの、ねえあなた、議会の方達からこんなにも名誉ある職を賜ったのに、こうして憂鬱に沈んでいるなんて？」

ムーアはディズデモーナに答えて言った。「わしは名誉を得てとても喜んだが、お前を深く愛しているために、心をかき乱されているんだよ。なぜか分かるだろう、どうしても二つの内のどちらかが起こってしまうのだ。お前を連れていって海で危難に晒すか、それともこの危険を避けるためにお前をここヴェニスに残しておくかだ。最初の方はわしには深刻すぎる。お前が忍ぶひどい苦労と、お前に降りかかるひどい危険とが、全部わしにはとても心配でつらいことだからな。といってお前をあとに残すとなると、我が身が憎くなる。お前と別れるなんて、自分の人生と別れることと同じだからね」。

ディズデモーナはこれを聞いて、「まああなた、なんてご心配をなさっておられたの？　どうしてそんなことでお悩みなのかしら？　あなたがどこに行かれようと、装備のいい安全な船で海を渡るのではなく、火の中をくぐり抜けて行くとしたって、私はあなたにお伴しますわ。もし必要あって辛く危ない目にあうとしても、あなたと一緒ですもの。連れていっていただけず、このヴェニスに残されるなんて、その分私を愛してくださっていないと思いますわ。あなたを待ち受ける危険をともにするより、ここにぬくぬくと居残ったほうがいいと信じるなんて。ですからあなたが就任されるお役目の重みにふさわしく、進んですぐに旅支度をなさってくださいな」、と語った。

ムーアは喜びで心が一杯になって、両腕を妻の首に廻して愛情をこめて優しく口づけすると、「神様、このいとおしい妻がいつまでも私を愛してくれますように！」と叫んだ。それから急いで武具を身に付けてこの遠征の支度をすっかり整えると、妻と全軍団とともにガレー船に乗り込み帆を上げた。そして波穏やかな船旅を終えて、無事キプロス島に到着した。

さてこの兵士達の中に一人の旗持ちがいた。彼は見かけこそ感じがよかったが、実はまたとない性質の悪い男であった。この男はたいそうムーアに気に入られていた。ムーアは彼に邪心があるとはいささかも疑がっていなかった。それというのもこの旗持ちは、心にひそむ悪意にもかかわらず、堂々とした勇ましい弁舌と、なかなか立派なうわべの風貌とで、心に潜むあくどさを巧みに包み隠していたからである。彼はどう見てもギリシャ神話の英雄ヘクターかアキレスであった。この男も同様に妻をキプロスに連れてきていた。彼女は若くきれいで実直な女で、イタリア生まれだったので、ディズデモーナはとても気に入って、二人は日ごと時の大半を一緒に過ごした。

また一行の中には軍団の隊長がいた。ムーアはこの男をとてもよい人物だと考えていた。このためディズデモーナは、夫がどれほど彼を高く評価しているか知っていたので、ひとかたならぬ親切と気遣いのしるしを彼にみせていたが、それはムーアにはとても有難いことであった。さてその邪な旗持ちは、妻に立てていた節操の誓いばかりか、ムーアに対する友情、忠誠、義務も少しも顧みず、ディズデモーナに甚だしい恋心をいだいて、何としても彼女をものにしようと、思いのたけすべてを傾けた。だが彼は激しい情熱を公然と表にしようとはしなかった。もしムーアがこれを察知したら、彼は即座に自分を殺すに違いないと恐れたのである。そのため彼はひそかに悪知恵を働かし、あの手この手で何とか自分の裏切りの情熱を彼女に伝えようとした。しかし彼女の願いはすべてムーアが中心になっていたので、他の男以上にこの旗持ちのことを思うことなどありえなかった。彼が彼女の愛を得ようと試みた手段は、何もしなかったのと同じで、どれも徒労に終わったのである。しかし旗持ちはうまく行かないのは、ディズデモーナが隊長に恋しているからだと邪推した。そして彼が夫人に抱いていた恋心は、今や苦々しさこの上ない憎悪に変った。そして目的の達成に失敗すると、彼は思いのすべてを、どのような陰謀で軍団の隊長を殺し、ディズデモーナに対するムーアの愛をそぐかに集中した。彼はあれこれ策略を思い巡らせたが、どれも同じようにあくどいものばかりであった。そしてついに不義のかどで彼女を夫に告発し、隊長を彼女の情夫に見せかけようと決心した。だが旗持ちは、ムーアがディズデモーナにいだく並はずれて強い愛と、彼と隊長の親しい間柄をよく心得ていたので、ムーアを狡猾な罠にはめないことには、彼がいずれの告発にも耳を貸すはずがないこともよく承知していた。そのため彼は、この汚い計画に着手するのに都合の好い時と状況が訪れるまで待つことにしようと心に決めた。

ほどなくして隊長が、警備中のある兵士に剣を抜いて切りつけるという事件が発生した。ムーアは彼の身分を剝奪した。これを知ってディズデモーナは深く悲しんで、夫と彼が和解するようくりかえし努めた。このことをムーアは邪悪な旗持ちに話した。ムーアは妻が隊長のことでしきりにせがんでくるので、最後には復職を受け入れるのもやむをえなくなりはしまいかと恐れていた。ここぞとばかり旗持ちは行動を起こすことにし、謀略の罠の仕掛けに取りかかった。「おそらく」と彼は言った。「ディズデモーナ様があの男に親切げにするのには立派なわけがあるんでしょう」。

「で、どういうわけだ?」とムーアは訊いた。

「いえ、ご夫婦の間に立ち入るつもりはございませんのでね」、と旗持ちは応えた。「でもご自身の目でしかとお確かめになってください」。

ムーアはこの下士官にあれこれ問い尋ねたが無駄だった。彼はそれ以上何も話そうとはしなかったのである。だが彼の言葉はトゲのようにムーアの心に鋭く突き刺さった。彼は他のことは何ひとつ考えることができず、その意味を推しはかり、すっかり塞ぎ込んでしまった。ある日妻が隊長に対する彼の怒りをなだめようとして、「たった一つの小さな過失で、昔のあの人の服務ぶりと親交を忘れておしまいになさらないで下さいな。だって隊長と彼が殴った兵士とは、もう仲直りが済んだのですもの」、と頼んでいた時、ムーアは急に激しく怒りだし、「ディズデモーナ、何か大きなわけでもあるのか？　そこまであいつのことが気になって心配するとは、あいつはお前の兄弟か親戚なのか？」と叫んだ。

ディズデモーナは精一杯優しく謙虚に、「怒らないでくださいな、あなたご自身この隊長はとても大事な友人だと仰っていたので、あなたがこの人を失うのが悲しくてお願いしたくなっただけよ。それにあなたが強い敵意をいだくほど重大な過失があの人にあったわけでもないですし。いえ、あなた方ムーア人ってすぐにかっとなるので、どんな些細なことでもすぐに怒りだして復讐するのだわ」、と答えた。

ムーアはこの言葉を聞くや、いっそう怒りを募らせて、「今に証拠を見せてやる。俺が信じてきたことを馬鹿にするのだな。だが俺が耐えてきた悪事には、必ずや復讐を果たして恨みを晴らすぞ」、と返事した。

ディズデモーナは夫の怒りが自分に向かって燃え上がったのを見ると、いつもの彼とは全く違うのに恐れおののいて、慎ましく、またおずおずと、「私はただ善意だけでこうお話ししたのです。でももうお腹立ちにならないよう、この話は一切口にしないように致しますわ」、と言った。

ムーアは妻が再び隊長のことで熱心に頼み込んできたのを目のあたりにして、旗持ちの言葉の意味を推測し始めた。そして深い憂鬱の中で、この悪人を探しにいき、知っていることを包み隠さず話すよう求めた。すると旗持ちは、この不幸な婦人に深手を負わせようと決心していたので、最初こそムーアに何か不快なことを話すのは少しも気が進まないふりをしていたが、ついに彼の懇請に負けたかのように装って、「こうしてやむなくお話ししなきゃならんのは心苦しくて仕方がありませんや。なにしろどんな悲しみより聞くのがお辛いに違いないんですからね。でもあなたはそうお望みだし、またいつも心にかけて頂いておりますので、どうしても真実をお伝えしなきゃならず、もはやお訊ねにお答えして責務を果たさないわけにはいきません。お聞きくださいまし。奥様は隊長があなたのご不興を買っているのを見ると、心が安まらないんですよ。というのはあの男がお宅に伺いますと、奥様はいつも奴と一緒にいることができるんで嬉しくて仕方がなかったんですよ。あなたの色の黒さに嫌悪感を覚えておられるのでよけいにね」、と述べた。

この言葉は真っすぐ彼の心に届いた。しかし彼はもっと話を聞くために（今や旗持ちの語ったことはすべて真実だと信じ込んでいたので）、険しい眼つきで「なんだと、かくも厚かましく家内を誹謗するとは、貴様のその舌をこの手で引っこ抜いてやりたいところだぞ！」と応じた。

「司令官殿」、と旗持ちは答えた。「私はこの職務を忠実に果たすのに何一つ報酬など期待していませんでした。ただ私の責務とあなたの名誉が心配で、つい用心深くなってここまでお話ししたんです。くり返しますがね、真実はこの口からお聞きになった通りでございますよ。もしディズデモーナ様が、見せかけだけの偽りの愛で、あなたに目隠しして、見えて当然だったものを見えなくしていたからって、それで私が真実を語っていない証しにはなりません。いえ、この隊長は自分で語ってくれましたよ。ほら、いるでしょう、誰かに自慢しなくちゃ幸福感に浸れない奴って。もしあなたに怒られるのが怖くなかったら、私はこれを聞いたとたん、この男相応の報いに、こやつを切り捨てていたはずですよ。でも誰よりもあなたにかかわることをお知らせしたんで、不当な代償を頂いてしまったようだ。静かにしておけばよかった。黙っていたら、ご機嫌を損ねずにすんだのに」。

するとムーアは、憤激と苦痛で熱くなって、「俺のこの眼に貴様が語ったことの明白な証拠を見せろ。さもないと必ずや、舌を持たずに生まれてくれれば良かった、と悔やむことになるぞ」、と言った。

するとこの悪党は、「あいつがよくお宅に伺っていた頃でしたら簡単でしたけどね。でも今じゃ、正しい理由じゃなくて、たわいない口実だけで奴を追放なさったんで、それが間違いないと証明するのは難しいですよ」、と答えた。

「でもね、私は口先だけじゃ信用して頂けないが、目で確かめて頂く望みを捨てちゃいません」。

こうして二人は別れた。哀れなムーアは、まるで逆トゲのついた矢で胸を射抜かれたかのように惨めな思いで帰宅すると、旗持ちが事実を彼に明らかにしてくれる日を待った。それは彼の一生をも悲惨にするはずであった。だが悪意に満ちた旗持ちの方もまた、彼の知るディズデモーナがしっかり守る堅固な貞節に、同じほど困っていた。彼がムーアに語った嘘を彼に信じ込ませる方法を見つけるのは不可能かに思われた。そしてこの問題をあれこれ思い巡らすうちに、この悪人は新たな犯罪に着手しようと決心した。

ディズデモーナは先述の通り、よく旗持ちの妻を訪れては一緒に一日の大半を過ごしていた。さて旗持ちは彼女が一枚のハンカチを持ち歩いていることに気づいていた。それはムーアが彼女に渡したものであることも彼は知っており、ムーア風に優美な刺繡が施されていて、ディズデモーナのみならずムーアにとっても、とても大切なものであった。そこで彼はこのハンカチをひそかに盗み取って、彼女を破滅に追い込む罠を仕掛ける計画を練った。旗持ちには三歳になる幼い娘がいた。ディズデモーナはこの子がとても気に入っていたので、この子をかかえ上げて強く抱きしめた。その瞬間、手先のきわめて器用なこの裏切り者は、彼女の飾り帯からそのハンカチをするりと抜き取ってしまったのである。それは実に巧妙だったので、彼女はまったく気付かなかった。彼は内心大喜びで暇《いとま》を乞うた。ディズデモーナは何が起こったか知らないまま帰宅し、色々と考えごともあったので、ハンカチのことは忘れてしまった。だが数日たって、いくら探しても見つからないので、ムーアがいつものように訊ねてこないといいが、と不安になって、気が動転してしまった。他方腹黒い旗持ちは、いい機会を捉えて隊長のところに行き、悪意にみちたずる賢さでこのハンカチをベッドの枕元に残した。隊長はこのトリックに翌朝まで気づかなかったが、ベッドを出ると、ハンカチがはらりと床に落ちて、それを足で踏みつけてしまった。そしてなぜこれが自分の家にあるのか見当がつかないまま、ディズデモーナのものとすぐに分かったので、これを彼女に返すことに決めた。そしてムーアが家を出ていったのを見計らって、裏の戸口にまわりノックした。それはまるで不幸なディズデモーナの死を企む旗持ちと運命とが共謀したかのようだった。

　まさにその時ムーアが家に戻ってきたのだ。そして裏ドアをノックする音を聞きつけると、窓辺に行き、「誰だ、そこでドアを叩くのは？」と激怒して叫んだ。隊長はムーアの声を聞くと、彼が二階から下りてきて襲って来はしないかと恐れて、一言も答えず一目散に逃げ出した。

　ムーアは階下に降りてドアを開けると、急いで通りに出てあたりを見廻したが無駄であった。それからひどく怒って家に戻ってくると、妻にドアを叩いたのは誰か問いただした。ディズデモーナは正直に「存じませんわ」、と答えた。しかしムーアは「俺には隊長のような気がしたのだが」、と言った。

「いえ、存じません」、とディズデモーナは答えた。「彼だったのか、それとも別の人だったのか」。

　ムーアは激しい怒りをようやく抑えて、旗持ちに相談するまでは何もするまいと考えて、すぐさま彼のところに急いだ。そして起こったことを何もかも彼に話すと、この件について隊長の情報を、できる限りなんでも集めてくれ、と頼んだ。旗持ちはこの事件に内心大喜びで、ムーアに、ご依頼の通りに致します、と約束した。ある日旗持ちは、隊長と話す機会を作ったが、あらかじめムーアはその時二人の会話を見聞きできる場所に隠れていた。旗持ちは隊長にディズデモーナ以外の話題について、何でも話しかけ、その間ずっと声を出して笑い、びっくりしたふりをしたりして、何か驚くべき話を聞いているかのように、頭と手をあちこち動かした。ムーアは隊長が立ち去るのを見届けるとすぐに旗持ちに近づき、あの男は今何の話をしていたのか、と聞いた。すると旗持ちは長い間、どうかご勘弁下さい、と頼んだのち、やっと口を開き、「あの男は包み隠さず話してくれました。奴はあなたが家を出るたびに、奥さんのところに行くのだそうで、最後の折にあのハンカチを貰ったそうです。ほら、あなたが結婚なさった時、差し上げたあれですよ」。

　ムーアは彼に感謝した。いまや彼には、ことは明白になったように思われた。もしディズデモーナがハンカチを持っていないと分かれば、旗持ちの話はすべて本当だったことになる。そこである日、夕食後、彼は色々な話題で妻と話しているうちに、あのハンカチを見せてくれないか、と尋ねた。不幸な婦人はこの事態を大変恐れていたのだが、彼の要求に火のように真赤になった。ムーアはそれをしっかり見てとったが、彼女はその赤い頰を隠すためにタンスに駆け寄って、ハンカチを探すふりをした。そして長いあいだ探し回ったあげく、「どうしたのかしら、見つからないわ。ひょっとしてあなた、お取りにならなかった？」と言った。

「俺が取っていたら、どうしてお前に訊ねるのだ？　だがもう一度、よく探しておくのだな」。

部屋を出るやムーアは、どうしたら妻と隊長を二人とも殺してしまい、しかもその罪が自分にかかってこないようにできるか思いめぐらし始めた。そしてこのことを彼は夜も昼も考えていたので、当然だが妻は彼が以前の彼ではなくなったのを察知した。そして「どうなさったの？　何をそんなに悩んでおいでなの？　誰よりも快活な人でいらしたのに、こんなに憂鬱に沈んでしまわれるなんて？」とくり返し訊ねた。

ムーアは妻の問いに答えて、さも理由が色々あるかのように装ったが、彼女は納得できなかった。そして自分は振舞いや品行で、ムーアをこんなに苦しめる原因は何も作っていないと分かってはいたが、でも彼が自分に飽きてしまったのでは、とも心配した。そこで彼女は旗持ちの妻に話した。「私ムーア様のこと、どう言っていいのか分からないの。以前はいっぱい愛情を注いでくださっていたのに、この数日ですっかり変わってしまわれたの。私って、親の望みに逆らって結婚してはいけないという、若い娘達への警告となり、また性質や生活習慣がひどく違う男と結婚するのもいけないっていう、イタリアの女達への戒めになるのかしら？　でもムーア様はあなたのご主人とお友だちだし、ご自分のことは何でも彼に話しておいでだから、お願い、何か大事なことを聞いたら、どうか力を貸して下さいな」、こう言うと、彼女は激しく泣き崩れた。

旗持ちの妻は、真相を全て知っていたのだが（夫はディズデモーナ殺しの企てに彼女を利用したかったが、そんな計画に彼女は到底賛成できなかった)、夫が怖くて何一つ事情を明かさなかった。彼女はただ、「ご主人に疑われるようなことは一切してはだめですよ。手を尽くして貞節と愛をお見せするのです」、と言うのが精一杯だった。「ええ、そうしているの」、とディズデモーナは答えた。「でもどうしてもだめなの」。

一方ムーアは、そうではないと分かれば嬉しいのだが、何とか事実を確信できないものかとあれこれ方法を探っていた。そして旗持ちに、隊長がハンカチを自分の物にしているのが、見てすぐ分かるように工夫できないか、と頼んだのである。この悪人にとってもこれは難題だったが、それでも彼は、あらゆる手を使って証拠を掴んでみせます、と約束した。さて隊長は、薄い亜麻布にみごとな刺繍を施す女を囲っていた。この女はムーアの妻のハンカチを見て、これを返す前に、そっくりの刺繍を作ってみることにした。彼女がこの仕事をしていた時、旗持ちはこの女が通行人の誰にでも見える窓辺に立っているのに気がついて、ムーアに、ほら、あれをご覧なさい、と指差した。こうしてムーアは妻の有罪をすっかり確信したのである。そこで彼は旗持ちと一緒に、ディズデモーナと隊長の二人を、その罪の当然の報いとなるようなやり方で殺すことにした。そしてムーアは旗持ちに、お前がやつを殺してくれ、と頼み、そうすればこれからいつまでも感謝するぞ、と約束した。しかし旗持ちは当初、隊長は私と同じ位いい腕と度胸をした男ですから、とてもこんな危ない仕事はお引き受けできかねます、と断った。しかしムーアは熱心に頼みこみ、また高額な報酬も支払ったので、とうとう旗持ちはこの仕事の決行を約束した。

覚悟を固めた旗持ちは、ある闇夜に剣を手に出かけていき、娼婦に会いに行く途中の隊長に出会うと、右太ももに一撃を加え、その脚を切り離して彼を倒した。

そこで旗持ちは彼の息の根を止めようとした。だがその時、勇敢な隊長は、流血や殺戮には慣れていたので、剣を抜き払い、深手を負ってはいたものの、防御の姿勢を取って、大声を張り上げて「人殺しだ!」と叫んだ。

その声で旗持ちは人々が駆けつけてくるのを聞きつけ、しかもその中には近くに宿営している兵士達もいたので、捕まるまいと踵を返して逃げ出した。それからまたくるりと向きを変えて、群衆に紛れ込み、さも騒ぎを聞きつけてやってきたかのようなふりをした。そして彼は隊長の脚が切り落されているのを見ると、この男、まだ死んではいないが、結局この一撃できっと命を落とすに違いない、と判断した。そして心の中では大喜びしていたが、まるで隊長が実の兄であるかのように、同情するふりをした。

翌朝このニュースは町中に広がって、ディズデモーナの耳にも届いた。これを聞いて心優しい彼女は、まさか不幸がわが身にも襲いかかるとは夢にも思わず、この災難に深い悲しみを表わした。だがこのことはただムーアの疑惑を裏付けただけであった。彼は旗持ちを探しに行き、彼に「知っているか、俺の妻は隊長の事件にひどく悲しんで気も狂わんばかりだぞ」、と語った。

「他に何か考えられますかい、何しろあいつは奥様の命ですからね」、と旗持ちは答えた。

「ふん、確かに命だな!」とムーアは叫んだ。「その命をあの女の体から引っぱり出してやるぞ。おれを男と呼ぶな、もしあのあばずれをこの世から閉め出せんようだったらな」。

それから二人は哀れなディズデモーナを殺す方法について、毒や短剣など、あれこれ相談したが、どれとも決めかねた。ようやく旗持ちは、「そうだ、いいやり方がある。これだと疑いを掛けようもないし、きっとご満足いただけます。こうですよ。今お住まいのお宅は随分古くて寝室の天井にひびがいっぱい入っています。そこで砂を詰めたストッキングを用意して、これでディズデモーナが死ぬまで殴るんです。こうすれば体に傷跡は残りゃしません。死んだら天井の一部を引き下げて、その垂木《たるき》が頭上に落ちて、それが奥様を殺したように見せかけるんです。これならあなたに疑惑はかかりっこありませんよ。誰が見たってこれは事故だと思いますからね」。この残酷な助言にムーアはいたく喜び、後はこの陰謀を実行に移す頃よい時機を待つだけとなった。ある夜、ムーアは旗持ちをあらかじめ寝室に通じる衣装部屋に隠しておいた。そして彼とディズデモーナが床に就くと、旗持ちは示し合せておいた通り、その衣装部屋の中で物音を立てた。ムーアは妻に、「今何か音がしなかったか？」と尋ねた。

「ええ、聞こえましたわ」、と彼女は答えた。

ムーアは、「起きて見てきてくれ」、と言った。

不幸なディズデモーナがベッドから起き出して衣装部屋に近づいたその瞬間、旗持ちが飛び出した。そして恥知らずにも、砂袋で彼女の背中を無慈悲に殴りつけた。ディズデモーナは床に倒れこむと、ほとんど息ができなかったが、やっとの思いで小さな声をふり絞って、ムーアに助けを求めた。

だがムーアはベッドから飛び起きると、「女にあるまじきこの淫売め、これがお前の嘘の報いだ。好きだと見せかけて、夫の額に角を生やす妻どもへの見せしめだ」、と叫んだ。

哀れな婦人は、この言葉を聞いて、死期が近いと悟って（旗持ちがもう一撃加えていた）、自分の貞潔と真実の証明を天上の神の正義に訴えた。というのは地上の正義は彼女を救ってくれなかったからである。そして彼女がこうして神のご照覧を祈っているさなか、旗持ちが三度目の殴打を加えたので、彼女は息絶えて床に沈んだ。

それから旗持ちとムーアはディズデモーナをベッドに横たえると頭に傷をつけて、あらかじめ決めておいた手筈通り、寝室の天井の一部を引き落とした。そこでムーアは大声で助けを求めて、家が倒れる、と叫び始めた。このわめき声を聞いて、近所の人々が駆けつけてみると、そこにはディズデモーナが天井の垂木の下に死んで横たわっていた。人々はみな、この哀れな婦人の善良な生活を知っていたので、この光景に悲しみで心がいっぱいになった。

翌日ディズデモーナは埋葬された。誰もが一様に悲しみにくれて墓場まで付き添った。しかし万人に正義の裁きを下したもう天上の神は、これほどの悪事を罰せずにおくのはお望みではなかった。ディズデモーナが命よりも愛していたムーアは、ほどなく彼女を失ったことに大きな悲哀を覚えるようになり、正気を失った者のように家の隅々まで彼女を探してうろつくようになった。そして色々と思いを巡らすうちに、人生の喜びがすべてディズデモーナとともに消え去ったのは、実は旗持ちのせいであることに思い到り、この悪人に深い憎悪を抱きはじめ、彼を見るのも耐え難くなった。もしヴェニス議会の侵すべからざる裁きが恐くなかったら、彼は公然とこの男を殺していたであろう。だがそんなことは安全にできるはずもないので、彼はこの男の身分を剝奪し、彼が軍団に残るのを許さなかった。かくして二人の間には想像を超える甚だしい敵意が生じた。

悪人の中の悪人たる旗持ちは、いまや自分の考えを、ただムーアに危害を加えることだけに集中させて、隊長を探し出した。彼はこの時までには傷も癒えており、切り落とされた脚の代わりに義足で歩きまわっていたのだが、旗持ちは隊長に、「その失った脚の復讐をしませんか。今こそその時ですよ。もし一緒にヴェニスに来ていただけましたら、その犯罪者が誰だか教えてあげましょう。ここじゃ色々訳があって申し上げかねますがね。証拠もありますよ」。

軍団隊長は、なぜか分からないまま激しい怒りがまたこみ上げてきて、旗持ちに感謝して、彼と一緒にヴェニスに行った。そこに着くや旗持ちは、彼の脚を切り落としたのはムーアだと告げた。そのわけはディズデモーナの彼に対する振舞いに、ムーアが疑惑を抱いたからである。それが理由で彼は彼女を殺し、その後に天井を落として彼女が死んだとの噂を広めたのである。これを聞くと隊長は、ムーアをヴェニス議会に、彼の脚を切り落としたことと、自身の妻を殺害したこととで告発した。そして彼が述べたことの正しさを証言させるために旗持ちを証人として呼んだ。

旗持ちは、この二つの告発はともに真実であり、ムーアは彼に企てのすべてを漏らした上で、この二つの犯罪を両方ともやらかすよう自分を説得しようと試みたばかりか、のちにムーアが抱いていた嫉妬心から自ら妻を殺し、そのやった方法を彼に語って聞かせた、と証言した。

　ヴェニス議会は、野蛮人が自国の身分の高い婦人に残虐行為を行ったと聞くと、このムーア人をキプロス島で逮捕し、ヴェニスに移送するよう命令した。ヴェニスでは真実を聞き出すために、彼を多くの拷問にかけた。しかしムーアは不屈の豪胆さですべての拷問に耐えぬいて、断固として告発を全て否定したので、彼から自白を一つも引き出すことはできなかった。しかしその確固不動の態度で死刑は免れたものの、彼は数日にわたって刑務所に拘禁された後、永久追放の判決を受け、結局当然の報いとして、ディズデモーナの近親者によって殺害された。

　旗持ちは自国に帰ったが、そこでも相変わらずいつもの悪事を続けていた。そして彼は、友達仲間の一人が、その男の敵である高貴な身分の人物を殺すよう、自分を説得しようとしたとして、その仲間の男を告発した。これでその男は逮捕されて拷問にかけられた。しかし、旗持ちの方もまた同様に、告発の信憑性を彼に証明させるために拷問にかけられてしまった。その拷問は彼の身体を破壊し尽してしまい、そのため彼は牢獄から出されて家に帰された。そこで彼は惨めな最期を遂げた。こうして天にましますディズデモーナの無実に当然の懲罰をくだされたのである。この一連の出来事はすべて、旗持ちの死後、事情の全部を内々知っていた彼の妻が、私がここに記した通りに語ったものである。

2　レオ・アフリカヌス　『アフリカの事情』

「称賛に値するアフリカ人の行動と美徳」（一五五〇年）

（英語版　ジョン・ポリー訳　一六〇〇年）

バーバリや地中海沿岸に住むアラビア人達は、様々な技芸と技術を学ぶことに大いに耽溺している。こうしたことは彼らの法と宗教に関係しているので、なによりも尊重されているのである。その上彼らはこれまで、数学、哲学、占星術の研究にとても熱心に励んできた。しかしこれらの技芸は（先述のように）、一度四〇〇年前に完全に破壊され、彼らの律法の主だった教授達によって除去されてしまった。都市に住む人々は、彼らの宗教に付随するこれらのことを、その深い宗教心によって守っており、また畏敬している。のみならず彼らは自分達が律法を学ぶ博士達や聖職者達を、まるでちょっとした神々であるかのように尊敬している。教会には、彼らはとても熱心に、また頻繁に通っているが、その目的は幾つかの定められた正式な祈禱を復唱することである。そうして祈りをささげるその同じ日に、まことに迷信深く、身体の一部の部位を洗うことは律法に反している、と信じている。全身を洗うのは別の日なのである。この点については、本書第二巻で、ムハンマドとその宗教について言及する際に、（神の助けを借りて）より詳細に論述することにしたい。

さらにバーバリに住む人々は、建築と数学的創案において、きわめて巧緻かつ器用であり、そのことは彼らの巧みな制作物をみると、誰でも容易に推測することができる。彼らはまことに正直な人々であり、欺瞞や狡さとは無縁である。すべての実直と真実を深く愛しているばかりでなく、彼らの生活全般にわたって、このことを実践してもいる。もっとも、この同じ地域について全く異なった意見を記しているラテン作家達がいないわけではない。

さらに彼らはすこぶる強健で勇敢であり、とりわけ山岳地帯に住む人々はそうである。彼らはまた、契約を実に忠実に守っており、約束を破るくらいならむしろ死ぬことも厭わないほどである。世界でも彼らほど嫉妬に陥りやすい国民はまず他に見当たらない。だから彼らにとっては、自分の女性のために恥辱を忍ぶくらいなら、むしろ命を失った方がまだよいほどである。彼らはまた富と名誉を得たい、ときわめて強く望んでいるが、この点では他のどの国民にも勝っている。彼らは交易を行うために全世界を旅している。というのも彼らはエジプト、エチオピア、アラビア、ペルシャ、インド、そしてトルコなどで頻繁に目撃されるからである。そして彼らはどこへ行っても、深い敬意をもって大切にされている。なぜなら彼らの誰もが正確で完璧な技芸だけしか身に付けていないからである。彼らはいつでも、どこでも、すべての礼儀正しさと、慎ましい振舞いを、おおいに尊び、心からこれを喜ぶのである。そして彼らの内の誰かが、人前で卑猥で見苦しい言葉を口にすることを、憎むべきことと見なしている。彼らはいつも、「汝の目上の人に譲るべし」という、ある謹厳な作家の言葉を、心の中で大切にしているのである。もし誰か若者が、父や、叔父や、また誰か他の親族の面前で、恋愛ごとについて何か歌ったり語ったりすると、その者は嘆かわしい懲罰を受けるに値する、とみなされてしまう。どんな若い人、青年であっても、たまたまどこかで恋愛ごとについて語り合っている集団の中に来合わせたなら、彼らの話を聞くか聞かない内に、またどんな方向にその話が向かっているか分かるか分からない内に、直ちにその集団から離れてしまう。これらのことは、バーバリの人々の礼儀、人情、廉直な振舞いと、きわめて深い関係にあって、価値あることである。そこで残りのことについて、話を進めることにしたい。

テントに居住するアラビア人達、すなわち畜牛を育てるアラビア人達は、より自由で丁重な気質を持っている。つまり、彼らはその性質上、他のいかなる種族にも劣らず、敬虔かつ勇敢であり、また忍耐強く、礼儀正しく、人を親切にもてなし、生活においても会話においても、正直なのである。彼らは自分の言葉、約束をまことに誠実に守る。だから前に山岳地帯に住むと述べた人々は、その美徳の点で、おおいに競争心をかき立てられるほどである。しかしながら、この山岳民達は、学識でも、美徳でも、また宗教においても、ヌミディアの人々に遙かに劣ると考えられる。ヌミディア人は、自然哲学については、ほとんど、あるいはまったく知識を持っていないにもかかわらず、そうなのである。ヌミディア人は勇敢で、全ての人間愛を並はずれて愛好しており、また実践してもいる。また、リビアに住むムーア人とアラビア人は、幾分振舞いが丁重で、偽装も駆け引きもしない人々であり、見知らぬ人達に好意的で、実直を愛する。前に我々が、肌色が白いか黄褐色のムーア人と述べた人々は、友情にすこぶる厚い。またその上彼らは他国民を、分け隔てなく好意をもって尊重する。そしてただ一つのこと、すなわち、とても楽しく陽気な暮しを送ることに、もっぱら努力を傾注する。その上彼らの中には、学芸に関する非常に高い学識をもった師匠達が存在していて、そうした人々は自分達の宗教をまことに深く信仰している。アフリカ全土をみても、彼らほど幸せで高潔な生活を送っている人々は他にいない。

ところで前述のアフリカ人達には、どのような悪癖があるであろうか。いかなる民族、国民でも、完璧に美徳だけを賦与されているといった例はなく、それとは反対の欠陥や汚点も持っていた。それゆえここで、アフリカ人達の悪癖は、彼らの美徳と長所に勝っているかどうかを考えてみたい。我々がバーバリの都市の居住者とした人々は、いささか困窮しており、よく物を欲しがり、またとても高慢、驕慢でもあり、そして驚くほど常習的に憤激する。そのため彼らにとっては、どんな侮辱であっても、決して小さくはない。彼らは受けた侮辱を、いわば（諺で言うと）大理石に深く彫り込んでしまう。そしてそれは、どのようにしても、彼らの記憶から消し去ることはできないほどである。彼らはひどく粗野で、よい作法が少しも身に付いていないので、異国人はだれも、彼らと親交を結んだり友情を交わしたりすることはほとんどできない。彼らの機知は単に下品なだけである。また彼らは何でもすぐに真に受けるので、到底ありえないような話を聞いても、たやすく信じ込んでしまう。彼らは自然の哲理に全く無知で、自然の事象万端を途方もなく神聖なことであると想像してしまう。彼らはしっかりした生活の秩序を守らないし、法秩序も守らない。癇癪をおこす胆汁が異常に多すぎて、いつもみだらで、怒った声で話す。昼間に町の通りを歩いていると、必ずと言ってよいほど二人か三人が一緒になって、摑み合いの喧嘩をやっているのを見かける。生まれつき彼らは下劣で、卑しい者達であり、町の長官達は彼らを犬ほどにも思っていない。彼らには、賢い知恵と助言で指図してくれるはずの裁判官も法律家もいない。その上彼らの中には銀行家も両替商もいないので、商品交易は、すべて物々交換で行なわれている。そのために商人は、自分がその場にいないと何一つできない。彼の品物がどこに運ばれるにしても、彼は自分自身でそこに出かけていくことを余儀なくされてしまう。天下にこの民ほど礼儀に熱中している国民は他にはいない。それなのに、思うに彼らの中には、礼儀と人間愛と献身のために、見知らぬ人に喜んで歓待を尽くそうとする者は、一〇〇人に一人もいない。彼らはいつも被った被害はしっかりと心に留めておくが、受けた親切はすぐに忘れてしまう。

彼らの頭は絶え間なく苛立たしさと闘争に取りつかれていて、誰に対しても、めったに、いや絶対に、素直になることができない。そのわけは、彼らはひどく貪欲で、汚い儲けにすっかり夢中になっているので、どんなに礼儀にかなったよき振舞いも、決して達成することができないためであろう。この地域の羊飼い達は、みじめで、骨の折れる、浅ましい、乞食のような生活を送っている。彼らは不作法であり、盗みと詐欺と野卑な作法に生まれ育っているのだという人もいることだろう。若者達は妻を一人うまくものにするまで、誰かまわず娘達を口説いてまわる。実のところ、娘の父親は求婚者をとても好意的に迎え入れてくれる。だから彼らの中の立派な紳士は、まずほとんど自分の配偶者として処女を選ぶことはできないようである。もっともだれか女が結婚するや、たちまち彼女は求婚した者達みんなから見放されてしまう。そうして男達はまた自分好みのほかの新しい情婦を探しまわるのである。彼らの宗教について言えば、彼らの大多数は、イスラム教徒でもユダヤ教徒でも、キリスト教徒でもない。彼らの中の誰にも、ごくわずかな敬虔な信心も見出すことはできないだろう。彼らは全く教会を持たないし、如何なる祈りの言葉も持たず、神を敬う信仰心とはまったく無縁であって、野蛮で獣じみた生活を送っている。もし誰かがたまたま、よりよい気質を持っていたならば、その者は、他の民の生活様式と作法を手本にしなければならない。彼らの中には律法家も教師もいないからである。大方のヌミディア人は自然科学の問題、国内の問題、公共の福利の問題についてまったく無知で、主として反逆、裏切り、殺人、窃盗、強盗に常習的に耽っている。この国の民は奴隷のように卑しいので、未開人の中にあって、どんな雇われ仕事でも、それがこれ以上ないほど卑しく見下げ果てた仕事であったとしても、大喜びで受け入れることだろう。というのも、彼らのある者達は、牛馬の糞を扱う百姓仕事でも引き受けるし、また他の者達は、台所の下働きや馬丁になるし、その他これに類するさまざまな奴隷的職業についているからである。同様にリビアの住民達も、野卑な生活を送っている。彼らはどんな種類の立派な技芸も技術もまったく無視して、彼らの頭をいちずに窃盗と暴力に使っている。これまでのところ彼らは如何なる宗教も、律法も、立派な生活様式も、まったく持ったためしがなく、いつもきわめて悲惨で困窮した生活を送ってきたし、これからもこれはずっと続くであろう。金銭のためとなれば、どれほど忌わしい裏切りや悪行であっても、彼らが絶対にやらないことなど一つとしてない。彼らは毎日を、この上なく下劣な悪習や狩猟、そして戦争に費やしていて、靴を履くことも、衣服を身にまとうこともしない。黒人達も同様に、理性や知恵を使うことはなく、技芸も全く欠いており、獣のような生活を送っている。何しろ彼らときたら、まるで絶え間なく森の中で野獣に囲まれて暮らしてきたかのように振る舞うのである。彼らは大勢の売春婦の群れを内に囲っているので、彼らの暮しぶりは容易に推測できる。ただ多分、主要な町や都市に住んでいる人々の会話は、多少は我慢できる。彼らだけは、幾分かは、礼儀正しく振る舞うことに熱中しているようである。

3 「スティーブン王は立派なお方」
(イアーゴー二幕三場の唄の元唄)

真冬の外は冷たく寒い、(1)
　丘は一面凍てつく霜で、
北風激しく吹きつけて、
　わしらの牛はみな凍え死ぬ。
わが妻ベルは、争いごとを好まない。
　そこで静かに言ってきた、
ねえ起きて、雌牛のクラムボックを救ってよ!
　古いマントを着ていきな。

夫　おいベル、妻よ、どうしてわしをやり込める?
　見ろ、このマントは薄っぺら、
すっかり擦り切れ着古しだ。

コオロギだって転ぶだろう。
貸してもらうの、もういやだ、
一度は新品着てみたい、
明日町に出て買ってくる、
新しいのが着たいのさ。

妻　クラムボックはいい雌牛、
ほらいつも、桶はミルクで一杯さ、
バターとチーズも助かるわ。
他にも色々役に立つ、
あの子がやせたら大変だ。
ねえあんた、あたしの話、よくお聞き、
宮仕えなんてよしとくれ、野良仕事こそ一番さ、
だから古いマントを着ておいき。

夫　あのマント、昔は随分良かったさ。
着心地だって満点さ、
とても高値で買ったのさ、

だけどなあ、四四年も着続けた。
むかしゃみごとな緋色のマント、
いまじゃすっかりボロ布で、
風にも雨にも役立たぬ。
もう新しいのを着たいのさ。

妻　そりゃ確か、四四年も昔のことさ、
あのころあんたと知り合った、
それから二人に子ができた。
九人だったか、一〇人だったか、
二人で立派に育てたさ。
神に誓ってそうなのさ、
だのにどうして分からない？
古いマントを着ていきな！

夫　おいベル、妻よ、どうしてわしをやり込める？
むかしはむかし、今は今、
世の中くまなく探しても、

道化も紳士も区別がつかぬ。
服はだれでも黒か緑か黄か青で、
身分に似合わず立派だよ。
一生に一度だ、一目見に行くつもりだよ、
新しいのを着てみたい。

妻　スティーブン王は立派なお方、
お召しのズボンは一クラウン、(2)
それだって六ペンスも高いとさ。
そこで道化《クラウン》！　と、お呼びになった、仕立屋を。

王は冠《クラウン》かぶっていたが、
低い身分のくせしてなんだ、
おごりが国を駄目にする、
古いマントを着ていきな！

夫　おいベル、妻よ、どうしてわしをやり込める？
むかしはむかし、今は今、

今はすなおに暮そうよ。
　お前は女でわしゃ男、
夫婦喧嘩はみっともない。
　わしが最初に頼みを聞こう、
むかし通りに暮していこう、
　古いマントを着ていこう。

4

「緑のヤナギにみな歌え」
（デズデモーナ四幕三場「ヤナギの唄」の元唄）

若者ひとり楓《かえで》のそばで、ああ哀れ、(1)
　ヤナギよ、ヤナギ、ああヤナギ、
片手は胸に、かしらは膝の上に伏せ、
　ヤナギよ、ヤナギ、ああヤナギ、
溜息ついて、うめいて歌う、
　ああさらば、喜びよ、あの人はもういない。

不実なあの娘《こ》は、心を変えた、
　このわが愛に、憎しみのみを返すとは、
恋人達よ、哀れみたまえ、このわれを！
　女の心は硬き石、わが嘆きにも悔いもせず。

早瀬と流れるこの涙、冷たく流れるこの小川、
　塩のしずくは流れ落ち、顔は一面涙雨、
そばに降り立つ小鳥らは、彼の呻きに声も出ず。
　塩のしずくは流れ落ち、石も心を和らげる。

誰もこの身を責めてはならぬ、娘《むすめ》は愛をあざけった、
あの娘《こ》の不実は生れつき、われは愛して死んでいく。
その美貌に宿すのが、これほど硬き心とは！
深き愛にもかえりみず、かくも冷たく拒むとは！

緑の木陰や宮廷で、うそぶくなかれ、愛すると。
女の愛に信義なし、誓う口から消え失せる。
何になろうか、無駄に嘆いて愚痴っても？
汝の侮辱と軽蔑を、われはひたすら忍ぶのみ。

ああ捨てられた若者よ、みなここに来て座るがよい、
　愛の虚妄を嘆くがよい、わが恋人は、よりひどい。
われは冠《かむ》った、ヤナギの飾り、あの恋人はもう去った。

捨てられた者にこそ、この輪飾りはよく似合う。

恋はなんと罪深い！　深手を負いしわれ哀れ、
　女は誇り、われは耐え、恋の疼きを喜びぬ。
ヤナギよ、ヤナギ、波うつヤナギ、
　風に靡いてヤナギは立ちて、あの娘《こ》の不実を見せつける。

痛みに耐えて横たわる、緑のヤナギが目にしみる、
　墓に眠れるこのわれに、友よ、ヤナギを掛けたまえ、
わが墓にこそ掛けたまえ、ヤナギの輪飾り見せたまえ、
　あの女を知る者は、目に焼き付けよ、この不実。

わが墓碑銘にふさわしく、彫り込みたまえ、このように、
「甘美な毒を飲みはてて、若人ここに眠れる」と。
たとえつれないかの娘、われを欺き、侮辱して
　この悲しみを歯牙にもかけず、笑うとも。

無情なあの娘《こ》に叫びはしない、

かつてあの娘をこよなく愛し、その名を称え、
その名は甘く切なく響いたものだ、
愛しいその名に、心も軽く踊ったものだ。

あの頃それは慰めだった、今は悲哀となり果てた。
あの頃それは安らぎだった、今は苦痛となり果てた。
さらば、美しき偽りの人、嘆きはわが息とともに終わる。
汝はわれを嫌ったが、われは死してなお愛し続ける。

四　リア王

1　ジェフリー・オブ・モンマス『ブリテン島国王列伝』（一一三六年頃）

（英語版　ルイス・ソープ訳　一九六八年）

第二部十一節

この不幸な運命を辿ったブラデュッドの後を継いで、彼の息子のレアが王座に就いた。そして六〇年にわたって、この国を立派に統治した。彼はソア川のほとりに、彼の名にちなんで、ブリテン語でカエルレアという名の都市を建設した。サクソン語ではレスターである。彼には男児がいなかったが、三人の娘が生まれた。その名をゴノリラ、レガウ、コーデイラといった。彼はこの娘達を溺愛していたが、とりわけ末娘のコーデイラが気に入っていた。彼は自分がずいぶんと年老いてきたと感じると、王国をこの三人に分割し、彼女らにふさわしく、彼女らとともに、この国を統治できる、と彼が考える夫達に、彼女らを嫁がせようと決心したのである。そこで彼は、王国の最もよい領地を相続させるのに、三人の内、最もふさわしいのはいったい誰か、試してみることにした。そして娘達のところに行って、それぞれに誰が一番自分を愛しているか、と尋ねた。長女のゴノリラはこの問いに、「天もご照覧あれ、私は自分の魂よりももっと、お父様を愛しております」、と答えた。彼はこれを聞いて、「そなたは老いゆくわしを、自分の命よりも大切に思っておる。だから愛する娘よ、お前が選ぶ誰とでも、お前を結婚させて、わがブリテン王国の三分の一を与えることにしよう」、と答えた。すると二番目の娘レガウは、姉の手本にならって、父の好意に取り入って、彼を口車に乗せてやろう、とひそかに決めていたので、誓いを立てると、「私は誰にも勝ってお父様を愛しております。こう申し上げる以外に、私の思いを言い表す言葉が見つかりません」、と答えた。騙されやすい父親はこの言葉に、姉と同じく夫を選ぶことで、王の国土の三分の一を与える、と約束した。

しかし末娘のコーデイラは、父がいとも簡単に、姉達のお世辞に騙されることが分かったので、別の言い方で、父の愛情を試してみようと心に決めた。「お父様」、と彼女は言った。「義務が求める以上に父親を愛することができる娘が、いったいいるものでしょうか？　私にはそれ以上のことを口にする娘がいるなんて、とても信じられませんわ。冗談にも娘がそれ以上のことを言うとしたら、真実を蔽い隠そうとしているのですわ。それ以上の何かを私に強要なさるのでしたら、私がいつも抱いておりますす愛情の大きさを、お聞きになってくださいませ。そうすればお父様のお尋ねに、どれほどお父様を愛しているかお話しして、それでおしまいとさせていただきます。お父様はご自身がお持ちのほどだけお値打ちがございます。私はそのお値打ちのほどだけ、お父様を愛しております」。

これに対してコーデイラの父王は、彼女が明らかに言葉通りの意味でこう言ったのだと考えて、ひどく憤慨すると、落ち着きを失い、時を移さず自らの答えを次のように述べた。「お前はわしの高齢を著しく侮蔑して、姉達と同じようにわしを愛することを拒否したのだ。よってわしはかわりに同じほどお前を軽蔑してやる。そして姉達と同じ領土の配分からは、一切お前を排除することとする。とはいえお前はわしの娘だ。だからお前を、よその国の誰かと結婚させてはやる、とだけは言っておこう。運よくそうした夫が出てくれば、の話だがな。だがこれだけははっきりさせておくが、わしは決して姉達と同じような立派な縁組を、お前にさせてやるつもりはない。なぜならわしはこれまで、お前の姉達以上に、お前を大事に思っておったのに、お前は姉達がわしを愛しているほどには、わしを愛してはいないと言っておるからだ」。

それから彼は領土内の貴族達の助言を得て、即刻二人の姉娘達を、コーンウォール公とアルバニア公(1)に嫁がせて、さしあたって彼の存命中は、ブリテン王国を彼らと一緒に治め、彼の死後は、全土を彼ら二人に与えることとした。その後すぐに、フランク王国のアガニップス王が、コーデイラのすばらしい美貌の評判を聞きつけるという出来事があった。彼はただちに使者団をレア王に送り、彼女と結婚したいので、彼女を使者団と一緒にフランスに送って頂けないか、と申し入れた。父親の彼女に対する怒りはいまだ収まっていなかったので、彼は「娘をアガニップス王に差し上げたいのはやまやまだが、領土も嫁入り持参金も一切なし、ということでお願いしたい。というのはすでに私は、宝物一切と王国を金銀ともども、上の二人の娘、ゴノリラとレガウと共有することにしてしまったからである」、と返事した。この返事を受け取っても、アガニップス王のこの女性に対する愛が削がれることはなかった。彼はレア王に再び、「私はガリアの地の三分の一を支配しており、金銀も領土もすでに十分持っております。ですから私は世継ぎの子供達を得るというただ一つの目的のために、姫君のみを頂ければよいのです」、と書き送った。結局この縁組は成立し、コーデイラはガリアに送られて、アガニップス王と結婚したのである。

第二部十二節

その後長い月日が流れて、レア王が更に高齢になって弱ってくると、先に述べた、彼がブリテンを共有していた(娘達の夫である)二人の公爵は、彼に対して謀反を起こした。そうして彼から王国の残りと国王の権威を剝奪してしまったのである。それは彼がこれまで、輝かしい栄光の中、断固として使っていたものであった。しかしながら、彼らの間で完全な断絶があったわけではなかった。彼の娘婿の一人、アルバニアのマグラウルス公爵は、彼自身の館で、レアを六〇人の騎士とともに、扶養することに同意したからである。この程度の従者達は、隠遁したまま一人で世を去ることのないように、保持しておく必要があったのである。

だがレアが義理の息子と二年間を過ごした頃になると、娘のゴノリラは、彼の随行者の数はあまりに多すぎる、と確信するようになっていた。とりわけ彼らは、月ごとに配分される糧食が十分ではなく、彼女の召使い達と比べると少ないために、よく召使い達と口論を繰り返していたからである。そこでゴノリラは当然ながらこのことを夫に話した。レアはこの措置に激怒した。そして彼女は父に、兵士達の数を三〇人に減らすことで満足して、残りは解雇するように命じた。レアはこの措置に激怒した。彼はマグラウルスのもとを去り、コーンウォールのヘヌイヌス公のところに行った。レアは二番目の娘レガウを彼に嫁がせていたからである。ここで彼は丁重な歓待を受けたのだが、しかし一年と経たぬ内に、レア王の家来と公爵の家来との間で、争いが発生した。これにレガウは憤慨した。そこで彼女は父に五人を残して他の随行者をみな解雇してしまい、その五人の従者が仕えることで満足するように、と父に命じた。こうしたことが自分の身に起こったことは、彼にとっては耐えがたい苦しみだったので、彼はまた長女のところに戻っていった。彼の境遇の悲惨さが、長女の気持ちを動かし、親孝行の心を呼びさまして、彼の随行者全員と暮らせるようにしてくれるだろう、と考えたからであった。しかしゴノリラは以前の憤激を少しも忘れてはいなかった。そうして神々に誓って従者は一人だけにして、他の随行者はみな解雇しない限り、一緒に逗留させることはできない、と言い放った。彼女は父が今や高齢の身で何一つ財産を持たないくせに、そんなにも大勢の従者を抱えるのが如何に不似合いかを、手厳しく叱責した。そして彼女は断固として彼の希望を受け入れるのを拒絶したので、彼の方では、彼女に折れることを余儀なくされた。こうしてたった一人の兵士を残して、他の従者達はみな解雇されたのである。

レアはかつての数々の栄光に思いを巡らせながら、自分が転落して陥った悲惨な境遇に、つくづく嫌悪感を覚えるようになり、ならば海を渡って末娘のところに行けば、今よりはよくなるのではないか、と思うようになった。だが彼は、末娘は何一つ進んで彼のためにはしてくれないのではないか、という不安な気持ちにかられた。なぜなら彼は前述の通り、彼女をひどく不当に扱ってしまっていたからである。しかしながら、もはやこうした卑劣な待遇を我慢する屈辱に耐えることができず、彼は海を越えてガリアに向かう船に乗ったのである。

その航路で同乗している王公の中で、彼は最後の三等の地位しか与えられていないことに気付くと、突然わっと泣き出して、大声でしゃくりあげた。「なんたることだ。宿命の女神達よ！」と彼は叫んだ。「汝らは決して事の順序を変えようとはせず、あらかじめ不変の道筋を決めていて、ただその経路を辿ることしかしないが、どうして汝らはわしを定まらぬ至福へと押し上げて、それをまたむしり取ってしまったのだ？　あとに続いて起こった失敗を耐え忍ぶことよりも、過去の成功をこうやって座して思い起こすことの方が、もっと惨めだ。実際わしは以前、何千何万という戦士達を従えて、幾つもの都市の城壁を打ち壊し、敵の領土を荒廃させたものだが、あの頃を思い出す方が、以前は足元にひれ伏していた者達の嘲りに晒されている、この今のわが身の災難よりも、もっと胸に突き刺さる。ああ、悪意に満ちた運命の女神よ！　わしを究極の貧困のただ中に打ち捨てた者達に、わしが復讐を果たす時は、もう二度と巡って来ないのか？　ああ、コーデイラ、わが娘よ、わしがお前に、どれほどわしを愛しているか、と尋ねた時、お前は「お父様のお値打ちのほどだけ、お父様を愛しております」、と答えてくれたが、それがいかに正しかったことか。わしが与えてやれるものを何でも持っておった頃、二人の娘はわしを大事にしてくれていた。だが実は、あいつらにとって大事だったのは、わしのこの身ではなく、わしがくれてやる物だったのだ。確かに時おりあの二人はわしに愛情を見せてくれてはいたが、実はわしが与える物の方がもっと好きだったのだ。わしに与える物が無くなると、あいつらもまた消え失せてしまった。だが最愛の娘よ、わしはどんな顔をしてお前に会ったらよいのだろう？　お前がさっきのように言ったので、わしは怒りにまかせて、お前を姉達よりも、ずっとむごい条件で結婚させてしまったのに？　わしはあんなにもあいつらに親切にしてやったのに、やつらはわしを放逐して、貧困の中に打ち捨ててしまって、すっかり満足しているのだ」。

レアはこうした言葉で、自らの境遇を一人ぶつぶつと嘆いていたが、やっとの思いで上陸を果たした。ほどなくコーデイラの住むカリティアの町のすぐ近くまでやって来た。そこで彼は町の外で、コーデイラに使者を送って待つことにした。自分が陥った悲惨な状況を伝えて、赤貧に苦しむ父を救ってほしい、と嘆願するためである。彼は食べる物さえなくなり、身を包む衣類にもこと欠く有様だったので、彼女に憐憫を乞うたのである。コーデイラはこの知らせを聞くや、驚愕のあまり激しく泣きだし、涙ながらに、父に付き添っている従者は何人ほどか尋ねた。使者は「従者はただ一人だけで、他には誰もおりません。お父上はその者と一緒に町の外でお待ちになっておられます」、と答えた。そこで彼女はひとまず十分と思われる金銀を用意して、これを使者に渡し、父を別の町に付き添って連れて行き、入浴、衣服、介助すべてを供して、そこで父上は病んでおられる、と発表するよう命じた。コーデイラはまた四〇人の、立派な衣服を着て装具に身を固めた兵士らを父の警護に当たらせ、こうした準備がすべて整うと、王の到着を夫のアガニップス王と娘の自分に報告するようにと指示した。使者はただちに引き返し、レアを別の町に移し、コーデイラが命じた通りに、すべてをなし終えるまで、そこにかくまっておいた。

第二部十三節

王にふさわしい衣装と記章に飾られて、随行者一団にこうして付き添われると、彼はすぐさま、アガニップスと末娘に、自分は娘婿らによりブリテン島を追放されたので、彼の領土を回復するために彼らの支援を得たいと思い、こちらに赴いたのである、との伝言を送った。これを受け取ると、アガニップスとコーデイラは顧問団と貴族達を伴って、彼に会いに出かけた。そして彼を丁重に迎え入れると、彼がかつての威信を回復する時が来るまで、レアが自国で保持していた地位を、彼にそのまま維持しておいてもらうことにした。

第二部十四節

この間アガニップスは使者をガリア全土に派遣して、武器を取ることのできる者達皆に召集をかけた。そして彼らの支援を得て、彼の義父レアが王座を回復できるよう、惜しみない努力を尽した。これが終わると、レアは末娘を連れて、集められた軍団の先頭に立って行進した。レアは二人の姉妹の婿達と戦いを交え、彼らを打ち破り、こうして彼らを自分の支配下に戻したのである。

レアは三年後に世を去った。そしてフランク族の王アガニップスも亡くなった。その結果レアの娘コーデイラがブリテン王国の支配権を受け継いだ。彼女は、ソア川の下に掘るようにと命じていた地下納骨堂に、父を埋葬した。そこはレスター川をしばら下ったあたりにあったが、この納骨堂はもともと双面のヤヌス(2)神を称えて建てられていた。そして毎年祭日が巡ってくると、この町の職人達はみな、どのような企てを計画していようとも、そこで最初の仕事始めの祭儀をとり行うのが常となっていた。

第二部十五節

コーデイラは五年の間、平穏無事に王国の政体を掌握し続けたが、その後マーガヌスとクネダギウスという二人の人物が叛乱を起し始めた。彼らはそれぞれ、コーデイラの二人の姉達の息子であった。姉達はマグラウルス公爵とヘヌイヌス公爵に嫁いでいたが、若い息子らは二人とも、血気盛んなことで名を馳せていた。マグラウルスがマーガヌスの父親で、ヘヌイヌスがクネダギウスの父親であった。彼らはそれぞれ父親の死後、公爵領を相続すると、ブリテン島が女一人に支配されている現状に、激しく憤った。それゆえ彼らは自分らの軍隊を集めると、この女王に謀反を起こして、兵を挙げたのである。彼らは激怒を些かも止めることがなかった。その結果ブリテンの諸地方を広範囲にわたって破壊し尽した。そして幾つかの会戦では女王自身と戦いを交えた。結局彼女は捕縛され、投獄された。彼女は王国を失ったことで深く悲嘆にくれて、最後に獄中で自ら命を絶った。この出来事の結果、二人の若者はブリテン島を手中に収めて、二人で分け合った。その内、ハンバー川の北側からカイトネスまで延びる地域はマーガヌスのものとなり、他方同じ川から南を日の没する方向に延びる地域は、クネダギウスのものとなった。

2　作者不詳『レア王年代記』（一六〇五年）

レア王と3人の娘、ゴノリル、レイガン、コーデラの真実の年代記

最近幾度もくり返し上演されたまま

ロンドン
ジョン・ライトのためにサイモン・スタッフォードが印刷し、ニューゲイト・マーケット隣りのクライスト・チャーチ門前の彼の店にて販売　一六〇五年

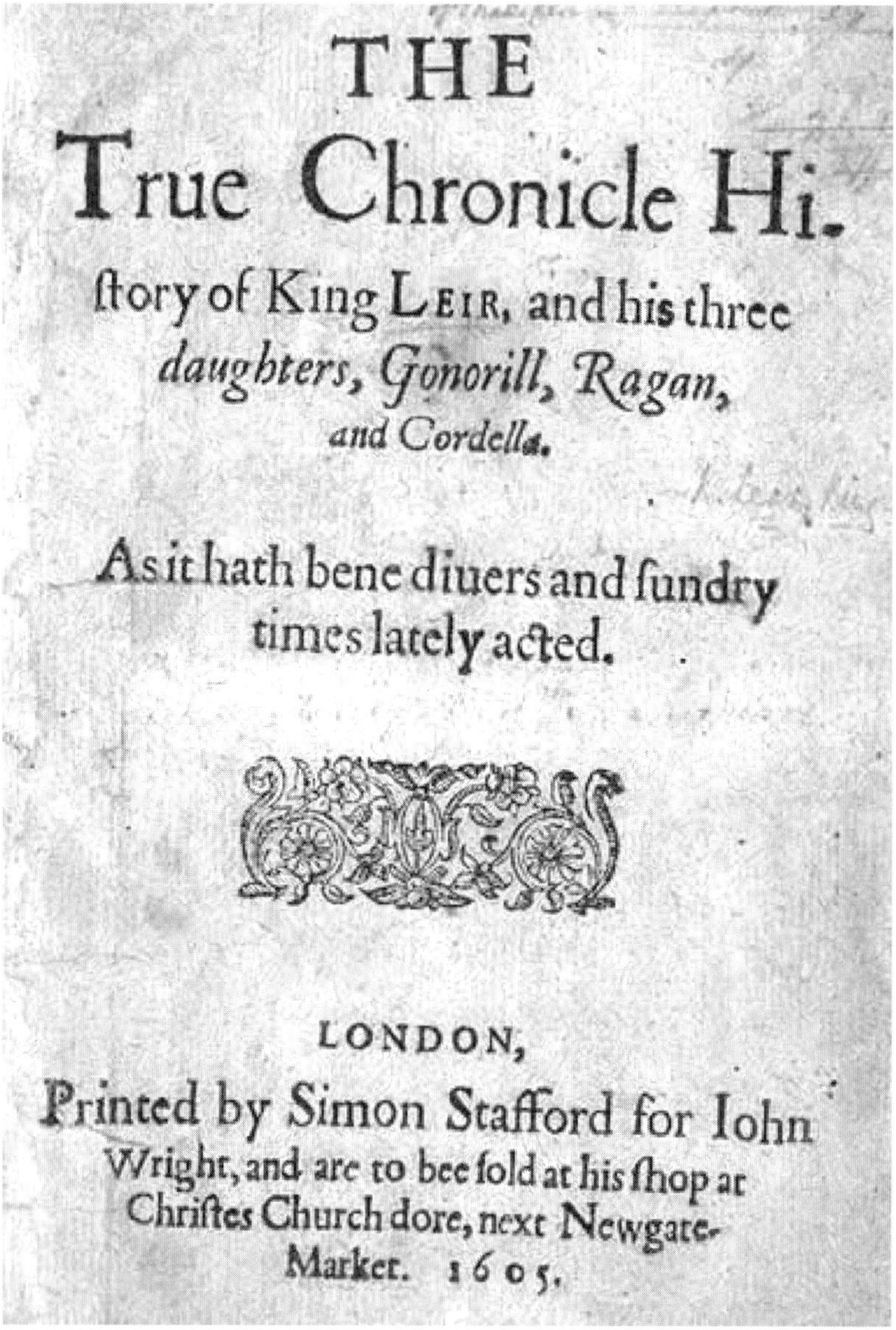

THE
True Chronicle Hi-
ſtory of King LEIR, and his three
daughters, Gonorill, Ragan,
and Cordella.

As it hath bene diuers and ſundry
times lately acted.

LONDON,
Printed by Simon Stafford for Iohn
Wright, and are to bee ſold at his ſhop at
Chriſtes Church dore, next Newgate-
Market. 1605.

1605年印刷の原書の扉

登場人物[1]

レア王	ブリテン王
ゴノリル	レア王の長女、コーンウォール王の妻
レイガン	レア王の次女、キャンブリア[2]王の妻
コーデラ	レア王の末娘、ゴール王の妻
スキャリジャー	ブリテン王国の重臣
ペリラス	ブリテン王国の重臣、終始レア王に同行する忠臣
ゴール王	フランス王、コーデラの夫
マムフォード	ゴール王の重臣
コーンウォール王	ゴノリルの夫
キャンブリア王	レイガンの夫
コーンウォール王の召使い	
キャンブリア王の召使い	
使者［または暗殺者］	ゴノリルの使用人
大使	ゴール王がブリテンへ派遣した使者
第一の水夫	
第二の水夫	
見張り隊の隊長	
第一の見張り	
第二の見張り	

第一のブリテンの隊長
第二のブリテンの隊長
ブリテンのとある市の市長

レア王の宮廷の貴族達、ゴール王の貴族達、コーンウォール王の従者達、キャンブリア王の貴族達、ゴール、コーンウォール、キャンブリアの兵士達

レア王とその三人の娘達の真実の年代記

一幕　劇

レア王と貴族達登場

レア王　悲しみに堪えぬが、先ごろ世を去ったばかりのわがいとおしい妃の葬儀がこうしてとり行われた。
妃の魂は今ごろ、天国の喜びに包まれて、

智天使達の間で凱旋の行進を行っていると信じたい。
そこでわしの娘達をどう処遇したものか、
諸卿には、重要な助言をお願いしたい。
娘達のことは、とりわけわしは心を痛めておる。
あの娘らの身分を何とか高めたいのは、親の情というもの、
どこかの王を伴侶に、王家にふさわしい結婚をさせたいが、
今となっては母親のよき助言は、もはや得られない。
母親がしっかり見守ってこそ、娘らは
徳高く申し分ない生活を学んできたが、
まるで艫《とも》を失った船か、羊飼いが世話をしない
愚かな羊のようになってはならぬ。
むろんわし自身、娘らを大事に扱うとしても、
わしは娘らのことについては、何も知らぬも同然だ。
父親というものは、息子の扱い方なら手慣れているが、
娘達が歩む道となると、母親の助言で決まるものだ。
王位を継いでくれる息子がわしにはいない。
もはやこの衰えた身では、跡を継いでくれる息子を
更にもうけるなんぞ、時すでに遅すぎる。
片足はすでに墓に踏み入れて

年老いた顔には深いしわが刻まれておる。
世はわしに飽きて、わしは世に飽きてしまった。
そこで喜んでこの世の煩いを脱ぎ捨てて、
魂のやすらぎに思いをめぐらせたい。
これを実現するには、三人の娘に、
みな平等に持参金を分け与えて、
王座を明け渡すに越したことはない。
スキャリジャー　りっぱなご配慮にございます、陛下。先立たれた
お妃様への深いご愛情、まことによくお示しいただきました。
私はお話しする許可を陛下に頂いておりますので
私見を申しあげますと、陛下は三人のお嬢様に求婚されている
お相手をよくご存じですから、それぞれの王女様が
愛情の深さを述べられるその値打ちによって
王女様方への持参金の多寡《たか》をお決めになっては如何かと存じます。
レア王　三人とも、多くも少なくもない、皆同じように
わしは強い愛情をそそいでおる。みな同じ鋳型から作られて
いるからな。だからわしは、依怙贔屓はしないつもりでおる。
年上にも年下にも皆同じように持たせてやる。
貴族　陛下、私は心から願っておりますが、神が陛下に

疑う余地のないお世継ぎを授けていてくださっていたら、
その方が王座を引き継いで、避けがたい運命が
陛下をその牢獄から解放した時、疑いの余地なく、
その方が継承なさっていたことでしょう。そして陛下と同様、
その方が私どもを平穏に治められたことでしょう。
だがいまさらそれを望んでも遅すぎるというもの、
運命の定めた道筋は、何をもってしても取り消せません。
それゆえ陛下、私に最善の措置と思われますのは、
王女様方をアルビオン(3)の境界内で、隣り合う国の
国王達と縁組させることでございましょう。
さすれば我が国は、その結束した友情によって
どんな外国の憎悪からも守られることになりましょう。
レア王　諸侯よ、そのことでは、わしの望みは皆の望みと同じだし、
それは天上の神も同じであると思う。そして今この時も、
近隣の二人の国王、コーンウォール王とキャンブリア王が、
わしの二人の娘、ゴノリルとレイガンに愛を申し出ておられる。
末娘の美しいコーデラだけは、先ず愛情がなければ、
どんな君主も好きにはなれない、と誓っておる。
コーデラは何人かの貴族や王から求婚されてはいるが、

誰もまだあの子の特別な思いは聞いていない。
だが、わしが策略でうまくあの娘を欺き、
だれかブリテン島内の国王と縁組させると、
運命の力も決して止めることのできぬ
完全な平和を達成できるだろう。
　ペリラス　陛下の慈悲深いお心づかいは、
われらの一族が永遠に記憶するにふさわしく、
けっして絶えることのない、名誉ある
年代記に記録されることでございましょう。
とはいえ、先見の明のある名君となられますには、
愛情深い父親という称号を、失ってはなりません。
愛情のないところに、愛を強制なさってはいけません。
川はせき止められると、土手を越えてあふれてしまいます。
　レア王　よし、わしはもう決めたぞ。たった今急に
うまい術策が心に思い浮かんだ。三人の内
どの娘がわしを最も愛しておるか、試してみよう。
それを知るまでは、わしの心は休まることはない。
これがうまくいくと、娘達がこぞって、それぞれが
愛情で誰が一番優っているか争っている時、

コーデラがちょうど、わしを最も愛しておりますと
言い張った、まさにその時を捉えて、言ってやろう、
では娘よ、お前が姉さん達と同じようにわしを
愛している証拠に、ひとつわしの頼みを聞き入れて、
わしが勧める夫と結婚しくれまいか、とな。
こうすれば、かわいそうだが、あの娘は本心を口に
出せずに、わしの頼みを断るわけにはいかぬ。
こうしてわしの術策はみごとに勝利をおさめ、
娘をだれかブリテン島の王に添わせることができよう。

スキャリジャー　では私は先回りして、姫君達にその秘密を漏らしてやろう。

ペリラス　こうして父親達は子供らをうまく欺いたと
思い込むが、自分の方が先に後悔するはめになるものだ。
天上の神が彼らの思惑をくじいてしまうからだ。

（一同退場）

ゴノリルとレイガン登場

ゴノリル　ねえ、レイガン、驚きよ、もう我慢できないわ、
あの傲慢で生意気な尼っこのコーデラを見るなんて。
末っ子のくせに、私達姉をすっかり見くびって、

自分が一番偉そうにしているんだから！
私らにはとうてい無理よ、あんなにすばやく、
みごとな工夫や、新しい趣向を作り出すなんて。
でもあの妹はその気になれば、いくらでもそうできるし、
もっと新しいことだって編み出して、私達二人を
凌いでしまう。その上あの女はすごく上品で慎み深く、
とてもまじめで、礼儀正しく、しとやかで、細やかだから
宮廷の者達はみなこぞって、あの妹がどんなに
私ら二人に優っているか、話してまわるのよ。
レイガン　どうしたらいいのかしら？　この伝染病の
治療法を見つける力が、私にあったらいいのに。
すぐにでも何か劇薬を使って、高まる一方のあの女の
輝く評判を、何とかして曇らせないといけないわ。
でないと、ほどなくあの女は、牙も称賛も手に入れて、
私達はそば仕えでせっせと働かされることよ。
知っている？　あの女には選りすぐりの求婚者達が
毎日押しかけてくるわ。それも最高の男達ばかりよ。
ほら、仮に私らがまだなのに、あの女が
その中の誰かを気に入って夫にしてしまうと、

当然だけど私らはあの女に取って代わられてしまう。
それって私らにはとんでもない恥だけど。
ゴノリル　私が処女であることにかけて、
私より先にあの女が夫を持つくらいなら、
どんな男とだって、寝巻き一枚着ていれば結婚してやるわ。
だけど実は私、もうコーンウォールの王様に
結婚したいと半ば意思をお伝えしてあるの。
レイガン　そんな深刻な誓いなんかしないでよ。あら、スキャリジャーだ。
あんなに急いでいるのは、きっと何かあったのね。　（スキャリジャー登場）
スキャリジャー　お姫様方、運よくちょうどお会いできました。
お二人に関係するいいニュースがございます。
どうかお急ぎになってくださいませ。
レイガン　お願い、何か早く言ってくださいな。
お話しを聞くまでは、おなかに子供が入っているみたいよ。
スキャリジャー　ではお姫様、さっそく申しあげます。
今日極秘にお父上がお話し下さったのですが、
陛下はただちにレイガン様をキャンブリア王に、
ゴノリル様をコーンウォール王に、それぞれ
結婚させるおつもりです。末のコーデラ様は、

富裕なハイバーニア[4]の国王にとても与えたがって
おいでです。ですが陛下はコーデラ様の承諾を
得られず、うまくいかないのでは、とご心配です。
姫様はこの方を、少しもお好きになれないからです。
ですがもし、コーデラ様がお受けになりますと、陛下は
王国をお三方に、持参金として、分割なさいます。
ですがまだ秘密がございます。お二人が
決してお漏らしならないのなら、お話し致しますが。
ゴノリル　まあ親切なスキャリジャーさん、何を話しても、
ただ独り言を言っただけ、とお考えなさいな。
スキャリジャー　陛下はお三方の内、どなたが一番
自分を愛しているか、大変に知りたがっておいでです。
これまでになかったほど、ひどくお姫様方の愛に
溺れておいでのようなのです。陛下は大変に
苦しんでおられて、この難問に決着をつけようと、
まもなく皆さんをお呼びになるおつもりです。
そして、よろしいでしょうか、陛下を一番喜ばせた方が、
結婚で一番沢山の持参金をお受け取りになるのです。
レイガン　まあ、だったらお父様の無分別な分別が

うっとりするように、甘い人魚の声が出せたらいいのだけど。
スキャリジャー　というのも陛下は、コーデラ様はきっとお二方よりも
愛情が優るよう、懸命になって、お父様がお望みなら
何でも致します、とおっしゃると考えておいでなのです。
そうなれば陛下は直ちに、ではハイバーニア王と
結婚するように、とお命じになることでしょう。
申し上げたかったことは以上でございます。
用件が済みましたので、これにて失礼致します。
お二方は、幸せを摑むにはどうしたら一番良いか、
きっと賢くお見通しになることでございましょう。
ゴノリル　ありがとう、優しいスキャリジャー、身に余るご親切、
命がある限り、きっとお礼をさせて頂くわ。
（スキャリジャー退場）
レイガン　ぴったりのチャンスをもらったわね。
気付かれないように、あの女に復讐しましょうよ。
ゴノリル　いえ、それどころかあの女への復讐は、
私達の親孝行に見えるように仕組んでやりましょうよ。
あの耄碌爺さんには、いままで聞いたことも
ないほど、たんまりお追従を並べたててやるわ。
いえ、お父様の御意なら、乞食とだって結婚します、

とも言ってやるわ。だって、私が何を言ったって、
もうあの爺さんは、私をコーンウォールの王様と
結婚させるつもりでいるからね。
レイガン　私も同じことを言ってやるわ。だってあの爺さんの
気に入るように私が何を言っても、あの人
耄碌して赤ん坊に戻っているから、間違いなく、
私は立派なキャンブリアの王様と結婚するんだもの。
あの爺さんの機嫌を損ねないように、
お父様のお決めになった方なら、どなたでも結構です、
て言うだけね。ジュピターはアポロの奏でる竪琴に
喜んだけど、これできっと父はそれよりもっと喜ぶわ。
ゴノリル　私らがこう答えると、コーデラがどんなに
情けない立場になるか、考えただけで笑ってしまうわね。
だってあの妹は、アイルランドの王様と結婚するって
約束するくらいなら、死んだ方がましなんだから。
すると父は自分の望みに応じないので、
コーデラは自分を愛していないと思い込むから、
そこに私らがつけ込んで、厳しい言葉でなじると、
父の愛情はすぐに憎しみに変わってしまうわ。だって

あのお爺ちゃんときたら、いつだって極端なんだから。
こんなに素晴らしい陰謀は、世界中探してもめったにないわ。
実行に移すのが待ち遠しいわね。

（二人退場）

レア王とペリラス登場

レア王　ペリラス、娘達を探してきてくれぬか。
すぐに来させて話がしたい。
ペリラス　承知いたしました、陛下。

（退場）

レア王　ああ、わしの心臓はなんと激しく、娘達への
愛情と国家安寧の気苦労で、ドキドキと高鳴って
いるのだろう。娘達はわしの魂にとって、
なんと愛おしいことか。神様を除いて誰一人、
わしのこの思いと秘かな行いを知る者はいない。
ああ、あの子達は少しも知らないのだ、娘らが柔らかい
羽根布団でぐっすりと寝入っている時、わしが
いかに愛おしく思い、この老いた眼でじっと見守って、
どれほどこの子らの将来に、深く思いをはせているか。
娘らが悪戯っ子のように若々しく遊び戯れている時、

ドキドキと脈打つこの心臓は、恐るべき悩みで突き刺されている。
太陽が最も小さい星に遙かに優っているのと同じで、
父親の愛は子供の愛にずっと優っているものだ。
だがわしの愚痴には理由がない。というのは
これほど従順な娘達は、この世には他にいないからだ。
だがしかし、何故か知らぬが、胸騒ぎがしてしかたがない。
何か悪いことが起こりはせぬか、心配でたまらない。

ペリラスが三人の娘を連れて登場

や、娘達がきたな。この疑念をわしの心から
直ちに取り除く方法は、もう分かっている。
ゴノリル　国王陛下、そしてお父様、私達は
御意を承って、子としての務めを果たしに参りました。
レア王　やあ、愛しいゴノリル、親切なレイガン、それに
かわいいコーデラ、お前達は王家の親株から伸びて
繁った枝なのだ。かつてはその大木は青々と繁茂していたが、
その咲き誇った花は、もはや冬の霜で枯れ果てた。
今では青白く薄気味悪い死神が、わしの足取りに

纏い付いて、次の審問にわしを呼び出しておる。
そこでだが、愛しい娘達よ、お前達は、最初この世に生を
受けた時、その種がわしだったので、わしの無事を大事にして
くれているが、ひとつわしがひどく悩んでいる疑問を解消して
くれぬか。さてお前達三人の内で、一体誰が最も親切で、
最もわしを愛していて、父親たるわしの申し付ける大命に
最もすばやく従ってくれるのだろうか。

ゴノリル　思いますに、慈悲深いお父様は、私達娘の誰もが
抱くお父様への愛を、些かも疑がっておられないことと
存じます。ですが私としては、その熱い思いをお伝えは
しますが、空っぽの言葉だけを並べたてることなど、
とてもできません。ただ私はお父様への愛をとても大切に
思っており、その値打ちは自分の命にもまさると考えております。
万一お父様が私の首の回りに、ひき臼の石を結びつけて、
海に飛び込め、とお命じになっても、私は喜んでそう致します。
ええ、お父様のためなら、ブリテンで最も高い塔に上り、
そのてっぺんから地面に真っ逆さまに飛び降りて
みせますわ。いえ、もっと申しますと、
お父様がこの広い世界で、最も卑しい奴僕と

結婚しろ、とお命じになっても、言葉返しなど
一切せずに、仰せの通りに致します。簡単に申しますと、
お望みのことを、何でもお命じくださいませ。
それができなかったら、何もご好意など頂きませんわ。
レア王　おお、死にかけたわしの心は、また生き返るぞ！
コーデラ　まあ、このお追従、なんていやらしい！
レア王　だがレイガンは、父の頼みにどう答えるかな？
レイガン　ああ、簡単な言葉が、私の本当の気持ちを十分に
伝えてくれるといいのに。陛下への熱い義務感で
燃え上がっているのですから。それを消すなんて、
到底できませんわ。つい差し出がましく、その思いを
お見せしたい欲望が、強く沸きあがってまいります。
ああ、誰かほかに娘がいて、私に愛の強さで
挑戦してきたらいいのに。そうなれば、私はすぐに
その娘に、自分の父親を私の半分も愛していない
ことを、告白させてやれるのに。ええ、それに、
きっと私の行いで、どれほど溢れる情熱でお父様を
愛しているか、もっとはっきりお示し致しますわ。
でもそのすべてに代えて、ただ一つだけ、御前で

私の愛をお伝えするのに、こう申し上げましょう。
私には国王方を含めて高貴な求婚者達が、私の愛を
求めています。幸いその中のお一人を、私は愛しています。
でも、もしお父様が私に選び直せ、とお命じでしたら、
私は恋心に轡《くつわ》をはめて、お父様の仰せに従います。
レア王　ナイチンゲールもこれほど甘い調べを奏でたことはない。
コーデラ　いくらおもねるといっても、これほど平気で嘘をつくなんて。
レア王　さてコーデラよ、話してくれ、わしを喜びでいっぱいに
包んでくれまいか。さ、その唇から甘い蜜をしたたらせてくれ。
コーデラ　私は自分の務めを言葉で描くことはできません。
私は実際の行いで、私の気持ちをお伝えしたく存じます。
どれほど子供は父親から愛を受けて育つことでしょう。
そうした愛を私はお父様に負っております。
ゴノリル　こんな答えじゃ、ちっとも答えにならないわね。
あんたが私の娘だったら、とても我慢できないわ。
レイガン　顔は赤くならないの、高慢ちきな孔雀め、
お父様にこんなくだらない返事をするなんて？
レア王　何だと、わしのお気に入りは、ここまで高慢なのか？
わしの深い愛が、これほどお前を横柄にするのか？

なんだ、これは。お前の愛は、これほど浅はかになって、
それがどんなものか、話すことさえ蔑むのか？
子なら誰でも父を愛するものだが、それほども、
お前はわしを愛していないのか？　なるほど確かに
親不孝を働いて、父親の命を縮める子もおるが
お前もそうなのだろう。父親をひどく嫌って、
この世から葬り去る手を打つ子供もおるが、
お前もそうなのだろう。年老いた親が死のうが
生きようが、どうでもよい子供がおるが、
お前もそうなのだろう。だが知っておるのか、高慢な娘よ、
お前をここまで育てるのにどれほどわしが苦労したか。
おお、分かっていれば、お前も姉達のように言うはずだ。
お前から愛を受けるには、わしの余命はもう短すぎるのに。
コーデラ　お父様、どうか私の言葉を誤解なさらないでください、
それに私の率直さを思い違いなさらないでください。
私は決してへつらいを口にしたことはございません。
ゴノリル　私がへつらっているなんて言わないことね。
でないといまに思い知らせてやるわ。遠慮なんかしないからね。
私はあんたなんかよりずっと、お父様を愛しているからね。

コーデラ　他の人の口から出ていたら、その誉め言葉、立派でしょうけど。
でもそんな隣人達は遠くに住んでいるようね。

レイガン　いいえ、ここに一人いるわよ。私が姉さんの言った通りだと、
確認します。姉さんのためにも私のためにもね。
あんたはお父様の幸せなんか、ちっとも望んでいないのよ。

コーデラ　お父様……。

レア王　黙れ、鬼子の小悪魔め。貴様はレア王の子ではない。
わしの肩書をこれ以上一つも呼ぶな。聞きたくない。
命が惜しかったら、わしを父と呼んではならん。
またこの二人をずうずうしくお前の姉と呼ぶな。
今後はわしと二人の姉の援助を期待してはならん。
好きなところに行って、自分だけを頼りに生きろ。
わしの王国は、お前の二人の姉達に
等しく分割して、王家の持参金となし、
応分の資格にふさわしく、二人に授ける。
こう決めたからには、これから先お前には、
子としての取り分を手にする望みはなくなったので、
わしはすぐに退位して、わしに代わって
この二人を王座に据えることとする。

ゴノリル　私いつも考えていたわ、高慢ちきは転落するって。
レイガン　そっけない振舞いね、あんたは美しさで輝いて
いるから、お妃になるのに持参金はいらないわ。

レア王、ゴノリル、レイガン退場

コーデラ　惨めに見捨てられて、どこに行けばいいのだろう、
姉達は、私の嘆きに勝ち誇っているというのに？
でも正しい人々を守ってくださる神様、
哀れなコーデラは、あなたに信頼を託します。
この手で仕事に精を出し、生活の糧を得ながら
暮らしていこう、この世で生を終えるまで。　（退場）
ペリラス　やれやれ、なんて嘆かわしいことだ、陛下が
こんなにも愚かしく空虚なお世辞に、溺れてしまわれるとは。
仮に陛下が良い助言を得て、コーデラ様の
慎ましいお言葉の意味を汲み取っておられたら、
激怒が理性に取って代わり、コーデラ様が
こんな不名誉を被ることもなかったろうに。　（退場）

ゴール王、マムフォード、他に三人の貴族登場

ゴール王　諸卿、もう説き伏せるのはよしてくれ。決心は
ついているのだ。次に順風が吹いたら、少しばかり変装して、
ブリテンに向かい帆を上げて、いま令名を
馳せている三人のニンフ、レア王の娘達への
驚くような称賛が、褒め過ぎてはいないか確かめる
つもりだ。実際に見て称賛通りと分かり、
耳で聞いていたことをこの眼が認めて、
ヴィーナスが幸いにも私の誓いの吉兆となり、
運命の女神も私が手に取る人を好んでくれるなら、
私は黄金の羊毛[5]を手に入れたジェイソンと
同じほど、豊かな逸品を手に入れて帰るだろう。

マムフォード　神様が、これをお認め下さいますように。この縁組は
ゴールの若き王に誠にふさわしく、名誉に満ちております。
どうか陛下、私をお取り立ていただき、
この巡礼の旅のお供にして下さいませ。
私は粋なブリテンの貴婦人方を見たくてたまらず、

その類まれな完全無欠さで目の保養をしたいのです。
何故ならわがフランスの婦人の方が、その反対物を
見るまでは、もっと美しいと存ずるからです。
ゴール王　マムフォード卿、お蔭で手間が一つ省けたよ。
私が頼むつもりだったことを、君は自分から
申し出てくれた。喜んで同伴を認めよう。
だがまずは、私が提案する条件を幾つか、
君がしっかり守るように、申しつけておく。
マムフォード　じゃ、みめよいご婦人方の色っぽい流し目を、
私の眼が追っかけても、束縛せず、また私の口が
しゃべっても、束縛せず、いい機会がある時は、
この唇がキスしても、邪魔せず、手が会釈し、
いきな娘さん達に、膝がお辞儀しても、妨げないなら、
だってこうしたことを禁じられたら、肉と血が
とてもじゃないが我慢できっこないですからね、
他のことなら、何だってお命じになって結構です。
ゴール王　君に染み付いた悪い癖を、無理に
やめろと命じても、もっとやろうとするだけだろう。
だから、好きなようにしゃべり、見て、キスして

お辞儀するがいい。手助けしてやってもいい。
そこで君に命じる仕事だが、ブリテンに向かって
帆を上げたその時から、私にはいっさい
かしこまった言葉は使わずに、ただの友人のように、
思いっきり、なれなれしく振舞って、
私を親しい相棒として扱ってくれ。
我々が何者か、絶対にばれてはならんから、
変装して聖地巡礼の出立ちで行くことにしよう。

マムフォード　それだけのことなら、ことは簡単、しっかり仰せの通りに致します。私の一族は皆ぶっきらぼうでして、それも私が一番ぶっきらぼうです。だからもし私のぶっきらぼうが出過ぎていましても、どうか喜んでくださいませ。

ゴール王　楽しい道連れがいるので、道中が短くなりそうだ。
さて残ったのは、私の不在中のことだけだ。
信頼のおける貴族と、忠誠なる顧問官の諸侯よ、
この国の統治は、君達に任せることとする。
もう時間がないので、これくらいにしておこう。
いい風が吹いているから、すぐに出発せねばならん。

貴族達　神が陛下の旅路をよい結果に導き下さいますように。

私どもはこの陛下の国土をしっかり守る所存です。（一同退場）

コーンウォール王と従者登場。王は拍車のついた長靴姿で、乗馬用の鞭と一通の手紙を持っている。

コーンウォール王　だが宮廷まであとどれくらいなのだろう？

召使い　二〇マイルかそこらでしょう、陛下。

コーンウォール王　わしには二万マイルもあるように思える。だがこの一時間の内には着きたいものだ。

召使い　（傍白）では俺を残して、一人で馬を走らせたらいい。どうやら陛下はご自身の生活にうんざりしているようだ。

コーンウォール王　愛するゴノリルよ、君の顔が早く見たい。やさしい君を思い浮かべると、いつも喜びがわいてくる。

キャンブリア王と従者登場。王は拍車のついた長靴を穿き、乗馬用の鞭と手紙を一通持っている。

キャンブリア王　新しい馬をつれてきてくれ。誓って言うが（手紙に目を落とす）もう忍耐も限界だ、これを我慢しろ、と言われてもなあ。

心から愛する大事なレイガン、わしの命を支えて、
わしを慰めてくれる人、その姿を早く見たいものだ。
召使い （傍白）陛下は、いったいどうなさるおつもりだろう？
決して旅の終わりは来ないとでもお考えなのかな。
この方がダエダロスの蠟の翼[6]を持っておられるといいのに。
そうすれば一人だけで飛んで行かれて、俺は後に残れるのだが。
このままだと我々がトロイノヴァント[7]に着く前に、
陛下も俺も馬もみな、すっかりくたびれ果ててしまうぞ。

コーンウォール王とキャンブリア王、互いに相手に気付き、互いを見つめ合って驚く。

コーンウォール王 わが兄弟のキャンブリア王殿、心よりご挨拶申し上げます。
ここでお逢いできるとは、少しも考えておりませんでした。
キャンブリア王 やあ、コーンウォール王殿、ちょうどいい時に、
こんなところでお目にかかるとは、まるで
ペルシャ王のサルタンにでも出逢ったような気分です。
僅かな従者しかお連れになっていないところを見ると、
どうやらとても大事な用件がおありのようだな。
コーンウォール王 実を言いますと、まあそういった

ところです。貴殿におかれても、急ぎの用件で、大風に
吹かれるように、急遽こちらにお見えなのですな。
キャンブリア王　殿下、細かい話は抜きにしましょう。
というのも、今は遅れるのは我慢できないのです。
わけを話していただくと、私もお話し致しますが。
コーンウォール王　まったくだ、承知つかまつった。手短に
言いますと、きっと私の急ぎのわけは、貴殿と同じです。
私はレア王からこちらへ伺うよう、呼ばれて
おります。今手元にある書簡によりますと、
王は美しいご長女ゴノリルさんとの結婚を
お認め下さっており、嫁入り持参金として、さっそく
統治権の半分をお約束して下さっています。だいぶ前に、
ゴノリルさんからは愛の言葉を頂いていましたが、
父君からは、まだ一言もご返事はありませんでした。
キャンブリア王　これはまたびっくりですな。
だが私も不思議なニュースをお話ししよう。
これからは、我々は兄弟と呼びあいましょう。
この書面を読んで下さい。ご高齢の陛下は
王座の煩わしさにうんざりされて、領土の

半分と、王女のレイガンさんを、結婚で私に与える
とのことで、私は喜んでお受けした次第です。
三分の一でも、申し分なかったところですが。

コーンウォール王　私が半分だと、残りは貴殿のものだ。
するときっと二人であの穴場を全部もらいます。

キャンブリア王　二人であそこの二つの穴場を全部ですって？
大変だ。どんな意味だ？　二人で二人の穴場を頂くわけですな？

コーンウォール王　いやあ、つまりあそこの王国全部ですよ。

キャンブリア王　ええ、まさしくあそこですな。

コーンウォール王　では末娘の美女、コーデラさんには、何が
残るのかなあ？　世間はこぞってあの人を絶賛していますが？

キャンブリア王　全く不思議です。どう考えたらいいのだろう。
あの人を尼さんにしてしまおう、というのでしょうかねえ。

コーンウォール王　それは残念な話だな、あんな類まれな
美女が、修道院の壁の中に隠れてしまうなんて。
でもそうはいっても、レア王のお言葉が間違いないとなると、
私とあなたには、またとない、いい話じゃないですか。

キャンブリア王　じゃ危険を全部取り除くために、急ぎましょう。
遅れると、レア王の気が変わってしまいかねませんからね。

（一同退場）

ゴノリルとレイガン登場

ゴノリル ねえレイガン、最後にコーデラを見たのはいつ?
言いたくないけどさ、あのかわいい小娘ときたら、
つゆほども自分のための話をしようとしないのはさ、
まあちょっとすごい美人なのが自慢だからなのよ。
レイガン 父上がもう俺の前に来るなって、と命令して
追っ払ってからは、一度も見てないわ。神様、
あの子にとび抜けた美貌の喜びをお授け下さいまし。
結婚持参金の方は、ちょっぴりもないと思うけど。
ゴノリル 父さんは怒り狂ったけどさ、二度とあの人の
気が変わらないように、私しっかり焚き付けてやったわ。
レイガン その点じゃ、私だって同じだったわ。
ゴノリル でもあなた、なぜあの子にそこまでやさしいの?
レイガン それだって、きっと姉さんと同じね。
あの子が私達二人よりも、ずっと美人だからじゃないの?
ゴノリル あらいやだ、そのご想像、まったく図星ね。
本当のこと言うと、心臓を切り裂かれる思いなの。

レイガン　でもあの女をしっかり押え込んでおきましょうよ。
翼を切っておかないと、舞い上がって有頂天になるわ。
ゴノリル　誰があの子を妻にしても、お金たっぷりの結婚だわね。
レイガン　あの子には牧師の女房になるのがお似合いね。
ほら、牧師は美人の妻が好きだって言うでしょ。
それもたいていは、何もなくても結婚するのよ。
ゴノリル　まあ、二人の間に何もない結婚？　神様、そんなこと禁じたまえ！
レイガン　あらいやだ、お金がないのにって意味よ。
ゴノリル　まあ、ごめんあそばせ、ひどく誤解しちゃったわ。
あの女、教会には傲慢すぎるわよ。好きなようにできたら、
牧師の旦那のお給料を、全部背中にしょってしまうわ。
たったガウンを一枚買うのにつぎ込むのよ。
レイガン　ほんとにあわれな女ね。ちょっと可哀そう。
もっと美人でないか、もっと運がよかったらいいのに。
ところで私、キャンブリアの粋な君主、モーガン様が
ここにおいでになるのが、とっても待ち遠しいの。
ゴノリル　私だって同じよ。コーンウォールの王様が、
早く現れて、私を喜びの絶頂にして下さるといいのに。
しいっ、お父様がお見えよ。

レア王、ペリラス、その他の者登場

レア王　やめろ、諸卿、一度下した裁定を取り消せと
訴えても無駄だ。もうくつがえすことはならん。
すでに契約書をキャンブリア王とコーンウォール王に
急ぎ送ったところだ。筆跡と玉璽が、その正当性を
証明するだろう。だから諸卿よ、王が約束した言葉を
ひっくり返して、わしの名誉を汚してはならぬ。
ペリカンは若い雛の命を救うため自ら血を流して
死ぬが、わしも同じほど親身に子を思うておる。
だがまた、鳥の王者たる鷲は、ギラギラ輝く
太陽に目が眩んだだけで、雛を殺すという。
わしも同じほど疑い深くもある。
この二日以内には、二人が来られるはずだ。

コーンウォール王とキャンブリア王登場

だがちょうどよい折にお二方が到着されたぞ。

ようこそおいでになられた。この急ぎようは、
わしの娘にいだくお二人の熱い愛を証明しておりますな。
昔トロイのプリアモス王が子供らを歓迎したように、
このレア王も、お二人をこころより歓迎しますぞ。
コーンウォール王　国王陛下、そして私のお父上、
参上するのが遅れましたこと、まことに失礼致しました。
ですが、馬が私の思いと同じほど速かったならば、
とっくに陛下にお目にかかれていたはずです。
キャンブリア王　ただ今私の兄弟が申し上げた通りに
ございます。到着が遅れましたこと、深くお詫び致します。
身に余るご歓迎に対し、私どもは永久に、陛下の
ご命令に服しますこと、ここにお誓い申し上げます。
コーンウォール王　だが私が愛する名高いゴノリルさん、
私の心の摂政であり君主でもあるお方、あなたに
このコーンウォールは、歓迎していただけるでしょうか？
ゴノリル　ヒーローがリアンダー(8)を、またカルタゴの女王が
勇猛なアエネイスを歓迎したように(9)、いえ、それ以上に、
あなた様を歓迎いたします。
キャンブリア王　ああ、私の幸運が彼の幸運に劣りませんように。

天の神はご存じだが、私の恋心も勝るとも劣りません。
レイガンさん、あなたが私を歓迎すると仰ってくだされば、
他の人の歓迎なんか、私にはどうでもよくなるのだ。
レイガン　強欲な眼は金を歓迎するものです。
旅人は眠りを歓迎するものです。
海水を浴びた男達は真水を歓迎するものです。
また乾いた大地は湿った夕立を歓迎するものです。
またあるものは他のものより歓迎されるものです。
ですが私はもっと遥かに、愛するモーガン様を歓迎致します。
レア王　では残すところは、二つの婚姻を祝う儀式を
挙行する以外に何があろうか？ わしの王国は均等に
二つに分割することとしたい。二人の君主殿、
くじを引いて、幸運をつかんでいただきたい。

二人はくじを引く。

むかしこの国は、正当な継承権により、わしのものと
なったが、今進んでこれをお二人に譲り渡し、
わし自身は退位することとして、お二人を

婿養子にして、その正当な後継者としたい。
そこでわしは息子コーンウォール王の居城に逗留し、
祈禱と礼拝で余生を過ごすつもりである。レイガンが、
わしと一緒に暮らすことができないのを残念がるのは、
よく分かっておる。わしとて二人の娘とともに
過ごしたいのは山々だ。どちらも、キリスト教国
すべての中で、一番の親思いの娘だからな。

ペリラス　陛下、これまで私はずっと口をつぐんできましたが、
私よりももっとりっぱな方が、お気の毒なコーデラ様の件で、
口を開かれるのを待っておりました。しかし愛のためか、
恐怖のためか、誰もが口を閉ざしたままです。陛下、
お願いです、なにとぞ私の話に耳をお傾けください。
コーデラ様の行いは、かくの如く相続権をすべて奪われ
廃嫡されるという無慈悲な仕打ちには、とても値しません。

レア王　貴様、控えろ、仮にも命が惜しければ、
もう何も言うな。よいか、父親をどれほど愛するか、
話すのを蔑むような女は、わしの娘ではない。
この件で、まだわしに口出しするふとどき者がいたら、
死を賭したわしの宿敵と見なすので、覚悟せよ。

さあ、奥に入って、この互いに愛する新郎新婦二組の、
めでたい婚礼を慶び、祝賀することとしよう。
（ペリラスだけを残して一同退場）

ペリラス　ああ、忍び寄るご自身の悲惨な運命を見ようと
なさらぬとは。それほど眼がお見えにならんのか？
可哀そうなのはお姫様だ、なんとお気の毒なことか。
かくなる上は、命ある限り、わが心臓の血一滴一滴を、
少しでもコーデラ様のお役に立つよう、絞り出そう。
（退場）

ゴール王とマムフォード、巡礼姿に変装して登場

マムフォード　陛下、このイギリスの空気はいかがお感じですか？
ゴール王　陛下だって？　おい、言いつけておいただろう、
その馬鹿げた気分はやめて、真反対になれと。
マムフォード　あっ、お許しください、これっきりです、忘れていました、陛下。
ゴール王　やれやれまた陛下かい？　じゃあほかの言い方はやめにして、
スパイと思われて逮捕されるんだな、それがよかろう。
マムフォード　くそっ、腹が立つ、舌をぷっつりかみ切ってしまうぞ。
お願いです、何か他のぴったりの名前を考えてください。
ゴール王　じゃあトレシラスと呼んでくれ。お前はデナポルだ。

マムフォード　仮にこの世界の君主になれたって、
私にゃこんなへんてこな名は思いつきませんや。
ゴール王　じゃあ私はウィル、君はジャックにしよう。
マムフォード　ではそうしましょう。私はジャックと呼ばれて当然です(10)からね。
ゴール王　おやっ、隠れよう、イギリスのご婦人が来た。

コーデラ登場

これほどの美女は今までお目にかかったことがない。
コーデラ　今日は姉達にとっては喜びの日ね、
二人とも王様とめでたく結婚するのだわ。
それに引きかえこの私、同じ高貴な生まれなのに、
冷たい世間に捨てられて、あてもなく運を探すのだわ。
運命の女神は気紛れで、その力を私に見せつけるけど、
こんな仕打ち、どう非難したらいいのでしょう。
ああ、なんて哀れな、か弱い娘、無力な私は、
こうも激しく攻められると、とても耐えきれない。
でもお父様、レア王様、なぜわが子にこんな仕打ちを
なさるのです？ 私はいつもご意向に従順でしたのに。

でもなぜ私はお父様とわが運命を責めるのだろう？
いえいえ、これは神様の思し召しなのだ。
進んでこの鞭を受け入れましょう。
ゴール王　これは女神ではない。あの人は運命の女神と
父親のつれなさに、不満をこぼしているからな。
コーデラ　この高価な衣装は今の私には似合わない、
もっと粗末な服に変えてしまいましょう。
マムフォード　仮に私が両手で王国を抱えていたって、
それを乳絞りの女の仕事着とペティコートに取り換えて
しまうことだろう、あの人と一緒に着替えができるように。
コーデラ　私はさっそく針仕事に取りかかって、
この指先だけで、その日暮らしをしていきましょう。
マムフォード　これはすごい！　神の御心で、私が客になろう。
やさしいドゥニ聖人(11)にかけて、ここにまじめに誓うが、
私の服と寝巻きは全部あなたに仕立てていただきます。
コーデラ　私は乙女のまま生きていくことを、ここに固く誓います。
マムフォード　そうなると、私はあなたのお客になれないな。
ゴール王　これ以上黙って我慢するなんて、とてもできない。
我慢していたら、心臓が張り裂けそうだ。

マムフォード　くそっ、ウィル、君は僕のお針子と恋に落ちたな。
ゴール王　すっかり恋の迷路に迷い込んでしまい、
どの道を通って外に出たらいいのか分からないぞ。
マムフォード　先ず中に入らないと、抜け出すことはできないさ。
ゴール王　頼む、ジャック、僕の激しい恋を邪魔するな。
マムフォード　頼む、ウィル、試してくれ、あの娘がどこまで許すか。
ゴール王　この世に二人といない、美しいお嬢さん、
あなたがどなたか存じませんが、たまたま
悲しそうに嘆いておられるのを耳にしました。
その嘆きのわけを、ぜひ教えて頂けませんか。
コーデラ　まあ巡礼のお二方、治療薬を見つける手段も
ないのに、わけを話して何の役に立ちましょう?
ゴール王　苦痛の種を口に出すと、辛い気分も和らぎます。
コーデラ　傷口に触ると、痛さはもっとひどくなりますわ。
ゴール王　無力なネズミも、その鋭い歯で、
網にかかった王者のライオンを救い出しましたよ。
コーデラ　お優しい巡礼のお方、若くて不幸な私の
悲しい話を、とても聞きたがっておいでなのね。
では簡単にお話ししますが、私はつい先ほどまで、

ブリテンの国王だったレア王の、不幸な娘なのです。
ゴール王　おや、いったい誰がご高齢の父君を、
ブリテンの王座から締め出したのですか？
コーデラ　他でもない、実はお父様自身が退位して、
王国をすべて、姉達と一緒に、コーンウォール王と
キャンブリア王に与えてしまわれたのです。
ゴール王　レア王は美しいあなたには、何も与えずに？
コーデラ　お父様は私を嫌って、何も下さいませんでした。
私はただお世辞を言えなかっただけなのに。
今日、姉達が勝ち誇ったこの日に、運命の女神は
私を打ち倒してしまい、勝ち誇ったのです。
ゴール王　やさしいニンフ、コーデラさん、もし姉さん達の
夫に比べて少しも遜色のない、ある国の立派な王が、
今あなたの愛を求めてきたら、お受けになりますか？
コーデラ　まあ、悲嘆に暮れている人をからかっては
いけないわ。運命の女神がいくら私の名誉を汚し、
身分を落とす力を持っていたって、私の心まで
支配できるなんて、思わないでくださいな。
仮にこの地上で最も偉大な君主が、こんな窮地にある私に

愛を求めてきても、私がこれまで出会ったどんな人より、
その方を心から愛し、好きになることができない限り、
その高い地位が私の心を動かすことは、決して
ありませんわ。大きな山はどんなに風が吹き荒れても、
ビクともしないのと同じですの。
ゴール王　美しいニンフ、コーデラさん、この神聖な
巡礼者の服が、悲しんでいるあなたに、新たな苦痛を
与えるなんて、考えないで下さい。私の本当の意図の
証人として、天と地に私の言葉を記録させましょう。
私が自分に似ているほど、私にそっくりな、
若くて元気なゴールの王がいるのです。その王は、
あなたの愛を得て、結婚の神ハイメンの神聖な絆で、
あなたと結ばれたい、と強く願っているのです。
コーデラ　あなたのような方にお目にかかったのは
初めてですわ。まあ私、自分の悲しみに、新たな苦痛を
加えるなんて。何故あなたは、気づかないうちに、私を
これほど虜になさったの？　まあ、でも巡礼者さん、
今の私は、王様と結婚できる立場になんかありません。
以前なら私にも地位と名誉があったので、君主様が

私に愛を求めても、不思議ではなかったでしょうけど。
今の私には悲しみと不名誉と恥辱が降りかかり、
事情がすっかり変わったの。結婚持参金だって
ありませんし、あなたが王様の求婚をお止めになれば、
王様はきっとあなたを賢いとお考えになるはずよ。
だから巡礼者さん、考え直して、王様ではなく、
あなたご自身が、私に求婚なさってくださいな。
ゴール王　あなたの生まれでは、王様以外には高すぎます。
コーデラ　私の気持ちはずっと低くって、どんな王様
よりも、巡礼者さん、あなたを愛したいのです。
ゴール王　でも、巡礼者の生活はあなたには
とても無理ですよ。単調でひどく貧乏ですからね。
コーデラ　いいえ、耐えられますとも、それに幸せにも
なれますわ。その巡礼の杖を手にしっかり
握りしめて、それを女王の王笏と思いますし、
時にはあなたの巡礼帽を頭にかぶって、
豪華な王者の冠を戴いていると考えますわ。
時にはあなたを助けて神聖な祈りをささげて、
あなたと一緒に楽園にいると考えます。こうして

運命の女神を嘲ってやるわ、彼女が私を嘲ったように。
そして決してこの素晴らしい選択を後悔しませんわ、
だってあなたを得るだけで、私すっかり満足なのですから。
ゴール王　もう必ず結婚すると心に誓っているのに、
これ以上、彼女を不安にさらしておくのは罪になる。
優しいコーデラさん、あなたこそは私の意中の人だ。
私は巡礼の姿をしているが、実は見かけとは違うのです。
誰にも知られないよう変装して、誰もが称賛する
美しい人を、この眼で見ようと、こちらに来たのです。
優しい娘さん、私はゴールの国王です。(見ての通り、
ほとんど従者を連れてはいないのだが) 傲慢な
愛の神キューピッドのおかげで、私はあなたの
家臣となって、永遠に仕えることを誓ったのです。
コーデラ　あなたがどなたであろうと、家柄が高くても
低くても、私には同じことです。私の願いはただ一つ、
どうか今の私をそのまま、受け入れて下さい。あなたが
どなたでしょうが、それで私はあなたのものです。
でもあなたが王家の方なのは、良く分かります。
あなたには誉れ高い輝きが、はっきりと見えますもの。

マムフォード　巡礼者の服には美しいご婦人を手に入れる力が宿って
いるのかな？　だったら、次に落ちるご婦人は、わしが頂きたいね。
同じようにうまくいくんだったら、これからは
ずっと巡礼服を着ておこう。そりゃ（例外なく）
「私はあなたと結婚します」って誓ってくれる、
貞淑で真正直な女の子が大好きに決まってるさ。
男を愛したものかどうか、「まずお母さんの許可を貰わないと
分かりません」、なんて言う尼っ子ら[12]は、この手にかけて
誓うが、毒を飲むよりか一〇倍もいやだね。
ゴール王　では二人が幸せを摑むのに、あと何が残っているかな？
マムフォード　そりゃ、教会で結婚を確かにするのが一番ですよ。
ゴール王　ではそうしよう、それで世間は、レア王の
三人の王女は、みな同じ日に結婚したと噂するだろう。
このめでたい出来事の祝賀の宴は、我々が
フランスに帰るまで延期することにしよう。
マムフォード　俺も求婚はぐずぐずしない方がよさそうだ。
ようし、あの娘っ子にどうしたらいいかわかったぞ。
ブリテンのこんなご婦人を手に入れるまでは、
生きている間、絶対に結婚なんかするものか。どうも

俺は、フランス娘達が疎ましくなった気がするよ。　（一同退場）

ペリラス、一人で登場

ペリラス　陛下は何もかも譲ってしまわれた。
だが高い地位を得た娘達はちっとも感謝していない。
陛下は末娘のコーデラ姫を追い払ってしまわれ、
その後姫がどうなったか、誰も知る者はいない。
陛下は今長女と一緒に、コーンウォールにご滞在だ。
だがこの娘、財産を手に入れるまでは、ぺこぺこ
していたのに、父から貰えるものを全部貰って、
もう貰えるものが何も残っていないと知ると、
父親が生きているのが大きな苦痛になってきた。
やれやれ、いったい誰を信じたらいいんだ？　なんて
忌わしい時代だ、子供がかくも親に狂い廻るとは！
だが陛下は穏やかな忍耐の鏡となって、
どんな悪さも我慢なさって、決して口答えされぬ。
この娘は恥とも思わず、面と向かって陛下を
馬鹿だ、おいぼれだ、と口汚く罵りちらす。しかも

自分が養っている寄生虫みたいな家臣どもを、
わざとけしかけては、愚弄し嘲って、陛下を辱める。
まあ、全く奇怪な話で、世も末だよ。なんたる時代だ。
子が親にここまで悪罵を浴びせるとは、ぞっとするぞ。
あの娘め、陛下への生活給付を半分に減らしたぞ。
怖いことだ、すぐに残りの半分も奪うだろう。
あの娘、父が命を保つだけのものを除いては、
何一つ無駄には与えまい、と考えているのだ。
縁組を信じてはならぬ。赤の他人の方がまだましだ。
娘らは父親に不忠を働くようになるだけだからな。
ようし、陛下には最善の助言をして差しあげよう。
陛下に対する不当な扱いを、何とか糺《ただ》せないかなあ。
わしは全力を上げて陛下にお仕えしよう。そのことを
陛下には、最後まで、しっかり信じていただこう。

（退場）

ゴノリルとスキャリジャー登場

ゴノリル　ねえ、スキャリジャー、お前、どう思って？
私のように身分の高い女性がね、来る日も来る日も、

耄碌した父親から、こんな辛辣な当てこすりや、横柄な愚弄を受けて、我慢できて？　あの人ったら自分一人では生活できっこないのよ。私が養ってあげているのに、それで充分じゃないのかしら？だのにあの人ったら、私の目上だって思い込んでいて、一言いえば私に咬みつこう、って考えているのだわ。私、普通以上に費用をかけて、流行のガウンを新調することさえできないのよ。老いぼれて耄碌した父が、萎びて間の抜けた知恵で、無分別にあら捜しして、きっとケチをつけてくるの。私は美しく着飾って、素晴らしい宴会を催して、名声を外国にまで広げたいのに、それも出来ないの。だってあの年老いた馬鹿が、すぐに口やかましく、費用がたっぷり二倍はかかる、なんて言い出すの。だから一緒に考えてくれない？　一体どうして私だけが、父に無駄な費用をかけなきゃいけないの？　なぜ妹のレイガンは、貰ったのは私と同じなのに、何もしないで、のうのうと暮らしていられるの？　お願い、スキャリジャー、この悩みを取り除くのに、いい方法ってないかしら？　あったら教えてよ。
スキャリジャー　お妃様にはいつもたっぷりご厚意を
頂きました。この災難を直ちに是正するには
どうしたらいいか、お妃様にご助言致しますのは、
私の当たり前の義務です。あの人はお妃様から受けている
手当が大きすぎるので、自分の身分を忘れて
いるのです。だからそれを半分に減らしてやると、
手当てが少ない分、もっと感謝することでしょう。
たっぷりありますと、その恩恵がどこから湧き出て
くるか、その源を忘れてしまいますからね。
ゴノリル　まあ、スキャリジャー、なんて親切な助言、
命があれば、いずれお礼を必ずするわ。私もう
父の受け取り分を半分に減らしてやったけど、
すぐに残りの半分も減らしましょう。そうすれば、
父は気楽に過ごす方法がなくなって、どこか他の、
助けてもらえるいい場所を、探しに行くわね。　（退場）
スキャリジャー　さあいけ、マムシ、貴様は女の恥晒しだ。
これでお前には、きっと天罰が下るだろう。
悪党の俺はといえば、ゴマをするために、

この娘に、父親に逆らうよう助言してやった。
だが俗世間ってやつが、ゴマすりの出来ぬやつは
生きてはいけぬことを、思い知らせてくれるのだ。 （退場）

コーンウォール王、レア王、ペリラス及び貴族達登場

コーンウォール王　父上、何ゆえそんなに悩まれるのですか？
以前はもっと楽しそうにしていらしたのに。
レア王　年寄りは墓場がだんだん近づいてくると、
世の楽しみごとに喜べなくなってくるのです。
コーンウォール王　ですが気持ちを明るくほがらかに
保っておくことが、長生きの秘訣と申しますが。
レア王　ならば悲しみを歓迎しよう。このレア王の友は
悲しみだけだ。この辛い毎日が早く終わっていればよかったのだ。
コーンウォール王　元気をお出しください。ほら、あなたの
娘さんですよ。父上が悲しまれるのを見ると、嘆きますよ。

ゴノリル登場

レア王　わしがまだ生きているので、嘆いておるのじゃろう。
コーンウォール王　やあゴノリル、ちょうどいい時に来た。父上がひどく塞ぎ込んでおられる。元気づけてあげてくれ。どうも万事がうまく行かないご様子で、心配でたまらない。
ゴノリル　まあ、私が父を怒らせたとでもお考えなの？私のことで父が何か貴方に愚痴をこぼしたのかしら？じゃあ父には、パン一切れにチーズをつけて黙ってもらうわ。だって父ったら作り話を次から次にでっちあげるだけなんですからね。貴方と、貴方の愛する妻、この私との間に、争いごとを焚きつけるのが、父がいつもやっている日課なのよ。でも私、できるんだったら、ご指示を頂いて、原因に栓をして、結果が出ないようにしてしまうわ。
コーンウォール王　ねえゴノリル、偏った理由で怒ってはいけないよ。父上はお前のことで愚痴なんか、決してこぼされないぞ。父上、女のたわいない話など、気になさらないで下さい。

レア王　いいや、気にはしておらぬ。かわいそうに娘は、赤児を
生むところなのだ。それできっと、怒りっぽいのだろう。
ゴノリル　何ですって、もう赤児を生むところだって！
じゃあどうやら私を貞淑な女にしたいのね。
なんて下品な年寄りでしょう！　こんなひどい話って
あるかしら、自分の娘に汚名をなすりつけるつもり？
コーンウォール王　こんな耳障りな口論は、聞くに堪えん。　（退場）
ゴノリル　あなたと一緒にいたがる人を誰か探して、
さっさと荷造りして、そっちに移ればいいのよ。
どうせまた仲違いと汚名をばら撒くだけでしょうけど。　（退場）
レア王　一番いいことを言ってやったつもりでも、
犯した重い罪は、この天罰を受けても仕方がない、
すぐに別の意味に捻じ曲げられてしまう。わしが
それもこの何千倍、いや何万倍も、そうなのだ。
でなければ老いたレアが、親切にしてやった者どもが、
かくも無慈悲に振舞うのを、見るはずはなかったろう。
どうしてわしはこうも長生きしすぎたのだろう、
自然な情愛の流れが、こうして逆流してくるのを
見ることになろうとはな？　ああ、心やさしい死神よ、

もし汝が現れるのを誰かが切望しているとすれば、
それはこのわしだ。さあ死神、来い、心の底から頼むぞ、
わしの悲しみを、汝の必殺の投げ矢で仕留めてくれ。　（レア王泣く）

ペリラス　お願いでございます、どうか悲嘆に沈むのは
おやめ下さい。老いた頬を無駄に涙で濡らすのもなりません。

レア王　そなたはいったい何者だ？　どうしてこの老いぼれて
役立たずになったレア王に、哀れみをかけるのだ？

ペリラス　陛下を私の大切な実の親のように慕い、陛下の
大きな悲しみを、ともに感じている者にございます。

レア王　おう、いいやつだな、だが随分と悪い考えを持った
ものだな、落ちぶれ果てたわしと付き合うつもりとは。
それよりは、こびへつらうやり方を習いに行った方がよいぞ。
強大な権力者にうまく取り入って、出世の階段を駆け上るのだ。
わしは今では貧困にあえぎ、何もかも失った。
とてもお前の好意に報いることなど、できはせぬ。

ペリラス　こびへつらって手に入れたものは、長くは
もちません。愛顧を得た者が最も安心して暮らすわけでも
ございません。お苦しみの陛下をお助けしないようでは、
私は嫌らしい糞尿のようなもの、私の良心が許しません。

以前長きに亘り、私と私の家族に、陛下がいかほど
よくして下さったか、しっかりと心得てございます。
レア王　わしは昔からのお前の祖先達以上に、
お前の地位を高めてやったか？
ペリラス　私にはそんな高望みなどございませんでした。
陛下のお傍にお仕えするだけで、静かに満足しておりました。
レア王　わしはお前の父が残した禄高を増やして、
お前にそれ以上の扶持《ふち》を与えてやったか？
ペリラス　陛下、私は十分に頂いておりました。その上に
何を陛下が私に賜る必要がございましたでしょう？
レア王　わしが何もかも捨てて退位した時、お前に
善意からわしの王国の半分を与えてやったか？
ペリラス　まあ、陛下、滅相もない、私に与える
なんぞ、そんなお考えには理由がございません。
レア王　いいや、理由のことを言うのなら、黙って
聞け。立派な理由でお前に反駁してみせるぞ。
あの娘らは、神聖な自然の法により、わしの
おかげでこの世に生を受けた。わしは娘達に
いつも親切にしてやり、比べようもなく何でも

たっぷり与えてやった。娘らのために何もかも
捨てたのだ。ところがその娘らが、今この
老いた身を、ひどく困窮させ、わしを拒絶し、
非難し、軽蔑し、憎悪しておる。だのにどんな
理由でお前はわしのために悲しむというのか？

ペリラス　理由はともかく、この涙こそ私が陛下を
敬愛している証しにございます。陛下のお怒りがどれほど
私の心を揺さぶることか。だが陛下、一人のせいで
みんなを非難なさってはなりません。まだ二人おられて、
そちらに行かれたら、陛下を歓迎して下さるはずです。

レア王　ああ、お前の言葉を聞くと、コーデラへの
ひどい仕打ちを思い出して、悲しみが増してくる。
わけもなくわしは、あのつれない二人の姉に
唆されて、あの子から何もかも奪ってしまった。
コーデラへの仕打ちで、この由々しき命運が
わしに降りかかったのだ。当然といえば当然だ。
だがわしはレイガンにはいつも親切にしてやり、
王国の半分をやった。多分わしはあの子の所に
行くのが一番よいのだ。あの娘はもっと親切だし、

きっとわしを大事に扱ってくれるだろう。

ペリラス　きっとそうでございましょう。そして時を移さず軍を派遣して、陛下が受けた不正を糺されるはずです。

レア王　よし、お前が勧めてくれたので、そちらに行って、最悪の悲しみを試す決心がついた。

（両人退場）

レイガン一人で登場

レイガン　私の誕生は、幸せな星の巡り合わせを約束してくれていたのだ。なんと喜ばしいことか。親切な運命の女神は、私がなすことを何でも望んだ通りにしてくれる。なんと有り難いことか。私はキャンブリア王を思いのままに支配している。領主達は皆私が望むままに従ってくれている。私が何を言っても、その通りになる。駄目ですと答える者は、一人としていない。私の上の姉も、王妃の座にあって、その地位にふさわしいものに、事欠くことがない。だけど姉にはひどく冷淡なところがあり、姉の甘い蜜のはずの言葉は、胆汁のように苦い。
姉と一緒に住む父は、いまだに隊長きどりで、
姉に何やかや言いがかりをつけては妨害している。
だがもしここに来て同じことをしたら、あの呆けた
老人を、さっさと荷造りさせて、どこか他のところに
送り出してやる。費用をちっともかけずに扱ってやれば、
すぐに主人を変えたくなるに違いない。
（退場）

コーンウォール王、ゴノリル及び従者達登場

コーンウォール王　これ、ゴノリル、どんな忌わしい
不幸な出来事があったのだ？　父上がわしの前から
急に姿を消されて、いまだに何一つ消息が聞こえて
こないとは？　何か到底我慢のできない、ひどい
無礼をしたのではないのか？　でないとすれば、
どんな説明を聞いても、わしは納得できぬぞ。
父上がわしに一言もなく、出て行かれたのだからな。
ゴノリル　まあ陛下、この悲しい出来事に誰が心を打たれて、
誰が深い悲哀を感じているのでしょうか、この私を除いて？

父の性格がしっかり分かっていなかったら、私今頃
悲しみにすっかり打ちひしがれているところだわ。
私には分かるの、父は気付かれないように、こっそり
妹のところに行ったのよ。妹がどうしているか、父は
しばらく一緒に過ごして、妹が自分で選んだ人とうまく
やっているか、気に入っているか、調べるつもりなのよ。
そして折を見て、妹のところからこっそり
抜け出して、ふいにここにまた舞い戻ってくるわ。
ですから陛下、朗らかになって下さいな。ほどなく
父は、また帰って来ると確信なさって下さい。
コーンウォール王　わしもそう願っている。
だが間違いないか、すぐに早馬を出して、
向こうに着かれているかどうか、確かめよう。　（退場）
ゴノリル　でもその使者は、私が邪魔してやるわ。
出発する前に、なだめすかして、甘い言葉で
説き伏せて、たっぷり報酬を与えて、使者の
報告が、私の言葉を裏書きするようにして、
陛下がこれ以上詮索するのをやめさせよう。
もし私の予測通り、まだ父はレイガンの

宮廷に着いていなかったら、知らない道を
放浪しているうちに、偶然病気にかかって、
ありふれた行き倒れで死んでしまい、埋葬される。
ことがそううまく運ぶといいわね。そうなれば、
することはもう何もなく、ただ父が、勝手に
出て行って、誰もどこにいるのか分からないだけとなる。
だが父がキャンブリア王と一緒にそこにいると、
私を非難して、叫んでまわりそうだわね。
分かりきっているけど、父は妹に、難破した船に
流れ込む水みたいに、歓迎されるはずよ。
そうだ、中傷、醜聞、でっちあげた噂などを、
父の背後から、雷鳴のように次々に送りだし、
私にかかってくる非難の声がみな、知らぬ間に、
父の方に跳ね返っていくよう仕組んでやろう。
こうして打ち込まれたクギを別のクギで打ち出して、
私は父を立派に扱ったと世間に思い込ませよう。

キャンブリアに向かう使者、手に書簡を持って登場

ゴノリル　あら、あなた、どこへ行くの、そんなに急いで？
使者　キャンブリアです、奥様。王様からの書簡を携えて。
ゴノリル　誰のところへ？
使者　お父様のところです、もしそこにご滞在でしたら。
ゴノリル　ちょっと見せてごらん。

（手紙を開ける）

使者　奥様、陛下のお手紙を開封されたことで、わしは責任を問われますので、首を吊られずに、免罪(13)になるよう、仲立ちして頂けないでしょうか。
ゴノリル　開封したのは私で、お前じゃないわ。
使者　ええ、ですが奥様は心配ご無用です。わしの方が手ごろな男なので、すぐに首を括られます。一旦吊るされると、もう誰にも救うことはできません。
ゴノリル　お前の首を吊りたい奴は、自分の父親の首を吊るすか、お前には一切危害を加えないか、どっちかよ。いいかい、私がしっかり申し開きをします。
使者　たっぷりお優しい言葉をいただき、大変光栄です。

お妃様、このお言葉に対し、仮にわしに百の命がありましたら、九九の命をお妃様に捧げますよ。

ゴノリル　そうね、でも一つの命はお前にまだ残っているから、それさえあれば、何も不足はないわよね。

使者　その命だって、お妃様のためなら惜しくはありませんよ。だからこの剣、この小さい丸盾、この首、この心臓、手、腕、脚、臓腑、はらわた、その他この身体のどこでも、妃殿下の御意のままに、使って、頼って、命令なさって下さい。もしわしが失敗しちまったら、肥やし車に縛りつけ、ゴミ集めの人夫の馬にして、背中の皮膚が剝がれてしまうまで、鞭で打ちすえてくださいまし。

ゴノリル　これからも雇ってあげる印に、これを取っておおき。

（財布を彼に投げる）

使者　強い絆、揺るぎない義務、法に従い法にかなう。仮にもわしが約束を破るようでしたら、怠慢の罰にこの首を没収してくださいまし。

ゴノリル　お前がとても気に入りました。いい話しっぷりね。

使者　それが調子に乗ると、ビリングズゲイトの魚市場(14)で牡蠣を売っているかみさんみたいに、悪い話しっぷりになりましてね。わしの毒舌で近所の者が何人も家を捨てて、他の土地に移っていきましたぜ。わしのせいで教区の家が随分安くなりましてね。
この話しっぷりは癇癪で研ぎすまされていて、名高い
パレルモ(15)のカミソリよりも、もっと鋭い切れ味ですぜ。
ゴノリル　お前って私の目的にぴったりね。
使者　お妃様、わしを試した後で、褒めてくださいまし。
わしが上げる成果で、値打ち通りに評価していただきます。
ゴノリル　まあ、よく言ってくれた。じゃ、お前を試してみよう。
この王様の手紙は、私の父じゃなく、妹に届けておくれ。
もう一通の手紙には、これとは正反対のことが書かれて
いるわ。妹はこの手紙で知るでしょうけど、父は妹を誹謗して、
ひどい言葉であしざまに罵っていたの。それに父はとても
我慢できないくらい私を侮辱した上に、王様と私の仲を
引き裂こうとして、国民に謀反をおこさせたのよ。
こういったことを、まあ全部そうじゃなくても、
お前は適当に宣誓したり明言したりして、
本当だと言い張るのよ。そして妹から
父が大好きな気持ちを追い払ってやり、
私が目的を達成できるようにしてちょうだい。
これをうまくやってくれたら、お前もお前の友達も、

私のお気に入りになって、一生堂々と
昇進出世の道を歩けるのよ。

使者　それで十分でさあ。想像の中じゃ、もうやっちまった。
この舌先で父上をひっぱたいて、信用を丸裸に
してやりますぜ。ちょうど鶏肉屋(16)のかみさんが、
ウサギの皮を引っ剝がすみたいにしてさ。

ゴノリル　でももっと先があるんだけど。

使者　ぜひお聞きしたいです。

ゴノリル　私も手紙に含ませておいたけど、もし妹があの人を
片づけた方がいいって思ったら、やってのける度胸があるかしら？

使者　そんなたわいないことに言葉はいりませんや。
朝飯前でさあ。この書き物にかけてやってみせますぜ。　（手紙にキスする）

ゴノリル　じゃ、すぐに取りかかっておくれ。終わるのが待ち遠しい。

使者　さあ急げ、急げ。　（両人退場）

コーデラ、一人で登場

コーデラ　今日は教会堂に行って、神様が
私にお授け下さった奇跡のような御恩と

お恵みに感謝を捧げるのを、すっかり怠って
しまった。神様は、私に味方してくれる人が
世間に誰もいなかった時、私を惨めな
境遇から救い出して下さって、私の値打ち
からすると、本当に身に余るような
満ち足りた気持ちにして下さった。
私の夫となった王様は、熱情、正義、親切でも、
神様、臣民、私、公共の福利へのお心遣いでも、
どれを取っても、時代を写す鏡のようなお方。
私のために王様が出して下さった布告の
おかげで、私には足りないものが何一つなく、
手に入れたいものも何一つない。ただ私が
決して得ることがあたわぬものは父の愛だけ。
ああ、これはどんなにしても、得られないのだろう。
私は栄養のあるどんな食べ物も控えて、
骨と皮になるまでやせ衰えたい。裸足で
巡礼の旅に出て、地の果てまで行き、改悛の印に
一生粗い麻布の服を着て過ごし、まるで死者を
悼むように、頭に塵が降りそそぐままにしたい。

お父様がただ一度、私を許して下されば、白髪のお父様は、穏やかに天国に昇られることだろう。でもなぜ私はお父様のご機嫌を損ねたのか、どうして私は非難されるのか、分からない。でも姉達といったら！　貴女《あなた》達は何てひどいの。私を苦しめたのは、お父様じゃない、貴女達だった。でも神様、お父様と姉達、それに私をお許し下さい。私の行いは、ただひとえに思いやりの気持ちからなのです。教会に行って、救い主の神様にお祈りしよう。世を去る前に、お父様のご厚意が得られますよう。

（退場）

レア王とペリラス、疲れきった様子で登場

ペリラス　私に寄りかかってご休憩くださいまし、陛下。お年を召したお体には、この道のりはつらすぎます。

レア王　いや、あんたがわしに寄りかかって休んでくれ。あんたはわしに劣らず年老いている。

ペリラス　いいえ、王様、国王陛下のお身体に寄りかかるなど、滅相もありません。
レア王　だがそれじゃなお悪い、連れ出したのはこのわしで、
あんたにはついてくる必要などなかったのだからな。
こんな寂しいデコボコ道では、すぐへとへとになり、
この弱った手足はちっとも楽にならん。あんたは
わしにずっと付き添うために、何もかも捨てて
くれたのに、このわしは何も報いてやれぬ。
ペリラス　おやめください、王様。こんな優しいお言葉を
頂いて、王様は今、ご意志通りにおできになれないのだ
と思うと、泣けてきて、心臓が張り裂けそうです。
レア王　やめてくれ、ペリラス、わしを王様と呼ぶのは。
わしはもとの自分の影法師(17)に過ぎぬ。
ペリラス　私がこの世に生きている限りは、
王様という立派な言葉で、お呼び致します。
おや、ご安心下さい。ご息女レイガン様が
お住まいの館が見えてきました。そして
ほら、ご覧なさい、嬉しいことに、ちょうど
キャンブリア王がこちらにおいでです。

キャンブリア王、レイガン及び貴族達が登場。二人を見て互いに囁き合う。

レア王　話すのが一番いいのか、それとも座り込んで死んだ方がましなのか？　話すのは恥ずかしく、気が重い。

ペリラス　いいえ、王様、恥ずべきなのは、この原因を作った者達です。よろしかったら、私が話しましょう。

キャンブリア王　この二人の老人は何者だ、ひどく悲しげだが。どうもこの者達の容貌には、見覚えがある。

レイガン　いえ、間違いなく、これはお父上ですわ。やむを得ない、親切そうなふりをしてみよう。

レイガン、走り寄って膝まずき、話しかける。

まあ、ようこそ、お父様。ああ、でも何て悲しい、こんなひどい扱いをお受けになったなんて。ご高齢の尊いお父様には、とても似合いません、歩いて旅して来られたとは、なんて我慢強い。どんなわけで、こんな災難に遭われたのです、頬がすっかりこけて、ほっそりとお痩せになって？
涙が止まらず言葉が出ないのね。お願い、さあ、
何か食べて、元気を出していただきましょう。
ゆっくりなさった後に、この思いがけない悲しみは、
何が原因で起ったのか、お聞きしましょう。
キャンブリア王　さあ、お父上、詳しい話の前に、まず元気を
取り戻して下さい、長旅でお疲れでしょうから。
（レイガンを残して全員退場）
レイガン　父は、わざと目に指を突っ込んで、
涙を流してここにきて、姉をなじるのかしら？
でも分かってるわ、父が姉をひどく罵ったのよ。
そこで喧嘩好きでずる賢い恥知らずよろしく
まず愚痴をこぼし始めるってわけね、
一番悪いのは自分のくせに。
私、姉の言い分に依怙贔屓しないし、まして
呆けた父の空っぽの報告なんか信じるものか。
父ときたら、こう言って間違いないけど、些細なことで
癇癪を起して、あちらからこっそり逃げてきたのよ。
そして実はここを憩いの港にして長居するつもりね。
そして子供みたいに悲しげにぐちるのね。

でもすぐにここに来たことを呪って、悪いところから
なお悪いところに来たって言うにきまっているわ。
でも私は晴れやかにしておいて、便利な
方法をみつけて、しっかり手を打ってやる。（退場）

使者一人で登場

使者　さあめでたくキャンブリア王の堂々たる
宮殿の前に到着だ。レア王がここに着いて、
無事座り込んで、ゆっくり休んでいたら、
どんなにしてでも、きっと起してやろう。

レイガン登場

やあ黄金の袋がお見えだぞ、間違いない、その
お力添えで、肝を据えてがっちり話をさせて
いただこう。天上の王たる神様がお妃様をお守り
下さり、皇后陛下に永遠の治世を賜りますよう。
レイガン　まあ有難う、あなた、どんな話か聞かせてもらえて？

使者　コーンウォール王のお妃様より謹んでご挨拶
申し上げます。詳細につきましては、この書面を。　（レイガン手紙を開ける）
レイガン　姉のゴノリル王妃はお元気かしら？
使者　最後にお別れしました折は、大変お元気でした。

　　レイガン書簡に目を通すと、地団太を踏む。

見ろ、あの顔色の変わりようを。緋色のように
真赤になると、血の気が失せて真っ青になる。
見ろ、今度は眉をしかめて、唇をかんでいる。
地団太踏むと、お次は軽蔑しきってだんまり劇だ。
今度は復讐心と激しい怒りが渦巻いている。
俺様には、ますます大金が転がり込むってわけよ。
レイガン　まあ、かわいそうに。父ったら姉を
こんな風に扱ったの？　そして今度はこっちに
来て、私と夫の仲を引き裂くつもりかしら？　父は
私が好き勝手に夫を尻に敷いていると聞いている、
だからこれを糺して、私が身をわきまえて、
夫をご主人様として仰ぐように変えてやらねば

ならん、なんて言いふらしているのかしら？
そうね、夫はよく注意しておくのが一番だわ、
でなきゃ私、夫の首を掻き取って、飛び跳ねさせて
やるからね。この呆け老人、その厚かましさで、
コーンウォールで謀反を起したのだわ。
まず、王と王妃を仲違いさせて、それから
民衆を扇動して、王に逆らって騒乱を起させた。
そこにもっと長く居続けていたら、この事件で
裁きにかけられていたところでしょうよ。
だからこれを機会に、そこから逃げ出して、
ずる賢く、こっそりここに来たってわけだわ。
そして父はこちらに来てから、もうすでに、
私の夫とつるんで、仲良くなってきたので、
私は自分の夫と、相談もできなくなっている。
心配だわ、父はもう私に不利な、何か下賤な話を
捏造して、それを夫に知らせていないかしら。
だから折を見て、父を切り離すのが一番だわ、
でないと誹謗中傷の噂が一たん外国に広まると、
それを覆すのが手遅れになりかねないわ。

ねえ、あなた、この手紙の趣旨から察すると、
姉はあなたをとっても信頼しているのね。
使者　多分私は姉上様にいつも忠誠を尽くして
きたんで、私を信頼して下さってるんでしょう。
姉上様の親しい方で、私を使って下さる方が
おられると、同じように忠誠を尽しますぜ。
レイガン　あなたには、何かの策略で、必要になったら
一突きか二突きかしてみせる度胸があるかしら？
使者　私の心の臓には金剛石がぎっしり詰まってましてね、
涙もろい哀れみがどんなもんか、全く知りません。
私にゃ、人一人殺すくらい朝飯前でさあ。
肌を噛んでいる蚤を一匹捕まえてつぶすのと、
大して変わりありません。お妃様が、ご主人か
お父上、いやその両方を、あの世に
送りたいとお望みだったら、そう命じて
下さると、すぐにそうして差し上げますぜ。
レイガン　よく分かったわ。じゃああなたを信じて、
明日の朝九時にここでまた会いましょう。その間に
このお金で私のためにたんとお酒を飲んでおくれ。
（退場）

使者　やあ、これさえ貰えりゃ、なんでもやるさ。
こんなお客さんに毎日ありつけると、キリスト様の
世の中でも、これほど儲かる商売は他にないだろう！
ちょいと一突きで、金貨の詰まった財布とくらあ。
さあこれで、一突きしてほしい娘っ子も寄ってくる。
うん、突いてやっても、その子にゃ怪我一つさせねえさ。

（退場）

ゴール王とコーデラ登場

ゴール王　この悲しみの厚い雲は、いつ晴れて、喜びの
笑顔がきみの額にいつ勝ち誇るのだろう？　悲しみの場は
いつ終りを迎えて、いつ楽しい幕が開き、嬉しさで
わくわくするようになれるのだろう？　わが愛する
王妃は、いつ嘆くのをやめて、悲しい思いに
僅かでも慰めを得るのだろう？　きみは心の痛みなど
ないかのように振舞ってはくれるが、でもきみの
悲しみに絶望的になる私に、同情してほしい。
コーデラ　まあ陛下、悲しまないで下さいな、陛下には
悲しむ理由など何もないわ。私の悲しみに、

心を動かす必要なんて、ちっともありません。
私は最初に命を与えて下さったお父様に責められて、
自然と嘆くようになってしまったの。幹が蔑みで
干からびると、枝は必ず萎びて乾いてしまいます。

ゴール王　でもきみは、もう別の台木に接ぎ木されて
いる。その台木は私で、きみはその愛らしい枝だ。
私の根っこから、たえず樹液があふれ出ていて、
尽きることのない泉で、きみは豊かに繋っている。
きみの父上や親族のことは、もう忘れなさい。
彼らは無慈悲な獣のように、きみを見捨てた。
彼らの親切な心は死んだ。だから彼らは死んだのだ。
彼らを暗い忘却の中に、埋めてしまいなさい。
自分が年老いたレア王の娘だと考えるのは、
もうやめなさい。あの人はつれなくきみを廃嫡した。
だからきみは自分を、ゴール国王の高貴な妃、
きみをこよなく愛する人の妻だと思いなさい。
今きみとともにある喜びを、抱きしめなさい。
悲しみなどさっさと奈落に追放してしまいなさい。

コーデラ　私は祖国や親族が懐かしいわけでは

ありません。また古くからの友人知人が私の心を
いささかでも乱しているわけでもないのです。
私には祖国や身内よりも、また他の何よりも、
あなたの方が大切なことは、言うまでもないこと。
でも慈悲深い旦那様、どうか許して下さいな、
何をもって、自然の情に逆らうことができましょう？
私にお父様を忘れろと言われても、それは
四つ足のけだものに、澄んだ大気に
身を浮かべ、大空高く舞い上がり、
空飛ぶ羽を持つ鳥達よりも
もっと高く飛べ、と言うのと同じ、
またすべらかな魚に、水の助けがなくても、
元気に生き続けよ、と言うのと同じ、
また黒人に、自然の理に逆らって、その肌から
浅黒い色を洗い流せ、と言うのと同じ、
とてもできることではないのです。

ゴール王　まことに美徳の鑑、当代の不死鳥だ！
情け知らずの父親の、余りに情の深い娘さん、
安らかな気持ちになりなさい。私はすぐさま

大使一団をブリテンのコーンウォール王の
宮廷に派遣しよう。そこにお父上は
今滞在しておられる。そこで誠意を尽くして、
以前のお腹立ちを取り消して頂くよう
お願いすれば、お父上は喜んでこちらに
お越しになるのではないか。もしも
どうお頼みしても、お聞き入れ頂けなかったら、
この私の王座の半分を、お父上にお譲りし、
それでも難しかったら、私が艦隊を編成して、
コーンウォール国を訪問しよう。
そこできみ達は、しっかりと元通りの
父と娘として、完璧な愛のもと、和解すればよい。

コーデラ　とても言葉では感謝の気持ちを尽くせません。
天国の王、神様が、陛下にお報い下さいますよう。

ゴール王　きみはただ私と一緒に陽気にはしゃぎなさい。
愛するきみを慰めるためなら、何でもしよう。
（両人退場）

使者一人で登場

使者　俺がたっぷり金を持っていると世間が知ると、
なんていっぱい友達が買えることだろう！
なんていっぱい俺に取り入ろうとして
投げキッスしてぺこぺこすることだろう！
もういい、王妃が来たぞ、どんな気持ちか見てやろう。
そしてもっとクラウン金貨(18)を引き出してやろう。

レイガン登場

レイガン　あら、おはよう。今朝はしっかり約束を守って、
私より先にここに来たのね。
使者　わしは貧しい男ですので、お妃様に失礼のないようにと。
でも約束はいつもしっかり守りますんで。
レイガン　そうね、私との約束も守ってね。そうすれば
貧しいお前さんを、金持ちにしてあげよう。
使者　そこをぜひお聞きしたいんで。ゆうべ言いつけて
下さってたら、もうやっちまっていたところです。
レイガン　これはひどく不思議で大事なことなので、
口に出すのは、ちょっとはばかれるけど。

使者　それよりもっと不思議でさあ、それを聞きたくて
うずうずしてるのに、わしが平静でいられるだなんて。
たとえ悪魔の棲む洞窟で、その悪魔と会って、
顔を引っ掻きあって、一勝負やれといわれても、
お妃様がお命じでしたら、引き受けますぜ。
レイガン　まあ、いい人ね。あなたを見込んで
ぜひやってほしいことがあるの。口に出すのは
憚られるけど、どうしてもやりたいのよ。
使者　じゃお妃様、わしの方から話しましょう。お父上を
殺しますね？　分かってますさ。そうですね？
レイガン　ええ。
使者　うん、それで十分でさあ。
レイガン　それだけじゃないの。
使者　じゃ他には？
レイガン　一緒に来たあの年寄りも殺しなさい。
使者　手がこの通り二本ある。それぞれで一人ずつでさ。
レイガン　ここにそれぞれの手に報酬があるわ。　（使者に財布を二つ渡す）
使者　こりゃ奇跡が起こって手が一〇本あるといいんだがね。
わしはこの歯で一〇人だって、ずたずたにできまさあ、

わしの口に黄金の袋を入れてくださったらね。
でもどうやって実行に移しましょうか？
レイガン　明日の朝、夜が明ける前のころに、
二人を藪のところまで行かせるわ、
宮殿から二マイルほどのところよ。
二人とそこで私が自分で会うように約束しておくの。
コーンウォールから、ある知らせが来たので、
人目につかないところで相談したいって。
これでいいでしょ、二人は必ず行くから、
あんたは自分の役目を果たす準備をしておいてね。
それが済んだら、やすやすと逃げることができるし、
このことで誰もあんたに疑いをかけはしないわ。
でもね、やってのける前に、姉が送ってきた
この手紙を見せて、告発された罪状を
まず自分で読ませて、それから実行に移って
ちょうだい。あの人達は口がうまいから、
気が挫けないように注意してね。
使者　たとえやつが、百の目で見張っていた
アルゴス[19]を、うっとりさせて、寝入らせてしまった

マーキュリーの笛のように、心地よく話しても、
（財布に話しかけて）ほれ、ここにその声を取り去ってくれる
もっと心地いい声がある、ってわけさ。　（退場）
レイガン　さあかかれ。やってのけたら、父の後を追って、
お前があの世に行けるように手配してやるわ。　（退場）

コーンウォール王とゴノリル登場

コーンウォール王　どうしたんだ、随分前にキャンブリア王に
急いで送った使者が、ぐずぐずしているぞ。
もしやつの返事がわしをちっとも満足させず、
もっともらしく遅れた言い訳ばかりしてきたら、
一国の王をもてあそび、これほど長くじりじり
待たせているとどうなるか、思い知らせてやる。
ゴノリル　ねえあなた、そのわけはこうじゃないかしら。
父は使者と一緒にこちらに帰るつもりになって、
そのあと道中自分の世話をしてもらうために
使者を引き留めているんですよ。
コーンウォール王　そうかもしれんが、それが真実と

分かるまでは、判断は保留しておこう。

召使い登場

召使い 陛下、お知らせがございます。ただ今ゴール王より大使が到着し、陛下にお目通りを願い出ております。

コーンウォール王 ゴール王からだと？ 一体わしに何を知らせたいのだろう？ 君の父上がうまく向こうに行かれたのかな？ まあ、何はともあれ話を聞くので、大使に入るよう命じてくれ。

大使登場

さて大使、ゴール王から何の知らせだ？ 話してみよ。

大使 高貴なるゴール国王陛下並びに妃殿下になり代り、お二人のご尊父、レア王様にまずご挨拶申し上げます。次に国王陛下と妃殿下のご繁栄を心より願っており、くれぐれもよろしくとのご挨拶でございます。レア王様には、お渡しする書簡と贈物を持参しておりますので、何卒拝謁をご許可下さいませ。
ゴノリル　父上と話ができないかだって？　あら、あなたが
父と話すのを私らが恐れているとでも思ってるの？
大使　いえ奥方様、そうは思っておりませんが、
ただここにおられないので、そう申し上げただけです。
コーンウォール王　なるほど分かったが、お父上は
今急な用事で、宮廷を留守にされている。
だがそなたが一日か二日、ここに休んでいると、
多分父上と会えるはずだ。でなかったら
どこにおられるか、きっと知らせが届くはずだ。
ゴノリル　その手紙を私らが受け取るわけにはいかないの？
大使　ご本人に直接お渡しせよとのご命令でした。
ゴノリル　（傍白）じゃあすぐってことにはならないわね。
妹はフランスの空気をどう我慢しているのかしら？
大使　フランスに渡って来られてこのかた、
ご病気など何もなく、大変元気にお過ごしです。
ゴノリル　それは残念ね。
大使　そんなことはないと存じますが。
ゴノリル　あら、あなた、あの子があちらに行って以来、

ずっと病気だって言わなかったかしら？
大使　いえ奥様、反対のことを申し上げました。
ゴノリル　じゃあ誤解だったのね。
コーンウォール王　では健康で、楽しく過ごしているのだね。
大使　いいえ、お悲しみようは大変なものでして、
早くお父上様と和解なさりたがっておいでです。
ゴノリル　神よ、それがずっと続きますように。
大使　えっ、何ですって？
ゴノリル　いえ、妹の健康のことよ。
大使　アーメン、そうでありますように。でも神よ、
お父上が冷たいお気持ちを和らげ優しくなられて、
お妃様が悲しみから解放されますよう。
コーンウォール王　彼女のために、わしが仲介役となり、
父上の怒りを静めるよう万端手を尽してみよう。
大使　お妃様におかれても、是非そうして頂きたく存じます。
ゴノリル　私は心から妹を愛しているのに、父の怒りを
かき立てる仲介をするの？　そんなのいやよ。
大使　怒りを消すか、和らげるのです。
というのも、わけもなく誤解されているのですから。

ゴノリル　あらそうね、で他には？
大使　今は残念な状態なので、事情が変わるのを願っております。
ゴノリル　事情が変わってしまうと、大変残念だわね。
大使　じゃあどうなのです、奥方様？
ゴノリル　もう一度和解したらっていうのよ。
大使　大変立派なお気持ちでいらっしゃいます。
ゴノリル　（傍白）お前は、まるで分かっちゃいないってことだよ。
お前には誰か解説してくれる者が必要なのさ。
まあ、ほどなく手紙の中身は分かるだろう。
できたら邪魔する手立てを見つけだそう。
コーンウォール王　君、中に入りなさい。父上の確かな
情報が届くまで、わしの宮廷で楽しくやってくれ。

（一同退場）

レア王とペリラス登場

ペリラス　陛下、今朝はふだんより早くお目覚めですね。
陛下がこんな朝まだきに戸外に出られたのは初めてです。
レア王　確かに初めてだ。体がひどく重たいので、
まぶたを開けておくのもやっとだよ。

ペリラス　私もそうですが、これはいつもよりも、
私らが早く起きたせいですよ。
レア王　娘はこちらに変装してくるつもりのようだ。
わしはそれまで、座り込んで祈禱書を読もう。

祈禱書を取り出し座る。

ペリラス　きっとまもなくお見えになりますよ、陛下。
でも世間で言う追いはぎが、生垣から二、三人で
出てきて襲いかかってきたら、うまく
そいつらに応対しなきゃなりませんね。
レア王　手で立ち向かっても、逆立ちしても無理だなあ。
ペリラス　足で立って立ち向かうのも無理ですしね。
でもどうやって身を護ったらいいのでしょう?
レア王　神様にそいつらの手からお守り下さるよう
お祈りしよう。熱心に祈れば不運にだって立ち向かえる。
ペリラス　跪いて陛下と一緒にお祈りします。ですが
いままでこんな重い気分になったことはありません。

二人とも眠る。使者の殺人者が両手に二本の短剣を持って登場

使者　もし俺がこの計略を実行している最中に、俺と同じ殺し屋が
二人か三人出てきて、俺を溝にほうりこんで、おれに盗みを働いて、
力づくで俺の金品を強奪してしまい、そのどさくさにこの白髭のじじいどもが
逃げ出しちまったら、ふざけた気違い沙汰だろうな？　そうなったら、
俺はまた自由になっても、もうこんなことはやめにして、すぐ近くの木に
行って首を吊るとするか。　（彼らをみてぎょっとする）
だが待て、若造並みに能天気な野郎どもは、
もうここに来ているぞ。一心不乱に祈って眠り込んで
しまったな。こいつら、ここに来るとどうなるか
分かっていて、あの世行きの準備をしてるのだろう。　（祈禱書を取り上げる）
さあてこいつらが、寝ている間に勇ましく
刺してしまえば、もう苦しむひまもなかろう。
そうすれば、しっかり友情を示してやったことになる。
死の恐怖は実際に死ぬことよりも
もっとつらいものだ。だが優しい妃殿下は、
この手紙を、殺す前に二人に見せるようお望みだ。
おやっ、動き始めたぞ。気付かれずに

襲撃できるよう、少し離れておこう。

二人は目が覚めて立ち上がる。

レア王　娘がこんなに遅れるとは驚きだ。
ペリラス　どうも場所を間違えたようですね、陛下。
レア王　違う場所に来たのでなければいいが。
少々うとうとしたが、身の毛がよだつ
怖い夢を見た。思い出してもぞっとする。
ペリラス　恐がることはありません、夢なんて
幻にすぎず、頭の働きが作り出す軽い空想ですよ。
使者　（傍白）そう説き伏せておくがいい、だが俺が、お前らに
夢にはよく正夢ってえのがあることを教えてやる。
ペリラス　陛下、その夢はどうなりました？
何を意味しているか、大体私に分かるかもしれません。
使者　それは俺に任せなよ。詳しく解説してやるぜ。
レア王　娘のゴノリルとレイガンが、ぞっとする表情を
浮かべて、わしの前に立っていた。それぞれ片手に
偃《えん》月刀を振り回し、今にも手足のどこかを

切り落とさんばかりだった。二人とももう一方の手に
抜き身の短剣、短刀をかざしており、それでわしを、
何回となく、くり返し突き刺した。そしてわしを
死んだと思って、その場に残して立ち去った。
だがその時美しい末娘コーデラが、香りの良い薬、
バルサムの箱を持って現れて、それを血の流れ出る
傷口に注いでくれた。するとそのりっぱな手当の
おかげで、わしはすっかり元通りの
元気な身体に回復した。この恐ろしさで
わしはすっかり眼が覚めた。だがまだ
この弱った節ぶしの震えが止まらない。
使者　俺がお前らを、すぐまた震え上がらせてやる。
さあ立て、立つんだ。　　　　（彼らはよろめく）
レア王　ああ立つよ、君、やっとのことだがな。
使者　さあ、運の尽きだ、諦めて覚悟しろ。
ペリラス　神よ、こやつから私どもをお救いください。
使者　もっと前に、しかるべき時に祈っておけば、
俺の手から逃れることもできただろうがな。
お前らが忠実な見張り番よろしく、

眠りこけている間に、俺が斧槍を奪ったのさ。　（彼らの祈禱書を見せる）
さあ、もうお前らには、身を守る武器はない。
どこかにわずかでも助かる望みがあるかい？
こうなったのも、お前らがここに来て、眠りこけただけ
だからよ。しっかり見張って祈ればよかったのさ。

レア王　ねえ、君は立派なお方のようだ。

使者　ちぇっ、このくそじじいめ、おれの肘を引っ掻きやがる。
こうして引っ掻いておいて、スキをみて逃げるつもりだろう。

ペリラス　どうもお金に少々困っておられるようだな。

使者　そんなこたあねえ、見ろ、この証拠を。　（財布を見せる）

レア王　わしの持ちものが、少しでもお前さんに
お役に立つなら、喜んでこれをさし上げよう。　（使者はこれを受け取る）

ペリラス　ほら、わしの分も受け取りなさい、お気に召すよう
心から願っています。これで二倍になるな。
（彼のも受け取って、両手で二つの重さをはかる）

使者　こんなものはいらねえ。おれには軽すぎる。
（と言いつつポケットに入れる）

レア王　じゃあ、さようなら。もし妃に
何か頼みごとが出てきたら、わしを使って

もらうと、多分お前さんに喜んでもらえますよ。　（行こうとする）

使者　おい、じいさん、聞いてるかい？
もし俺がお前を使って、何かお妃様に頼めるんだったら、
一つ頼みごとがあるんだが、やってくれるかい？

レア王　うん、わしにできることなら何でも
やりますよ。さあこの手にかけよう、ではさようなら。　（行こうとする）

使者　聞いてるかい、じいさん、一言話があるんだが。
人柄のいい正直もんのじいさまは、自分の
利得をはかって、ごまかしをやっちゃいけねえぜ。
俺がその手をいざ使おうとすると、お前は
言ったことを全部取り消すつもりだろう。

ペリラス　この方を疑わずに、好きな時に試してみなさい。
この方はあの人の父上だ、だから色々できるんですよ。

使者　それは分かっている。だからやるつもりなのだ。
お前はあいつの友達だから、二人ともやらねばならん。

二人　どうぞ、どうぞ、そうして下さい。　（出て行こうとする）

使者　待て、ゴマ塩ひげども。じゃあ必ず約束を守ると
証明しろ。お妃様はこの場所でお前達二人を
片づけるようにと、俺に厳粛な誓いを立てさせたんだ。

そこでだが、俺が自分の良心を安全に守るために、
お前達には、自ら進んで自殺してもらいたいのだ。
そうすれば、俺はこの手で殺す手間が省けるし、
お前達は約束をしっかり守る老人であると、証明できる。
そして俺はここで天地神明にかけて、今後一生
二度とお前達に迷惑をかけない、と誓おう。

レア王　ねえ、お前さん、そんな恐ろしいことを
言われると、わしら年寄りは恐怖に打ちのめされて
しまいますよ。ネズミをもてあそんでいて、突然
餌食にする猫のようなまねは、よしてください。
だがお前さんがどうしても人殺しになって、わしと
この無二の親友ダモン[20]を殺す気なら、はっきりそう言って
くれると、その一撃を受ける準備をして、りっぱに
来世に行けるよう、心のそなえをしよう。

使者　俺はな、あんたが眺めそうな生身の
人間の内で、誰よりも最後となる男さ。あんたの
人生に終止符を打つために、この場所に
送り込まれてきたのさ。あんたはあんまり
悪い奴で、長生きしすぎた。だからあんたの命を

子供達が狙っているというわけだ。

レア王　だったらお前さんは、フランスからやってきたのかい？

使者　ちぇっ、フランスからだって？　俺がフランス人だと？　きっと誰かが俺と顔を取り換えて、俺の顔は知らぬ間にどっかにいっちまったんだ。だが俺の服はぜんぶイングランド製だぞ。おい、なんでそんなことを聞くのかい？　この顔付きだって、怒ると変わってしまうぞ。フランス人の顔だと！

レア王　わしは娘をひどい目に合わせてしまったからな。その娘の手にかかるのなら、わしは本望なんだよ。どんな父親よりもひどいことをしたからな。その娘はいまフランスの王妃になっている。そしてわしにではなく、神様に感謝している。わしの不正を神様はお見通しだからね。コーデラが復讐しようとするのには、立派なわけがある。わしは喜んでこの命をお前にあげよう。コーデラの憤激をやわらげるための犠牲だよ。お前さんに命乞いなどするものか。わしは親として生きるに値しない男だからな。さあ、早く言ってくれ、そうすればわしも先を急ごう。

コーデラがこうするようにと、望んだのだね？
使者　俺は完璧な紳士だけどな、お前の話はまるで
フランス語みたいにちんぷんかんぷんだ。コーデラなんて
知らないぜ。俺はフランスを旅したことなんかないしさ。
フランスにあんたの娘がいたなんて初耳だ。
あんた、娘にそんなつれないことをしたのかい。
あんたが自分から不埒千万、卑劣漢のじじいで
あくどい罪を犯した、と白状するとはなあ。
レア王　いやそれなら、お前さんはひどく間違って
いなさる。わしが耄碌で逆上して、愛情に妬み狂って
悪いことをした、と告白したのは、この娘だけでね。
明るいお天道様ご照覧のもと、不遜不信心の廉で
わしに有罪を宣告できる者は、他には誰もいない。
だから確かにお前さんは相手を取り違えている。
わしはこの世で、誰ともとても仲が良いのです。
使者　あんたはなお一層、天国の王様にぴったりだよ。
だからその不安な怖さを取り除くためにだ、いいか、
キャンブリア王とコーンウォール王お二方のお妃で、
あんたの娘のゴノリル様とレイガン様が、ここで

あんたを虐殺せよ、と俺にお命じになったのだ。
どうしてお前は自分が世間と仲がいいだなんて、
俺に信じ込ませたがるのだい？ だが
あんた自身の子がひどくあんたを憎んでいて、
あんたの命を縮めるために俺を雇ったのだが、
なんとまあひどいんだ、死の間際になっても
まだ卑劣な嘘偽りで、騙そうとするんだからな。
ペリラス　これは現実なのか、それともただの夢なのか？
使者　怖がることはない、まあ、ただ夢をみているだけさ。
最後の運命の日まで、決して目が覚めないけどな。
その時までたっぷり眠っておくがいい。
レア王　ねえお前さん、死ぬ前に一つだけ頼みがある。
使者　何でも聞いてやるよ、お前達の命の話は別だがな。
レア王　わしの二人の娘がこうするように、あんたを雇ったという
何か確かな証拠を見せてくれないかい。
もし間違いないと確信できたら、もはやこれ以上
生きようとは願わぬ。ただ死ぬことだけ切望しよう。
使者　天の神様に誓って、そりゃ間違いない。
レア王　天の神様に誓ってはならん、天罰がくだりますよ。

神々はこうした憎むべき行いには潔白だからね。
使者　では我々皆の、母なる大地に誓おう。
レア王　大地に誓ってはならん。なぜなら母なる大地は、
自分の息子達を殺す私生児を産むのは、ぞっとするからね。
使者　じゃあ、地獄と全部の悪魔にかけて誓おう。
レア王　地獄に誓ってはならん、もしその行為に及んだら
地獄は口をあんぐりと開けて、お前を飲み込むぞ。

雷鳴と稲光

使者　その言葉がまたこいつの腹の中に舞い戻って
くれるといいんだが。この心の臓までぞっとしたぞ。
この年寄りはなにやら強い魔法を使うようだ。
おかげでこの企てをやってのける気力が失せて
しまった。それなら天も、地も、地獄も証人とはせず、
代わりにこの手紙に証人になってもらおう。　（ゴノリルの手紙を見せる）
気を和らげて断念しようか、やってのけようか？
決心しようか、それともやめるのが一番か？
二人のお妃に、すでに約束を伝えてあるからには、

その信用を損ねたくはない。ああ、だが俺の良心が
その行為について語りかけてきて、天上の神様の憎しみ、
大地の軽蔑、地獄の苦しみが、わしに伝わってくる。

　二人は十字を切って神の加護を祈る。

ペリラス　ああ、正義の神エホバよ、あなたの全能の力は
この広大な世界の万物を支配されていますが、
あなたはこうした不埒な行為が行われるのを見て、
どうして正当な復讐もなさらずに、我慢されるのですか？
呪われて生まれ出たマムシどもが、父親の血を流そうとするが、
その血こそが最初に彼らに命を与えてくれたのに！
レア王　ああ、あらゆる苦境の中での、わが真の友よ、
我々の身は、神のご意志に委ねよう。人知を
超えた物事を、われらは知ろうとしてはならぬ。
これは神のご意志で、それゆえそうであらねば
ならないのだ。ねえお前さん、わしにはあんたが下す一撃を
受ける用意がもうできておる。望むなら打つがよい、
わしは心の底からお前さんを許すぞ。

使者　だが俺には、一撃を下す準備がまだできていない。
レア王　さらばだ、ペリラス、あんたは逆境の中で
ともに生きた、まさしくこの上ない真の友だ。
君に最後にぜひお願いしたい頼みごとがある。
娘のコーデラのところに赴いて、あの子に
父親からの最後の祝福を伝えてくれ。併せて
わしをどうか許してほしい、と頼んでくれ。
わけもなくあの子には悪いことをしてしまった。
さあ、主よ、私を受け入れたまえ。死んで御許に
参ります。至高なる慈悲の、み心に包まれますよう。
さあ、やってくれ、わしは長生きしすぎた。
使者　そりゃ分かったが、お前さん知恵が足りないね、
絶対伝えることができない者を、使いに出すのかい。
だってさ、そいつもお前と一緒に天国に行くんだぜ。
お前さん一人きりで行くわけにはいかないよ。
レア王　いや、間違いなく伝えますよ。自然な流れで
彼が死をもって支払う義務は、今はまだ果たせません。
神様がお許しになるまでは、その時は来ないのでね。
使者　いや、今すぐあんたのお供をしてもらうよ。この男の

天国への通行証は、もう俺のポケットに入っていて、
検印も押してある。だから早馬であの世に行ってもらう。

　　　バッグの中の金をみせる。

レア王　この手紙を読んでみたが、そうはなっていない。
わしのことだけで、彼のことは一言も書いてない。
使者　そりゃそうだが、お妃様はわしにそうしろとお命じで、
お前とあいつの二人分、お支払い下さったのさ。
ペリラス　陛下、生涯お供をさせて頂きましたので、
死ぬのも喜んでご一緒いたします。
ねえあんた、わしにはなんでもないことだし、
あんたやわしが百人いても何のためにもならないよ。
使者　いいや、ためになるさ、旦那、失礼だが、お前のいい時代は
もう終わったんだ。あんたには何でもなくても、俺には大事なのさ。
今どき立派な人間なんて流行らないよ。
ペリラス　なるほど、だが気をつけなさいよ、お前さんは
救い主の聖油がたっぷり塗られたお身体を殺すのだ。
おお、始める前によくよく忠告を聞いておきなさい。

直ちにわしをやるがよい。だがこの方に手出ししてはならん。
レア王　おい、君の仕事の相手はわしだけで、
このわし一人が命を失えば済むことだ。
この陰謀はわしの命を奪うための企てだった。
それはここにある、さあ殺してくれ。
わしに免じて、一緒に来たこのわしの親友は、
君が男なら、見逃してくれ。連れてきたのは
このわしだ。わしのお供をしようという善意が
なかったら、ここには来ていなかったはずだ。
この人は友人も、国も、財産もあとに残して、
どんな窮地にあっても、わしについてきた。
だが、万一彼がここで命を落とすようなら、
その原因はわしを除いて誰がいようか？
使者　なあに心配することはないよ、原因は俺だよ。
レア王　いやいや、そりゃわしだ。ああ、今この人の
命を助けるのに、君にこの広い世界の王国を全部
やることができるものなら、喜んで与えるところだ。
でも今のわしには、涙を流して祈り、ひざまずいて頼むほか、
何もできない。ああ、もしこれでお前さんの　（ひざまずく）

心に慈悲の心が湧き出し、この人を見逃すなら、
それは天上の神様のお慈悲と同じですよ。
使者　俺は誰にも負けず頑固で、情に流されるわけは
ないが、こう説得されると、いささか気持ちも揺れてくる。
ペリラス　全能の神への畏れがお前さんの心を
動かすなら、もうわしらには何も言うことはない。
だがお前さんの気持ちが金で動くのだったら、
今のところわしらは、それは持っていない。
だがお前さんは、その手を血で汚すのをやめれば、
自分にずっと立派な徳を積むことができる。
まあちょっとだけ、己の心によく尋ねてみなさい。
この不埒非道な殺人を犯すと、どんな恐怖が
お前さんに取りつくことか。考えてもみなさい。
お前を殺し屋に駆り立てた妃達は、自分の
父親を殺すつもりなのだ。これが済んだら、
世間にばれるのを恐れて、きっとお前さんを
こっそり亡き者にする手を打つに決まっている。
そうなれば、ほれ、お前さんは深い地獄に
落ちて、鎖に繋がれたまま、人の口ではとても

語れない、身の毛もよだつ業火の激しい苦痛で、
未来永劫拷問に耐えねばならないだろう。

　　雷鳴。彼はわなわなと震えて、ペリラスに向けていた短剣を落とす。

レア王　おお神様、有難うございます。親友の命を助けてくれます。
さあ、こちらに来てわしの命を奪ってくれ。

　　もう一方の短刀も落とす。

ペリラス　おお、なんと嬉しい光景だ！　陛下をお救いするつもりだ。
天なる神様、この善き心が続きますよう。
レア王　どうして実行するのをためらうのかな？
使者　あなた方には好きなだけ存分に生きてほしい。
もうやめるよ、あなた方の頼みには負けたよ。
ペリラス　慈悲の心が湧いてきなさったようだな。
使者　ちぇっ、その気にさせたのは、あなた方ですぜ。
こんな危ねえ老人なんて聞いたことがない。
まあ平たく言えば、もうあなた方に関わる気はない。

あなた方とはここで出会ったが、ここでお別れだ。
誰かにどうしてこうなったか、問われたら、
あなた方は腕っぷしより口の方が強かったと答えなされ。
（使者退場）
ペリラス　さようなら。また会う機会があったら
難しくても、挨拶をお返ししましょう。
ご安心を、陛下。最悪の事態は免れました。
神に感謝をささげ、すぐさまここを離れましょう。
レア王　思い違いはしないでくれ。わしの時代はもう過ぎた。
ここからどこに向かったものやら分からない。
もっと長生きして、さらに惨めな思いをするよりも、
もう死んだ方がわしにはよかったのだ。
ペリラス　我々が来たレイガンお嬢さんのところに
また戻るのは、よくございません。フランスの
コーデラ様のところに行きましょう。
あの方ならきっと私らを救ってくださいます。
レア王　ああ、他の二人が愛を欠いているのに、
どう自分の気持ちをそちらに向けたらよいものやら。
贈物であんなに親切にしてやったのだ、
何はともあれ、わしを愛するはずなのに？

ペリラス　卑俗な贈物ではなく、高くにおわす神様の
恩寵こそが、本物の美徳と慈悲を育みます。
陛下がどれほど自分を愛しているかお訊ねになった時、
コーデラ様がどう話されたか、よく思い出しなさいませ。
陛下への愛は、子供が自分の父親に当然
抱くべきほどの大きさです、とお答えでした。
レア王　だがあの子は、わしの愛は、父が我が子に
当然抱くべき愛ではなかった、と知ってしまった。
ペリラス　でもそれであの方の、父親に抱く
愛が、いささかでも減ったわけではございません。
二人をお試しになったが、お願いです、あとお一人も
お試しなさい。それ以上は決してお願い致しません。
さっきの夢をよく思い出されて、それがどんな
慰めを私らに予告していたか、お考え下さい。
レア王　まったくあんたほどのまことの友は、この世には
いない。万事にわたって、わしに最良の助言をしてくれる。
もしこの末娘がもっと優しくしてくれたなら、
それは神様のおかげだ。わしがふさわしいからではない。

（両人退場）

ゴールの大使、一人で登場

大使　最近宮廷に届いた知らせによると、前の主君レア王殿は、キャンブリアにご滞在とのことだ。ただちにそちらに向かって、陛下に書簡をお渡しして、言伝てをお知らせしよう。こちらに来てみて、これほど歓迎されなかったためしは、わしの人生で一度たりともない。とりわけあのいかめしい王妃ときたら、優しいまなざしの一つも向けず、ずっと不機嫌で、疑い深げな眼つきで、わしが話す一言ごとに、いちゃもんをつけてきたが、わしの大使としての任務が何か知るために、陰険なやり口でわしを突き崩したかったようだ。だがあいにくこの件では、その望みは思い通りにはいかず、無駄騒ぎに終わりそうだな。噂では他の件は何でも思い通りにしているようだ。よし、大急ぎでキャンブリアに向かうとしよう。ここ数日中には、あちらに着きたいものだ。

（退場）

ゴール王と王妃、およびマムフォード登場

ゴール王　先ごろ丁寧にご挨拶をお届けしたし、
お父上は、もうこちらの気持ちを、よくお分かりの
はずだ。だから、間もなくブリテンから
よい知らせが届くような気がしているのだが。
コーデラ　でも心配ですわ、あの姉がお父様のお気持ちを
妨げないかしら。だって姉はいつも私に冷たかったの。
ゴール王　心配ないさ。最初が駄目でも、最悪の事態は
分かっているし、最後の手は打てるからね。
父上がこのガリアにおいでにならなかったら、
我々が船でブリテンの父上のもとに行こう。
マムフォード　うん、もう一度ブリテンに行けるのでしたら
彼女と一緒でなけりゃ、絶対にこちらには
帰らないと誓っています。この誓いを破るくらい
なら、むしろ生きて帰ってはきませんよ。
コーデラ　ねえマムフォード、その人は今でもまだ娘なの？
マムフォード　いえ、生娘だなんてとんでもない。でも生娘って

ことになっていますがね。結婚できるなら、どんなでも構いません。
コーデラ　まあ、すごい入れ込みようね。
マムフォード　すごい入れ込みだって？　いや、まずい入れ方でした。だって若い盛りにうまく入れ込んでいたら、とっくにフランスに連れてきていますよ。
コーデラ　いいえ、あなた、とても優しかったので、無理に一緒に連れてこなかったのか、それとも私がその娘さんだったら、とても愛らしく振舞って、上手にむこうに残ったはずよ。でも認めるけど、あなたってとても素敵な方だから、どんな娘でも、とことん入れ込んでもらいたくなるわね。
マムフォード　まあわしは、ゆったりした半ズボン(21)を当分は穿いているので、どんな冷やかしも、全部入れてしまいますよ。
ゴール王　いや、君にはぴったりの、上玉タイツズボン(22)だよ。
コーデラ　そうよ、それも最近はやりのすっぽり入る物だわね。
マムフォード　もっともっと冷やかして、詰め綿代わりに、詰め込んでください。でも詰め込み過ぎると、縫い目がほどけて、お二人の間にぽっこり飛び出しますよ。愛人の件でわしと言い争って、簡単に黙らせるなんて、考えちゃいけません。あの子に逢ったら、今度はもう馬一〇頭だって、二人を引き離せません。わしは何もかも全部入れてみせます。
ゴール王　なあに、子馬一匹と猫車一つですぐ引き離せるよ。
コーデラ　この人と、その娘さんには十分ね。
マムフォード　うーん、二人がかりでやられると、もう降参です。
とても愉快な気分でいらっしゃるようですが、
こんなお二人は滅多にお見かけしないので、
ひとつお約束を実行してください。嫌とは言わせません。
約束は負債で、この手に誓ってお約束頂きましたからね。
ゆえにお二人は、私に負債があり、借金は返して頂きます。
さもないと、不人情のかどで裁判を起こします。
ゴール王　頼む、マムフォード卿、どんな約束だったっけ？
マムフォード　ええ、こういう約束でした。
次に天気がよくなったら、といって今がそうですが、
すぐ近くの海辺に出ていくことにする、
ということです。
ゴール王　そうだな、この申し立てには私も
賛成なので、妃に仲介することにしよう。
お願いだ、コーデラ、この縁組を先に進めようよ。
私の感じでは、これは運のいい船旅になりそうだ。

コーデラ　頼むだなんて無用ですわ、ご命令下されば、
喜んで賛成させていただきます。
でも私、海はとても見たいのですけれど、
できるかぎり人目にはつきたくありませんの。
ゴール王　では誰にも知られぬように、変装していこう。
コーデラ　どうなりと変装なされば、私がその相手をします。
マムフォード　わしが三人目だ。なんて楽しいんだ！
愛とはなんぞや、それは一言で手に入り、それ以外では、
世界が束になっても、決して得ることはできぬもの。
でも陛下、私達、どんなふうに変装しましょうか？
ゴール王　そうだ、こうしよう。妃とわしは
平凡な田舎の夫婦に変装し、君は召使いのロジャーで
わしらに仕えている。それともよかったら
君が主人で、わしらが君に仕えるのでもいい。
マムフォード　それはお許しください。だが変装する案はすばらしい。
さあ、すぐに取りかかりましょう。

（一同退場）

キャンブリア王と妃レイガンが貴族達とともに登場

1800

キャンブリア王　なんとも不思議な災難、予期せぬ出来事だ、
父上のお姿が見えなくなってしまうとは？
父上がどうなったのか知る者は、誰もいないのか？
言葉を交わしてまだ二日も経たないというのに？
諸侯よ、至る所に軽騎兵を送り出して、
わが軍の連隊を総動員して捜しまわってくれ。
ただちにコーンウォール王に早馬を派遣して、
何か向こうに父上に関するニュースがないか
確かめるのだ。こちらでも、確かな所在の
ニュースが出てくるまで、近辺の町を全部、
厳しく調べることにしよう。
レイガン　私の悲しみに比べれば、どんな悲しみも
まやかしよ。この唇は悲しみのあまりほとんど
言葉が出ません。私の涙は本物だけど、他の者達は
泣く真似をしているだけ。その涙は空涙に
すぎないわ。ああ、こんな不思議な厄災は聞いた
ためしがありません。人知をはるかに超えていて、
なぜこうしてお父上の姿は消えたのだろう？

そうだ、ひょっとして悪霊か地獄の悪魔どもが、
コーデラに唆されて、魔法と呪文でこの騒ぎを
引き起こし、父上を呪い殺して、永遠に
あの世に送ったのではないかしら。
だがあの憎むべき魔女コーデラこそ
この不確かな悪事の確かな原因であると
分かったら、私は自ら変装してフランスに渡り、
この爪であの女の憎らしい眼を引っ掻き出すのだが。
というのも私は父上を奪われたことで、
この命が厭わしくなり、むしろ死にたいのです。

キャンブリア王　天上の神は正しく、不信心を憎まれて
忌まわしい犯罪をきっと暴かれるだろう。正しいと
分かるまでは、誰も非難してはならない。
裁きを神にお任せすれば、真実を明らかになさる。

レイガン　ああ、でも私の悲しみは高潮となって、
ありきたりな忍耐の限度を超えてしまいます。
怪しいと見ている者達を隠してしまい、
穏やかに話すことなど私にはできません。

キャンブリア王　この問題は綿密に調べよう。もし彼女なら、

フランス王が千人いても、彼女をかくまうことはできない。

ゴールの大使登場

大使　キャンブリア国王陛下に謹んでご挨拶申し上げます。
キャンブリア王　やあ、ようこそ。君はどちらの使節かな？
大使　私はゴール王より、高名なるお父上様へ書簡を
お渡しすべく、コーンウォールに派遣されましたが、
あちらでは期待に反してお目にかかれず、
こちらに行くようにとのご指示を頂きました。
レイガン　フランス人さん、お父上への伝言とはどんなこと？
大使　お妃様、この書簡にも同じことが書いてありますが、
私の任務は、この伝言を、お父上にお届けすることです。
レイガン　父上は不在だから、その書簡は私達に託せるわよ。
大使　私は王様から厳しく命令された通りに、
任務を遂行しなければなりません。
レイガン　お前の王様とお前はしっかり共謀しているのね。
お前は父上を探しにこちらに来る必要はなく、
私達以上にその所在をよく知っているのだわ。

大使　奥様、そう遠くではないようにと、望んでおります。

レイガン　あの若い人殺しの、恥知らずなお前の王妃は、
父があの子にちっとも持参金をやらなかったので、
無実の父の命を奪っておいて、その自分の
汚いやり口を粉飾する手段がないので、
うわべは大使を装って、お前をこの宮廷に送って、
父に書簡を渡すまねをしよう、というのかしら？
こっちに持ってきた書簡はまた持ち帰って、
彼らに自分達で持っておけ、と言うがいい。
奇怪なあくどい欺瞞をもみ消すのに、見え透いた
口実で、私らの眼を眩ますことはできないよ。
使者に暴行を加えることが、
闘いの掟に反することでなかったら、
お前の体を拷問にかけて、無理にでも
真実を吐かせてやるところだよ。

大使　お妃様、私はいくら脅されてもちっとも
怯えません。良心にかけて潔白ですからね。
誓って申しますが、わがゴール王とお妃様は、
そんな不信心な行いとは、全く無縁です。

だからお妃様は、お二人を不当に非難なさった。
それは妹君のお父上に対する愛にそぐいません。
あなたは持参金を貰って、お父上を大事にされ、
妹君は、当然の責務で、同じ位お父上にお優しい。
こちらの国王のご主人様はそこまでは仰いません。

キャンブリア王　もっと多くが明らかになるまで、
わしは判断を下すのは当面控えておこう。
だが、はっきり言えば、もともと怪しんでいたが、
そなたが来たので、疑念が一層強くなった。
そなたの手口は、一口で言えば、初め自分で盗んで
おいて、その泥棒を捕えろ、と叫ぶに等しい。

大使　身近な方が似たことをしなかったよう、神に祈ります。

レイガン　出ておいき、生意気な口答えはもうおよし。　（レイガン、大使を打つ）
闘いの掟は、その舌先を守らないからね。

大使　こんな礼儀知らずの仕打ちは経験がない。
神様とわが国王が、日ならずして、きっと
この悪事を正す手段を取られることでしょう。　（大使退場）

レイガン　卑しい俗悪な小作人どもから、こんな
恥辱をいつも受けていたら、私、どう生きれば

いいの？　王妃の座には、こんな扱いは、とうてい似合わない。だのに誰も私に味方しないなんて。（泣く）

キャンブリア王　わしはどうしたらいいのだ？ 闘いの掟を破っては、わしは永遠に誹謗される。だがやつの主人には復讐してやるぞ。わしらをたぶらかすために、やつを送ってきたのだからな。

レイガン　いいえ、もし我慢なさっていたら、きっと遠からず、あの女はここにきて、あなたの王座の三分の一を、当然の相続の権利として要求するわ。もう父をこうして亡き者にしたのですからね。

キャンブリア王　だがわしは、あの女にはその資格はなく、あるのは恥と父親殺しの報いでしかないことを証明して、あの女を世間の見せしめにしてやる。後の世は、あの女の贖罪に驚嘆するだろう。キャンブリア王であるからには、わしは復讐のために、こうするか、それとも命を失うか、どちらかだ。さあ、まず父上のニュースが何かないか調べてみて、それから今最も相応しいやり方で、先に進もう。（一同退場）

レア王、ペリラス、及び二人の水夫登場。水夫は船乗り服と帽子姿

ペリラス　ねえ君達、正直なんだな。恥ずかしい
ところをお見せするが、わしらは今すっかり
落ちぶれて、ひどい窮地に追いつめられていてね、
フランスに渡る船賃さえないんだ。
実を言うと、この船に乗る少し前に
結構なやつらに出くわしてね、持っていた
金を全部剝ぎとられてしまってさ、もう財布の中には
一銭も残っていないざまだ。だがね、今船賃はないが、
かわりに君達に、十分満足してもらえそうな、
とてもいい話があるんだがな。
第一の水夫　こいつは立派なガウンだなあ。俺にすごく似合いそうだ。（レア王を見る）
これを着たらいい男になれるぞ。
第二の水夫　こいつは立派なマントだ。着ると恰好よくって驚くぞ。（ペリラスを見る）
レア王　うん、そうだな、代わりに別の服がもらえたら、
それを受け取ってもらえないかな、決して悪いものじゃない。
第一の水夫　おい、聞いてるかい？　お前さん、正直なお方のようだ。あんたに
気に入ってもらうのは難しいが、ここに丈夫なまだらの仕事着がある。

ビリンズゲイト市場でたっぷり一四シリングはしたよ。これとそのガウン、
それにあんたの帽子とわし帽子を引き換えに、あんたを船に乗せてやろう。

レア王　そりゃ喜んで。ほんとにありがとう。

レア王と水夫が服と帽子を取り換える。

第二の水夫　おい、聞きなよ。あんたにはもっといい取引があるぜ。あんたって、俺の友だちだからな。ほら、このあずき色をした羊毛織のガウンはね、海で着ると、とてもいいんだ。あいつのを二つ足したよりか、もっと持ちがいいよ。保証しますぜ。だがあんたは立派な紳士とお見受けするので、そのマントと引き換えでいいや。船賃はいらないよ。　（ペリラス、外套を脱ぐ）

ペリラス　わしのは喜んであんたのものと取り換えましょう。
ご親切には随分お世話になったよ。だがわしの友人は、
自分の着物をずっと着ていることができるといいのだが。
ねえ君、このわしの新調のダブレット(23)を君にやるから、
よかったらあの人のガウンは元通り返してもらえないかな。

第一の水夫　そりゃだめだ、そんなことするぐらいなら、一生
マスタードを塗った霜降り牛は食わないし、どんなにうまい酒も
飲まないぞ。おい、わけもなく俺の取引の邪魔をするのはよせ。

いいかい、取引は取引だ。それが一番だ。
レア王　ねえ君、そのままの方がずっといいよ。　（レア王、ペリラスへ）
こうしておけば、時機が来てことがうまく運ぶまで、
誰にも知られずにすむ。
第二の水夫　おいちょっと聞いてみろ、二人で何やら
相談しているぞ。すぐにやつらは取引を後悔するよ。
今の内、この場を離れるのが一番だ。
第一の水夫　じゃあさようなら。お前さん達が帰路に
ついたら、また同じくらい理不尽に扱ってやるよ。
レア王　それは分かっておる。だがわしらが
また帰る時は、即金を持っているだろう。　（水夫達退場）
こんな窮地に追い込まれた者が世にいたためしが
あろうか？見知らぬ異国で、友人達とて誰もおらず、
役立つ金が全くないということが？
親切な友よ、我々はいったいどうなると思うかね？
ペリラス　元気をお出しください、陛下。私にはまだ
ダブレットがあるので、これを換金して役立てれば、
末娘様の宮廷に十分辿り着けますとも。
そうなれば、十分なほど味方が見つかるはずです。

レア王　ああ、親切なペリラスよ、わしが怖いのはそこだ。
あすこへ着いたら、わしは気を失うだろうよ。
恩知らずから、親切心が生まれるだろうか？
憎悪の種を撒いたのに、愛を収穫できようか？
毒を持つヒヨスが、解毒剤と仲良くなるだろうか？
ニガヨモギの茎に、砂糖が育つだろうか？
どれもありえぬことだ。あまりに相反しておる。
わしもこちらでは、どんな親切にも値せぬ。
わしは甘美なわが娘にニガヨモギを投げつけ、
清らかな泉を毒草のヒヨスで汚すと、
そこからわが子の善意という解毒剤があふれ出た。
だがわしは嫉妬深いイバラのように、その心を突き刺した。
そして甘い葡萄を、酸っぱくまずいトゲスモモに変えた。
配慮のないわしの胸は、わけもなく怒りに燃えあがり
自然の女神の乳房の甘い乳を、酢に変えた。わしの
苦い言葉は苦汁となって、コーデラの甘い蜜の心を苛《さいな》んだ。
根深い憎悪の雑草が、優美な花を絞め殺したのだ。
とすれば、わしの幸運はすべて、傾いた坂道を転がり
落ちていく以外、どんな希望が残っていようか？

ペリラス　ご心配に及びません、陛下。完全な善意というものは、悪事によって腐敗するものでは決してありません。新しい作り立ての器は、その中に最初に注ぎ込まれた味を、いつまでも失いません。ご自身をいくらイバラのトゲ、雑草、苦汁、ヒヨス、ニガヨモギ、などとお呼びになっても、コーデラ様は以前と少しもお変わりなく、蜂蜜、ミルク、葡萄、砂糖、解毒剤のままでおられます。

レア王　悲しがるわしを、言葉巧みに喜ばせてくれるが、希望にあふれる話で、惑わすのはもうよしてくれ。むしろ、わしと一緒に、苦難だけを考えてくれぬか。そうしてお互いが失ったものを、ともに嘆こう。

ペリラス　では最悪とは何でしょうか？　最悪とは死ぬことに過ぎません。死は絶望よりもまだましです。そこで死の危険をおかすと、それは生きることに変わります。絶望はお捨て下さい。それは無数の死を連れてきます。

レア王　その強い説得には降参だ。負けを認めるから、あんたの思い通りに導いてくれ。あんたはわしの狂ってしまった心に、慰めを植え付けてくれた。

わしもあんたの体に同じことをしよう。分かっておるぞ、
体がすっかり弱って満足できていないのは、
新鮮な食べ物と栄養が足りぬからだよ。
ペリラス　なんと悲しいことか、陛下がこんな窮状に
あると考えますと、この心臓から血が流れ出ます。
レア王　さあ、行こう。神が何を賜るか見ることにしよう。
万策尽き果てた時は、神様こそが一番の友だ。
（両人退場）

ゴール王、王妃、及び籠を持ったマムフォードが、田舎の村人に変装して登場

ゴール王　ねえコーデラ、こうして歩くだけの旅って
退屈で、きみのきゃしゃな関節にはつらいだろうね。
こんなに骨の折れる旅に使ったことはなかったからな。
コーデラ　今までこんなに楽しかった旅なんて
一度もありませんでしたわ。私にはとても役に立ち
ました。というのも運よく田舎の陽気な村人達の
一団と出会って、あの人達が仲間内でしっかり褒めて
もらえるようにと、どんなに精を出して、仕事に
励んでいるか、目の当たりにしましたからね。

ほんとに、あの人達、何てせっせと働くのかしら。
それにお月様を飛び越えそうな奇抜な挙動で、
発作にかかったように奇妙な身振りをするので、
頭が変になったのかと思いたくなりましたわ！
さあロジャー、籠をもって一緒に来ておくれ。
マムフォード　しっ、お妃様、年寄りの若者が二人来ますよ。
彼らをからかって、いい腹の足しにしてやろう。

レア王とペリラス、気を失いそうな様子で登場

コーデラ　いいえ、お願い、やめて、あの人達は
悲嘆と窮乏ですっかり打ちひしがれているようだわ。
少し離れた所から、何を話すか聞いてみましょう。
レア王　ああ、ペリラス、どうやらわしらは
二人とも、この不毛の地で行き倒れになるぞ。
ああ、食べ物が何もなく、気を失いそうだ。
それに、分かっている、お前も同じだ。
甘い果実で慰めてくれるやさしい木さえ
一本もないし、誰かに出逢うこともない。

わしらの不運な足取りを、慰めの場所へと
導いてくれる幸運な小道はない。
甘美な安らぎよ、わしらを訪れて、魂を幸せに
してくれ。ここでわしらの身はもう終わりだ。

ペリラス　ああ、ご主人様、陛下のこの惨状に、私の心は
ただ嘆くばかりです！　おお、陛下が仰せのとおり、
私に好意をお持ちで、私が気に入って
くださったことがおありでしたら、どうか　（両腕をまくり上げる）
この肉を、血管が干からびないうちに、
召しあがってください。まだお役に立ち、
お慰めすることができます。血を吸って
くだされば、私は喜びに微笑みます。

レア王　わしは人肉を食らい、飢えた顎をいやして
喜ぶような人食いではない、また悪魔でもない。
かくも比類のない真の友の血を吸っては、
わしは悪魔の一〇倍も悪いことになろう。
わしはそこまで命が惜しいわけではない。
あんたのその忠誠心の方がわしにはずっと大切だ。
ああ、ブリテンよ、国王をつれなく追放した汝を、

わしはもう二度と見ることはあるまい。
だがわしが苦情をこぼすのは汝に対してではなく、
汝よりも、もっとわしに身近だった者達に対してだ。

コーデラ　どうしたことでしょう?　この嘆き悲しむ声は
これまで何度も聞いた気がするのだけど。

レア王　ああ、ゴノリルよ、わしがお前に王国の半分を
やったので、お前はわしの命を奪おうとするのか?
ああ、残忍なレイガンよ、わしはお前に全てを与えたが、
それでもわしの血を流さないと、気が済まないのか?
ああ、かわいそうなコーデラ、お前には何も与えなかったが、
これからも何も与えることはできないのか?
おお、後に続く全ての時代に、警告させてくれ、
人はどう追従を信じ込み、どう真実を拒むものか。
よし、親不孝な二人の娘よ、お前達をわしは許そう。
だが正しい天上の神様はまずお許しにはならぬぞ。
優しいコーデラと、わしの真の友たるあんたには、
この命尽きる時に、ただ許しを請うのみだ。
神よ、わたしはあなたの至高の権威に背き、
数知れぬほど過ちをおかしてしまいました。

心優しいコーデラよ、わしは追従者達の口車に乗せられて、
わけもなく、お前を全ての権利から締め出した。
親切な友よ、あんたはわしさえいなければ、
こんな悲しい場所に、決して来ることはなかったろうに。
コーデラ　まあ、なんて悲しいのでしょう、気高いお父様の
こんな悲惨なお姿を見ることになろうとは。
ゴール王　ねえコーデラ、このひどい悪事がどうして起きたか、
一部始終分かるまでは、しばらく身を明かさないでおきなさい。
コーデラ　でも何か食べる物をすこし用意しなければ。
ほら、二人とも食べ物に飢えて、命を落としかねないわ。
ペリラス　神よ、あなたは困窮した召使いを助けて
こられましたが、今こそその時、どうかお助け下さい。
ああ、慰めが欲しい！　あそこに宴会がある、
それに男女が集まっている。陛下、元気をお出し下さい。
慰めがすぐそこまでやってきています。
陛下、宴会です。男女がいます！
レア王　ああ、優しい憐憫の情よ、あの人々の心を和らげてくれ、
さすればわしらのむごい窮状を救ってくれるかもしれぬ。
ペリラス　皆さんに、神様のご加護を。もしこの有り難い

宴会で、食べ物か滋養物に、僅かでも余裕がございましたら、
我々皆を死からお救い下さる神様に免じて、
飢餓にあえぐ私どもを、どうかお救い下さい。

コーデラは彼をテーブルに連れて行く。

コーデラ　さあ、お父様、お座わりになり、食べて、お飲みになって。
もっといいものがお二人にあればいいのですけど。

ペリラスはレア王の手を取ってテーブルに連れて行く。

（レア王、飲む）

ペリラス　お礼はいずれさせていただきます。私の友人は
弱り果てて、直ちに慰めを得る必要があります。
マムフォード　請け合いますよ、食べる前にお祈りする余裕もない。
胃が丈夫であればソースはいりませんな。
ペリラス　天にまします神様が、恵み深くご配慮下さったのです。
レア王　神様とこの礼儀正しく親切な方々に、こころから
感謝致します。お蔭で生きながらえました。

二人はむさぼるように食べ、レア王は飲み物も飲む。

コーデラ　その一飲みが、老いたアイソン[24]が飲んだものと同じ働きをして、お年を召したお父さまの衰弱したお身体が、元通りによみがえり、若返りますように。その食事がお父さまに、イリアス[25]が食べた物と同じ力を与えますように。その力のおかげで彼は四〇日間歩き続けても、気が挫けなかったわ。もう少しの間お父様には身を隠しておきましょうか？それとも明かしましょうか？

ゴール王　体力がもどるまで、もうしばらく我慢しなさい。あなたを見て喜び過ぎてしまうと、すっかり弱っている感覚が損なわれてしまい、私らの喜びのもとが、悲しみに変わりかねない。

ペリラス　ご機嫌いかがです、陛下？　ご気分は？

レア王　こんなうまい食べ物はみたことがない。マナ[26]という不思議な食べ物がイスラエルびとに天から降りそそいだというが、まるでその神の恵みのようだ。お蔭で気力がまた戻ってきて、以前のように

さわやかな気分になってきた。だがこの人達の
ご親切に、どのようにお礼をしたものだろう？
ペリラス　確かに、どうしたら十分か、わかりません。
ですが、こうしたら一番いいのではないでしょうか。
お礼のしるしに私のダブレットを差し上げましょう。
だって私達には他に何もないのですから。
レア王　いや、待ちなさい、ペリラス。わしのにしよう。
ペリラス　いえ、陛下お願いです、誓って私のものを。

ペリラスはダブレットを差し出すが、彼らは受け取らない。

レア王　こうした異国の見知らぬ人々の間に
こんなにも親切な心が残っているとは、誰が
考えよう？　そして最も親切にすべき理由のある
娘達の胸に、あんな憎悪が宿っていようとは？
コーデラ　まあお年なお父様、悲しみのわけを話して
頂くと、私も一緒に悲しみますわ、慰めにはならないけれど。
レア王　ああ、優しい娘さん、そう呼ばせてください、
あなたは昔の私の娘にそっくりだから。

コーデラ　今でもお父様の娘ではないの？　その方は亡くなったの？

レア王　いや、断じてそれはない。だがわしがあまりに親子の情に背いてしまったので、わしの権利は全部無くなった。わしは父親の資格を失ったのです。だからあの子からはむしろ赤の他人と呼ばれ方がいいのです。

コーデラ　まだ立派なお父様ですわよ。だってほら、よく言うでしょう、人は自分のものなら、自分の好きなようにできるって。でもだったら娘さんは一人だけなの？

レア王　いや、あと二人います。いなければよかったが。

コーデラ　あら、だめよ、そんな言い方は。でも最後はどうなったの？　悪い人達も良いところがあれば、良くなるわ。でもどんなひどいことをお父様にしたの？

レア王　もし最初からそのわけを話すとなれば、心が金剛石のように固い無慈悲な者でも涙するでしょう。かわいそうに優しい心根の娘さん、あんたはもうわしが話し出す前から泣いているのかね。

コーデラ　どうぞお願いです、お話し下さい。おすみになったら、なぜこうも早く私が泣くのか、わけをお話しします。

レア王　ではまずここから始めよう。わしはブリテン島の生まれで、愛する妻との間に、三人の娘がありました。
自分で言うのもなんだが、みな人一倍美人だった。
それに分けても一番年下の娘がそうでした。
その美しさには、比べるものがなかったのです。
わしは疑り深い愛情でこの娘らを溺愛し、この中で、
どの子がわしを一番愛しているか試そうと考えて、
「お前達の内誰が最もわしを愛しているか？」
と尋ねた。上の二人は言葉巧みにわしにおもねって、
「自分の命よりも父上を愛しています」、と誓った。
だが末娘は、「子供として当然なように愛します」、と
答えた。その答えは、ひどく不快に思えたのです。
わしはすぐに怒り狂ってしまい、そのまま娘を、
勝手に泳ぐなり沈むなりせよ、とばかり追い出した。
そしてわしの財産を全部、身に着ける服に至るまで、
嫁入り持参金に、二人の娘に与えてしまった。
そして一番大きな分け前に値する末娘には、
不名誉と気苦労を与えただけでした。
さてその続きですが、こうした措置を取ると、
わしは長女の館に滞在することにして、

そこでしばらくは、いいもてなしをしてもらい、
充分満足して毎日を過ごしておりました。
だが親切だった娘は、日ごとに冷淡になっていった。
それをわしはじっと我慢して耐え忍んでいました。
そして見たことも見なかったふりをしていた。
だがとうとう娘は気まぐれに激怒して、わけもなく
憎しみでいきり立つようになったのです。
そして傲慢無礼な悪口雑言で、さっさと荷物をまとめて
どことなりと出ていけ、とわしに言い放ったのです。
そこでわしも、ならば喜んでもう一人の娘のところに
避難して、助けてもらおうと赴いた。するとこの娘は
わしにとても丁寧な気持ちの良い言葉をかけてくれました。
だがあの子がやったあまりに酷い仕打ちは、
どんな娘も決してしたことはなかったでしょう。
娘は私にある朝、宮殿から二マイル離れた雑木林に、
遅れないように来てほしい、そこで私と
相談したいことがある、と頼んできました。
そこに娘はぼさぼさ髪の人殺しを潜ませていて、
わしの親しい友とわしを、亡き者にしようとしたのです。

考えてもみて下さい、簡単にお話ししたが、これほど大きな悲しむわけを持った者がいるでしょうか。
ゴール王　これほど神を冒瀆した不敬な悪徳は、聞いたことがない。まことに前代未聞です。
レア王　こうしてわしはやむなく、わしがつれなく扱った末娘に、救いを求めることにした。告白するが、その娘がわしは万死に値すると咎めても、それは当然なのです。だがもしこの子がわしに本当に心優しくしてくれたら、それはわしに資格があるからではない、ひとえに神様とこの子のお蔭なのです。
コーデラ　誓ってもいい、その人は間違いなく親切ですよ。
レア王　わしの娘を知らないのに、どうして分かるのです？
コーデラ　私自身、遠く離れた所に父がいまして、その父が同じほど私を手ひどく扱いました。ですがもしその尊いお姿に、もう一度逢えるのなら、私は這って行き、お会いしてひざまずきますよ。
レア王　いや、わしの娘達ほどつれない子はいないのです。
コーデラ　他の人の罪のせいで、みんなを非難なさらずに、お父様、この私をよくご覧になってくださいな、

お父様が愛する娘が今話しかけているのです。　（コーデラはひざまずく）
レア王　おお、立ち上がりなさい、ひざまずくのは　（レア王ひざまずく）
私の方だ。わしの過ちを、お願いだ、許してほしい。
コーデラ　まあお父様、私が生き続けるのをお望みなら、　（レア王立ち上がる）
どうかお立ちになって。でないと私、死んでしまいそう。
レア王　ではお前の気に入るように立ち上がるが、
でも許しをもらうまで、またひざまずこう。　（ひざまずく）
コーデラ　お許しはしますけど、許すなんて言葉、
私には似合いません。でもお膝を楽にして頂くため、
そう申します。お父様は私に命を与えて下さいました。
今私がここにいるのは、ひとえにお父様のお蔭です。
レア王　だがお前はわしと友人に命を与えてくれた。
でないとわしらは、時ならぬ最期を遂げていただろう。
コーデラ　お父様は私がまだ若く、とても独り立ち
できない時に、私を大切に育て上げてくださいました。
レア王　わしはお前がまだ若く、とても独り立ち
できないのに、お前を追い出してしまった。
コーデラ　お父様がそんなに長くひざまずいておられると、
神様と世間と自然な親子の愛が、私を「ひどい」、と責めたてます。

ペリラス　この愛すべき言い争いを中断させてください。
私はこれを見て、心の底から大喜びしております。
さあ父君、お立ち下さい。この方はあなたの
愛する娘で、あなたがこの世の君主であるかのように、
大切な務めとして、父君を尊敬されています。　（彼は立ち上がる）
コーデラ　でも私は決して立ち上がりません、　（コーデラがひざまずく）
生まれてこのかた、今この時までに
私が犯した罪の数々を、すべて許して頂き、
お父様の祝福を受けますまでは。
レア王　アブラハム[27]の神がユダ族[28]に
与えた祝福が、お前の上に降りそそぎ、お前が
長生きして、お前の子供達のそのまた子供達が
繁栄するのを見ることができますように。
お前の言う過ちは、わしは何も存じておらぬが、
神様が天上でお許し下さり、わしが地上で許します。　（コーデラ立ち上がる）
コーデラ　今やっと私の心は穏やかになり、
この幸運が嬉しくて、胸の内で小躍りしています。
さあ、大切なお父様、私どもの宮廷にようこそ。
そして親切なペリラスさん、ようこそこちらに。

あなたは美徳とまことの廉潔の鏡です。
レア王　ああ、この人は親切この上ないわしの友人だ。
逆境の中でこれほどの友を得た者はいない。
ペリラス　私はあまりに嬉しくて、有頂天になってしまい、
この気持ちをどう言ったらいいのやら、言葉がありません。
ゴール王　全てお話頂いたので、今度は私の考えを
お聞き下さい。沢山の中身を込めて簡潔に締め括ります。　（ひざまずく）
私がこのマムシのごとき一派を根絶やしにして、
お父上に王冠を再び取り戻していただく前に、
いやしくもこの私の心に喜びが宿り、
またこの胸が安らかに満足するとすれば、
私はこの世始まって以来、最もひどい偽証罪を
犯した男、という汚名に甘んじます。　（立ち上がる）
マムフォード　これまで誓ったことは一度もないが、私も誓います。　（マムフォード、ひざまずく）
仮にも私が再びブリテン島の地を踏むことになり
（ほどなくそうするつもりですが）、かの地から
大好きな娘っ子を連れ帰らなかったら、
その報いに、私が去勢されますように。　（立ち上がる）
ゴール王　さあ、この悪事を正すために、武器を取ろう。

かの地に着くのが、待ち遠しくてたまらない。　（全員退場）

レイガン一人で登場

レイガン　この胸に良心という地獄が潜み、私の
本当の姿を見せつけ、恐怖で私を拷問にかけるので、
疑惑の苦痛に苛まれて、自分のやった取引が
世間にバレはしないかとびくびくしている始末だ。
私がことを運ぶよう頼んだ奴だが、あれ以来
この間抜けは、ぱったりと姿を見せなくなった。
まったく、あいつにしっかり確かめることさえ
できれば、疑念が消えて、ひと安心できるのだが。
だがもしあの年寄り二人が、言葉巧みに説き伏せて、
あいつの気持ちをやわらげて、命拾いしていたら、
彼らはフランス宮廷に逃げのびてしまい、
ラッパを吹くように、私の恥辱を言い触らすだろう。
くそっ、肝っ玉の据わらない臆病どもは、
美辞麗句にころりと負かされてしまうのだわ。
ええい、私が男に生まれていたらよかったのに。

それともこの意志と同じほど、力があったらいいのに！
こんな能無しの男どもはお情けの固まりにすぎず、
日が照ると溶けるバターのようなものだわ。
こんな男どもがどうして私達女の上にのさばる
のかしら、女の方がずっと勇敢で意志が固いのに？
誓っても、キリスト教国の意気地なしの
男達に、お情けをかけるなんて、まっぴらだわ。
一突きにするとか、くだらないのど笛を
切り裂くとかするのは、とても簡単なこと。
それが怖いのなら、梅毒にでもやられるがいい。
あの大馬鹿がこんな仕え方をすると分かっていたら、
私が自分の手でやってのけていたはずだわ。
まだやっていないのだわ、それが分かったら、
何とか手を打ってうまくやり抜けることにしよう。
私に愚痴をこぼすやつがいたら、どんな事情があろうと、
そいつは私の手の届かないところにいるのが一番ね。
（退場）

軍鼓とラッパの音。ゴール王、レア王、マムフォード及び兵士達登場

ゴール王　さあ、この海辺まで兵を進めてきたぞ。
わが船団はもう我々が乗り込むのを待っている。
おりよく順風だ。四時間の航海で、我らは
たやすくブリテンの海岸に着く。
そこでわが軍は敵の不意をついて襲いかかり、
簡単に輝かしい勝利を収めることができる。
よいか、忠誠なるわが国の諸君、断乎たる決意を
固めるのだ。戦いの大義と正義は我らにある。
さあ、勝利に向かって行進しようではないか。
この私が自ら先頭に立って指揮をとり、
最も勇猛な者と相並んで、一歩一歩行進しよう。
そしてわが兵站で、最も劣った者でも、
私が支えるので、危険に晒されることはない。
マムフォード、君には、わしのそばで全軍の
指揮を執ってもらうことにする。私は君を
信じて疑わない。よって日ごろの剛勇を
さらに鼓舞して、この喫緊の時にあたって、
兵士の手本となり、誰もが認める君の太っ腹で、
皆を奮い立たせてもらいたい。

マムフォード　陛下、はやる馬に拍車をかけるのは無用です。
そうした馬は自ら死に向かっても、喜んでつっ走るのです。
ここに私は、星のように幸運へと導くデニス聖人の、
輝く甘い眼差しにかけて誓うが、私はご高齢のレア王が
また王座に返り咲かれるのを見るか、それとも、
陛下の大義のため、この世におさらばするか、いずれかです。

レア王　マムフォード卿、感謝しますぞ。これはわしの値打ちとか
功績とかいうよりは、あんたの善意によるものだ。

マムフォード　さてそこで、わが国の誉れ高い兵士諸君、
君達は勇猛なるジェノヴェスタンゴール族(29)であり、
諸君の騎士道精神は赤脛《すね》と名付けられている。
それは、諸君は脛が赤い血に染まっても、なお戦うからだ。
今こそ諸君が由緒正しい真のゴール人たることを
実証し、敵に苦々しい痛撃を加えるのだ。さすれば
彼らは、諸君を胆汁のように苦い、と言うだろう。
勇敢な砲撃隊よ、諸君の大砲で敵を苦しめるのだ。
勇敢な斧槍隊よ、諸君の鋭く尖った槍で敵を苦しめるのだ。
それぞれ自分の持ち場で、全員一丸となって
諸君自身とゴールの名誉をかけて戦うのだ。

ゴール王　ならばどうして彼らをもっと説得する必要があろうか？
兵士達は突撃の話を聞くよりも、突撃したいのだ。
さあ、船に乗り込むぞ。神がお許し下されば、
四時間の航海でブリテンに着くはずだ。
マムフォード　そしてさらに五時間で、我々はきっと
望み通り目的を達成することができましょう。　（全員退場）

見張り隊の隊長と二人の見張り登場

隊長　さあ、今夜のお前達の役目は、
のろし台の近くのこの場所で、見張りをすることだ。
どこかの艦隊がこっちに近づいて来ないか、
油断なくしっかり見張るのだぞ。よいか、
もし近づいてきたら、直ちにのろし台に火をつけて、
町中の眼を醒ますのだ。それがお前達の仕事だぞ。　（退場）
第一の見張り　はい、はい、心配ご無用。任務は心得ています。
俺はこののろし台の近くで三〇年も見張ってきたんだ。だが一回も
これを焚いたためしがない。いつもじっと立っていただけさ。
第二の見張り　全くそうさ。で、どうだい、俺の悪習に付き合わんかね。

のろし台を見張る代わりに、いい男のところに行こう。ジェニングズさ。ビール一瓶に薄切りのベーコンをしっかり見張ろうぜ。グテングテンにならなきゃそれでいいさ。俺達が外に出たら、きっとのろし台が出迎えてくれるぜ。

第一の見張り　そりゃそうだ、だが隊長に言いつけるやつがいたらどうなる？

第二の見張り　そりゃ問題ない。お前、例えばかだが[30]、俺が立派な理由でしっかりのろし台を見張ってると証明してやる。

第一の見張り　おい、てめえ俺のことを今ごっそり馬鹿だと言わなかっただろうな。

第二の見張り　いやいや、例えばだ。ここにビール瓶があるとするとだな、これがのろし台ってわけよ。

第一の見張り　うん、うん、そりゃとてもいいのろし台だ。

第二の見張り　そこでだ、ここにお前の鼻がある。これが火だ。

第一の見張り　なるほど、確かに、俺の鼻はすこし赤い。

第二の見張り　塩漬けベーコンが一〇個ばかり皿に乗って、並んでこっちにやってくるぞ。

第一の見張り　お前の言いたいことは分かる。つまり船が一〇艘ってことだな。

第二の見張り　あたりだ、よく分かったな。そこですぐに立派な見張りとしてだ、のろし台に火をつけて、町を呼び醒ますわけよ。

第一の見張り　うん、つまり鼻をビール瓶にくっつけて一杯飲むってわけよ。

第二の見張り　よく分かったな。さあ、のろし台に火をつけに行こうぜ。（両人退場）

ゴール王、マムフォード及び兵士達、静かに行進しながら登場

ゴール王　さあ、わが軍の旗手達をブリテンの地で
行進させよう。我々は町に近づいてきた。
さあ、あたりを見渡すのだ、勇猛な兵士諸君、
この偉業をやすやすとなし遂げようではないか。
この地の疑い深い住民は、身の安全を固く
信じ込んで、ぐっすり眠りこけている。
敵は素っ裸で、正体もなく、夢から覚めたばかりで、
我々は奴らと軽く戦闘を交えるだけだ。
我々がここに来たわけも分かっていないから、
その意味を肌身で思い知らせてやれ。
さあ襲撃せよ。神と正義はわれらにあり。（全員退場）

非常警報。半裸の男女達。二人の隊長が剣を持って登場。ダブレットは着ていない。

第一の隊長　どこへ行きやがった、見張り番の悪たれどもめ、

危急の時が来たら、のろしを焚くはずだったのに？
突然襲われて、とんでもない目にあったのに、
奴らは何一つ町に知らせやがらなかった。
裏切られたぞ、望みは絶たれた。もうどんな
手を打っても、守備を固めるには手遅れだ。

第二の隊長　ど百姓め、やつらは九分九厘、酔いつぶれて
眠りこけ、任務をほったらかしたのだ。

第一の隊長　竜巻がやつらに襲いかかって渦にぶち込めばいい、
そうすればこの畜生どもめ、たらふく水が飲めるだろう。

第二の隊長　これだ、のろし台が居酒屋のすぐそばだとはな。

二人の見張り、酔ってビール瓶を持って登場。

第一の隊長　この悪党どもめ、今頃どこに向かって走るんだ？

第一の見張り　町に火をつけて、のろしを呼び起こすんでさ。

第二の見張り　おい、違うぞ、のろし台に火をつけるんだ。　（ビールを飲む）

第二の隊長　何だと、ビール瓶で火をつける？この飲んだくれのごろつきどもめ。

第一の隊長　町が陥落してから、のろしをつけるつもりか。
どうやって任務を果たすか、貴様らに教えてやる。　（突き刺そうと剣を抜く）

マムフォード登場。隊長達、逃げる。

マムフォード　無駄な抵抗はやめよ。ろくでもない、やめるんだ。　（ビール瓶をけり倒す）

第一の見張り　よろめくんだ？　よろめいてたまるか。
死ぬ前にゃきっとビール瓶が欲しくなるぞ。

マムフォード　だがそれまでは少しもこと欠くまい。まあ、お前らは
相手にするまでもない。勇ましいし、しっかり武装しているからな。
町にいるのが、お前らみたいなのばかりだといいんだがな。　（退場）

第二の見張り　このお方は正直な話し方をなさる。俺の癇癪はもう
消えちまった。さあ、相棒、行こう。

第一の見張り　いや、まず立てるかどうかだ。　（両人退場）

戦場の喧騒。兵士達が行き交う。マムフォードは彼らと半裸の者達の後を追う。
ゴール王、レア王、マムフォード、コーデラ、ペリラス、兵士達、及び縛られた町長登場。

ゴール王　怖がらずともよい、皆さん、あなた達が
正当な国王に服従し、キャンブリア王と、野心家の
コーンウォール王への忠誠を破棄するならば、我々が

あなた達に危害を加えることはない。彼らの二人の妻は、
自分達の父親の命を狙って反逆を企てたのである。
我々は被害を受けられた陛下の正義を守るべく、
ここに来た。皆さんが正当な国王陛下に服従するなら、
些かもあなた達を傷つけるつもりはない。
レア王　親しいわが国の皆さん、わしがこうして
やむなく極端な手段を取るのは、残念でたまらない。
貴族　陛下、私どもは長い間、みな一致して、
陛下をお探しし、心待ちにしておりました。
私どもが、国王陛下ご帰還を存じておりましたならば、
陛下に抵抗することはなかったはずであります。
そして今や、陛下がお疑いになるまでもなく、
全国民は直ちに陛下に従うつもりであります。
陛下がご不在になられて以来、あの人達は
甚だしく慢心し、全土に重税が課されました。
私どもはすぐさま味方軍すべてに通知を出します。
これを知れば、みな速やかに参上致します。
レア王　ありがとう、愛する臣民達よ、ありがとう、
立派な婿殿、ありがとう、優しいコーデラ、また

マムフォード殿、感謝していますぞ。褒賞もないのに、進んで
血を流す危険をおかして、わしにかくも尽くして下さった。

マムフォード　いえ、そうは仰らないで下さい。
陛下には大変ご恩を受けております。
告白しますが、私は何度か小競り合いの戦闘を
経験しましたが、この度のようなことは初めてです。
私はいつも武装した兵士と戦ったものですが、
この度は思いがけなく、素っ裸の女達と戦いました。

コーデラ　私達女はか弱いですし、武器は使いません。
神様にあなたを怪我からお守り下さるようお祈りしますわ。

レア王　あなた方の手が休まず苦労している間、
我々は敵どもの敗北を心から祈ろう。

ペリラス　あなた方が我々のために戦っている間、
我々は、正義が勝利するよう、断食して祈ります。

ゴール王　あなた方の言葉で味方軍は増えて、
私も意欲満々、手足に新たな活力が湧いてきます。
だがお聴きなさい、敵方の軍鼓が近づいてくる。
神よ、正義よ、デニス聖人よ、ジョージ聖人よ！(31)

（軍鼓の音）

コーンウォール王、キャンブリア王、ゴノリル、レイガン、及び兵士達登場

コーンウォール王　厚かましいゴール王め、どうして貴様は
厚かましく、われらのブリテン島の海岸を侵略するのだ？
そればかりか、どうしてわれらの町々を力ずくで占領し、
わが臣民の心を正統な国王から引き離すのだ？
以前お前らは厚かましさをお前らの命で買い取ったが、
今度もそれと同じ高い代償を払うと覚悟しろ。
ゴール王　無鉄砲なコーンウォール王め、よいか、
わしは不当な扱いを受けた国王殿の、正義にかなった
当然の復讐を果しに来たのだ。残忍な二人のマムシ娘は、
父上を殺害し、そのお命を奪おうと企んだからな。
だが神様が娘らの悪意から陛下をお守りになった。
わしは陛下の権利と正義のために来たのだ。
キャンブリア王　ここには彼にも貴様にも、何の利権もない。
剣で手に入れたいなら、やってみろ。貴様はわれらの
徳高く高貴な二人の王妃を誹謗したが、戦いで
その言葉を貴様の喉の奥に押し戻してやる。
貴様ら、陸地では命の保証はないと思え。わしらの

復讐は怖いぞ。さっさと海に逃げるがいい。
マムフォード　ほざいたな、ウェールズ人。覚悟しろ、
日暮れまでには追い払ってやる。一年の間は口もきけぬぞ。
ゴノリル　私らが父上を殺そうとしたなんて、大嘘だわね。
レイガン　ただのまことしやかな捏造だわね。
色を付けて侵略を飾るつもりなのね。
死にかけた年寄りが、こんな汚い嘘を
持ち出すなんて、恥を知るべきじゃないかしら。
コーデラ　まあ、恥知らずな姉ね、すっかり清らかな心を
なくして、面と向かってお父様を嘘つき呼ばわりするなんて。
ゴノリル　おだまり、このピューリタン、猫かぶりの偽善者め。
お人よしが過ぎて、何もかもなくすだろうさ。
じきにお前をこの手で摑まえて、煉獄で
身を清めたい、と願わせてやるよ。
ペリラス　だまれ、この化け物、女の恥とは貴様のことだ。
悪魔が人間そっくりの姿に化けたのだろう。
レイガン　これほど口汚い男は聞いたためしがないよ。
レア王　とっとと失せろ、このマムシ、くず、汚い親殺し、
お前なんかより、ヒキガエルを見ていた方がまだましだ。

（彼女はひったくり破り捨てる）

この手紙に心当たりがあるだろうが？

レイガン　こんなつまらない手紙で私を
黙らせるつもり？　でっち上げた手紙を口実にして、
夫から権利を奪おうというわけね。

レア王　こんなひどい不信心を誰か聞いたことがあろうか？

ペリラス　あんたには我慢させられた貸しがある。
我々は二時間以上も、雑木林の中で
我慢して、あんたを待ち続けたのだ。

レイガン　いつのこと？　どこの雑木林なの？

ペリラス　あんたが私と陛下をあの世に送ろうと、刺客を雇い、
自分で封をした手紙を持たせて、送りこんできた場所だよ。
あんたはまるで来るつもりはなかったがね。

レイガン　あらまあ、年を取ってまた子供に戻ったのね。
でなかったら、その頭は寝不足で呆けているのだわ。

ペリラス　なるほどお蔭で見ろ、またすぐに立ち上がれたぞ。
だがあんたはわしらに待てと命じた場所で、わしらが眠るように
手配した。ただあの世でしか我々が目を醒まさないようにな。

ゴノリル　おだまり、このおいぼれ、まだ寝ぼけているのね。

マムフォード　まったく、明日まで道理を説いて聞かせても、

二人から他の返事は得られませんよ。
そろって顔立ちはこんなにもいいのに、
清廉な心が微塵もないとは残念です。
では、二人が口先で語るほど、二人の夫らが、
その手でやれるかどうか、確かめましょう。

キャンブリア王　よし、では二人の夫は剣でお前らの舌が
語った讒言《ざんげん》を撤回させるか、その舌を切り取ってやるだろう。

ゴール王　さあ、かかれ、勇んでかかれ、口先だけで喧嘩している時ではない。　（両軍とも退場）

戦場の喧噪。兵士達が交錯。マムフォードがキャンブリア王を追撃。喧噪がやむ。
コーンウォール王登場

コーンウォール王　わが軍の負けだ。味方軍はみな寝返って、
敵方に合流して、我々を攻撃している。
こうなってはもう逃げるしか身を守るすべはない。
王妃と一緒にコーンウォールに帰ろう。　（退場）

キャンブリア王登場

キャンブリア王　今日はこの宿営に悪魔が潜んでいて、
わしに付きまとったに違いない。お蔭でひどく疲れて、
もはやこれ以上戦うのは無理だ。
くそっ、奴が来たぞ。国に逃げ帰ろう。

マムフォード、彼の後をドアまで追いかけ、引き返す

マムフォード　ウェールズ人よ、さらば。これはお前が受けるべき
当然の報いだ。軽くて素早い脚が二本あるのだからな。
お前は手よりも脚の方に借りができたな。
だが今日もう一度貴様に出会ったら、
その足を切り離して、もっとましなやつに付けてやる。（退場）

戦場の喧噪と兵士達の交錯。勝どきの声。レア王、ペリラス、ゴール王、コーデラ、
マムフォード登場

ゴール王　神に感謝をささげよう、敵は打ち負かされ、
陛下は再び権利を回復されました。
レア王　まず天なる神に、次に婿殿、あなたに感謝しますぞ。

あなたの立派な働きで、わしは再び王位を取り戻した。
よかったらあなたご自身が、これを受け取って
くださると、わしは喜んでお譲りしますぞ。
この王位は、あなたにこそ権利がある。わしにではない。
まず、あなたはご自身の費用で、勇猛な兵士達を招集し、
戦いを起こされた。全部あなたがなさったことだ。
次に御身の危険をおかして、敢然と立ち向かわれた。
最後に、ゴール王の名声はひとつも傷つかず、
わしは王座をあなたのお蔭で回復できた。
ゴール王　私ではなく、神に感謝して下さい、これが陛下への
私の思いです。どんな難事をお命じ下さっても、結構です。
コーデラ　夫は王妃の私を最高の愛で優しく扱います。
その私のお父様につれなくするわけがありません。
レア王　そうだ、コーデラ、今お前の慎ましい返事を
思い出したぞ。わしはつれないと受けとってしまったが、
今はよく分かる、お前はわしを少しも欺いてはいなかった。
子としてなすべき通りに、わしをとても愛していたのだ。
そしてペリラス、あなたはわしと悲哀を共にして
くれたが、あなたには最高のお礼をしますぞ。

とはいえ、どんな褒賞も、とても十分ではない。
あなたのまことの忠誠は、かけがえがない。
最後にマムフォード殿、あなたにも感謝致しますぞ、
あなたの値打ちが小さいから最後になったのではない、
それどころか今日は獅子奮迅の活躍で、
コーンウォール王とキャンブリア王を追撃された。
彼らはわしの娘達と一緒に、今娘達と言ったかね、わしは？
命からがら、尻尾を巻いて逃げおった。
さあ、婿殿とコーデラ、お蔭で王位に戻れたが、
フランスご帰還前に、しばらくわしと一緒にお休み下され。

軍鼓とラッパ。一同退場

終

3　ラファエル・ホリンシェッド　『ホリンシェッド年代記』第二版「レア王」（一五八七年）

バルデュッドの息子レアは創世紀元三一〇五年(1)にはブリテンの統治者になっていた。当時はまだヨアシュがユダに君臨していた。(2)このレア王はまことに振舞いの高潔な君主で、豊かな富で土地と国民を治めていた。彼は今日ソア川の付近にあってレスターと呼ばれている地に、カエルレアの町を建設した。彼は妻との間に、ゴノリラ、リーガン、コーデイラという三人の娘を得て、他に子はなかったとされている。この娘達を彼はたいそう愛したが、とりわけ末娘のコーデイラを、姉二人よりもはるかに愛していた。そうしてこのレア王が年老いていき、高齢のため身のこなしが衰え始めてくると、自分に対する娘達の愛情がどれほどかよく知って、自分を最も愛している娘に王国を継がせよう、と考えるようになった。そこで彼はまず長女ゴノリラに、自分をどれほど愛しているか尋ねてみた。彼女は、「神々に誓って、自分の命は、当然の権利として、とても大切ではありますが、それにもまして、私はもっとお父様を愛しております」、と明言した。この答えに彼はすっかり喜ぶと、次に二番目の娘に向かって、どれほどお前はわしを愛しているか、と問いかけた。彼女は自分の言葉に強い誓いを立てて、「私の愛は言葉では言い尽くすことができませんが、世界中の人間全部を合わせたよりも、もっと私はお父様を愛しております」、と答えた。

それから彼は末娘のコーデイラを呼び寄せると、お前はどんな話をわしにしてくれるか、と尋ねた。すると彼女は、「お父様が私にいつも大きな愛と父親としての情熱を注いで下さったことは、よく承知しております。(そのことについてはお答えするよりも、良心の導くまま私の心の中にしまっておきたく存じます。) 私はお父様をいつも愛してきましたし、これからも(命ある限り) 血の繋がった父親としてずっと愛し続ける、とはっきり申し上げておきます。それ以上に私が抱くお父様への愛をお知りになりたかったら、ご自身でお確かめくださいませ。お父様がお持ちになっているほどだけ、そしてお父様のお値打ちのほどだけ、私はお父様を愛しております」、と答えた。父はこの返事に少しも満足せず、二人の姉娘の内一人をコーンウォール公へニヌスに、もう一人をアルバニア公マグラヌスに嫁がせて、彼の死後に彼らの間で国土を二分割するように、またそれぞれの半分は即刻彼らに渡す、と遺言として申し渡した。しかし彼は末娘のコーデイラには何も残さなかった。

それにもかかわらず、たまたまアガニップスというガリアの君主の一人が、先述のコーデイラの美貌と女らしさと好条件を聞いて、彼女と結婚したいと強く願って、父親に彼女を妻に迎えたい、と使者を送った。これに対しレア王からは、「娘と結婚するのはかまわないが、結婚持参金は何も持たせるわけにはいかない、というのもすでにそれはすべて他の二人の娘達に分け与えるとしっかり決めて、約束してしまっているからだ」、との返事があった。アガニップスは、このようにコーデイラにいささかでも持参金をつけるのは断る、という返事を受けたにもかかわらず、彼女を妻にめとることにした。いわばそれは、ひとえに彼女の人柄と気立てのよい美徳に、心を動かされたためである。当時このアガニップスは、ブリテンの歴史の記録によれば、ガリアを治める一二人の王達の一人であった。だが話を先に進めよう。

レアがますます年老いてきたところ、上の二人の娘と結婚した二人の公爵は、長年ブリテンの地の統治権は以前から自分達の手中にある、と考えていたので、武装して兵を挙げると、レアから国土の生涯にわたる統治権を奪い取った。これによって、レアには持ち分があてがわれたが、それはつまり、彼は自分の地所の維持に必要な割り当てだけで暮らす、ということだった。しかしそれもまた同じように時が経つにつれて、マグラヌスとヘニヌスの二人によって減らされていった。しかしレアが最も悲しんだのは、姉娘達の忘恩を目の当たりにしたことであった。この娘達は、父親の持つものは何でもあまりに多すぎるが、少なすぎることは決してない、と考えているようであった。彼は一方から他方へと移るたびに悲哀を味わわされて、とうとう彼女らは父に仕える従者はただの一人も認めようとしなくなったのである。

ついには彼が彼女らに見た忘恩は、（あえて言えば）二人の娘が以前述べた耳に心地よくきれいな言葉とは裏腹に、あまりにひどかったので、彼は困窮に瀕して、やむなくこの地を逃げ出し、以前憎んだ末娘コーデイラに幾分かの慰めを求めて、船でガリアへと向かった。コーデイラは父が落ちぶれ果ててやってきたと聞くと、まず父が服装をきれいに着飾って、以前の高い地位にあった頃と同じように、彼にふさわしく、しっかりと付き添う従者達をつけるようにと、こっそりお金を届けた。そのように従者の手筈がすむと、彼女は父に宮廷に来るよう日取りを伝えた。彼が行ってみると、娘婿アガニップスと末娘コーデイラの二人は、喜びにあふれて、また丁重に愛をこめて、父を迎え入れてくれたので、彼の心は大いに慰められた。というのは、彼はかつてブリテン全土の王だった頃と同じように、心をこめて丁重にもてなしてもらったからである。

さて彼が娘婿と娘に、他の娘達にどのように冷遇されたか伝えると、アガニップスは強力な歩兵隊を準備し、また同じように海軍も装備して、義父レアとともに、王国を再び彼に回復させるべく、ブリテンに向かうことにした。コーデイラもまた、父は死後正当な世継ぎとして彼女に国土を渡すとの約束で、かの地の征服に同行することになった。レアは以前彼女の姉達とその夫達に認めたいかなる譲渡も、全て破棄したのである。

こうしてこの歩兵隊と海軍の準備が整うと、レアと娘は彼女の夫とともに海を渡り、ブリテンに着いた。そして敵方と戦いを交えて、彼らを敗走させた。その中でマグラヌスとヘニヌスは殺害された。こうしてレアは王国を回復し、その後二年間この国に君臨したのち世を去った。彼が統治し始めてから四〇年の月日が流れていた。彼の遺骸はレスターの町の下方、ソア川の水路下の地下納骨堂に埋葬された。

レアの末娘コーデイラは創世紀元三一五五年に女王の座に就き、ブリテンの統治者となった。これはローマ建設の五四年前で、当時はウジヤがユダ王国を、またジェロボームがイスラエルを統治していた。このコーデイラは父の他界後、ブリテンの国土を五年の間、まことに立派に統治したが、その間に彼女の夫君は亡くなった。そして彼女の統治の最後の頃になって、彼女の二人の甥、マルガンとクネダグ、つまり先述の彼女の二人の姉の息子達が、女の統治を蔑んで、彼女に対し戦争をしかけてきた。そうして国土の大半を破壊しつくし、ついに彼女を捕縛して、監房に閉じ込めた。これを彼女はたいそう悲しみ、男のような勇気を持った女性であったので、自由の身を取り戻すことに見切りをつけて、自ら命を絶った。先述の通り彼女が五年統治した後のことであった。

4　エドマンド・スペンサー　『妖精の女王』第二巻、第一〇篇「レア王」（一五九〇年）

彼の次にレア王が、国を幸せに、また平穏に
長く治めたが、彼には後を継ぐ男児がなく、
三人の美しい娘がいるだけだった。だがみな
国王の娘にふさわしく立派に育てられた。
彼は国土を等しく娘達に分け与えようと
決めた。齢を重ねて身体が弱り、
世を去る日も近いと思えたので、
娘達を呼んで厳粛な口調で、お前達の
誰が父を最も愛しているか、と問いかけた。

長女のゴノリルは、自分の命よりも、
はるかに父上を愛していますと明言した。
次にリーガンは、全世界よりも父を愛しています、

いつでもお試しくださいませ、と言い放った。
だがコーデイルは、義務として愛します、とだけ言った。
この簡素な返事は愛を彩る虚飾を欠いていたため、
ひどく王の機嫌を損ねてしまい、彼は
王座の跡継ぎとして彼女を一切考慮に入れず、
他の二人だけに王国全土を分け与えてしまった。

こうして一人はスコットランドのマグラン王と、
もう一人はキャンブリア王と結婚し、
彼らの間で領土を等しく二つに分けた。
だが賢明なコーデリアは持参金のないまま
セルティカ[1]のアガニップに送られた。
こうして高齢の父は王座の重荷を下ろし、
アルバニアでゴノリルと隠居生活を送り、
長く大きな名声を得て、退位しても
少しも深く悲しむことはなかった。

だが油が切れると蠟燭は燃え尽き、
　芯は捨てられるのが世の常である。

だから王が統治権を譲り渡すと、
娘は父の衰えた日々を軽蔑しはじめて、
彼の長期の滞在にすっかり飽きてしまった。
そこで彼はもう一人のリーガンのもとに赴くと、
彼女は最初こそ何事につけ大事に扱ってくれたが、
父が出ていく見込みがなくなると、
寛大な気持ちは退いていき、彼の喜びは損なわれた。

この哀れな王は、こうして極限の試練を経て、
愛はこれを最も公言するところにはないと
いたく思い知らされたが、もはや遅すぎた。
とうとう残りの一人を試してみようと思い立ち、
コーディリアのもとに行こう、と自らに言い聞かせた。
彼女は心から、愛を込めて父を迎え入れたので、
高齢の王には、彼女こそが最高の娘であると思われた。
ついに彼女は強力な軍を召集し、彼から国土を
奪い取った者達に対し戦争を起こした。

こうして彼女は再び父を王座に復させた。

老いた王はそののち老衰で世を去った。
そうして遺言によって王冠は彼女が引き継いだ。
彼女は平穏に同じほど長く国を治めた。
そのため人々はみな深く忠順の心を持ち続けた。
だがその後、彼女の姉達の子供らが勢力を増すと、
高慢な野心から彼女に謀反を起こし、
彼女は打ち負かされて、長い間獄に閉じ込められると、
その惨めな生活に倦みはてて、自ら首を吊った。

5　ジョン・ヒギンズ『為政者の鏡』「コーディラの悲劇」（一五七四年）

コーディラが、いかにして獄中で、絶望して自殺したかを自ら語る。紀元前八〇〇年。(1)

一

悲しみにくれるだれかに、嘆くわけがあり、過去の悲哀が
われら王族を疼かせるなら、われらの没落も語れ。
私自身も同様に、やむをえずそうせざるをえない。
私の同じような不幸と不運を一緒にお見せしよう。
仮にも私の苛酷な運命と束縛の境遇を隠しておくなら、
私は自身とみなに対し、過ちを犯すことになろう。
わが事実について、真実の証人となってほしい。

二

だが女は恥ずかしい時は、たとえ真実が物語や話を

起こった通りに語れ、と指示しても、顔を赤らめてしまう。
だが私は聴衆も、時も、場所も、不快には思っていないので、
いつまでも秘密をうまく隠しておくことはできない。
悲しみを語ることほど大きな心の安らぎはないし、
語ることはすべての心の嘆きをひるませる。
悩み苦しむ心はそれによって大きな慰めをうる。

三

なにゆえ語り継がれることをまた語り、
我々の耳が安らぎを得るよう語るのか。
それは我々の苦痛の軟膏、薬であり、それが
人の病気の原因すべてと痛みを癒すからである。
そして激しい煩悶と苦痛を和らげて、
確かな友人の心情を満足させ、この話を
語ることで、同様の悪徳を正すからである。

四

それゆえ私は自らの没落を進んで語り、不幸な出来事を
お見せして、重い荷を負った胸と心を安らかにしたいが、

人々は普通、多分これを奴隷の如く避けて、それにより、
苦しみの中に、もっと救いと慰めを見出すだろう。
私が身をやつした一方で、彼らは歩調を合わせて、
噂や非難を避けるかのように、進んで逃げようとする、
私が語ろうとし、あなたがそれを記そうとすると。

五

あなたは、このコーディラが心の疼痛を和らげるため
語ることを、聞いて記録に取る準備をしているので、
私の悲劇の物語をあなたに逐一お話ししよう、
聞こうと耳を傾けて用意して頂いているのだから。
そこで荷馬車の後ろに馬を取り付けてはいけないので、
それぞれの出来事を、順序だてて話すよう配慮して、
どこから私の悲しみが生じたのか示すことにしよう。

六

優れた手腕でバースを発見したわが祖父ブラデュッドは、
いわば羽を付けた王で、よく高く舞い上がっていた。
だがある時、意に反して、神のみぞ知る身の凋落を感じ、

歩行も、乗馬も、統治も、会話も、飛翔も、全てが無理になった。彼が亡くなると、息子で私の父レアが、明白な正当の世継ぎとして、国王に選ばれて、のちにレアスター(2)の町を建設した。

七

彼には三人の娘があり、長女はゴネレルといった。次に私のすぐ上に、次女のレイガンが生まれた。最後に三番目の末娘が私で、コーディルと名付けられた。高齢の父レアは、この姉妹の中で私を溺愛した。そして父は、誰が一番自分を愛しているか、知ろうとした。それは国土を相続する男児がなかったためである。彼は最も自分に好意を持つ娘に相続させようと考えた。

八

私は一番若かったが、人々はゴノレルやレイガンが年上だったのに、二人より私の方がもっと賢く、遙かに美しいと判断した。このため姉達は、私の気品と才能を侮蔑し、私への称賛を弱めようとした。

だが悪徳は怒りの中で美徳に反抗しても負けるとはいえ、
美徳も悪徳を押さえ続けて溺死させることはできず、
悪徳はやはり上をかすめ飛び、名声を刈り取ってしまう。

九

だがそれでも、父は私を不快がることはなかったが、
しかし老齢とはひどく愚かなもので、抑え込むのも簡単で、
か弱い子供時代のように、知恵と理性は空っぽになる。
何もないと思っていても、お世辞を聞くと、全て真実となる。
ひとたび年を取ると、二度目の子供になると言われる通りで、
そのことは証拠によって明白になった、と私は断言する。
高齢になって私の父の心は子供のようになった。

一〇

父は私らを、三人の王族か貴族と結婚させて、
彼らと彼らの伴侶に領土を分割して与えようと
考えた。最初に父は年長の姉達を呼びにやって、
まずは二人の気持ちと愛と好意を聞くことにした。
（彼いわく）余は義務に関する疑念を全て払拭するため

そなた達の懇意のほどを試し、確かめなければならぬ。
各自如何ほど余を好いておるか話してくれぬか。

一一

これに姉達は、お父様をとても大切に思っており、
わが身以上に、また世の誰よりも、大切と考えております、
と答えた。父は二人を褒め、ならばお前達の愛情の深さに
ふさわしく、報いてやることにしよう、と述べた。
父の目には姉達の好意はそのように写ったので、二人は
口先滑らかなお世辞で、父の心を摑んだのである。
このことはのちに、父と私にとって激しい痛みとなった。

一二

しかしこれに父は満足せず、私を試そうとしたが、
彼は日頃から、驚くほど私を可愛がっていたのである。
（父いわく）コーディル、お前は如何ほど余を愛しているのかな？
では私の愛をはっきり申し述べますが（と私は言った）、
私はいつもお父様を、父上として、とても大切に思ってきました。
もっとお知りになりたくても、他には何もありません、

私達がお父様を愛しますのは、主に立派なものをお持ちだからです。

一三

ここまで私が言ったのは、姉達の追従を露わにするためだった。
だが父はこれに対し、ひどく憤って答えを返してきた。
お前は父が高齢になったのを軽んじた。わしは近頃
お前をその値打ち以上に大事にしてきておったのに、だ。
それゆえお前には、わしの領土のいささかの土地も、
姉二人の間に入って、望むことはさせぬ。
お前には、永久に持参金は持たせぬこととする。

一四

それから父は長女のゴネレルをオールバニー王(3)に
妻として与えることにした。また同様に二番目の姉
レイガンを、当時キャンブリアとコーンウォールの
君主であったヒンナインに嫁がせた。
彼らが父の跡を継いで、彼の王国すべてを
両者の間で分けることとなり、これを父は気前よく
与えた。しかし私には持参金を一切与えなかった。

一五

最後にフランス王が私の声望を聞きつけた。
私のすばらしい美しさは海外の至る所で評判になっていた。
また父の非難に対する私の美徳で、私は称揚されていた、
父は姉達の追従のせいで、私には好意を抱かなかったが。
この立派な国王は、私の受けた被害を聞くと、
大使の一団を派遣し、命以上に私を好きに
なってくれて、私を妻に迎えたいと懇請した。

一六

父は心からすっかり満足し、私についてフランス王に、
もし私が拒むことがなかったら、どうかご随意に
ご要望のものを全部受け取って頂きたい、と述べた。
だが父はなお姉達の扇動によって、憎悪を抱き続けており
（彼は言った）どうか閣下のお望み通りになさってほしい、
娘はご希望通りお受け取り下さって結構である、
だが娘にはわしから持参金を持たせることは一切ない。

一七

アガニップス王は私をこの条件で受け取ることに同意したが、
彼は美徳こそは、持参金の中で最高のものと考えたのである。
私は喜んで父のもとを離れて、フランスへ行くことにした。
そしてもっと大きな安息を得ることを望んだ。
結婚してみると、私の喜びは日ごとに増していった。
私はこの君主の姿に、他のどんな君主らしい
君主達よりも、もっと大きな好意を抱いた。

一八

私がこうした喜びをフランスで享受している間に
父レア王はブリテンで益々老いさらばえていった。
姉達はいっそう高く登りつめるために、
父の許可を得ようが得まいがかまわず、大胆にも
思いのままに領土を手に入れ支配しようと考え、
すっかり理性を失って、謀反を起こした。
こうして父の王座と権利を彼から剝奪した。

一九

それから彼らは、領土は等しく二つに分割することで

合意した。父にはいつも六〇人の騎士と近習が付き、呼び出せばいつでも彼に仕えることになった。ところが六カ月が経つと、不愉快な憤激が著しく増したため、ゴネレルは彼の要求をすべて拒んで、彼女と夫は父の護衛の半数を奪ってしまった。彼らが残した他の半数も殆ど自由にさせなかった。

二〇

またスコットランドでこうして彼が運命を嘆いていると、一方で彼の娘は彼から何もかも強奪しようと企てたので、卑しい成り上がりの廷臣達は、自分らは彼と同等かより高い身分であると考えた。見よ、この老いた君主の挫折を。そこで彼は従者達を救うため、進んで彼らみなと一緒に、骨を折ってとぼとぼコーンウォールに行き、そこに身を寄せて、ひどい困窮の中、次女レイガンの愛を試そうとした。

二一

彼がコーンウォールに着くと、レイガンは喜んで彼を迎え入れ、彼女の夫も同様に喜んでくれた。

そこで彼は一年間逗留し、悩みもなく過ごした。
しかしそれから彼らは従者達を、一〇人だけ残して
すっかり取り上げ、毎日彼を意地悪く扱うようになった。
彼は不平を述べて嘆いたが、あえて争わずにいたところ、
彼らは侮蔑して、ついに五人しか認めなくなった。

二二

これに彼は、最初にゴネレルの館からレイガンのところに
向かったあの時、自分はひどく愚かであったと考えた。
しかしなおそれぞれは、彼を哀れな王と蔑んだのだ。
そこで彼はもう一度、ゴネレルとまた我慢して暮すべく、
スコットランドに戻った。だが彼女は獣のように残忍で、
一人を残して召使いを残らず取り上げてしまい、
それで満足せよ、でなければ一人も付けないと告げた。

二三

彼はまた姉達に護衛隊をつけるよう求めたが、それはどこへ
行くにも高い身分と気品を護るためだった。しかし姉達は
そのたびに彼を馬鹿な呆け老人と呼び、彼の大命を妨げ、

今の生活に満足できないのか、と強い口調で問い尋ねた。そこで父は私に対する厳し過ぎた措置を後悔したが、すでに遅すぎた。今は別れてしまったコーディラよ、お前が語った言葉はまことに正しかったのだ。

二四

手短にいうと、父はフランスの私に一人で会いに来て、どのように姉達がわれらの父を扱ったか話してくれた。そこで私は夫のフランス王に、涙を流して跪き、姉達からこんな扱いを受けた父のために、力を貸してほしいと嘆願した。夫は私のつつましい懇請を少しも拒まず、フランスの沿岸各地に、父を故郷に運べるよう支援を頼みに使者を送った。

二五

兵士達は国土の隅々から集まってきて、ついにフランス王の気持ちと意図を知るに至った。彼らは老いた父の手に身を委ねる、と意思を表明した。私もまた同様に、夫に心からの愛と敬虔な善意から、

悪く取らないでほしい、これでしばらくの間、
留守にするが、これに加わって
父の隷属の身を解き放ちたい、と頼んだ。

二六

許可を得ると、私は彼のもとを離れて父と一緒に出発した。
我々はブリテンに着くと、王家の陣営を張って戦った。
多くの兵が勇敢に長い間戦って、目覚ましい軍功をあげ、
軍隊の偉業と臣民の剣と武力によって、敵方を打ち破った。
ブリテンの王達は、進んで我々の正義に屈したので、
父はその後三年に渡って平和のうちにこの領土を
立派に治めたのち、この世を去った。

二七

それから私はレアスターでヤヌス神殿に父の墓を作り、
そこに父王の立派なご遺体を埋葬した。
そうするよう父は生前幾度も命じていたのである。
父の遺言は当時我々に大きな力を
及ぼしていたので、良心と自責の念から、

仮に父の遺書、遺言を守らないと、子供達の生涯はきっと悪くなると我々は考えたのである。

二八

それから私は王国を統治する女王となった。

こうしてブリテン島を率いて五年の歳月が流れた。

意のままになる者達も、刃向ってくる者達もいた。

だが私の愛する夫のアガニップス王が世を去ると、私の王座は安定を失い、大きく揺らぎ始めた。

姉達の二人の粗野な鬼子どもが争いを仕掛けてきたのだ。

彼らは私の王座を奪おうと、死に物狂いの戦争を起こした。

二九

一人はモルガンといって、長女ゴネレルの長男で、
もう一人は次女レイガンの息子で、コニダグスといった。
二人はともに私をひどく嫌っていた。
二人とも私の甥だが、叔母コーディィルと戦いたがっていた。
なぜなら私はいつも正義と思うことを愛してきたからだ。
それゆえ彼らは私を憎んで追撃してきたのだ。

彼らにとって叔母の女王は、まるでユダヤ人だった。

三〇

このモルガンは当時、オールバニーの君主で、
コニダグスはコーンウォールとウェールズの王であった。
この両者とも同時に飛び道具を兵士に支給して、
私に悲惨な災難を、私の支持者達に禍を仕掛けてきた。
どうして長々しい話で皆さんのお耳を汚す必要があろうか？
彼らは強大な武力と兵力でたちまち勝利をおさめ、
ついに私は囚われの身となった。

三一

彼らは悪意に満ちて、亡骸に等しい囚われの身の私を
扱った。好意は微塵も見せず、私の地位は消え失せた。
親族、王族の血、高貴な身は憐憫とはならなかった。
彼らは私を汚い卑賤の者として、さらにひどく憎悪した。
薄暗い地下牢に横たわるのが私の宿命だった。
いわば私は盗人で、看守の監視のもとに置かれて、
道理と正義に背く報復に耐えねばならなかった。

三二

というのは、私は臣下達の解放を長々と訴えたからだ。
だが彼らは私を信用せず、獄に閉じ込めたままにした。
私がひとたび脱出したら、彼らは恐れ慄くことになろう。
今は彼らに媚びている味方も、私と一緒になると、
不忠義で、正義の側に立つと分かるだろう。彼らは言った、
お前はじっと我慢するしかない、命があるだけでも
有り難く思え、俺達の母親と争いを始めたのだからな。

三三

これで私がどんなに祈っても、頼んでも、うまく行かぬと知った。
嘆願しても、証明しても、弁護しても、言い訳しても許しを乞うても、
彼らは聞く耳を持たず、私の嘆きを軽蔑し、私の衰弱を図った。
法も、愛も、権利も、正義さえも、私には無かった。
味方も、信仰も、憐みも、私を救ってはくれなかった。
私は自由の身になれる希望をすべて断たれて
私の主張は聞くに堪えないほど非難された。

三四

かつてかくも悲しい破壊に満ちた悲嘆を経験した高貴な婦人が
いたであろうか？　王侯の権力は剥奪され、自由の身も奪われ、
この世のすべての栄華と楽しみを奪われ、
こうして富裕から、困窮、苦悩、悲惨へと落としめられた。
誇らしい宮殿から、貧相な牢獄に身を移し、
二つの王国から、たった一つの地下牢に身を移し、
高貴な侍女に囲まれた暮しから、害虫の巣に身を移した。

三五

光から闇へ、健やかな空気から忌わしい臭気へ、
甘い香りからくさい汗の匂いへ、安逸から嘆かわしい苦痛へ、
王侯の人々の光景から盗人どもが寝起きする場所へ、
優美な羽毛のベッドからご立派な藁の寝床へ、
天国のような色調の閨房からけだものの巣窟へ、
世俗の人々が到達する最高の幸運から
どんな惨めな人間が経験するより、もっとひどい苦痛へ。

三六

最初私がフランスの王妃の座と、誠実な夫、

高貴なるアガニップス王を後に残して、意気高く、
姉達の憎むべき非行のためイングランドに来た時は、
姉達は父上から領土を取り上げ、支配し、謀反を
承知で、父上をその権利と王国から放逐し去っていた。
不運のすべてが最悪だったと思うが、でなかったら、
思うに我らの中に呪われていた者がいたのだ。

三七

何故ならよく見よ、私の運に見放された没落を。もう終りだ。
この忌わしい牢獄に身を横たえ、細々と生き永らえるだけ。
長い間嘆いてきたのに、いささかでも私を助け支えて
慰めてくれる忠実な味方は一人もいなかった。
王を裏切る者達が出してくる食事は、神よ、悲しいことに
粗末で味気ない僅かの食べ物だけだった。
体の中に入っても身を支える足しにはならなかった。

三八

溜息と涙と悲嘆で私の胸は張り裂けんばかりで、
この場所と悪臭と食べ物が毛穴を残らず毒しそうになっても、

この押し寄せる無実の痛みを語る味方もいなかったし、
もはや私の眼に甘美な眠りは決して訪れないと悟り、
心労でずきずきと胸が塞がれたので、
やむなくもう食べるのはやめて、悲嘆にくれて泣き続け、
身を横たえて、悲しみと自然のなすがままに任せた。

三九

こうして私が憔悴しきって軀を藁の臥所に横たえて
地上の人が味わったこともないつらい苦痛に耐えていると、
夜になって暗闇に、薄気味悪い亡霊が、信じ難いほど
こっそりと、私に近づいてくるのを見たような気がした。
この女は青ざめて死人のような顔色で
その身に纏った衣装は、何千人もの奴隷や、
急いで死んでいった人々の、つやのない絵のようだった。

四〇

私は苦痛に身を横たえて思いを巡らし、何者だろうと訝って、
じっと見つめ、怖くて髪の毛が逆立った。
身体はぶるぶる震えていたが、ああ、と叫んだ。

一体お前は何者なの、敵、それともおもねる味方？
もし死神だったら、お願い、殺しておくれ。
でも死神ではないのね。誰か復讐の女神の一人かしら？
この痛くて悲しい身体をもっと苛むつもりなの？

四一

これに応えて女は言った、私はあなたの友だちの絶望さ。
この世で苦しんでいる者なら誰でもすぐに助けるの。
そんな者達のところに行って、敵を取り除いてあげるのさ。
ずっとお前から離れていて、他の哀れな者達の傍に
長居しすぎた。さあ、死にたいのだったら、少しも怖くない、
見てごらん、道具がここにあるから選んでおくれ、
その安らぎのない命を取り除けばよい、元気をお出し。

四二

こう言って女が着物の膝のところを広げると、
その下にあまたのものが見えた。
ナイフ、鋭い剣、短剣などで、どれもみな染めてあった、
血で、そして女がうまく調合して用意した毒物で。

お前には、（と女は言った）、また兵をあげて、
王冠と自由の身を取り戻せる望みはもはやない。
いつまでも続く苦痛にやつれ果てて生きるしかない。

四三

ほらごらん、カルタゴの女王ダイドーの短剣さ（と女は言った）。
アエネイスが逃げた後、これで女王は自害して、
あまたの煩悶から解かれて楽になった。
あの男はツロの浜辺から海に出ていったわね。
この中から選ぶのよ、悲しみが消えてしまうわ。
それとも苦しい毎日が終わるのを先に延ばすかい。
私は喜んであなたを思い通りにさせてやろう。

四四

そこで哀れな私は喜んで短刀を手に取る気にはなったが
なお死ぬのか疑わしくて、怖くて思い止まろうとした。
私は横たわってなお思いにふけり、経験のない
両極端でどうすれば最もよいか、心中怒り葛藤した。
絶望のあらゆる理屈が私の希望を否定した。

女はまたも、死ぬのが一番と分かるはず、と返事した。
生き永らえても悲しみが増すだけだった。

四五

女は語った、過去のフランスでの楽しい思い出を、
どんな優雅な淑女たちが私のお供をしていたかを。
最近までどんなに喜んで、フランスとブリテンの
領臣達が私にはべり、皆臣下でありたいと切に望んだか。
女は語った、私は二つの王国の女王であったが、
甥達が私の王座と王冠をどうやって奪ったか。
私は永遠に倒れてしまった、もう立ち上がれない。

四六

絶望の霊はさらに、無数のことを話してきかせた。
近頃私が積み重ねた戦争の悲哀を、女は語った。
麗しい宮殿に取り代わった汚い牢獄の話を繰り返した。
劣悪な住まい、口が嫌悪するかび臭い食事、
私が起居する地下牢の何もかも、冷たく湿った壁、
暗がりを私に示し話した、においを嗅いでみよ、

これを好むなら、その味わいに耐えてみよと。

四七

惨めな私は、慰めと希望を、今の苦痛と比べてみた。
過去の喜びをすっかりなくして、怖がる手に
そっと差し出された命とりの小刀を、まさぐった。
すると絶望の霊は、私の感覚を失った手足を
喜んで助けて、悲嘆を消し去る短剣を渡した。
そうしよう（と私は言った）、だがまず心をこめて
神々に祈ろう、私の悲しみに満ちた苦痛に復讐を。

四八

悪事が破滅に値するなら、大空よ、輝く星よ、あなた方に
祈りを捧げよう、もしこの悲しい困窮を哀れと思うなら。
フィーバスよ、あなたにもお願いし祈ります、この嘆きは
真実だと神々はよくご存じだわ。その証人となりたまえ、
お分かりでしょう、どう彼らがこの悪事を企てたか。
ならば不当にも私の不倶戴天の敵だった者達の頭上に
復讐が襲いかかるようなさって下さい。

四九

神よ、お願いします、二人の間に互いを無慈悲に
殺し合う、必滅の闘争が起こりますように。
コニダグスが従弟モルガンを奴隷にしますように。
モルガンは最初に私の富を減らし、喜びを奪った。
神々よ、決して彼を国王にはされませぬよう、
この卑劣漢には、たちまち死をもたらす、
そんな友を与えて下さいますよう。

五〇

さらば、わがフランスの領土よ、さらば、お別れね。
さようなら、諸侯の皆さん、さらば、イングランドよ。
さらば、両国の貴婦人達、私はもう駄目なの。
私は絶望の淵に来て、自害せよとの声に、この身を
任せねばならぬ。もはやあなた方の女王ではない、さらば。
わが甥達が、正義と正道に逆らって、
あわれな囚人のこの私を、力いっぱい迫害している。

五一

こうしていると、目が眩んで眼の前が暗くなり、
私にはただ絶望の霊の外は何も見えなかった。霊は私に、
はやく死ね、と指図して、私から短剣を取ったようだが、
見るとその肘の脇では腐肉を食らう死神が私を見ていた。
さあおいで、（と私は言った）お前はいい獲物を
捕まえた。そこで絶望の霊は私に一撃を加えた。
かくして私は呪われた者の如く死んでいった。

五二

この悲しみの極みを嘆いて、私は生きている人々に告げる、
気をつけよ。善や栄誉の喪失が人々を強要してはならない。
阿呆を演じて、ひどい心配で懸念や気苦労を重ねて
また獄舎の生活に絶望して、やつれ果て憔悴してはならぬ。
もし彼らに罪がなければ、そのままにさせておくがよい。
絶望して自ら命を断つのは、
如何なる罪悪よりもはるかに愚かしい。

五三

何故ならまず、これでは敵は望んだものを手に入れる。

これで自殺者は、知らぬ間に宿敵の味方と証してしまう。
次に、命を断てば、切望したもとの至福には戻れない、
たとえ神がおりよく宿敵に突然死を下されたもうとも。
最後に、命を断つと、呪われた浅ましい者として、
自らの魂を地獄に送ることになる。その魂はしかし、
神が生き永らえるよう、お作り下さったものなのだ。

6　フィリップ・シドニー　『アーケイディア』
第二巻、第一〇章（一五九〇年版）『リア王』脇筋

パフラゴニア(1)の不人情な国王の悲惨な様子とその心優しい息子の物語。まず息子によって、次に盲目の父によって語られる。三人の王子はプレクサータスとその従者の一団に攻撃される。彼らの王、ポンタス王とその軍勢がプレクサータスを支援する。プレクサータスは二人の兄弟から援助を受け、救助される。この二人は徳高いが、きわめて悪質な男に好意を示した。彼は新国王に包囲されて屈服し、許される。二人の王子はリキュアの女王の救出に旅立つ。

それははるか昔、ガラティア王国(2)での出来事であった。季節は極寒の冬の真っ只中で、ある時突然猛烈な嵐がまき起こってきたが、思うに、これほどひどい冬の嵐はそれまで誰も経験したことがなかったほどだった。しかも霰《あられ》も降り出す始末で、猛り狂う風は顔にまともに吹きつけてくるので、王子達はやむなくこれを避けて、ある岩の空洞に逃れて、これを盾がわりに大嵐から身を護った。こうしてその空洞で嵐の猛威が収まるのを待っていたところ、二人の男の話声が外から聞こえてきた。彼らは王子達に気付かずに（ごつごつした岩屋の中に隠れていたが）、不思議な痛ましい口論をしていたので、見つからないように、そっと外に出てみたのである。そこで彼らが目にしたのは、高齢の老人と、まだ青年に達したばかりの若い男で、二人ともひどく風雨に打たれて、

みすぼらしい身なりをしていた。老人は盲目で、若者はその手を引いていた。だがこうした悲惨極まりない様子にもかかわらず、二人にはその苦しみにはそぐわない、どこか高貴なところがあった。だが彼らが最初に聞いたのは老人の声であった。彼は「よいか、レオネイタス、わしをこの悲しみとお前の苦しみをなくす場所に連れて行ってくれ、と頼んでおるのだ。だのに、お前はどうしても聞き入れてくれぬ。お願いだ、もうわしを一人にしておいてくれ。心配するにはおよばぬ。わしの悲しみが、これ以上大きくなることはない。悲しみほどわしに似つかわしいものはないのだ。目が見えず歩く危険など心配せずともよい。いくら倒れたとて、これ以上悪くなりはせぬ。だからお願いだ。意地を張って、わしのこの悲惨な身が、これ以上お前に悪い影響を及ぼしてはならん。だから、逃げろ。この地から逃げるのだ。もうわしだけで十分だ」、と語った。若者は、「父上、これは私に残った、たった一つの幸せです。どうか取り上げないで下さい。私は全く惨めというわけではありません。お父上にお仕えする力が残っているのですから」、と答えた。「ああ、せがれよ、なんと有難いことだ」、と彼は言うと、あたかも悲しみで胸が張り裂けんばかりに、「だが何と不似合いなことか、こんな立派なせがれがわしにあるとは。どれほどお前の親切がわしの酷い仕打ちを咎めることか」、と呻いた。こうした悲哀に満ちた会話と、それと同様の言葉が（彼らがこうした今の悲運に生まれついたのではないことをよく示していた）、隠れていた王子達の心をいたく動かしたので、二人は外に出て彼らのところに歩み寄り、若者に一体どうしたのか、と事情を尋ねた。「お二方は」、と彼は気品を漂わせ、またさらに一種哀れを誘う高貴な様子で、「よその国からおいでのようで、私どもの不遇をご存じないのですね。この地では誰もがよく知っています。いや、私どもが悲惨な目にあっているのを知らない者など、一人もいないほどです。私どもの身はこんな有様なので、同情してもらう以外、何も必要ないのですが、でも同情を誘うと知られることほど、私どもにとって危険なことはないのです。だがあなた達のような方々がまだいらっしゃるのだから、残虐な者が憎さで直ちに魔の手を伸ばす、というわけではないのでしょう。もしそうだったら、実際私どもは、恐怖を通り越して、とうにもっと沈んでいるはずです。

　私が手を引いているこの老人は、最近までこのパフラゴニアの正当な君主だったのですが、彼の息子の一人が、無慈悲な忘恩で王国を奪ったばかりか、それまで外国の軍勢が王を打ち破ることはなかったのに、彼の眼までも奪ってしまったのです。視覚はどれほど劣った生き物にも、自然が恵んでくれる宝物なのに。これに加えて、更にまた彼のひどい親不孝のせいで、父は一層悲しみをつのらせて、とうとう私にこの岩山の頂上まで連れて行ってくれ、そこから真っ逆さまに身投げして死ぬのだ、と言い張るのです。私は彼から命を授かったというのに、その私に父の命の下手人になれと。ですがお二方のいずれかが」、と彼は続けて、「もしお父上をお持ちで、心に幾ばくか、本分として息子の情愛が植え込まれているとお感じでしたら、どうかお願いです、この苦しんでいる君主をどこか安らぎが得られる安全、安心な場所に、お運びいただけないでしょうか。お二方の尊いお力添えで、いや、それ以外にはありえないでしょう、まさしく、これほどの力と名声を得ながら、これほど不当に迫害された国王が、とにかく救われるのです」、と語った。

　だが彼らが返事もしない内に、父の方が話し始めた。「これ、せがれ、なんとひどい話をするのだ、お前という奴は。肝腎かなめのところを省くとは？　わしの悪業、わしの悪業だ。この耳はただ一つ残ったわしのまともな感覚だが、もしお前がわしの耳に負担をかけまいとするつもりなら、お前はわしをすっかり誤解していると思え。ご覧のあのお天道様を証人にしてお話し致すが」、と言うや、まるで光を探すかのように老人は見えない目を空に向けて、「もしわしが真実を言わぬようなら、極悪人だ。ですから、もっとひどいことになってもかまわんのですが、思うにわしの恥を天下に晒すことほど、歓迎すべきことはないのです。それゆえどうかお二方にはご承知おきいただきたい、（あなた方にはわしのような惨めな者と出会ったことが、不吉な前兆となりませぬよう、心から願っておりますが）わしのこの息子が（ああ、神よ、わしがかくも立派な息子を咎めたことが、紛れもない真実だとは）語ったことは、何もかも事実です。だがその事実に加えて、次のこともまた事実なのです。わしは王家の子供らを産むのにふさわしい正室との間で、道徳に則ってこの子を儲けて（この息子は一面ではご覧の通りですが、少しお話ししますと、もっとはるかに立派なところをご理解いただけます）、この子にかける世間の大きな期待をわしは楽しみましたし、また彼はそれに応えて立派に成長してくれました。（だからわしには死後の一番の慰め、跡継ぎのことで、よその父親を妬んで、もう一人の分身を残す必要などなかったのです。）ところがわしには夫婦の閨《ねや》の外で生まれた、もう一人の息子がありまして（少なくとも、もしあの卑しい女、わしの妾で、あいつの母親の言うことを信じなければならんとすればですが）、この庶子めに欺かれて、わしは嫡男であるこの息子を、最初は嫌い、次に憎み、ついには必死になって、不当にも（とお考えになるかと思いますが）破滅に追いやってしまった。奴がわしをたぶらかすのにどんな手口を使ったか、生身の人間に宿る限りの毒を盛った偽善、絶望的な欺瞞、舌先三寸の悪意、隠した野望、ほほえみ顔の妬みなど、わしが長々とお話ししても、うんざりされるだけでしょう。それはわしの望むところではない。邪悪な思い出など、どれをとっても少しも面白くなんぞありません、妾との色事は別でしたが。だが思うにあいつの謀略をいくら責めても、それはある意味でわしの落ち度の言い訳になる。それは嫌でたまらんのです。だが結局わしは、情けの施しをするのに、わしと同じくらいふさわしかろうと思った数人の使用人に、彼を森に連れ込んで、そこで殺せ、と命じてしまった。

だがこの盗人のような使用人達は、わしよりも人間がよくできておりまして、息子の命を助けてくれて、貧しい中、一人で身を立てるようにしてくれた。実際この子は、すぐ近くの国で一兵卒となりました。しかもこの子は幾つか立派な手柄を立てて、ずいぶんと昇進することになりました。だがその矢先、わしがどうなったか、知らせがこの子の耳に届きました。実はわしはあの妾腹の親不孝者への情愛にすっかり溺れて、奴のなすがままになってしまい、賞罰は全て奴が握り、重要な役職と地位は全部あいつの取り巻きに配分したので、気がついてみると、わしには王という名ばかりが残っているだけだった。あいつはすぐにそれさえも嫌になり、何事かを不名誉と呼ぶとすれば、沢山の不名誉をわしに被せて、王座からわしを引きずり降ろし、あげくはわしの目玉をくり抜いたのです。それから傲慢不遜にも、牢獄に閉じ込めるでもなく殺すでもなく、嬉々として私を放り出し、悲惨な目に遭うがまま放置したのです。それはまことに悲惨でした。わしは惨めさ、恥辱感、そして何よりも罪の意識で一杯でした。奴はこうして不正な手段で王座につくと、さらに不正を重ね、外国傭兵を雇って、その力で王座を維持し、城砦は圧政と、勝手気ままな殺人者どもの巣窟となりました。しかもこの地の住民からみな武器を取り上げたので、わしのことをよく思ってはいても、誰もそれを口に出せなくなったのです。実を言うと、わしのやった孝行息子への残酷な愚行と、冷酷な庶子への馬鹿げた愛情を考えると、わしのことをよく思っている者はまずおらんでしょう。だがこれほどひどい凋落を不憫に思い、わしに対する純粋な忠義心を僅かばかり残していた者達が、仮にあったにせよ、門前でわしに施しをしてそれを示す者は、まずいなかった。とはいえたったそれだけが、わしの苦しい生活の支えだったが、わしが目を失い、真っ暗闇で歩くのに、手を貸して案内する慈悲深い心を持つ者は、一人としておりませんでした。そこへこの息子が現れた。(彼はわしがもっと徳高く幸運な父親ならばふさわしいのに)、わしのやらかした実にひどい仕打ちを忘れ、危険を顧みず、自分に役立つ今の出世の道を捨てて、わしの言葉に尽くせぬこの悲しみに対し、親切に任務を果たすべくやってきたのです。こうした彼の親切な行いは、この見えない目さえ、わしのひどい仕打ちを写す鏡となりました。彼はわしの命を救うため必死になって、自分の値千金の命を失う危険をおかそうとします。これにはわしも、今までの悲しみ全部を合わせたよりも、もっと悲しくなります。わしの命なんぞ所詮応分の罰を受けて運任せなので、この息子はまるで水晶の器に泥土を入れて運ぶようなものです。何となれば、わしにはよくわかるが、今権力を握っている男は、如何にわしを誰よりも軽蔑していようと（もっともなことだが）、王位継承権を有するこの息子を、亡き者にしようと、虎視眈々と好機を窺っておるのです。この子はいつの日か、（勇気と善で一層高貴になって、）その正当な権利で、不安定極まりなき専制政治の座を揺さぶる筈ですから。こうした訳でわしは、この岩山の頂上に連れて行ってくれ、と息子にしきりに頼んでおったのです。実は打ち明けますと、この息子を自由にしてやりたい、わしが蛇のように付き纏ってはならんのだと思うからです。だがこの子はわしの意図を知って、ただわしの子だというだけで、わしの言うことを聞こうとせぬ。そこでお二方、真実をお聞き頂いたのだから、これをぜひ世間に公表していただきたい。さすればわしのあくどい所業は、彼の篤い孝行心の栄光となりましょう。それがわしに残った、かくも立派な息子の善行に報いる唯一の償いなのです。そこでよろしければ、どうか拒んでいる息子の代りをして下さらぬか。と申すのも、わしの命を終らせることほど、誰かを救う大きな憐憫の情はこれまでなかったほどだからです。さすればわしの苦痛は終わるし、またこのまことに優れた若者を温存できることになる。さもなければ、息子は自ら進んで破滅の道を辿りかねませぬ。

この話はそれだけで、悲しみに満ちているが、これを老君主はまことに悲しげに語ったので、憐みを誘うのに身振りや手振りを交えるまでもなかった。なぜなら彼の顔がそれを雄弁に物語っており、聞き入る二人の王子の憐憫の情を強く掻き立てて、それが彼らの心に留まる限り、二人の王子は治癒する手立てを考えぬわけにはいかなくなったからである。だがすぐにその機会が訪れた。というのも、折しもプレクサータス（これが庶子の名であるが）が、四〇騎の騎馬隊を率いてやってきたからである。その目的は、ただこの兄を殺害することだけであった。兄の方は彼らが来るのを直ちに察知して、我がことについては、自らの目ほど信用できるものはない、と思った。そこで彼は自ら役者となり、観客となったのである。庶子は到着するやいなや、僅か二人の弱い（と彼は考えた）護衛には目もくれず、幾人かの手下らに、レオネイタスの殺害にかかれ、と命令した。だがこの若き王子は、ただ一本の剣しか携えていなかったものの、如何に他の者が彼を誤解して扱かおうが、彼持ち前の本領を裏切ることはなく、勇敢にその剣を抜き放つや、最初に彼に向かってきた男を切り殺した。それは彼の同輩らに、もっと用心深くかからねばならぬ、との警告となった。だがその時パイロクリースとムシドルスが、すぐさま一群に加わって、古くからの友情にふさわしい、まことに正しい防衛となった。彼ら二人はこの一団の中にあって、勇敢というより危険極まりない働きぶりだったので、多くの者が、邪な主人のせいで、命を落としてしまった。

　だが庶子プレクサータス一味は数で優勢だったので、最後には勝利していたはずであった。ところが思いがけず、ポンタス国(3)の王（最近二人の王子のおかげでその地位に就いた）が、王子達の救援に駆けつけたのである。王はある夢を見て、その中で彼の夢想は、何か大きな危険に強烈に釘づけになったので、直ちに傾倒する二人を追いかけることにした。この夢のためポンタス王は、国の一〇〇騎を率いて、大急ぎで彼らの跡を辿ってきたのである。当時その地を誰が支配していたかを考慮するなら、ここがどんな悲劇の舞台となってもおかしくない、と彼は考えたのだった。

　その結果、合戦はプレクサータスにとって著しく不利になったので、もしティデウスとテレナーが軍服をきた四、五〇人ほどを引き連れて、プレクサータスを守るためにやって来ていなかったなら、彼が辿ってきた悪事の人生も、不正に手に入れた名誉も、ともに破滅へと転がり落ちていたところであった。この二人はその地で最も高貴な家系の兄弟で、幼児の頃からプレクサータスと一緒に育てられた。彼らは自分では恐怖を知らないが、彼らの相手達には、恐怖を植え付ける勇敢な武人であった。何故なら彼らはしばしば人生でまことに恐るべき危険な出来事で勝利をおさめてきて、決して狼狽したことはなく、いつも幸運に恵まれたからである。そしてもしもっとよい友人に恵まれていたか、それとも友情を美徳に優先させるのではなく、美徳を友情に優先させる術を学ぶことができていたならば、すぐれて勇敢であったであろうし、善と正義にもっと心を砕いていたことであろう。自らの選択ではなく、最初から教育によって、二人の心は実に巧妙にプレクサータスに編み込まれていて、彼の欠陥は隠すか、決して見せずに、彼らは家を訪問すると、進んで世間よりも彼を満足させ、良き人であるよりも良き友である道を取り続けた。そのため彼がやった悪事は好まなかったが、しかし悪事を犯した彼は好きだったし、また罪の相談相手ではなかったが、罪を犯した彼の擁護者ではあった。さて彼らは、突然彼がごく少数の従者だけ連れて、彼に悪意を持つ者だらけの国に向かった（その訳は知らなかったが）と聞くと、彼らはその後を追った。そして彼らは命を賭けなければならない、さもないと彼は命を落とすという事態になっていると知った。そこで彼らは全身全霊、力の限り戦ったのである。だから私は正しく次のように言おう。パイロクリースとムシドルスは、これまで戦闘で、かくも見事に、彼らの極めて強烈な懲らしめに抵抗して、反撃をくり返す者達に、出会ったためしがなかった、と。手短に言えば、こうして庶子とその味方達は戦ったが、打ち勝つことはなかったにせよ、打ち負かされることもなく、王子達の抵抗をかいくぐって、彼らの恩知らずの主人を安全な場所へ運んだのだった。しかしながら、ことここまでに至ると、ティデウスとテレナーは、このまま立ち去っては節操を欠くことになるので、急遽ポンタス国とフリュギア国両方で兵をかき集めたが、その兵士らは日数もたいして経たないうちに、プレクサータスのもとを去ってしまい、残ったのはただこの庶子がいる強固な砦一つだけだった。恐怖心だけが、彼の民を彼に引き留めていたただ一つの結び目だったので、一度より大きな軍勢によってその結び目がほどかれてしまうと、籠が壊れた沢山の鳥のように、彼らはみなちりぢりに四散してしまった。

その時節に盲目の王は領土最大の町で、息子レオネイタスの頭に王冠を被せて、喜びと悲しみの中、何度も涙を流して、全国民に自分の過ちを語り、息子の美徳を讃えた。彼は息子に口づけして、息子に王の栄誉を受けるよう、強く促した。前王となった父は、今や新たに即位した新王の一国民となったのである。そしてこの時まさに一瞬にして、父はこの世を去った。限界を遙かに超えて長く続いた無情と苦痛、それに安堵感の極みで、彼は王としての気力をもはや保てなくなり、心臓が壊れてしまったようであった。レオネイタス新王は生存者と、それ以上に死者に対する責務を全て見事に果たすと、庶出の弟への包囲攻撃を、父の復讐としてばかりでなく、彼の安泰を確立するためにも続行した。この包囲作戦では、筆者の私はかの二人の兄弟の見事な武勲を認めぬわけにいかない。身のこなしの巧みさを含めて、彼らほど優れた能力をもつ二人の人物を、彼らの全旅程を通しても、見出すことはなかった。

だがプレクサータスは、他のことはともかく、飢餓がついには自分を破滅に追いやるだろう、高慢に進撃することはもはやできぬ、と悟ると、へりくだって低姿勢で行動する方が良いと考えた。と言うのも確かに自然は彼をそのように造っていたからだ。狡猾さを使うことに、この庶子は術策を全面転換させたのである。彼ほど心中に善意を持たぬ者はいないが、彼ほど善意についての議論を別のことに移す場所をうまく見つけることは、誰にも真似できない。彼ほど憐憫の情を持たぬ者はいないが、彼ほど憐憫の情を掻き立てて巧みに話す者もいない。証拠が明白でないと、彼ほど厚かましく否定する者はいない。否定することが罪を一層汚くする場合は、彼ほど自分の非行を一層悪く見せる後悔の手口で、告白する用意のある者はいないのである。さて彼は次のような方法をとった。彼は、「プレクサータスを生け捕りにしてみせる」、と偽の申し立てをする人物の、通行許可証を手に入れた。兄の王と話をしようというわけである。かの勇猛な二人の兄弟は、彼を果敢に守って潔く討ち死にする覚悟だったので、強く反対したが、彼はそれを押し切って、自ら首にロープを巻きつけて、裸足のままで、兄のレオネイタスに会いに行った。彼の自由裁量に自分の身を委ねたのである。そこで彼はまことに狡猾に、自分の犯した罪を大きく見せつつ、罪の深さを軽くしてみせて、またまことにずる賢く、彼が感じてきた良心の呵責と、野望の重い負担の心労を、縷々《るる》述べたてて、まことに立派に、これ以上生きるのは恥で、死ぬこと以外何も望んでいない、と生きることを拒否してみせて、その実、見事に命乞いをしたのである。私にはうまく表現できないのだが、そこから次のような結果になった。つまり、一見するとレオネイタスはこの弟を、まさしく父の殺害者としてしか見ていなかったので、怒りに燃えて、すでに様々な色合いで復讐を描いていた。しかしほどなくプレクサータスは憐憫ばかりか赦免まで得て、過去の過ちが許されるわけではないが、今後改心すればよいという判定も得た。(4) 他方悪事の主な実行部隊だった哀れな悪人達には、その命令を下した張本人に裏切られて、様々な残忍な死刑を言い渡された。かくの如くレオネイタスは問題を処理したので、すでに終わった取り返しのつかない犯罪は、当初弟の同意で彼らが実行したのに、兄はむしろその弁護にまわったようであった。

7　ジョン・フローリオ訳、モンテーニュ『随想録』抜粋（一六〇三年）

人間とはなんとみじめな存在だろう。(1)　考えてみるに、人間とはいったい何ものなのであろうか？　実際、丸裸の人間をつらつら考察してみると、我々人間は、他のいかなる生き物よりも、裸の姿を被い隠してしまうべき、ずっと大きな理由を持っていることが分かる。このことについては、我々人間は、自然の造化が、人間以上に好意を示した他の生き物達から、借用することを容赦されるべきであろう。羊毛、体毛、羽毛、絹といった略奪物で、我々の身体を被い隠すのである。そして我々の知恵は、生きていくのにとりわけ大切な、最も重要で必要な身体各部に関する、最も有益な情報の数々を、獣どもから学ばなければならない。このことでは（当然だが）人間は、よい匂いのする人々が油を使うように、まことに多くの論法で自然の造化を混ぜこぜにして、まがい物を作ってきたのだ。人間だけが裸のままむき出しの大地の上にうち捨てられた宿なしなのであって、他の生き物からの略奪品以外には、自らを被うものも、身を守るものも、何一つ持ちあわせていない。ところが自然の造化は、他の生き物すべてに衣服をあてがい、マントを着せたのだ、殻を、羊毛を、獣皮を、そして絹を。だが人間だけは（ああ、ばかばかしく浅ましい人間よ）教えてもらわないことには、歩くことも、話すことも、着替えることも、自分で食べることもできず、ただあわれに嘆き悲しむだけなのである。

五 マクベス

1 ラファエル・ホリンシェッド 『ホリンシェッド年代記』第二版「マクベス」(一五八七年)

マルカムの後は彼の孫のダンカンが継いだ。この人はマルカムの娘ベアトリスの息子である。マルカムには二人の娘があった。その一人がベアトリスで、アバナス・クリネンという、まことに立派な貴族に嫁いだ。クリネンはスコットランドの諸島と西部諸地域の領主である。ベアトリスはこの結婚で先述のダンカンを産んだのである。もう一人の娘はドアーダといって、グラーミスの領主シネルの嫁になった。彼女が勇猛な郷紳マクベスを産んだ。マクベスはいささか性質が残忍であった。そうでなかったなら、その国土を治めるのに実にふさわしい人物と考えられたことであろう。他方ダンカンは、性質がとても穏やかで優しかったので、国民はこの二人の孫の性向と作法が彼らの間でうまい具合に相互に分かたれて、相殺しあって授けられていたらよかったのに、と悔やんだ。そうすれば寛容に過ぎる一方と、残忍に過ぎる他方という両極端が、その中間の偏りのない、うまく均衡のとれた美徳となって、二人がともに国を治め、ダンカンは立派な名国王に、またマクベスは名指揮官となっていたことであろう。ダンカン王の治世は、当初はとても穏やかで平和裏に始まった。目立った争いごとは何もなかった。だがその後彼は、違反を犯す者達の処罰にひどく無頓着であることが明らかになってきた。この失政に乗じて、多くの無法者達は、民衆の福利が行き渡っていた平和で静かなこの社会に、これを格好の機会として、扇動的な治安攪乱をひき起こした。この国の動乱は、最初はこのようにして始まったのである。

ロッハーバー(1)の領主バンクォーは、ステュワード家(2)の始祖であり、その家系は今日まで続く長いスコットランド王家の血統である。彼は王への当然の支払い義務を果たすために、資金を集めてまわり、さらに悪名高い犯罪者達をいささか厳しく罰したのだが、その国に住む多数の逆徒から激しい反撃を受けて、金銭その他諸々を台無しにしたばかりか、様々なひどい傷を負って、命からがらやっとの思いで逃げ帰った。だが彼は追っ手を逃れたあと、深手の傷も幾分癒えて乗馬ができるようになると、宮廷に赴いて、国王にたいそう熱心に苦情を申し立てた。そしてやっと、一人の軍曹を犯罪者達に使者として送り、彼らが問責されるべき事柄について、申し開きをするよう、出頭命令を出させることに成功した。ところが彼らは悪意ある行動を更に邪悪な行為で増大させて、使者に様々な非難の言葉を浴びせて乱暴を働いたあげく、ついに彼を切り殺してしまった。

反逆者達の間で大きな尊敬を集めていたマクドナルドは、こうした国王の厳粛な権威を馬鹿にした彼らの振舞いに対し、国王の軍隊は総力を上げて彼らの討伐に押し寄せるに違いない、と確信した。そこで彼はまず自分に最も近い同志達と血族の者達とで徒党を組み、国王に立ち向かうこの反逆者連合の総大将を引き受けた。国王に対して最近行ってきた重大な不法行動の数々を継続するためである。このマクドナルドは、大君に対して多くの口汚い罵詈雑言を吐いた。彼は王を気の弱い腰抜けと呼び、彼にはスコットランド人のような勇猛で頑強な戦士を統率するよりも、どこかの修道院で怠け者の修道士の群れを教えた方が似合っている、とののしった。彼はまた言葉巧みな弁舌で人々を説得し、魅力たっぷりに扇動したので、短時日の内に強大な兵力を手に入れた。かくして西部諸島から、彼のもとに膨大な数の兵士達が馳せ参じ、こぞって叛乱軍への支援を申し出た。またアイルランドからも、戦利品に預かろうと、少なからぬ軽武装歩兵隊と重武装歩兵隊が到着して、彼が自分達を意のままにどこに連れていこうが、彼らは喜んで彼に仕える、と申し出た。

マクドナルドはこうして強大な勢力を手に入れると、彼の討伐にロッハーバーに送り込まれてきた国王の軍勢と対戦した。そして力ずくで彼らのもくろみを覆すと、彼らの司令官マルカムを捕縛して、戦闘が終わったのち、彼の首を刎ねた。国王はこの敗北を知らされると、実際の戦場での軍略に乏しかったために、すっかり恐怖に慄いてしまった。そこで貴族達を協議に召集すると、王はマクドナルドを始めとする逆賊達をどう鎮圧したものか、最善の策を問い尋ねた。ところがよくあることだが、各人がまちまちの意見で、それぞれ自分の思う策を勝手に述べるだけであった。これにマクベスが、国王が犯罪者たちの懲罰において、弱腰で過剰に弛緩していたから、このように彼らが野合する事態を招いたのだ、と強く批判する意見を述べ、とはいえ、もし事態収拾の責務をマクベスとバンクォーに一任させてもらったなら、逆賊どもを短期間で鎮圧平定し、国内には誰一人として抵抗する者はいなくなるようにする、と約束した。

　そして結果はその通りになった。マクベスとバンクォーが叛乱軍制圧に送り出された。新規の兵力とともにマクベスがロッハーバーに入ると、彼が来るとのうわさで敵方に恐怖が広がって、きわめて多数の者達が、指揮官のマクドナルドに見切りをつけて、こっそりと逃げ出したのである。それでも彼は無理にもそちらへと向かい、踏みとどまって残った兵士らとともに、マクベスと戦闘を交えた。だが彼は手痛い敗北を喫し、避難所を求めて、ある城に逃げ込んだ。そこに彼は妻と子供達をかくまっていた。とうとう彼は、もはやその要塞を守ることはできないし、また降伏しても、命だけは取られずに逃がしてもらえるわけがないと知ると、まず妻と子供達を殺害し、最後に自害した。仮に彼が降伏したとしても、彼は見せしめにこの上ない残虐な方法で処刑されていたことであろう。マクベスは開いている門を通って城に入ると、マクドナルドの死骸が殺害された敗残兵達の死体に混じって横たわっているのを見つけた。しかしその無惨な光景を見ても、彼はその残虐な性質を、いささかも和らげることはなく、首を切り取らせて、竿の端に突き立てさせて、バーサ(3)に滞在していた国王に献上品として送った。そして首のない胴体は、絞首台に括りつけて高く吊るすよう命じた。

マクドナルドの反逆を支援したことで赦免を請願してきた西部諸島の者達については、巨額の罰金を出させ、彼がロッハーバーで捕縛した、国王を敵にまわして甲冑をこの地に運び入れた者達は、処刑した。このことで諸島地域の人々は、彼を契約破棄者、血生臭い暴君、国王が慈悲深く赦免した人々を殺した残虐な殺人者と呼び、根深い怨恨を抱くようになった。この非難に対しマクベスは、彼らに対して激しい怒りを燃え上がらせた。そのためもし彼と親しい味方の幾人かが、彼を説得しただけでなく、諸島地域の人々に代わって彼に贈物までして彼をなだめて、その不興を押さえこんでいなかったら、彼は軍を引き連れて諸島地域に渡り、彼らの勝手な話に復讐を果たしていたことであろう。かくして正義と法は、マクベスの多大な尽力によって、再び元通りの状態に回復した。しかしこの直後に、今度はノルウェー王スイーノーが、強力な軍を率いて、スコットランドの全領土を制圧しようとファイフに到着したとの知らせが届いた。(4)

しかしその意図をよりよく理解するために、このスイーノーとは一体何者で、どのような家系の人物であるか、ここで少し触れておくことにしよう。スイーノーはすでに述べたように、イングランドの領土を征服したばかりではない。彼はまたデンマークとノルウェーの王でもあった。そして彼には三人の息子があった。それぞれハロルド、スイーノー、クヌートという名であった。彼は長男ハロルドをイングランド王に、次男スイーノーをノルウェー王に、三男クヌートをデンマーク王にした。長男ハロルドはそのイングランドの領土を支配していたが、父スイーノーが他界して三年も経たないうちに、父がノルマンディーに追いやっていたエセルドレッド（あるいはエジェルドレッド）に殺害されてしまった。

しかしこのエセルドレッドがイングランド王国を平穏に長く治めることはなかった。というのはすぐにデンマーク王クヌートが、兄の死の復讐を果すべく、強力な大軍を率いてイングランドに上陸してエセルドレッドを殺害してしまい、この王国をデンマーク領に回復したからである。ところがエセルドレッドの息子で、のちに剛勇王の異名を得たエドマンドが、(5)しばらくの間このクヌートと戦争を続けた。そしてとうとう両者は、二人だけの一対一の決闘によって、いずれがイングランドを王として統治するのにふさわしいか、決着を図ることに合意したのである。

二人はこの闘いを長時間にわたって続け、ともにまことに高貴な勇気を証明してみせた。そこでクヌートは述べた。「エドマンドよ、汝が余の腕前に挑み、怪我一つしないのが全能の神の思し召しのようなので、神はまた汝が領土の一部を享受すべしと思し召されているように思う。そこでだが、この王国を余と汝とで治めることにしたいがどうだ。もし汝が納得するならば、これ以上争いを続けるのはやめて、王国を我々二人で分割しようではないか」。エドマンドは喜んでこの合意の条件を受け入れた。彼はすべてを失うかもしれない、おぼつかない決闘に固執するよりも、王国の半分を手に入れた方がよいと判断したのだった。というのもエドマンドは、クヌート自身はよく理解していなかったが、クヌートの剣で手傷を負っていた。それにクヌートは、今後なんらの問題もなく、この国全部を支配する機会がいずれ到来するだろう、と予見したのである。ここにおいて二人のいずれも激しい真剣勝負のさなか、疲れ果てた馬の脇に飛び降りて、互いに抱き合い親しい友となって、上述のクヌートの提案にそって、領土を二つに分割したのである。イングランドがフランスに向き合う地域はクヌートに割り当てられて、他の地域、すなわち北部の領土はエドマンドのものとなった。その間にエセルドレッドの妻エマは、夫との間に生まれた二人の息子アルュレド（アルフレッド）とエドワードを連れて、ノルマンディーに逃れていった。クヌートとエドマンドの協定によって、彼女が栄進できる芽はほぼ摘まれたことに、疑いの余地がなくなったからである。

だがここでノルウェー王スイーノーのファイフでの参戦に触れておくと、先にも述べたが、彼がここへ来た口実は、バール、クロウデン、ゲマーで、殺された叔父カムスを始めとするデンマークの民の虐殺に対する復讐であったと理解されよう。このスイーノーの残虐さは、彼が男女、子供を問わず、またいかなる年齢、状態、地位であろうが、容赦しなかったことである。ダンカン王はこのことを確信すると、怠けてぐずつく遅延を全て捨て去り、あたかも勇敢な指揮官のごとく、大急ぎで軍の召集に着手した。というのはよくあることだが、なまくらで臆病な怠け者でも、必要にせき立てられると、しばしばとても大胆で積極的になるものだからである。こうして彼の全兵力が集結すると、彼はこれを三つの大隊に分けた。最初の大隊はマクベスが、二番目はバンクォーが指揮を執り、主要大隊、つまり中央守備隊は王自身が統率し、ここに残りの全てのスコットランド貴族の大部分が、王その人に付き添い仕えるよう任命されたのである。

スコットランド軍はこうした命令のもと、クロス(6)に来て敵軍と対戦し、厳しく残虐な激戦の末、スイーノーが勝利を収める勢いとなった。そしてマルカムとそのスコットランド軍は敗走した。しかしながらデンマーク軍もこの戦闘で大きな被害を受けたため、敵方を長く追撃することはできず、夜通し戦闘態勢を維持し続けた。何故ならスコットランド軍がふたたび結集して、好機に乗じて彼らを攻撃してくることには、いささかの疑いもなかったからである。夜が明けて戦場が明るくなり、敵方の姿がどこにも見あたらないと分かると、彼らは戦利品を集めて、軍規にしたがって、これを仲間内で分配した。それからスイーノーの指示によって、兵士達は、武器を手にして抵抗してくる者を除いては、男、女、子供を問わず誰も傷つけてはならないと命じられた。スイーノーは、これ以上の流血はやめて、この国土を征服しようと望んだのである。

しかしダンカンがバーサ城へ逃亡し、マクベスがデンマーク軍の侵入に抵抗するために新たに兵を集めているとの情報が入ると、スイーノーはテントを立ちあげて、先述の城にやって来て、その周りに強固な包囲網を敷いた。ダンカンはこのように敵方に取り囲まれたのを見ると、バンクォーの助言に従って、密かにマクベスに、自分からの次の知らせが届くまで、インチカットヒルにとどまるよう命じる伝言を送った。その間ダンカンはスイーノーと、幾つかの条件で、あたかも城を彼の手に引き渡してしまったかのような、偽りの交渉を始めた。これは時間をできるだけ引き延ばし、彼の敵方に、彼らに刃向かう如何なる企ても持っていないと信じ込ませておき、その間に反攻の企ての準備を万端整えるためであった。とうとう双方がこの交渉で城の明け渡しのところまで合意に至った時、ダンカンは「貴軍に元気を取り戻して頂くために大量の食糧を城から運び出し、ご陣営に提供したい」、と申し出ると、デンマーク人達はこの申し出を喜んで受け入れた。というのも彼らはもう何日も前に糧食が底をつき、ひどく窮乏していたからである。

ここでスコットランド兵達はミキルウォートの果実(7)のジュースをしぼり、これをビールとパンに混ぜた。こうして薬味と甘味をきかせて、これを大量に敵方に届けた。彼らは空腹を満たすのに十分な食物と飲み物を得て大いに喜んで、貪婪に飲み食いに取りかかったので、まるで誰が一番むさぼり食い大酒を飲み干すかを競っているかのようだった。まもなく果実の作用が彼らの身体の隅々にまで広がったので、ついに彼らはぐっすりと死んだように眠りこんでしまい、どうやっても彼らを起すことはできなくなった。そこでダンカンは直ちにマクベスに密使を送り、たやすく敵を倒せる絶好の機会が来たので、迅速にこちらに来て急襲せよ、と命令した。時を移さずマクベスは兵団を率いて敵兵が宿営している現場に着くや、まず番兵を殺し、その後陣営になだれ込み、いささかの抵抗も受けず四方八方から殺戮した。それは驚くべき光景だった。デンマークの兵士達はぐっすりと寝入っていたので、その大半は殺されて全く動かなくなった。物音などで目を醒ました者達は仰天したが、寝起きで頭がふらつき、いささかも身を守れなかった。そのため全兵士の内でどうにか逃げ延びたのは、ただスイーノー自身と、彼を助けてテイ川の河口に錨索で停泊中の船に連れ帰った一〇人の者だけであった。

水兵達の多くは、スコットランド人がいかに沢山の食べ物と飲み物を宿営地に届けてきたかを聞き知ると、相伴にあずかろうと陸地に上がり、その宿営地に行くと、仲間の者達もろともみな殺害されてしまった。これによってスイーノーは、水兵達がいなくなったため海軍部隊を運び出す手段がないことに気づいて、残っている者達をみな一隻の船にむりやり詰め込むと、無駄に費やしたこの不運な旅を罵りながら、帆を上げてノルウェーに引き返したのである。スイーノーが後に残したその他の船は、彼がそこから退却したのち三日の間、激しく吹き荒れる東風に翻弄されて、その場で互いにぶつかりあったり流されたりして沈んでしまった。そのため今日でもそこはその沿岸を通過する船舶にとって、きわめて危険な場所となっている。というのも沈没した船は潮が満ちると海水に蔽われてしまうが、引き潮になるとその残骸の一部が海面にまた現れ出てくるからである。

デンマーク軍の船舶がこうして敗北した場所は、今も沈没浜と呼ばれている。先述のスイーノーが受けた屈辱的な敗北は、彼と彼の民にとって当然ひどく不愉快なものであったようで、その後騎士に叙せられるためには、ノルウェーでは必ずまずスコットランドでこうして殺害された彼らの国の民と味方軍の虐殺に復讐を誓わなければならなかったほどである。スコットランド軍はこうして目覚ましい勝利をおさめると、戦場で戦利品を集めて分配した後、国土の全地域で厳かな行進を組織し、また敵方を打ち破る素晴らしい一日を彼らに賜った全能の神に感謝した。しかし人々がこうして行進している最中に新しいデンマークの艦隊がキングコーンにやってきたとの知らせがもたらされた。イングランド南部とデンマークの王クヌートが、彼の兄弟のスイーノーの敗北に復讐しようとこちらに送り込んできたのである。敵軍はすでに上陸してこの地域でしきりに略奪を繰り返していた。これに立ち向かうために、マクベスとバンクォーが、国王の命を受けてこれにふさわしい軍団で敵軍と対決し、その一部を殺害し、残りを彼らの船まで追撃した。何とか逃げ延びて船に辿りついた者達は、マクベスに多額の賠償金を払って、この最後の小競り合いで殺された味方の兵士達を聖コーム島(8)に埋葬した。これを記念して建てられた多くの古い墓が今日でも先述の島に残っており、それらにはデンマークの盾形紋章が彫り込まれているのが見られる。これは高貴な人々を埋葬するのに今日でも使われている埋葬の方法と同じである。

またこの同じ時にデンマーク兵とスコットランド兵の間で和平が締結されたが、批准された内容は、幾人かの史家達の書いているところでは、「今後デンマーク人はいかなる手段、方法によっても、スコットランド人に対し戦争を起す目的で、スコットランドに侵入してはならない」、となっている。ダンカン王が外国の敵と行ったこれらの戦争は、彼の治世の七年目のことであった。しばらくして、驚くべき摩訶不思議な出来事が起こったのだが、それはのちに、これから述べるように、スコットランドの国土で起った多くの騒ぎの原因となった。あるときマクベスとバンクォーは、当時国王が滞在していたフォレスに向かって旅をしていた。彼らは道すがら他に付き添う者もなく、ただ二人だけで一緒に遠乗りを楽しみながら、森や野原を抜けて馬を走らせていた。すると突然林間の草地の中ほどで、不思議で異様な衣装に身を包んだこの世の者とは思われぬ三人の女に出会った。この光景に驚いて、彼らをよく注意して眺めていると、最初の女が口を開き、「万歳、マクベス、グラーミスの領主どの」、と言った。彼は父シネルの死によって、最近この地位と役目についたばかりであった。二番目の女は、「万歳、マクベス、コーダーの領主どの」、と言った。だが三番目の女は、「万歳、マクベス、スコットランドの王になられるお方」、と言った。

するとバンクォーは、「いったい貴様達は何ものなのだ、俺にはすこしも好意を持たないようだが、この同僚には、高い二つの地位に加えて、王国まであてがったのに、俺には全く何も指名しないのか?」と言った。うん、と最初の女が言う。「お前には、あれよりもっと大きな恩恵を約束しよう。確かにあの男は国王にはなるが、最後は不幸になるのさ。あれには後を継いでくれる子孫は一人も残らない。ところがお前は反対に、お前自身が王になることはないが、お前からはスコットランド王国を子々孫々まで長い間統治する王達が生まれてくるだろう」。こう言うや、女達はすぐに姿が見えなくなり、消え失せてしまった。この話は最初の頃は、人々の間では単なるマクベスとバンクォーの何か虚ろな空想による幻想だったのだと評された。バンクォーはふざけてマクベスを、スコットランドの国王陛下と呼び、マクベスもたわむれにバンクォーを沢山の国王達のご始祖殿、と呼び返すのだった。だが後になると人々は、この女達は魔女、つまりこう言ってよいだろうが、三人の宿命の女神達か、もしくは死者との交霊で予言能力を得た妖術使いの精霊か妖精であろうと考えるようになった。なぜならすべて彼女らが語った通りに、ことが起こったからである。しばらくしてコーダーの領主は、フォレスで王に対して犯した反逆罪の廉で有罪となり、彼の土地、財産、職務は王の寛大な措置によりマクベスに与えられたのである。

その同じ日の夜、夕食の時に、バンクォーは彼に戯れに、「さてマクベス、君は最初の二人の姉妹達が予言したものを手に入れたわけだから、残るは三人目が予言したものだけだな」、と言った。これに対してマクベスは、心の中で思いを巡らせて、まさにこの時、如何にしたら王国を自分のものにできるか、その方法の工夫を考え始めたのである。だがまだ彼は、前の昇進がそうであったように、今度も（神の摂理が）自分をそこに押し上げてくれる時を待たねばならない、と自分自身に言い聞かせた。さてダンカン王には、ノーサンバランド伯爵シーワードの娘である妻との間に、二人の息子があった。ところが先述の出来事からしばらくして、ダンカンは長子マルカムをカムバランド皇太子にしてしまい、いわばこれによって自分の死後直ちに王国を継ぐ後継者に指名したのである。これにマクベスはひどく困惑したが、それはこのことによって、彼の野望が甚だしく妨げられたと分かったからである。（この点では王国の古い法では、法令で後継の王に指名されている者が、若すぎてまだ王としての責務を果たすことができない場合は、次の血縁者が後を継ぐことが認められていた。）そこでマクベスは王位を強奪しようという、ひそかな意図を持ち始めた。マクベスの解釈ではこうだった。彼にはそうするためにダンカンと争う正当なわけがある。何故ならダンカンは自分が心の中で思っていた通りのこと（マルカムを後継者に指名すること）をしたからだ。それはマクベスが将来王座を主張できる肩書、権利を彼から全部詐取するためだったのだ。

先に聞いた三人の魔女達の言葉はこのことで彼を大いに勇気づけたが、とりわけ彼の夫人がその決行を非常に強くけしかけてきた。彼女には強烈な野心があって、王妃になりたいという消すことのできない欲望に燃えていたのである。それゆえマクベスはついに、彼がもくろむ意図を信頼のおける友人達（マクダフはその第一番目だった）に伝えて、彼らが約束した支援を確信すると、インバネス（ボトゴスベインとする説もある）で、国王を殺害した。ダンカン王の治世六年目のことであった。それから彼の企てに内々関与させた仲間一団を周囲に集めて、彼は自らを国王と宣言させると、直ちにスコーンに向かい、そこで満場一致の同意により、慣例の方法にしたがって、王国の叙任を受けた。ダンカンの遺体は最初エルギンに運ばれて、そこで国王にふさわしく埋葬された。しかしその後、コルムキルに移送されて、そこで紀元一〇四六年に、墓所の先祖の間に横たえられた。

ダンカン王の二人の息子マルカム・キャモアとドナルド・ベインは、強く身の危険を感じて（彼らは当然マクベスが自分の地位をより強固にするために、彼らの命を狙って画策していることをよく知っていた）、カムバランドへ逃亡して、マルカムはそこに逗留した。エゼルレッドの息子、高徳のエドワード[9]はイングランドの統治権をデンマーク軍から奪い返すと、心から親しみをこめてマルカムを歓待した。しかしドナルドはイングランドからアイルランドへ渡って、その国の王に優しく大切に迎えられた。こうしてダンカンの息子達が出ていくと、マクベスは王国の貴族達に気前のよい施しを行って、彼らの好意を手に入れた。そして誰も彼に争いごとを仕掛けてくる者はいないと見て取ると、彼は正義の維持と、あらゆる非道な行為と悪弊の懲罰に全力を傾けた。これはダンカンの軟弱で怠惰な施政のために、はびこっていたのである。そしてマクベスは自分の目的を、いかなる混乱もなく、またたいした手間もかけずに貫徹するために、犯罪者と悪事を働いた者達全てに裁きを下す巧妙な策をあみ出した。彼は様々な家臣達に、高い報奨金を出して、次のように要請した。つまり、一般民衆をひどく虐げた者達を指定の日時と場所に出頭させて、仕切り壁の内側で、彼らを告発する異議申し立てを行い、単独で対決して審理を行うというのである。これらの盗人や、悪事を教唆した者、無辜《むこ》の民の迫害者達が、その対決の場へ出てくると、直ちに武装した兵士達に逮捕されて、両腕をわき腹に縛り付けられると、正義が彼らに値するように、さらし柱の絞首索に吊された。悪事を働いた残余の者達は処罰され、服従させられた。こうしてその後長い年月にわたって、窃盗や略奪の類は何一つ聞かれなくなり、国民は穏やかな平和とやすらぎという至福の恩恵を享受したのである。こうしてマクベスは、国内で法を破る者らが行うあらゆる傷害や悪事の根絶に、本気で取り組み処罰する人であることを示したので、彼は無実の民の確かな擁護者、彼らを守る盾と評されたのである。このことに関して、彼はまた若者達が徳高く身を律して行動し、また教会の聖職者達がその天職にふさわしく、その聖なる務めに従事するようにさせることに全力を傾けた。

そしてマクベスは、カスネス、サザランド、ストラネイバーン、ロスなど幾人もの領主達を殺害させた。そのわけは、彼らと彼らの扇動的治安妨害を通して、王国内で日々多くの騒動が起こっていたからである。彼はギャロウェイでの騒擾を静めて、マクギイルという暴君を殺害した。彼は長年にわたり、国王の権威と権力を無視し続けていたからである。手短に言えば、これらが王国の統治でマクベスが行った価値ある施政、君主にふさわしい行動であった。だからもしこれらを正当な手段で達成し、また彼が当初始めた通りの廉直と正義を治世の最後まで継続していたならば、彼はどこの国であれ、その地を統治した最も高潔な君主の一人に数えられていたことであろう。彼は国民の福利のために数多くの健全な法と法令を作った。これらに加えてマクベスは、同様の称賛に値する法律を幾つも制定させて実用に役立つようにして、平等の正義を掲げて一〇年間にわたり国土を統治した。

しかしこれは彼が生来の性向に反して、国民の好意を得るために示した偽りの公正に過ぎなかった。しばらくすると彼は、公平性に代わって、残虐さを実行に移すようになり、自分が何者なのか、その本性を見せ始めた。なぜなら良心の疼きから（暴君や不正な手段で何らかの高い地位を手にした者達によくあることだが）、彼はたえず恐怖心を抱くようになっていて、自分が前任者に出したのと同じ毒杯を出されるわけには、到底いかなかったからである。三人の魔女姉妹の言葉もまた、彼の頭にこびりついていた。彼女らは彼に王国を約束したが、同様にバンクォーの後裔達にも同じ時に、これを約束したのである。そこで彼は当のバンクォーと息子のフリーアンスに、彼らのために「夕食を用意したので一緒に食べに来ないか」、と誘った。実は、それは殺し屋らの手で彼らを即刻亡き者にするために、彼があらかじめ仕組んだ罠だったのである。マクベスはこの謀略を実行に移すべく、殺し屋らを雇い、バンクォーとその息子が宿所へ帰る途中で、宮殿の外で待ち伏せして殺すようにと命じていたのである。それはこれから先、仮になんらかの嫌疑が彼にかけられたとしても、宮殿が中傷されないように、また身の潔白を証明できるようにするためであった。

だが夜の闇のおかげで、父親は殺されたが、息子の方は、もっと良い幸運を彼に取っておかれた全能の神のご助力で、難を逃れるという結果となった。そののちフリーアンスは（彼が宮廷に持っていた幾人かの友人達の忠告によって）父の命ばかりでなく自分の命も狙われていることを察知した。父はたまたま起こった乱闘によって（マクベスはこの問題を操作して、そう見えるようにしたかったであろう）ではなく、まさにあらかじめよく練られた企みによって、殺害されたのである。そこでフリーアンスは、これ以上の危険を避けるためウェールズに逃げた。

だがここで、[10] 私が（スコットランド史において、これまで守られてきた順序にしたがって）、歴代国王達の系列が始まった頃はどうだったのか、幾らか言葉を費やして復唱しても、私の目的に反することにはならないと思う。その王家の系列は、先述のバンクォーより次から次へと下っていき、現代に至るまで続いてきている。これによって歴代の王達は王国を享受してきた。そこで現王家の系列が最初はどこから始まったのか知っておきたいところであろう。

フリーアンスはそれゆえ先に述べた通りウェールズに逃げ延びたが、そこですぐに持ち前の礼儀正しさと気立てのよい振舞いとで、当国の君主にたいそう気に入られ尊重されたので、彼はそれ以上のことをひそかに何か望む気にはなれなかった。とうとう彼はその君主の娘ととても懇意になり、彼女は好意からついに彼の子供を身ごもってしまった。このことがひとたび知れわたると、君主である父は、フリーアンスに対し、強い不快感に加えて激しい憎しみを抱いたので、ついに彼を殺害してしまった。父はまた娘が見知らぬ他国人に合意の上で身を許したので、彼女を著しく卑しい奴隷状態に閉じ込めたのである。だがとうとう彼女は男児を出産して、その子をウォルターと名付けた。するとこの子は数年も経つと、普通の男の子の誰よりも、はるかに大きな勇気と剛毅を備えていることが明らかになってきた。しかも彼は（祖父の指示により）卑しい身分の者達の間でしか教育されなかったのである。それにもかかわらず彼の中では、幼少の頃からでさえ、大事業に挑戦する気概を備えた、ある種の不撓不屈の気風が支配しているのが見られた。

ある時彼は、たまたま仲間の一人と口喧嘩になった。そして二人の間で、互いをなじりあい、あざけりあう言葉が色々と飛び交っていたが、相手の男は彼を非難して、嫌がらせに、「お前は私生児だ、不浄のベッドで仕込まれたのだ」、と罵った。これで彼の怒りに火がついた。かっとなって燃え上がると、彼はにわかにその男に駆け寄るや、即座に殺害してしまった。そこで彼は自ら進んでウェールズから脱出して、スコットランドに逃げ延びた。そしてその地で新たな友情を探し求めることにした。たまたま彼は、イングランドからマーガレット王妃と一緒にやってきていた一団と出会った。すると彼はその物腰と行状すべてにわたってまことに謹厳に振舞ったので、しばらくたつと、彼らの間でとても尊重されるようになった。これによってほどなく彼はきわめて高い声望を得ると、大きな権力を持つ人々とともに、西の島々やギャロウェイその他の諸地域に派遣された。それは悪政を行っている地方の様々な専制豪族達による独裁政治の有害な弾圧から、そうした地域を解放するためであった。この大事業を彼は自分に委託された権限に従って、賢明な政策と勇気によって成し遂げた。そこで彼は、宮廷に帰還するや直ちにスコットランドの執事卿[11]に叙せられて、王領各地から上がってくる地代と税を受け取る任務にあたることになった。

このウォルター・ステュワードにはアランという名の息子があった。アラン・ステュワードはのちに、ロレーヌ公ブローニュのゴッドフリー、ノルマンディー公ロバート（イングランドを征服した非嫡出子ウィリアム征服王の息子）とともに、聖地への十字軍に加わった。この遠征では、他のヨーロッパの君主達とともに、彼らは一〇九九年にエルサレムに入り、偉大な勝利を収めた。アランの子孫にアレグザンダー・ステュワード[12]がおり、彼は聖ベネディクト修道会のペイズリー修道院を創設した。そのアレグザンダーの息子にウォルター・ステュワードがおり、このウォルターは、ラーグスの戦い[13]でその勇猛さで顕著な武勲を上げた。彼については以下でさらに説明しよう。

このウォルターには二人の息子があった。一人はアレグザンダーで、彼は先述のラーグスの戦いで、父を護ってまことに勇敢に戦った。もう一人はロバート・ステュワードで、彼はターボウトゥーンの土地を手に入れて、クルカイストゥーンの女相続人と結婚したが、その子孫が二人の伯爵レヴノックスとダーンリーである。さらに上述のペイズリー修道院を創設したアレグザンダー・ステュワードには、ジョンやジェイムズなど他にも多くの息子があった。しかしながら彼らは、自分達が相続した土地の名で、新しい姓を名乗った。上に述べたジョン・ステュワードは、弟のジェイムズの死後、ボンキルのとても美しい処女相続人と結婚し、彼女との間にウォルター・ステュワードをもうけた。このウォルターはボンキル、ランフルー、ロセッセイ、ビュートの土地を相続した。その後彼の父ジョンはフォルカークで殺害された。

ウォルターはロバート・ブルース王の娘、マージェリー・ブルースと結婚し、二人の間に生まれたのが、ロバート・ブルース二世王である。このロバート二世は、イザベル・ミュアという素晴らしく美しい高貴な生まれの乙女をめとった。彼女は騎士アダム・ミュア卿の息女であったが、二人の間に三男三女の子供が生まれた。長男はジョン・ステュワードと称し、別名ロバートで、父の他界後ただちに王位を継承した。次男もロバートという名であったが、彼はファイフおよびメンティースの伯爵に任ぜられ、またオールバニー公爵にも叙せられて、国王名代として一五年の長きにわたってスコットランドの領土を統治した。三男のアレグザンダーは、ブックキュヘン伯爵でバウドゼノット卿であった。

長女はダグラス伯ウィリアムの息子で相続人のジェイムズと結婚した。次女はジョン・ダンバーと結婚した。彼はジョージ・ダンバーの弟であったが、マーチ伯爵に加えてマリー伯爵にも叙せられた。彼とこの二女との間には、ただ一人の娘が生まれただけであった。この娘はダグラス家に嫁いだ。このためダグラスはマリー伯爵の地位を継いだ。三女はジョン・ライオゥンと結婚した。彼は後にグラーミス卿に任ぜられた。

さらに、ステュワード家で、最初にスコットランドの王位についた先述のロバートは、ロス伯爵の息女ユーフェイムと結婚し、彼女を母とする二人の息子を得た。一人はアソル伯爵ウォルター、もう一人はストラシアーン伯爵デービッドである。このウォルターはオールバニー公ロバートにロスセイ公爵デービッド・ステュワードを殺害するよう嘆願した。ジェイムズ一世がイングランドから帰国すると、ウォルターは先述の公爵の血統を根絶やしにするようジェイムズ一世を動かそうと企み、できることを何でもやった。実は彼はずっと、自分の親族をみな殺しにしたのち、彼自らが王位に就こうと目論んでいたのである。彼はこの目論見を実現するために、ジェイムズ一世も殺害しようと企て、甥のロバート・ステュワードと姉の息子ロバート・グレアムをこの陰謀に引き入れた。この罪でウォルターは後に有罪を宣告されて、自分の全部の息子もろとも処刑された。彼の弟ブックキュヘイン伯デービッドは、後継ぎがないまま他界したので、この二人の兄弟の土地は、王国に返却された。二人の血筋は跡かたもなく絶えた。オールバニー公ロバート・ステュワードからマードウ公爵が出たが、彼はレノックス伯爵の息女と結婚し、三人の息子、ウォルター、アレグザンダー、ジェイムズが生まれた。

マードウ公爵自身と彼の最初の二人の息子は、ジェイムズ一世によってストライベリングで殺害された。そこで三男のジェイムズはその復讐のため、ダンバーテインの町を焼き払った。その後彼は追われてアイルランドに逃れたが、その地で後継ぎを残すことなく世を去った。のちにロバート三世となるジョン・ステュワードは、ストロブホール騎士ドラモンドの息女アナベラ・ドラモンドと結婚し、デービッドとジェイムズという二人の息子を得た。デービッドはフォークランドで亡くなったが、ジェイムズは王位に就き、ジェイムズ一世となった。彼はイングランドのサマセット伯爵ジョン・ボーフォードの息女ジェーン嬢と結婚した。彼はこの結婚で双子の兄弟、アレグザンダーとジェイムズを得た。一人は幼くして亡くなったが、もう一人は王位に就き、ジェイムズ二世となった。ジェイムズ一世にはまた、六人の娘があった。このうち長女はフランスの王家長子ドーフェンに嫁ぎ、次女はブリテン公爵に、三女はフェア卿に、四女はダルカイス卿に、五女はハントレイ伯爵にそれぞれ嫁ぎ、六女は結婚しなかった。ジェイムズ二世はオランダのゲルダーランド公爵の息女と結婚し、三人の息子と二人の娘を得た。長男は王位を継承し、ジェイムズ三世となった。次男アレグザンダーはオールバニー公爵となり、当初オークニー伯爵の息女と結婚し、息子アレグザンダーを得た（彼は後にマリー司教となった）が、妻と別れてフランスに渡り、ジェイムズ二世の三男のジョン・ステュワードはマー伯爵となったが、運悪くキャノンゲイト[14]で殺害された。ジェイムズ二世の長女はボイド卿と結婚した。二人の間に生まれた一男一女のうち、息子はモンガムリー卿に殺害され、娘はキャッセルズ伯爵と結婚した。ボイド卿はこのようにジェイムズ二世の長女の夫であったが、彼の死後、この長女はほどなくしてハミルトン卿と再婚した。これによってハミルトン家は、王族の血筋という栄誉に浴した。ジェイムズ二世のもう一人の娘はクライトン卿と結婚したが、彼からは言及に値するような多少の継承者達が出た。ジェイムズ三世はデンマーク王の王女マーガレットと結婚した。この結婚で、ジェイムズ四世と、聖アンドリューズ司教でオールバニー公爵でもあったアレグザンダー、及びマー伯爵ジョン・ステュワードが生まれた。アレグザンダーとジョンの二人は子供がないまま亡くなった。

ジェイムズ四世は、イングランドのヘンリー七世の王女マーガレットと結婚し、これによってジェイムズ五世が生まれた。彼は最初フランス国王フランシスの王女マドレーヌと結婚したが、子供は生まれなかった。というのは、彼女はスコットランドに来た翌年に亡くなったからである。そこでジェイムズ五世はしばらくしてロンヴィル公爵未亡人ロレーヌ家のマリーと再婚し、この結婚でスコットランド女王メアリーが生まれた。彼女はダーンリー卿ヘンリー・ステュワードと結婚し、チャールズ・ジェイムズを出産した。これがスコットランドの現在の国王ジェイムズ六世である。

さてマクベスに戻って、脇道にそれたところからまた話を続けよう。陰謀によってバンクォーを殺害した後のマクベスにとって、何事もうまくいかなくなったことは、容易に理解されよう。というのも、誰もが自分の命は大丈夫なのかと疑い始めて、軽々しく王の御前に出て行こうとはしなくなったからである。そしてちょうど多くの人々が彼を恐れているのと同じように、彼もまた多くの人々を恐れた。そのため彼は僅か一つかそこらの推測にすぎない屁理屈であっても、ある者達が何か不快なことを自分に企むことができると考えると、その者達を処刑するようになった。

ついに彼は貴族達をこうやって殺すことに大きな快感を覚えるようになったので、この点で血を求める彼の本心からの渇望は、決して満たされることはなかっただろう。というのも我々は、これによって彼は二重の利益を得た（と彼は考えた）ことを考慮しなければならないからである。第一に彼が恐れていたじゃま者達が取り除かれた。これに加えて次に、彼の金蔵は、彼らの財産を没収し彼自身のものとすることで、より豊かになって、これにより彼がなんらかの疑惑を持った者達からの危害から身を護るために、身辺につける武装した護衛隊を、一層よく維持することができたからである。更に彼は、国民をもっと残忍に、またじつに暴君にふさわしく、弾圧する目的で、パースから一〇マイル離れたガウリーにあるダンシネインという高い丘の頂上に、頑強な城を築いた。それはまことに見事な高さで、そこに空中高く立って眺め渡すと、アンガス、ファイフ、スターモンド、アーンデイルの各地域ほぼすべてを、まるで足下にあるかのごとく、一望することができた。この城はその高い丘の頂上に建てられたので、当時完成するまでに王国にきわめて大きな負担を強いた。なぜならそれを建設するのに必要な建材は全て、多大な苦役の仕事なしには運び上げることができなかったからである。しかしマクベスは一度この企ての推進を決心すると、王国内各地の領主達に、築城に加わって、それぞれが自分の工程を分担するようにさせた。

とうとうファイフの領主マクダフに分担の建築をおこなう順番が回ってくると、彼は職人達を、必要な糧食全てを持たせて送り出し、彼らにいかなる点でも国王に咎めを受ける機会を与えないよう、仕事に精を出し励むように命令した。というのもマクダフは他の領主達と違って、彼みずからが行くことはしなかったからである。彼はそれを拒否したのである。なぜなら王が彼にあまり好意を持っておらず（彼は多分そうらしいと分かっていた）、他の多くの領主達にしたように、彼に対し暴力的手段に出てくることを、いささかも疑わなかったからである。その後しばらくして、マクベスは仕事の進捗状況の視察にきたところ、マクダフがそこにいないと知って、ひどく腹を立てて言った。「この男は轡をつけて御してやらないと、決してわしの命令に従わないようだ。だがやつにはしっかり備えておくぞ」。それ以降マクベスはマクダフを見ることには我慢できなくなった。一つには彼の勢力はきわめて大きいと考えたからだが、また一つには、彼が大きな信頼を寄せている呪術師達から「マクダフに気をつけよ、この男は将来マクベスを滅ぼそうとするだろう」、と聞いていたからである。(あの三人の妖女か魔女どもが彼に明言した予言は的中していたではないか)。

そしてこの時点で、もし彼がとても信頼していたある一人の魔女が、「マクベスは女から生まれた男には決して殺されることはない、またバーネインの森がダンシネインの城にやってくるまでは、打ち負かされることもない」、と彼に告げていなかったら、マクベスはきっとマクダフを殺害していたことであろう。この二つの予言のおかげで、マクベスはすべての恐怖心を心の中から振り払い、自分は恐怖心に負けずに、望むことを何でもすることができる、と考えたのである。そしてこの最初の予言のおかげで、いかなる男であれ彼を打ち破ることは不可能だし、またもう一つの予言のおかげで、男が彼を殺すことは不可能である、と信じたのである。この空虚な望みから、マクベスは数々の極悪非道を行ったので、国民はその圧政に喘ぎ苦しんだ。ついにマクダフは身の危険を避けるために、イングランドに逃げて、マルカム・キャモアにスコットランドの王位を要求するよう説得することを決意した。しかしマクダフはこの計画を極秘のまま実行に移すことができず、マクベスにその情報が漏れてしまった。それはよく言われる通り、国王達はオオヤマネコのような鋭い眼力を持ち、ギリシャ神話のミダス王のような長い耳をしているからである。実はマクベスはすべての貴族の館に一人か二人、報酬付きでスパイを送り込んでいて、その館内での会話と行動を何でも手に入れており、この策略で王国内の大多数の貴族達を厳しく抑え込んでいたのである。

マクベスはこうしてマクダフがどのあたりに向かったか知らせを受けると、大軍を率いてファイフに急行し、彼が居住する城を直ちに包囲して、そこで彼を発見できると信じた。この館を守っていた家臣達は、悪いことは何もないと誤って信じて、少しも抵抗せず門を開き、彼を中に入れた。だがマクベスはマクダフの妻子を、場内で見つけた他のすべての家臣達もろとも、残虐無惨に殺害してしまった。また彼はマクダフの財産を没収して、彼を反逆者として公布すると、彼を王国の全領域内に閉じ込めようとした。だがマクダフはすでに危険を逃れてイングランドに入っており、残虐に殺された妻子と家臣の復讐を図るため、マルカム・キャモアの支持を得て可能な手掛りを何でも試みようと、彼のもとに赴いた。彼はマルカムのところに行くと、どれほど酷くスコットランドの国土が、暴君マクベスの行う唾棄すべき残虐さによって、悲惨な状態におかれているか説明した。マクベスは貴族、平民を問わず、多くの恐るべき虐殺、殺戮をくり返しており、そのためすべての国民から、激しく憎悪されていて、彼らはこの卑劣漢の手になる到底我慢できない隷従の重いくびきから解放されることだけを願って、今耐えているのである。

マルカムは、マクダフが国土の惨憺たる有様を嘆きながら、悲しい心を突き刺されたように、同情と悲哀に満ちた口調で切々と語るのを聞くと、深いため息をついた。マクダフはこれに気づくと、彼の手を取って、残忍で血生臭い暴君の手からスコットランド国民を解放する企てを、熱心に説き始めた。マクベスが暴君であることは、もはや国民はあまりに多くの明白な体験を通して身をもって知った。この企てを実現することは、マルカムにとって、彼の持っている立派な肩書ばかりでなく、機が熟してその時が訪れることを心から待ち望んでいる国民の熱意を考えるならば、まことにたやすいことである。これによって国民は日々耐えているマクベスの失政による極悪非道の残虐に、復讐を果たすことができるではないか。

これに対しマルカムは、確かにマクダフが言明したように、彼の国民であるスコットランドの人々に対する圧政を、きわめて悲しく思ってはいた。しかしなお彼が話した通り、本心を嘘偽りなく語っているのか、それとも自分を裏切るためにマクベスから送り込まれてきたのか、よく分からなかったので、もう少し試してみようと考えて、まず自分の本心を偽って、次のように答えた。

「私は今わが国スコットランドに起こっている悲惨な状況を、本当に残念に思っています。でも私はこれを救いたいと思うほど深い愛情は持ち合わせていないし、それに私の中には不治の悪癖がいくつか巣食っているので、私はこの仕事にはまったく不向きなのです。まず、私には節度のない情欲、肉欲にふける好色が付きまとっている。（これはあらゆる悪徳の根源だが、）もし私がスコットランドの国王になると、未婚の娘や既婚の夫人達を次々に凌辱し続けるので、あなたにはその放縦ぶりは、今のマクベスの血生臭い圧政よりも、もっと耐え難いことでしょう」。これに対しマクダフは答えた。「確かにこれはひどい欠点だ。沢山の高潔な君主達や国王達がこのために命と王国を失いました。とはいうものの、スコットランドには女達は十分いますから、どうか私の相談に乗って下さい。あなたが王になられると、私が抜け目なくことを運びましょう。あなたかお好きなだけ十分満足されるよう、こっそり手配しますので、誰も気づくことはないでしょう」。

するとマルカムは、次のように言った。「私はまた際限なく強欲な人間でしてね。このことでは誰にも負けません。だからもし国王になったりしたら、あの手この手を使って土地と動産を我が物にしようとして、スコットランドの貴族達を憶測だけで告発して、彼らを殆どみんな殺してしまい、そのあげく彼らの土地、動産、所有物を没収して自分の楽しみにしてしまいます。だから私が飽くことを知らぬ強欲で、あなた方にどんな被害が及ぶか示すために、ある寓話を話してあげよう。ある時キツネが一匹いましてね、これにハエが群がっていて血を吸い続けるので、ひりひりする傷口が一つありました。そこで通りかかったある者がその様子を見て、このハエの群れを追い払ったらどうか、と尋ねたのです。するとキツネは、『いえ、その必要はありません』、と言うのです。『なぜかといえば、すでにこのハエどもは満腹しているので、もうたいして吸おうとはしないのです。これを追い払うと、代わりに他の腹をすかして飢えきったハエ達が飛んできて、容赦なく残りの血を吸うので、今腹一杯でたいして苦にならないこのハエ達よりも、私はずっと苦しめられるのです。』ですから、どうか私を今のままそっとしておいてください。仮に私があなたの所領の軍隊と合流しても、私の強欲を抑えることはできません。だから多分あなたが心を痛めている今の不愉快な思いは、私が合流した後の計り知れない暴虐と比べると、たいしたことではないと思えるはずだ」。これに対しマクダフは、「確かにこれは最初のよりずっと悪い欠点だ。強欲はあらゆる罪悪の根源です。この悪行のために大方の国王達は殺害され、最期を遂げたわけですから。だがそうであっても、何とか私の相談に乗って、玉座に就いていただくわけにはいかないでしょうか。スコットランドにはあなたの飽くなき貪欲ぐらい満たしても、なお余りある金銀財宝がたっぷりあります」、と答えた。するとマルカムはまたも次のように言った。「それに加えて私は生来偽善者でしてね。ありとあらゆる嘘偽りを平気で語る詐欺師でね。私への信用、信頼を裏切り欺くことに、生まれつき無上の喜びを感じてしまうのです。そこでだが、君主にふさわしい資質といえば、貞潔、真実、事実、正義といった真理の中でのみ理解できる立派で気高い美徳、加えてその他の称賛に値するもろもろの美徳以外になく、嘘をつくことは、これらを全部ひっくりかえしてしまいます。分かるでしょう、私がどんな地方や田舎さえも治める能力がないか。だから私の他の悪徳全部を覆い隠す改善策があるというなら、お願いだ、それらの悪徳の中に、この偽善という悪徳も包み隠す方便を見つけていただきたい」。

そこでマクダフは言った。「これはもはや最悪だ。もうあなたを見限ってここを去るしかない。最後にこう言っておきましょう。ああ、なんと不仕合わせで惨めなのだ、スコットランドの人々よ。これほど次から次へと色々な大惨事に苦しめられるとは。その大本は汝らの上に、権利も資格もなく、君臨しているただ一人の呪われたあくどい暴君なのだ。こやつが汝らをここまでひどく血生臭く残虐無残に弾圧しているのだ。それなのにこの方は、王座に就く正当な権利をお持ちなのに、無節操な振舞とイングランド人の如き明白な悪徳にまみれて、王座を享受するには少しもふさわしくない。この方は貪欲で飽くことを知らぬ情欲に溺れているばかりか、偽りの裏切り者で、彼の語るどんな言葉も信用してはならぬ、と自ら告白される始末だ。さらば、スコットランドよ。いまや私は永久に追放された。なんと情けないことだ、こんなことを認めなければならぬとは。もはや安らぎも慰めもない」。こう語るや、塩気を含んだ涙がマクダフの頬を止めどもなく流れ落ちた。

こうしてマクダフが立ち去ろうとしたまさにその時、マルカムは彼の袖をぐいと摑んだ。そうしてこう語った。「安心したまえ、マクダフ、さっき私が話した悪徳の数々は、実は私には一つもないのです。こうして君の本心を確かめるために戯れてみただけなのだ。それというのもマクベスは、君のようなやり口で、これまでくり返し私を陥れようと謀ってきたからです。今まで私は君の提案と要望に応じるのをぐずぐずと拒んできたが、これからはそれだけいっそう、その達成に向けて懸命に励むことにします」。ここで二人は即座に互いを抱擁し、また互いに忠誠を尽しあうことを約束すると、これからの仕事万端にわたって、どう準備して最も効果的に実行に移すか、協議に取りかかったのである。まもなくマクダフはスコットランド国境に赴くと、領土内の貴族達に宛てて秘密の至急報で書簡を出し、その中でマルカムが彼と同盟を結び、王座を要求してただちにスコットランドに入る、と言明した。そうして彼は貴族達に、マルカムこそが正統の王位後継者であるから、それぞれ軍団を率いて、不当な簒奪者の手からマルカムが王位を奪回するのを手助けするよう要求した。

その間マルカムはイングランド王エドワードの支持をとりつけた。王はこの大事業でマルカムの権利を回復するために、ノーサンバランド伯爵シーワードを指名して、一万人の兵士を率いて、マルカムと一緒にスコットランドに入らせることにしたのである。このニュースがスコットランドで広く知れわたると、貴族達はマクベスに味方する派と、マルカムにつく派の二つに分かれた。この時散発的に色々な口論と様々な小競り合いが続いた。それはマルカム側についた貴族達は、彼がイングランドから彼らの支援にやって来るまでは、テントを張った戦場で、敵方と戦う危険をおかすのは、避けたかったからである。しかしその後マクベスは、敵方の軍勢が彼の宿敵マルカムと一緒にイングランドから来た援軍で増大していくのに気づくと、ひるんでファイフへ退却した。その地にあるダンシネイン城の、要塞で固めた野営地に留まり、もし敵方が追撃してくるなら、そこで戦おうと考えたのである。しかしながら味方の幾人かは、彼にとって一番良いのは、マルカムと何らかの協定を結ぶか、さもなければ、大急ぎでアイルズ島に逃げ、一緒に財宝を持っていき、大きな力を持つ君主達にそれで支払って彼らを味方につけることだ、と助言した。また外国人傭兵を雇っておけば、自分の臣下達よりももっと信頼できる、というのである。実際、家来達は毎日こっそり逃げ出していた。しかし彼は、バーネインの森がダンシネインにやって来るまでは、マクベスは決して征服されないし、また女から生まれたいかなる男にも殺されることはない、という予言を固く信じていた。

マルカムは急いでマクベスのあとを追い、戦いの前夜バーネインの森に来た。そして軍団が英気を新たにするため、しばらくそこで休息を取っている時、彼は全兵士に、その森で、各自運ぶことができる限りの大きな枝を手に入れて、翌朝それを持ってこっそりと見えないように前進して、敵方の視界に入るところまで行くようにと命令した。朝になってマクベスがこうして森の木々が近づいて来るのをみると、最初彼はその意味が分からず大いに驚いた。しかし最後に、バーネインの森がダンシネイン城にやって来るという、ずっと以前に聞いた予言が、今現実になったようだと思い当たった。それにもかかわらず、彼は兵士達に戦闘態勢を整えさせて、彼らに勇敢に戦うよう強く訓示した。しかしながら敵の兵士達が持っていた大枝をみな投げ捨てるや、マクベスは直ちにその数の多さに気づき、すぐさま逃走しはじめた。マクダフは大きな憎悪をいだきつつ追跡していった。ランファネインまで来た時、マクベスはすぐ背後にマクダフが迫って来ていることに気づいて、馬の脇に飛び降りると、「この逆賊め、どういうつもりだ、こうして無駄におれを追ってくるとはな。俺は女から生まれた奴には決して殺されないことになっているのだ。さあ、かかってこい、そして貴様の無駄骨に似合った報いを受けるがいい」、と叫んだ。そしてただちに彼は、マクダフを殺すつもりで剣を振り上げた。

　しかしマクダフはすぐさま馬から飛び降りると、彼に近づき、抜身の剣を手に答えた。「マクベス、その通りだ。今こそ貴様の飽くなき残虐は終わるのだ。魔術師どもが貴様にそう告げたのは、まさしくこの俺のことだ。おれは母親から生まれたのではない、母の胎を切り裂いて出てきたのだ」。そう言うや彼はマクベスに向かって進み出て、その場で彼を切り殺した。それから彼の首を肩から切り落し、それを竿に突き刺してこれをマルカムに献上した。これが一七年にわたってスコットランドの人々に君臨したマクベスの最期であった。彼の治世の最初の頃は、価値ある多くのことを成し遂げて、それは先述のように公共の福利におおいに有益であったが、しかしのちには悪魔の幻影となって、彼は恐るべき残忍さでその名誉を汚した。彼はキリストの顕現一〇五七年に殺害されたが、それはイングランドでのエドワード王の治世一六年目のことであった。

2　ラファエル・ホリンシェッド『ホリンシェッド年代記』第二版「ドナルドによるダフ王の殺害」（一五八七年）

さらに彼らは内輪でこっそりと、「国王は領土内の平民や聖職者達とばかり親しくなって、貴族達には少しも敬意を払わない。それどころか、貴族はむしろ全く自分の敵である、と公言してはばからない。これでは王には、貴族と郷紳の階級に属する事柄を、もっとよく知ってもらわない限り、貴族を治めるのにはふさわしくない」、とささやきあった。このささやきは諸島の人々の間にばかりでなく、領土内の他の地域までにも広まったので、彼らは様々な事柄に関する王の統治の方法について、ひどい悪口を言うのをやめなくなった。そうしている間に、国王は病にかかってしまい、だんだんと衰弱し始めた。それは嘆かわしいというより不思議な病気で、侍医達は誰一人、これをどうしたらよいのか、皆目見当がつかなかった。というのも彼には、黄胆汁、黒胆汁、粘液その他の何か悪性の体液(1)が、いささかでも過剰になって、それによって彼の体が衰弱し消耗し、皮膚と骨を除いてほとんど何も残らないといった病状を顕著に示するしが、何一つ見られなかったのである。

そして外見からの様子全体に、非常にはっきりと表れていたのだが、自然な湿り気にはどこも悪いところはなく、とても元気そうだったし、肌の色つやも見たところ新鮮できれいだし、容貌は生き生きとしていて、これ以上望むべきことは何もなさそうだった。彼にはまた、飲食物にもほどよい食欲があったのだが、それでも夜になると、どう手を尽くして工夫してみても、眠ることができず、過剰な発汗におちいり、どうしてもこれを抑えることができなかったのである。侍医達は、どの薬もどうにも効き目がないと知ったが、それでもなお少しでも王に気分を楽にしてもらおうと、こうした類の病気をうまく扱うのに慣れている巧みな医者達を、他の地域から呼ぶことにしたい、と彼に申し出た。彼らが王の病気を簡単に直してくれるかもしれないからである。そこで春がめぐってきたらすぐに、ということになった。その季節が来ると、それだけでも体が良くなる大きな助けとなるはずである。

しかしながら王は、回復する望みは僅かしかなかったが、それでもなお、領土の法とよき秩序による正しい統治について、たえず心を砕いており、この件について、よく顧問団と工夫をかさねていた。しかし彼がどれほど危険な病気を患っているかが知れわたってしまうと、行政官の権威を侮蔑して、公然と反逆を企てる者達が少なからず出てきた。そして首謀者達の中にマリィ地方(2)の者達がいたのだが、彼らは国王の多くの将校を殺害すると、彼らが不正に命じた暴動に同意しない人々に、残忍極まりないやり口で、乱暴をはたらき始めたのである。国王お付きの侍医達は、いかなる方法によっても、王にこうした事情について知らせることを禁止した。何故ならこの件で王の気持ちが乱れて、病気が悪化しないかと危ぶんだからである。しかしこれと時を同じくして、ある噂がひそかに人々の間に流れはじめた。実は、国王はマリィ地方にあるフォレス(3)という町に住む魔女達が行っている妖術、魔法によって、不自然な病に苦しめられているのだ、というのである。

この秘密の話の出所が誰なのかは分からなかったが、しかし国王の耳にまで届いたので、すぐさま彼は、真偽のほどを確かめるため、幾人かの賢い者達を、その町に向かわせた。こうして送り込まれた者達は、彼らがこの地にやってきたわけを偽って、暗い夜半に、フォレス城にドナルドというこの城の代官によって、迎え入れられた。彼は王に忠実に仕えてきている者で、この城を王がいつでも利用できるように、謀反人達の攻撃から守っていた。それゆえ使者達は彼に、自分達がここに来た理由を伝えて、国王の御意を完遂するために、彼の支援を要請したのである。

その城に駐屯していた兵士達は、人々の間で噂されているようなことが、この地で実際に進行している、とうすうす感づいていた。そのわけは、兵士の一人が若い女を妾として囲っていたが、この情婦はある魔女の娘だったからである。この女が、自分の母親とその仲間達が使っているやり口を、何もかも彼に語っていた。そして魔女達の意図は、王を亡き者にすることなのだというのである。

この兵士は自分の愛人からこれを聞くと、その話を同僚らに語った。すると彼らはこれをドナルドに報告した。ドナルドは王の使者達にこれを伝えるとともに、直ちにその兵士が囲っている若い妾を呼びにやった。その女はちょうどその時城内にいたので、厳しい取り調べを受けると、彼女が目撃して知っていた通りのことを、洗いざらい告白した。こうしてこの女の告白で、町のどの家で魔女達がその有害な秘密の儀式を行っているかを知ると、深夜ドナルドは兵士達をその家に送り込んだ。彼らがその館に足を踏み入れてみると、魔女どもの内の一人が、木製の焼き串に刺した蠟人形を、炎であぶっているところだった。その目鼻立ちの一つ一つの作りは国王その人にそっくりである。それは悪魔の技と芸で、巧妙に工夫して作られたものと考えられた。もう一人の座っている魔女は、恍惚となってぶつぶつ呪文を唱えながら、せわしくたえず何かの液体をその人形にかけていた。

兵士達は魔女らがこうして秘儀に従事しているのを発見すると、その人形もろとも彼らを捕まえて、城に引き立てていった。そこで何を目的として、こうした魔術をとり行っていたのか、厳しく取り調べられると、彼女らは国王を抹殺するのが最終の目的だったと答えた。その訳は火の前で人形が徐々に溶けていくにつれて、王の肉体は発汗して衰弱していくからである。そして呪文の言葉は、王の眠りをたえず妨害し続けるのに役立っていた。だから蠟が溶け続けると、同じように王の肉体も溶けていくのである。こうしたやり方で、蠟がすっかり溶けて無くなってしまうと、続いて直ちに王が死ぬことになるはずであった。そのように彼女らは悪霊から教わって、マリィ地方の貴族達から、この巧緻な技を実行するようにと雇われたのであった。そばで見ていた者達は、こうした忌まわしい話を魔女達が語るのを聞くや、直ちにその人形を打ち壊し、彼女らを（当然の報いとして）焼き殺した。

そして国王は、これらの出来事がフォレス城内で起こっているまさにその時に、衰弱から解放されて、その夜は体にいささかの発汗もなく、ぐっすりと眠り、翌日は彼本来の力強さを取り戻し、まるでそれまでまったく病気などしたこともなかったかのように、人のする仕事ならどんなことでも、簡単に行うことができたと言われている。だがこれがどんなわけで起こったのだとしても、事実はその後、彼が健康をすっかり回復すると、強力な軍を招集して、これを率いてマリィ地方に入り、謀反人達の掃討にかかり、そこからまずロスに、そしてロスからケイスネスへと追跡した。そこで彼らを逮捕すると、フォレスに連れ戻し、みな絞首刑に処して、晒し柱に吊るして見せしめにした。

彼らの中にはまた幾人かの郷紳が含まれていた。彼らはまことに人格のりっぱな見上げた人々で、フォレス城の代官ドナルドの近親者だったのだが、他の謀反人達と一緒に、一味に加わるよう説得されたのであった。それも自ら進んで同意したというよりも、むしろ性悪の様々な曲者達の、詐欺まがいの助言によるところが大きかったのである。このため前述のドナルドは彼らの事情を嘆いて、熱心に王に赦免を願い出て尽力していた。しかし彼はすげなく断られると、国王に対して内心深い恨みを抱くようになった。もっとも最初はこれを表に出すことはなかったのだが、ずっとはらわたが煮えくり返るような思いが続いて、止むことがなかったのである。しかし彼は妻から焚きつけられるに及んで、こうした感謝の念の欠如に対して復讐を決意し、王がよく滞在する前述のフォレス城の中で殺害するための、うまい方法を見つけ出した。と言うのも王はドナルドを特別に信用しきっていて、決して疑うことがなかったので、その地方にいる時は、ほぼいつもこの城内に宿泊するのを慣例としていたからである。

しかしドナルドは、彼の親族が処刑されたことで、彼の血統がこうむった恥辱を忘れはしなかった。王は彼らを人々への見せしめとして、絞首刑に処したのである。彼は自宅の家族の前ではひどく悲しむ様子をはっきりと見せないわけにはいかなかった。彼の妻はこれを察知して、夫と一緒に苦しみを味わっていた。そしてやっと彼女は、夫の腹立ちの原因が一体何かを知ったのである。それを彼女はついに彼自身の親戚の者から聞かされた時、実は自分でも同じような理由で、心の中で国王に対して深い恨みを抱いている身だった。その恨みは、夫が親族のことで抱いている恨みと比べても、いささかも劣らなかった。そこで彼女は夫に、王を殺害するように、と助言したのである。しかもそれを最も手早くやってのける手段まで、彼に話して聞かせた。国王はしばしば、城の守備隊を除いて、周囲に誰も護衛をつけずに彼の館に宿泊するが、その守備隊はドナルドが思いのままに命令を下せるのだ。

かくしてドナルドは、妻の言葉で一層怒りに火が付き、彼女の助言に従って、この憎むべき不埒な行為を決行する決心を固めたのである。そこで彼はどうすればその呪わしい計画を最もうまく成就できるか、しばらく自分で思案し続けていたのだが、とうとう好い機会を摑み、次のようにして目標の達成を急いだ。たまたま王は、城を出発する予定の前日、長い間祈禱室にこもって祈っていたが、それは夜遅くまで続いた。ついに彼は出てくると、反逆者達の追跡と逮捕で彼に忠節を尽くした家臣達を呼んで、心から彼らに感謝して、様々な名誉の贈り物を授けたが、ドナルドもその中の一人であった。彼は常に王にたいそう忠誠を尽くす臣下の一人とみなされていたからである。

とうとう彼らとの長い間の語らいが終わると、王はわずか二人の寝室付きの従者だけを連れて、私室に入っていった。従者達は王をベッドに案内すると、再び出てきて、それからドナルド夫妻と晩餐になった。夫妻は二人の従者のために、軽い夕食にと、さまざまな美味しいご馳走と色々な種類の飲み物をたっぷり用意していた。そこで彼らは長い間起きたままで、腹いっぱい食べ物を胃袋に詰め込んだので、二人は枕に倒れ込むやいなや、たちまちぐっすりと寝入ってしまった。だから誰かが彼らをこの酔っぱらった眠りから目覚めさせようとしても、それは容易なことではなかったであろう。

それからドナルドは、心の中ではこの行為をひどく嫌ってはいたが、しかし自分の妻に唆されて、四人の家来を自分のもとに呼んだ。彼はあらかじめこの邪な意図を彼らに秘かに伝えていたが、思い通り事が運ぶように、彼らに大きな褒美を約束して、その気にさせておいた。そしてどれほどすばらしい勲功となるか伝えると、彼らは喜んでその指示に従い、大急ぎで殺害に取りかかり、雄鶏が時を作るすぐ前に、王が休んでいた寝室に入ると、一切物音を立てずに、眠っている王の喉をこっそりかき切った。

そしてこの四人はすぐさま裏門からその死体を野原に運び出し、あらかじめこの目的のためにそこに用意してあった馬の背中にこれを放り上げ、城からおよそ二マイルほど離れた場所に運んだ。そこで彼らは待たせておいた数人の作業員の手を借りて、その野原を流れる小川の進路を変えると、水路に深い穴を掘った。そして王をそこに埋めると、石と砂利で隙間なくしっかり突き固めて、再び川の流れを元に戻したので、誰もそこが新たに掘り起こされ何かが埋められたとは、気づくことはできなくなった。

報告されているところによると、彼らがこうしたのは、ドナルドが出した命令によっていた。何故なら死体は発見されてはならず、またドナルドがそばに近づいた時、それが血を流して、犯人はこの男だ、と示すことがあってはならなかったからである。というのも誰かが殺害された時、その死体は殺人者がそばにいると大量の血を流す、と考えられていたからである。しかしどのような思惑で作業員らが王の死体をそこに埋めたにせよ、彼らがその仕事を終えると、四人はここで手伝った者達をすぐさま殺してしまい、そこからまっすぐオークニー諸

島へ逃げた。(4)

ドナルドは殺人が行われている時刻には、見張り番達と一緒にいて、その後も夜通しずっと彼らと一緒に過ごした。しかし朝になって王の寝室で騒がしい音がした。国王が殺害され、その死体は無くなっており、ベッドは真っ赤に血で染まっているという。そこで彼は見張り番らと一緒にそこに駆けつけた。まるで彼は何も知らないかのようだった。そして寝室に押し入って、ベッドとその両脇の床にべっとり固まった血糊を見つけると、寝室付きの従者達を、この忌まわしい殺人事件で有罪であると断定して、すぐさま殺害した。それからまるで気が狂ったように、城内をあちこち走って、隅々までくまなく捜しまわった。それはまるで彼が、どこか奥まった隠れ場で、死体か殺人者のだれかを探し出すことができないか、確かめようとするかのようであった。しかしとうとう裏門までやってくると、これが開いていることが判明した。するとドナルドは、罪のすべてを、彼が殺した二人の従者になすりつけた。彼が言うには、このまことに憎むべき殺人事件は、二人が相談しあって犯した以外には考えられない。何故なら彼らは、一晩中自分達に預けられていた門の鍵を所持していたからである。

最後に彼は、この犯罪者二人についての厳しい調査と審理に、異常なまでに熱心に励んだので、貴族達の中には、この事件を不快に思い、ドナルド自身が完全に潔白ではありえない狡猾なしるしを嗅ぎつける者も出始めた。しかし彼らがこの地に住む限りは、その支配権は彼がすべて握っているし、彼の持つ味方と権力を全部合わせて判断すると、時と場所がもっと役立つようになるまでは、思っていることをそのまま口に出してよいかどうかは、大きな疑問であった。そこで彼らはここで解散し、みなそれぞれ家に帰った。この忌まわしい殺人がこうして行われた後、六カ月の間というもの、王国内ではどこにも昼間太陽は現れず、夜も月が出ることはなく、空はずっと雲で覆われたままで、時々稲妻と大嵐が起こり、狂ったように大風が吹き荒れたので、人々は何もかも即刻破壊され尽くすのではないか、と恐怖におののいた。

訳注

一　ロミオとジュリエット

1　アーサー・ブルック『ロミウスとジュリエットの悲話』

（1）**パラス**　ギリシャ神話の女神アテナイのこと。英知、豊饒、戦争、工芸の女神。ローマ神話のミネルヴァにあたる。アテネの守り神。

（2）**ミューズ**　九人の文芸と学術の女神達。それぞれ叙事詩、抒情詩、悲劇、喜劇、歴史、音楽、宗教音楽、舞踏、天文を司る。

（3）**三人姉妹の宿命の女神**　ギリシャ神話で三人姉妹の女神、クロト、ラケシス、アトロポス。それぞれ人間の誕生、生涯、死を支配する。クロトが命の糸を紡ぎ、ラケシスがその長さを決め、アトロポスがそれを断ち切る。

（4）**運命の女神**　中世からルネッサンスにかけて文芸を席捲した幸運と不運の変転を擬人化した女神。人の運の変転を象徴する運命の車輪を廻す。どん底の不運にある者は、その車輪で次第に上昇していき、幸運の絶頂に至る。しかしたちまち運は傾き、没落していく。運命の女神はしばしば目隠しをした盲目の姿で描かれる。また運命のおぼつかなさを象徴する球体の上に立つ姿で描かれることもある。

（5）**シーシアスやパリスも**　シーシアスはギリシャ神話に登場する伝説的な英雄で、アテネの王。様々な冒険譚で知られ、特にシーシアスに恋したミノス王の娘アリアドネーの助けで、クレタ島の迷路で怪物ミノタウロスを退治した話は有名。のちに彼はアリアドネーに飽きて彼女を見捨てた。またアマゾンの女王ヒッポリタを捕らえてアテネに連れ帰り妻にする。のちにシーシアスはヒッポリタにも飽きて、ミノス王のもう一人の娘（アリアドネーの妹）のフェードラと結婚する。彼をめぐっては互いに矛盾し相違する様々なヴァージョンがある。シェイクスピア『夏の夜の夢』の冒頭で、シーシアスは婚約中のヒッポリタを従えて、アテネの大公として登場している。パリスはギリシャ神話でトロイの王子。プライアム王とヘキューバの息子。彼がスパルタ王妃ヘレンを略奪してトロイに連れ帰ったことが、トロイ戦争の直接の引き金となった。彼はこの戦争で英雄アキレスのかかとを射て殺した。

（6）**忘却の川レーテ**　ギリシャ神話で黄泉《よみ》の国に流れる川の一つ。古代ギリシャでは、魂は転生の前にレーテの川の水を飲むと、前世の一切の記憶をなくすという。

（7）**フィーバス**　ギリシャ・ローマ神話のアポロの別名。「フィーバス」（Phoebus）の原義は「輝く、明るい」で、アポロの形容辞としてよく使われる。アポロは太陽神であるほか、医学、音楽、詩、科学などの神でもある。オリンパス山の主神ゼウスとレトの子。

（8）**タンタロス**　ギリシャ神話でゼウスの子。神々の激怒を買う罪を犯し地獄に落とされて、永劫の飢えと渇きに苦しめられた。沼の上に枝を広げた果樹に吊されて、沼の水が満ちてくると顎《あご》まで届くが、飲もうとするとたちまち引いてしまう。実った果樹の枝が頭上に垂れているが、手を触れようとすると、風がその枝を舞い上げてしまう。タンタロスの不死の体は、永遠に飢えと渇きに苛まれ続けているという。動詞 tantalize（じらして苦しめる）の語源。

（9）**女王ダイドー**　古代ローマの詩人ウェルギリウスの『アエネイス』に描かれたカルタゴの創設者、女王。ダイドーは、英雄アエネイスがトロイ陥落後放浪して、嵐でカルタゴの岸辺に漂着すると、彼をもてなし二人は愛し合う。しかしマーキュリーはアエネイスにカルタゴから立ち去りローマに向かうよう強いる。アエネイスが海上のかなたに去るのを見たダイドーは、薪を積み上げ火を放ち、彼の剣で自害する。『アエネイス』は全十二巻からなる大叙事詩。『カルタゴの女王ダイドー』はクリストファー・マーロウの悲劇。

（10）**オウィディウス**　帝政ローマ時代最盛期の大詩人プーブリウス・オウィディウス・ナーソー（紀元前四三年‐一紀元七年）。彼の『変身物語』は、英国ルネッサンス時代のシェイクスピア、マーロウを含む多数の詩人、劇作家に大きな影響を及ぼしている。

（11）**アトロポスが私の命の長さの糸を切るまで**　注（3）を参照。

（12）**フランシス修道会**　アシージィのフランシス聖人（一一八一頃‐一二二六）がイタリアで創設したカトリックの修道会。フランシス聖人はキリスト教世界で最も崇敬されている聖人の一人。

（13）**クラウン金貨**　ヘンリー八世時代の一五二六年に、最初にクラウン金貨が作られ、六ペンス四シリングであった。この金貨は短命だったので、今日希少価値がきわめて高い。二、三カ月後には五シリング金貨が発行された。その後この値のクラウン金貨は、一六六二年まで発行され続けた。エリザベス時代には女王の横顔を入れたソブリン金貨（一ポンド）が流通した。

（14）**アルクメネについて聞く長き夜**　オウィディウス『変身物語』によれば、大力無双の英雄ヘラクレスは、アルクメネとゼウスとの間に生まれた子であるが、アルクメネは出産時、なかなかヘラクレスを産むことができず、七昼夜苦しんだ。実はゼウスの妻ジューノーが嫉妬で、出産の女神ルキナに、あらかじめ出産を邪魔するよう指示していたためである。

（15）**次の機会を探そうたって、もうそんな時は来ませんからね**　次の諺がある。「機会は一度逃すと二度とめぐってこない。」（Lost opportunities never recur.）

（16）**野戦ベッド**　前行の「戦場」の縁語。次行の「両腕を武器に使って戦って」との言葉遊び。原文の in arms が「武器を使って」と「両腕で抱き合って」の二つの意味になっている。原文の ffield-bed はシェイクスピアの『ロミオとジュリエット』でも使われている（二幕一場四〇行）。

（17）**神々に祈ろう**　ロミウス、ジュリエット達は、神（God）だけでなく神々（Gods, gods）に祈ったり言及したりすることがあるが、この神々は自然の造化の女神、愛の神キューピッド、ジュピター、太陽神フィーバス、運命の女神、宿命の三女神などの神々を指している。God に祈る時はキリスト教の神に祈っている。

（18）**一日に百回も死ぬが、それでも決して死ぬことができない**　ロミウスは自分の苦しみをプロメテウスの苦しみに模している。人類に火をもたらしたプロメテウスは、ゼウスによってカウカソス山の山頂に磔にされ、生きながらにして毎日肝臓を巨大な鷲エトンについばまれる責め苦にあった。プロメテウスは不死であるため、彼の肝臓は夜中に再生し、のちにヘラクレスにより解放されるまで、拷問が行われた。

（19）**ヴィーナスが選んだ黄金の星、美しい明けの明星ルシファー**　ヴィーナスは愛と美の女神で金星。ルシファーはラテン語で光をもたらす者、明けの明星で、同じく金星である。トーチを持った男性に擬人化されて描かれる。オーロラの息子。またルシファーは、キリスト教では堕天使で、魔王サタンの墜落前の天使としての呼び名である。

（20）**太陽神タイタン**　ギリシャ神話のヘリウスのこと。天翔る戦車に乗った姿で描かれる。ローマ神話の太陽神ソル（Sol）に相当。ハイペリオン（アポロ）の息子。太陽神フィーバス（アポロ）と同一視されることもある。注（7）を参照。

（21）**この柔らかな四肢が、ばらばらに引き裂かれる**　長い歴史を持つ拷問による処刑の一方法のイメージ。罪人の手と足をそれぞれ一頭の馬に鎖で縛りつけ、四頭で四方に引き裂く。一八世紀後半に至っても、スペインからの独立を目指したペルーのアマル二世がこの方法で処刑されている（一七八一年）。

（22）**死体を傷つけ、それらを呪術に役立てるのである**　霊媒師、呪術師達が墓場から死体を掘り出すなどして入手し、その一部を使い死霊と交わり、呪詛や予言を行う風習が、広くルネッサンス時代の欧州にあった。それは謀反事件と結びつく恐れもあった。ジェイムズ一世は、エリザベス一世の『呪術、妖術、魔術禁止法』（一五六三年）を改訂して、はるかに厳格な『呪術、魔術、並びに悪魔、悪霊との交霊禁止法』（一六〇四年）を公布し、死者の墓などから死体を盗みだし、妖術、呪術に使った者は、幇助者を含め、死刑に処するむね、厳しく定めた。

(23) **イエス・キリストご自身が、悲しみと哀れみで涙を流された**　「ヨハネによる福音書」一一、三五。

(24) **キリストは、昼間は十二時間ある、と申されて**　「ヨハネによる福音書」一一、九。

(25) **中には修道士が最初巧みに話した書簡が入っていた**　著者のブルックは、ローレンス修道士がジョン修道士に託したロミウス宛ての書簡と、ロミウスが召使いのピーターに託した父宛の書簡とを混同している。

二　ハムレット

1　サクソ・グラマティクス『アムレット史話』

(1) **こうして彼らがブリテンに到着すると**　シェイクスピアは、これ以降のエピソードは、ごく一部を除いて大部分削除した。シェイクスピア劇ではハムレットがイングランドに到着することはない。他方サクソのアムレットは、これ以降も目覚ましく活躍しており、イングランド王の娘と結婚し、その後スコットランド女王とも結婚している。

(2) **彼の追悼の宴が行われている大広間に入った**　サクソの物語ではこのように、アムレットは一年ぶりにイングランドから帰国する。その時には、彼が出発前に母に頼んでおいた彼自身の葬儀が行われている。他方シェイクスピア劇では、ハムレットはイングランドに向かう途中、海賊の捕虜になり、偶然帰国する。その時行われていたのは、対照的に、オフィーリアの葬儀である。彼女の狂乱の果ての自殺は、ハムレットには気が動転する予期せぬ出来事である。

（３）**代わりに自分の剣をそこに差し替えて**　フェングとアムレットの剣の取り換えは、シェイクスピア劇では、ハムレットとレアティーズの剣の取り換えに反映されている。

2　フランソワ・ド・ベルフォレ、英訳者不詳『ハムレット史話』

（１）**ハムレット**　主人公の名は、ベルフォレのフランス語原文では、サクソのラテン語名をそのまま踏襲して、同じ「アムレット」（Amleth）であるが、一六〇八年の訳者不詳の英語訳では、「ハムレット」（Hamblet）となっている。本書の日本語訳は、当英語訳に拠っているので、「アムレット」ではなく、「ハムレット」と訳している。

（２）**ロムルスが……自分の双子の兄弟の血で自らの手を汚した時**　ロムルス（紀元前七七一年頃‐七一七年頃）は、ローマ建国神話でのローマの建設者。ローマ帝国の伝説上の初代王。双子の弟レムスを殺害した。ベルフォレは彼自身の史話で、主人公（Amleth）の父が弟のフェンゴンに殺害され、主人公が復讐で叔父を殺害する物語を、王座をめぐって歴史の中で飽くことなく繰り返されてきた血族肉親間の血塗られた権力闘争、という特異な観点から見ており、ロムルスをローマ帝国史でのその最初の例にあげてみせているのである。

（３）**年長のタークィン**　第五代ローマ国王、ルキウス・タルクィニウス・プリスクス（在位：紀元前六一六年‐五七九年）のこと。ローマの七丘の一つ、パラティーノの丘の北部に、下水溝を通し、湿地を干拓した。この事業で建設された下水道クロアカ・マキシマは、二六〇〇年以上を経た今日でも、その遺構が残っている。彼は三八年間の治世の後に、先王アンクス・マルキウスの実子によって、暗殺された。

（４）**タークィン傲慢王**　第七代ローマ国王、ルキウス・タルクィニウス・スペルブス（在位：紀元前五三四年‐五一〇年）のこと。彼の専制政治は反発を招き、ローマ人が許容した最後の専制君主となった。紀元前四九五年没。以後ローマは共和政に移行した。

（5）**アブサロムは父親、聖なるダビデを殺そうとした**　旧約聖書「サムエル記下」第一五章一‐一八。

（6）**ドミティアン**　ローマ帝国第十一代皇帝ティトゥス・フラウィウス・ドミティアヌス（紀元五一年‐九六年、在位：八一年‐九六年）のこと。兄タイタスが重病に伏すと、ただちに行動を起こし帝位を掌握した。その治世は、最初は穏健であったが、次第に暴虐となり、最後には暗殺された。無慈悲だが敏腕な専制君主で、文化、経済、政治において平和な次世紀の基礎を築いたとされる。

（7）**及びその後のいきさつ**　章分けと要約について、訳者不詳のこの英語訳は八章に章分けされていて、各章ごとに要約がついている。しかしながら、もとの一五七六年のベルフォレによる、サクソのフランス語への翻案には、こうした章分けと要約はついていない。

（8）**この国の一般民衆は野蛮で文明を知らなかった**　原話のサクソのアムレット物語の時代は、シェイクスピアの『ハムレット』劇と違い、キリスト教普及以前の時代である。ベルフォレはそれが信仰の乏しい野蛮な時代であったことを強調している。この翻案では、彼が野蛮とみなす出来事（囮の娘と主人公の同衾など）の削除や書き換えが、少なからず行われている。

（9）**キンブリ族**　最初ユトランドに住んでいたと考えられているゲルマン民族またはケルト民族の一部族。ゴール（＝ガリア）とイタリア北部に侵入。紀元前一〇一年にローマ人に滅ぼされた。

（10）**ブルータスが悪辣なタークィン傲慢王を追放し**　このブルータスは、シェイクスピア劇『ジュリアス・シーザー』で有名マーカス・ブルータスではなく、共和政ローマの創始者とされるルキウス・ユニウス・ブルトウスのこと。彼はシェイクスピアの物語詩、『ルクリースの凌辱』で描かれたルクリースの自殺事件を契機に、叔父のタークィン傲慢王を排斥し、ローマを独裁君主制から共和政に移行させたとされる（紀元前五〇九年）。注（3）を参照。

（11）**ダビデを挙げることができよう**　旧約聖書「サムエル記上」第二一章、一一‐一六。

（12）**女性の望みを叶えてやることはしなかった**　ベルフォレは、サクソを書き換え、ハムレットの母追及との倫理的整合性を図っている。注（8）を参照。

（13）**つづれ織り壁布**　この第三章要約中の「つづれ織り壁布」（arras）は英訳者が書き加えたもの。シェイクスピアの『ハムレット』に使用されているため、様々な議論がなされている。解題五七九‐五八〇ページを参照。

（14）**壁掛け布**　ベルフォレのフランス語翻案にはなく、この作者不詳の英訳ではhangings。

（15）**「鼠だ、鼠だ」、と叫びながら**　解題五七九‐五八〇ページを参照。

（16）**母上のホザー爺様**　ゲルースの祖父。彼女の父ロデリック王の父。

（17）**決して真実から逸脱したことがなかった**　シェイクスピア劇のハムレットには、はるかに謎めいた言葉が多いが、やはり虚言はない。この点では、シェイクスピアはサクソとベルフォレを踏襲している。

（18）**ゴットランドやバーミー**　ゴットランドはスウェーデン南東沖バルト海のスウェーデン領の大きな島で、紀元前より交易の中心地であった。バーミーはノルウェーにある湿地帯。

（19）**サウルと魔女の会合**　旧約聖書「サムエル記上」第二八章、七‐二五。

（20）**マーリン**　アーサー王伝説で、アーサー王を助けた有徳の魔法使い、予言者。

（21）**神**　英語原文はGod。しかしベルフォレのフランス語原文は複数形（les Dieux）。英訳者はこの史話が異教徒の世界を扱っていることを、ここで忘れていたのであろうか。

（22）**名君ホザー王**　注（16）を参照。

（23）**ガリアルダ・ダンス**　ガリアルダ（仏語：Galliarde）は、一五世紀始めにフランスで始まった舞曲。ルネッサンス時代にヨーロッパ中に広がった。急速な3拍子の、とても優雅な跳ね踊りである。よく緩やかな踊りのパヴァーヌと組み合わされる。一五世紀末までにヨーロッパの多くの宮廷が採用した。一人で踊ることもパートナーと踊ることも可能だが、宮廷では常にパートナーと一緒に踊った。エリザベス一世はガリアルダ・ダンスの踊り手として名高い。

(24) **ウィグレルス**　原文では Wiglerus となっているが、以下の本文では、ウィグレル（Wiglere）となっている。

(25) **スコーネとシェラン島**　スコーネは現在のデンマークの東部に位置するスウェーデンの県。シェラン島はユトランド半島とスコーネに挟まれた島。

3　「エフタの娘、その死の唄」

(1) **よくあることだがこうなった**　ハムレットが劇中で鼻唄まじりに語るのは、この第一連の三 - 六行目（『ハムレット』二幕二場四〇三 - 〇四、四二二 - 一四）である。

三　オセロー

1　ジラルディ・チンティオ『百物語』

(1) **ムーア人**　この物語では、登場人物で、個人名が与えられているのは「ディズデモーナ」ただ一人である。ムーア人はアフリカ北西部、モロッコからモーリタニア地方にかけて住むイスラム教徒で、ベルベル族（the Berbers）とアラブ人との混血種族であり、黒色人種ネグロイド（ニグロ）と呼ばれる黒人ではない。しかしシェイクスピアは両者をよく区別してはいない。

2　レオ・アフリカヌス「称賛に値するアフリカ人の行動と美徳」

（1）**ヌミディア**　アフリカ北部にあった古代王国。ほぼ現在のアルジェリアにあたる。

3　「スティーブン王は立派なお方」

（1）**真冬の外は冷たく寒い**　イアーゴーがオセローの副官キャシオーに、酒を飲ませて酔わせる目的で歌う当時のはやりのバラッドで、ソングの意味と劇の筋との間には、直接の関係は何もない。スティーブン王（一〇九二年又は一〇九六年－一一五四年、在位：一一三五年－一一五四年）は、一二世紀前期から中期にかけてのイングランド国王。彼の治世期間は「アナーキー」（無秩序）と呼ばれる内乱の時代であった。彼の後を継いだヘンリー二世はアンジュー王朝（プランタジネット家）の最初の王。

（2）**一クラウン**　クラウン金貨については『ロミウスとジュリエットの悲話』の注（13）を参照。一二世紀のスティーブン王の時代にはクラウン貨幣はなかったので、アナクロニズムである。

4　「緑のヤナギにみな歌え」

（1）**若者ひとり楓《かえで》のそばで、ああ哀れ**　この唄は本来若者が、恋する相手の娘のつれなさを歌う唄であるが、デズデモーナはこの唄の一部を、男女を逆にして、オセローの不実を咎め、彼女の心情を悲しく歌う唄に変えた。

四　リア王

1　ジェフリー・オブ・モンマス『ブリテン島国王列伝』

（1）**アルバニア公**　アルバニアはスコットランド北部の古い地名。オールバニーに同じ。中世には公爵領だった。

（2）**ヤヌス神**　ローマ神話で、二つの顔を持った神（Janus）で、出入り口と扉の守護神。物事の開始の神で、一月を司る。January の語源。

2　作者不詳『レア王年代記』

（1）**登場人物**　登場人物表は原文にはないが、便宜のため訳者が書き加えた。

（2）**キャンブリア**　ウェールズの中世の呼び名。ラテン語名。

（3）**アルビオン**　イングランドまたは大ブリテン島の雅称、古名。「白い島」の意味。

（4）**ハイバーニア**　アイルランドのラテン語名。

（5）**黄金の羊毛**　ギリシャ神話で、英雄ジェイソンは、ペリアス王の命令で、生地テッサリア地方イオルコスの王となるために、アルゴー船で乗組員たちとともに黄金の羊毛を探しに出かけ、女魔法使いメデイアの助けでこれを手に入れた。この物語は古く紀元前九－八世紀のギリシャ詩人ホメロスの時代にすでに普及しており、様々な異なった話が伝わっている。

（6）**ダエダロスの蠟の翼**　オウィディウス『変身物語』の第八巻、第三話に、ダエダロスが息子のイカロスとともに蠟の翼で空中を飛ぶ話が出ている。シェイクスピアは、この話を『ヘンリー六世第三部』（五幕六場二一行）で言及している。ダエダロスは一度のみだが、息子イカロスについては、『ヘンリー六世第一部』四幕六場五五行）にも言及がある。ダエダロスと息子イカロスは共に塔に幽閉されると、蠟で人工の翼をつくり逃亡を図るが、その途中でイカロスは太陽に接近しすぎて、翼の蠟が溶け墜落死してしまう。ダエダロスはシチリアまで飛翔し、カミコスの王コカロスのもとに身を寄せたとされる。

（7）**トロイノヴァント**　伝説上のブリテンの最初の王ブルートが建設したとされる現在のロンドンの古い呼び名。「新しいトロイ」の意味。エリザベス一世、ジェイムズ一世時代の詩人、劇作家たちが王家を称えるのによく言及した。

（8）**ヒーローがリアンダーを**　ギリシャ神話で、リアンダーはヒーローに恋して、毎晩狭隘なヘレスポント海峡（現在のダーダネルス海峡）を泳いで渡り、彼女とともに時を過ごしていたが、ある冬の嵐の夜、彼女の点す明かりを見失い溺死した。ヒーローは彼の死体を見つけると自らも身を投げた。

（9）**カルタゴの女王が勇猛なアエネイスを歓迎したように**　『ロミウスとジュリエットの悲話』注（9）女王ダイドーを参照。

（10）**私はジャックと呼ばれて当然です**　「ジャック」には、召使い、付き添い、お供の意味がある。

（11）**やさしいドゥニ聖人**　聖ディオニシウス（？－二八〇頃）。パリの初代司教、殉教者。フランスの守護聖人で七守護聖人の一人。

（12）**尼っ子ら**　原文は foppets で、当箇所が『オックスフォード英語大辞典』（*OED*）の唯一例。

（13）**免罪**　原文は my neck-verse、免罪詩。旧約聖書「詩編」五一。死刑囚がこれを読めると絞首刑を免れたという。

冒頭の一節は、「神よ、わたしを憐れんでください／御慈しみをもって／深い御憐みをもって。／背きの罪をぬぐってください。／わたしの咎をことごとく洗い／罪から清めてください」（聖書新共同訳、日本聖書協会）。

（14）**ビリングズゲイトの魚市場**　テムズ川北岸にあったロンドン最大の魚市場。

（15）**パレルモ**　イタリアのシチリア島の都市。シチリア島北西部に位置する。その周辺地域を含む人口約六六万人の基礎自治体。シチリア島最大の都市で、シチリア自治州の州都であり、パレルモ県の県都。

（16）**鶏肉屋**　鶏肉屋はウサギの肉も扱うことがあった。

（17）**わしはもとの自分の影法師**　シェイクスピア劇では自分を見失ったリア王を、フールが「リアの影法師」と呼んでいる（一幕四場二二四）。

（18）**クラウン金貨**　『ロミウスとジュリエットの悲話』の注（13）を参照。リア王の物語は紀元前八〇〇年頃の出来事なので、アナクロニズム。

（19）**アルゴス**　ギリシャ神話に登場する百の目を持つ（あるいは体に多くの目をそなえた）巨人。全身に百の目を持ち、それらの目は交代で眠るため、アルゴス自身は常に目覚めている。別の伝承では、背中に第三の目があるとも、後頭部に二つ目があるともされている。

（20）**ダモン**　ダモンとフィンチアスの友情への言及である。二人は古代シラクサのピタゴラス派の哲学者で、その固い友情で有名である。僭主ディオニュシオス一世に死刑を宣告されたフィンチアスが、身辺の処理のため一時の猶予を請い、その間ダモンが身代わりとなったが、フィンチアスが約束通り戻ってくると、僭主は彼ら二人を放免したという。

（21）**ゆったりした半ズボン**　一六世紀‐一七世紀に流行した男性用半ズボン（slops）。

（22）**タイツズボン**　半ズボンと共に使用するひざからくるぶしまでの靴下。同時代の男子用服装。

(23)**ダブレット**　一五世紀から一七世紀始めまでの間、イギリスの男子が着用した体に密着するウエストまでのジャケット。
(24)**アイソン**　ギリシャ神話の登場人物。オウィディウス『変身物語』によると、年老いたアイソンは息子が帰還するまで生き延びたのち、魔女メーデイアの魔法で若返った。メーデイアはヘカテーの助力を得て、青春の女神へーベーの力を引き出して、アイソンを四〇歳以上も若返らせることに成功した。
(25)**イリアス**　紀元前九世紀のイスラエル北王国の予言者。
(26)**マナ**　イスラエル人が荒野を流浪している時、天から降りそそいだパンに似た奇跡の食べ物。旧約聖書「出エジプト記」第一六章、一－三四。
(27)**アブラハム**　ヘブライ語で多数の父という意味。ユダヤ教、キリスト教、イスラム教を信仰する「啓典の民」の始祖。ノアの洪水後、神による人類救済の出発点として選ばれ祝福された最初の預言者。
(28)**ユダ族**　イスラエル王国を構成していたいわゆる十二部族の中の一部族。ヤコブの四人目の息子ユダを祖とする。ユダヤの名称の語源。なお十二部族の内十部族はイスラエル王国崩壊後、散り散りになり所在不明になっている。
(29)**ジェノヴェスタンゴール族**　ジェノヴェスタンの名称の意味は不明。ゴール族は、ヨーロッパ各地に鉄器時代から古代ローマ時代にかけて、広く散在したケルト人の一派。彼らのもとの祖国はガリア（現在のフランス、ベルギー、スイスおよびオランダとドイツの一部など）。マムフォードはゴール王と自身を含む真正のフランス人の出自を誇っている。
(30)**例えばかだが**　原文は *ass* an example。as と ass が掛詞になっている。
(31)**デニス聖人よ、ジョージ聖人よ！**　デニス聖人は三世紀の殉教者で、フランスの守護聖人の一人。ジョージ聖人（？－三〇三）は、伝説によると、もとローマ軍兵士。キリスト教信仰の撤回要求を拒否したため死刑を宣告された。キリスト教世界で最も崇拝されている聖人の一人で殉教者。聖人列伝の中では十四人の聖なる救済者の中の一人。また十字軍遠征以来、とりわけ軍人の聖人の一人として崇拝されている。

3　**『ホリンシェッド年代記』「レア王」**

（1）**創世紀元三二〇五年**　創世紀元（in the year of the world）は天地創造以来の意味。世界紀元（anno mundi）。

（2）**ヨアシュがユダに君臨していた**　旧約聖書「列王記下」第一二章、一－二一を参照。ヨアシュは四〇年間エルサレムで王位にあった。彼の治世は、紀元前八三七年－八〇〇年とする説や紀元前八三五年－七九六年とする説がある。レア王はこの時代の人である。

4　**エドマンド・スペンサー『妖精の女王』「レア王」**

（1）**セルティカ**　ケルト族のガリア。前記2『レア王年代記』注（29）を参照。

5　**ジョン・ヒギンズ『為政者の鏡』「コーディラの悲劇」**

（1）**紀元前八〇〇年**　前記3『ホリンシェッド年代記』「レア王」注（2）を参照。

（2）**レアスター**　現在のレスター。ロンドン北西部、バーミンガム東部。イースト・ミッドランド地域にある。リチャード三世が、二〇一五年に再埋葬され脚光を浴びた。

(3) **オールバニー**　中世にはスコットランド公爵領を指した。アルバニア。前記『リア王』1ジェフリー・オブ・モンマス『ブリテン島国王列伝』注(1)を参照。

6 フィリップ・シドニー『アーケイディア』

(1) **パフラゴニア**　小アジア、黒海沿岸の古代地方名。西はビチュニア、東はポンタス、南はガラティアに囲まれていた。小アジアで最も古い国。紀元前三三三年にアレクサンドロス大王の手に落ち、その後ローマ帝国後期には小地方に分割された。

(2) **ガラティア王国**　注(1)を参照。

(3) **ポンタス国**　注(1)を参照。

(4) **今後改心すればよいという判定も得た**　シェイクスピア劇『リア王』では、プレクサータスに当たるエドマンドは、兄エドガーに決闘で敗れて殺害される。死ぬ前に彼は改心している。

7 ジョン・フローリオ訳・モンテーニュ『随想録』

(1) **人間とはなんとみじめな存在だろう**　シェイクスピアが読んだフローリオ英訳(ケネス・ミュア編、アーデン第二版『リア王』一二二頁注)を訳出。シェイクスピア劇では、リア王は「嵐の場」で、次のように述べている。「お前は蚕に絹糸を借りてはおらぬ、獣に皮も、羊に羊毛も、じゃ香猫に香水も借りておらぬ。はぁ！　ここにいる三人は不純な混ぜ物だ。お前は物そのものだ。飾り物を剝ぎ取られた人間は、ただの哀れな裸で二本足の動物にすぎぬ、お前みたいにな!」(三幕四場一〇六‐一一一)。

五 マクベス

1 ホリンシェッド年代記』「マクベス」

(1)**ロッハーバー** スコットランドのマル島北東に位置する高地地方の一地域。西は北海に臨む。

(2)**ステュワード家** ホリンシェッドは「ステュアート」(Stuart)や「ステュワート」(Stewart)は全く使用せず、一貫して「ステュワード」(Steward)を使っているので、当翻訳も、やむなくこれに従っている。しかしながらホリンシェッドの『年代記』第二版が出版された一五八七年には、すでに王家は「ステュアート」と称していた。最初に「ステュワート」をフランス風の「ステュアート」に変えて、「執事」の意味の響きを消し去ったのは、フランスで育てられたメアリー女王(一五四二‐一五八七)である。言うまでもなく彼女はジェイムズ六世スコットランド王、すなわちジェイムズ一世イングランド王の母である。彼女はエリザベス一世によって反逆罪で処刑された。

史実上の実際のステュアート王家の始祖は誰かよく分かっていない。しかし一〇六六年のノルマン征服後(史実ではマクベス王の死はその九年前の一〇五七年)、間もなくしてフランスからイングランドに渡ったアラン・フィッツフラードというブルターニュ人であったとする説が有力である。渡英後彼の一族はすぐにアングロ・ノルマンの有力な貴族となった。アランの息子のウォルター・フィッツ・アラン(一一〇六頃‐一一七七)は、一二世紀中葉に、スコットランドのデイヴィッド一世(一〇八四頃‐一一五三、在位一一二四‐一一五三)により「執事長」(High Steward)の称号を与えられ、その子孫たちが代々王家の執事として仕え、「ステュワード」(のちに「ステュワート」）を姓としたが、その後王家に入りステュアート王朝を開いた。

マクベスに暗殺されたバンクォーが、魔女たちの予言通り、王家の始祖となるという『年代記』の記述は、今日では否定されている。注（10）を参照。

（3）**バーサ**　エジンバラの北に位置するパースにあった要塞。

（4）**ファイフ**　エジンバラの北、パースの南、テイ湾とフォース湾の間に挟まれて広がる行政地域。かつてはピクト人の王国フィブがあり、スコットランドでは今も「ファイフ王国」として知られている。

（5）**のちに剛勇王の異名を得たエドマンド**　イングランド王エドマンド二世（九九〇頃‐一〇一六）のこと。在位期間は七カ月余りに過ぎず短かったが、「剛勇王」の異名がある。ここに記されているクヌート（のちのデンマーク王クヌーズ二世）の率いるデンマーク軍の侵略に、敢然と立ち向かった奮闘ぶりから名付けられた。

（6）**クロス**　ファイフの西部にある町で海港。

（7）**ミキルウォートの果実**　ベラドンナ、セイヨウハシリドコロのこと。ナス科の有毒植物で、紫赤色の花が咲き黒い実がなる。そのエキスは鎮痛、鎮痙剤に使われる。睡眠を促すアルコール飲料にもなる。（『スコットランド古語辞典』による。）

（8）**聖コーム島**　現在のインチコーム島。エジンバラとファイフ間の海域でファイフ側の沖合に位置する。

（9）**エゼルレッドの息子、高徳のエドワード**　エドワード懺悔王（一〇〇四頃‐一〇六六）のこと。ウェセックス朝のイングランド王（在位：一〇四二‐一〇六六）。エゼルレッド二世無策王と二度目の妃エマの子。ノルマンディー公ウィリアム征服王による一〇六六年のノルマン征服以前に、イングランド王国を実質的に統治した最後のアングロ・サクソン君主。

(10) **だがここで、** ここから五二八ページまでの、「現在の国王ジェイムズ六世である。」までは、ホリンシェッド自身も認めている通り、マクベスの物語から脇道に逸れて、スコットランドのジェイムズ六世までの系譜をこまごまと記している。マクベス自身の筋の流れとは無関係な脱線なので、テキストから削除されることもある。しかしながら、シェイクスピアはこの箇所から、バンクォーの子孫であるスチュアート王朝の歴代八人のスコットランド王達が、次々に舞台上に現れる四幕一場を構想した可能性が高い。

バンクォーの息子のフリーアンスがウェールズの君主の娘を身ごもらせて、フリーアンスは君主に殺害されたけれども、娘から生まれた子供のウォルターの子孫が、スコットランド王家に繋がった、という荒唐無稽な話は、史実ではない。注(2)、注(11)を参照。

(11) **執事卿** 英語ではLord Steward。執事(steward)がStuartの原義であるが、史実ではステュワード家のウォルター・フィッツ・アランが執事長(High Steward)に任ぜられたのは、デイヴィッド一世の治世であり(注(2)参照)、ホリンシェッドがフリーアンスの息子としているウォルターなる人物が任ぜられたという記述は、時期が合致せず矛盾する。

(12) **アレグザンダー・ステュワード** 「ダンドナルドのアレグザンダー」として知られるアレグザンダー・ステュワード第四代執事長(一二二〇頃－一二八二)のこと。一二四一年にこの職位を父から継承した重臣。

(13) **ラーグスの戦い** 一二六三年一〇月に、スコットランド王国とノルウェー王国の間で、スコットランドのラーグス近辺で発生した戦い。スコットランド軍はこの戦いの勝利で、北欧ヴァイキングによる五百年にわたるスコットランド侵略と略奪に終止符を打った。

(14) **キャノンゲイト** エジンバラの中心部の通り、およびその関連地区。

2 『ホリンシェッド年代記』「ドナルドによるダフ王の殺害」

（1）**黄胆汁、黒胆汁、粘液その他の何か悪性の体液**　古生理学では、人には血液（blood）、粘液（phlegm）、黄胆汁（yellow bile）、黒胆汁（black bile）の四つの主要な体液（four humors）があり、その組み合わせと調和でその人の気質と体質が決まるとされていた。バランスが崩れると、様々な病気が現れる。血液は健全な食事と適切な熱で生成され健康を維持する。粘液が強いと無精、不活発、無感動、冷淡になる。黄胆汁は肝臓から分泌されて、立腹、癇癪、短気、横暴の原因となる。黒胆汁が多すぎると憂鬱症を引き起こす。

（2）**マリィ地方**　アバディーン州とハイランド地方に隣接するスコットランド北東部、マリィ湾海岸線を含む地域。中世には今より広く、アバディーン州とハイランドもマリィに含まれていた。

（3）**フォレス**　スコットランド北部のマリィ湾に面した古い歴史のある由緒ある町。かつては王勅許の自治市であった。人口九、九〇〇人（二〇二〇年）。

（4）**オークニー諸島**　ブリテン島最北端の沖合にあり、大小およそ七〇の島々からなる諸島。北海と大西洋の境界に位置する。

解　題

一　ロミオとジュリエット

『ロミオとジュリエット』の主材源は、アーサー・ブルックの物語詩、『ロミウスとジュリエットの悲話』であり、定説ではこれが唯一、シェイクスピアが作劇に直接利用した原話である。ルネッサンス期のイタリアでは、高貴な身分の若い二人の恋人が悲劇的結末に終わるこの話は、とても人気が高く、ルイジ・ダ・ポルト、マッテオ・バンデッロ、ルイジ・グロトなどの作家が、この悲話を手掛けていた。またピエール・ボエステュオのフランス語訳も広く流布していた。ケネス・ミュアは、『シェイクスピア劇の源流』（一九七七）で、シェイクスピアはこれらの作品にも目を通していた可能性があると指摘している（三八頁）。アーサー・ブルックはこの物語詩を、主としてイタリア人マッテオ・バンデッロの『ジュリエッタとロミオ』（一五五四年）に基づいて書いた（三九頁）。シェイクスピアはまた、ウィリアム・ペインターの『悦楽の宮殿』「ロメオとジュリエッタ」（一五七五）も参照したが、この散文物語はアーサー・ブルックの詩篇に大きく依存しているため、シェイクスピアへの影響はごく限られているとされる。ペインターの物語は、波多野正美三重大学名誉教授訳『悦楽の宮殿』（英宝社二〇一二年）に名訳があるので、本書での訳出は控えた。併せて読んでいただくと幸いである。

1　アーサー・ブルック『ロミウスとジュリエットの悲話』（一五六二年）

（1）アーサー・ブルックについて

アーサー・ブルック（?－一五六三）は、『ロミウスとジュリエットの悲話』のみで知られる英国の詩人である。彼は『ロミウス』を出版した翌年三月に、イースト・サセックスのニュー・ヘイブンへ向かう船で、海難事故に遭遇して死亡した。

彼がこの長詩に付けた前書き、二つの「読者へ」を読むと、彼は詩物語を幾つか他にも書きため温めていたことが窺える。仮定の話であるが、彼が不遇の海難事故で死亡しなかったら、この物語詩と同等の力作を幾つか出版できていたかもしれない。彼は次に訳出したように、二つ目の「読者へ」で、口さがない批評家達の誹謗中傷に晒される詩人を、熊いじめの熊に喩えているが、彼自身が実際にそうした誹謗中傷を受けた体験を持っていたことが推定される。作品は残っていないが、当時彼は一定の確かな評価を得ていた詩人であったと考えてよい。実際彼は、『オックスフォード大学英国人伝記辞典』によると、『ゴーボダック王の悲劇』（一五六一年出版、英国最初のブランク・ヴァースで書かれた詩劇）の二人の作者、トーマス・ノートンとトーマス・サックヴィルの要請で、ロンドンのインナー・テンプル法曹院（権威ある四つの法曹院の一つで、劇の上演がここのホールでよく行われた）に入り、この悲劇中の仮面劇部分を執筆している。また詩人G．ターバヴィルは一五六七年に出版した自身の詩集で、ブルックを優れた詩人として追悼している。

（2）二つの前書きについて

ブルックはこの物語詩の冒頭に、二つのいずれも「読者へ」と題する、前書きを付けていることに先に触れたが、これらの前書きは、物語の筋自体の展開とは直接の関係はない。最初の「読者へ」は、彼自身のキリスト教に基づく倫理観に照らして、ロミウスとジュリエット、及びローレンス修道士の、不見識な行動を厳しく非難したものであり、二つ目の「読者へ」は、詩形式で、彼がこの物語を翻訳、創作し、出版するにあたって抱いている、誹謗中傷に対する不安と危惧を、アレゴリーによって語ったものである。いずれもシェイクスピア劇とは関係がないので、この二つは本文から切り離して、次に訳出しておく。

読者へ

あらゆる栄光にみちた神はあまねく生物を創造されましたが、それは神への賛美が現れるようになさるためでした。神は我々人間が利用し楽しむのに有用とみなす生物、および有害で忌わしいと考える生物という二種類を、ともに創造されたのです。しかし神は、主に人間を、ご自身の栄誉の最高の道具となるように任ぜられました。それは神の栄誉にかかわることを執り行うためばかりでなく、神の真髄、英知、そして力を公然と示す機会を、他の生物から集めるためにも、そうなさったのであります。ですから人間のあらゆる行為には、神の配剤によって、神が賛美されて当然なところがあるのです。だから善良な人々の善き行為、邪悪な者達の悪しき行為、祝福された人々の幸せな成功、惨めな人々の悲痛な振舞いは、様々な方法で、すべて一様に神への賛美を奏でているのです。そしてそれぞれの花が蜜蜂に蜜をもたらすように、あらゆる実例は、しっかりした心構えを持つ人の胸に、良き教訓を与えてくれます。性的欲望を制御する人の、放埒な肉の淫欲に対する輝かしい勝利は、人々にふしだらな情欲をしっかり自制すべきことを勧めているのです。自身の自由を汚い肉欲に隷属させ明け渡した者達の、恥ずべき惨めな結末は、みだらな不実で真っ逆さまに転落していかぬよう、自分をしっかり制止すべきことを、人々に教えているのです。そして同じことですが、善良な人の実例は、様々な方法で、人々に善を行うように指示しており、また邪悪な人の危害は、人々に悪事を働いてはならぬと警告しております。悪く始まったすべての出来事の悪い結末は、このよき目的に資するのです。そして善良な読者よ、こうした目的で、この悲劇的な事件は書かれました。それは一組の不幸な恋人が、権威と、両親と、友人達の助言を無視して、不実な欲望に身を隷属させてしまった物語であります。この二人は、大切にすべき助言を、飲んだくれでゴシップ好きで迷信深い修道士達（当然ながら不貞にぴったりの手先である）からかき集めて、自分らが望んだ欲情を達成するために、危険に満ちた冒険を何でも試してみて、自分達の目的を推し進めるのに、耳元で囁く告解（邪神崇拝と反逆罪の温床ともなっている）を利用して、盗んだ婚約というまがい物を覆い隠すために、合法的結婚という栄誉ある名目を悪用して、最後に不実な生活のあらゆる手段を使って、まことに不幸な死へと急いだのです。善良な読者よ、この先例をあなたにお示ししましょう。ギリシャの古代都市スパルタの奴隷達は、過剰な飲酒のせいで、心も肉体も人間本来の姿から見苦しく変わり果ててしまいましたが、親達はそうした姿を、自由な身に生まれた我が子達に見せました。それはそうした醜悪な獣のような状態に対する不快な嫌悪感を、子供達の心に湧き起こすことを意図したものでした。読者が二人の恋人の物語をこのように利用されるならば、私がこの物語を書いても、読者は私の行為を罪深いこととはお考えにならずに、ご自身に教訓として役立てて下さることでしょう。私は最近同じ趣旨の話が、舞台でも演じられるのを見たのですが、それは私が自分の物語詩で望むことができるよりも、もっと称賛に値する巧みさで描かれていました。私にできるよりもずっと上手に語られていたのです。とはいえ同じ話をこのように私が物語詩で書きまして、読者の皆様がこの問題を同じ良き心で考えて下さるなら、これも同じ趣旨をお伝えするのに役立つはずです。そのことが一層、こうした形で私がこれを出版するのを勇気づけてくれました。

読者へ

岩だらけの荒涼とした山岳に棲む母熊(1)は
自分の姿とは似ても似つかぬ子熊を出産する。子熊らは
形(2)がなく、毛もまだ生え揃わぬただの肉の塊にすぎぬ。
時が経つにつれ、母熊がその舌でしきりに
舐め続けると、形が出来てきて、やがて眺める者には
心地よい姿となる。一匹の犬が、口に轡《くつわ》をつけたままで、
戦うにはまだ弱すぎる子熊の関節を戯れに揺する。
残酷な森で、雄熊が繋がれた杭(3)のそばですっくと
立ち上がり、荒々しく、兜《かぶと》を飾る高貴な姿となると、
その熊を1ダースもの犬ども(4)が、大きく開いた口と、
血に染まった顎で、追い詰める。
また、遥か彼方の天空から、疲れ切った舵手達が
目印にする道しるべの星々(5)は、嵐の中を
揺れさまよう帆船(6)を、安息の港へと案内してくれる。
まさにそのようにわが詩神は、今やついに
長旅と長い産みの苦しみを終えて、か弱い子熊らを

アーサー・ブルック

産み出したのである。わが詩神の作った様々な文体は、
今のところ何一つというか殆ど値打ちはないが、(7)
苦労の多い旅路と、さらに長い時の経過が、よりよい形を
作り上げることだろう。見よ、それらの内最年長の作(8)を
私は熊いじめの杭に差し出そう。若さに満ちた私の作であるが、
口汚く罵る者達が、それを打ち壊してしまうかもしれないが。
残りは（いまだ舐めてもらっていないゆえ）しばらくは
時満ちて強くなり、口の悪い犬ころどもと戦えるようになるまで、
潜ませておこう。その時それらは闘争について、高貴なる
勝利と、勇壮な武力のなす行動について語り、
清廉で誠実な生き方の規範を示すことになろう。
それまでは、お願いしよう、好意をもって叱ってほしい、
さもなければ、このわが詩神の楽しみ笑う遊びごとを、
とがめることなかれ。

「読者へ」訳注

（1）**母熊**　長編詩を作り出そうとする詩人アーサー・ブルック自身のこと。
（2）**子熊らは形がなく**　詩人が生み出した詩の構想。構想だけでまだ形をなしていない。
（3）**雄熊が繋がれた杭**　出来上がった長編詩と作者自身を、熊いじめ（bearbaiting）で杭に繋がれた雄熊に喩えている。
（4）**1ダースもの犬ども**　詩作品を容赦なく中傷誹謗する批評家たちを、繋がれた熊に襲いかかる「熊いじめ」の犬た

ちに喩えた。

（5）**道しるべの星々**　文芸と学術の神々ミューズのこと。また導きの星北極星と北斗七星が合わさっている。

（6）**嵐の中を揺れさまよう帆船**　詩作に悪戦苦闘するブルック自身。

（7）**殆ど値打ちはない**　ブルックは書き上げた本作『ロミウスとジュリエットの悲話』を謙遜してこう述べている。

（8）**最年長の作**　書き上げて完成させた本作。

ブルックがこの物語詩の前に付けた最初の「読者へ」には、大きな特色がある。それは彼が、この奇譚を英訳した目的は、汚い肉欲に自由を隷属させ明け渡した者達の、恥ずべき惨めな結末を示すためであり、読者はこの物語から、教訓を学んでほしい、としていることである。

一組の不幸な恋人が、権威と、両親と、友人達の助言を無視して、不実な欲望に身を隷属させて……大切にすべき助言を、飲んだくれでゴシップ好きな迷信深い修道士（当然ながら不貞にぴったりの手先である）からかき集めて、自分らが望んだ欲情を達成するために、……盗んだ婚約というまがい物を覆い隠すために、合法的結婚……を悪用して、……不幸な死へと急いだのです。

彼はこうしてロミウスとジュリエットの行動を、あらかじめきわめて手厳しく非難しているのである。

ブルックのこの立場は、本文を注意深く読めば、あちこちに顔を出している。詩全体は教訓臭さをまず感じさせないものの、実は彼は、ジュリエットがあからさまに母親を騙すくだりや二人の未熟な行動、それにローレンス修道士の行動に、愚かしさを強く感じてもいた。とはいえ他方で彼は全体としては、彼らに共感も示していて、最後には二人の悲劇に深い同情も寄せている。彼はこの詩の翻訳を始める前から、実際には二人の恋人たちの行動と悲しい運命に引き込まれていたことも事実であっただろう。彼はこの物語詩を書き出した当初から、次のように語っている。

思うだに悲しく、思いがけぬ大事件が降りかかった。ボッカチオなら、ぞんざいな私と違って、これをかろうじて語り尽せたであろう。私のペンは、震える手で恐怖におののいていて、冷たい驚愕した頭では、髪の毛が逆立っている。……私はこの悲痛な出来事を、哀悼の詩で語ろう。

ブルックはこの「悲痛な出来事」を、「哀悼の詩」として書くに当って、重い主題を自分の力量で十分書き尽くすことができるかどうか危惧していたのだろうか。ただ彼は、貴族・上流階級を読者に想定していたために、標準的道徳規範に沿って、戒めと教訓を記し、口さがない批評家達から起こる可能性のある非難と誹謗に、あらかじめ釘を刺したのであろう。

ところでブルックが、この詩を書いたのは一五六二年で、シェイクスピアが出生する二年前のことである。ところがブルックは、この物語詩と同じ話の劇（つまり『ロミオとジュリエット』の劇）が、当時舞台で演じられるのを見た、と、最初の「読者へ」で述べている。

私は最近同じ趣旨の話が、舞台でも演じられるのを見たのですが、それは私が自分の物語詩で望むことができるよりも、もっと称賛に値する巧みさで描かれていました。私にできるよりもずっと上手に語られていたのです。

この証言は驚くべきことで、『ロミオとジュリエット』劇が実は既に一五六二年頃に舞台で演じられていたことになる。

それはさておき、ブルックの『ロミウスとジュリエット』は、舞台にのせる劇の素材を探していたシェイクスピアの目にとまった。そして彼はそのプロットを細部に至るまで自身の悲劇に利用した。この事実からも、ブルックが一定の確かな力量を持った詩人であったことが窺い知れる。ブルックはこの物語詩の冒頭に、プロットを要約する一四行詩（ソネット）を置いているが、シェイクスピアもまた同様に、自身の劇の冒頭で口上役を登場させて、プロットをソネットで要約して語らせている。

シェイクスピアはブルックが、二人の主人公を強く非難しながらも、深い共感も示していたのを受けて、これをさらに推し進め、非難を排し、未熟な若い恋人たちに寄り添いつつ、不幸な運命に翻弄された二人の純愛の悲劇を、美しくまた感動的に描き上げ、世界の芸術家達と若い男女の圧倒的な賛同をえた。このシェイクスピア悲劇は、他の芸術分野（オペラ、バレエ、音楽、映画、絵画、彫刻、今世紀に入ってからはミュージカル）に広がっていき、まことに大きな影響を様々な芸術家達に及ぼし、多数の傑作がそれぞれの分野で生み出された。こうしてロミオとジュリエットの名は不滅となり、世に知らぬ人はいないほど広まった。

なおブルックのこの物語詩は、冒頭に置かれたソネットを除けば、全篇弱強五歩格の二行連句（カプレット）で書かれている。また頭韻や行内韻も多用されている。原文ではカプレットを作るために、語彙と倒置構文で、文体が難解、晦渋になっている箇所も少なくない。

二　ハムレット

1　サクソ・グラマティクス　『デンマーク人の事蹟』 第三巻および第四巻「アムレット史話」（十三世紀初頭、英語版オリバー・エルトン訳一八九四年）

(1)　サクソ・グラマティクスについて

サクソ・グラマティクス（一一五〇？－一二二〇？）は、デンマークのシェラン島（英語名ジーランド）の出身で、軍人の家庭に生まれ、デンマークが拡大していく戦争の時代に生きた歴史家、神学者、著述家である。彼はその優れた才能と立派なラテン語を使う能力から、高い教育を受けていることが明らかなため、当時の良家の子弟の例にもれずパリで教育された可能性が高い、と考えられている。サクソという名は中世デンマークではありきたりな名であった。グラマティクス（Grammaticus）は、彼の実名ではなく、「言語学者、学者」の意味で、彼の洗練されたラテン語と、古代ローマについての該博な知識に敬意を表して、後世に付けられた呼び名である。

サクソは、ルンド市（デンマーク王クヌート二世が建設）のアブサロン大司教（一一二？－一二〇一）の庇護を受けていた。大司教は当時のデンマーク王ヴァルデマール一世の首席相談役であった。ルンド市は現在のスウェーデン南西部にあり、当時はデンマーク領で、中世の北欧文化の中心都市であった。

(2)　『デンマーク人の事蹟』と「アムレット史話」

サクソはアブサロン大司教のもとで仕事をしていたが、シェイクスピアの悲劇『ハムレット』の原話が含まれる『デンマーク人の事蹟』は、この大司教の委託を受けて書いたと自ら記している。これをサクソはラテン語で、一二世紀末ごろから書き始めたが、執筆を終えたのは一二一六年頃であった。この物語はサクソが収集したスカンジナビア半島各地に残っていた古い民間伝承、伝説によっている。その詳細は、イズレイル・ゴランツ『「ハムレット」の原話及びその伝説をめぐるエッセイ集』(一九二六)(「あとがき」参照)に詳しい。

『デンマーク人の事蹟』は、デンマークの英雄と国王達の史話を、その起源からサクソ自身の時代まで、彼の創作をまじえながら流暢なラテン語で綴った「史書」で、これはデンマークで最初の物語史となっている。

彼が『デンマーク人の事蹟』の序文で語っているところによると、アブサロン大司教は、彼に祖国デンマークの栄光を称揚する目的で、英雄たちの史話を書き残すよう強く勧めた。サクソのこの史話は、歴史的価値の不確かな各種資料に拠って編纂されている。しかし彼にとっては、それらは現存する唯一の資料であった。彼はアイスランドの人々の間で語り継がれてきた口碑、伝承、古い書物や岩石に刻まれた文字、神話などに依拠してこれを著したのである。その最初の四巻はキリスト以前の時代、次の四巻はキリスト以後のデンマーク、第九巻から十二巻まではキリスト教国としてのデンマーク、十三巻から十六巻はルンド市の発展とサクソ自身の時代の偉業を扱っている。「アムレット史話」は、最も古いキリスト以前の時代を扱った同書の第三巻から第四巻にかけて出ている。

この史話のラテン語原書一六巻は、その後散逸したが、およそ三百年を経た一五一四年に、クリスチェン・ピーダーセンによって再収集されて、パリで印刷出版された。十六世紀にこれは更に二度出版された。今日残っているその後の版はすべてこのピーダーセンの版に拠っている。このラテン語原文からの英語訳は、一八九四年にオリバー・エルトンによって、第一巻から九巻までが刊行された。エルトンは先述のイズレイル・ゴランツの親友で、リバプール大学の英文学教授であり、退職後ハーバード大学の客員教授を務めている。拙訳はこのエルトンの英語訳によっている。エルトン訳は九巻までであったが、近年翻訳家ピーター・フィッシャーらによって、新しい英語訳も出されており（一九七九 - 八〇、二〇一五）、現在は全巻の英語訳が入手可能となっている。

(3)　シェイクスピアのハムレットの佯狂の源流はサクソ

サクソの「アムレット史話」の主人公が、狂気を装って発する幾つかの言葉は、聞く者には意味不明であるが、機知に富み、意味深長である上、どこにも虚言がない。それらの言葉は、シェイクスピア劇のハムレットの佯狂を彷彿させる。これはシェイクスピアが何らかの形で、ベルフォレではなく、サクソに触れることによって、ハムレットの佯狂を描いたことを示す、強い証左である。

サクソのアムレットは、ある時付き添いの者達に、奥深い藪に連れ込まれる。これは美しい娘と、その森の中で出会わせるための陰謀である。彼が先に進んでいくと、一匹の狼が彼の行く手を横切る。付き添いの者が彼に、「子馬があなたと出会った」、と茶化すと、彼は「フェングの飼う馬の群れではそんな争いはほとんどないよ」、とはぐらかす。彼が海辺を通り過ぎている時、連れの者達は難破した船の方向舵を見つけて、「でかいナイフを見つけた」、とからかうと、アムレットは、「これはでかいハムを切り裂くのにちょうどいい」、と応じる。また、彼らが砂山を通り過ぎる時、連れの者が砂を指して、「あのあら粉をごらんなさい」、と茶化すと、彼は「大海原の老いた白髪の嵐が挽いて粉にしたのです」、と返答している。アムレットは、彼の前に放たれた幼馴染の娘を、監視の目の届かない沼沢地に連れ込み、彼女と同衾してしまうが、家に帰り人々に公然と娘を手込めにした、と認めてしまう。どこで寝たのかと聞かれて彼は、「荷役の動物のひづめの上と、トサカの上と、それに天井の上で横になったよ」、とはぐらかして、逆に何もなかったと彼らに信じ込ませている。

こうしたサクソの描写は、シェイクスピアのハムレットの佯狂描写に、強い影響を与えたと推定される。シェイクスピアが最も影響を受けた原話とされている次のベルフォレは、上記のエピソードをことごとく削除しているのである。

(4)　アムレット、ハムレット、アムレス

『ハムレット』の最古の源流は、ラテン語で書かれたサクソの「史話」であるが、その主人公名は Amleth である。後述のように、これをフランス語に翻案したベルフォレも、『悲劇史話』（一五七二年）で、サクソを踏襲して、主人公名を Amleth としている。

ラテン語での th の発音は t を強い呼気とともに発するので、t+h は、トフという音になる。したがってラテン語名 Amleth は、日本語での発音はアムレットフである。つまりアムレスよりも、アムレットと表記した方がラテン語の原音に近い。フランス語の Amleth でも th の発音では h は読まないので、日本語ではアムレットと表記する方が適切である。

Amleth に、なぜHが加わって、Hamlet となったのであろうか。Hamlet という英語が「小村」の意味で、既に存在していたこともあって、英語として発音しやすかったことが一つの理由だったのではないか。『原ハムレット』（1589以前）ではすでに Hamlet となっている。またベルフォレを翻訳した訳者不詳の『ハムレット史話』（1608）でも、主人公名は Hamblet である。

シェイクスピア自身は、彼の早世した息子の名が Hamnet（1585－1596）であったために、作劇時（1600－1601）に、Hamlet という名にこだわった可能性は高い。

Amleth と Hamlet は、実際に声に出して発音してみると、両者は酷似していることがすぐに理解される。英語での t と th の音差は非常に近く、日本語の「ト」と「ス」のような大きな差はない。

ところが最初にサクソのラテン語の史話を一九世紀末に英訳したオリバー・エルトンは、当時すでにシェイクスピア劇でHamletの英語名がすっかり定着していたにも関わらず、サクソのラテン語のAmlethをそのまま踏襲した。エルトンはラテン語の翻訳者として、当然のことをしたまでで、彼はこれを「アムレット」とラテン語読みしていたことであろう。もっと言えば、エルトンにしてみれば、シェイクスピア劇でHamletが定着していたとしても、ラテン語のAmlethをHamletと表記することには、強い抵抗感があったであろう。しかしこのために、我が国ではアムレスかハムレットかが、あたかも大問題であるかのように見なされるようになったようである。というのも日本語では英語のAmlethは「アムレス」としか表記しようがないからである。

エルトン自身にとっては、シェイクスピア劇の主人公ハムレット（Hamlet）と、サクソの史話のアムレット（Amleth）は、互いとは違う二人の人格であったかも知れない。

2　フランソワ・ド・ベルフォレ　『悲劇史話』、「アムレット史話」（一五七二年）
英訳者不詳　『ハムレット史話』（一六〇八年）

⑴　ベルフォレについて

フランソワ・ド・ベルフォレ（一五三〇－一五八三）は、ルネッサンス期の有能で多産なフランスの著述家、作家、翻訳家である。彼は貧しい家に生まれ、七歳の時軍人の父を失った。彼はボルドーなどの都市を旅したのちに、パリに出て、同世代の若い文学者仲間と親交を深めた。その後一五六八年には国王付きの歴史資料編纂官に採用されて、天文地理学、道徳、文学、歴史についての数多くの著作物をあらわした。またイタリアの散文作家、詩人のボッカチオ、歴史学者ポリドール・ヴァージル、紀元前共和政末期のローマの政治家で哲学者のキケロー、神聖ローマ帝国の地図学者ゼバスチャン・ミュンスターなどの著作を、精力的にフランス語に翻訳した。彼はまたフランスで最初の田園小説、『ラ・ピレネー』（一五七一）の著者でもある。彼の著作の総数は五〇巻にのぼっている。彼は幅広い分野に関心を持った教養ある優れた才人、文人であった。

(2) ベルフォレのフランス語訳「アムレット史話」

ベルフォレは、サクソの「アムレット史話」（ラテン語）を、イタリア人マッテオ・バンデッロの『悲劇史話』を介して、フランス語へ翻案した（*Histoires Tragiques*）（一五七二年）。シェイクスピア八歳の頃である。主人公名は、上記サクソをそのまま踏襲して、同じアムレット（Amleth）となっている。イタリア語からの重訳であるが、しかし正確な逐語訳ではなく、彼自身の個人的見解をふんだんに盛り込んだ翻案である。そのため長さは、もとのサクソのおよそ二倍にもなっている。

(3) 訳者不詳ベルフォレ英語訳『ハムレット史話』

前述のベルフォレの「アムレット史話」の訳者不詳英語訳が、「ハムレット史話」（*The Historie of Hamblet*）として、一六〇八年になって出版された。初版かどうかは不明である。本書のベルフォレ日本語訳は、この英語訳によっている。ベルフォレのフランス語原文は、イズレイル・ゴランツの上記書『「ハムレット」の原話及びその伝説をめぐるエッセイ集』に、この訳者不詳英語訳と、見開き左右ページ併記で、収録されている。主人公名はこの英語訳では、Hamblet となっている。（なぜハムレット名に英訳者がbの文字を付加したかは不明。）

この英語訳の出版は、シェイクスピア劇『ハムレット』が書かれてから七、八年後のことなので、シェイクスピアは、この英語訳を事前に読むことはできなかった、とするのが通説である。にもかかわらず、ベルフォレが、後述の『原ハムレット』と並び、シェイクスピアの二つの主材源の一つ、とすることも通説である。

アムレットが母を追及する場では、ベルフォレのフランス語でもサクソのラテン語でも、母と息子の会話を盗み聞きしようとした家臣は、敷藁の下に隠れている。アムレットはその上を雄鶏のように声を上げて飛び跳ねて場所を突き止め、このスパイを刺し殺す。だがこの英語訳のハムレットは、この箇所にかぎって、ベルフォレのフランス語に従わず、シェイクスピア劇と同じく、「綴れ織り」(arras) の壁掛け布の裏に隠れているスパイを、「ネズミ」(rat) と叫んで刺し殺している。このため通説では、英訳者は事前にシェイクスピア劇を観劇して、その影響を受けてこのように修正したとされている。

しかしそれにしてはいささか奇妙である。というのは、この箇所を除けば、訳者はベルフォレのフランス語にほぼ忠実に英訳しており、シェイクスピア劇を観劇した影響を感じさせる箇所は、他にはどこにも見当たらないからである。だからこの英語訳が、仮に初版ではなく、実は一五八〇年代前後にすでに初版が出ていて、その初版が失われてしまった、という可能性も出てくる。あくまでも推測にすぎないが、仮にそうだとすると、シェイクスピアやキッドは、それぞれ自らのハムレット劇を執筆するにあたって、ベルフォレの史話を、「アムレット」が主人公のフランス語訳だけでなく、「ハムレット」が主人公の英語訳でも読むこともできたことになる。その場合「つづれ織り」の壁布と「ネズミ」の問題では、英訳者の方がシェイクスピアよりも先に変えていた可能性が出てくる。ただこの問題は、あまり重要なことではない。というのも、いずれにせよシェイクスピアは、フランス語でベルフォレを読むことができたからである。

なお、すでにシェイクスピアの一六〇三年の粗悪本『ハムレット』Q1でも、家臣(コランビス Corambis、ポローニアスにあたる人物)は、つづれ織り壁布の裏に隠れていて、ハムレットは「ネズミ」と叫びながら、このスパイを刺し殺している。

英語版が先にあったかどうかは上記のように不明であるが、シェイクスピアは、いずれにしても少なくともベルフォレのフランス語版から大枠の筋を得て、トーマス・キッドが書いたらしい『原ハムレット』をベースにして、キッドの 血生臭い復讐劇『スペインの悲劇』（一五八二）も参考にしつつ、ハムレット劇を書いたことまでは、確かに言えることである。かつシェイクスピアは、ハムレットの佯狂時の不思議な言動を描くにあたっては、何らかの形でサクソのアムレットの、不可思議な言動に強いヒントを得たわけである。

(4) ベルフォレの「ハムレット史話」の「序論」

古代ローマ史に詳しいベルフォレは、その「序論」で、このアムレットの物語を、ローマ史で飽くことなく繰り返された王権をめぐる親族兄弟間での陰謀、大逆、復讐と同様の出来事として、位置付けてみせている。こうして彼は、ローマを建設した双子の兄弟の、兄ロムルスによる弟レムス殺害に始まる、君主の座をめぐる数々の残虐な出来事を、縷々語っている。それは第五代ローマ国王タルクィニウスの暗殺、第十一代ローマ皇帝ドミティアヌスの暴政と暗殺に至る経緯等々で、枚挙に暇がない。それは現代にまで続く政治的謀略と謀反と暗殺、殺戮という権力闘争の歴史である。ベルフォレは、彼が語るアムレット史話も、こうした視点から見ているのである。これは彼が国王付き歴史資料編纂官であったことと無関係ではない。現代のわれわれは、シェイクスピア劇のハムレットの人物像、その知性と感性に、きわめて深い感銘を受けるのであるが、ベルフォレは、実はハムレットも、いわば単なる君主の座、王位をめぐる王族間の、陰謀と復讐の権力闘争を演じている、と指摘しているわけである。

(5)　野蛮な時代の「史話」と倫理

ベルフォレはまた、本文の冒頭で、この史話はデンマークがキリスト教国となるはるか以前の遠い昔の話で、その当時はまだデンマークの一般民衆は野蛮で文明を知らず、王侯達も残虐で、信仰も忠誠心もなく、互いに殺しあいを繰り返していた、と述べている。彼はフランスの貴族、上流階級を、自分の著作物の主たる読者として想定していたために、サクソの主人公の著しく野蛮な側面を、そのまま翻訳することには強い抵抗があったようである。サクソでは先述のように、叔父が人気のない森で主人公に若い娘を使って誘惑させるエピソードでは、二人は見張りをまいて、思いを遂げてしまう。こうした乱脈で野蛮な性行為は、母の不義を彼が厳しく非難することとは、倫理的、道徳的に矛盾している。そこでベルフォレは、この同じエピソードを扱いながら、王子と幼馴染の若い娘は、互いに深い愛を感じていたが、二人とも節度をしっかり守って、決して同衾することはなかった、と正反対に書き変えた。ベルフォレは、主人公と娘の関係が、彼の母に対する厳しい不義の追及と、倫理的に整合性が取れるように書き換えているのである。サクソでもベルフォレでも、王子はこの後、母親の不貞、近親相姦を厳しく咎めるが、ベレフォレの方が、倫理的、道徳的に一貫性があり、シェイクスピア劇に近い。

(6)　憂鬱症

ベルフォレには、サクソにはない主人公の憂鬱症への言及があることが、しばしば指摘されている。しかもこの憂鬱症がシェイクスピアのハムレットに引き継がれた、とするのが定説である。サクソには憂鬱症への言及はないからである。しかしながら、シェイクスピアはハムレット以前にも、ロミオや、『ヴェニスの商人』のアントーニオー、『お気に召すまま』のジェイクイズなどで、深い憂鬱症に悩む人物達を描いてきている。したがって、ベルフォレの影響で彼がハムレットの憂鬱気質を描いた、とする説明には無理がある。というのもベルフォレは、主人公がイングランド到着後に見せる、奇妙な察知、予知能力との関連で、憂鬱症に触れているに過ぎないからである。ベルフォレは、キリスト教普及以前の野蛮な時代について、次のように述べている。

当時ヨーロッパの北部地域の人々は、悪魔の法の支配下で暮らしていたので、たくさんの呪術師で溢れていて、こうした占いと予知については、必要となれば、自分に役立てるのに十分な、なにがしかの知識を持たない若い紳士は一人としていなかったからである。

アムレットは自国のキリスト教以前の風習にしたがって、そうした悪弊の中で育てられたのである。

これはシェイクスピア劇のルネッサンス人であるハムレットの憂鬱気質とは全く別物である。

(7) 母ゲルースの追及と彼女の弁明

ベルフォレは、源流であるサクソを、先述の通りほぼ二倍の長さの物語に膨らませている。このため彼の方が、もとのサクソよりも、登場人物の心理の説明がはるかに細かくなっていることがある。またダイアローグの使用も多い。たとえばサクソでは母の不貞追及の際、アムレットは一方的に手厳しい言葉を浴びせて説教するだけで終わり、母の反応は何も書き込まれていない。これに反しベルフォレの物語では、母ゲルースは長々と返事をかえし、深く改心して、これからは現在の夫フェンゴンとは距離を置き、ハムレットが叔父への復讐を果たすのをしっかりと支える、とまで綿々と述べている。この母の返答は、シェイクスピア劇の粗悪版 Q１に取り入れられている。しかし良好なＱ２版や第一フォリオ版では、シェイクスピアはこれをばっさり省いて、ハムレットの手厳しい追及に茫然とする彼女の様子を、手短に、まことにみごとに描いている。

(8)　主人公の二人の妻

シェイクスピア劇のハムレットはいうまでもなくイングランドに行くことはない。だがサクソとベルフォレの物語では、主人公はイングランドに到着し、さらに様々な冒険を続ける。そしていずれの主人公も、二人の妻を持ち重婚罪を犯す。相手の一人はイングランドに王の王女、もう一人はスコットランド女王である。主人公は最後に戦死するが、その際スコットランド女王に裏切られている。シェイクスピアは、こうした波乱万丈の後半のエピソードは、ほぼ全て削除した。この後半の物語はドラマティゼィションには不向きであり、彼が描こうとしたルネッサンスの人物像とは到底相容れなかった。

(9)　『原ハムレット』(*Ur-Hamlet*)

先述した通り、定説ではシェイクスピアが主に依拠した材源は二つで、一つはベルフォレ、もう一つは今は失われた『原ハムレット』である。

最初の『原ハムレット』への言及は、トーマス・ナッシュ（一五六七－一六〇一頃）が、ロバート・グリーン（一五五八－一五九二）の『メナフォン』（一五八九）につけた序文である。この中に、「ハムレットの……幾つもの悲劇的せりふ」という文言が出ている。その同じ一節で、ナッシュはその劇作家を風刺して、「イソップの子ヤギ」(kidde in Aesop) と呼んでいるところから、その作者はトーマス・キッド（一五五八－一五九四）であろうと推測されている。キッドの、当時もっとも人気のあった悲劇の一つ『スペインの悲劇』（一五八二から一五九二の間の出版）と、シェイクスピアの『ハムレット』には、類似したところが幾つかある。二つの劇ともに、亡霊が現れて復讐を要求するし、復讐者はともに、狂気と関係している。またいずれの劇でも清浄無垢な女性が死んでいく。二つの劇の主人公は、ともに復讐の遅延で自らを責める。またいずれの劇にも、殺人者を罠にはめる劇中劇がある。『原ハムレット』はその後フィリップ・ヘンズロウの日記に、一五九四年六月一日にニューイングトン・バッツ劇場で上演されたことが記されている。一五九六年にはトーマス・ロッジ（一五五七頃－一六二五）が、『才知の悲惨』の中で、亡霊が「劇場で、「ハムレット、復讐せよ」、と情けなさそうに、牡蠣売りの女房のような声で叫ぶ」、と言及している。この「劇場」は当時宮内大臣一座が本拠としていた劇場で、この一座にシェイクスピアも加わっていた。

シェイクスピアは『ハムレット』を一六〇〇－一六〇一年頃に執筆したらしいが、最初の良質な自筆原稿（第二・四つ折り本、Ｑ２と略記される）が印刷されたのは一六〇四年である。しかしそれより先にＱ１と呼ばれる、舞台劇に出演した役者がセリフを思い出して筆記したらしい粗雑な版本が、一六〇三年に出ており、この版には一部『原ハムレット』が残っていると推測されている。そのためＱ１は、粗悪版とはいえ、当時の舞台事情を伝える貴重な資料と見なされている。しかし『原ハムレット』の原稿自体は残っていないため、推測以上のことは何も言えないのが実情である。

(10)　シェイクスピアの独創性

シェイクスピアはサクソとベルフォレの二つの原話と、『原ハムレット』をもとに、彼独自の悲劇『ハムレット』を創作したのだが、それはこれらの材源とは大きく異なっている。まず登場人物達に名が付けられた。ハムレットを除き、クローディアス、ガートルード、オフィーリア、ポローニアス、ホレイショー、ローゼンクランツ、ギルデンスターンといった人物名は、すべてシェイクスピアの創作である。また原話にはない新たな登場人物達が加えられた。マーセラス、バーナードー、フランシスコー、父の亡霊、トロイ陥落を語り劇中劇を演じる役者一団、レアティーズ、二人の墓掘り、オズリック、フォーティンブラスなどである。またシェイクスピアはホレイショー、オフィーリア、レアティーズの三人で、母のいない家庭を作り、その悲劇を脇筋として描いた。こうしてシェイクスピアは悲劇を複雑化し、また原話にはない様々な劇的場面を描いた。サクソとベルフォレでは発端となる弟による兄王である主人公の父の殺害は、公然と行われている。しかしシェイクスピア劇では極秘裏に行われ、主人公はそれを突き止め、暴かなければならない。ハムレットの独白、父の亡霊による暗殺の経緯の告知と復讐の要請、劇中劇、父を恋人に殺害されたオフィーリアの異変と彼女の唄と水死、墓掘りの場、クローディアスに唆され父と妹の復讐を誓うレアティーズ、天命に従うというハムレットの諦念の台詞などなどである。そして特筆すべきことは、何よりも主人公ハムレットの、複雑極まりない魅力に満ちみちた人物像である。こうしてみると、シェイクスピア劇が、原話と比べ、いかに独創的で優れているかがよく理解されよう。

3 「エフタの娘、その死の唄」（一五六七年頃）

この唄は、旧約聖書、「士師記」第十一章、三〇－四〇をもとにした当時のはやり唄である。『ハムレット』二幕二場四〇三－二〇行で、役者一座の到着を知らせにきたポローニアスを、ハムレットが鼻歌を交えてからかう場面がある。その中で彼は、ポローニアスを「士師記」に出てくるエフタになぞらえている。

ロンドンの書籍出版業組合の一五六七－六八年の記事の中に、『エフタの娘、その死の唄と題するバラッド』が登録されていて、その後このソングは幾度も印刷がくり返された。また劇団ローズ座の所有者フィリップ・ヘンズロウの有名な日記に、一六〇二年に、劇作家トーマス・デッカーらが、エフタの物語をもとにした悲劇で報酬を得た、という記録が残っている。つまりシェイクスピアの『ハムレット』が上演されていた時期とほぼ時を同じくして、エフタとその娘を題材にした悲劇が上演されていたことになる。したがって、このバラッドは舞台と唄で、ロンドン市民の間でかなり広く知られていたことが推定される。ここに訳出したのはそのバラッドの全文である。旧約聖書のこの物語では、エフタは彼自身の軽率な行為によって、娘を処女のまま自らの手で殺さざるをえないことになってしまう。この話は安易な誓言や偽誓に対する有名な戒めとして知られていたのである。一五六八年出版の『主教の聖書』には、娘の出迎えを受けるエフタの絵が掲載されている。ハムレットはこの唄の第一スタンザを断片的に口ずさんでいるにすぎないが、ここではポローニアスをエフタに、オフィーリアをエフタの娘にたとえているのである。この場はまだ舞台上で実際にオフィーリアとハムレットが会話をかわす前の出来事であるが、シェイクスピアは、すでにこの時には、ポローニアスが軽率な行動をとることで、清浄無垢なオフィーリアが、処女のまま命を落とすことを示唆しているわけである。

三　オセロー

1　ジラルディ・チンティオ『百物語』（一五六五年）

チンティオの通り名で呼ばれている『百物語』の作者の本名は、ジョバンニ・バティスタ・ジラルディ（一五〇四―一五七三）である。彼はイタリア・ルネッサンス後期の物語作家、劇作家、詩人である。

彼は北イタリアの公爵領州都フェラッラで出生し、当地のフェラッラ大学で教育を受け、一五二五年に二一歳の若さで自然哲学の師範となった。一二年後彼は、ラブレーに大きな影響を与えた人文主義者で天文学者（地球の回転を論じた）の著名人ツェロ・カルカグニニの後を継いで、フェラッラ大学の美文学講座主任となった。一五四二年から一五六〇年にかけて、彼はまずエルコル二世の秘書、ついでアルフォンソ二世の秘書を務めた。

しかしある文学上の口論から庇護者の好意を失い、モンドヴィの町に移り、一五六八年まで文学の教職に就いていた。この年に州都ミラノの州議会の招きでパヴィア市に移り、そこで修辞学の師範職を一五七三年まで務めたが、その年に健康上の理由で故郷フェラッラ市に戻り、まもなく他界した。

彼は『エルコレ公』（一五五七）と題する二六編からなる叙事詩に加えて、九本の悲劇を書いた。その中で最も有名なのは、血生臭い惨劇『オルベッケ』（一五四一）であるが、この劇はエリザベス朝の復讐劇の前触れのような悲劇である。

『百物語』(*Hecatommithi*) は、ジラルディのもっとも重要な散文作品である。最初シシリー島のモンテ・レガレで一五六五年に出版され、イタリアで大層人気を得て何度も版を重ねた。ガブリエル・シャピュイによるフランス語訳は一五八三年に出た。スペイン語訳も、二〇話だけだが、一五九〇年に出版されている。この物語集の一六世紀の英語訳はあったかもしれないが見つかっていない。枠組みはボッカチオの『デカメロン』に倣った物語集であるが、いわゆる『ローマ略奪』（一五二七）で、荒廃したローマを逃れる男女の一団が、船旅の退屈を紛らわすために、百の話を物語る、という設定になっている。一〇話で一組になっており、一〇組で構成されているので百話だが、実際には一一二話が収められている。『オセロー』の原話となったヴェニスのムーア人の話は、三組第七話である。シェイクスピアはフランス語翻訳ばかりでなく、イタリア語原話にも目を通したことが確実視されている。何故ならイタリア語原文にしか出てこない語彙と表現を、シェイクスピアが使っているためである。シェイクスピアには、ジョン・フローリオという、当時画期的な伊英大辞典を作った友人がいた。またこの『百物語』の八組第三話が、『尺には尺を』の原話になっており、こちらはおそらくフェットストーン作『プロモスとカッサンドラ』（一五七八）が間に介在したと考えられている。『オセロー』と『尺には尺を』はともに、一六〇四年に、それぞれ十一月と十二月に、宮廷で国王一座により上演されていて、これらの推定執筆時期も近接しているところから、シェイクスピアは『百物語』を読み進めながら、ほぼ同じ時期にこの二つの劇を構想した、と考えてよいであろう。なおこの『百物語』は、ボーモントとフレッチャーの共作、『田舎の慣習』にも原話を提供している。

シェイクスピアによるジラルディのプロットへの依存度はきわめて高い。主要登場人物達の性格はほぼそのまま踏襲されているし、筋の流れはほとんど同じと言ってよいほどである。

とはいえ原話に加えられた変更は実に大きい。原話で登場人物の中で固有の名が与えられているのは、デズデモーナ（ディズデモーナ）ただ一人であるのに対し、シェイクスピア劇では、オセロー（ムーア人）、イアーゴー（旗持ち）、キャシオー（隊長）、エミーリア（イアーゴーの妻）という固有名がつけられ、他にブラバンショー、ロデリーゴー、モンターノー、ビアンカなどの登場人物が作られた。劇の長さは原話の、ページ数でおよそ一〇倍、文字数で六倍近くになっている。当然プロットははるかに複雑になり、原話にはない新たな劇的場面が多数付加され、登場人物たちは生き生きと躍動している。

シェイクスピアがジラルディの物語から、その主人公をどうスケールの大きい人物へと変貌させたかを見るのに、第一幕で最初にオセローが登場する場面を例にとってみよう。劇はオセローとデズデモーナが駆け落ちした夜に始まる。イアーゴーがロデリーゴーを連れて、二人で夜半就寝中の彼女の父ブラバンショーを挑発して起こし、娘の家出を知らせ、捜索隊を出させる。イアーゴーは先回りして善人ぶってオセローに合流し、身に危険が迫っていると知らせる。オセローは悠然としていささかも動じない。そこへキャシオーが役人数人を連れて、ヴェニスの大公からの呼び出しを伝えに来て、迫りくるトルコ軍襲来を知らせる。ブラバンショーとその捜索隊が現れ、役人達との間で、一触即発で切り合いが始まる寸前となるが、オセローは「ぎらつく剣を鞘に納めろ、夜露で錆びるぞ」（木下順二訳）と、僅か数語の名せりふでその騒動を鎮めてしまう。駆け落ち、イアーゴーらの夜半の挑発、父ブラバンショーの登場とその捜索隊、トルコ襲来，沈着冷静で自信に満ちたオセローの風貌、これらはみな原話にはその片鱗もないシェイクスピアの創作である。
『百物語』でジラルディが特に強調しているのは、モラルと教訓であるが、このムーアの物語では、ヨーロッパの女達が、異国の、肌色の違う、気まぐれな男と結婚するのは賢明ではない、という教訓である。こうした人種差別的な戒めは『オセロー』にもブラバンショーの台詞に残っていると思われるが、しかしそれを決して断定しないところが、シェイクスピアの本領である。彼が描くのは、まずもって高潔なオセローという人物そのものの気持ちであり性格像である。シェイクスピアはジラルディのムーア人とは比較にならないほど、オセローをはるかに高潔な人物に変貌させ、愛の純粋さと深さを強調することで、差別性を希薄化し、悲劇性を大きく高めた。

2　レオ・アフリカヌス　『アフリカの事情』「称賛に値するアフリカ人の行動と美徳」
（一五五〇年）（英語版ジョン・ポリー訳　一六〇〇年）

シェイクスピアが参考にした可能性が高く、『オセロー』のもう一つの材源ではないかと推測されているのは、ヨハネス・レオ・アフリカヌス（一四八五頃－一五五四頃）の『アフリカの地誌』（*Cosmographia et geographia de Affrica*,1526）、のちの『アフリカの事情』（*Descritione dell'Africa*, 1550）である。英語版は、旅行家ジョン・ポリーによって、一六〇〇年に出版され、英語圏では『アフリカの事情』（*Description of Africa*）の通称で知られている。ポリー訳の出版時の正確な書名は、『ムーア人ジョン・レオによりアラビア語とイタリア語によって記されたアフリカの地誌』である。現在英語版原著は全ページがネットで公開されており、ポリーの興味深い前書きがついている。

レオ・アフリカヌスはムーア人であり、十六世紀前半の著述家、冒険家、スルタンの外交使節団員、旅行家である。彼の上記書は、十六世紀前半の初版以来、幾度となく出版がくり返されており、何世代にもわたって冒険家、探検家、旅行者を刺激し続けてきている。

彼はイスラム教徒支配時代のスペイン（アル－アンダルス）のグラナダ市で、大変裕福な家庭に生まれた。キリスト教への改宗前の名は、アル－ハッサン・ムハンマド・アル－ワザンといった。彼の家族は、八〇〇年にわたるイスラム教徒のスペイン支配が、グラナダ陥落によって最終的に終焉する出来事（一四九二年）に遭遇し、彼の叔父の住むモロッコのフェズに移った。アル－ハッサンはその地で、世界最古の大学とされるカラウィーン大学で教育を受け、叔父に付き添って外交使節団に加わり、アフリカの多種多様な国々を旅してまわった。この旅で、チュニジアに帰る途中、地中海で彼はクリスチャンの海賊に捕えられて、ローデス島で投獄された。こうしたケースでは、通常捕虜は奴隷にされ強制労働させられたが、彼はその高い知性と学術的知識によって、奴隷となるのを免れて、ローマ教皇レオ十世に献呈された。教皇はこのイスラム教徒の非常に賢い捕虜が、アラビア圏の生活、慣習、伝統とイスラム教徒を知る上で、きわめて有益な人物であると知った。レオ十世は東のオスマン帝国の脅威が高まってきているのを、非常に懸念していた。アル－ハッサンは、レオ十世に謁見したのち、バチカンのペトロ聖人バシリカ聖堂で洗礼を受け、ヨハネス・レオ・ド・メディチの名を与えられ、自由の身となり、恩給の支給を受けた。レオ・アフリカヌスは長年にわたってイタリアに住み、その間数人の教皇が亡くなり、また皇位に就くのを見た。

クレメント七世の時代に、レオ・アフリカヌスは、先述の彼の最も有名な著書『アフリカの事情』を書き上げた。この書物は、アフリカのマグレブ地域とナイル川流域の地理学と文化人類学の研究に大いに役立つこととなった。この著書の最大の特色は、その克明で正確な記述である、とされてきた。この本は出版後まもなく様々な言語に翻訳されて、大変な人気となり、ヨーロッパ各国で極めて大きな反響を呼んだ。その後も数十年、国によっては数世紀にわたって言及され続けた。今日の研究では、旅程通りに彼が実際に訪れたかどうかは疑わしく、他の旅行者から得た情報も入っている箇所もある、とする説もある。とはいえ、十六世紀のアフリカの状況を知るのに恰好の書として、今日でも読まれ続けている。ＢＢＣは二〇一一年に、彼が辿った足跡をリポーターが辿る、『レオ・アフリカヌス：二つの世界の間の人』というドキュメンタリーを制作し、ユーチューブでも配信した。

シェイクスピアは『オセロー』の執筆時にこの書に目を通し、オセローの性格を描くのに使ったばかりでなく、レオ・アフリカヌスの人生自体もオセローの人生に重ねたのではないか、との推測もなされている。というのもオセローもまた、裕福な家系（「王族の血統」）に生まれたが、戦争で運命が一変した上、旅に明け暮れているし、捕虜となっており、イタリアに住み、しかも改宗しているからである。オセローはまた、レオ・アフリカヌスと同様、北アフリカ出身のムーア人である。本書での翻訳箇所は『オセロー』の関連でよく引用される一節で、オセローの美質と欠点を描くのにシェイクスピアに影響を与えた可能性があるとされている。

3　「スティーブン王は立派なお方」（イアーゴー二幕三場の唄の元唄）

イアーゴーがここで歌っている唄は、「古いマント」、「おいベル、妻よ」、あるいは「古いマントを着ていきな」、などといった呼び名で知られていた、当時のバラッドの一スタンザである。この全体の歌詞は、一三〇年以上後に、主教トーマス・パーシーが、古くから伝わっていた民間のバラッドやソングを収集した有名な『英国伝承古謡詩集』（一七三六）で、初めて印刷された。パーシーが元にしたこの唄の二つ折り版手稿は、ロス・ダフィンの『シェイクスピアのソングブック』（二〇〇四年）によれば、一六四三年のものという。八行を一スタンザとし、八スタンザで構成されていて、四四年連れ添った酪農家の主婦ベルと、その夫の二人が交わす、夫の着古しのマントを新しく買い替えるかどうかをめぐる、掛け合いになっている。イアーゴーは、この古謡の中の、第七スタンザ、妻が夫の要望を聞き入れず、贅沢はよして、古いマントを着ていくよう説き伏せる箇所を、口ずさんでいるのである（二幕三場八五－九二）。夫は妻との争いごとは好まず、結局は妻の説得を受け入れている。

イアーゴーはこの歌を、脈絡もなく、ただ一スタンザだけを、調子よく鼻歌で口ずさんでいるにすぎない。彼にとって唄の意味などどうでもよい。要はキャシオーに酒を飲ませ、唄で楽しく酔いが回るよう導いているのである。彼はまたこの唄直後に、「さあもっと酒だ！」と叫んでいる。この唄は彼がすぐ前で歌った、「チャリン、チャリン、酒杯ならして乾杯だ、／ チャリン、チャリン、酒杯ならして乾杯だ、／ 兵士も人よ／ 人の命はすぐ終わる。／ だから兵士も酒盛りだ。」二幕三場六五－六九）と歌っている唄と同類である。

4 「緑のヤナギにみな歌え」（デズデモーナ四幕三場「ヤナギの唄」の元唄）

デズデモーナが歌うことで有名な「ヤナギの唄」の元唄は、前項で触れたロス・ダフィン『シェイクスピアのソングブック』によれば、一七世紀の初め頃から、街頭で俗謡歌いが、時の話題などの印刷物を売り歩いた折に歌っていた唄であり、よく似た二つのヴァージョンが残っている。こうした印刷物は、片面刷りの大半紙に印刷されていたところから、ブロードサイドと呼ばれていた。シェイクスピアはその二つの俗謡の内のいずれかをもとに、デズデモーナの唄を作ったのであろう。

デズデモーナはこの唄を、オセローに殺害される直前に、彼女の就寝を手伝うエミーリアと話しながら、彼のつれない態度に悲嘆にくれて口ずさんでいる（四幕三場三九－五六）。それは彼女の死の予兆となっている。以前彼女の母の世話をしていたバーバラという娘が、好きだった男に捨てられて、この古い唄を歌いながら死んでいったという。

この唄は、もともとある若者が、恋する女性につれなく拒絶された悲しみを歌ったソングである。しかしシェイクスピアはこの唄の男女を入れかえて、デズデモーナの歌にしている。彼女はこのソングの第一スタンザ、第三スタンザ、第六スタンザを、少し変えたり繋いだりして、印象深く歌っている。

古くからヨーロッパの文化では、ヤナギの木は嘆きと悲しみの象徴と考えられてきた。それは柳の葉は縦長で、雨がその上を伝って流れ落ちてゆく様子が、涙を流しているように見えるからである。そのため、「涙を流すヤナギ」（weeping willow、シダレヤナギ）という言葉もある。デズデモーナはヤナギの唄をうたった後、「眼がかゆいわ。涙が流れる知らせかしら？」とエミーリアに語っているのはこのためである。また、涙は人の死を悼む時に流されることから、ヤナギは死の象徴ともなっている。このためヤナギの木は今日でもよく墓地のすぐ近くに茂っている。またデズデモーナの唄にも元唄にも、ヤナギの輪飾り（garland）が出ているが、これは墓石の上によく飾られていたものである。一七七〇年代から一八二〇年代にかけては、墓石にヤナギの木を彫りこむことが流行したこともあり、この風習は今日でも残っている。なお、イアーゴーの妻エミーリアも、夫に切りつけられて、このヤナギの唄を歌いながら死んでいく。また、『ハムレット』のヒロイン、オフィーリアは、恋人に裏切られ父を殺された悲しみで、悲しい歌を口ずさみながら、ヤナギの木の枝から下を流れる川に身投げしている。

四　リア王

まず『リア王』の原話全般について述べておく。リア王の生涯について本書で訳出した原話は五作であるが、そのすべてに、シェイクスピア劇とは全く異なる二つの共通した事実がある。別の言い方をすれば、その二つはシェイクスピアが原話を大きく離れ、根本から変更した重要な特色となっている。

その一つは、リア王自身についてである。意外かもしれないが、原話ではどの作者の物語にも、リア王自身の悲劇はそもそも存在していない。リアは愛情テストで、二人の姉娘の心地よい阿諛《あゆ》追従に乗せられるが、末娘コーディリアのそっけなく聞こえる言葉に激怒し、彼女にだけ遺産を分け与えずに、すべてを姉娘二人に等分して与えたために、ひどい苦しみを味わうことになる。しかし彼はつらい出来事の中、フランスに渡り、結局末娘に助けられて、彼女とその夫のフランス王の援助で、姉娘二人とその夫達を戦闘で打ち破り、再び王座を回復するのである。リア王はその後数年間、またブリテンを王として統治している。従って、リアに関する限り、色々と苦難に遭遇しても、最後は幸せな余生を送っている。彼は悲劇の主人公では全くない。別の言い方をすれば、リア王の悲劇は、シェイクスピアただ一人が考案した、彼の劇だけのものなのである。

もう一つの違いは、コーディリアの悲劇についてである。シェイクスピア劇では、コーディリアの死は、リア王の死と同時に起こる悲劇である。彼女は殺害されている。ところが他のどの原話でも、彼女の悲劇は、リアと夫のフランス王が世を去った数年後に起きている。コーディリアはリアの後を継ぎ、女王として数年間平穏にブリテンを統治するのである。しかしそののちに、姉達の子供二人が彼女に対して叛乱を起こし、彼女は捕縛されて投獄される。そして失意の中、獄中で自ら命を絶っている。これが原話でのコーディリアの悲劇である。彼女は殺されるのではなく、自害するのである。

シェイクスピアは歴史劇を書いていた頃、『ホリンシェッド年代記』や、ジョン・ヒギンズの『為政者の鏡』で、リア王の史話に出会っていたことは、まず確実である。またエドマンド・スペンサーの長大な詩『妖精の女王』で、短いリアの物語が語られているのも読んでいたであろう。ケネス・ミュアは、シェイクスピアが、ホリンシェドから「コーンウォール公」と「オールバニー公」の名を、ヒギンズから「フランス王」を、スペンサーから「コーディリア」の綴りを得たと推定している（『シェイクスピア劇の源流』一九八頁）。しかし、作者不詳のリア王劇が一五九〇年台前半から一六〇〇年代初頭頃にかけて、舞台で演じられていたらしいことが、彼が『リア王』の悲劇を書く直接の動機となったはずである。

リアの物語は、遺産相続に関係して、高齢者を誰がどう世話するか、という普遍的、現代的な問題が大きなテーマになっているが、シェイクスピア劇の全典拠を集成したジェフリー・ブローが、当時の興味深い裁判事件を紹介している。この出来事もきっかけの一つになったかもしれないという。それはこうである。エリザベス一世の臣下の一人に、年老いたブライアン・アンズリーという、リアによく似た立場の人がいた。彼はいわゆる「儀仗衛士」で、三人の娘があった。長女グレイスは、ワイルドゴース卿と結婚しており、次女クリスチャンはサンディス男爵と結婚していた。末娘のコーデルは未婚であった。一六〇三年一〇月、長女グレイスは法廷に、父は耄碌して自分の体も財産も管理できず、狂人状態である旨の判定を求めて訴え出た。次女クリスチャンについては何も記録は残っていない。末娘コーデルは、宮廷の有力者ロバート・セシルに、「父は長い間宮仕えしてきた人であり、最晩年になって狂人として登録され記録に残るのは耐え難く、もっとその功績にふさわしい扱いにしてほしい」旨訴え出た。実は老いた父の身の回りの世話と介護を長らく続けていたのは、コーデルだったことが、法廷の記録に残っている。彼女はワイルドゴース卿が父の資産目録を作るのを拒否し、彼と姉の行動を阻止するのに成功した。一六〇四年七月にアンズリーは死亡したが、その遺言で彼は大部分の遺産をコーデルに与え、姉夫婦にはほとんど何も残していなかった。姉夫婦はその遺言について訴訟を起こし争ったが、法廷はその遺言の正当性を支持する裁決をしている。その裁決執行者の一人に、ウィリアム・ハーベイ卿という人がいた。彼はサザンプトン伯爵未亡人の三人目の夫であった。この女性はシェイクスピアの若い頃のパトロン、サザンプトン伯爵の母親である。彼女が一六〇七年に死亡すると、ハーベイ卿はコーデルと結婚した。ブローによると、シェイクスピアは劇作家としてしばしば宮廷に出入りしていたので、この事件をどこかで知った可能性は十分にある。シェイクスピアはこの頃『リア王』を執筆しており、その初演は一六〇六年、出版登録は一六〇七年、初版は一六〇八年である。

1 ジェフリー・オブ・モンマス『ブリテン島国王列伝』（一一三六年頃）

（英語版　ルイス・ソープ訳　一九六八年）

(1)　作品と著者、制作年代について

ジェフリー・オブ・モンマス（一〇九〇頃－一一五五頃）は、中世イングランドのキリスト教聖職者で、アーサー王伝説の語り手として最もよく知られている。アーサー王伝説もリア王史話も、彼の代表作『ブリテン島国王列伝』に出ているが、これを含めて、彼の著作物はすべてラテン語で書かれている。『リア王』の史話が英国で最も早く語られたのは、この『国王列伝』の、第二部「ローマ人来島以前」においてである。その後に現れたリア王について書かれた物語、詩、演劇などはすべて、その源を辿れば、この史書に辿りつく。アーサー王伝説についても同様である。このイギリス国王史話の扱っている期間は、最初はトロイ陥落の時代（紀元前十数世紀前）の、ブルータスのブリテン移住に始まって、紀元七世紀頃にアングロサクソン族がブリテン島の大部分を支配するに至った時代までの、およそ二千年にわたっている。ジェフリーは、この間のブリトン人の国王達の生涯と盛衰を、年代記風に描いているのである。リア王の史話は紀元前八世紀ごろの出来事となっている。

ジェフリーは幾つかの傍証から、一〇九〇年から一一一〇年の間にウェールズの小さな町モンマスで出生したと推測されている。そして一一二九年から一一五一年までの間、オックスフォードに在住し、その後は北ウェールズで終生を過ごした。彼の自筆署名入りの六つの書類が現存している。これらには全て、彼の上司である、「オックスフォードの助祭長ウォルター」という聖職者の署名が、一緒に並んでいる。このためジェフリーはオックスフォードにあるセント・ジョージ・カレッジの律修司祭を務めていたと考えられている。ただこの署名は後世の偽造ではないかとみる説もある。一一五二年には彼は、カンタベリー大司教セアボードにより、セント・アサフ司教に叙階されている。

ジェフリーによれば、この『国王列伝』をまとめたのは、オックスフォード助祭長ウォルターから、ブリトン人の言語で書かれた一冊の古書を渡されて、これをラテン語に翻訳するよう依頼されたためであるという。そして彼は、この古書にはブリテンの最初の王ブルータスから、七世紀中葉のキャドワラダー王に至るまで、この国の王達の事績が時系列で整然と語られていた、と説明している。しかしながら今日では、この『国王列伝』は、実際に起こった史的事実に基づいて書かれたものではなく、部分的には史実を反映したところもあるものの、実はジェフリー自身が、様々な資料を寄せ集めて、彼自身の想像力を働かせて、ロマンティクな物語史話を創作したものであるとされている。

この『ブリテン島国王列伝』は、書かれた当初から大きな反響を呼び、数か国語に翻訳され、多くの読者を魅了した。現存する写本が二一七もあることからも、その人気の高さが分かる。後世の類似の歴史文献では、この作品が史的事実として頻繁に引用されることもあったが、すでにジェフリーと同じ十二世紀の、より正統的な歴史家達から、事実無根の創作物であるとの批判が出されていた。しかし特にアーサー王伝説関係のロマンに富む物語は、その後フランス、イギリス両国で、数世紀にわたって影響を及ぼし続け、それは現代にも及んでいる。国際アーサー王学会が一九四八年に設立され、その日本支部も一九八七年に設立されている。またこの国王史話は、イギリスでの伝奇物語、詩、演劇等でも、T・サックヴィル&T・ノートン『ゴーボダック』、ウィリアム・ウォーナー『アルビオンのイングランド』、スペンサー『妖精の女王』、シェイクスピアの『リア王』、『シンベリン』、ミルトン『ブリテンの歴史』などの作品の材源になっている。

しかしこの史話全体に占めるレア王とコーディリアの物語は、ごく僅かである。ラテン語からの英語訳は一九六六年に出されている（ルイス・ソープ訳、ペンギンブックス。拙訳はこの英訳によっている）。

(2)　ジェフリー・オブ・モンマスの「レア王史話」とシェイクスピアの『リア王』

シェイクスピアはラテン語の素養が必ずしも深くなかったため、ジェフリーのラテン語原書は直接参照していない可能性が高いとされる。とはいえ、シェイクスピアほどの天才の語学力、ラテン語能力を過小評価しすぎることも、かえって危ないであろう。十六世紀に普及したリア王を扱った物語、詩、演劇での主要登場人物名は、どの作品をとっても、多少の違いはあってもほぼ同じであり、その源がジェフリーにあることは言を俟たない。シェイクスピアとモンマスを、登場人物の名で比較すると（カッコ内はジェフリー）、リア王（レア王）、ゴネリル（ゴノリラ）、リーガン（レガウ）、コーディリア（コーデイラ）、オールバニー公（アルバニアのマグラウス公）、コーンウォール公（コーンウォールのヘイヌス公）、フランス王（フランスのアガニップス王）となっており、ジェフリーの影響は明らかである。根幹の筋の流れもまた、どの作品も大部分は同じである。

以下にシェイクスピア劇とジェフリーの史話の主筋の違いを、大まかに述べる。シェイクスピア劇ではフランス王は、レアの宮廷でコーディリアに直接求婚しているのに対し、ジェフリーの史話では、王国分割事件のあとに、フランスのアガニップス王が、コーデイラの美貌を聞きつけて、使者団をレア王に送り、使者団とともに彼女をフランスに送ってほしいと申し入れている。コーデイラはガリアに送られて、フランス王と結婚するのである。またジェフリーの物語では、二人の姉娘の夫の公爵達は、結婚後、レアが自分用に保留しておいた残りの国土を、謀反を起こして奪い取っている。またジェフリーでは、レア王は末娘に会い行くために、ドーバー海峡を渡ってガリアへ旅する。その航路で彼は、一緒に乗船している王子や公爵の中で、三等級の地位しか与えられていないことに気づき、身の没落を嘆く。レアはコーデイラの住むカリティアの町のすぐ近くまで来ると、町の外でコーデイラに使者を送って待つ。ここでコーデイラは父が赤貧に苦しんでいると知る。彼女は事前に彼に金銭を送って面会の支度を整えさせる。レアは、コーデイラを連れて、夫のフランス王が招集した兵を率いて海峡を渡り、軍団の先頭に立って二人の姉妹の婿達と戦いを交えて、彼らを打ち破る。こうして再びブリテン島を王として統治して、三年後に世を去っている。ジェフリーの原話は、このようにシェイクスピア劇とはかなり違っている。

一方シェイクスピア劇には、他の原話には全く出てこない重要な人物達（道化やバーガンディ公など）が多数いる。またグロスター公の悲劇という脇筋が新たに作られたために、筋が一気に複雑化して、残虐性、悲劇性、重厚性が格段に高まっている。

2　作者不詳『レア王年代記』（一六〇五年）

この劇は一六〇五年に四つ折り版で出版されている。しかしロンドンの出版業組合登記簿には、それより十一年前の、一五九四年五月一四日に登録されている。劇場興行主フィリップ・ヘンズロウはその有名な『ヘンズロウの日記』で、この劇がそれより一月余り前の一五九四年四月六日と八日に、女王陛下一座とサセックス一座の二つの劇団合同の役者達によって、薔薇劇場で上演された、と記録している。上記四つ折り版の扉には、「最近繰り返し幾度も上演された」とある。但し登記から出版までの十一年の間で、上演日が特定されているのは上記の二回だけである。劇の評判を伝える記録は残っていない。

この劇は高く評価されることはないが、ケネス・ミュアは、自身の編纂したアーデン・シェイクスピア全集第二版『リア王』の序文で、『リア王』の残虐さを嫌ったトルストイが、この作者未詳の『レア王』の方が、シェイクスピア劇よりもはるかに良い劇であるとして、次のように述べていることを紹介している。

私のこの見解がシェイクスピアの崇拝者達にはいかに奇妙に思えようとも、この古い劇は全体としてはシェイクスピアの改作劇よりも、どこを取っても、比較にならないほど勝っているのである。それはまず、この劇には悪党エドマンドや、現実にいるとはとても思えぬグロスターやエドガーといった、ただ注意を逸らすだけの余計な人物達が出てこないこと、次にリア王がヒースの原野を走り回るというまったくでたらめな効果、彼と阿呆の会話、到底ありえない認識できぬ変装、山のように積みあがる死体などがないことである。そしてとりわけこの古い劇には、シェイクスピア劇にはない、分かりやすく自然で深く人の心を打つレアという人物と、さらに一層心を打つコーデラという、くっきりと描かれた末娘がいるのである。……レアとコーデラの面会の場は実に美しく、すべてのシェイクスピア劇

のどの場よりもはるかに勝っている。(p. xxvii、「トルストイの見たシェイクスピア」、一九〇七)

トルストイの考えに賛同するむきはほとんどないであろうが、この劇がシェイクスピア劇の主要な素材となったという点については、大方の見方は一致している。

この『レア王年代記』は、二五〇〇行を超える長さの劇でありながら、劇冒頭に一幕劇とあるだけで、幕分けも場分けもなされていない。今日のテキストでは幕と場が細かく定めてあるが、それは二〇世紀初頭以降のものである。この翻訳では、あえて原書の形をそのまま残して、幕分けと場分けは行わなかった。文体はシェイクスピア劇の多彩で複雑な言葉の響きや隠れた修辞に満ちた文体と比べて、明らかに平板である。しかし愉快な性的言葉遊びの工夫は幾つもあり、観客の笑いを誘い、また緊迫した場面も幾つもあり、十分に楽しめる人気の劇であったに違いない。

シェイクスピア劇とこの劇との根本的な違いは、この劇はレア王とコーデイラの勝利で終わっており、悲劇ではなく、ハッピー・エンディングの劇であることである。最後に戦闘が起こってはいるが、舞台上では一人の死者も出ない。他のレア王物語では、王の復位後に、跡を継いだコーディリアが、のちに姉達の息子の反乱によって捕えられ、獄中で自害する。しかし『レア王年代記』は、末娘の父親を深く愛する孝行心が最後に実を結ぶことで完結している。このことは、本劇だけの大きな特色である。

この劇では、滑稽さで笑いを誘う幾つもの喜劇的場面が見せどころとなっている。そのきわめつけは、ゴノリルがレアの狼藉を知らせるためにレイガンに送った使者を、レイガンが、金貨の財布で父レアとお供ペリラスの二人を殺す刺客に仕立て上げて、彼らを森に呼び出し、刺客に殺させようとする場である。使者が二人を殺そうとする緊迫した場であるはずだが、実際は三人による観客の笑いを誘う軽妙な会話が連続し、結局刺客は説得されて殺人を諦め退散し、レアとペリラスは難を逃れる。観客はこの緊迫した喜劇的場面を楽しんだことであろう。

なお、コーデラとレアの再会の場は、トルストイが称賛したように、大変感動的に描かれており、この場も観客は十分に楽しんだはずである。

一方シェイクスピアは、リア王を壮大な悲劇の主人公に作り変えてしまい、従来のレア王の史話からは、根本的に逸脱した。リア王を、どの原話にもない悲劇の主人公に書き変えて、他の物語では数年後に起るコーディリアの悲劇までも、父の悲劇と同時に起る悲劇にしてしまい、ほとんど不条理劇と思える大悲劇を創作した。シェイクスピアはヒギンズの『為政者の鏡』や『ホリンシェッド年代記』などで、リア王の史話について知識を持っていたが、この一幕ものの悲喜劇の成功に刺激を受けて、その根底からの、目を見張るような、大改作を独自に構想したのである。

3 ラファエル・ホリンシェッド 『ホリンシェッド年代記』第二版「レア王」(一五八七年)

『ホリンシェッドのイングランド、スコットランド、アイルランド年代記』、通称『ホリンシェッド年代記』は、複数の執筆者によって書かれた数巻からなる年代記で、イギリスの歴史を包括的に扱った大著である。執筆者は、ラファエル・ホリンシェッド(一五二五頃–一五八二以前)の他に四名が加わっている。ホリンシェッドはこの一冊のみで知られている。

ホリンシェッドはチェシャー州サットン・ダウンズで生まれたとされるが、正確な生年は不明である。この『年代記』の序文を書いたヴァーノン・スノウによれば、彼はケンブリッジ大学クライスト・コレッジに、一五四四年から一五四五年まで在籍した記録が残っている。のちに彼はロンドンの印刷業者レジナルド・ウルフのところで、翻訳家として働いた。ウルフは彼に「ノアの大洪水から現在のエリザベス女王の治世までの全世界史」を編纂するプロジェクトに参画するよう要請した。しかし発案者であるウルフはその出版を見ることなく、一五七三年に死去した。だがこのプロジェクト自体はその後、範囲をブリテン島の歴史に限定して継続された。そして枢密院によって検閲を受け、アイルランド関係で一部削除された後、この『年代記』が一五七七年に出版されると、すぐに大きな反響を呼んだ。一五八七年には、改訂第二版が出た。

この大著は、シェイクスピア、クリストファー・マーロウ、サムエル・ダニエル、エドマンド・スペンサーなど、英国ルネッサンス期の錚々《そうそう》たる詩人、作家、劇作家達によって、自作の材源として利用された。特にシェイクスピアは、若い頃執筆した『リチャード三世』などの英国史劇、及び『リア王』、『マクベス』、『シンベリン』で、この『年代記』を材源として幅広く利用している。彼が利用したのは第二版である。

『リア王』に関して言えばしかし、ホリンシェッドの記述はジェフリー・オブ・モンマスの史話をやや簡略化して、主筋をほぼそのままなぞっているだけなので、シェイクスピア劇に目立った影響を及ぼしているわけではない。シェイクスピア劇は、むしろホリンシェッドの記述の多くを採用してはいないのである。それはジェフリー・オブ・モンマスのラテン語原話に不採用の箇所が多いのと同様である。例えば二人の姉娘の夫の公爵達は、レアに対し武装して兵を挙げて、レアが自分用に保留しておいた一部の国土を生涯統治する権利を奪い去っているが、そうした記述はシェイクスピア劇にはない。またホリンシェッドでも、レア王はコーデイラに逢いに行くのに、船で海峡を渡って、ガリアへ旅している。

4　エドマンド・スペンサー　『妖精の女王』第二巻、第一〇篇「レア王」（一五九〇年）

エドマンド・スペンサー（一五五二頃‐一五九九）は、大叙事詩『妖精の女王』（一五九〇）で知られる、英国ルネッサンスを代表する大詩人である。他にも『羊飼いの暦』、『瞑想詩集』、『祝婚歌』など優れた詩篇を残している。ケンブリッジ大学で教育を受けた才人であるが、晩年は不遇で、四六歳の若さで他界している。シェイクスピアより十二歳年長で、二人が創作した時代は一部重なる時期もある。両者に深い交流があったかどうかは不明であるが、同じ時期に二人とも宮廷に出入りしていたし、詩人と詩劇作家という文人であったので、互いに相手のことをよく知っていた可能性は十分にある。

彼のリア王史話についての記述は、ホリンシェッドよりはるかに短い。従ってシェイクスピアはまず殆ど影響を受けなかったであろう。しかし一五九〇年出版の『妖精の女王』のレア王の記述は、シェイクスピアが『リア王』を執筆するよりかなり前であり、彼がスペンサーのレア王の記述を読んで記憶していた可能性はきわめて高い。原話でコーディリアが首を吊って自害するのは、『妖精の女王』にしかない出来事なので、シェイクスピアはこの点をスペンサーから採ったらしいとする説もある。ただシェイクスピア劇ではコーディリアは絞首刑で殺害されたのである。彼女はいわば殉教者だったのであり、スペンサーの記述のように自ら首を吊ったわけではない。

5　ジョン・ヒギンズ　『為政者の鏡』「コーディラの悲劇」（一五七四年）

『為政者の鏡』は、為政者や権力の座にあった著名な政治家達の亡霊が、一人称で自らの没落について嘆く物語集である。多数の作者の合作による悲劇と愁嘆の詩集で、初版はウィリアム・ボールドウィン（？－一五六三）、ジョージ・フェラーズ（一五〇〇頃－一五七九）その他の寄稿で、一五五九年に出版された。大部分は十四世紀及びそれ以降の出来事を主題としていた。その後多数の版が出されて拡充されていったが、一五七四年にはレア王とコーディラの物語を含む、ブリテンの古代の支配者達の悲劇を書き加えた。『為政者の鏡』は様々な版が人気を博して、大きな影響を文壇に及ぼした。シェイクスピアを含む多くの同時代の劇作家達が、歴史上の人物から、当代の教訓を引き出した。ヒギンズは古代歴史上の、それぞれの個人に焦点を合わせて、ギリシャ・ローマ時代をキリスト教時代と融合させている。レア王の物語でヒギンズは、愚かしいレア王ではなく、賢明なコーディラを、語り手にしている。

詩は帝王韻詩（ライムロイヤル）で書かれている。この詩形は最初チョーサーによって用いられ、中世後期によく使われたが、エリザベス時代にはやや古くなっていた。一行は弱強五歩格で、一スタンザは七行からなり、脚韻は ababbcc と踏む。シェイクスピアはこの詩形で、物語詩『ルクリースの凌辱』（一五九四）を書いている。

ビギンズのこの詩篇の特色であるが、コーディラ自身が、投獄されるに至った経緯を、獄中にあって一人称で語りだすという形を取っており、異彩を放っている。コーディラが自分の人生をふり返り、彼女の経験した運命の変転、盛衰の心象風景を描くのである。彼女の心象は、ある意味で、シェイクスピアが描いたコーディリアの心象に近い。全篇は五三連（スタンザ）からなっている。

アーデン第二版『リア王』の編者ケネス・ミュアは、シェイクスピアがヒギンズのコーディラの物語を読んでいた可能性は非常に高いとしている。ヒギンズのみが「フランス王」について語り、ゴネリルの夫はオールバニー公爵、レイガンの夫はコーンウォールの公爵であって、姉達と夫達がシェイクスピアの場合と一致している。ミュアの推測が正しいとすれば、このヒギンズの詩篇は、シェイクスピアがコーディリアの心象風景を描くのにも参考になったことであろう。ヒギンズは第九連で、コーディラに、「老齢とはひどく愚かしいもので、……子供時代のように、知恵と理性は空っぽになる」、「年を取ると、二度目の子供になる」と語らせているが、『お気に召すまま』で有名な「人生の七つの時代」を描いたシェイクスピアも、同じように考えていた。

この原話では、レアとコーディラの軍は姉達の軍に勝利し、王に返り咲いたレアは、ブリテンを再び三年間治め、女王コーディラも五年間統治する。一方シェイクスピア劇では、原話のこの部分は削除され、ブリテンに攻め入ったコーディリアは、姉達の軍に捕縛され殺害される。リアもその直後に、王位に復することなく世を去る。シェイクスピアは、悲劇の緊張感の持続と効果を高めるため、八年間の年月を消去しているわけである。しかしながら、シェイクスピア劇とこの原話とは、コーディリアに大きな悲劇が起こる点では、共通している。そしてヒギンズのこの詩篇では、コーディラが自らの悲劇をまざまざと描き、死に至るまでの悲しみに満ちた心情と絶望をつぶさに語っており、このことは他の『リア王』のどの原話にも見られない大きな特色となっている。三一連から三八連ではコーディラは、自分の身に起こった運命の変転、輝かしい栄光から絶望の闇への没落を嘆いている。そして彼女はもはや一切の望みを絶たれたことを痛切に語る。

ヒギンズの詩篇の三九連以降は際立ってすぐれた描写になっている。憔悴した彼女に、気味悪い女の亡霊が近づいてくる。それは「絶望」と自称する死神である。この死神は実はコーディラの分身であり、その亡霊の手引きでコーディラは自殺する。

ヒギンズのコーディラもシェイクスピアのコーディリアも命を落とすが、二人には決定的な差がある。コーディリアは、リアへの最後の言葉で、「私たちが最初ではないわ、最善を意図しながら、最悪を招いたのは。」（五幕三場三－四）と語っており、ここには最後まで悲運を耐え忍ぶ彼女の決然とした意志が表出している。彼女のこの忍耐は、『リア王』劇全体に通底している「忍耐」のテーマに沿っていて、脇筋のグロスターの悲劇でも、エドガーが、自殺を試みる父を、「人はこの世に出てくる時と同様、世を去る時も辛抱して待つもんだよ。」（五幕二場九－一〇）と、いさめており、いずれもキリスト教の戒めに合致している。

この自殺を禁ずるキリスト教思想は、実はヒギンズの詩篇でも、最後の二連に表われている。自害したコーディラの霊は、「かくして私は呪われた者の如く死んでいった。」（五一）と自省を込めて語り、「絶望して自ら命を断つのは、／　如何なる罪悪よりもはるかに愚かしい」（五二）と後悔し、「命を断つと、呪われた浅ましい者として、／　自らの魂を地獄に送ることになる。その魂はしかし、／　神が生きながらえるよう、お作り下さったものなのだ。」（五三）、と締め括っている。

6　フィリップ・シドニー『アーケイディア』第二巻、第一〇章（一五九〇年版）『リア王』脇筋

フィリップ・シドニー（一五五四－一五八六）は、エリザベス時代の貴族、軍人、外交官である。同時に彼はまた『アストロフェルとステラ』（一五九八）、『詩の弁護』（一五九五）、『アーケイディア』（一五九〇；一五九三）で知られる著名な詩人、文人である。彼は、オランダのズィトフェンの戦いに参戦して、三一歳の若さで命を落とした。

彼の著作は、生前に親族、友人らの間でその手稿が読み回されていたが、印刷出版されたのはすべて彼の死後である。彼はシェイクスピアより一〇歳年長であるが、二人に親交があったかどうかはよく分かっていない。

『アーケイディア』は、シドニーが最も力を注いだ野心的な作品で、長い散文の田園ロマンスである。その完成稿にいたるまでの経緯は複雑で、はっきりと異なる二つの版が存在している。今日ではそれぞれが、『古い

アーケイディア』、『新しいアーケイディア』と呼ばれている。

彼は『古いアーケイディア』を最初に完成させたが、その草稿は一五七〇年代の後半に書き始められて、一五八〇年には書き終えられていた。彼はまだ二〇代で、宮廷から遠ざけられていた。そのため、妹のペンブロウク伯爵夫人、メアリー・ハーバート（一五六一－一六二一）の館に滞在していたが、その時期に、彼女を楽しませることだけを目的として、彼はこの作品を書いた、と自ら述べている。その物語は田園ロマンス風で、筋に複雑さはない。この版は時代を追って時系列で語られていて、いくつかの詩のセットを挟んで編が分けられている。この作品の中では、きわめて理想化された羊飼いの生活と、政治的裏切り、誘拐、戦闘、凌辱といった物語とが、隣り合わせになっている。

しかし彼はその後、これをもっと野心的な計画を立てて大幅に書き改め始めた。これが『新しいアーケイディア』である。彼はプリンス達についての過去に遡った話をふんだんに盛り込み、また多くの新たな人物達を加えて、物語の筋をはるかに複雑にした。それは最初の版の二倍以上の長さになった。そして最初の三巻の大部分を書き終えたのだが、この企画は一五八六年の彼の戦死によって突然中断され、完成されることはなかった。

シドニーの死後、彼が書き直した『アーケイディア』は、二つの異なったヴァージョンで出版された。最初のヴァージョンは、詩人フゥルク・グレヴィルが、食料雑貨商人マシュー・グイン、及び著名な人文主義者ジョン・フローリオと協力して編集し、最後は未完のままで、一五九〇年に出版した。もう一つのヴァージョンは、シドニーの妹メアリー・ハーバートが一五九三年に出版した。この版で彼女は、兄の改訂版を、もとの古い版を参考に補充した。そして未完だった最後の部分を完結させている。

シェイクスピアがグロスターの脇筋に作りかえたのは、（新しい）『アーケイディア』の中の、老王の孝行息子と、悪辣な息子の物語（第二巻第一〇章）である。それは、小アジア、黒海沿岸にあった古代のパフラゴニア国の老王と、その二人の息子、すなわち嫡男レオネイタスと庶子プレクサータスの話である。この三人が、それぞれ、グロスター伯（老王）、エドガー（レオネイタス）、エドマンド（プレクサータス）の原型となっている。

老王は、妾との間にできた庶子プレクサータスの舌先三寸に欺かれて、長男レオネイタスの謀反を信じこみ、彼を破滅に追いやる。この善良な孝行息子は父の指示で殺されかけるが、生き延びて近くの国の一兵卒となって出世する。一方庶子の親不孝者プレクサータスは、父を王の座から引きずり下ろし、父の目をくりぬく。孝行息子レオネイタスは、命の危険を顧みず、父を救うべく帰国し、盲目の父とともに野をさまよう。父は大嵐の中、長男に、身を投げるために崖の上に連れて行くよう頼む。弟プレクサータスは、不当に王権を手にしているが、王位継承権を有する兄を殺害しようと兵を送り込む。

シェイクスピアはこのシドニーの物語を、『リア王』の脇筋にグロスターの悲劇として取り込んだが、こうすることでシェイクスピア劇は、主筋と脇筋の相乗効果を生み、他の作家達のリア王の物語や劇とは、比較にならないほど深淵な大悲劇となった。

またシェイクスピアは、このパフラゴニア王の物語を、主筋の方にも反映させている。寒風吹きすさぶ大嵐の中を、長子レオネイタスとともにさまようパフラゴニア王は、大嵐の中をフール、エドガーらと過ごすリア王の姿に反映されている。欺かれて愚かな判断で孝行息子を不幸に突き落とし、のちに後悔に苦しむ君主は、愚かにエドガーを廃嫡して、のちに後悔に苦しむグロスターであるばかりでなく、コーディリアを誤解し怒りを爆発させで財産を与えず、のちに深く後悔して苦悩するリア王の姿でもある。また王座に返り咲いた直後に喜びの中で息絶えるパフラゴニア王の姿は、喜びながら息絶えるグロスターの死に反映されているばかりでなく、殺されたコーディリアのそばで絶望的な悲嘆にくれて、彼女が息をしていると信じ込み、喜びで感極まって息絶えるリア王の死にも反映されている。

7 ジョン・フローリオ訳、モンテーニュ『随想録』抜粋（一六〇三年）

ミシェル・ド・モンテーニュ（一五三三－一五九二）は、一六世紀ルネサンス期のフランスを代表するモラリスト、懐疑論者、人文主義者である。彼は一〇七の随筆を集めて、名高い『随想録』の最初の二巻を一五八〇年に、第三巻を一五八八年に刊行した。その完全版は彼の死後の一五九五年に出版された。モンテーニュのこのエッセイ集の目的は、人間を率直に記述することにあった、と彼自身が述べている。モンテーニュは今日の「エッセイ」という、自分の経験、見聞、感想を意のままに自由に書き綴った知的自己表現形式を、最初に作り出した人と見なされている。シェイクスピアの『あらし』には、フローリオ訳『随想録』からの直接の借用があることは、よく知られている。野蛮で奇怪な奴隷キャリバンをめぐる描写は、『随想録』の中の「食人種について」'Of Cannibals' を、シェイクスピアが読んでいたことを明確に示している。

ジョン・フローリオ（一五五三－一六二五）は、シェイクスピアと同時代人で、当代の第一級の翻訳家、著述家、辞書編纂者、言語学者、格言研究者である。『オックスフォード大学英国伝記辞典』（電子版）によると、彼の父はイタリア人であり、同国での宗教迫害を逃れてロンドンに避難してきた人で、母は英国人であった。彼はロンドンに生まれたが、幼少年期をスイスのイタリア語圏の町ソグリオで過ごし、少年時代はドイツのチュービンゲンで過ごしている。一五七六年までには彼はロンドンに戻っており、その抜きんでた語学の才で、イタリアのルネッサンス文化についての知識に飢えていたエリザベス時代の貴族・王族に、その入り口となるイタリア語を教え、またイタリア語文法書、辞書、翻訳諺集などを、彼らやその夫人たちに献呈した。フローリオは一五七八年から八三年にかけて、オックスフォード大学でもイタリア語を学者達に教えている。一五九八年には彼の主著の一つ、『言葉の世界、最も正確な伊英大辞典』の初版を刊行している。この辞典には当時としては群を抜く、四四、〇〇〇項目のイタリア語が収録されている。また一六〇三年にはモンテーニュの『随想録』を翻訳したが、フローリオ自身の該博な知識に満ちたこの書は、シェイクスピアを含む劇作家、詩人たちにとって創作の大きな刺激となった。フローリオ訳『随想録』は、彼自身の巧緻な表現の面白さで、不正確な訳が多々含まれているにもかかわらず、今日に至るまで絶え間なく出版され続けてきている。

シェイクスピアとフローリオは、互いをよく知っており、親交があったことは確実である。その主たる根拠は、二人はともにサザンプトン伯爵（シェイクスピアは彼に『ヴィーナスとアドニス』と『ルクリースの凌辱』を献呈している）とペンブロウク伯爵（劇団ペンブロウク一座の支援者）をパトロンにしていたために、その狭いサークル内で二人の接触がまず確実にあったと推定されること、またシェイクスピアの初期の作品『恋の骨折り損』や『じゃじゃ馬馴らし』から、悲劇時代の『ハムレット』、『リア王』を経て、晩期の『あらし』に至るまで、フローリオの『随想録』の顕著な影響が見られることである。フローリオ訳『随想録』は、間違いなくシェイクスピアの愛読書の一冊であった。

ウィリアム・ホール作、
『ジョン・フローリオ』1611年、
国立肖像画美術館、ロンドン

五　マクベス

1　ラファエル・ホリンシェッド『ホリンシェッド年代記』第二版「マクベス」（一五八七年）

ホリンシェッドの経歴と、『ホリンシェッド年代記』については、すでに『リア王』の解説で詳述したので、ここでは繰り返さない。

シェイクスピア劇『マクベス』と『ホリンシェッド年代記』の「マクベス」を、その物語の筋で比べると、ダフ王殺害事件（ダンカン王殺害）を含めて、シェイクスピアは大まかな筋の流れでホリンシェッドの記述を、ほぼそのままなぞっている。その意味ではシェイクスピアのホリンシェッドへの依存度は非常に高いといえる。だが両者には根本的、本質的な違いがある。それはなによりも、シェイクスピアはマクベスを、『年代記』のマクベスよりも、限りなく本来高貴な人物として、描いていることである。

ホリンシェッドの描くマクベスは、もともと残虐な性格の人物である。しかし彼は一人でそのようなマクベス像を作り出したわけではない。彼以前にも、数人の史家がマクベスを描いている。ヘクター・ボエス（一四六五－一五三六）という、スコットランドのアバディーン大学の史家は、一五二七年に、ラテン語で『スコットランド人の歴史』を書いている。この史書は当時スコットランドとヨーロッパで好意をもって迎えられて、フランス語の翻訳も出た。この中でボエスは、パトロンであるスコットランド王ジェイムズ四世の先祖、始祖たちを大いに賛美して、史実上のマクベスをひどく貶めた。この史書は一五三六年に、ジェイムズ五世の依頼で、ジョン・ベレンデンが、ラテン語からスコットランド方言に自由訳した。ホリンシェッドはこれらの史書を参考にしつつマクベス史話を書いたのである。

マクベスはスコットランド史上、実在した国王であるが、ホリンシェッドはマクベスについての記述の冒頭で、彼が性格的にもともと残虐で無慈悲な、謀略にたけた人物として描き、彼を軟弱な従兄弟ダンカン王と比較して、次のように説明している。


マクベスはいささか性質が残忍であった。そうでなかったなら、その国土を治めるのに実にふさわしい人物と考えられたことであろう。他方ダンカンは性質がとても穏やかで優しかったので、国民はこの二人の孫の性向と作法が彼らの間でうまい具合に相互に分かたれて、相殺しあって授けられていたらよかったのに、と悔やんだ。そうすれば寛容に過ぎる一方と、残忍に過ぎる他方という両極端が、その中間の偏りのない、うまく均衡のとれた美徳となって、二人がともに国を治め、ダンカンは立派な名国王に、またマクベスは名指揮官になっていたことであろう。


こうしてホリンシェッドは、マクベスがその強靭で残忍な性格で、多数の無法者たちを平然と殺害して、数々の戦果をあげて、叛乱軍を平定したことを詳述している。

これに対してシェイクスピアは、一幕一場の冒頭で、三人の魔女の呪文を唱える場面から筆を起こし、一気に善と悪、正と邪が共存して、混沌としたマクベス劇の世界に観客を引き込んでいる。そして、ホリンシェッドが強調したマクベスの残忍な性格と行動については、一幕二場で、戦場から戻った血まみれの士官が、ダンカン王に、いかにマクベスが勇猛に戦ったかを、口頭で報告するだけにとどめている。

マクベスが舞台に初めて登場するのは、彼の「こんなにきたなくてきれいな日は見たことがない」という有名なせりふで始まる一幕三場である。こうした台詞は言うまでもなくホリンシェッドの記述にはない。彼とバンクォーが、奇怪な三人の魔女と遭遇する場であるが、こうしてシェイクスピアは、ホリンシェッドが描いたマクベスの、持ち前の残虐な性格を薄めてしまい、代わりに生来善悪正邪を峻別する高貴な人であるはずのマクベスが、善悪の境目の曖昧な世界に入り込み、ダンカン王を殺害するに至る、その揺れ動く心理に焦点を当てて、彼の悲劇を詳細に描いたのである。シェイクスピアの戯曲化の巧みさはみごとというほかない。ホリンシェッドはマクベスがダンカン王を殺害する経緯については、ごく淡泊にその事実を記しているだけである。

シェイクスピア劇には、ホリンシェッドにはない様々な出来事が描かれている。マクベスがダンカン王殺害前に短剣の幻影を見たり、宴会の場で刺客に殺害されたバンクォーの血みどろの亡霊がマクベスの席に座っていたり、彼が三人の魔女に会いに行き、歴代の王たちの幻の行進を見たり、ダンシネイン城で夢遊病にかかって歩き回るマクベス夫人が、手に付いた血を洗い流そうとしたりする場などである。また門番が地獄の番人をまねて二枚舌のいかさま師（火薬陰謀事件に関与したヘンリー・ガーネット神父）を相手にする時事風刺の場も、シェイクスピアの創作である。どれもシェイクスピアの優れたドラマティゼイションの好例となっている。

ホリンシェッドは、バンクォーの子フリーアンスの子孫が、スコットランドのスチュワート王家（のちのステュアート王家）に繋がっていく歴史を、長々と辿っている。一見するとこの箇所は、マクベスの史話の主筋には何も関係がないので、読者にとってはいささか退屈にすぎる脱線となっている。しかしこの記述は、バンクォーに始まる（とされていた）スチュワート王家を賛美することが、ホリンシェッドの主眼だったのであろう。（彼の時代の王はジェイムズ五世とその娘メアリー女王であった。メアリーの子ジェイムズ六世が、エリザベス一世を継いで、イングランドのジェイムズ一世として即位している）。シェイクスピアはステュアート家の歴代のスコットランド王達の幻影が、舞台上に次々に現れる場を創作しているが、この場はホリンシェッドの前述のスチュワート家の歴史記述からヒントを得た可能性がある。

一六〇六年の七月から八月にかけて、デンマーク王クリスチャン四世が訪英した。彼はジェイムズ一世の王妃アンの弟である。『マクベス』の初演はこの折の八月七日に宮中で催された観劇会であったと推定されている。シェイクスピアは、ステュアート家の歴代の王達を舞台で行進させることで、この劇を観劇しているジェイムズ一世に大いなる賛辞を贈ったのであろう。その最後を飾るのが、劇場の特等席で観劇しているジェイムズ一世自身である。

2　ラファエル・ホリンシェッド『ホリンシェッド年代記』第二版「ドナルドによるダフ王の殺害」（一五八七年）

シェイクスピア劇『マクベス』は、『年代記』の「マクベス」についての記述の中に、これとは全く関係のない「ドナルドによるダフ王の殺害」を組み込んで、作劇されている。史実では、マクベスが殺害されたのは一〇五七年であるが、ダフ王の殺害は、それより九〇年も前の九六七年に起った事件であった。それをシェイクスピアは一つにまとめてしまったのである。シェイクスピアにとっては、歴史上の人物としてのマクベスは、ある意味でどうでもよく、マクベスの史話のドラマティゼイションの方が、はるかに重要であったのである。

あとがき

当初は四大悲劇の原話のみを訳すつもりだったが、出版を強く意識し始めると『ロミオとジュリエット』がないことが、画竜点睛を欠くように思われた。そこでこれを加えて五大悲劇とした。

『ロミオとジュリエット』の二人ほど、世界に知られ人口に膾炙したシェイクスピア劇の主人公は他にない。二人は未熟な若さゆえ取り返しのつかない過ちと失敗で、絶望の中死に至る。大多数の若い人々は、古今を通して、未熟で思慮を欠く失敗と錯誤を繰り返しつつ、ひたむきに生きるのが、その実態であろう。シェイクスピアはそうした経験の浅い思春期の男女の、純粋な愛の悲劇を描き、世界の若者と芸術家から圧倒的な支持を得た。若い人達は生き方に悩み、特に恋愛で過誤を犯しやすい。そうした若者達をシェイクスピアはよく承知していた。彼自身、思春期に恋愛で失敗したらしいからでもあろうか。

翻訳にあたっては次の文献を参考にすることが多かった。

Brooks, Harold F., Jenkins, Harold, and Morris, Brian (general editors). *The Arden Edition of the Works of William Shakespeare*. The Second Series. London and New York: Methuen & Co Ltd. 1951-1982.

Bullough, Geoffrey. *Narrative and Dramatic Sources of Shakespeare*. 8 Vols. London: Routledge and Kegan Paul, 1967-75.

Evans, G. Blakemore. ed. *The Riverside Shakespeare*. Boston: Houghton Mifflin Co., 1974, with a second edition, 1996.

Gollancz, Israel. *The Sources of 'Hamlet': with Essays on the Legend*. Humphrey Milford. Oxford University Press, London, 1926.

Hazlitt, William Carew. *A Collection of the Plays, Romances, Novels, Poems and Histories Employed by Shakespeare in the Composition of his Works: with Introductions and Notes*. 6 Vols. London: Reeves and Turner, 1875. Reprinted by AMS Press Inc. New York, 1965.

Muir, Kenneth. *The Sources of Shakespeare's Plays*. London: Methuen & Co. Ltd. 1977.（解題で『シェイクスピア劇の源流』として言及）

底本としたのは主にブローであるが、併せてハズリットもよく参照した。しかし原話の原書そのもののコピーが入手できた場合は、そのテキストを底本とした。特にこだわったのは、原書か、それに最も近い形、体裁での翻訳であった。たとえば作者不詳『レア王年代記』では、原書は一幕劇であり、幕分けも場分けもないが、上記ブローでは三十二場に分けられている。五幕に分けてあるテキストもある。本訳ではしかしハズリットと同じく、幕、場分けは一切せず、原書のままとした。原話が詩である場合は、原詩に合わせて改行した。原書に改行、段落が全くないテキストは、本書でも同様にした。また原書自体に誤植が見つかることもあったが、そうした場合は、上記書ばかりでなく、オンラインで入手できるテキストを加え、複数のテキストを比較考量して文意を定めた。扱ったシェイクスピアの五悲劇では、どの原話でも複数のテキストがネット上に存在している。

また『オックスフォード英語大辞典』（*OED*）第二版、『オックスフォード英国人伝記辞典』、Wiktionary は特に頻繁に参照した。

大冊『ホリンシェッド年代記』は、一冊本の他、今日一五七七年版、一五八七年版の二版とも、オックスフォード大学のイーアン・W・アーチャーを中心とした、ホリンシェッド・プロジェクトのサイトからも、オンラインで全テキストが入手できる。

オンラインで入手できる情報は、可能な限り正確を期して利用し、多数の洋書、論文、記事を参照した。

本書で扱った作品の中の幾つかには先行訳があるが、本書は上に記した明確な方針のもと、一貫して独自の解釈と文体、及び形式・体裁で、作品を訳出することに努めた。また本書は古文書を含む詩と古い散文の翻訳を主体としていても、主に一般読者を想定しているところから、参照文献を細かく記していないが、この場を借りて本書の出版を可能にして頂いた古今の多数の文献の著者、学者、編者の方々に、心より感謝とお礼の意を表したい。


本書の刊行に際しては、英宝社編集部の佐藤貴博氏に、原稿の細部にわたってまことにていねいに目を通して頂き、多数の貴重な助言を頂いた。ここに特に記して、感謝の意を表し、氏へのお礼を申し上げる。

【訳者紹介】
熊谷 次紘（くまがえ　つぐひろ）

1945年宮崎県生まれ。
広島大学大学院文学研究科（英語学英文学専攻）博士課程単位取得満期退学。広島修道大学名誉教授。1983年9月～84年3月英国バーミンガム大学シェイクスピア研究所（The Shakespeare Institute）にて在外研究。2006年8～9月同研究所客員研究員（Visiting Scholar）。2006年4月～07年3月米国ワシントンD. C. フォルジャー・シェイクスピア・ライブラリー研究員（Reader）。
著書：『愛、裏切り、美しい人生——シェイクスピアの心』（溪水社）
共編著：『シェイクスピアの作品研究——戯曲と詩、音楽』（英宝社）

シェイクスピア五大悲劇原話集成

2024年11月15日　印　刷　　2024年11月30日　発　行

訳　者 © 熊　谷　次　紘

発行者　佐　々　木　元

制作・発行所　株式会社　英　宝　社
〒101-0032 東京都千代田区岩本町2-7-7
Tel［03］（5833）5870　Fax［03］（5833）5872

ISBN978-4-269-73054-0 C3098
［装丁：岡崎さゆり／組版・印刷・製本：日本ハイコム株式会社］

本書の一部または全部を、コピー、スキャン、デジタル化等で無断複写・複製する行為は、著作権法上での例外を除き禁じられています。

本書を代行業者等の第三者に依頼してのスキャンやデジタル化は、たとえ個人や家庭内での利用であっても著作権侵害となり、著作権法上一切認められておりません。